Cor Diaboli

Tanja Elias

Buchbeschreibung

Cor Diaboli erzählt die Geschichte der jungen Frau Starlight Delardia. In einer Welt in der gefallene Engel, Dämonen und Vampire mit eiserner Härte über die Menscheit herrschen, schwört sie Rache an dem Mörder ihrer Familie. Dem König der Engel-Damontiz-Andaris. Der Weg ist gefährlich und voller unerwarteteter Wendungen. Als der Prinz der Hölle persönlich eingreift, ist nicht nur ihr Leben in gefahr.

Über den Autor

Tanja Elias schrieb schon als Jugendliche. Geschichten und Artikel Horror, Mystik und Fantasy-Romance, haben es ihr besonders angetan. Neben Reisen und ihrer Liebe zur Musik und Tieren, Geheimnissen und übernatürlichem, liebt sie es mit einer guten Tasse Kaffee, in spannende Geschichten einzutauchen und die Welt zu vergessen. Zusammen mit ihrem Hund Frieda und ihrere Katze Millie, lebt sie in einer Kleinstadt in Nordrhein-Westfalen.

Cor Diaboli

Tanja Elias

0. Auflage, veröffentlicht 06/ 2025.

Tanja Holzhauer/Tanja Elias
c/o Autorenglück #64638
Albert-Einstein-Str. 47
02977 Hoyerswerda
tholzhau@gmail.com

Druck: Amazon-KDP

Vorwort

Für alle, denen der Mut fehlt, zu träumen.

Mein besonderer Dank gilt allen, die mich besonders unterstützt haben und mir immer wieder Mut zugesprochen haben, dieses Projekt zu verwirklichen.

Susanne Kowalsky und Ralf Madlena für das Korrektorat/Lektorat. Ohne eure Adleraugen wäre ich aufgeschmissen.

Mathias-Stolpervogel für seine Korrekturen.

Lektorat Lisa-Reim-Benke für die Manuskripteinschätzung und Tipps.

Stephanie Stachelhaus, Olga Kruglova, Jutta Stielke, Heinz Tegler, Pauli Wolf, Johan Norden, Lisa Roosen, Sylvia Dudella, Andreas, Christiane und Tim Bosch, fürs Lesen und Kommentieren.

Papyrus Autor, für die Einfachheit ein Buch zu schreiben und zu gestalten.

Cor Diaboli

Von

Tanja Elias

Prolog

Denver Colorado, USA 2024, 7:30 Uhr
Tagebuch eines Überlebenden

Die Dunkelheit kam binnen Sekunden. Millionen schwarze Punkte erschienen am Horizont, wie Schmeißfliegen, die den Himmel verdunkelten.

Es gab keine Warnung. Nicht einmal den Hauch eines Zeichens. Wir nannten es den »schwarzen Nebel«.

Sie kamen, um zu bleiben. Von Gott gesandt, um eine neue Ära einzuleiten, die Menschheit für ihre Vergehen zu strafen. Feuerwalzen und Erdbeben erschütterten die Welt und hinterließen eine Schneise der Verwüstung. Kommunikationsmöglichkeiten wurden zerstört. Die Armeen waren machtlos. Sechs Milliarden Menschen starben. Noch bewohnte Kontinente: vormals Europa, Australien und die USA.

Sie teilten sich die Erde auf. Erschufen Königreiche aus den Trümmern der alten Zivilisation. Menschen wurden versklavt, ihrer Rechte enthoben. Wir hungern, werden gefoltert, getötet, dienen ihrer Belustigung – als Arbeitssklaven oder als Nahrung. Es ist unsere Aufgabe, die Reste der vorhandenen Infrastruktur aufrechtzuerhalten: fließendes Wasser, Strom und Heizmöglichkeiten. Damit sie gut und bequem leben können. Ja, ich rede von ihnen: den Engeln, Vampiren und Dämonen. Wesen, die wir nur aus Märchen kannten.

Ich schreibe dies auf für alle, die nach uns kommen. Ihr sollt wissen, dass es einmal anders war. Es gab eine andere Welt, eine andere Zeit.

Meine gesammelten Werke – wichtige Bücher und Schriften, Dokumente und Bilder – liegen gut versteckt an einem Ort, der nur wenigen bekannt ist. Dieses Wissen darf nicht verloren gehen. Wir werden es vervielfältigen und unter euch verteilen. Wissen ist Macht. Und vielleicht findet ihr eine Lösung, genau in diesen Büchern und Dokumenten, um die Erde zu befreien.

Hochachtungsvoll,
Ein Überlebender

1.

Heute Nacht schneite es wieder, wie bereits seit Tagen.

Sanctum glich immer mehr einer Stadt der lebenden Toten. Verrottete Dächer barsten unter der Last des Schnees, die von Eis überzogenen Straßen wurden zu nahezu unüberwindbaren Hindernissen.

Die Einwohner erfroren, verhungerten oder starben an den Folgen schwerer Verbrennungen, weil sie verzweifelt versuchten, ihre Behausungen irgendwie warm zu halten. Es fehlte an Strom, Heizmaterialien, Wasser, Holz und Lebensmitteln. Nahrung war schon unter normalen Umständen knapp, doch jetzt nahm die Situation katastrophale Ausmaße an, während die Engel sich fett fraßen.

Ich wollte nicht länger auf besseres Wetter warten, sondern mein Vorhaben endlich in die Tat umsetzen. Vier Jahre hatte ich trainiert, beobachtet und gewartet. Alles für diesen einen Moment der Rache.

Angespannt starrte ich auf das Haupttor des Palastes.

Heute muss es klappen, sonst bin ich mausetot.

Zwei Wachmänner unterhielten sich leise und bemerkten mich nicht. *Bestens.* Dieser riesige Bau mit seinen zahllosen Erkern und Türmen dominierte die Mitte der Stadt. Ein großer, Tag und Nacht beleuchteter Exerzierplatz bildete die Vorhut zu dieser pompösen, verschwenderischen Anlage, – dem Sitz des Königs der Engelsbrut. Damontiz Andaris. Mein Erzfeind.

Ein letzter Blick in meine Tasche bestätigte mir, dass ich nichts vergessen hatte: Seile, Taschenlampe, Handschuhe, Taschenmesser. Alles da. Mein Dolch steckte in meinem Stiefel. *Perfekt.* Meine langen, dunklen Haare hatte ich zu einem Dutt gebunden, und die schwarze, eng anliegende Uniform saß einwandfrei.

Lautlos und geschmeidig, wie ich es im Training gelernt hatte, schlich ich zum Palast. Im Schatten des Schlosses wurde ich unsichtbar. Ich kletterte auf einen kleinen Vorsprung und zog mich zum ersten unverschlossenen Fenster hoch. Die vereiste Fläche erschwerte den Aufstieg. *Bum, bum, bum.* Mein Puls dröhnte in meinen Ohren. Was ich hier tat, grenzte an allumfassenden Irrsinn.

Vorsichtig beugte ich meinen Oberkörper nach vorne und zog den Dolch aus der Scheide. Kein Licht, kein Geräusch – alles schien still zu sein. Zügig kletterte ich auf den Sims, stieß die beiden Fensterflügel auf und blickte in den Raum. Er war leer. Mein Herzschlag beschleunigte sich. Schweiß bildete sich auf meiner Oberlippe. Es war zu einfach, viel einfacher, als ich gedacht hatte.

Sekunden verstrichen, ehe ich den nächsten Schritt wagte. Plötzlich drangen Geräusche an mein Ohr. Das leise

Knirschen von Schuhsohlen auf Schnee ließ mich zusammenfahren. Jemand näherte sich. Alarmiert presste ich mich an die Wand und hielt den Atem an. Die Schritte kamen näher, gedämpft, fast unhörbar. Doch zu sehen war nichts. Nicht einmal der Hauch eines Umrisses. Der oder die Unbekannte verschmolz mit der Umgebung und blieb für mich unsichtbar. Verdammt! Vorsichtig stellte ich einen Fuß auf die Fensterbank und versuchte, lautlos in den Raum zu gelangen.

»Star, was zur Hölle soll das werden?«, flüsterte eine männliche Stimme.

»Antes? Bist du verrückt? Ich wäre vor Angst fast gestorben. Verschwinde!«, erwiderte ich leise.

»Du bist verrückt. Wenn sie dich erwischen, hängst du neben dem armen Kerl dort.« Er deutete auf ein drei Meter hohes Holzkreuz gegenüber dem Tor. Die Leiche des Mannes hing schon ein paar Tage dort und diente der Abschreckung.

»Ich muss das tun.«

»Und dann? Springst du ihn an und rammst ihm deinen Dolch ins Herz?«

»So in etwa.«

Antes schnaubte. »Du bist irre. Komm sofort runter. Das ist ein Befehl!«

Ohne auf seine Order zu achten, sprang ich durch das Fenster direkt in den dunklen Raum. *Beruhige dich, Star,* sagte ich mir selbst. Meine Hände zitterten. Das Auftauchen meines Freundes hatte mich aus der Fassung gebracht. Er war der Letzte, den ich in Gefahr bringen wollte. Draußen auf dem Flur waren Schritte zu hören, und vor dem Fenster vernahm ich, wie Antes sich am Sims hochzog.

»Hau ab!«, wisperte ich.

»Ich werde nicht zulassen, dass du dich umbringst.«

Verflucht! Dieser verdammte Idiot.

Angewurzelt blieb ich stehen, als die Tür einen Spaltbreit geöffnet wurde. Heilige Scheiße. Meine Atmung stoppte genau in dem Moment, als mein Freund durchs Fenster kroch und erstarrte.

»Jawohl, Sir. Ich werde sofort nachsehen«, erklang es aus dem Flur.

Die Tür schloss sich, und ich atmete erleichtert auf. Antes griff nach meiner Hand und zog mich auf die Fensterbank. »Raus hier. Sofort!«

Wir hangelten uns auf den Vorsprung und spähten vorsichtig um die Ecke. Die Luft war rein. So schnell das Eis es erlaubte, rannten wir zur anderen Straßenseite, nur weg vom Palast. Ich schlitterte über die vereiste Gasse und drohte zu fallen. Im letzten Moment bekam ich eine Laterne zu fassen und hielt mich daran fest.

»Wir müssen weiter. Los, komm.«

Im selben Augenblick schossen zwei Wachen um die Ecke. Ihre mächtigen Schwingen funkelten in der Dunkelheit wie Diamanten.

»Wen haben wir denn da?«

»Antes Leden, Sir. Wir sind auf Patrouille.«

Der Engel inspizierte den Ausweis, den Antes ihm entgegenstreckte. Die Geflügelten waren groß und überragten die Menschen um ein ganzes Stück. Man musste zu ihnen aufschauen. Am liebsten hätte ich auf sie herabgespuckt.

»Ich dachte, Carters Truppe hat Nachtdienst?«

»Wir sind zusätzlich eingeteilt«, erwiderte ich freundlich.

»Okay. Haltet die Augen offen. Es gibt Hinweise, dass ein paar Dämonen in der Stadt sind.«

Sie ließen uns passieren.

»Nichts wie weg hier«, flüsterte ich und ging betont langsam weiter, um nicht aufzufallen. Antes folgte mir. Wir stoppten erst, als wir die Himmelskapelle erreichten, die in einem nahe gelegenen Park lag.

»Zur Hölle noch mal, was hast du dir dabei gedacht?«

»Na was wohl? Damontiz endlich zur Rechenschaft zu ziehen und meine Schwester zu finden.«

»Star, du weißt genauso gut wie ich, dass du niemals an ihn herangekommen wärst. Er hätte dich innerhalb einer Sekunde getötet. Wenn du es überhaupt bis zu ihm geschafft hättest.«

»Ich hätte es geschafft!«

Antes schnaubte. »Ich bringe dich jetzt nach Hause, wo du auch bleiben wirst. Verstanden? Das ist ein Befehl!«

»Ich bin außer Dienst.«

»Noch ein Wort, und ich sorge dafür, dass du zwei Tage im Bunker verbringst. Vielleicht bringt dich das zur Besinnung!«

»Das wagst du nicht!«

»Wollen wir wetten? Ich bin wirklich sauer auf dich!«

Oh ja, er war wütend. So wütend, wie ich ihn noch nie erlebt hatte. Er umfasste meinen Oberarm und zog mich mit sich.

Mein Haus lag nur wenige Meter vom Park entfernt, in einem der besseren Stadtteile. Hier gab es Wasser, Strom, ein paar Lebensmittel und eine warme Heizung für wenigstens acht Stunden am Tag. Es hatte sogar ein Badezimmer und ein Dach, das nicht einsturzgefährdet war. Luxus pur.

Ich hatte Antes schon ein paar Mal angeboten, bei mir einzuziehen. Platz hatte ich genug. Doch er lehnte jedes Mal ab. Warum war mir schleierhaft. Er lebte in einer baufälligen Miniwohnung mit sechs anderen. Die Zimmer waren so groß wie eine Schuhschachtel. Kein gescheites Bad, wenig Nahrung, keine Heizung. Weiß der Geier, warum er dortblieb.

»Übernachtest du bei mir und erklärst mir, woher du wusstest, dass ich am Palast war?«

»Ich muss jetzt nach Hause, Star. Morgen früh hole ich dich zum Dienst ab, dann sprechen wir. Bis dahin versuche, keine weiteren Dummheiten zu machen. Ist das klar?«

»Jawohl, Sir!«, erwiderte ich sarkastisch. Antes war nicht nur mein bester Freund, sondern auch der leitende Operationsoffizier, in der Armee, der wir beide angehörten – und damit mein Vorgesetzter.

»Ich verstehe deinen Hass, aber er wird dich umbringen.« Sanft fuhr er mit seinen Fingern durch mein Haar und strich eine aberwitzige Strähne beiseite. Ich sah seine dunklen

Augen und das Grübchen am Kinn. Er war der große Bruder, den ich nie hatte. Mit vierundzwanzig war er zwei Jahre älter als ich. »Das war das Dümmste, das du je angestellt hast.«

»Er wird sterben! So oder so.«

Vorher würde ich ihn so lange foltern, bis er mir den Aufenthaltsort meiner Schwester verriet. Ich würde Daria finden und zurückholen. Meine Mutter und Großmutter hatte er mir genommen, für immer. Aber meine Schwester könnte überlebt haben. Ich fühlte es.

»Du weißt genauso gut wie ich, dass das unmöglich ist. Ehe du den Dolch gezogen hast, bist du Hackfleisch!«

»Das werden wir noch sehen!«

Rasch drehte ich mich um, lief zu meinem Haus, trat ein und knallte die Tür hinter mir zu. Einen Beruhigungstee, den brauchte ich. Ich stellte den alten Kessel auf den Herd, suchte ein paar Lavendelblüten, Zucker und schmiss beides in meine Lieblingstasse. Zur Hölle mit dir, Damontiz. Eines Tages erwische ich dich und reiße dir dein schwarzes Herz heraus. Mein Blick glitt zu den Fotos an der Wand. Mom, Großmutter und Daria. Ein paar Gegenstände, das Haus und diese Bilder waren alles, was mir geblieben ist.

Er überraschte sie an meinem 18. Geburtstag. Tötete meine Mutter und Großmutter und verschleppte meine Schwester. Ich war nur kurz unterwegs, ein paar Kräuter und Blumen sammeln, für einen Kuchen und ein Stück Fleisch, das es zur Feier des Tages geben sollte. Als ich zurückkehrte, fand ich ihre verstümmelten Leichen. Nur

Daria fehlte. Einige Nachbarn hatten heimlich alles beobachtet, unfähig, das Grauen aufzuhalten, das sich vor ihnen abspielte. Sie standen machtlos da, erstarrt vor Angst, die Nächsten zu sein.

Wir waren eine normale kleine Familie. Ohne besondere Gaben oder Fertigkeiten. Ohne Vater. Der starb, als ich noch ein Baby war. Also warum? Warum hatte er uns ausgesucht? Das würde ich herausfinden. Eines Tages.

Seufzend ließ ich mich in Nonas Schaukelstuhl fallen. Der Tee war heiß und süß und beruhigte sofort meine Nerven. Der heutige Abend war ein Desaster, aber Aufgeben stand für mich nicht zur Debatte. Irgendwann würde sich eine Gelegenheit bieten. Bis dahin musste ich geduldig sein.

2.

»Willst du auch einen?« Antes erschien wie versprochen am nächsten Morgen, um mich abzuholen. Er war früh dran und freute sich über die Tasse Kaffee, die ich ihm anbot. Wir hatten Stadtdienst, was bedeutete, dass wir den ganzen Tag auf den Beinen sein würden.

»Hast du Hunger?« Ohne auf eine Antwort zu warten, reichte ich ihm ein belegtes Sandwich mit Käse und Schinken. Seine braunen Augen funkelten verschmitzt.

»Du kennst mich zu gut.« Dankbar nahm er den Snack entgegen.

»Ich weiß, dass es bei euch kaum Nahrung gibt. Ich frage dich noch einmal: Möchtest du hier wohnen? Ich würde mich freuen.«

»Das ist lieb von dir, aber nicht nötig.«

»Ich verstehe es nicht, aber bitte, du musst wissen, was du willst. Sag mir wenigstens, woher du wusstest, dass ich gestern am Palast war.«

»Zufall, Joe und ich waren noch im Schlangenkrug auf ein Bier, und auf dem Rückweg sah ich jemanden, der verrückt genug war, an Damontiz Palast herumzuklettern.«

Er log, doch ich beließ es dabei. Er würde mir nichts Weiteres verraten.

Antes schnappte sich ein Buch, das offen auf meinem Tisch lag.

»Studierst du wieder die alten Schriften?«

»Immer. Vielleicht finde ich eine Lösung für diese Pest.«

Die Bücher stammten von Nona, meiner Großmutter. Manche waren uralt und trugen Namen wie Bibel, Talmud oder Koran. Andere konnte ich nicht einmal lesen; sie trugen Runen, Siegel und Hieroglyphen in einer Sprache, die ich nicht verstand. Sie stammten aus einer Zeit, in der die Menschheit über den Planeten herrschte, frei von Engeln, Dämonen oder Vampiren. Diese Wesen existierten damals nur in der Fantasie, als Märchen, um Kinder zu erschrecken.

Eine Passage handelte von den Nephilim – Kreuzungen zwischen Menschen und Göttern. Bösartige Riesen, die Frauen vergewaltigten, auf der Erde wüteten und Angst und Schrecken verbreiteten. Diese Beschreibung traf auf die hiesigen Engel zu. Ich fragte mich nicht zum ersten Mal, ob sie wirklich die Wesen waren, für die sie sich ausgaben.

Die Engel in der Bibel wurden meistens als hilfsbereit und lichtvoll beschrieben, nicht als monströs. Würde eine neue Sintflut kommen und die Erde reinigen, wie es geschrieben stand?

»Glaubst du, es sind wirklich Engel? Oder bösartige Kreaturen, die sich als Engel maskieren?«

Antes schüttelte den Kopf. »Wie kommst du auf solche Ideen? Was sollen sie sonst sein? Übergröße Hühner?«

»Keine Ahnung, vielleicht verzauberte Kakerlaken?«

»Wenn uns jemand hört, sind wir tot.«

»Keine Angst, die Wände sind intakt. Niemand kann uns hören.«

»Wir müssen los!«, mahnte Antes.

Zehn Minuten später betraten wir den Stadtkern. Die Gassen und Straßen waren unter der Schneelast verschwunden. Einige Obdachlose standen an einer Feuertonne und wärmten sich die Hände. Das Leben hier war grausam, geprägt von Angst, Hunger und Armut. Menschen waren weniger wert als Insekten, die man versehentlich unter den Schuhen zerquetschte.

In meiner Tasche befanden sich Sandwiches, eine Thermoskanne mit heißem Kaffee und Äpfel, die eigentlich für Antes und mich gedacht waren. Kurzerhand übergab ich alles an die Obdachlosen, nur die leere Thermoskanne nahm ich zurück.

»Vielen, vielen Dank. Mögen die Götter dich beschützen«, sagte eine ältere Dame gerührt.

»Warum sammelt ihr euch nicht in der Himmelskapelle? Die ist leer, und ihr habt wenigstens ein Dach über dem Kopf.«

»Aber das ist nicht erlaubt«, erwiderte ein Mann, der neben ihr stand.

»Die Engel patrouillieren dort nicht. Also ...«, antwortete Antes leise.

Ein Funken Hoffnung blitzte in seinen Augen. »Seid ihr sicher?«

»Absolut«, gab ich zurück. »Die Einzigen, die sich dort aufhalten, sind wir.«

»Aber ihr gehört zu seiner Armee«, zweifelte ein Dritter.

»Zu seiner Menschenarmee. Wir sind nichts wert, Kanonenfutter, nicht mehr oder weniger«, erklärte ich mit Nachdruck. Unsere Aufgabe bestand einzig und allein darin, die Engel zu schützen und den fragilen Frieden zwischen den beiden anderen Königreichen, Terras und Gehenna, wo Vampire und Dämonen herrschten, zu überwachen.

Diese Leute würden keine Nacht überleben, wenn sie nicht irgendwo ein Dach über dem Kopf bekämen. Und selbst dann wäre es ungewiss, ob sie den nächsten Morgen erlebten. Es gab trotz unserer Patrouillen ständig Angriffe von Dämonen und Vampiren, die sich in das Land schlichen und Menschen sowie Engel abschlachteten – obwohl die Geflügelten schwierig zu töten waren.

Im Gegenzug schickte Damontiz Assassinen in die anderen Königreiche, um hochrangige Offiziere oder Adelige zu exekutieren oder gefangen zu nehmen.

»Geht, solange ihr noch könnt«, schob ich hinterher und ging weiter. Antes folgte mir. Nach ein paar Metern legte er seine Hand auf meine Schulter.

»Kanonenfutter? Hast du das eben wirklich gesagt?«

»Das sagst du doch immer.«

»Zu dir, aber niemals öffentlich. Langsam beschleicht mich das Gefühl, dich plagt eine Todessehnsucht. Sag das nie wieder laut, es sei denn, du willst, dass die Engel dich ans Kreuz nageln?«

Der Himmel zog sich zu und nahm eine leicht violette Färbung an. Es schneite wieder. Wind kam auf und trieb die Flocken direkt in mein Gesicht. Genervt zog ich die Kapuze über. Immerhin hatte ich eine, was man von vielen Einwohnern Sanctums nicht behaupten konnte. Die wenigen Vorteile, in der Armee zu sein, waren, mit Uniformen ausgestattet zu werden und etwas Geld zu verdienen. Das war ein ganzer Haufen mehr, als die meisten hier besaßen. Der zweite Vorteil war, dass wir vor den Schikanen der Engel geschützter waren. Außerdem kam ich so in Damontiz Nähe, auch wenn ich ihn noch nie persönlich zu Gesicht bekommen hatte.

Mein Blick glitt über die vereisten Straßen, die ruinösen Gebäude, die zerborstenen Dachschindeln und die gebrochenen Fenster, aus denen schwarzer Rauch quoll, der mit den dichten Schneeflocken um die Wette tanzte. Ein dicker Strauch roter Rosen stand einsam und erfroren an einer Häuserecke. Fast hätte es in dieser kaputten, vereisten Welt etwas Romantisches gehabt, hätte nicht daneben ein angenageltes menschliches Skelett gehangen.

Sanctum musste einmal stattlich gewesen sein. Die Reste der verzierten Stuckfassaden, Erker und Türmchen implizierten eine einst gepflegte Stadt. Wenn ich die Augen schloss, sah ich sie vor mir: pompöse Häuser, deren Dächer sich im Sonnenschein spiegelten, Blumen und begrünte Flächen, belebte Geschäfte, Restaurants und Bars. Der Duft von Gewürzen, gebratenen Würsten und leckerem Gebäck wehte aus jeder Ecke.

»Da vorne ist Miller. Wie üblich schikaniert er ein paar Kinder«, wisperte Antes und holte mich aus meinen Gedanken.

Er nahm gerade ein paar Zehnjährigen einen Apfel weg. Einen Apfel! Und biss genüsslich hinein.

»Hey, Miller! Das ist nicht deine Route. Wir patrouillieren hier!«, brüllte ich. Dieser Kerl war Abschaum.

»Krieg dich ein, Delardia.«

Dümmlich grinsend warf er den angebissenen Apfel in den Dreck. Einer der Jungen stürzte sich darauf und versuchte krampfhaft, mit bloßer, steifgefrorener Hand den Schmutz abzuwischen.

»Du besorgst ihm einen neuen Apfel. Sofort!«

Meine Stimme überschlug sich. Wütend starrte ich in sein feistes, teigiges Gesicht. Die blassgrünen, wässrigen Augen verrieten einen immensen Alkoholkonsum. Wo auch immer er diesen herbekam. Henry, sein Kollege, der hinter ihm stand, räusperte sich. Er schlug die Hand vor den Mund, um sein schmieriges Grinsen zu verstecken.

»Witzig. Und wenn nicht? Was dann?«

»Das wirst du dann sehen, Miller«, erwiderte Antes ruhig und verschränkte die Arme vor der Brust.

»Schon gut, Leden. Ich besorge diesem Balg einen Apfel.«

Antes war auch sein Vorgesetzter, also musste er sich fügen – zumindest tat er so.

Er gab scheinbar nach. Das tat er immer, nur um in einem anderen, schwachen Moment hinterrücks zuzuschlagen.

»Nein. Du besorgst vier. Für jedes Kind einen«, erwiderte ich.

In seinen Augen blitzte Ärger auf. Nur kurz, aber lange genug, um mich die mörderische Kälte sehen zu lassen, die er sonst zu kaschieren versuchte.

»Wir warten«, erklärte Antes.

»Ich gehe schon, Boss«, gab Henry an seiner Stelle zur Antwort. In einer Nebenstraße bot ein Obsthändler seine Waren an, für Bewohner, die es sich leisten konnten.

In Windeseile war er zurück und übergab die Äpfel an die Kinder.

»Und jetzt verschwinde hier, Miller«, keifte ich.

Antes lachte, als die beiden das Weite suchten.

»Du hast ein Mundwerk. Ich sage es dir immer wieder: Eines Tages wird es dir viel Ärger einbringen.«

»Glaubst du, ich habe Angst vor ihm?«

»Nein, hast du nicht. Genau das ist der Punkt. Miller ist ein Schwein. Er kämpft nicht fair. Eines Tages, wenn du nicht mehr daran denkst, schlägt er gnadenlos zurück.«

»Er kann es ja versuchen«, erwiderte ich grinsend und zog meinen Dolch aus der Scheide. »Ich ertrage es nicht, dass Menschen genauso grausam agieren wie Engel. Wir müssten zusammenhalten, uns gegenseitig helfen, uns gemeinsam gegen sie verbünden. Stattdessen gibt es so viele, die ihre vermeintliche Macht ausnutzen.«

Antes legte seine Arme um meine Taille und zog mich an sich. »Du hast ein großes Herz und eine große Klappe«, grinste er. »Wir müssen weiter.«

Die Menge im Kolosseum jubelte euphorisch. Sie freute sich auf das Blutbad, das gleich folgen würde. Trotz der Kälte und des Schnees, der Sanctum mit eisiger Faust umschloss, war die Arena überfüllt. Die Engel liebten Kämpfe.

Der Dämon brüllte. Geifer tropfte von seinen Fängen und lief an seiner Brust hinab. Blut floss aus seinem Rücken, in dem zwei massive Eisenhaken und Ketten steckten, die an einer Schiene befestigt waren und ihm erlaubten, hin und her zu laufen. Die Haken besaßen eine spezielle Legierung, die Magie unterdrückte. Seiner Kraft beraubt, war er dennoch groß und muskulös – ein Berserker im Vergleich zu einem Menschen.

Ihm gegenüber stand ein männlicher Gefangener: dürr, menschlich, verdreckt, mit einem winzigen Dolch in der Hand.

Der Geruch nach Fäkalien drang in meine Nase. Schwer zu sagen, ob er von dem Dämon oder dem Gefangenen stammte.

»Lass uns weitergehen, ich habe keine Lust, mir diese Sauerei anzusehen.«

Antes ergriff meinen Arm und schob mich vorwärts. Wir patrouillierten täglich in den drei Arenen der Stadt. Abartigkeiten gehörten zur Tagesordnung.

»Ich halte das nicht mehr aus. Diese grundlose Grausamkeit von angeblich heiligen Wesen.«

»Sei still, Star«, gab mein Partner leise zurück. »Wenn dich einer hört, landest du auch hier.«

Es war einfach, in der Arena zu enden. Ein falsches Wort, ein kleines Delikt, ein falscher Blick – das besiegelte dein Leben. Man landete im Kolosseum am Kreuz oder in einem der Folterkerker.

Ich ballte die Fäuste und biss die Zähne zusammen.

Antes zog mich durch die Reihen der Zuschauer, die, aufgepeitscht durch das Geschehen auf dem Kampfplatz, aufstanden und aufgekratzt grölten. Ungezähmte Ekstase lag in ihren Augen.

Die Gier nach Blut, Schmerz und mehr Grausamkeit entfachte ihre niedrigsten Instinkte. Es waren nicht nur Geflügelte, die hier kreischten; auch Menschen, die einen gewissen Nutzen für die Engel hatten und mit ihnen kooperierten oder Geschäfte abschlossen.

Ein kurzer Blick auf die Kämpfenden verriet mir den Grund des Beifalls. Der Dämon schlug seine Klauen in den Mann und riss ihm das Herz heraus. Ein gnädiger Tod.

Ich hasste dieses Leben, ich hasste die Engel, die Dämonen, die Vampire, aber am meisten hasste ich ihn: Damontiz Andaris, König der Engel, Mörder meiner Mutter und Großmutter, Entführer meiner jüngeren Schwester Daria. Eines Tages würde ich ihn töten und seinen Kopf vor den Toren seines Palastes aufspießen.

Er würde durch meine Hand sterben, das hatte ich mir geschworen. Doch zuerst galt es herauszufinden, ob meine Schwester lebte und wo sie gefangen gehalten wurde.

3.

»Trinken wir heute Abend etwas zum Abschluss unserer Schicht?« Antes sah mich bittend an. Er hatte keine Lust, nach Hause zu gehen, was ich total verstand. Kein fließendes Wasser, kein Strom, nur Gaslaternen und Wassertürme. Eng aneinander gebaute, zum Teil einsturzgefährdete Häuser, in denen tatsächlich Familien lebten. Die Straßen hatten Schlaglöcher und waren übersät mit Schlamm und Unrat.

»Gerne, lass uns nachher im Schlangenkrug etwas trinken.«

Wir erreichten unser nächstes Ziel, den großen Marktplatz neben dem Schloss. Ein kleiner Schauer lief mir über den Rücken, wenn ich an gestern Nacht dachte.

»Lass uns hier Position beziehen.«

»Warum hier?«

»Das entzieht sich deiner Sicherheitsfreigabe, Star.«

Ich liebte ihn wie einen Bruder, aber in Momenten wie diesen hätte ich ihm gerne den Kopf abgerissen.

»Halte die Augen auf das Tor gerichtet.«

Plötzlich sah ich Rauchschwaden, die knapp über dem Boden waberten. Ein sicheres Zeichen, dass sich ein Dämon näherte.

Ehe mein Freund reagieren konnte, stand ich auf und rannte. Die Wachen schienen nichts zu merken und unterhielten sich mit gedämpfter Stimme.

Verdammt! Auf dem eisigen Boden kam ich langsamer voran als üblich.

Antes war dicht hinter mir und fluchte. »Was soll das, Star, kannst du nicht warten?«

Nein. Konnte ich nicht! Der Dämon manifestierte sich bereits. Seine hünenhafte Gestalt, die mich locker zwei Köpfe überragte, die wässrig blauen Augen, das blonde, strähnige Haar waren bereits deutlich sichtbar, als ich ihn erreichte und mit einem schnellen Tritt die Beine wegzog.

Er brüllte und stürzte sich auf mich. Der Gestank nach Urin, Sabber, der von seinen Fangzähnen tropfte und sein nach Verwesung riechender Atem zwangen mich, zügig zu handeln, wollte ich nicht an seinem Aroma zugrunde gehen. Blitzschnell zog ich meinen Taser aus der Tasche und grillte seine Kronjuwelen. Wie ein Sack Kartoffeln kippte er zur Seite und wimmerte.

»Na, wen haben wir denn da?« Antes stand über ihm, und die magischen Handfesseln klickten leise. »Sag mir, wie du heißt!«

Der Dämon fixierte ihn mit einem mörderischen Blick.

»Lore. Ich bin ein Bote König Amons und habe eine Nachricht für Damontiz«, knurrte er und spuckte aus. Sie waren nicht hässlich, diese Dämonen, nur furchtbar geruchsintensiv. Ich hielt mir die Nase zu, sonst hätte ich mich übergeben.

»Warum sollte Amon einen Fußsoldaten schicken?«, fragte ich hinter vorgehaltener Hand.

»Ich spreche nicht mit Weibern und schon gar nicht mit menschlichen!«

Antes lachte, und ich zückte meinen Taser. »Noch eine Ladung? Du schreist danach.«

Lore riss die Augen auf. »Das ist Folter und verstößt gegen das Abkommen.«

»Welches Abkommen? Hast du etwas von einem Abkommen gehört, Antes?«

»Nein, ist mir neu.«

»Der Pakt von Luzera. Boten genießen Immunität.«

Er hatte recht. Widerwillig zog ich den Taser zurück und verstaute ihn in meiner Tasche.

»Wie du willst, Stinktier, wir bringen dich zu den Garden des Königs, dann sehen wir weiter.« Antes schubste ihn die Treppen hoch, vorbei an den Wachen, die große Augen machten.

»Gern geschehen«, sagte ich im Vorbeigehen, was mir einen schiefen Blick von meinem Begleiter einbrachte.

Wir übergaben Lore der königlichen Garde, was uns etwas Extrageld einbrachte. Für jeden Dämon oder Vampir, den wir erwischten, gab es eine Belohnung.

»Was ist mit dir los, verdammt noch mal? Gestern Nacht diese Nummer, heute rennst du einfach los und erzählst

Wildfremden, dass wir nur Kanonenfutter sind, und jetzt das. Du hättest warten müssen!« Antes war eindeutig sauer. »Du kennst die Regeln.«

»Es tut mir leid.«

»Das sollte es auch. Der Dämon hätte dich erwischen können.«

»Er war noch nicht voll manifestiert.«

Wir stapften schweigend durch den Schnee. Die Kälte kroch durch meine Stiefel, doch die Stille zwischen uns war fast noch unangenehmer. Schließlich konnte ich es nicht länger aushalten und brach das Schweigen. »Woher wusstest du, dass der Dämon genau dort auftauchen würde?«

»Darf ich dir nicht sagen«, antwortete er knapp.

Wie sehr ich diese Geheimniskrämerei hasste. Ich verstand, dass er mir vorgesetzt war, aber es machte mich rasend, wenn meine angeborene Neugier nicht gestillt werden konnte.

Der Rest des Vormittags verlief ohne weitere Vorkommnisse, und schließlich machten wir uns auf den Weg zum Media Cordis, dem Stadtteil, in dem die Engel lebten. Hier befand sich auch unser Hauptquartier. Im Sommer duftete es himmlisch nach Limonen, Mandeln und Flieder. Überall gab es Blumenrabatte, Zitronen- und Orangenbäume zwischen den restaurierten Prachtbauten und vielen Marktstände, die allerlei Köstlichkeiten verkauften. So musste einst ganz Sanctum ausgesehen haben.

Der Kontrast zwischen der prächtigen, farbenfrohen Welt der Engel und den restlichen Stadtteilen war bedrückend.

Mein Unbehagen wuchs mit jedem weiteren Schritt, der uns näher zur nächsten Arena, der größten in der Stadt, brachte. Aus der Ferne waren die Jubelschreie des Publikums zu hören.

»Wieder ein armer Dummkopf, der sein Leben ließ«, zischte Antes. Er hasste die Engel genauso sehr, wie ich es tat.

»Müssen wir hinein?«, fragte ich mit einem Hauch von Widerwillen.

»Müssen wir«, antwortete er knapp.

»Na dann los«, sagte ich und steuerte auf den Eingang zu.

Wir drehten unsere Runde durch die unterste Reihe, die vollgestopft mit begeisterten Zuschauern war. Sie quetschten, schlugen und schubsten ohne Rücksicht auf Verluste, nur um den besten Blick auf das Geschehen zu haben. Damontiz verkaufte immer mehr Karten, als es Plätze gab. Und diese dummen Idioten fielen darauf rein.

Auf dem Kampfplatz standen sich zwei blutbesudelte Männer gegenüber.

Beide Kämpfer taumelten. Just in diesem Moment stach einer dem anderen ein Auge aus. Die Menge grölte und feuerte sie gnadenlos weiter an. Es war grausam und unmenschlich. Keiner der beiden würde als Sieger aus dem Kampf hervorgehen. Der Bessere würde zurück in den Kerker geschickt, bis zum nächsten Mal. Falls er nicht seinen Verletzungen erlag, was meistens der Fall war. Die Männer hatten keine Wahl. Weigerten sie sich, wurden sie bis zum Tode gefoltert. Es war völlig egal, was sie angeblich verbrochen hatten. Manche hatten ein Stück Brot gestohlen, um zu überleben, andere einfach nur ein falsches Wort gesagt.

Die Arena stank nach Blut, Verwesung, verbranntem Fleisch, Trauer und Tod. Das alte Gemäuer hatte so viele Leichen gesehen, dass man die Stadt darunter begraben könnte. Ungefähr dreißig Kämpfe fanden täglich statt. Damontiz dezimierte so seine Gefangenen und hielt die Kerker sauber. Die Leichen stapelten sich in einer eigens dafür eingerichteten Verbrennungskammer. Normalerweise war sie ständig in Betrieb, doch die Kälte erlaubte es, die Toten länger liegenzulassen.

Jede Patrouille, jeder Schritt in dieses albtraumhafte Gebäude kostete mich Überwindung, und ich war heilfroh, es wieder verlassen zu können. Wir beendeten unsere Runde ohne weitere Zwischenfälle und machten uns auf den Weg zur Schenke.

4.

Der Schlangenkrug war, wie fast jeden Abend, gut gefüllt. Hier trafen sich Arbeiter, Armeeangehörige und Engel der niederen Ränge, die es sich leisten konnten. Manche spielten Karten, tranken etwas oder waren auf der Suche nach einer willigen Frau für die Nacht. Wir kamen häufig zum Essen her. Die Küche war hervorragend.

Schon am Eingang duftete es nach Schmorbraten und Rotkohl. Die Inhaberin schleppte einen großen Topf mit Klößen nach vorne und wir erwischten den letzten Tisch direkt neben der Tür. Roxane, die Chefin, bediente uns selbst.

Sie war eine rundliche Frau mittleren Alters, mit einem freundlichen Gesicht und Lockenfrisur. Wir bestellten ein Glas Met und den Braten.

Die Schenke war gemütlich, aber einfach. Mit Holztischen und Stühlen und Windlichtern auf den Fensterbänken. In der Mitte schlängelte sich eine große Schanktheke, an der sich Hocker aufreiten. Ich liebte die bemalten Fenster, die aus der alten Zeit stammten, und den Duft der wurmstichigen Holzbalken.

Antes grinste schräg, als Roxane mit unserer Bestellung abzog.

»Sie flirtet mit dir«, sagte ich.

In seinen Augen blitzte es.

»Was du immer siehst, Star. Sie ist mindestens fünfzehn Jahre älter als ich. Was dann um die vierzig wäre.«

»Na und? Reife Frauen haben doch ihre Reize?«

Er sah mich durch seine Locken hinweg an. »Warum kümmerst du dich nicht um dein eigenes karges Liebesleben? Soweit ich weiß, ist das so trübe wie der Tümpel hinter der Himmelskapelle.«

»Wer braucht schon einen Mann, wenn ich dich habe?«, neckte ich ihn.

Antes war immer für mich da und neben Jackson, meinem Nachbarn, der wichtigste Mensch in meinem Leben.

»Im Ernst, Star, du bist wunderschön, mit deinen grünen Katzenaugen, den langen Wimpern und deinem unwiderstehlichen Mundwerk. Ganz abgesehen von deinem bemerkenswert wohlgeformten Körper und deiner langen Mähne, die mich an dunkle Schokolade erinnert. Aber weit und breit kein Herzblatt in Sicht?«

»Nicht, dass es schwierig wäre als Soldatin«, erwiderte ich genervt und errötete leicht.

Antes verdrehte die Augen und lehnte sich vor. »Vielleicht liegt es aber auch daran, dass du jeden, der sich dir nähert, in die Flucht schlägst, Frau Frost.«

»Dich scheinbar nicht.«

Ich ließ meinen Blick demonstrativ zu den Männern an der Theke schweifen, als Roxane mit unserer Bestellung kam und mich von dem ungeliebten Thema erlöste. Wir besprachen die Aufgaben des nächsten Tages und legten unsere Route fest.

Plötzlich dröhnte es. Die Wände vibrierten, Gläser flogen vom Tisch. Eine ohrenbetäubende Detonation folgte und erschütterte das Gasthaus bis ins Mark.

Die Gäste erstarrten, als der Boden unter ihnen erbebte. Holzdielen klappten nach oben, Rauch und Staub füllten den Raum, Scherben wurden durch die Luft gewirbelt. Balken und Putz flogen von der Decke und begruben einige Personen unter sich.

»Raus!«, brüllte Antes. Chaos brach aus. Menschen weinten, liefen panisch hin und her. Hinter mir brüllte jemand, stieß mich zur Seite. Ich stolperte über einen Engel, der bewusstlos und blutüberströmt am Boden lag. Schnell kniete ich mich neben ihn. Sein Puls war schwach, er blutete aus einer großen Bauchwunde. Fix zog ich mein Shirt aus und presste es auf die Verletzung.

»Hilf mir, Antes!«, verlangte ich. Meine Ohren dröhnten von der Lautstärke der Explosion.

»Raus hier! Lass ihn liegen!«

Nein. Ich würde ihn nicht liegen lassen, das wäre sein Tod. Krampfhaft zerrte ich ihn in Richtung Ausgang, als eine zweite, noch stärkere Detonation die Vorderseite des Wirtshauses zum Einsturz brachte. Die Wucht riss mich von den Füßen. Der Staub war so dicht, dass er mir die Sicht nahm.

Unter mir lag jemand. Es war der Engel, den ich zu retten versuchte.

»Antes?«

Ich wusste nicht, ob ich schrie oder flüsterte, die zweite Explosion ließ mich fast taub werden. »Antes, bist du da?«

Erst jetzt bemerkte ich, dass mein Fuß feststeckte. Loses Geröll bedeckte meinen Unterleib. Winzige Ascheflocken rieselten auf mich hinab. Es brannte! Einige Balken hatten Feuer gefangen. Mein rechtes Bein fühlte sich taub an. So sehr ich auch versuchte, mich zu befreien, es funktionierte nicht.

»Antes, wo bist du?«

Keine Antwort, nur die Schreie einer Frau. Erneut brüllte ich seinen Namen, doch in dem tosenden Durcheinander fand ich ihn nicht. Gehetzt sah ich mich um. Überall lagen Mauerstücke, ein Teil der Decke war eingestürzt. »Antes!«, flüsterte ich. »Bitte sag etwas.«

Tränen liefen über mein Gesicht. Panisch versuchte ich freizukommen und schrie aus Leibeskräften. Mein Puls raste, Schweiß tropfte von meiner Stirn. »Mein Bein steckt fest!«.

Minuten wurden zu Stunden. Ich brüllte, bis mir die Stimme versagte.

Endlich! Jemand kämpfte sich zu mir durch. »Miss, bleiben Sie ruhig, ich helfe Ihnen.«

Ein Mann, ganz mit Staub bedeckt, hantierte an meinem Bein. Mit unmenschlicher Kraft schob er Steinbrocken beiseite und schaffte es, mich freizubekommen. Blut sammelte sich in meinem Stiefel. Der Mann hob mich hoch und trug mich nach draußen. Auch hier herrschte Chaos. »Warten Sie, bis Hilfe kommt.«

Eine Frau mit einem blutüberströmten Gesicht setzte sich weinend auf den Boden. Der Mann kehrte zurück, den verletzten Engel aus der Taverne unter beide Arme gepackt. Er legte ihn neben mich, ehe er erneut zwischen den Trümmern verschwand. Ich versuchte aufzustehen, doch mein Bein trug mich nicht. Antes, ich muss wissen, wo du bist.

»Bitte helfen Sie mir hoch«, sprach ich den Nächsten an. Mittlerweile waren einige Helfer eingetroffen und die Königsgarde näherte sich.

»Du bist verletzt und der neben dir atmet kaum noch.«

Eine junge Frau mit schulterlangem blondem Haar und grauen Augen kniete vor mir und betrachtete das Blut an meinem Stiefel.

»Wie heißt du?«, fragte sie.

»Starlight Delardia, aber alle nennen mich Star.«

»Schöner Name. Ich heiße Billie Barnos. Star, hör zu, ich reiße jetzt deine Hose auf und gucke mir die Wunde an, okay?«

»Bist du eine Ärztin oder Heilerin?«

Billie nickte und machte sich an meiner Hose zu schaffen. Eine zehn Zentimeter lange Fleischwunde zog sich von meinem Fußknöchel bis zur Wade.

»Das sieht nicht gut aus.« Sie griff in ihre Tasche und zog einen Wickel hervor. »Hier binde dir das ums Bein, so lange, bis du auf die Krankenstation kommst.«

»Aber ich muss Antes suchen!«

»Schätzchen, du stehst unter Schock. Glaube mir, da drinnen kannst du nichts mehr tun.«

Mein Blick glitt zum Schlangenkrug. Fast die gesamte Vorderfront fehlte, die Decke war eingestürzt sowie Teile des Daches. Einige Balken ragten grotesk in den Abendhimmel. Die wenigen, die es hinausgeschafft hatten, waren schwer verletzt und lagen aufgereiht neben mir auf dem Bürgersteig. Meinen Freund entdeckte ich nicht. Nein, nein, nein, das durfte nicht sein! Heiße Tränen sammelten sich in meinen Augen. Er durfte nicht tot sein. Nicht er! Der einzige Mensch auf der Welt, den ich liebte, der für mich Familie war. Die Erkenntnis traf mich wie ein Donnerschlag. Es war meine Schuld, hätte ich den Engel nicht retten wollen und wäre mit Antes hinausgerannt, würde er vielleicht noch leben.

Geschockt wurde ich auf eine Trage gelegt und zur nächsten Krankenstation gebracht. Überall Verletzte. Manchen fehlte eine Hand, anderen ein Bein oder eine Gesichtshälfte. Der Boden war blutverschmiert, und der Geruch nach verbranntem Fleisch erfüllte die Luft.

Angst drückte gegen meine Lunge und ich konnte kaum atmen. Jemand versorgte meine Wunde und gab mir ein Beruhigungsmittel. Ich entspannte mich, und meine Augenlider wurden schwer. Das Letzte, an das ich mich erinnerte, war der blutverschmierte Engel aus der Schenke. Er atmete und lag in einem Bett neben mir. Aus seinem Bauch sickerte Blut, einer der Helfer steckte weiße Tücher hinein, um die Blutung zu stoppen. Er öffnete die Augen und sah mich an. Seine Lippen formten ein Wort: »Danke.«

Ich schenkte ihm ein trauriges Lächeln und sank in einen tiefen Schlaf.

Ein paar Stunden später erwachte ich mit hämmernden Kopfschmerzen. Eine Pflegerin machte sich an meinem Bein zu schaffen und legte einen neuen Verband an. »Guten Morgen, Miss, wie geht es Ihnen?«

Gedanken wirbelten durch meinen Kopf und ich benötigte einige Sekunden, um mich zu ordnen, ehe ich begriff, was passiert war und wo ich mich befand. Neben mir erbrach jemand. Ein Weiterer jammerte laut. Die Luft war angefüllt mit dem Geruch nach Äther und Jod, vermischt mit einem Duft nach körperlichen Ausscheidungen aller Art. Klagelaute erklangen aus allen Ecken. Leises Gemurmel ertönte, Menschen, die weiße Schürzen trugen, huschten zwischen weiß bezogenen Betten hin und her, die mit mobilen Wänden abgeteilt waren. »Mir geht es gut«, antwortete ich schließlich zögerlich.

»Ich bringe Ihnen gleich ein wenig Haferbrei und Tee, mehr haben wir leider nicht.« Sie lächelte schüchtern.

»Danke, aber ich habe keinen Appetit.«

»Sie müssen etwas essen.«

»Es gibt andere, die es mehr benötigen als ich.«

Die Frau von gestern lugte um die Ecke. »Du isst etwas, sonst war meine ganze Arbeit an deinem Bein umsonst. Keine Widerrede!«

In ihren grauen Augen lag eine Bestimmtheit, die keinen Widerspruch duldete. Genau wie alle anderen trug sie eine weiße Schürze und hielt eine Schere in der Hand. Wenn ich mich recht erinnerte, hörte sie auf den Namen Billie.

»Hast du was von meinem Freund gehört?«, wechselte ich das Thema, während die Pflegerin meinen Brei holte.

»Leider nicht.« Sie vermied es, mich anzusehen.

Ich wusste auch so, was es bedeutete. Antes war tot. Benommen versuchte ich, mich aufzusetzen.

»Es tut mir leid, Star.«

»Ja, mir auch«, flüsterte ich. In meinem Inneren spürte ich keinen Schmerz, nur Dunkelheit. Eine Art Betäubung, die nicht nur mein Bein, sondern auch meine Seele betraf, fast als würde sie sich weigern, die Wahrheit anzunehmen.

»Weiß man, wer dafür verantwortlich war?«

»Rebellen. Sie haben mehrere Punkte in der Stadt angegriffen.«

Das hatte ich bereits vermutet. Eine Gruppe Abtrünniger, die regelmäßige Anschläge gegen Engel verübten. Nur nahmen sie keine Rücksicht darauf, wie viele Menschen sie opferten. Sie lebten im Niemandsland, waren leichte Beute für die Jäger der Blutsauger und Dämonen. Dennoch kämpften sie für ihre vermeintlich gute Sache, die realistisch betrachtet völlig aussichtslos war. Engel waren stark, zäh, schnell und heilten hundertmal schneller als Normalsterbliche. Man konnte sie verletzen. Aber töten? Durch Bomben? Da musste man schon ganz gezielt vorgehen. Nein, es waren die Menschen, die dabei draufgingen. Ich verabscheute ihre Methoden. Was Antes betraf, so war es meine Schuld. Ganz allein meine Schuld.

»Und der Engel?«, fragte ich schließlich.

Billie zog die spanische Wand zur Seite. Da lag er. Ebenso weiß wie das Laken, aber er atmete.

»Er wird überleben.«

»Natürlich wird er. Das tun sie doch immer.«

Ich biss die Zähne zusammen. Warum hatte ich ihn überhaupt gerettet? Er hätte sowieso überlebt.

»Ohne dich wäre er gestorben. Sein ganzer Bauchraum war aufgerissen. Diese Wunde war selbst für einen Engel lebensgefährlich.«

»Aber Antes würde noch leben«, flüsterte ich.

Billie sah mich mitfühlend an, sagte jedoch nichts. Stattdessen stand sie auf und kümmerte sich um den nächsten Kranken.

Rebellen. Die Nächsten auf meiner Liste. Sie waren für Hunderte Tote verantwortlich. Ihre Aktionen waren sinnlos, brutal und mindestens genauso abartig wie die der Engel. In den letzten Monaten hatten sie mehrfach zugeschlagen – immer an belebten Plätzen mit möglichst vielen Opfern. Unsere Order lautete, sie zu verhaften, sollten wir ihrer habhaft werden.

Aber dafür waren sie viel zu gerissen. Sie operierten im Verborgenen und rekrutierten nur Fanatiker. Menschen, die bereit waren, über viele Leichen zu gehen, für die angeblich »gute Sache.« Verachtenswert.

Am nächsten Tag besuchte mich Kommandeur Myers und teilte mir mit, dass Antes offiziell für tot erklärt wurde. »Es tut mir sehr leid, Miss Delardia, aber es gibt keine weiteren Überlebenden.«

»Aber wie ist das möglich? Es muss doch wenigstens eine Leiche geben.«

»Viele Menschen konnten nur in Teilen geborgen werden. Sie waren verbrannt oder bis zur Unkenntlichkeit verstümmelt. Die Armee wird die Kosten Ihres Krankenhausaufenthalts übernehmen, aber danach können wir Sie nicht weiter einsetzen, solange Sie nicht vollständig genesen sind. Sie kennen die Regeln.«

Ja, die kannte ich. Verletzte, die nicht arbeiten konnten, wurden entlassen. Selbst wenn sie nur einen Tag ausfielen. Wir bekamen eine kleine Abfindung, die gerade für ein paar Tage reichte. Zum Glück hatte ich das Haus und ein wenig Geld gespart. Vielleicht könnte ich für Antes einen Gedenkstein kaufen. Soweit ich wusste, hatte er keine Angehörigen.

»Danke, Kommandeur Myers.«

»Es tut mir wirklich sehr leid. Er war ein guter Offizier, und Sie waren eine gute Soldatin. Vielleicht kommen Sie eines Tages zurück?«

»Keine Ahnung. Ohne Antes ist es nicht mehr dasselbe.«

»Das verstehe ich. Aber ich werde immer einen Platz für Sie haben.«

Er verabschiedete sich und ließ mich versteinert zurück. Was sollte ich jetzt mit meinem Leben anfangen? Ohne Antes? Er war meine Familie gewesen. Mein Fels, nachdem meine Mutter und Großmutter gestorben waren. Wie sollte ich ohne ihn klarkommen? Seine dunklen Augen erschienen vor meinem Gesicht: »Du wirst nicht aufgeben, hörst du? Finde Daria und kämpfe.«

Genau das würde er sagen.

Der erlösende Schmerz wollte sich nicht einstellen. Ich fühlte mich, als sei ich selbst gestorben. Emotional verkümmert und betäubt.

5.

Eine Woche später verließ ich die Krankenstation. Billie bestand darauf, mich zu begleiten. Sie gab mir zwei Gehstützen und achtete penibel darauf, dass ich das verletzte Bein nicht zu sehr belastete. Es schneite nicht mehr, was mir sehr entgegenkam.

»Deinem Bein wird es wieder gut gehen, wenn du dich an meine Anweisungen hältst!« Das war das dritte Mal, dass sie es mir sagte, und ich verdrehte genervt die Augen. Auch Aris, der Engel, den ich gerettet hatte, war auf dem Weg der Besserung. Dankbar über meine Hilfe versprach er mir, mich zu entlohnen, was ich jedoch dankend ablehnte.

»Hörst du mir überhaupt zu, Starlight?« Billie klang verärgert.

»Natürlich höre ich dir zu, ich soll mein Bein nicht belasten.«

»Nein, das habe ich dir vor zehn Minuten gesagt. Ich meinte, du sollst mir Bescheid geben, falls Aris bei dir auftaucht.«

Sie wirkte nervös und warf ständig Blicke nach oben. Auf dem Fenstersims des Hauses gegenüber saß ein schwarzer Rabe und beobachtete uns.

»Hast du Angst vor Raben?«, fragte ich amüsiert.

»Nein, es ist nur... Ach, vergiss es. Konzentrier dich lieber auf dein Gangbild.«

Der Rabe folgte uns. Er flog von Dach zu Dach, so lange bis wir mein Haus erreichten. Mein Nachbar Jackson Simmons stand mit einer Schaufel bewaffnet vor seiner Haustür. Sein faltiges Gesicht erhellte sich und seine blauen Augen strahlten, als er mich erkannte.

»Ich bin so froh, dass es dir gut geht, Kind. Ich habe mir solche Sorgen gemacht. Diese verdammten Rebellen sollte man alle erschießen.«.

Er umarmte mich und betrachtete aufmerksam mein Gesicht. Jackson war bereits siebzig Jahre alt, das Leben in Sanctum hatte seine Spuren hinterlassen. Seine Augen ließen nach, genauso wie seine Kräfte. Wir waren Nachbarn, seit ich denken konnte.

Manchmal tranken wir eine Tasse Tee zusammen und sprachen über die alten Zeiten – über meine Mutter Daria oder meine Großmutter. Jackson war immer da, wenn ich Hilfe brauchte, aber niemals aufdringlich. Ob es ein Ratschlag war oder eine Schulter zum Anlehnen – er war ein Freund für mich.

»Es tut mir aufrichtig leid. Antes war ein netter junger Mann und hat gut auf dich aufgepasst«, sagte er, während er mich noch einmal fest drückte.

»Ja, das hat er«, erwiderte ich leise.

»Ich bin hier, wenn du mich brauchst«, fügte er mit ernster Stimme hinzu.

»Danke, Jackson.« Ich hauchte ihm einen Kuss auf die Wange.

Erschöpft von dem Weg, war ich froh, dass Billie mir ins Haus folgte. Sie packte ein paar meiner Habseligkeiten aus und machte uns eine Tasse Tee. In der Zwischenzeit ließ ich mich im Schaukelstuhl nieder und legte das Bein hoch. Der Stuhl gehörte einst meiner Nona und war neben der alten Couch mein Lieblingsstück im Haus. Ich hatte vieles so belassen, wie es war, und nur die Wände in zarten Pastellfarben gestrichen. Eine neue Kommode besorgt, fliederfarbene Vorhänge und passende Kissen – alles fügte sich perfekt zusammen und machte das Haus gemütlich. Die Küche war einfach, aber funktional, mit einem großen Gasherd, dunklen Holzschränken, einem Kühlschrank sowie einem Esstisch mit Stühlen. In der heutigen Zeit war es keine Selbstverständlichkeit, all diese Gegenstände zu besitzen. Mein Badezimmer war sogar ein kleiner Luxus: mit einer Badewanne und einer Dusche.

Oben im Haus gab es vier weitere Zimmer: mein eigenes, das Zimmer meiner Schwester, Nonas Zimmer und das meiner Mutter.

»Hübsch hast du es hier«, rief Billie und steckte ihren blonden Schopf durch die Tür.

»Danke. Ich halte das Haus in Ehren.«

Unvermittelt brach ich in Tränen aus.

Der Schmerz meldete sich mit voller Wucht. Ich konnte kaum atmen, Rotz lief mir aus der Nase, und ich wischte ihn hastig weg. Der Verlust meiner Familie und meines besten Freundes holte mich gnadenlos ein.

»Weine ruhig. Es ist wichtig und reinigt die Seele. Du musst nicht immer stark sein. Du darfst verletzlich sein, Star.«

Billie zog mich in eine feste Umarmung, während sie mich sanft hin und her wiegte, als wäre ich ein Kind. Ihre Worte durchdrangen meinen Panzer aus Schmerz und Schuld, und ich ließ alles los. Schluchzend vergrub ich mein Gesicht an ihrer Schulter, sie hielt mich einfach fest, ohne ein weiteres Wort zu sagen.

Als die letzte Träne versiegte, fühlte ich mich leer, als hätte ich einen Teil meiner Seele für immer verloren.

Billie blieb bei mir. Vielleicht spürte sie, dass ich sie brauchte. Vielleicht tat ich ihr leid. Ich bot ihr ein Zimmer an, und sie zog ohne lange zu überlegen ein.

Wir trainierten mein Bein, Billie kochte, kaufte ein und half nachmittags auf der Krankenstation. Ich stand tief in ihrer Schuld und bedankte mich, so oft ich konnte. Wir redeten viel, über alles und jedes. Sie hörte aufmerksam zu, gab mir einen Ratschlag oder sagte einfach gar nichts.

»Wie ist deine Schwester so? Kommt ihr gut miteinander aus?«

Wir saßen auf der Couch und aßen ein Stück Kuchen, welchen ich gebacken hatte.

Lachend schüttelte ich den Kopf: »Daria ist das genaue Gegenteil von mir. Sie ein typisches Mädchen mit Ambitionen.«

»Die da wären?«

»Träume, den einzig Wahren zu finden. In einem schönen Haus zu leben, ohne Armut. Sie wollte immer Schneiderin werden, um sich selbst schöne Kleider zu kreieren. Ich dagegen lernte Bogenschießen und Messer werfen, prügelte mich wie ein Junge und interessierte mich für Bücher und andere Welten. Wir stritten uns und vertrugen uns wieder. Wie Geschwister so sind.«

»Und deine Mom und Nona? Wie waren sie?«

»Nona hasste die Engel und war sehr streng, aber auch sehr liebevoll. Mom versuchte, dass Gute in jedem und allem zu sehen und war außerdem sehr lustig. Beide lasen uns Geschichten vor. Aus Büchern, die Nona von ihrer Mom bekommen hatte. Aus der alten Zeit, vor der Invasion. Wie die Welt ausgesehen hat. Voll von Technik. Autos, die ohne Pferde fuhren, und Straßen ohne Schlaglöcher. Von Theatern, Kinos und Flugzeugen. Von Schulen und Universitäten, in denen es unbegrenztes Wissen gab. Über das Universum, die Erde und Gott. Alle Menschen hatten Strom und Wasser und Häuser, die nicht baufällig waren. Es gab richtige Heizwerke, Wasserwerke und Kraftwerke, die 24 Stunden am Tag funktionierten. Nicht wie hier, wo alles auseinanderfällt und nur notdürftig für einen Teil der Bevölkerung zur Verfügung steht. Sie haben uns alles gelehrt: schreiben, rechnen und lesen. Alles an Wissen, das sie besaßen. Später habe ich selbst in Nonas Büchern gelesen und alles wie ein Schwamm aufgesogen.«

»Deine Mutter und Großmutter scheinen zwei sehr kluge Frauen gewesen zu sein.«

»Ja, das waren sie.«

Billie drückte sanft meine Hand und lächelte. »Zeit fürs Training, Star.«

Ich nickte, auch wenn ich das Bedürfnis hatte, noch länger über meine Familie zu sprechen. Das Gespräch hatte alte Erinnerungen geweckt, und für einen Moment fühlte ich mich in die gute Zeit versetzt. Doch Billie verstand mich. Sie wusste, wann es genug war und wann es Zeit wurde, nach vorne zu blicken.

»In Ordnung«, seufzte ich und stand langsam auf. Das Bein fühlte sich noch etwas steif an, aber es war weitaus besser als vor einigen Tagen.

Wir gingen hinaus in den Hof hinter dem Haus, wo Billie bereits ein paar einfache Übungswaffen und Zielscheiben aufgestellt hatte. Die Sonne schien freundlich, und der Boden war endlich frei von Schnee. Es fühlte sich an, als ob der Frühling nicht nur die Natur, sondern auch meine Seele langsam auftaute.

»Also, was steht heute auf dem Plan?«, fragte ich, während ich das hölzerne Trainingsschwert aufnahm und es prüfend schwang.

»Balance, Ausdauer und Präzision«, antwortete Billie mit einem verschmitzten Lächeln. »Ich werde dich nicht schonen, nur weil du noch angeschlagen bist.«

Ich lachte leicht und stellte mich in Position. »Keine Sorge, ich habe nicht vor, mir noch mehr Mitleidspunkte zu holen.«

Es wurde Zeit, zu überlegen, wie es weiterging. Mein Erspartes würde nicht für immer reichen, also brauchte ich einen neuen Job. Ein schwieriges Unterfangen. Zur Armee wollte ich nicht zurückkehren. Ich konnte mir die Arbeit ohne Antes einfach nicht vorstellen. Ein anderer Partner an meiner Seite? Nein.

Allerdings würde ich meinen Plan, an Damontiz heranzukommen und Daria zu finden, nicht aufgeben. Was also blieb mir? Alles, was mir dazu einfiel, war, als Dienstmädchen im Schloss zu arbeiten. Doch diese Stellen waren rar gesät und meist von Engeln belegt. Damontiz lebte völlig abgeschirmt, so sehr, dass ich ihn noch nie zu Gesicht bekommen hatte. Selbst den Festen zu seinen Ehren blieb er fern. Er glich einem wandelnden Mythos.

Am nächsten Morgen, beschloss ich, auf Jobsuche zu gehen, doch vorher wollten wir im Garten frühstücken.

Umgeben von Lavendelbüschen und Rosen, Froschfiguren und Tomatenstauden erzählte Billie von ihrer Arbeit auf der Krankenstation. Die Sonne stach warm vom Himmel und trieb mir die ersten Schweißperlen auf die Stirn. Meinen Garten liebte ich. Er war nicht groß, eher ein Viereck mit einer Mauer als Umzäunung, doch ich hegte und pflegte ihn.

Großmutter hatte hier viel Zeit verbracht und jeden Zentimeter genutzt, um irgendetwas anzupflanzen. Ihr ganzer Stolz waren die Kürbisse und Zucchini, aus denen sie Eintöpfe und Gemüsespaghetti gezaubert hatte. Hier schaltete ich ab und tauchte, mit einem der alten Bücher bewaffnet, in andere Welten ein.

Billie erzählte etwas. Doch meine Gedanken streiften durch die Vergangenheit.

»Kannst du dir das vorstellen, Star? Der Bäcker war unmöglich.«

Ich hatte ihr nicht zugehört, nickte jedoch eifrig.

»Du wirkst abwesend. Was ist los?« Sie zog die Nase kraus und stützte ihren Kopf auf beide Hände.

»Nichts Wichtiges.« Ich wollte uns den Tag nicht mit Trübsal verderben.

»Lüge mich nicht an, ich sehe, dass du grübelst«, bohrte sie nach.

»Es ist alles in Ordnung.«

Ich setzte mein schönstes Lächeln auf, um sie zu beschwichtigen, als der Himmel sich urplötzlich verdunkelte und ein grelles Kreischen ertönte.

Ein Ton, so hoch, dass ich glaubte, mein Gehirn müsse platzen.

Billie sprang auf und erstarrte. »Was zur Hölle?«, flüsterte sie ängstlich.

Prompt stellten sich meine Nackenhaare auf, und ich vergaß zu atmen. Der Wind frischte auf, zerrte an meinem Haar.

Bäume, die plötzlich nacktes Astwerk trugen. Die Blätter flogen und wurden wild durch die Luft gewirbelt, ehe sie die Erde erreichten. Blitze, die aus dem Nichts kamen, erhellten den Himmel. Über uns stieß ein Schwarm Krähen hinweg.

»Was ist hier los?«, wisperte ich und sah Billie an.

Meine Mitbewohnerin fixierte den Himmel, der sich blutrot färbte. Ungläubig starrte ich nach oben. Eisregen stürzte auf uns herab. Hagelkörner, so groß wie Weintrauben, prasselten nieder und zerstörten Pflanzen, Geschirr und Fenster.

Schlagartig begann es zu schneien. Dicke weiße Flocken fielen auf die Straße und bedeckten innerhalb von Sekunden den Boden. Der Wind entwickelte sich zu einem ausgewachsenen Sturm.

Ich wurde fast von den Füßen gerissen, als plötzlich am Horizont drei monströse Schatten erschienen. So groß, dass sie zu keinem mir bekannten Tier passten. Zitternd suchte ich Halt am Tisch. Was immer da oben flog, hatte gigantische Ausmaße. Ich hörte die ängstlichen Schreie der Nachbarn, die panisch nach ihren Kindern riefen.

Billie war weiß wie eine Wand.

»Was ist das?«, flüsterte ich ungläubig.

Die Schatten lösten sich auf, als eine Feuerfontäne über uns hinwegfegte.

»Das sind Drachen!«, schrie ich. Kurz verlor ich den Halt, meine Beine gaben nach. Adrenalin peitschte durch meinen Körper und brachte meinen Herzschlag kurz aus dem Takt.

Riesenhafte Bestien, die golden schimmerten. Bei genauerer Betrachtung erkannte ich, dass sie eine Rüstung trugen.

Drei Reiter, in strahlendes Licht gehüllt, saßen auf den Tieren. Unmöglich, zu beurteilen, um welche Wesen es sich handelte.

»Was ist das?«, flüsterte ich entsetzt. »Es gibt keine Drachen.«

»Der Teufel höchstpersönlich«, gab Billie leise zurück. Sie war aschfahl, und ihr Mund zitterte. »Verfluchter Mist. Das fehlt mir auch noch«, schob sie hinterher und drehte sich um. »Komm!«

Sie ergriff meine Hand und zog mich mit sich. Wir verließen den Garten.

Menschen standen auf der Straße und starrten verstört in den Himmel. Die Drachen waren längst vorübergezogen, doch vom Himmel regnete es Ascheflocken und silberne Schuppen. Mr. Simmons eilte zu uns, sein Gesicht versteinert.

»Alles in Ordnung?«

Ich nickte zaghaft und sammelte mich. »Was ist da eben passiert? Das waren Drachen«, gab ich zurück.

Billie drehte sich um.

»Luzifers Drachen.«

»Wie bitte?«

»Es sind Luzifers Drachen«, erwiderte sie leise.

War das ein Witz oder stand sie unter Schock? Luzifer, der Lichtträger und Höllenfürst aus den Fabeln? Die Legenden der Erzengel existierten doch nur in den Mythen der alten Bücher. Jackson räusperte sich. Die Falten in seinem sonst freundlichen Gesicht wirkten vor Schauder fast glattgebügelt.

»Woher weißt du das?«, wandte er sich an meine Mitbewohnerin, die weiterhin fassungslos schien. Sie sank zu Boden und nahm einige der Schuppen in ihre Hände.

»Es gibt nur ein Wesen in diesem Universum, dem die Drachen folgen. Der sie befehligen kann. Der Lichtträger selbst! So steht es geschrieben – in alten Schriften, geheimen Büchern und in Überlieferungen.«

Wir folgten der Spur bis zur Stadtmitte. Auf dem Exerzierplatz, vor Damontiz Palast, hatte sich eine Menschenmenge versammelt. Die halbe Stadt schien auf den Beinen zu sein. Bereits aus der Ferne war ein Drache zu sehen – das gewaltige Tier lag vor dem Haupttor des Palastes. Auf seinem massigen Kopf saß ein goldener Helm. Die untergehende Sonne verlieh ihm einen goldenen Schimmer, obwohl seine Schuppen silbrig waren.

Mühevoll kämpften wir uns nach vorne. Die Menschen waren aufgeregt. Jeder wollte einen Blick erhaschen, sich selbst überzeugen, dass die Biester real waren. Wir schafften es in die erste Reihe, von wo aus man den ganzen Platz überblicken konnte.

Die beiden anderen Drachen thronten auf den Türmen des Schlosses und starrten auf die Menschenmenge unter ihren Klauenfüßen. Eine zarte Gänsehaut überzog meine Arme, während ich ihre Mäuler betrachtete. Riesige Reißzähne, von denen Geifer tropfte, blitzten so spitz wie übergroße Stricknadeln aus den Schnauzen hervor. Augen, so leuchtend wie zwei glühende Kohlen, blickten uns entgegen. Gespenstisch.

Vor dem Tor wurde ein Holzpodest aufgebaut. Die Menge wurde unruhig, Spannung lag in der Luft und würde sich entladen, wenn nicht bald etwas geschah. Plötzlich öffnete sich das Haupttor. Mitglieder der königlichen Garde marschierten im Gleichschritt, gefolgt von zehn Männern in Ketten. Dahinter entlud sich ein Lichtstrahl, so hell wie die Sonne. Zwei Gestalten, die eine in dunkle Schatten gehüllt, die andere in strahlendes Licht, schritten langsam die Treppe hinab. Die Engel fielen auf die Knie und senkten ehrfürchtig ihre Häupter. Mein Herz raste.

»Ist das Damontiz?«, wisperte ich.

»Der Dunkle?« Billie nickte kurz. »Der andere ist der König.«

»Aber Damontiz ist der König.«

Billie schnaubte. »Luzifer ist der Herrscher, der höchste Engel, der Lichtträger. Vergiss das besser nie!«

Woher wusste sie so viel über ihn?

Schatten und Licht lösten sich, und ich erkannte zwei Männer. Mein Hals wurde trocken, und ich bekam kaum Luft.

Luzifer war herzzerreißend schön. Sein langes Haar schimmerte schwarz wie eine Rabenfeder, in der sich die Sonne fing. Seine Augen, so strahlend türkis wie ein Aquamarin oder Himmelssterne, und lange schwarze Wimpern warfen Schatten auf seine markanten Wangenknochen. Mein Blick klebte an seinem Gesicht.

Das Licht folgte ihm bei jedem seiner Schritte und sammelte sich wie Wasser um seine Füße. Schillernde Schwingen, die von Perlmutt über Silber bis Gold reichten, erhoben sich hinter seinen breiten Schultern.

Er strahlte pure Macht und Stärke aus, so sehr, dass jeder, der neben ihm stand, winzig erschien. Selbst Damontiz, der König, wirkte wie ein unscheinbares Männchen im Vergleich zu Luzifers Charisma.

»Star? Mach den Mund zu!« Billies Stimme holte mich aus meiner Trance.

»Hast du schon mal ein so umwerfendes Wesen gesehen?«, flüsterte ich. »So machtvoll, sexy und überirdisch schön?«

»Ja, ich bin ihm bereits einmal begegnet. Er ist auch nur ein Mann.«

Hatte sie das gerade wirklich gesagt? Sie war ihm bereits begegnet?

»Ein Dämon«, schob sie hinterher.

Sie hatte recht. *Reiß dich zusammen*, schalte ich mich selbst. Ich starrte zu Damontiz, dem Objekt meiner Rachefantasien. Jetzt, da ich ihn sah, war ich ein wenig überrascht. In meiner Fantasie glich er einem obszönen Monster. Aber das Gegenteil war der Fall. Er wirkte unscheinbar, mit seinen dunkelbraunen, kinnlangen Locken und den braunen Augen.

Ein durchschnittliches Gesicht, keine Narben oder sonstige Attribute, die zu einem Scheusal passten. Seine Schwingen waren einfach schwarz wie die Nacht. Der Schatten folgte ihm und legte sich wie ein Cape um seine Schultern.

Schockiert über das Aussehen des Teufels, versuchte ich mich auf die Gefangenen zu konzentrieren. Doch immer wieder ertappte ich mich dabei, wie ich Luzifer anstarrte. In meiner Brust brodelte ein hysterisches Lachen. Ich – Starlight Delardia – interessierte mich nicht für Männer, und ausgerechnet der Höllenprinz höchstpersönlich brachte mich aus der Fassung.

Ich musste laut gelacht haben, denn Billie stieß mir ihren Ellenbogen in die Rippen. »Sei leise!«

Zu spät. Satan sah bereits in meine Richtung. Seine wahnsinnigen Sternenaugen trafen mich mit voller Wucht. Die sinnlichen Lippen zu einem arroganten Lächeln verzogen, kam er langsam auf uns zu.

»Guck nach unten! Schnell!« Billie schlug mir ihre Hand in den Nacken, was mich augenblicklich auf den Boden sehen ließ. »Reiß dich zusammen! Glaub mir, du willst seine Aufmerksamkeit nicht.«

Sie hatte recht. Was hatte ich mir dabei gedacht? Geradezu absurd.

Mein Kinn hob sich. Der Teufel stand in seiner schillernden Pracht vor mir. Aus der Nähe betrachtet, wirkte er noch einschüchternder und strahlender. Er trug einen schwarzen Kampfanzug und schwere Boots, die bis zu seinen Knien reichten. Der Duft von frisch gefallenem Schnee und Sandelholz umhüllte mich. Kalt und rein. Für einen Moment glaubte ich, den Himmel zu riechen. Mein Herz stoppte für einen Atemzug. Türkise Augen fixierten mich, sezierten mich, bis in den letzten Winkel meiner Seele.

»Wie ist dein Name?« Seine Stimme war so dunkel und sanft wie geschmolzene Schokolade mit einem Hauch von Sahne.

»Starlight Delardia«, brachte ich nur in einem abgehackten Flüstern hervor. Der Engel grinste und ließ eine Reihe strahlend weißer Zähne sehen.

»Interessanter Name. Was ist so lustig, Starlight?« Er zog eine perfekt geschwungene Braue in die Höhe.

Er klang freundlich, doch tief in meinem Inneren spürte ich, dass ich mit einer Viper sprach.

Hinter mir hatte sich eine Traube von Menschen gebildet.

Sie schienen neugierig und genauso von seinem Äußeren beeindruckt zu sein wie ich.

Nur Billie stand reglos wie eine Statue neben mir.

»Ich weiß es nicht«, wisperte ich.

»Du weißt es nicht? Und dennoch störst du eine königliche Hinrichtung? Ihr Menschen habt einen seltsamen Humor.«

Diese Augen brachten mich vollends aus dem Gleichgewicht. Sie wechselten die Farbe im selben Rhythmus, wie er sprach. Türkis, hellgrün, dunkelblau. Atemberaubend war das einzige Wort, das mir in den Sinn kam. Er erinnerte mich an eine Märchengestalt. Der schöne Prinz, der die Prinzessin errettete. Nur dass er in diesem Fall das Biest war, das die Prinzessin tötete. Ich sagte nichts und starrte nur.

»Stumm ist sie auch noch?«

Irritiert durch meinen ausdruckslosen Blick sah er mich einige Sekunden unschlüssig an. Schlug mein Herz? War das die Wirklichkeit? Oder träumte ich? Billie hielt neben mir den Atem an.

»Damontiz! Lass den Spaß beginnen, die Drachen sind hungrig!«, sagte er schließlich gereizt. Abrupt drehte er sich um und bewegte sich geschmeidig wie eine Raubkatze in Richtung Haupttor. Billie stieß langsam die Luft aus.

»Gott, Star, weißt du, wie viel Glück du eben hattest? Er hätte dich lynchen können.«

Das war mir durchaus bewusst, was sich an meinen zitternden Händen zeigte. Scheiße, was war das eben? War ich völlig verrückt, den Teufel anzustarren?

Die Menge löste sich auf und richtete ihre Aufmerksamkeit wieder auf die Geschehnisse vor uns.

Damontiz führte einen der Gefangenen zur Plattform und ließ sich dazu herab, eine kurze Ansprache zu halten.

»Volk von Sanctum, uns ist es gelungen, einen Teil der Rebellen zu fangen, die für die Explosion in der Taverne verantwortlich waren. Heute erhalten sie ihre Strafe.«

Ihm zuzuhören, war seltsam. Für mich war er immer ein gesichtsloses Wesen, ein Mythos, den es zu töten galt. Und jetzt stand er vor mir und sprach mit erstaunlich angenehmer Stimme. Was mich sofort in Rage versetzte. Dieses Monster war nicht angenehm. Was zur Hölle war nur los mit mir? Die Tatsache, dass er die Männer gefunden hatte, die für Antes Tod verantwortlich waren, löste in mir fast so etwas wie Dankbarkeit aus. Das lief so gar nicht nach meinen Vorstellungen.

Luzifer schnippte mit den Fingern, und einer der Turmdrachen erhob sich in die Lüfte. Das Tier drehte eine Runde, ehe es blitzschnell mit geöffnetem Maul zu Boden stürzte. Seine rasiermesserscharfen Krallen und Zähne gruben sich in den Leib des Mannes und zerfetzten ihn. Übelkeit stieg in mir hoch, als die Bestie genüsslich schmatzte. Die beiden anderen Ungeheuer begaben sich in Startposition. Die Häftlinge wurden nacheinander aufs Podest geführt. Allen wurde dasselbe schreckliche Schicksal zuteil. Sie wurden zu einer Drachenmahlzeit.

Angewidert drehte ich mich um. Die Schreie der Gefangenen dröhnten in meinen Ohren, und das grausame Schauspiel heizte die Stimmung des Volkes weiter an. Es wurde aggressiver und unkontrolliert. Der gemeine Pöbel lehnte sich gegen seine Gebieter auf. Sie schrien und brüllten Beleidigungen. Billie ergriff meinen Arm. Wir versuchten, nach hinten zu entkommen und der Menge zu entfliehen. Unvermittelt flogen Flaschen und Steine auf Mitglieder der Königsgarde. Verzweifelte Menschen stürzten sich auf die Soldaten, versuchten sie niederzuschlagen, mit allem, was sie finden konnten.

»Lass uns hier verschwinden!«, brüllte ich über die Massen hinweg.

Einige drängten nach vorne, andere nach hinten. Das Chaos war perfekt, als die Garde sich in Bewegung setzte, um die Flaschenwerfer und Prügler zu verhaften.

Stürzend riss ich meine Freundin mit mir. Der Boden vibrierte unter den schweren Stiefeln, die hektisch über uns hinweg jagten. Es gelang Billie, sich aufzurappeln und mich aus der Gefahrenzone zu ziehen.

Im nächsten Augenblick wurden wir von den Soldaten der Garde geschnappt.

»Was soll das?«, schrie ich aufgebracht und versuchte, mich aus dem festen Griff zu befreien. »Wir haben nichts getan!«

Vor mir baute sich Jay auf, ein vertrautes Gesicht aus meiner Zeit bei der Armee. Er gehörte zu Damontiz engsten Offizieren und schien die Situation zu genießen.

»Ihr habt Steine geworfen.« In seinen Augen lag ein hämisches Funkeln.

»Wir haben gar nichts geschmissen«, gab Billie wütend zurück. »Star ist gestürzt und ich habe sie vor der Menge geschützt.«

Sie stand mit verschränkten Armen da, das Kinn trotzig erhoben. Trotz ihrer kleinen Statur wirkte sie jetzt fast imposant, als sie sich dem Soldaten gegenüberstellte.

»Die beiden da behaupten, ihr habt Steine geschmissen.« Er zeigte auf zwei andere Soldaten. »Was denkst du, wem ich glaube? Euch oder meinen Kameraden?«

Wir wurden wie Schwerverbrecher abgeführt, vorbei an den Drachen, die ungestört weiterfraßen. Der Boden war blutgetränkt, Knochen und Leichenteile lagen über den ganzen Platz verstreut. Ob wir auch zu Drachenfutter werden würden? Der Gedanke ließ mich erschauern. Mit uns wurden Hunderte Menschen verhaftet und in einen von Damontiz Kerkern gesperrt. Einige waren schuldig, die meisten unschuldig.

Wir passierten das Haupttor und bogen nach rechts ab. Dort führte eine abgetretene Steintreppe in das Kellergewölbe des Palastes. Staunend sah ich mich um. Ich hatte nicht erwartet, dass die Verliese so groß waren. Damontiz hätte genug Platz, um die Hälfte der Stadt zu verhaften. Die Räume waren dreckig und karg: nackte Steinwände, von denen Wasser tropfte, eine Toilette für einen Verwahrraum mit zwanzig Leuten und keine Betten.

Wir wurden in eine Viererzelle gepfercht, zusammen mit zwei weiteren Frauen, die Mühe hatten, ihre Panik zu unterdrücken. Die beiden zitterten wie Espenlaub und weinten bitterlich.

Meine Wunde blutete wieder. Ich fluchte wie ein Kesselflicker und ließ mich langsam zu Boden sinken. »So ein Mist!«

Billie setzte sich zu mir. Kurzerhand riss sie den Ärmel ihres Shirts ab und legte mir einen provisorischen Verband an.

»Schöner Käse, da haben wir uns in die Nesseln gesetzt«, sagte sie schließlich und wischte sich ein paar Schweißperlen von der Stirn. Ihre grauen Augen streiften nervös umher.

»Bleib ruhig, das wird sich schon aufklären«, erwiderte ich halbherzig. »Es bringt nichts, jetzt durchzudrehen.«

Ich lehnte meinen Kopf an die Wand und wartete.

6.

Natürlich würde sich nichts aufklären. Damontiz würde uns bestrafen. Vielleicht müssten wir in der Arena kämpfen, würden öffentlich ausgepeitscht oder den Drachen zum Fraß vorgeworfen. Gnade kannte er nicht. Unser Schicksal war besiegelt, wenn mir nicht irgendetwas Geniales einfiel, um unsere Ärsche zu retten.

»Wir müssen hier irgendwie raus«, flüsterte ich in Billies Richtung.

Sie nickte angespannt und sah sich um. Unsere Aussichten waren nicht die besten.

»Wie willst du das anstellen?«, erwiderte sie leise, ihren Blick auf die beiden anderen Frauen gerichtet.

Ich sah mich nach einer Schwachstelle um: Fenster, lose Ziegel oder verrostete Gitterstäbe. Ich fand nichts.

»Ehrlich gesagt, habe ich keine Ahnung.«

»Falls es zum Äußersten kommt, habe ich eine riskante Idee. Aber du musst mir vertrauen. Zu einhundert Prozent verstehst du?«, gab Billie leise zurück.

Meine Gedanken rotierten, was sollte das für ein Plan sein? Schließlich nickte ich. Unterdessen marschierten Wachleute durch die Gänge und brüllten Befehle in Richtung der Gefangenen. Einige Männer aus der Zelle gegenüber schrien zurück und traten gegen die Eisenstäbe.

»Verdammte Tyrannen aus dem Himmel. Man sollte diese gefiederten Erbsenhirne einen nach dem anderen aufspießen wie Grillhähnchen! Verpisst euch endlich aus unserer Welt!«, riefen sie den Wachen entgegen.

»Haltet den Mund, oder wollt ihr so enden wie die da draußen?«, wandte sich Billie an die Männer.

Ein kleiner glatzköpfiger mit Vollbart lachte lauthals.

»Glaubst du etwa, wir werden nicht so enden? Egal, was wir sagen? Wir sind alle tot, Mädchen. Mausetot. Gewöhn dich besser an den Gedanken.«

Er hatte recht, aber so schnell würden wir nicht aufgeben – dafür würde ich sorgen. Ich griff nach dem Dolch, der in meinem Stiefel steckte, nur um mir selbst zu versichern, dass er noch da war. Antes hatte ihn mir einst geschenkt. Er besaß eine Osmiumlegierung, das einzige Metall, das Engel töten konnte. Wenn sie mich damit erwischten, wäre ich erledigt. »*Niemand darf wissen, dass du einen solchen Dolch besitzt. Das wäre dein Todesurteil.*« Die Worte geisterten durch meinen Kopf.

Er hatte den Dolch irgendwie aufgespürt und gekauft. Einen für mich, einen für sich selbst.

Osmium wirkte auf die Geflügelten wie Gift. Sie starben binnen weniger Stunden.

Im ganzen Königreich war das Metall strengstens verboten und kaum aufzutreiben, es sei denn, man hatte Kontakte, die bis in die höchsten Etagen reichten – oder man suchte auf dem Schwarzmarkt, der durchweg von kriminellen Banden beherrscht wurde.

Die beiden anderen Frauen waren eingeschlafen. Der Glatzköpfige von gegenüber schnarchte so laut wie eine verrostete Kreissäge, die einen ganzen Wald abholzte. Ich hatte keine Ahnung, wie lange wir bereits hier unten waren, doch es mussten Stunden gewesen sein. Stille kehrte ein. Gelegentlich drang ein gedämpftes Murmeln an meine Ohren. Jemand hatte das Licht gedimmt, vermutlich war es Nacht. Mein Bein schmerzte, mein Hintern war taub, und meine Laune auf dem Nullpunkt, als plötzlich einige Wachen anrückten und Gefangene aus ihren Zellen führten.

Sie begannen in den hinteren Verliesen. Ein Häftling nach dem anderen wurde abgeführt und kam nicht mehr zurück. Die Stimmung unter den Inhaftierten kippte. Sie schrien, schlugen gegen die Gitter, warfen Schuhe und spuckten den Wachen ins Gesicht. Die Ausweglosigkeit der Situation verlieh ihnen Bärenkräfte. Einigen gelang es, die Engel zu treten, zu beißen oder zu kratzen. Die Wachen antworteten mit brutaler Gewalt. Köpfe wurden gegen Wände geschlagen, Hände gebrochen. Viele schafften es nicht einmal mehr bis zum Schafott – sie wurden einfach totgeprügelt.

Aus dem Nichts erschien eine große Gestalt, die einen dunklen Umhang mit Kapuze trug, vor unserer Zellentür. Es war unmöglich, ein Gesicht auszumachen.

»Starlight Delardia, Billie Barnos, mitkommen!«, blaffte er unfreundlich.

Er packte meinen Unterarm und half mir auf, nur um mich in den Gang zu schubsen. Billie folgte uns mit aschfahlem Gesicht. Na, das ist ja toll gelaufen. So viel zu meinem Plan, hier lebend rauszukommen.

Der Kapuzentyp zerrte mich im Eiltempo die Treppen hoch. Ich stürzte zweimal, doch das interessierte ihn nicht.

»Schneller!«, zischte er.

»Ich kann nicht!«, erwiderte ich wütend.

Kurzerhand hob er mich hoch und trug mich nach oben. Wir passierten das Haupttor, vorbei an den Wachen und der Hinrichtungsstätte. Der Platz lag im Dunkeln, von Drachen oder Damontiz keine Spur. In einer Gasse setzte er mich ab und zog sich die Kapuze vom Kopf. »Aris!«, rief Billie erleichtert.

»Ihr müsst schnellstens die Stadt verlassen. Damontiz wird euch sicher suchen lassen«, erwiderte er gehetzt.

»Danke. Danke.« Ich umarmte ihn und unterdrückte einen Stoßseufzer.

»Danke mir nicht zu früh. Ihr müsst euch in Sicherheit bringen.«

Er überreichte uns zwei Passierscheine. »Beeilt euch, ich weiß nicht, wie lange die Wachen brauchen, um euer Verschwinden zu bemerken.«

»Wie kann ich das je wiedergutmachen?«

»Du hast mir das Leben gerettet. Ihr beide habt mein Leben gerettet.«

In seinen blauen Augen lag ein Hauch von Traurigkeit.

»Ich wünschte, ich könnte mehr für euch tun. Verlasst Sanctum und seht nicht zurück. Bleibt auf der Hut, egal wo ihr seid.«

Er gab uns einen Beutel mit Geld.

»Das wird für eine Weile reichen.«

Aris umarmte uns, ehe er in der Dunkelheit verschwand. Gerührt sah ich ihm nach.

Er hatte sein Leben für uns riskiert. Für zwei fremde Menschenfrauen, die er kaum kannte. Vielleicht waren nicht alle Engel schlecht?

Nach einer Stunde Fußmarsch erreichten wir die Straße, die aus Sanctum herausführte.

Billie hatte darauf bestanden, das Nötigste aus meinem Haus zu holen. Wir hatten gepackt, Jackson eine Nachricht hinterlassen und mein gespartes Geld geholt, ehe wir in Windeseile die Stadt verließen. Nervosität machte sich breit, als wir einen Außenposten erreichten. Zwei Soldaten standen vor einem Holzhäuschen, zwei weitere saßen darin und spielten Karten. Wir überreichten unsere Passierscheine und beteten.

»Wohin wollt ihr?«, fragte ein bulliger, blonder Engel. Seine Augen wirkten schwarz in der Dunkelheit. Seine weißen Schwingen hoben sich gegen den Nachthimmel ab und reflektierten den Mond, der zwischen dunklen Wolken hervorbrach. Ja, wohin wollen wir eigentlich? In der Hektik hatten wir gar nicht darüber gesprochen. Schweiß perlte auf meiner Stirn, und ich hoffte, der Soldat bemerkte es nicht. Billie sprang ein und sagte: »Wir wollen nach Detmor, meinem Heimatdorf. Meine Mutter ist krank und hat uns zu sich gerufen.«

Aalglatt, wie sie das händelte. Ich sah sie dankbar an.

»Nach Detmor? In der Nacht? Das ist ein langer und gefährlicher Weg«, gab der Engel zurück. Meine Freundin nickte und blickte besorgt drein.

»Ich weiß, aber es ist dringlich. Vielleicht könntest du uns begleiten?«

Ich traute meinen Ohren nicht. War sie völlig verrückt? Der Mann sah verlegen zur Seite.

»Nein, tut mir leid, das geht nicht«, erwiderte er freundlicher und gab Billie die Scheine zurück.

»Schade. Mit einem solch starken Begleiter wie dir wären wir in Sicherheit«, antwortete sie und lächelte unschuldig.

Der Engel trat verlegen beiseite und wünschte uns einen guten Weg. Jetzt verstand ich: Lasse deinen Feind glauben, du bräuchtest seine Hilfe, und er wird dich ziehen lassen. Das hilflose Frauenthema. Sollte ich mir unbedingt merken.

Er entließ uns ohne einen weiteren Kommentar, und Billie grinste siegesgewiss.

»Siehst du, klappt doch«, flüsterte sie.

»Wartet!«

Mein Herz sank in meine Stiefel. Schnellen Schrittes lief er zu uns.

»Passen Sie auf, dass Sie nicht auf Rebellen oder anderes Gesindel treffen. Heute Nacht gab es viel Bewegung. Seien Sie vorsichtig!«

Er lächelte, als sein Blick zu Billie wanderte. »Danke. Es ist schade, dass Sie uns nicht begleiten, ich würde mich wohler fühlen. Du nicht auch?«

Sie sah mich an. »Natürlich, das wäre ganz wunderbar. Heutzutage weiß man nie, wer einem begegnet.«

»Nochmals vielen Dank für diese Warnung«, erwiderte Billie.

»Keine Ursache, vielleicht sehen wir uns wieder.«

»Solange wir in Sichtweite sind, sind wir nicht außer Gefahr«, wisperte ich. Ich drehte mich um. Der Engel schaute uns hinterher, und mir brach erneut der Schweiß aus.

»Was ist, wenn er genau in diesem Moment eine Nachricht erhält, dass zwei Gefangene geflohen sind? Lass uns abhauen!«

»Wenn wir zu schnell gehen oder rennen, fallen wir nur mehr auf. Bleib ruhig, Star, wir haben es gleich geschafft. Sobald wir hinter der Biegung sind, können sie uns nicht mehr sehen, und dann rennen wir. Vertraue mir.«

Ich schickte ein Stoßgebet zum Himmel, als wir die Biegung erreichten. Wir ließen Sanctum hinter uns und verschmolzen mit der Nacht.

7.

»Weissagung der Seherin. Aus des Königsbuchs Codex Regius.«

Eine Esche weiß ich, heißt Yggdrasil,
den hohen Baum netzt weißer Nebel, davon kommt der Tau, der in die Täler fällt.
Immergrün steht er über Urds Brunnen.
Davon kommen Frauen, vielwissende,
drei aus dem See dort unterm Wipfel.
Urd heißt die eine, die andere Verdandi.
Sie legten Stäbe. Skuld hieß die Dritte.
Sie legten Lose, das Leben bestimmten sie.
Den Geschlechtern der Menschen, das Schicksal verkündend.
Schicksalsfaden
Webt ihr Nornen, webt ihr Diesen meines Schicksals Faden immerzu.

Verfasser unbekannt.

Verloren betrachtete ich den Mond, der fahl am Himmel stand, umgeben von Millionen Sternen und uns ein wenig Licht spendete. Ich hatte Sanctum nie verlassen; mein ganzes Leben hatte ich hier verbracht. Erst jetzt wurde mir das gesamte Ausmaß der Situation, in der wir uns befanden, bewusst. Ich würde mein Häuschen nie wiedersehen und somit alle gesammelten Andenken an meine Mom, meine Schwester, meine Großmutter und Antes aufgeben. Mein Herz wurde schwer.

»Nicht traurig sein, Star.« Billie griff nach meiner Hand, fast, als hätte sie meine Gedanken gelesen.

»Wohin gehen wir?«

»Nach Thule. Mutter hat dort gelebt, ich bin da geboren. Es gibt einige Dinge, die ich benötige, ehe wir weiterziehen.«

Weiterziehen. Das würde von nun an unser Leben sein. Immer auf der Flucht vor Damontiz. Wut stieg in mir hoch. Hasste ich ihn bisher, so hasste ich ihn jetzt umso mehr. Er würde sterben, und wenn es das Letzte wäre, das ich tat.

Eher würde ich keine Ruhe geben. Hier, auf einer Schotterstraße inmitten der Berge, schwor ich, Rache zu nehmen. Koste es, was es wolle. Ich stellte mir alle möglichen Todesarten vor, als Billie mich abrupt in eine Felsspalte zog.

»Sshh!«

Sie legte einen Finger an ihre Lippen und bedeutete mir, still zu sein. In der Ferne war das Schlagen von Pferdehufen zu hören. Hatte Damontiz bereits seine Soldaten hinter uns hergeschickt? Wir drückten uns gegen die Steine und wurden eins mit der Wand.

Die Reiter näherten sich rasend schnell, ein sicheres Zeichen dafür, dass es sich um Engel handelte. Die ritten wie der Teufel!

Schlagartig wurden sie langsamer, bis sie nur noch im Schritttempo ritten. So ein Mist! Wir waren nicht einmal eine halbe Stunde von Sanctum entfernt, und schon schickte er seine Schergen hinter uns her. *Ruhig, Star!*

Die Reiter stoppten direkt vor unserer Felsspalte.

Billies Atem streifte meinen Nacken, prickelnd und kühl. Über mir stiegen Farben auf – Grün, Blau und Rosa, sie umschlossen mich wie ein warmer Mantel. Überrascht blickte ich in ihre Richtung. Ihr Körper wirkte fast transparent, durchscheinend wie ein Geist. Hinter ihren Schultern spannten sich filigrane Schwingen, die in den Farben des Regenbogens leuchteten. Nicht so mächtig wie die eines Engels, eher wie die eines riesigen Schmetterlings. Silbriges Haar floss wie eine Kaskade über ihren Rücken, dazu Augen, die in einem tiefen Violett leuchteten.

Entsetzt von dem, was ich sah, sprang ich nach vorne und wäre fast mit einem der Reiter kollidiert, hätte Billie mich nicht blitzschnell zurückgezogen. Ihr Körper hatte sich manifestiert. Sie trug einen schwarzen Lederanzug, an dem links und rechts Schwerter befestigt waren.

Heiliger Himmel, wer zur Hölle war dieses Wesen? Meine Hände zitterten, doch Billie signalisierte mir, entspannt zu bleiben.

Noch immer umhüllte uns eine Blase aus schillernden Farben. Eine Art Schutzwand, die zwischen uns und den zwei Männern schwebte.

»Ich kann sie riechen, die beiden sind nicht lange weg«, sagte einer der Reiter.

»Ash wird wenig begeistert sein, wenn wir sie nicht finden«, erwiderte der andere.

»Darauf kannst du Gift nehmen. Komm, lass uns weitersuchen. Ich habe keine Lust, meinen Kopf zu verlieren.«

»Du übertreibst wie immer maßlos, Izrail. Er würde dir höchstens dein Gemächt abschneiden«, gab der andere lachend zurück.

»Beeilen wir uns, ehe sie die Ebene und den Wald erreichen.« Sie trieben die Pferde an und entfernten sich in schnellem Galopp.

»Komm!« Billie zerrte mich aus der Felsspalte.

»Ich gehe keinen Schritt weiter, ehe du mir nicht sagst, wer du bist und was du für ein Spiel spielst.«

»Dafür haben wir keine Zeit. Ich werde dir später alles erklären, versprochen. Aber jetzt müssen wir weiter«, erklärte sie ungeduldig. »Vertraue mir, Star, oder wir werden das hier nicht überleben.«

Ohne ein weiteres Wort lief sie los. Ich sollte ihr vertrauen? Nach allem, was ich gesehen hatte? Sie war eine von ihnen. Sie hatte Flügel. Wo hatte ich mich hineinmanövriert? Welche Wahl blieb mir? Verharrte ich, war das mein sicherer Tod. Ging ich weiter, begab ich mich in Billies Hände.

Egal, wie ich es drehte, beide Optionen schienen gleich schlecht zu sein. Missmutig humpelte ich hinter ihr her.

»Los, da hoch«, sagte sie und zeigte auf einen kleinen Felsvorsprung.

»Die beiden werden zurückkommen, und dann sind wir besser außer Sichtweite.«

Ich sagte nichts, betrachtete nur ihre Augen, die jetzt wieder grau waren. Nichts erinnerte an das Wesen, das ich vor ein paar Minuten gesehen hatte.

»Ich helfe dir beim Aufstieg.«

Die Verletzung machte die ganze Sache schwerer, als sie ohnehin schon war. Nass geschwitzt und am Ende meiner Kräfte erreichte ich den Vorsprung. Billie schmiss ihre Tasche beiseite und ließ sich schwer atmend auf den Rücken fallen. Warum hatte sie ihre verdammten Schwingen nicht eingesetzt?

»Weil sie kilometerweit leuchten«, erwiderte sie zu meinem Entsetzen.

»Liest du Gedanken?«, gab ich verärgert zurück.

»Nein, keine Sorge. Dein Gesicht hat dich verraten.« Sie kramte in ihrer Tasche und zog frisches Verbandszeug heraus.

»Lass mich dein Bein ansehen.«

Kurz überlegte ich, ihr Angebot abzulehnen, doch das erschien mir dumm. Lieber strafte ich sie mit Nichtbeachtung, während sie meine Wunde versorgte.

Ich beobachtete die Straße unter uns und lauschte auf jedes Geräusch. Die beiden Engel müssten bald zurück sein. Über wen hatten sie gesprochen? Wer zur Hölle war Ash?

Und was wollte er von uns? Ich starrte in die Sterne, als könnte ich dort eine Antwort finden.

»So, deine Wunde ist gesäubert und verbunden«, sagte sie flüsternd. »Die Reiter sind auf dem Rückweg. Leise!«

Für den Moment teilten wir diese Meinung, später würde sie sich vor mir verantworten müssen.

Die Zeit kroch. Minuten wurden zu Stunden. Kamen sie doch nicht zurück? Oder lauerten sie uns auf? Es gab nur wenige Möglichkeiten, aus Sanctum herauszukommen, das wussten unsere Verfolger.

»Sie kommen.« Billie wies mich an, still zu sein. Ihr Gehör glich dem einer Katze, denn außer unserem Atem hörte ich gar nichts. Weitere Minuten vergingen, und endlich vernahm ich in der Ferne das leise Schnauben der Pferde. Sie ritten langsam, als hätten sie alle Zeit der Welt. Meine Anspannung wuchs mit jeder Sekunde.

»Wie sind sie so rasch verschwunden?«, sagte der eine zum anderen.

»Die einzige Möglichkeit ist der Wald, sie müssen die ganze Strecke gerannt sein.«

»Trotzdem extrem schnell. Ich verstehe es nicht.«

Ich hielt den Atem an. Die beiden standen direkt unter dem Vorsprung, auf dem wir saßen.

»Ash wird morgen früh weitere Männer aussenden. Bei Tageslicht fliegen wir, dann sieht die Sache schon anders aus.«

Die Stimmen entfernten sich, und ich traute mich, Luft zu holen. Billie saß stocksteif neben mir und rührte sich nicht.

»Sie sind weg«, wisperte ich.

Sie schüttelte den Kopf. Weitere Minuten flossen dahin, ehe sie sich endlich bewegte.

»Beeilen wir uns. Komm!«

Statt nach unten zu klettern, hievte sie sich in die Höhe. Sie gab mir ihre Hand und zog mich hinterher. Zwischen den Felsen verborgen lag ein kleiner Pfad.

»Hier entlang.«

Wortlos folgte ich ihr. Der Weg war mühsam – stetig bergauf, überall lag Geröll, und ich hatte Sorge zu stürzen. Sie entwickelte sich zu einem Sklaventreiber. Schweiß strömte über meine Stirn und über meinen Rücken.

»Weiter, wir müssen vor Sonnenaufgang das Tal erreichen.«

Als wäre das so einfach. Fluchend humpelte ich vorwärts. Ich hatte nicht die geringste Ahnung, wo wir überhaupt waren, geschweige denn, wohin wir wollten. Am meisten störte mich, dass ich mich vollends auf Billie verlassen musste. War das überhaupt ihr Name? *Hör auf, Star!* Du hast im Moment keine andere Wahl, als ihr zu vertrauen. Bis jetzt hat sie dir geholfen – wenn sie dich hätte tot sehen wollen, hätte es zig Möglichkeiten gegeben.

Der Weg schien endlos, ich verlor jedes Gefühl für Raum und Zeit. Nur der wandernde Mond zeigte mir, dass wir seit Stunden unterwegs waren und die Sonne bald aufgehen würde. Dann würden die Engel fliegen und uns sofort entdecken.

Nach einer gefühlten Ewigkeit – die ersten Sonnenstrahlen zeigten sich bereits – erreichten wir ein saftig grünes

Tal. Der Anblick war atemberaubend und herzerweichend zugleich. Herzerweichend, weil wir es geschafft hatten, atemberaubend, weil es wunderschön war.

Überall blühten Mohn und Kornblumen. Ein Meer aus Blau und Rot erwartete uns. Dazwischen lagen Feldwege, an deren Ende jeweils ein buntes Holzhaus stand. Das Dorf schien klein, aber fein. Am Horizont erkannte ich einen Nadelwald, der sich in der Ferne endlos ausdehnte. Billie lief zielstrebig auf das erste Haus zu. Es war ein sonnengelb gestrichenes Gebäude mit dunkelblauen Fensterläden. Sie zog einen Schlüssel aus der Tasche und öffnete die Haustür. Ich staunte, als uns eine riesige, grauweiß gestreifte Katze mit einem lauten Miauen begrüßte.

»Oswald! Ja, ich freue mich auch, dich zu sehen.«

Das Tier strich um ihre Beine, ehe es mich ausgiebig beschnüffelte und dann zu schnurren begann.

»Er mag dich.«

Ich kraulte seinen Kopf, und Oswald sprang auf einen Schrank neben mir und putzte sich. Das Haus war urgemütlich eingerichtet: Ein offener Kamin, hohe Regale, auf denen sich Bücher reihten, eine gemütliche Couch und zwei Ohrensessel, die um einen verzierten Holztisch drapiert waren, luden zum Sitzen ein. Auf den Fensterbänken standen verschiedene Kristalle, Kräuter und Pflanzen sowie einige getrocknete Blumen, die zu Sträußen gebunden waren. Billie verschwand in der Küche und setzte Wasser auf.

»Setz dich hin, Star, und mach es dir bequem. Ich koche uns erst einmal einen Kaffee und besorge etwas zu essen.«

Dankbar ließ ich mich in einen der beiden Sessel fallen und stöhnte leise. Die letzten vierundzwanzig Stunden machten sich bemerkbar. Ich streckte meine Beine aus und streifte die Stiefel ab. Meine Socken waren dreckig, genauso wie meine Hose – nur der Verband an meinem Bein sah gut aus.

Ich musste kurz eingenickt sein, denn das nächste, was ich sah, war ein befüllter Teller mit Käsesuppe und frischem Brot sowie eine dampfende Tasse Kaffee, die vor mir auf dem Tisch stand. Mein Magen knurrte. Wann hatten wir das letzte Mal etwas gegessen?

»Müssen wir nicht weiter?«, fragte ich zwischen zwei Bissen.

»Müssen wir, aber nicht sofort. Wir ruhen uns erst einmal aus und sammeln Kraft, denn die werden wir brauchen.« Billie lächelte zaghaft. »Wir sind hier so sicher wie in Abrahams Schoß.«

»Was macht dich so sicher? Die Engel fliegen am Tag, und dieses Dorf ist nicht zu übersehen.« Meine Neugier war schlagartig geweckt.

»Iss erst einmal und ruhe dich ein wenig aus. Alles hat seine Zeit, und jetzt ist Essen angesagt.«

Zu meinem Missfallen musste ich mich gedulden. Die Suppe schmeckte köstlich, genauso wie das frisch gebackene Brot. War sie zwischenzeitlich beim Bäcker gewesen?

Oder hatte sie gezaubert? Egal, mein Magen nahm die Nahrung dankbar an.

Durch das Küchenfenster sah ich die Mohn- und Kornblumenfelder. Es war schön hier. So friedlich und still. Vielleicht konnten wir eine Weile hierbleiben, uns verstecken und an einem Plan arbeiten, Damontiz zu stürzen! Wie auch immer das funktionieren würde. Jetzt, da Luzifer mitmischte, wurde das Ganze noch unmöglicher. Diese krassen Augen ließen mich nicht los. Er war zweifelsohne schön – der schönste Mann, den ich je gesehen hatte, genauso wie er in den alten Schriften beschrieben wurde.

Hochmut war sein Untergang, wenn man der Bibel Glauben schenkte. Allerdings erinnerte ich mich daran, dass es verschiedene Versionen des Höllensturzes gab. Welche war die Richtige? Bis gestern hatte ich nicht einmal an seine Existenz geglaubt. Die Engel, die hier waren, hatten so gar nichts mit den sagenumwobenen Wesen gemeinsam, die in den Schriften beschrieben wurden. Wenn es Luzifer gab, waren Michael, Rafael und Gabriel dann auch real? Eine Frage, die mich beschäftigte, während ich meinen Teller leerte.

»Komm her, ich zeige es dir.« Billie riss mich unvermittelt aus meinen Grübeleien. Sie huschte zum Fenster und bedeutete mir, herauszusehen.

»Was siehst du?«, fragte sie.

»Nichts.« Ich sah nichts – nur die Blumen und Wiesen.

»Und?«, sagte ich schließlich.

»Sieh genauer hin.« Ihr Lächeln vertiefte sich. »Kannst du die Berge sehen?«

Ich humpelte zur Haustür und öffnete sie. Weit und breit keine Berge. Verdammt, wie war das möglich?

»Wo sind die Berge hin?«, erwiderte ich ungläubig.

»Die sind genau da, wo sie immer waren. Nur wir sind in einer anderen Ebene! Wir haben die menschliche Welt verlassen.«

»Wie bitte?« Fassungslos starrte ich sie an. »Wo sind wir?«

Billie verließ das Haus. »Gehen wir ein Stück.« Das ließ ich mir nicht zweimal sagen.

Die Landschaft wirkte, als wäre sie einem Gemälde entsprungen. Die Blumenfelder wechselten sich mit satten grünen Wiesen und kleinen Seen ab. Weit und breit keine Menschenseele, nur die Sonne, die unsere Haut bräunte. Es roch nach Sommer und Holunder.

Wir hatten die Häuser hinter uns gelassen und liefen auf einen Fluss zu, der sich in einem tiefen Türkis träge zwischen den Ufern schlängelte. Inmitten des Wassers stand ein gigantischer Baum, so hoch, dass ich sein Blätterdach kaum sehen konnte. Der Stamm war mehrere Meter dick, uralt und knorrig. Stetig rieselten weiße Lichtkugeln herab, die auf dem Fluss zerbarsten und zu einem kleinen Regenbogen wurden, ehe sie sich auflösten. Der Anblick war zauberhaft und zugleich bedrückend.

»Das ist die Weltenesche Yggdrasil. Sie steht hier seit Anbeginn der Zeit. Jedes Licht ist eine gefallene Seele auf dem Weg nach Eden.«

Erstaunt betrachtete ich den wundersamen Baum und die Lichter, die auf dem Fluss in Tausende Tropfen zerbarsten.

»Eden? Wo ist das?«

»Es ist eine Ebene zwischen Himmel und Erde. Dorthin gehen die Seelen der Verstorbenen und warten auf ihre Wiedergeburt. Sie stellen sich ihren Fehlern, büßen und werden von ihren Sünden befreit.«

Hatten Mom, Nona und Antes denselben Weg genommen? Waren sie in Eden, diesem verheißungsvollen Ort, und warteten auf ihre Wiedergeburt? Ich hoffte es sehr.

»Erzähle mir mehr über Eden.«

»Es ist eine friedliche Welt, eine Ebene der Ruhe und Einkehr. Dort brennt die Flamme der Transformation sowie das ewige Flammenherz Gottes. Beide sind elementar, um den Kreislauf des Lebens zu erhalten – um Leben zu erschaffen und Schuld zu sühnen.«

Das Herz Gottes, wie märchenhaft das klang.

»Und der Fluss?«, sagte ich nachdenklich.

»Er heißt hier Slidur. Wenn du ein Stück weitergehst, mündet er in Helheim, auch Hades genannt, in das Totenreich und wird zu Styx – dem Fluss, der das Land der Lebenden von den Toten trennt.«

Billie zeigte auf einen Punkt in der Ferne, wo sich schwarzer Nebel sammelte und auf dem Wasser tanzte.

»Und wer entscheidet, wer wohin geht?«

»Das göttliche Gericht von Elysion. Der wahre Sitz der Engel. Warst du bösartig, grausam und uneinsichtig, wirst du in den Hades geschickt.«

»Ist der Hades nicht die Hölle?«

»Ein Teil des Totenreichs ist das, was ihr Hölle nennt. Und dann gibt es Abbadon. Dort kommen die Engel her, die auf der Erde herrschen. Gefallene, aus Elysion verstoßene Wesen.«

Meine Gedanken wirbelten durcheinander. Wir waren in einer Art Zwischenreich. Die Engel waren Gefallene. Blieb aufzudecken, wer Billie wirklich war und warum sie mich belogen hatte. Ich brauchte Zeit, um meine Gedanken zu ordnen. Tausende Fragen quälten mich, doch Billie bat mich darum, auszuruhen und alle wichtigen Gespräche auf morgen zu vertagen. Zähneknirschend gab ich nach.

Wir verbrachten den Abend mit Small Talk und Essen. Sie war eine gute Köchin, das musste ich zugeben. Meine Neugier im Zaum zu halten erwies sich als schwer, und so beschloss ich, früh schlafen zu gehen.

Ich schnappte mir ein Glas Wein und legte mich ins Bett. Gedanklich wanderte ich zu meinem eigentlichen Ziel: meiner Schwester. Sobald ich mehr wusste, würde ich Daria suchen. Vielleicht hatte Billie einen Anhaltspunkt, wo meine Suche beginnen sollte. Diese ganze Geschichte wurde immer verrückter und vor allem mysteriöser. Wer war Billie, und vor allem: Was wollte sie ausgerechnet von mir?

Morgen, so hoffte ich, würde ich ein paar Antworten bekommen. Wenn nicht, dann würden sich unsere Wege trennen müssen. Kein schöner Gedanke, alleine durch diese Welt zu streifen – ständig auf der Flucht, immer auf der Hut. Aber zumindest lebte ich. Bis jetzt.

Meine letzten Gedanken galten meiner Familie und der Hoffnung, sie eines Tages in Eden wiederzusehen.

8.

Am nächsten Morgen erwachte ich ausgeruht. Die Nacht verlief ruhig und traumlos. Lediglich Oswald entdeckte seine Liebe zu mir. Er beanspruchte einen Teil meines Kopfkissens und brummte die ganze Zeit wie ein Motor nahe an meinem Ohr. Der Duft von frisch gebrühtem Kaffee bewegte mich schließlich, aufzustehen. Seltsamerweise war meine Laune gar nicht schlecht, angesichts der gestrigen Ereignisse geradezu hervorragend.

Ich betrat die Küche, die in einem sanften Hellgrün gehalten war. Überall hingen getrocknete Kräuter, die einen intensiven Duft nach Thymian und Kamille verströmten. Auf dem Küchentisch warteten eine dampfende Tasse Kaffee und ein Teller Rührei mit Speck auf mich.

»Guten Morgen, wie hast du geschlafen?« Billie steckte ihren Kopf durch die Tür. Sie erschien in ihrer wahren Gestalt, die ich jetzt erkennen konnte. Ihr langes Haar war weiß und hatte einen silbrigen Schimmer. Ihre Augen waren tiefviolett, strahlend wie zwei Scheinwerfer. Ihre Haut war glatt und leicht gebräunt, mit unzähligen Sommersprossen auf ihrer schmalen Nase und den breiten Wangenknochen. Sie war hübsch, auf eine exotische Art und Weise. Ihr breites Grinsen zeigte mir, dass sie genau wusste, worüber ich nachdachte.

»Du wirst dich daran gewöhnen. Ich wechsele mein Aussehen häufiger. Wie du mich jetzt siehst, das ist meine wahre Gestalt.«

»Was zum Henker bist du?«

»Mein Name ist Verdandi, aber alle nennen mich Vandandi oder Vandi. Ich bin eine der drei Nornen. Eine Schicksalsgöttin. Meine Aufgabe ist es, das Schicksal eines jeden Lebewesens in Wyrds Netz zu spinnen.«

Ich verstand rein gar nichts mehr. »Wer ist Wyrd?«, erwiderte ich voller Verwirrung.

»Meine Schwester Skuld hat ein Schicksalsnetz gesponnen, das sich Wyrd nennt. Hier laufen Vergangenheit, Gegenwart und Zukunft eines jeden zusammen.«

Ich kaute auf meinem Speck und verzog keine Miene. In den alten Büchern gab es viele Kulturen und Religionen – die nordische, die griechische, die ägyptische, die sumerische, die christliche, die jüdische, um nur einige zu nennen. Sie alle hatten verschiedene Namen für ihre Götter oder Wesen, doch im Grunde basierten alle Mythologien und Religionen auf demselben Prinzip. Es ist ein und dasselbe, pflegte Nona zu sagen. Es wird nur anders erzählt.

»Eine Norne also«, gab ich schließlich zurück.

Vandandi lachte laut.

»Ja, eine Norne. Manche nennen uns Moiren oder Parzen, aber es kommt auf dasselbe hinaus. Alle Geschichten sind wahr und miteinander verknüpft. Doch es gibt nur einen Allmächtigen, der über allem steht.«

»Zeus?«, platzte es aus mir heraus. Der Name war mir in Erinnerung geblieben.

»Nein, er hat keinen Namen, obwohl er viele hat. Er ist sowohl die Mutter als auch der Vater allen Ursprungs. Wir anderen sind nur seine Werkzeuge oder Kinder.«

Hätten wir das also geklärt. Ich war auf der Flucht vor einem Engelkönig, zusammen mit einer Norne, die das Schicksal wob, im Auftrag des Allmächtigen, der keinen Namen hatte. Gute Story, wenn man auf derartige Geschichten stand. Ich für meinen Teil hätte gerne darauf verzichtet.

»Und was hat dich nach Sanctum geführt?« Verdandi wurde schlagartig still und knetete nervös ihre Hände.

»Das hatte viele Gründe«, erwiderte sie leise. »Zum einen wollte ich meinen Fehler beheben, zum anderen habe ich dich gesucht.«

Die Stille war unangenehm, dennoch wusste ich nichts zu sagen. Sie hatte mich gesucht? Das war eine Aussage, auf die ich nicht gefasst war, und ich wusste nicht, ob ich bereit war, diese Geschichte zu hören. Um Zeit zu schinden, schob ich mir eine weitere Gabel Rührei in den Mund.

»Alles in Ordnung, Star? Es ist viel, aber es ist wichtig, dass du alles erfährst. Deine Großmutter und deine Mutter hätten es dir nicht verheimlichen dürfen.«

Der Kloß in meinem Hals nahm die Größe einer Grapefruit an. Mein Rührei schmeckte plötzlich fade, und der Speck war viel zu fettig.

»Was denn?« Ich hielt den Blick gesenkt. »Ich bin nur eine normale junge Frau, die bis zum Hals im Schlamassel steckt.«

Vandandi lehnte sich zurück und fixierte mich mit ihren Scheinwerferaugen.

»Du bist alles andere als normal. Du bist etwas, das es nicht geben dürfte. Du bist die Einzige. Ein Wunder der Natur. Einzigartig im gesamten Universum.«

Na, jetzt wurde es erst richtig interessant. Mein Magen verkrampfte sich, und fast hätte ich mein Rührei wieder hochgeholt.

»Jetzt sag es endlich!«, forderte ich angespannt.

Vandi räusperte sich und rutschte unbehaglich auf ihrem Stuhl hin und her, ehe sie zu reden begann.

»Dein Vater ist ein Sternenwandler, ein Elohim, um genau zu sein. Er gehört zum heiligen Rat von Elysion.«

»Ein Elohim? Davon habe ich noch nie gehört.«

»Er gehört zur höchsten Engelhierarchie und ist ein Bauingenieur der Erde – oder besser gesagt, aller Sterne. Deshalb nennt man die Elohim auch Sternenwandler. Eines Tages bekam er den Auftrag, einen sterbenden Planeten zu besichtigen und mit einer besonderen Art von Kristallen zurückzukehren.« Vandi sah versonnen aus dem Küchenfenster, ehe sie weitersprach. »Er fand nicht nur die Kristalle, sondern auch deine Mutter und Großmutter, die letzten Überlebenden eines sterbenden Sterns namens Delardia.«

»Netter Witz. Fast wäre ich darauf hereingefallen«, gab ich lachend zurück.

Die Norne räusperte sich und schaute mich mit ernster Miene an.

»Ich scherze nicht.«

Nein, das tat sie offensichtlich nicht. Vielleicht war sie schlichtweg verrückt?

»Dein Vater Jael brachte deine Mutter und Großmutter nach Elysion, und die beiden verliebten sich ineinander. Eine Liebe, die nicht sein durfte, denn Jael war bereits verheiratet und hatte einen Sohn, Inian. Außerdem ist es Engeln strengstens verboten, Beziehungen mit anderen Spezies einzugehen.«

»Welcher Spezies gehörte meine Mutter denn an?«, stotterte ich. Irgendwo in meinem Gehirn ahnte ich, dass diese Frage völlig irrelevant war angesichts der ganzen Begebenheit, aber ich konnte keine klaren Gedanken fassen. Die Geschichte klang unglaublich, und ich fragte mich mehrfach, ob ich Opfer eines üblen Scherzes wurde.

»Deine Mutter war eine Atlantidin. Eine Lumina, um genau zu sein. Als Atlantis unterging, stiegen die Lumina auf und verbrachten ihr Leben auf einem anderen Stern.«

Ich verstand gar nichts mehr. Der versunkene Kontinent Atlantis war ein weiterer Mythos aus alten Sagen und Geschichten. Völlig verrückt, was die Norne da erzählte.

»Was ist eine Lumina?«, brachte ich schließlich hervor.

»Ein Wesen, das zu Licht werden kann. Sie können ihre fleischliche Hülle in Licht verwandeln und zu reinen Lichtgestalten werden, so lange, bis sie wieder in der Materie eines Planeten ankommen. Dann manifestiert sich ihr Körper erneut. Sie sind Sternenkinder und Reisende. Früher wurden sie als Götter verehrt.«

Das war zweifelsohne nachvollziehbar. Zumindest der Teil der göttlichen Verehrung.

»Also bin ich ein Mutant?« Ich meine, genau das erklärte sie doch gerade?

»Ein obskures Wesen, irgendwo zwischen Engeln und Atlantiden?«

Vandi kicherte leise.

»Du bist der Himmel und die Sterne, Starlight.«

Jedenfalls wusste ich nun, woher ich meinen seltsamen Namen hatte. Von einem sterbenden Stern namens Delardia.

»Und warum dürfte es mich gar nicht geben?«

Auch wenn Beziehungen zu anderen Spezies verboten waren, kamen sie doch häufiger vor – vor allem unter Menschen, die mit Engeln verbandelt waren.

»Weil eure Gene nicht kompatibel sind. Das wäre so, als würde man einen Dinosaurier mit einem Hirsch paaren. Und dennoch gibt es dich.«

Ich hatte das Gefühl, von einem Zug überrollt worden zu sein. Konnte das wirklich stimmen? Oder war das ein Nornenwitz?

»Es ist die Wahrheit, Starlight. Deine Mutter und Jael haben sich sehr geliebt. Er musste euch zu eurem Schutz aufgeben. Der heilige Rat durfte nichts von dir oder der Beziehung erfahren, sonst hätten sie euch getötet. Sie waren zwei Jahre lang heimlich ein Paar, ehe deine Mutter mit dir schwanger wurde. Die Jahre waren hart genug, denn deine Familie war in Elysion nicht willkommen. Jael brachte euch zur Erde, in dem Glauben, dass ihr hier in Sicherheit wärt. Du warst noch ein Winzling, als er nach Elysion zurückkehrte. Deine Mutter war am Boden zerstört, und deine Nona hasste ihn dafür.«

Ich war aufgewühlt wie schon lange nicht mehr. Über meinen Vater wusste ich gar nichts, außer dass er nicht mehr lebte. Dieses Thema wurde zu Hause nie angesprochen. Auch wenn ich nachfragte, bekam ich keine Antwort. Doch das, was ich jetzt zu hören bekam, erschütterte mich zutiefst. Niemals hätte ich geglaubt, dass meine Mutter oder Nona mich belügen oder mir eine so wichtige Information vorenthalten würden.

»Und das soll ich dir jetzt glauben? Was ist mit meiner Schwester? Ist sie auch ein Mutant?«, erwiderte ich versteinert.

Vandandi schüttelte den Kopf. »Daria wurde von deiner Familie adoptiert, als ihre Mutter starb. Ihr seid keine leiblichen Geschwister.«

Ich erhob mich vom Tisch und rannte nach draußen. Luft war alles, was ich jetzt brauchte. Mein Vater lebte und er war ein Elohim. Er gehörte zu der Brut, die ich am meisten verachtete! Meine Mutter war, was auch immer sie war. Mein Atem ging stoßweise, und meine Augen füllten sich mit Tränen. Egal. Mir war alles egal. Mein Leben war sowieso nichts mehr wert. Ich hatte alles verloren und war mit einer verrückten mythischen Göttin, die das Schicksal strickte, auf der Flucht. Ein Mutant also, Jackpot! Und meine Schwester war gar nicht meine Schwester. Spitze. Dafür hatte ich jetzt einen Stiefbruder. Kurz glaubte ich, mich übergeben zu müssen. Langsam sank ich zu Boden und atmete tief ein. Was würde Antes wohl dazu sagen? Starlight Delardia, ein Halbengel, ein Schrägstrich-Sternenwesen. Tochter eines Elohims – wo immer auch der Unterschied zu einem normalen Engel lag. Was könnte schlimmer sein? Hysterisch lachend ließ ich mich nach hinten fallen.

In mir herrschte Chaos. Gefühle der Wut, Trauer und Ungläubigkeit wechselten zwischen purer Hysterie und Angst. Ich schloss für einen Moment die Augen und lauschte meiner Atmung. Ein und ausatmen. Ein und aus, immer wieder, bis ich ruhiger wurde und mein Herzschlag sich herabsenkte. Als ich die Augen wieder öffnete, blickte ich in das Gesicht einer uralten Frau, die sich auf einen Stock stützte und mich aus einem zahnlosen Mund angrinste. Ihre Augen waren schwarz wie die Nacht.

»Urd! Erschrecke sie nicht!« Vandandi stürzte aus dem Haus.

»Dass du dich überhaupt hierher traust, Vandi!« Urds Stimme klang erstaunlich jung. »Ich habe dir gesagt, du sollst deine Fehler korrigieren, ehe du zurückkommst!«

»Ja, ja! Hör auf zu meckern! Als ob du unfehlbar wärst! Was machst du überhaupt hier?«

»Ich habe Oswald gesucht.«

Urd verwandelte sich vor meinen Augen in eine junge Frau mit langen, dunkelblauen Haaren. Sie hatte Vandandis Augen und ebenso filigrane Flügel, die ganz in Grün schimmerten. Die beiden starrten sich missmutig an.

»Wir verschwinden heute Abend.«

»Es wird Zeit, dass du das Chaos, das du angerichtet hast, wieder beseitigst«, erwiderte Urd ungehalten. »Während du hier Kaffee trinkst, fallen die Lichter immer schneller, und der Fluss färbt sich rot.«

»Glaubst du, das weiß ich nicht? Ich weiß es nur zu genau, Urd. Was glaubst du wohl, was ich hier tue? Ich habe sie gefunden« Sie zeigte in meine Richtung.

»Du weißt nicht alles. Und ich werde es dir nicht sagen, und Skuld wird dir auch nicht helfen. Dieses Mal bügelst du deinen Käse alleine aus!« Urd stapfte wütend davon.

»Wer war denn diese Furie?«

»Meine Schwester, dieser Miesepeter. Ach, so ein Mist.« Sie schlug sich die Hände vors Gesicht. »Verdammt noch eins. Warum musste mir das passieren?«

Ich seufzte laut. »Was ist dir denn passiert?« Vandandi sah mich mit einem schuldbewussten Gesichtsausdruck an.

»Ich habe falsch gesponnen, nur weil ich abgelenkt war.« Vandi machte eine bedeutungsvolle Pause, ehe sie weitersprach. »Es ist meine Schuld, dass die Gefallenen aus Abbadon fliehen konnten und die Erde überfallen haben«, fügte sie leise hinzu.

Wie bitte? Ich musste mich verhört haben. Es war ihre Schuld, dass die Erde versklavt wurde? Dass meine Mom,

Nona und Antes tot waren? Dass meine Schwester verschleppt wurde? Wut stieg in mir auf, heiß und brodelnd, bis es sich anfühlte, als würde ich innerlich verbrennen. Am liebsten hätte ich laut geschrien.

Ich biss mir auf die Lippe, meine Hände ballten sich zu Fäusten. »Das kann jetzt nicht dein Ernst sein!« Schmerz bohrte sich in meine Eingeweide, so kalt und lähmend, dass er mir die Luft abschnürte. Vor meinen Augen explodierten Lichtblitze. Im nächsten Moment hatte ich Vandi gepackt und sie zu Boden geworfen. Blind vor Wut stürzte ich mich auf sie und griff daneben.

»Star, bitte! Ich verstehe deine Wut. Es tut mir unendlich leid«, wimmerte sie.

Ihre weinerliche Stimme brachte mich zur Besinnung.

»Gar nichts weißt du!« Meine Augen füllten sich mit Tränen. »Du weißt gar nichts über die allumfassenden Schmerzen, die du über unser aller Leben gebracht hast.«

»Doch, ich weiß es. Ich fühle die Seelen, ihre Liebe und ihr Leiden.« Sie sah mich nicht an.

»Was willst du von mir?«, brüllte ich, außer mir vor Wut.

»Dir helfen. Ich werde auf dich aufpassen, und gemeinsam werden wir Daria finden und die Engel zurück in die Hölle schicken.«

»Warum ich? Du hast mich gesucht. Warum?«

»Weil du bist, wer du bist. Etwas Besonderes und Schutzbedürftiges. Wenigstens das wollte ich richtig machen.«

Das klang leer in meinen Ohren. Etwas Besonderes? Nein, sicher nicht. Ich sagte nichts weiter und wandte mich ab.

Was sollte ich jetzt tun? Allein weiterziehen oder ihr eine Chance geben, ihr Versprechen wahr zu machen? Ich würde auf der Hut sein.

9.

Abbadon, Himmelreich der Hölle. Hierher hatte Luzifer die Gefallenen verbannt. Vandi hatte die Hölle auf Erden entfesselt.

Ein Schmetterling landete neben mir auf einer der Mohnblüten, seine grazilen Flügel vibrierten, während er fraß. Ganz so wie die Flügel der Engel, wenn sie aufgeregt waren. Es war warm, und ich saß vor dem Haus, um nachzudenken. Wut, Zorn und Enttäuschung rumorten in mir. Es war allein ihre Schuld. Das ganze Desaster, Tausende Tote, Versklavte, Verkrüppelte – all das ging auf ihr Konto. Wie sollte ich damit umgehen?

»Es gibt einen Weg, alles rückgängig zu machen«, sagte sie und zeigte mir ein Buch.

Ars Goetia, stand in goldenen Lettern auf dem Einband eines Jahrhunderte alten Grimoires. »Es ist nur ein Teil des Buches. Der andere Teil des *Clavicula Salomonis* befindet sich in Damontiz Besitz.«

»Was ist so besonders an dem Buch?«

»Wer es vollständig besitzt, ist in der Lage, die Gefallenen zu kontrollieren. Alle 108 Fürsten. Die Gefallenen sind in den Augen des Himmels Dämonen. Einst waren sie hochrangige Engel, gefallen wegen sogenannter Todsünden wie Wollust, Neid, Gier und so weiter. Das ist allgemein bekannt. Was jedoch ein Geheimnis ist: Alle Engel, Vampire oder Dämonen, die hier auf der Erde wandeln, sind gefallene Engel. Damontiz versucht, die Menschen glauben zu lassen, er gehöre zur heiligen Kaste in Elysion und handelt in deren Auftrag. Er behauptet, er bekämpfe die Dämonen. Das tut er nur, weil er nicht offensichtlich und für alle sichtbar gebrandmarkt wurde wie die anderen. Nichts könnte weiter von der Wahrheit entfernt sein.«

»Es gibt 108 Fürsten?« Zur Hölle noch mal, das war ja viel schlimmer, als ich befürchtet hatte. »Und die Vampire und Dämonen? Sind sie auch Engel?«

»Ja, alle sind Himmelswesen. Die Vampire haben eine Blutsünde begangen, beispielsweise einen anderen Engel schwer verletzt oder sogar getötet, und wurden dafür mit einem Fluch belegt. Fortan ist Blut das Wichtigste in ihrem Leben; sie begehren es so sehr, dass nichts anderes mehr wertvoll erscheint. Das wurde ihnen auferlegt: die Sucht nach Blut. König Amon und sein Gefolge haben sich der Niedertracht, Streitsucht und Gier schuldig gemacht und wurden zu niederträchtigen Dämonen degradiert. Ihr größtes Ansinnen ist Macht und Reichtum – egal in welcher Form.«

»Und das Buch hilft, sie alle zu kontrollieren?«

»Es ist ein schwieriges Unterfangen. Höchst gefährlich. Aber ein Engel, so machtvoll wie Damontiz, könnte es schaffen. Damit würde er allein herrschen, und die gesamte Bevölkerung der Erde wäre seiner Gnade unterworfen. Wenn die gesamte Meute vereint wäre und sie alle an einem Strang zögen, würden sie versuchen, den Himmel zu stürzen. Selbst wenn sie es nicht schaffen, hätte es horrende Ausmaße. Es würde noch mehr Chaos geben und einen Krieg, den du dir in deinen kühnsten Träumen nicht auszumalen vermagst.«

Das konnte ich mir ausmalen.

»Und Eden?«

»Elysions Armee bewacht diese Ebene«, fuhr sie fort. »An jenen Ort wollen die Gefallenen, in der Hoffnung, von ihren Sünden reingewaschen zu werden und wieder aufzusteigen. Doch keiner der Wächter würde das freiwillig tun. Beide Flammen, in den falschen Händen, sind Waffen von beträchtlichem Ausmaß. Genauso wie sie Leben erschaffen, zerstören sie es. Es gäbe eine unsagbare Katastrophe. Stell dir vor, was passiert, wenn sie diese Welt erreichen. Solch mächtige Waffen in den Händen von Damontiz?«

Ich dachte an Mom und Nona, an Antes.

»Sie würden Eden zerstören, genauso wie sie unsere Welt zerstört haben.«

»Alles könnte unwiderruflich zerstört werden. Das göttliche Licht würde erlöschen, und es gäbe nur noch Dunkelheit. Das Gleichgewicht wäre vollends aufgehoben.«

Wir würden nach Elysion gehen, dem Rat die andere Hälfte des Buches übergeben und hoffen, dass sie die Gefallenen stoppen könnten. Der Rat besaß, genau wie Damontiz, den zweiten Teil des Buches. Danach würden wir Daria suchen und zurückbringen, falls sie noch lebte.

Elysion, Sitz der Engel. Die Idee klang in meinen Ohren ziemlich kopflos und riskant. Nach allem, was ich jetzt wusste, gab es nur eines zu beherzigen: Meide es wie die Pest! Auch wenn ich wirklich das Kind eines solchen Wesens sein sollte, änderte das meine Meinung nicht. Andererseits, wenn ich jemals wieder nach Hause wollte und dort in Frieden leben wollte, mussten die Gefallenen verschwinden. Und allen voran Damontiz Andaris. Was meinen angeblichen Vater betraf – nun, dazu hatte ich noch keine Meinung. Plötzlich fühlte ich mich unglaublich einsam. Einsamer als jemals zuvor in meinem Leben.

»Wir gehen heute Abend«, sagte Vandi in die Stille hinein. »Ich habe alles, was ich brauche. Wir nehmen genügend Proviant und Wasser mit, Decken und warme Jacken. Der Weg wird kein Spaziergang. Er ist weit und voller Gefahren. Falls wir Elysion erreichen, müssen wir noch vorsichtiger sein. Niemand darf von deiner wahren Herkunft erfahren. Wirklich niemand!«

Ihre Stimme klang eindringlich. Sie stemmte die Hände in die Hüften, um dem Gesagten noch mehr Gewicht zu verleihen.

»Eine Frage habe ich noch.« Meine Stimme bebte, als ich weitersprach. »Warum zur Hölle hast du hundertfünfzig Jahre gebraucht, um deinen Fehler korrigieren zu wollen?«

Es war, als würde die Wut in meinem Magen erneut hochkochen, sich in jede Faser meines Körpers ausbreiten, bis ich explodieren würde. Ich dachte an meine Mutter, an meine Nona, an Antes, an alle Opfer – an ihre Schreie, als sie um ihr Leben kämpften. Wie konnte sie das zulassen? Meine Hände zitterten.

»Das habe ich nicht. Die Zeit läuft hier anders. Ein Tag in Thule ist ein Jahr in deiner Welt.«

»Und das sagst du mir erst jetzt?«, schrie ich. Unglaublich, diese Norne. Ein Jahr! Und wir tranken hier Kaffee!

»Es tut mir leid, aber ich musste das Buch holen, und du musstest dich ausruhen«, erwiderte sie geknickt. Für einen Moment wirkte sie kleiner, beinahe zerbrechlich. In ihren Augen jedoch glomm ein Funken der Entschlossenheit. »Ich muss und werde das irgendwie wieder ins Lot bringen. Das verspreche ich dir.« Ihre Stimme klang fest, und ich konnte die Last ihrer eigenen Schuld spüren, die auf jedem Wort lag. Es war nicht nur ein Versprechen an mich, sondern auch an sich selbst.

Wir packten alles Nötige. Die Zeit drängte. Wer weiß, was in der Zwischenzeit passiert war.

Vandi verschwand für eine kurze Zeit und kam mit zwei Tieren wieder, die mich stark an Esel erinnerten. Der Unterschied lag schlichtweg in der Farbe und Größe der Tiere sowie in den beiden grünen Schwingen, die links und rechts auf ihren Rücken saßen. Das rechte Tier hatte eine zartrosa Fellfarbe und war so groß wie eine Kuh. Das linke Tier war etwas kleiner und hellgelb.

»Das sind Sleipnir, geflügelte pferdeartige Wesen. Rechts hast du Snorri und links Gisl.« Sie lächelte begeistert.

»Die beiden werden uns begleiten.«

Gisl schnaufte zur Bestätigung und begann, an meinem Ohr zu knabbern.

»Sie mag dich, das ist gut. Also wirst du sie reiten.«

Super! Wenn ich reiten könnte. Ich schwieg und hoffte darauf, dass Gisl sanftmütig und einfach zu handhaben wäre. Immerhin war sie kleiner als Snorri.

Vandi verstaute unser Gepäck und sattelte die beiden. Die Sättel waren viel breiter als die, die mir bekannt waren. Sie hatten einen dicken Knauf in der Mitte und ausladende Steigbügel.

Für mich gab es einen braunen Umhang mit Kapuze, der mich vollends einhüllte und mein Gesicht fast komplett verdeckte.

Snorri und Gisl wurden schließlich in normale Esel verwandelt, um keine Aufmerksamkeit zu erregen.

Die Norne verwandelte sich in einen jungen Mann mit strohblondem Haar, braunen Augen, einem Schnauzbart und einem ansehnlichen Bierbauch – sein Name war Vandor. Wie sollte ich da noch durchblicken?

»Warum ein Mann?«, fragte ich.

»Dann sind wir sicherer, falls Gesindel unseren Weg kreuzt.«

Wir verließen Thule auf dem Rücken der beiden Sleipnir. Meine Hoffnung, Gisl sei sanft, löste sich binnen einer Minute in Luft auf. Das Tier tänzelte und schnaubte. Das Kraftpaket unter mir wollte lospreschen, und ich hatte Mühe, es zurückzuhalten. Bis wir das Gebirge erreichten, krallte ich mich an Gisls Mähne fest, als gäbe es keinen Morgen. Sorgen bereitete mir der Aufstieg bis zur Straße, doch diese Sorge war unbegründet. Die Sleipnir flogen einfach – nicht hoch, aber hoch genug, um uns sicher zu unserem Ziel zu bringen.

Als wir die Straße nach Sanctum erreichten, dämmerte es. Weit und breit war keine Menschenseele zu sehen. Erleichtert atmete ich auf. Wir ritten der Nacht entgegen, auf dem Weg nach Elysion, wo auch immer sich dieser Ort befand.

10.

»Hörst du das?«, fragte Vandi, nachdem wir den Wald erreicht hatten. Die letzten Sonnenstrahlen küssten den Boden, und die Schatten zwischen den Bäumen wurden tiefer. Gerade als ich dachte, dass ich endlich meinen Rhythmus mit Gisl gefunden hatte, hörte ich es – ein seltsames, metallisches Geräusch, irgendwo in der Ferne, dumpf und unheilvoll.

»Was ist das?«, flüsterte ich, mein Herzschlag beschleunigte sich, während ich die Umgebung scannte. Dunkelheit schien sich wie ein dunkler Mantel um uns zu legen, und ich fühlte mich plötzlich viel weniger sicher. Zwischen den Bäumen regte sich nichts, doch das Gefühl, beobachtet zu werden, war überwältigend.

»Ich weiß es nicht«, sagte Vandi, mit gedämpfter Stimme, »aber wir sollten den Weg vorsichtshalber verlassen und uns verstecken.«

Das Geräusch entfernte sich.

»Lass uns hier eine Weile warten, bis wir sicher sein können«, erklärte meine Mitreisende.

Wir setzten uns auf einen Baumstumpf und verharrten in absoluter Lautlosigkeit. Nur das leise Schnauben der Tiere durchbrach hin und wieder die Stille. Ich betrachtete den Wald. Die Bäume waren riesig, mit einem dichten Blätterdach und moosigen Stämmen. Neben uns wuchsen gigantische Farne und Pilze. Alles wirkte so grün, üppig, und doch seltsam unbewohnt. Kein Vogelgezwitscher, keine kleinste Spur anderer Lebewesen. Das Fehlen jeglichen Lebens machte die Szenerie nur noch unheimlicher.

Plötzlich erklang das Geräusch erneut – dieses Mal wesentlich näher. Dumpfe Trommeln und das Kratzen von etwas Schwerem, das über den Boden geschleift wurde.

Snorri und Gisl tänzelten unruhig, die Flügel zitterten leicht. Vandi schlich zur Böschung und verschanzte sich am Rand. Ich folgte ihr auf leisen Sohlen. Wir konnten die Straße sehen, wenn wir uns ein wenig hochdrückten.

Bum, bum, die Trommeln wurden lauter. Schreie und Klagelaute mischten sich darunter, als plötzlich ein metallischer Käfig in Sicht kam – riesig, so groß wie drei Kutschen. Das Gefährt hatte schwere Metallräder und war bis zum Bersten mit Menschen gefüllt.

Heilige Scheiße. Ich schluckte schwer, mein Blick wanderte zu den Soldaten, die das Gefährt begleiteten. Entsetzen durchströmte mich, als ich sie genauer betrachtete: Es waren Vampire. Ihre fahle Haut und die zarten, hellblauen Tätowierungen, die sich an ihren Schläfen entlangzogen, wiesen sie eindeutig als Blutengel aus.

Im Gegensatz zur Mythologie, die sich in den alten Büchern fand, konnten sie durchaus in der Sonne wandeln. Allerdings vermieden sie das Tageslicht, da es in ihren Augen schmerzte und ihre Haut äußerst lichtempfindlich war.

Den Vampiren fehlten die Schwingen, dafür besaßen sie messerscharfe Krallen an ihren Fingern. Ihr Gehör war besonders ausgeprägt, ebenso wie ihr Geruchssinn – Raubtiere durch und durch.

»Was ist das?«, flüsterte ich, angespannt.

»Damontiz Transporte. Er lässt Gefangene nach Terras bringen. In König Lothaires Blutfabriken«, flüsterte Vandi.

Geschockt starrte ich sie an. Damontiz arbeitete mit Lothaire? Dem Obervampir? Was? Das konnte doch nicht wahr sein. Oder doch? Wie viele Geheimnisse gab es noch?

Die Norne bedeutete mir, ganz still zu sein und mich so dicht wie möglich an die Böschung zu pressen. Sie grub ihre Hände in den Boden und bedeckte ihre Haut mit Erde. Ich zögerte kurz, dann tat ich es ihr nach. Die Erde war kalt und feucht. Jetzt bloß nicht auffallen. Ruhe bewahren war lebenswichtig.

Die Karawane bewegte sich nur langsam vorwärts, begleitet von dem hypnotischen Rhythmus der Trommeln. **Bum, bum**, hallte es durch die Bäume.

Wer kam auf eine solche Idee? Und wozu? Ich versuchte, über den Rand des Gefälles zu gucken, doch meine Begleiterin zog mich zurück. Sie fuchtelte wild mit den Händen und gab mir zu verstehen, dass ich verrückt sei und mich still verhalten sollte.

Vandi zeigte mir einen Vogel. Ich wollte doch nur mal einen Blick riskieren – immerhin sah ich nicht jeden Tag eine Kolonne von Vampiren. Außerdem wollte ich genau wissen, was da vor sich ging. Es musste doch eine Möglichkeit geben, sie zu beobachten, ohne aufzufallen.

Mir fielen einige Zweige auf, die auf dem Boden lagen. Sie hatten noch genügend Blätter, damit ich mich tarnen konnte. Und genau das tat ich auch. Vandi sah aus, als würde sie gleich einen Herzinfarkt bekommen, als ich blitzschnell nach den Zweigen griff, mich ein Stück nach oben zog und die Dinger auf meinem Kopf platzierte. Genau wie in der Armee. Tarnung ist alles.

Ich spähte über den Rand und sah die Fußsoldaten, die vor dem Metallkäfig liefen. Dahinter waren die Trommler. Der Käfig war mit Menschen überfüllt. Zusammengepfercht wie Vieh wurden einige gegen die Gitterstäbe gedrückt. Sie schrien und bettelten um Luft. Grauenvoll! Unter den Gefangenen befanden sich Alte, Frauen, Männer und sogar Kinder.

Ihre Gesichter waren schmerzverzerrt und zutiefst verängstigt. Einige waren verletzt und trugen blutverschmierte, schmuddelige Jutesäcke als Bekleidung. Die ganze Szenerie glich einer schlechten Horrorgeschichte.

Wir konnten das nicht zulassen. Hilflos sah ich nach unten, nur um den Anblick nicht länger ertragen zu müssen.

Im letzten Moment erkannte ich die stahlblauen Augen und erstarrte. Jackson Simmons? Ein Schauer lief mir über den Rücken, und mein Herz setzte einen Schlag aus. Wie konnte er hier sein?

Nein, das durfte nicht sein! Das hagere Gesicht, die dünne Statur – das konnte nicht Jackson sein. Doch die Augen waren dieselben, die ich seit meiner Kindheit kannte.

Vandi robbte leise neben mich, ihr Gesicht eine Mischung aus Unglauben und Angst. Ihre Augen weiteten sich, und ihre Lippen öffneten sich leicht, als ob sie etwas sagen wollte, aber die Worte blieben unausgesprochen. Sie hatte ihn also auch gesehen.

Ein Jahr war vergangen. Ein Jahr! Vergiss das nicht, Star. Und für mich war es erst gestern, dass wir uns zuletzt sahen. Was war geschehen? In mir brodelte eine Verzweiflung, die mich fast überwältigte. Doch eins wusste ich: Ich würde niemanden mehr verlieren. Nicht Jackson. Nicht noch jemanden, den ich liebte. Das durfte einfach nicht sein. Wir mussten etwas unternehmen.

Die Norne schüttelte den Kopf; in ihren Augen lag eine deutliche Warnung. Sie wusste ganz genau, was in mir vorging. Meine Hände zitterten, als ich mich noch näher an den Rand schob. Mein Herz schlug bis zum Hals. Der Wagen war hinten und vorne von Vampiren flankiert. Ich zählte vierzig Mann. Zwei saßen auf einem Pferd, vermutlich die Anführer. Wachen aus Sanctum konnte ich nicht erkennen – also eine reine Blutsaugerbrigade. Warum trommelten sie und brauchten vierzig Leute, um einen Transport voller Menschen zu begleiten? Das erschien mir seltsam. Irgendetwas stimmte hier nicht – eine kalte Vorahnung breitete sich in meinem Magen aus, während ich versuchte, mir einen Reim auf all das zu machen.

Die Antwort erhielt ich wenige Augenblicke später.

Plötzlich brach Chaos aus. Aus dem Wald auf der anderen Straßenseite schossen Hunderte Wesen hervor. Sie waren unglaublich schnell – ein weißer Blitz, der das Dickicht durchbrach. Binnen Sekunden umkreisten sie den Tross, ein wimmelnder Albtraum, der sich über die Straße ergoss wie eine Flutwelle. Ihre Gestalten waren bleicher als die der Vampire, ihre Augen tief in die Höhlen eingesunken, leblos und hungrig zugleich. Die Gesichter waren schlaff und ausgemergelt, als ob die Haut nur lose über den Knochen hing, während ihre Körper grotesk aufgequollen waren – wie riesige, pulsierende, fleischige Maden. Grotesk! Einigen fielen die Haare aus, anderen fehlten die Zähne oder ganze Hautareale. Hinter ihren Schultern erhoben sich aschgraue, glanzlose Schwingen. Ein ekelhafter Geruch nach Verwesung und Fäulnis schlug mir entgegen, dick und allgegenwärtig. Es war, als würde er sich in meiner Kehle festsetzen, während mein Magen sich schmerzhaft zusammenzog. Ich musste schlucken, um die aufsteigende Magensäure zurückzuhalten.

Auch Vandi war kreidebleich, ihre Hände zitterten, als sie einen Dolch aus der Tasche zog.

»Was ist das?«, zischte ich.

»Angeli Mortui. Das sind Engel oder Dämonen, die von den Vampiren ausgesaugt wurden und jetzt als Wiedergänger durch die Wälder streifen«, erwiderte sie leise. »Sie sind nicht tot. Aber als lebendig würde ich sie auch nicht bezeichnen.«

»Du hast mir einiges zu erklären, aber zuerst holen wir Jackson da raus!«

Die beiden Anführer der Karawane stiegen von ihren Pferden, als ein Ruck durch die Angeli Mortui ging. So schnell, dass ich ihnen kaum folgen konnte, griffen sie an. Sie stürzten sich auf die Vampire, und ein Kampf um Leben und Tod entbrannte.

»Wir müssen hier weg! Das ist unsere Chance!« Vandi zog mich von der Böschung weg.

»Wir müssen Jackson helfen«, erwiderte ich mit fester Stimme.

»Wir können ihm nicht helfen. Keinem von ihnen.«

In dem Tumult würde ich nicht auffallen. Ich könnte versuchen, den Wagen zu öffnen. »Du könntest mich in einen von ihnen verwandeln, und ich renne zum Wagen.«

Die Norne blickte mich an, als wäre ich vollkommen verrückt geworden. »Bitte! Ich kann es versuchen!« Ich zog meinen Dolch aus dem Stiefel. »Zur Not habe ich den hier. Osmium!« Einige würde ich mit in den Tod reißen, so viel stand fest. »Entweder du verwandelst mich, oder ich gehe so. Ich werde Jackson nicht zurücklassen!«

»Dann komme ich mit dir. Schnell, wir müssen uns beeilen!« Meine Begleiterin sprach drei Worte, und wir wurden beide zu lebenden Toten. Vandi rannte vor und erreichte als Erste die Straße. Ich folgte ihr.

Das Chaos war perfekt. Alle Vampire waren in Kämpfe verwickelt, niemand kümmerte sich um den Wagen. Die Angeli Mortui waren in der Überzahl, sodass die Blutengel kämpfen mussten, um die Oberhand zu behalten.

Besser konnte es nicht sein. Nur noch wenige Meter, und ich würde den Wagen erreichen. Vandi rannte nach links, mitten durch zwei Kämpfende, und erledigte mit einem gekonnten Tritt gegen die Kehle einen der Blutsauger. Wow! Sie war genauso schnell wie die Engel selbst – nur viel wendiger, weil sie kleiner war. *Renn!*, feuerte ich mich selbst an.

Ich erreichte gerade den Käfig, als ich von hinten angegriffen wurde. Ich spürte Zähne an meinem Hals. Scheiß Vampire. Blitzschnell lehnte ich mich nach vorne und stieß ihm rückwärts meinen Dolch in sein Gemächt.

»Verdammt!«, war das Letzte, was er sagte, ehe er wie ein gefällter Baum zu Boden ging. Vandi erreichte mich von der anderen Seite. »Schnell, lass uns das Ding öffnen und sofort verschwinden.«

Wenn das so einfach wäre. Der Käfig war mit einem Vorhängeschloss gesichert.

»Ich muss versuchen, das Schloss zu knacken, halte mir den Rücken frei.« Schwer atmend fuchtelte ich an der Schnalle herum.

Hätte ich eine Haarnadel, wäre das kein großes Problem gewesen, aber mit einem Dolch sah die Sache anders aus. »Mist! Verflucht noch mal!«, wetterte ich und wischte mir dem Schweiß von der Stirn, der in meine Augen lief.

Die Gefangenen wurden unruhig, als sie bemerkten, was ich tat. Um uns herum lagen tote Vampire und Angeli Mortui. Die Blutsauger hatten die Oberhand – bis jetzt.

»Seid ruhig!«, zischte ich. »Ich will euch helfen.«

Der Dolch fiel mir aus den Händen und rollte unter eines der Räder. Gift und Galle spuckend bückte ich mich, um nach dem Messer zu greifen, als Vandi erneut angegriffen wurde. Die Norne sprang in die Luft und führte einen Salto rückwärts aus. Ihr rechtes Bein traf die Nase des Angreifers, als sie wieder in den Stand kam. Die paar Sekunden reichten aus. Ich bekam den Dolch zu fassen und zielte. Das Messer verfehlte seinen Bestimmungsort nicht – ich traf sein Herz!

Der Vampir sah mich an. In seinen Augen las ich Verwunderung, ehe er zusammenbrach. Sein Körper verwandelte sich vor unseren Augen in einen strahlenden Engel. Einen toten Engel, wohlgemerkt. Zwei Dinge wurden mir in diesem Moment klar. Erstens: Die Vampire waren tatsächlich Engel, und sie waren verflucht. Zweitens: Traf man ihr Herz, verwandelten sie sich.

Der Gedanke fesselte mich für eine Sekunde, ehe ich in die Wirklichkeit zurückkehrte. Die Kämpfe dauerten an, doch das Feld war deutlich ausgedünnt. Ich musste mich wirklich beeilen, wenn wir hier lebend und mit Jackson herauskommen wollten. »Komm schon, geh auf, zur Hölle noch mal!«

Plötzlich reichte mir eine der gefangenen Frauen eine Nadel. *Danke, Herr im Himmel.*

»Star, schwing die Hufe. Wir bekommen Besuch, auf den ich verzichten kann«, sagte Vandi atemlos. Die Norne sah gebügelt aus. Ihre Haare standen in alle Richtungen und der magische Madenkörper löste sich immer mehr auf. Ganze Fleischstücke fielen von ihren Wangen. Aus ihren Fingerspitzen schossen kleine Funken. »Der Nächste wird gegrillt«, sagte sie atemlos.

Ich drehte mich um und sah zwei weitere Vampire, die sich uns näherten. Diese beiden waren jedoch viel größer und bulliger als ihre Vorgänger. Ihre Gesichtszüge waren hassverzerrt. Sie wurden von rechts und links angegriffen, ihre Augen hielten sie jedoch stur auf uns gerichtet.

Klack! Das Schloss öffnete sich. Am liebsten hätte ich vor Freude geweint.

»Alle raus hier! Raus!«, schrie ich aus Leibeskräften. Die Menschen taumelten mehr, als dass sie gingen. Sie waren kraftlos und ausgezehrt. Wir würden es nicht schaffen, alle zu retten. Unsere Gegner waren einfach zu schnell, selbst wenn sie noch beschäftigt waren.

»Jackson Simmons!«, brüllte ich.

Die Norne sprang auf den Wagen und verschwand im Gedränge, ihre Bewegungen fast zu schnell für meine Augen. Ich feuerte die Gefangenen an, ihre Kräfte zusammenzunehmen und zu rennen. »Lauft in den Wald! Schnell! Zerstreut euch und versteckt euch!«

Ein älterer Mann starrte mich aus glasigen Augen an. Sein ganzer Körper wirkte eingefallen. »Wo sollen wir denn hin? Nach Hause können wir nicht mehr. Also, welchen Sinn hat das Ganze?«

Er setzte sich einfach neben den Wagen, seine Beine gaben nach, als hätte er jede Kraft verloren. Zwei weitere Männer folgten ihm, ihre Gesichter leer und resigniert.

»Er hat recht, wir können hier draußen nicht überleben. Dafür sind wir zu alt und zu schwach.«

Hilflos sah ich sie an. Sie hatten recht. Sie waren zu schwach, um zu fliehen. Aber wenn wir nur zehn von ihnen retten konnten, dann war diese unüberlegte Aktion ein voller Erfolg. Daran musste ich einfach glauben. Denn sonst, hätten wir alle in den sicheren Tod geschickt. *Aber wären sie nicht sowieso gestorben?*

Ich drehte mich um und sah Vandi, die mit Jackson aus dem Wagen sprang. Er war genauso schwach wie die drei anderen, die vor mir saßen. Einige erreichten bereits den Waldrand und verschwanden in der Dunkelheit des Dickichts. Ich betete, dass sie überleben würden. Vielleicht, nur vielleicht, konnten sie die Rebellen finden und dort ein neues Leben beginnen.

»Bring ihn in den Wald, setz deine Flügel ein! Ich komme hinterher«, erwiderte ich.

So waren wir schneller. Die Norne ließ sich nicht zweimal bitten. Sie verwandelte sich und flog mit Jackson in Richtung der beiden Sleipnir. Ich rannte los. Meine Beine flogen über die Straße, und ich erreichte die Böschung genau in dem Moment, als sich zwei Verfaulte auf die drei Männer am Boden stürzten. Ich wollte nicht hinsehen, doch ein innerer Zwang befahl mir, mich noch einmal umzudrehen.

Die verwesten Engel knieten auf den Brustkörben der Männer und rissen ihnen mit bloßen Händen die Herzen heraus.

Gierig stopften sie das Fleisch in ihre Münder. Sie zerteilten die Leichen mit einem Schwert und packten die Leichenteile in Windeseile in einen Sack, nur die Schädel blieben liegen. Die Beute schien wichtiger als der Kampf – wie Tiere, die ausschließlich von ihren Instinkten getrieben wurden, grunzend und fauchend.

Zwei Vampire näherten sich mit unmenschlicher Geschwindigkeit. Aus ihren Mündern tropfte Blut, sie stürzten sich auf ihre Feinde. Kämpften mit allem, was sie hatten. Zähne, Klauen, Schwerter und Dolche trafen aufeinander, Metall klirrte, und die Luft war erfüllt von keuchenden Atemzügen und wütenden Schreien.

Die beiden Angeli Mortui warfen ihre Beute in den Wald. Ratsch! Einer der Vampire hatte seinem Gegner einen der Flügel abgetrennt. Grauenvoll. Das Geräusch der splitternden Knochen würde mich bis in meine Träume verfolgen. Der einstige Engel brüllte auf, ein durchdringender Laut, voller Schmerz und Qualen.

Sein Kontrahent stürzte sich auf die blutende Wunde und bohrte seine Fänge hinein. Er zerfetzte den zweiten Flügel mit seinen Klauenhänden, ehe er seinem Gegner den Kopf abtrennte.

Der Angeli starb nicht! Sein Kopf rollte ein Stück den Weg hinab, und er schrie und fauchte weiter. Ich spürte die

Nässe auf meinen Wangen – ein Gefühl des Horrors, ehe ich im Wald verschwand.

Vandi und Jackson warteten. Wir mussten uns beeilen, es blieb keine Zeit für lange Umarmungen.

Die Sleipnir führten uns tiefer in den Wald, weit weg von den Kämpfenden. Nach etwa einer Stunde trauten wir uns zu rasten. Der Platz schien optimal; Sträucher und Holzgewächse gaben uns ausreichend Sichtschutz.

Jackson war so ausgelaugt, dass er sich kaum aufrecht halten konnte. Er setzte sich unter einen Baum und lehnte seinen Kopf an den Stamm.

»Ich bin so froh, dich zu sehen«, sagte ich unter Tränen.

Ein leises Lächeln umspielte seine Lippen.

»Danke, dass du mich gerettet hast.«

Seine Augen schlossen sich, und er schlief erschöpft ein.

Vandi hatte mir einiges zu erklären, und ich würde nicht eher ruhen, bis meine Neugier befriedigt war. Diesmal würde ich mich nicht abspeisen lassen.

11.

»Was sind Angeli Mortui?«, fragte ich erneut.

»Wie ich schon sagte: Es sind Engel oder Dämonen, die von den Vampiren ausgesaugt wurden und jetzt als Wiedergänger durch die Wälder streifen. Sie brauchen Menschenfleisch, insbesondere Herzen, um zu überleben.«

Eine Gänsehaut überzog meine Arme. Selbst in meiner Armeezeit hatte ich nie von solchen Wesen gehört.

»Warum habe ich davon nie etwas gehört?«

Das Thema schien ihr unangenehm.

»Es wird geheim gehalten. Die Engel befürchten einen Aufstand, wenn das bekannt würde. Immerhin sind ihre eigenen Leute davon betroffen. Stell dir das Chaos vor, wenn das herauskäme.«

»Aber Vampire können den Engeln meist nichts anhaben«, erwiderte ich verwirrt.

Vandi schüttelte den Kopf. »Nein, Star, das ist eine der vielen Lügen, die Damontiz verbreiten ließ. Die Blutengel besitzen mehr Macht und Kraft, weil sie durch das Blut die Energie ihrer Opfer aufnehmen.«

»Aber dann könnte Lothaire doch angreifen und sich Damontiz‹ Königreich einverleiben.« Irgendetwas daran schien nicht zu passen.

»Könnte er, und würde er. Allerdings sind die beiden Brüder und haben einen Vertrag geschlossen, der besagt: Damontiz liefert Lothaire ausreichend Blut, Engel eingeschlossen.«

Das haute mich um. Die beiden waren Brüder? Und er lieferte Blut an die Vampire? Menschen und Engel? Das war schwer zu verdauen.

»Aber wie macht er das? Das würde doch auffallen.«

Vandi sah mich ernst an. »Er nimmt einige Hundert Gefangene und bringt sie dreimal im Jahr nach Terras. Die Wachen, die ihn begleiten, werden einfach wie Vieh an Lothaires Clan übergeben. Den Angehörigen wird erzählt, sie seien im Kampf gestorben.«

»Und bei den Gefangenen ist es ein Leichtes. Du weißt selbst nur zu gut, dass es niemanden gibt, der nach ihrem Verbleib fragt, weil die Familien viel zu viel Angst haben. Ich wette, die Hälfte der Menschen, die mit uns gefangen genommen wurden, endet in Lothaires Blutfabrik.«

Mein Herz setzte einige Schläge aus. Hatte er Daria an Lothaire ausgeliefert?

»Lebt meine Schwester? Kannst du es sehen?« Nornen kannten das Schicksal eines jeden Einzelnen.

Vandi schüttelte den Kopf. »Nein, ich kann es nicht sehen. Und selbst wenn ich es könnte, dürfte ich dir nichts sagen.« Sie legte ihre Hand auf meine Schulter.

»Wir sollten gehen, Star.« Sie stupste mich leicht an. »Eines Tages wirst du alles wissen, das verspreche ich dir.«

Ich musste wissen, was mit Daria passiert war. Wenn wir nach Elysion mussten, um die Engel zu vertreiben und die Menschheit und meine Schwester zu retten, dann sollte es so sein.

Entschlossenheit machte sich in mir breit. Vielleicht wollte Lothaire ein junges Mädchen oder einen bestimmten Typ, der meiner Schwester entsprach? Langsam ergab alles einen Sinn. Mussten meine Mutter und Großmutter deshalb sterben? Weil er ein Mädchen wie Daria wollte?

Ein eiskalter Schauer lief mir über den Rücken. Plötzlich schien alles miteinander verbunden – als wäre es von Anfang an geplant gewesen. Daria, meine Mutter, meine Großmutter…

Die nächsten drei Tage verliefen ereignislos. Wir ritten, schliefen und aßen, immer auf der Hut vor den Monstern, die mich noch in meinen Träumen verfolgten. Jackson erholte sich nur langsam unter Vandis Fürsorge. Sie platzierte ihn vor sich auf dem Sattel. Die meiste Zeit war er so ausgelaugt, dass er schlief. So begierig ich auch war, seine Geschichte zu erfahren, so geduldig zeigte ich mich jetzt. Er sollte erst zu Kräften kommen.

Ich war überglücklich, dass wir ihn retten konnten, das reichte fürs Erste.

Die beiden Sleipnir waren mir extrem ans Herz gewachsen. Solche intelligenten und außergewöhnlichen Tiere hatte ich noch nie gesehen. Ich konnte nicht anders, als sie zu lieben und bei jeder Gelegenheit mit ihnen zu kuscheln.

Gisl legte sich jeden Abend neben mich. Ich platzierte meinen Kopf auf ihrem Bauch und kraulte ihre Brust – sehr zu Vandis Ärger.

»Du verhätschelst sie zu sehr. Was ist, wenn sie wieder zu Hause sind? Soll ich sie dann jeden Abend verwöhnen und den beiden am besten noch ein Lied vorsingen?«

Gisl schnaubte verächtlich. Sie schien jedes Wort zu verstehen.

»Glaubst du, einige der Gefangenen haben es geschafft?«, fragte ich aus dem Moment heraus. Meine Gedanken kreisten immer wieder um die Angeli. Wie grausam dieses Schicksal war. Ob sie normal denken konnten, Gefühle besaßen, ob sie wussten, was sie taten, oder war die Reaktion instinktiv gesteuert? Andererseits quälten mich Gewissensbisse, weil ich so etwas wie Mitleid mit ihnen empfand. Immerhin fraßen sie Menschen – Menschen, mit denen ich tiefstes Mitgefühl hegte. Zu guter Letzt kämpfte ich mit der Wut und dem Abscheu in meinem Inneren, die alle Engel oder besser gesagt alle Dämonen betraf. Irgendwie zerriss mich diese Verwirrung.

»Einige haben es geschafft. Jetzt müssen sie lernen, hier draußen zu überleben«, erwiderte Vandi schließlich. Ich hoffte, dass sie es hinbekamen und nicht wieder in den Fängen der Vampire landeten.

Die Sonne brannte vom Himmel, als wir eine Pause einlegten. Die Berge und der Wald lagen längst hinter uns. Wir ritten über Felder und Wiesen, bis meine Begleiterin auf ein einsames Haus am Wegesrand deutete.

»Es ist unbewohnt. Dort sind wir geschützter und können eine längere Rast einlegen.«

Im Stillen dankte ich Gott dafür. Mein Hintern brannte bereits seit gestern, und ich brauchte dringend eine Dusche – falls es fließendes Wasser gab. Jackson konnte sich ausruhen, die Sleipnir grasen, und Vandi würde vielleicht etwas Leckeres kochen.

Wir führten die Tiere hinter das Haus auf eine Wiese, bevor wir uns selbst versorgten. Die Tür war unverschlossen, was ich als gutes Omen deutete. Das Innere des Gebäudes war schlicht, aber sauber. Es gab eine Feuerstelle, eine Dusche mit kaltem Wasser und sogar Betten. Die Küche war groß und erinnerte eher an eine Mensa.

»Sieh mal dort drüben.« Die Norne zeigte auf einen Punkt westlich von uns.

»Ein Fluss!«, rief ich begeistert. »Wir könnten fischen.«

Selbst Jackson schien Freude zu empfinden, denn er grinste ein wenig.

»Dann gibt es also heute Fisch«, sagte ich und rannte los.

Sobald ich das Ufer erreichte, sprang ich voll bekleidet hinein. Nur meine Stiefel hatte ich vorher ausgezogen. Das Wasser war herrlich kühl und sauber. Ich tauchte bis auf den Grund. Der Fluss war nicht sehr tief, dafür kristallklar. Sollte es hier Fische geben, wovon ich ausging, würde ich sie problemlos sehen und fangen können. Darin war ich wirklich gut. Mom hatte es mir beigebracht, als ich noch ein Kind war.

Ich stellte mich bewegungslos hin und wartete einfach. Da – zwei dicke Forellen direkt vor meiner Nase! Beherzt griff ich zu. Das würde ein Festessen geben. Während Vandi das Feuer entfachte, nahm ich die Fische aus. Jackson hatte sich ins Bett gelegt und döste.

»Wir müssen uns unterhalten«, begann meine Begleiterin das Gespräch.

»Ich bin ganz Ohr«, gab ich zurück. Das konnte nichts Gutes bedeuten, wenn sie so ein Gespräch anfing.

»Wir nähern uns der Grenze nach Gehenna, und das Schlimmste ist: Wir müssen hindurch, es gibt keinen anderen Weg«, sagte sie ohne Umschweife.

Ich konzentrierte mich darauf, die Schuppen von den Forellen zu entfernen, und vermied es, sie anzusehen, denn sie hatte mir soeben gründlich den Appetit verhagelt.

»In das Stinkloch also«, erwiderte ich genervt und schlug der Forelle den Kopf ab.

»Es stinkt nicht, du wirst überrascht sein.«

Das bezweifelte ich.

»Es ist sogar sehr sauber und strukturiert. Allerdings müssen wir sehr vorsichtig sein. Besonders du!«

Natürlich mussten wir das. Ich war ja nicht blöd.

»Dann verwandle mich!«

»Das geht nicht. Ich habe nur für kurze Zeit genug Magie, um uns alle zu verwandeln. Die Sleipnir darf man auf keinen Fall erkennen, denn die gibt es nur in meiner Heimat. Und ich würde mit meinen Flügeln auffallen wie ein bunter Hund, also brauche ich die gesamte Kraft für die Tiere und mich selbst.«

Na toll. Dann würde ich bei der Hitze den ganzen Tag diesen dicken Umhang tragen müssen.

»Tja, dann muss ich eben noch mehr aufpassen.«

Der Gedanke, durch Gehenna reisen zu müssen, stank zum Himmel – im wahrsten Sinne des Wortes. Bis jetzt verlief unser Trip recht glimpflich, abgesehen von der Sache mit Jackson, aber das hatten wir hinbekommen. Doch ungesehen durch eine Dämonenstadt, ja sogar ein ganzes Königreich zu reisen, stand auf einem ganz anderen Blatt.

»Das schaffen wir!« Es war Jackson, der plötzlich hinter uns stand. Er sah ausgeruht aus, seine Wangen wirkten rosig, und in seinen Augen konnte ich den Funken des alten Feuers sehen.

»Geht es dir besser?«, fragte ich hoffnungsvoll.

»Ja, ich fühle mich besser. Ich denke, Vandi hat ganze Arbeit geleistet.« Er gab ihr einen Kuss auf die Wange, den sie mit einem verschmitzten Lächeln beantwortete.

»Setz dich, es gibt gleich Fisch und Möhren.«

»Da werde ich nicht Nein sagen.« Das war so ziemlich die längste Unterhaltung, die wir seit seiner Befreiung geführt hatten. Er setzte sich an den Tisch und wartete auf den Festschmaus.

»Danke, dass du mir keine Löcher in den Bauch gefragt hast«, sagte er plötzlich. »Ich weiß, dass du viele Fragen hast, aber noch mal danke für deine Geduld. Ich denke, nach dem Essen kann ich ein paar Fragen beantworten.« Grinsend sah er mich an.

»Ich habe in der Tat viele Fragen«, erwiderte ich ebenfalls grinsend. Und wie viele. Die Tatsache, dass ich nicht wusste, wie er gefangen genommen wurde, brachte mich fast um.

Das Essen schmeckte köstlich. Vandi hatte ein Talent dafür, die wenigen Kräuter und Gewürze, die wir besaßen, richtig einzusetzen. Zum Abschluss gab es noch eine Tasse löslichen Kaffee und einen Schokoriegel.

»Das war gut.« Jackson rieb sich den Bauch. »So, jetzt können wir sprechen.«

Ich setzte mich im Schneidersitz auf einen der Stühle und wartete gespannt auf das, was er zu sagen hatte.

»Ich wurde vier Tage, nachdem ihr verschwunden seid, verhaftet – wegen Beihilfe zur Flucht. Das war natürlich an den Haaren herbeigezogen. Damontiz hat ein Kopfgeld auf euch ausgesetzt. Ein sehr hohes sogar, und jeder wollte euch fangen oder ihm zumindest Hinweise geben.«

»Und du warst ein Bauernopfer, um an das Geld zu kommen«, erwiderte Vandi leichthin.

»Genau. Ich wurde zunächst für ein paar Tage in den Kerker gesperrt. Irgendwann holten mich die Wachen und begannen mit der Befragung. Ich konnte ihnen nichts sagen, also fingen sie an, mich zu foltern.«

Seine Augen verdunkelten sich, als er darüber nachdachte. »Als das auch nichts brachte und Damontiz merkte, dass ich nichts wusste, kam ich zurück in die Zelle und wurde dort für Monate eingesperrt. Eines Tages holten sie mich wieder, zusammen mit einigen anderen. Wir wurden aus der Stadt gebracht, durch einen Tunnel unter einer der Arenen, und dann den Vampiren übergeben. Den Rest kennst du.«

Schnell umarmte ich ihn. »Es tut mir so leid, dass du meinetwegen in solche Schwierigkeiten geraten bist.«

»Ich bin alt, Star. Ich habe mein Leben gelebt, aber du bist jung, und ich bin froh, dass du entkommen bist.« Jackson gab mir einen Kuss auf die Wange.

»Es ist schön, dich wiederzusehen, mein Kind.«

»Jetzt sind wir gemeinsam auf der Flucht«, erwiderte ich gerührt. »Du bist nicht alt, nur erfahren.«

Jackson lachte, und ich freute mich darüber, dass er wieder lachen konnte. Es gab also ein Kopfgeld. Damontiz machte keine halben Sachen. Aber warum?

»Warum ein Kopfgeld?«, fragte ich laut. »Es gibt deutlich Schlimmeres, als wegen Flaschenwürfen verhaftet zu werden und zu fliehen.«

»Sein Ego. Niemand entkommt Damontiz Andaris«, erwiderte Vandi.

Jackson schüttelte den Kopf. »Seit Luzifers Ankunft ist er angespannt und will keine Fehler machen. Das habe ich von den Wachleuten aufgeschnappt. Sie beklagten sich mehrfach darüber, wie nervös und gereizt er sei. Fast als hätte er Angst vor dem Höllenprinzen. Ich habe ihn einmal erlebt – er war bei einer der Befragungen dabei. Und was ich sah, war nicht angenehm. Luzifer ist furchteinflößend und scheinbar unberechenbar.«

»Nun, das ist nichts Neues. Luzifer ist eben, wie er ist. Bei ihm kann man nie sicher sein, was er vorhat. Er ist ein Meister – oder besser gesagt: *der* Meister der Manipulation. Kalt, berechnend und gefährlich. Eine Klapperschlange ist dagegen ein Kuscheltier.«

In Vandis Miene spiegelte sich Verachtung – und noch etwas anderes. Angst?

»Du magst ihn nicht«, stellte Jackson sachlich fest.

»Wer mag schon ein Raubtier, das dich binnen Sekunden zerfetzen kann.«

Sie straffte sich und zog die Schultern nach hinten, als wollte sie ihren Worten mehr Gewicht verleihen, um die Angst zu überspielen, die in ihrem Blick für einen Moment sichtbar gewesen war.

Das glaubte ich unbesehen. Allerdings fand ich es sehr interessant, dass Damontiz auch Angst zu haben schien.

»Warum sollte er Angst haben? Sie gehören doch zum selben Verein?«, fragte ich.

Vandi schnaubte und warf ihren Kopf nach hinten. »Luzifer gehört zu niemandem. Er ist der Lichtträger – einer der mächtigsten Engel, die jemals geboren wurden. Die Tatsache, dass er überhaupt auftaucht, gibt mir schon sehr zu denken.«

»Also arbeiten die beiden nicht zusammen?«

»Das weiß ich nicht. Es könnte sein, oder er verfolgt ein ganz anderes Ziel. Luzifer wird seine Pläne nicht offenlegen.«

»In den alten Schriften steht, dass er sich gegen Gott aufgelehnt hat und deshalb gefallen ist. Ist das wahr?« Das Thema – oder besser gesagt, dieser Engel – interessierte mich ungemein, wie ich zugeben musste.

»Nein, es war wesentlich komplizierter. Elysion hat strenge Regeln und Strukturen. Luzifer hatte seine eigenen Vorstellungen, und die passten dem Rat nicht. Und wie so oft spielte dabei eine Frau eine ganz zentrale Rolle. Der Allmächtige verstößt niemanden. Er besteht aus Liebe, bedingungsloser Liebe. Er ist weder urteilend noch bestrafend.«

Interessant. Luzifer stürzte wegen einer Frau. Fast schon lächerlich in seiner Einfachheit, unspektakulär. Wer diese Frau wohl war, die den großen und mächtigen Luzifer um den Finger wickeln konnte? Ich musste mir eingestehen, dass ich neugierig war – auch auf Elysion. Wie war der Himmel wirklich? Waren alle Engel so grässlich wie die auf der Erde, oder gab es dort tatsächlich jene faszinierenden Wesen, wie sie in den alten Schriften beschrieben wurden?

Ich hätte Vandi fragen können, aber ich tat es nicht. Ich hatte keine Lust auf einen ihrer belehrenden Monologe. Viel lieber wollte ich noch ein wenig die Sonne genießen und im Fluss baden.

Dieses Mal ohne Klamotten. »Jackson, hast du Lust auf ein Bad im Fluss?« Kopfschüttelnd stand er auf. »Vielleicht später, Star. Erst muss ich mich noch ein wenig ausruhen. Ich hoffe, du bist nicht böse?« Natürlich war ich nicht böse. Im Gegenteil, ich war froh, dass er solche Fortschritte machte. Also ging ich allein.

Ich schnappte mir eine Decke, die ich unter einem Baum ausbreitete, zog mich aus und tauchte ins Wasser. Herrlich! Weit und breit keine Menschenseele. Bis auf die Sleipnir, die in der Ferne grasten, war ich völlig ungestört. Ich genoss die Wärme auf meiner Haut, zählte die Wolken am Himmel und beobachtete einen kleinen Schwarm Fische, der an mir vorbeizog. Eine wunderbare Art, den Geist zu beruhigen.

Ich hatte nie darüber nachgedacht, wie still die Erde außerhalb der Städte und Dörfer war. Kaum eine Menschenseele lebte hier draußen. Jetzt wusste ich, warum. Nicht nur die Jäger der Vampire und Dämonen, auch die Angeli Mortui suchten nach Beute. Die Rebellen mussten verrückt sein, hier draußen völlig ungeschützt zu leben.

Ich ließ meine Hände durch das Wasser gleiten und beschloss zu tauchen. Auf dem Grund gab es Kieselsteine in den verschiedensten Formen und Farben.

Ein besonders schön Geformter, der ganz in Gelb und Blau leuchtete, hatte es mir angetan. Ein Talisman! Denn Glück konnte ich gebrauchen.

Als ich wieder auftauchte, waren meine Klamotten verschwunden. Einfach weg.

»Das darf doch nicht wahr sein!«, rief ich erbost. Ob Vandi mich ärgern wollte? Ich drehte mich um, als ich plötzlich jemanden kichern hörte.

»Wer immer du bist, gib mir sofort meine Sachen zurück, oder ich bringe dich um!«

»Das möchte ich sehen«, sagte eine kindliche Stimme. Ein Junge, etwa zehn Jahre alt, trat aus dem Schatten des Baumes hervor. Er war in Lumpen gehüllt, sein Gesicht dreckig, genau wie der Rest seines kleinen Körpers.

»Was gibst du mir für deine Sachen?«

»Ganz schön frech, Kleiner. Ich werde dir nicht deinen Hintern versohlen, das ist das beste Angebot, das du von mir kriegen wirst.«

Er lachte laut. »Nö, das ist kein Angebot, das ist eine Zumutung. Wenn ich nackt im Fluss hocken würde, wäre ich netter.« Seine dunklen Augen sprühten vor Schalk.

»Wie heißt du?«

»Nathaniel. Aber alle nennen mich Nate – oder Runner.«

Beeindruckend, wie vorlaut und mutig er war. Ich könnte ihn windelweich prügeln, aber das schien ihm keine Angst zu machen.

»Also gut, Runner, was willst du? Geld? Etwas zu essen?«

Er überlegte kurz, ehe er antwortete. »Beides. Und etwas Neues zum Anziehen.«

Ich stimmte zu. Was blieb mir auch anderes übrig, wenn ich nicht nackt zurücklaufen wollte? Runner reichte mir grinsend meine Kleidung.

»Wo sind deine Eltern?«

»Gestorben, wie viele andere hier draußen auch.«

»Also lebst du allein?« Der Gedanke ließ mich frösteln. Ein Kind, ohne Schutz und Eltern, hier draußen im Niemandsland.

»Nicht direkt. Da, wo ich herkomme, gibt es noch andere wie mich.«

Ich spürte, dass er nicht weiter darüber reden wollte, also beließ ich es dabei. Vielleicht würde er bei einem Fisch und ein paar Möhren gesprächiger werden.

Als wir das Haus betraten, war Vandi gerade dabei, die Feuerstelle zu säubern. »Ich habe Besuch mitgebracht.«

Die Norne drehte sich um und erstarrte. »Recede a nobis, Satanas! Protinus!«, schrie sie. Aus ihren Augen flossen dunkle Schatten, die blitzschnell über den Boden krochen und mich einhüllten.

Runner lachte hysterisch.

»Putasne me te metuere?« Die Worte klangen aus dem Mund des Jungen seltsam düster, seine kindliche Stimme war von einer dunklen Macht durchdrungen.

»Das solltest du. Du solltest dich fürchten, Daimos. Denn ich werde dich direkt in die Hölle schicken!«, fauchte Vandi mit eisiger Entschlossenheit.

Runner reagierte blitzschnell. Er sprang ab – und im nächsten Augenblick klebte er an der Decke, wie ein Frosch. Auf allen vieren kroch er in die dunkelste Ecke der Küche. Dann öffnete er seinen Mund und zu meinem Entsetzen schossen vier zusätzliche Arme daraus hervor – Gliedmaßen, an deren Enden keine Hände waren, sondern Mäuler, gespickt mit rasiermesserscharfen Zähnen.

Mir stockte der Atem. Gütiger Himmel! Was war das für eine Kreatur? Entsetzt wich ich einen Schritt zurück und starrte an die Decke.

Runner lachte, ein hysterisches, beinahe unnatürliches Kichern, das in meinen Ohren widerhallte, während die Schatten um mich herum immer dichter wurden. Einer seiner Maularme schoss nach vorne und erwischte fast meinen Arm. Doch ich war schneller. Mein Dolch fuhr wie Butter durch sein widerliches Fleisch. *Platsch.* Das Ding fiel mit samt aller Zähne auf den Boden. Ein Maul weniger.

»Gut gemacht!«, brüllte Vandi. Sie riss ihre Hände in die Höhe und zielte. Schatten schossen explosionsartig aus jeder Pore ihres Körpers und breiteten sich aus, bis sie den gesamten Raum einhüllten. Die Dunkelheit schien ein Eigenleben zu entwickeln, als die Schatten zu Wölfen wurden – riesige Tiere, deren gelbe Augen wie Feueropale glühten. Mit weit aufgerissenen Mäulern stürzten sie sich auf den Jungen.

»Fenris, bring ihn nach Nifelheim, zu Hel!«, befahl Vandi.

Die Schatten verschmolzen zu einem einzigen, gigantischen Wolf. Seine gelben Augen funkelten wie lebendige Flammen. »Wie du befiehlst, Göttin!«, sagte er, seine Stimme hallte wie ein transzendentes Echo.

Das Lachen des Jungen verstummte. Runner kreischte und tobte, seine deformierten Arme schossen hervor, um den Wolf zu beißen. Doch Fenris interessierte das wenig. Er riss sein gewaltiges Maul auf und verschluckte den Jungen, oder was immer dieses Ding war, mit einem einzigen Bissen.

Er war gefangen im durchscheinenden Bauch des riesigen Tieres, das sich vor meinen Augen veränderte. Der Schattenwolf manifestierte sich, wurde real, zu Fleisch und Blut. Binnen eines Wimpernschlags stand ein echter Wolf vor uns, gewaltig und Furcht einflößend.

Er war so groß, dass sein Kopf auf meiner Augenhöhe war! Ohne Zögern sprang er aus dem Fenster und verschwand hinter dem Haus.

»Lass mich deinen Arm sehen!«, rief Vandi, ohne eine Sekunde zu verlieren, während ich noch in einer Schockstarre verharrte. Sie setzte mich auf einen Stuhl und begann, meine Gliedmaßen zu inspizieren.

»Das war knapp«, murmelte sie. »Du hattest großes Glück – das Gift der Daimos ist tödlich.«

Mein ganzer Körper begann unkontrolliert, zu zittern, als mir bewusst wurde, was sich gerade zugetragen hatte.

»Was war das für ein Wesen?«, fragte ich, mit klappernden Zähnen.

»Das war ein Daimos«, erklärte Vandi ruhig. »Eine Wiedergeburt derer, die durch König Amons Leute vergiftet wurden. Sie verwandeln sich in echte dämonische Kreaturen und ernähren sich von Menschen und Tieren. Ihr Biss betäubt – erst lähmt er, und dann setzt die Verwandlung ein.«

Das durfte doch nicht wahr sein. Die Menschen in Sanctum hatten keine Ahnung, was hier wirklich vorging.

»Du meinst, ähnlich wie die Angeli Mortui?«

Vandi nickte. »Ja, so ähnlich. Der Unterschied ist, dass die Daimos Menschen waren, die von Amon und seinem Gefolge ausgesaugt wurden. In ihren Zähnen sitzt eine Art Virus, das diese Form der Mutation auslöst. Die Engel-Dämonen saugen die Lebensessenz – die Seele – aus ihren Opfern, und das Gift oder Virus wird freigesetzt, wodurch die Verwandlung beginnt.«

Ich schüttelte mich. Angewidert durch das, was ich gerade gehört hatte.

»Niemand weiß davon«, entgegnete ich.

»Doch, die anderen Könige wissen es. Auch unter diesen Kreaturen gibt es Engel. Amon bestraft seine eigenen Männer, indem er ihnen die Seele nimmt. Der Unterschied liegt in der Magie der Engel. Menschen besitzen keine Magie – wenn sie infiziert werden, verwandelt das Virus sie in Daimos. Groteske, bösartige Mutationen, aber sie leben weiter. Die Engel dagegen sind immun gegen das Virus. Sie werden zu Geistern, lebenden Hüllen ohne Emotionen und ohne Intelligenz. Unfähig, komplexe Gedanken zu fassen oder Handlungen auszuführen. Nur die Grundinstinkte bleiben – doch sie können nicht sterben, weil ihre Magie sie am Leben hält.«

Vandi hielt kurz inne, ihr Blick wurde düster. »In Amons Reich gibt es ganze Kolonien dieser Kreaturen. Sie vegetieren vor sich hin, ernähren sich von Würmern, von allem, was sie finden können. Es ist ein trostloser Anblick. Die Angeli Mortui jedoch sind anders. Sie können denken, planen und komplexe Handlungen ausführen – das macht sie so gefährlich, genauso wie die Daimos.«

Ich hatte genug gehört. Das war krank. Nicht auszuhalten. Dagegen war Damontiz ein Goldjunge – ein liebenswertes Engelchen.

»Und der Wolf, der aus dir heraussprang?«, fragte ich schnell, um das Thema zu wechseln. Ansonsten hätte ich vielleicht gleich mein Mittagessen wieder von mir gegeben.

Vandi lächelte. »Fenris, der göttliche Urwolf. Er ist einer meiner Begleiter.«

»Also hast du mehrere Begleiter?« Klar hatte sie welche.

»Das bleibt mein Geheimnis«, erwiderte sie mit ernster Stimme. »Und ich hoffe, wir kommen niemals in die Lage, dass du es herausfinden musst.«

Gut, wer weiß, wer sonst noch aus ihr herausspringen würde. Willi das Wiesel? Oder Gregor der Gargoyle? Der Gedanke verursachte bei mir eine Gänsehaut, und ehrlich gesagt, konnte ich darauf verzichten. Zeit, das Thema zu wechseln.

Wir mussten durch Gehenna. Wenn die Daimos bereits hier auftauchten, wie viele gab es dann dort? »Der Junge sagte mir, er lebt mit anderen seiner Art zusammen. Wahrscheinlich gibt es hier in der Nähe ein ganzes Nest.« Eine schreckliche Vorstellung.

»Das ist gut möglich,wir werden heute Nacht alles verriegeln und die Sleipnir ins Haus holen. Ich rufe Fenris zurück, er wird Wache halten.«

Großartig, zusammen mit einem Urwolf zu schlafen – das war schon immer meine Vorstellung eines gemütlichen Abends. Ich rannte ins Nachbarzimmer. In all dem Durcheinander hatte ich Jackson fast vergessen. Er schlief selig wie ein Neugeborenes und hatte von dem Angriff nichts mitbekommen. Sanft zog ich die Wolldecke höher über seine knochigen Schultern und drückte ihm einen Kuss auf die Wange. Er war für mich der Großvater, den ich nie hatte. Seine Genesung hatte oberste Priorität.

Ich verließ das Zimmer und machte mich auf, mir eine Tasse Pulverkaffee zu gönnen, als der riesige Wolf zurückkehrte. »Vandi! Fenris ist hier!«

Wo war die Norne? Die Aussicht, alleine mit einem Urwolf im Raum zu sitzen, schmeckte mir gar nicht. Er starrte mich mit seinen gelben Augen an, und für einen Moment hatte ich das Gefühl, er lachte über mich.

»Was ist so witzig?«, fragte ich schließlich, todesmutig.

»Du«, erwiderte er. »Ich kann deine Angst riechen. Stinkt nach Fisch.« Seine Stimme war fest, ohne jegliches Echo. Wie unverschämt!

»Und du stinkst nach nassem Hund!«, gab ich beleidigt zurück und drehte ihm demonstrativ den Rücken zu. Großartig. Jetzt streite ich mich schon mit einem Wolf. Antes würde mich definitiv für verrückt halten.

»Besser als nach Fisch«, erwiderte er seelenruhig, und ich spürte, wie meine Wut hochkochte.

»Sind alle sprechenden Hunde so frech da, wo du herkommst?« Ha! Innerlich klopfte ich mir auf die Schulter.

»Vielleicht. Aber stinken alle Halbengel da, wo du herkommst, nach altem Fisch?« Er lachte, ein höhnisches, fast triumphierendes Lachen. Ich wirbelte wutentbrannt herum.

»Was bist du für ein taktloses…!« Mir blieben die Worte im Hals stecken.

Vor mir stand kein Wolf mehr – sondern ein Mann. Ein gut aussehender Mann mit kurzen, zerzausten dunklen Haaren. Seine Augen funkelten wie gelbe Diamanten in seinem gebräunten Gesicht. Er war groß, gut gebaut und hatte ein unverschämt charmantes Lächeln.

»Na, hat es dir die Sprache verschlagen, Halbengel?«, grinste er.

»Ah, wie ich sehe, habt ihr euch schon miteinander bekannt gemacht«, ertönte Vandis Stimme. Sie trat mit beiden Sleipniren im Schlepptau durch die Tür. Ich spürte, wie mir die Röte ins Gesicht stieg.

»Haben wir«, antwortete Fenris lässig. »Ich wusste gar nicht, dass du einen Hybriden aufgetrieben hast.«

»Ich bin kein Hybrid, du Urmonster!« Verdammt, ich hasste ihn jetzt schon. Fenris räusperte sich, bevor er antwortete. »Keine Sorge, ich finde dich auch nicht gerade toll. Meine Nase ist sehr empfindlich.«

Konnte er Gedanken lesen?

»Hört auf! Alle beide!«, mischte sich Vandi ein, die Hände in die Hüften gestemmt.

»Übrigens, nein, ich kann keine Gedanken lesen«, fügte Fenris lässig hinzu, »aber ich verstehe etwas von Mimik und Gestik, und deine ist wie ein offenes Buch. Daran solltest du arbeiten.« Er stützte sich von der Wand ab und ging mit langen Schritten hinaus.

»Ein netter Zeitgenosse«, schnauzte ich und verdrehte die Augen.

»Eigentlich ist er ganz lieb«, erwiderte Vandi und zuckte mit den Schultern.

»Er hat gesagt, ich stinke nach Fisch. Und dass ich ein Hybrid sei. Ein Mischling. Das ist alles andere als lieb!«

Vandi brach in schallendes Gelächter aus.

»Wir haben ja auch Fisch gegessen, und na ja... du bist nun mal ein Hybrid.« Sie grinste breit, während sie seine Bemerkung verteidigte.

Sie verniedlichte ernsthaft sein unmögliches Verhalten. Was hatte ich auch erwartet? Eine Norne und ein Urwolf – Sagengestalten, die es eigentlich gar nicht geben dürfte.

In diesem Moment bahnte sich Gisl ihren Weg zu mir und knabberte sanft an meinem Ohr. »Ich weiß, du liebst mich, und ich liebe dich auch«, sagte ich mit einem leichten Grinsen. Der Sleipnir schnaufte leise und ließ sich zu meinen Füßen nieder. Ich legte meinen Kopf auf ihren warmen Bauch, dankbar für die beruhigende Nähe.

Vandi reichte den beiden eine Möhre, und Snorri grunzte zufrieden. »Ich denke, ich schlafe heute Nacht hier bei Gisl und Snorri«, verkündete ich trotzig. »Ich brauche kein Bett. Der hässliche Wolf kann es haben.«

Zur Bestätigung ließ Snorri einen lauten Furz los, der Gestank breitete sich in der ganzen Küche aus. Ich verzog das Gesicht. »Danke, Snorri.«

Vandi lachte. »Wie du willst. Aber nur damit du Bescheid weißt – Snorri hat Löwenzahn gefressen, und davon kriegt er immer Blähungen. Also viel Spaß heute Nacht.«

Sie glaubte, sie hätte gewonnen. Doch wenn sie dachte, dass ich wegen eines bisschen üblen Gestanks nachgeben würde, dann irrte sie sich gewaltig. Selbst wenn ich an einer Gasvergiftung zugrunde ging – ich würde auf keinen Fall mit diesem Wolf in einem Raum schlafen! Mit so einem Neandertaler!

Als die Nacht hereinbrach, stimmte ich schließlich widerwillig zu, im Bett zu schlafen, während Fenris bei den Sleipnir blieb. Das schien Gisl gar nicht zu stören – im Gegenteil. Kaum war Fenris bei ihr, leckte sie ihm begeistert das Gesicht. Verräterin.

12.

Zum Abendessen gesellte sich auch Jackson zu uns. Er hatte sich erholt, doch als sein Blick auf Fenris fiel, der in menschlicher Gestalt am Tisch saß und genüsslich an einem Käsebrot knabberte, veränderte sich seine Miene schlagartig. War es nur meine Einbildung, oder verhielt er sich merklich kühler? Auch Fenris schien nicht sonderlich interessiert daran, eine Unterhaltung mit ihm zu führen. Der Vibe zwischen den beiden stimmte nicht – und das wunderte mich ehrlich gesagt kein bisschen.

Wir brachten Jackson auf den neusten Stand. Mit jedem Wort schien er blasser zu werden, als ob ihm der Boden unter den Füßen entglitt.

»Das ist schrecklich. Du hattest unheimliches Glück«, sagte er leise. »Nicht auszudenken, was passiert wäre, wenn er dich bereits am See angegriffen hätte.« Er senkte den Kopf, seine Finger fuhren nervös durch sein ergrautes Haar. Dann fügte er hinzu: »Die Gerüchte gab es schon lange, aber ich wollte nicht glauben, dass sie wahr sind.«

»Du hast davon gehört?« Alarmiert bohrte ich nach.

»Habe ich.« Jackson nickte langsam. »Sie haben versucht, es zu verstecken, mit allen möglichen Ausreden, aber das Gerede wurde immer lauter. Auch innerhalb der Königsgarde.«

»Woher weißt du das? Selbst in der Armee habe ich nichts davon gehört.« Meine Stimme klang ungläubig. Er sah mich mit seinen stahlblauen Augen eindringlich an.

»Ich habe so meine Quellen«, erwiderte er ruhig.

»Quellen?« Jackson hatte Quellen. Unglaublich. Da wohnte er so lange neben mir, und ich hatte keine Ahnung. Jetzt, wo ich darüber nachdachte, fiel mir auf, wie wenig ich eigentlich über ihn wusste. »Bist du ein Spion?«, fragte ich geradeheraus.

Lachend nahm er meine Hand. »Nein, Star. Keine Sorge. Ich kenne einfach viele Leute. Das ist der Vorteil, wenn man alt wird.«

Gut, wenn wir schon beim Thema waren. »Kennst du meinen Vater?«

Für einen Moment schien das Licht in seinen Augen zu verlöschen. Seine Miene verdunkelte sich für einen Augenblick, bevor er antwortete: »Ja, ich kenne ihn.«

»Also wusstest du, was ich bin?« Meine Stimme zitterte. Er nickte und blickte auf seinen Teller.

Klasse. Selbst mein Nachbar wusste, dass ich einen Engelsvater hatte. »Und niemand hat es für nötig gehalten, mir die Wahrheit zu sagen?«

»Diese Wahrheit ist gefährlich, viel gefährlicher, als dir bewusst ist«, sagte Jackson ernst. »Sie würden dich jagen. Nicht nur die Gefallenen, auch die Elysianer. Du bist ein Geheimnis, das nicht existieren dürfte.«

»Ein dummes Geheimnis!«, fauchte ich verärgert.

»Belasse es dabei, Star.« Jacksons Stimme wurde weicher. »Deine Familie hat aus Angst gehandelt. Sie wollten dich nur beschützen.«

Wie sollte ich es einfach dabei belassen? Es ging um meine Herkunft. Mein ganzes Sein war wie ein Puzzle, das jemand wild durcheinander geworfen und wieder ausgespuckt hatte. Alles, was ich zu wissen glaubte, lag nun in Trümmern vor mir.

»Er hat recht«, mischte sich Fenris ein, seine Stimme klang ruhig, fast nachdenklich. »Je weniger du weißt, umso besser für deine Psyche. Deine Herkunft ist egal. Du bist die, die du schon immer warst, egal wer dein Vater oder deine Mutter ist.«

Oh, weise Worte aus dem Mund eines Wolfes, dachte ich gereizt. Er konnte leicht reden. Er wusste genau, woher er kam und wer er war. Für den Moment würde ich es ruhen lassen. Aber nur für den Moment.

Nach dem Abendbrot kuschelte ich mich in mein Bett, entschlossen, nachzudenken. Schlafen? Unmöglich. Zu viele Gedanken sausten durch meinen Kopf und ließen mich in endlosen Grübeleien versinken.

Wie war mein Vater wohl? Wenn meine Mutter ihn geliebt hatte, dann konnte er nicht so schlecht gewesen sein, oder? Wie sah er aus? Hatte ich seine Augen? Oder irgendetwas anderes von ihm? Es war frustrierend, so wenig zu wissen.

Dummerweise hatte ich weder Lumina- noch Engelsfähigkeiten geerbt. Das wäre wenigstens mal etwas Nützliches gewesen. Nur eine winzige Fähigkeit, wie in der Nacht zu leuchten oder vielleicht Sandburgen zu bauen, die nicht gleich wieder zusammenfielen. Ich musste lachen.

Mit einem Lächeln drehte ich mich zur Seite und starrte an die Decke über mir.

Ich musste eingeschlafen sein, denn plötzlich wurde ich mitten in der Nacht durch ein dumpfes Poltern geweckt. Vandi und Jackson sprangen gleichzeitig auf, als sie Fenris knurren hörten. Aha, der Wolf hatte sich verwandelt.

Ein widerliches, unheilvolles Kichern drang an meine Ohren – Daimos! Mein Körper spannte sich an wie eine Feder. Ohne nachzudenken, sprang ich aus dem Bett und stürmte in die Küche.

Ich zählte sieben! Einer saß auf Fenris Rücken und rammte seine Maularme in das Fleisch des Wolfes. Fenris schüttelte sich mit solcher Gewalt, dass der Dämon ungebremst gegen die Wand flog. Zwei Weitere standen ihm gegenüber.

Vandis Augen glühten. Mit einer knappen Geste schossen Kugelblitze, so groß wie Billardkugeln, aus ihren Händen direkt auf die Angreifer zu. Die beiden Daimos wurden durch die Luft geschleudert und flogen krachend gegen den Holztisch. Das Holz splitterte unter ihrem Aufprall.

»Schnappt sie!«, brüllte die Norne, ihre Stimme so dunkel wie die schwärzeste Nacht, rau und stürmisch wie ein tobender Ozean.

Meinen Dolch gezückt sprang ich vor. Während ich in der Luft eine Drehung vollführte, um einem der Monster einen Tritt zu verpassen, wurde ich plötzlich von der Seite angegriffen. Die Maularme waren schnell und drängten mich in eine Ecke. Ich stach zu, doch das beeindruckte den Daimos nicht. Er umkreiste mich wie ein Raubtier seine Beute.

Plötzlich sprang Jackson vor. Blitzschnell schleuderte er das Biest mit einer unglaublichen Kraft durch das geschlossene Fenster. Glas splitterte, und der Daimos verschwand kreischend in der Dunkelheit.

Wie zur Hölle hatte er das geschafft? Ich starrte ihn an, mein Puls raste voller Adrenalin. Und dann glaubte ich durchzudrehen – Jackson verwandelte sich vor meinen Augen. Schwingen wuchsen aus seinem Rücken, so schillernd und glänzend, dass ich kurz geblendet wurde. Ein Lichtstrahl brach aus seiner Stirn hervor und wanderte an seinem Körper hinab, bis hin zu seinen Füßen. Sein Gesicht verflüssigte sich und seine Züge lösten sich auf.

Türkise Augen funkelten mich an.

Von Horror erfüllt begann ich zu schreien. Meine Sicht verschwamm für einen Moment – das Geräusch des Kampfes, Vandis Rufe, das Splittern des Fensters, existierten nicht mehr. Alles, was ich sah, war der Leibhaftige höchstpersönlich, direkt vor mir. Mein Verstand weigerte sich, zu begreifen, was meine Augen sahen. »Vandi! Hilf mir! Jackson ist Luzifer!«

Vandis Augen weiteten sich, als sie in meine Richtung sah. Der Engel drehte sich grinsend um und stürzte sich auf die Daimos. Er zerfetzte die restlichen mit seinen bloßen Händen, als seien sie nichts weiter als lästige Insekten oder hohle Strohpuppen.

»Übrigens bin ich nicht der Herr im Himmel, sondern in der Hölle!«, gab er zwischen zwei Tötungen grinsend zur Antwort.

»Izrail, beweg deinen Arsch hier rein und hilf mir, die Sauerei wegzumachen!« Der Boden war mit Blut und Leichenteilen übersäht.

Ein weiterer Engel erschien am Fenstersims und gaffte sichtlich amüsiert in die Küche. Ich erkannte ihn sofort. Er war einer der beiden, die uns gefolgt waren. Vandi und Fenris stand der Mund offen. Die Norne war sprachlos.

»Kannst du dich nicht wenigstens einmal beherrschen?«, erwiderte Izrail und hüpfte in den Raum. Seine grün schimmernden Flügel blieben fast im Rahmen stecken.

»Schönen Abend, Ladys und Wolf«, sagte er und baute sich zur vollen Größe auf.

Er war etwas kleiner als Luzifer und hatte rabenschwarze Haare, die ihm bis zur Schulter reichten. Seine Augen hatten die Farbe von Bergkristallen, fast silbrig leuchteten sie im Halbdunkel. Animalisch war das Erste, das mir in den Sinn kam. Er wirkte wie ein Raubtier, das jeden Moment zuschlagen würde. Ein attraktives Raubtier, wohlgemerkt.

Ich fragte mich zum zweiten Mal, warum diese Engel so schön waren – so andersartig wie die meisten, die ich kannte.

Luzifer setzte sich und ließ seine Flügel verschwinden. Wow! Sie waren weg. In der Luft verpufft. Er streckte lässig die Beine aus. »Setzt euch, wir haben einiges zu besprechen.«

Ich starrte auf seinen Körper und stellte entgeistert fest, dass er eine ausgefranste Jeans, eine Lederjacke und schwere Armeestiefel trug. Der Höllenprinz trug Jeans? Ist das alles, was dir dazu einfällt, Star?, fragte ich mich selbst.

Das musste der Schock sein, denn ich fasste keinen klaren Gedanken, schon gar nicht, wenn ich in diese türkisfarbenen Augen starrte.

»Wo ist Jackson?«, brachte ich mühsam hervor.

»Zu Hause in Sanctum. Wohlbehalten, sicher und unversehrt«, erwiderte Izrail.

Luzifer musterte mich unverhohlen.

»Seit wann warst du Jackson?«, sagte ich fassungslos.

»Die ganze Zeit.« In seinem Blick lag etwas Unverfrorenes, fast als versuchte er, ein Grinsen zu unterdrücken.

Mein Magen meldete sich. Ich lehnte mich gegen die Wand, um nicht umzufallen. Er hatte alles gehört, wusste, was ich war, was wir über ihn gesagt hatten.

»Keine Sorge, ich bin nicht hier, um dich zu töten. Das wäre wesentlich einfacher gegangen. Abgesehen davon: So wichtig bist du nicht, als dass ich all diese Mühen auf mich genommen hätte.«

Diese Stimme. So hypnotisch, dunkel, weich und melodiös und doch so klar wie klirrendes Eis. Ich glaubte, mein Herz müsste aus meiner Brust springen. Er war so beeindruckend und triefte vor Macht, dass ich kaum atmen konnte. Als würde ihn ein ständiges, unsichtbares Kraftfeld umgeben, das jeden und alles einfach zerquetschte, der ihm nur ansatzweise zu nahe kam. Fast als würde seine Seele eine ständige Melodie spielen, die seine Feinde anzog und wie Motten in das tödliche Licht führte. Wie nannte man das? Schwingung?

Bei Izrail war es ähnlich. Nicht ganz so ausgeprägt, aber genug, um meine Nackenhaare aufzustellen.

Wieder dieser starke Duft nach frisch gefallenem Schnee und Sandelholz, der den ganzen Raum einnahm. Klar und rein.

»Bist du fertig?«, fragte er mit erhobener Braue und einem arroganten Lächeln.

»Womit?«, stotterte ich.

»Mich anzustarren.«

Mein Kopf platzte fast vor Scham. Meine Wangen wurden kochend heiß und röteten sich wie eine überreife Tomate.

Ich setzte mich. Meine Beine waren weich wie Gummi.

»Bist du ein Stalker?«, erwiderte ich gedankenverloren.

»Ein Stalker? Erklär mir das«, gab er mit einem belustigten Unterton zurück.

Izrail klopfte sich lachend auf die Schenkel. »Na, das ist mal etwas Neues. Luzifer der Stalker.«

Der Höllenfürst starrte mich deutlich amüsiert aus diesen Wahnsinnsaugen an. »Die Kleine scheint ein wenig verwirrt zu sein, oder redet sie immer so ein zusammenhangloses Zeug?«

Vandi fing sich als Erste. »Was für ein Spiel ist das hier, Ash?«

»Was für ein Spiel spielst du, Vandandi?«, erwiderte der Teufel mit samtweicher Stimme. Warum nannte sie ihn Ash?

»Mein Name ist Ashariel-Immanuel-Avgerinos. Luzifer ist der Titel, der schlichtweg Lichtträger bedeutet.«

Las er Gedanken?

»Und ja, ich lese Gedanken.«

Ich war endgültig in der Hölle angekommen.

»Mach dir nicht in die Hosen, Star, deine geistigen Ergüsse interessieren mich nicht.«

Izrail kicherte. »Nein, er liest keine Gedanken. Keine Sorge.«

»Was denn nun? Ich bin nicht zu Scherzen aufgelegt!«, erwiderte ich hysterisch.

»Er macht es nicht. Glaub mir«, antwortete Izrail.

Ich glaubte gar nichts mehr. Genug! Eine Norne, ein Urwolf, Daimos, Angeli Mortui und nun der Teufel mit seinem Gehilfen. »Mir reicht es!«, erwiderte ich und rannte hinaus.

»Nicht so schnell, Star. Da draußen warten mehr von diesen Dingern.« Ash bekam meinen Arm zu fassen und stoppte mich.

»Lass sie los!« Es war Fenris, der sich zum ersten Mal zu Wort meldete.

»Sonst was, Wölfchen?«, gab Luzifer – Ash – amüsiert zurück.

»Das wirst du dann schon sehen, großer Vogel!«, knurrte der Wolf.

Die Anspannung in diesem Zimmer wuchs mit jeder Sekunde und war bereit, sich zu entladen. Die Luft begann, zu flirren, als wären Tausende Fliegen auf einmal gestartet. Der Boden vibrierte und ließ das Geschirr in den Schränken klappern. Eindeutig war Ash der Ursprung dieses Ausbruches.

»Hört auf! Sofort!« Die Norne baute sich auf, was wenig beeindruckend wirkte zwischen diesen beiden großen Männern. Nicht witzig war das Knistern ihrer Fingerspitzen. Winzige Funken tanzten auf ihren Kuppen, bereit zuzuschlagen, wenn es nötig war. »Ihr macht jetzt diese Sauerei weg, und dann unterhalten wir uns!«, befahl sie mit Nachdruck. »Es sei denn, einer von euch möchte von mir gegrillt werden.«

Stille. Keine Widerworte, nur erstaunte Gesichter.

»Worauf wartet ihr?«, schob sie nach, und die Männer erhoben sich.

Vandi setzte sich und schlug die Hände vors Gesicht. »Womit habe ich das verdient?«

»Womit hast *du* das verdient? Was ist mit mir? Seitdem ich dir begegnet bin, steht meine Welt auf dem Kopf«, gab ich empört zurück. »Mein Leben war in Ordnung, ehe ich dich kennenlernte.« Nun, fast in Ordnung.

Sie warf mir einen zweifelnden Blick zu.

»Tue mir einen Gefallen, Star und halte den Mund! Ich muss nachdenken.«

Bitte, schön. Mein Nacken schmerzte und ich hatte sowieso keine Lust auf eine weitere Unterhaltung unter diesen Umständen. Mein Leben war vorbei. Verloren, irgendwo zwischen Sanctum und der Hölle, die sich hier auftat.

13.

Wütend starrte ich auf den Mann am Boden. Der Anblick wäre durchaus sexy gewesen, wären da nicht die Arm- und Beinstümpfe des Daimos, die Luzifer in der Luft zerrissen hatte. Der Höllenfürst kniete und schrubbte das Blut vom Boden, oder besser gesagt er brannte es aus dem Belag, indem er seine Hände langsam über besagte Stellen kreisen ließ, während die beiden anderen die Leichenteile herausschleppten. Sein ehemals weißes Shirt war blutgetränkt, genauso wie seine Hose.

»Das waren alle. Wir verbrennen sie vor dem Haus«, sagte Izrail, als er verschwitzt zurückkehrte.

Fenris war dicht hinter ihm und schaute verdrossen in die Runde.

»Brauchst du meine Dienste noch, Göttin?« Die Norne verneinte.

»Dann gehe ich nach Helheim und werde Hel Bericht erstatten. Hier ist es eindeutig zu voll.«

»Mach das, und danke für deine Hilfe.«

»Stets zu Diensten, du brauchst mich nur zu rufen.« Der Wolf sah kurz in meine Richtung, ehe er im Nichts verschwand.

Ash erhob sich und zog sein Shirt über den Kopf, dann kamen die Hose und die Stiefel dran. Nur in Boxershorts und Socken stand er in der Küche.

»Könntest du mir ein paar Klamotten leihen?«

Er meinte Izrail – wäre ja auch noch schöner, wenn er mich gemeint hätte.

Ich schluckte zweimal und betrachtete seinen Körper. Perfektion? Ja, das war das passende Wort. Sein Haar wirkte wie schwarze Tinte, duftige Wellen, die über seine breiten Schultern bis zur Mitte seines Rückens reichten. Kein Gramm Fett, nur Sehnen und Muskeln, schmale Hüften und lange, durchtrainierte Beine. Schämte er sich nicht, so attraktiv zu sein?

Er trug eine Silberkette um den Hals, an der ein Anhänger mit einem verschnörkelten Symbol baumelte. Auf seiner gebräunten Haut stach sie besonders hervor. Ich sollte mir die Stielaugen abschlagen, denn ich konnte nicht anders, als auf seinen Hintern zu starren, den er mir entgegenstreckte, während er sich ein frisches Paar Jeans anzog.

Vandi schien von so viel Schönheit unbeeindruckt und gähnte herzhaft. Wie konnte sie jetzt gähnen? Klar, es war mitten in der Nacht, aber nach allem, was sich abgespielt hatte, konnte sie doch nicht müde sein? Ich dagegen war so aufgekratzt, dass ich den Drang, auf und ab zu laufen, mühsam beherrschen musste.

Am liebsten hätte ich das Weite gesucht – einfach aus der Tür herausspringen und rennen, was die Beine hergaben. Nur die Tatsache, dass ich keine Chance hatte – die beiden Engel hätten mich sicherlich binnen Sekunden zurückgeholt – und meine Neugier hielten mich davon ab.

Für einen kurzen Moment hielt ich inne und sah zu, wie Izrail Luzifer ein frisches Shirt reichte. War das sein Ernst? Der Engel mit dem Raubtierblick verzog keine Miene, als Luzifer das Shirt überzog. In der Mitte des Teils prangte der dicke Kopf eines blauen Kartäuserkaters!

»So, jetzt reden wir«, sagte Ash und setzte sich.

»Was machst du hier und warum hast du als Jackson in dem Gefangenentransporter gesessen?«

Die Norne hatte keine Lust auf Small Talk und kam direkt zur Sache.

»Zu Punkt eins: Das geht dich nichts an. Zu Punkt zwei: Das geht dich nichts an. Was mich allerdings etwas angeht, ist die Tatsache, dass du vorhattest, mit dem Ars Goetia und dem Schlüssel zu verschwinden.«

Er grinste selbstgefällig, als Vandi kurz erschrocken blinzelte. »Erkläre mir das, Göttin! Spielt Loki eine Rolle?«

Mir fiel es schwer, mich auf diese Unterhaltung zu konzentrieren, weil ich ständig auf den Katzenkopf starrte, der sich bei jeder Bewegung von Ashs Brustmuskeln verzog.

»Was sollte er damit zu tun haben?« Vandandi rutschte nervös auf ihrem Stuhl hin und her.

»Sag du es mir! Steht die Götterdämmerung bevor? Willst du deshalb nach Elysion? Um eure Ärsche zu retten?«

Wovon redete er? Izrail lehnte lässig an der Wand, die Beine überkreuzt, und blickte geduldig in Richtung der Norne, die immer unruhiger wurde.

»Wir wollen nach Elysion, um die Gefallenen aufzuhalten, ehe sie Eden erreichen. Denn das ist Damontiz Plan. Außerdem suchen wir Stars Schwester. Also, wenn du etwas darüber weißt, tu dir keinen Zwang an, uns ein paar Dinge zu verraten.«

Ash lachte laut. Seine Augen blitzten vergnügt.

»Verarsche mich nicht, Göttin!« An mich gewandt fuhr er fort: »Das hat sie dir erzählt?«

Luzifer sprang auf. So schnell, dass ich nur den Schemen einer Bewegung wahrnahm. Aus seinen Händen schoss ein Lichtbogen, der die Norne traf.

Für eine Sekunde musste ich meine Augen schließen, um nicht geblendet zu werden. Im nächsten Moment war Vandi verschwunden.

»Was hast du getan?«, flüsterte ich entsetzt.

»Nichts Besonderes, ich habe sie in die Hölle geschickt, um sie daran zu erinnern, dass sie mich nicht belügen sollte.«

»Das kannst du nicht machen. Sie sagt die Wahrheit.« Panik machte sich in mir breit.

»Keine Sorge. Sie kommt gleich zurück« ,erwiderte er unbeeindruckt.

Er hatte recht. Die Norne stieg wenige Sekunden später wie ein Phönix aus der Asche. Sie hustete und feuerte einen Blitz in Richtung des Höllenprinzen. Luzifer sprang auf, und der Lichtblitz entlud sich in der Hauswand.

»War das nötig?«, mischte sich Izrail ein. »Könnt ihr nicht wie zivilisierte Wesen miteinander reden?«

»Sag das deinem Gebieter!«, erwiderte sie gereizt.

»Ich traue dir nicht, Vandandi«, antwortete Ash mit ruhiger Stimme.

»Glaubst du, ich traue dir? Da würde ich lieber eine Viper in mein Bett einladen.«

»Du willst mir weismachen, dass du nach Elysion gehst, um Damontiz aufzuhalten?« Ash ignorierte Vandis Spitze.

»Glaube es oder glaube es nicht, es ist die Wahrheit. Damontiz, Lothaire und Amon haben den Verstand verloren. Ihr Ziel ist es, den Rat zu stürzen und dann Eden einzunehmen, um sich von ihren Sünden zu befreien und nach Elysion zu gelangen. Du siehst doch, was sie hier anrichten, unter den Menschen und Engeln. Ja, damit hast du deine Götterdämmerung. Wenn die göttliche Flamme erlischt, ist alles verloren.«

»Und was hat Loki damit zu tun?«

»Gar nichts. Ich weiß nicht, wie du darauf kommst.«

»Nun, immerhin war Fenris bei dir.«

»Fenris ist einer meiner Begleiter, solltest du eigentlich wissen, Engel.«

Luzifer gab sich für den Moment zufrieden und gähnte herzhaft. Was Vandi ihm nicht erzählte, war der gegebene Umstand, dass es ihre Schuld war, dass die Gefallenen aus Abbadon ausbrachen. Und sie versuchte nun, diesen Fehler rückgängig zu machen. Allerdings würde das den Fürsten der Dunkelheit wohl kaum begeistern. Immerhin hatte sie auch ihn befreit, oder nicht?

»Wie ist es möglich, dass du nichts über Damontiz Pläne weißt?«, fragte ich Ash.

»Habe ich das gesagt? Sagte ich, ich weiß nichts davon?« Seine Augen funkelten herausfordernd.

Der Katzenkopf starrte mich an, und ich unterdrückte ein Grinsen. Es fiel mir wirklich schwer, ernst zu bleiben, solange er dieses Shirt trug.

Vandi hüstelte und bedeutete mir, still zu sein.

»Nicht direkt, aber es hatte den Anschein«, erwiderte ich vorsichtig.

»Es hatte den Anschein? Kleiner, niedlicher Halbengel. Du kennst nicht mal deine eigenen Geheimnisse, geschweige denn meine.«

Hatte er mich gerade niedlich genannt? Niedlich?

Ash lehnte sich vor und sah mich an. Zu lange. Mein Herz vollführte einen Salto. Diese Augen waren unglaublich, wie sie sich veränderten, die langen Wimpern, die Schatten auf seine Wangenknochen warfen.

Mist, verfluchter Mist! Gerne würde ich darauf verzichten, diesen arroganten Deppen attraktiv zu finden, der einen ganzen Harem besaß, der ihn anbetete, und seine Füße küsste auf jedem Meter, den er lief.

Was stand in der Bibel oder war es der Talmud? Er war der schönste, mächtigste und weiseste Engel, Gottes Erstgeborener, der über allen anderen stand. Der Beschützer seines Throns. Er war so hinreißend, dass er Sohn der

Morgenröte genannt wurde. Voller Sünde und Hochmut. Treffende Beschreibung.

Als er stürzte, fiel ein Drittel der Sterne mit ihm. Eine Menge Leute, die er da mitgeschleppt hat. Ash räusperte sich, und ich bemerkte, dass ich ihn die ganze Zeit dümmlich anstarrte.

»Geht es dir gut, Star?« Seine Stimme klang so wissend, dass ich ihm am liebsten eine verpasst hätte.

»Danke, ganz hervorragend. Es ist nur... ich bin es nicht gewohnt, von Satan persönlich umgeben zu sein.«

»Satan? Wie lange ich dieses Wort nicht mehr gehört habe. Es stammt aus der alten Zeit. Woher kennst du es, Halbengel?«

»Aus den alten Schriften.«

»Hui, ein gebildeter Halbengel.«

Vandi starrte mich flehentlich an, still zu sein. Doch irgendetwas an seiner Art feuerte mich geradezu an.

Verspürte ich Angst? Zur Hölle, ja! Und dennoch, obwohl ich Zeuge seiner Macht wurde, als er die Norne verschwinden ließ, unterlag ich dem zwanghaften Drang, ihn herauszufordern.

»Nun, wenn ich die Schriften richtig gelesen habe, ist es deine Schuld, dass die Menschen zum Bösen verführt wurden.«

Sehr zu meinem Missfallen lachte er, ein ehrliches offenes Lachen, was ihn nur noch attraktiver erscheinen ließ.

»Eins kannst du mir glauben: Die Menschen brauchen niemanden, der sie zum Abgrund der Niedertracht führt. Das haben sie ausnahmslos alleine geschafft.«

Meine Mimik verriet mich. Ich glaubte ihm kein Wort.

»Du glaubst mir nicht? Nun, Zeit für eine kleine Lektion. Ich sehe dich später.« Er winkte verschmitzt, und im nächsten Moment verschwand ich im Erdboden.

14.

Ich stand in einem großen Raum, der einer leeren Festhalle glich. Grellweißes Licht blendete mich, und für einen Moment erfasste mich Schwindel. Es roch nach Putzmitteln und Rosen. Was für eine obskure Mischung. Die Wände bestanden aus grauem Marmor, genau wie der Boden. Vor mir erstreckte sich eine lange Glaswand, hinter der eine einzige Person saß.

Was war passiert? Und wo war ich? Verwirrt sah ich mich um, ehe die Ereignisse auf mich einstürzten. Luzifer! Er hatte mich im Erdboden verschwinden lassen. Todesangst erfasste mich. Mein Herz galoppierte in meiner Brust, meine Sicht verschwamm. Ich stützte mich an der Wand ab und atmete tief ein und aus.

»Wie lange willst du noch Maulaffen feilhalten?«

Die schnarrende weibliche Stimme, die von den Wänden widerhallte, lenkte mich kurz von meiner Panik ab. Erschrocken sah ich mich um. Die einzige andere Person in diesem Raum saß hinter der Scheibe.

»Kommst du jetzt, oder was?«, fuhr sie fort.

»Meinst du mich?«

»Nein, den, der hinter dir steht.«

Rasch drehte ich mich um, doch da war niemand.

»Natürlich meine ich dich, Dummkopf. Ich habe nicht den ganzen Tag Zeit.«

Zögerlich näherte ich mich der Glasfront. Die Gestalt war riesig. Mit einem großen Kopf, schütterem blondem Haar, langen quadratischen Schneidezähnen, einer breiten Nase und narbiger Haut. Es war eine Frau, das konnte ich ausmachen. Ihre Hände bestanden aus drei Klauen, in denen sie einen Kugelschreiber hielt und eifrig etwas auf ein Blatt Papier kritzelte. Ihre Augen erinnerten mich an ein Reptil, das ich einst in einem der Bücher gesehen hatte.

»Name?«

»Äh, Star.«

»Ah, du bist das. Du brauchst eine Sonderbehandlung.«

»Bitte?«

»Setz dich und schau zu.«

Das Licht ging aus, und ich stand im Dunkeln. Ein Lichtkreis erschien an der Wand, der stetig größer wurde, bis er etwa das Ausmaß einer Tür erreichte.

Bewegte Bilder erschienen in rascher Abfolge – so schnell, dass meine Augen kaum folgen konnten. Dennoch formte sich eine Geschichte in meinem Gehirn. Verrückt.

Kriege, Monstrositäten, Betrug und Verrat prägten die Geschichte der Menschheit. Schon lange bevor sie ihre Höhlen verließ, war die Menschheit eine kriegerische Spezies – gnadenlos, bösartig und oft egoistisch gegenüber ihren Mitmenschen. Feinde wurden ohne Rücksicht oder Mitgefühl niedergemetzelt. Luzifers Name tauchte erst viel später in der Geschichte auf, etwa im ersten Jahrhundert. Seine eigentliche Herkunft beruhte jedoch nur auf Vermutungen und Überlieferungen. Nicht alle Religionen setzten ihn mit Satan oder dem Teufel gleich. Es waren die Christen, die bestimmte Ereignisse interpretierten und daraus die Geschichte eines gefallenen Engels formten.

Mit der Zeit entwickelten sich die Menschen, wurden zivilisierter. Ihre Konflikte jedoch blieben. Immer wieder gab es blutige Kriege.

Die Bilder stoppten und ich verlor das Bewusstsein. Als ich erwachte, lag ich auf dem Küchenboden unserer Unterkunft und starrte in Vandis besorgtes Gesicht.

»Er hat mich in die Hölle geschickt«, krächzte ich und zeigte auf den Lichtträger, der gelangweilt mit einem Finger Kreise auf den Tisch malte.

»Du fantasierst Halbengel«, erwiderte er gelassen. »Du hast dir den Kopf angeschlagen, als du ausgerutscht bist.«

»Du lügst! Ich war in einem großen Raum mit dieser dämonischen Frau, die mir bewegte Bilder zeigte.«

»So? Also warst du im Kino?« Luzifer grinste breit.

»Im Kino? Was ist das?« Ich hievte mühsam Kopf nach oben, um sein zynisches Lächeln zu sehen.

»Eine Erfindung der Menschen. Es diente der Vergnüglichkeit, sich Filme – also, wie du sagst, bewegte Bilder – anzusehen.«

»Du warst die ganze Zeit hier, Star«, mischte sich Vandi ein.

»Das kann nicht sein. Ich bin im Erdboden verschwunden. Er manipuliert uns.« Meine Stimme überschlug sich.

»Komm, ich helfe dir auf, und dann mache ich dir einen Tee«, entgegnete die Norne ruhig. Es war offensichtlich, dass sie mir nicht glaubte.

»Du glaubst mir nicht«, zischte ich und funkelte sie böse an. »Stattdessen glaubst du diesem Blender.«

»Star, du hast dir den Kopf ordentlich gestoßen. Da kann es vorkommen, dass man luzide Träume hat und die Realitäten verwechselt.«

»Wie dem auch sei, ich bin müde und brauche meinen Schönheitsschlaf. Ich ziehe mich zurück«, sagte Izrail plötzlich. »Wir sehen uns morgen früh.«

»Ich schließe mich an.« Luzifer starrte kurz in meine Richtung. In seinen Augen lag ein stummes Versprechen: Wir sehen uns, Halbengel.

»Er lügt!«, wiederholte ich unbeherrscht. »Ich habe alles gesehen. Die gesamte Entstehungsgeschichte der Menschheit. Woher zur Hölle sollte ich all das wissen?«

»Aus den Büchern. Das Gehirn gaukelt einem manchmal seltsame Dinge vor.« Vandi brühte mir seelenruhig einen Kräutertee auf. Nicht mal der Umstand, dass Izrail und Luzifer in unserem Schlafzimmer verschwunden waren, schien sie aus der Ruhe zu bringen.

»Warum bleiben die beiden hier? Und was wollen sie von uns?«

»Sie werden uns begleiten. Er will nicht, dass ich mit dem Buch alleine verschwinde. Er traut mir nicht. Die beiden wollten sowieso nach Gehenna.« Seufzend drehte sie sich zu mir und reichte mir eine Tasse Tee. »Was also blieb mir übrig, als dem zuzustimmen? Hätte ich Nein gesagt, hätten sie uns dennoch verfolgt. Wir können es uns nicht leisten, Luzifer und Izrail zum Feind zu haben. Also mache ich gute Miene zum bösen Spiel, wie man so schön sagt. Lass uns schlafen gehen, morgen ist ein hoffentlich besserer Tag.«

15.

Gefallen, so schön und funkelnd wie der Himmel selbst. Der Eine, dessen Antlitz dich um den Verstand bringt. Tausende Sterne weinten und folgten ihm in die unendliche Tiefe des Seins. Für immer verloren sein lichtes Herz, verstoßen aus Gottes Schoß, stieg er in die Hölle hinab. Stolz und Hochmut brachten ihn zu Fall, so steht es in den Schriften. Sag, sprechen sie die Wahrheit? Oder ist es nur Schein, um die Menschen zu blenden, ihnen Furcht zu lehren? Wer bist du wirklich, dunkler Engel, der den hellsten Stern trägt? Morgenstern, so nennt man dich in Überlieferungen. Strahlender als die Sonne und kälter als Eis.

»Du weißt, dass ich dich ohne Probleme grillen könnte? Mich rächen, für deine Unverfrorenheit, mich in die Hölle zu schicken?«

Ash lachte schallend. »Und du weißt hoffentlich, dass ich dich so schnell aufspießen würde, dass du nicht mal ›Luzi‹ sagen könntest. Ganz abgesehen davon, vielleicht gehörst du ja in die Hölle? Lügen gehören nicht zu den Tugenden, wie du weißt.«

»Ich lüge nicht!« Die Norne brüllte fast vor Wut.

Vandandi und Luzifer stritten ununterbrochen.

Noch gestern Abend hatten sie einen Nichtangriffspakt geschlossen, der sich heute Morgen beim Frühstück wieder verflüchtigte. Jetzt, drei Stunden später, spitzte sich die Lage zu. Wir hatten gepackt, die Sleipnir gesattelt und waren auf dem Weg nach Gehenna. Ash überlegte, seinen Drachen zu rufen, besann sich jedoch eines Besseren.

»Zu auffällig, wir wollen Amon ja nicht zu früh warnen.«

Deshalb liefen wir. Ich meine, eigentlich könnten wir reiten. Aber der Höllenfürst weigerte sich, auf einem Sleipnir, der in einen Esel verwandelt war, seinen königlichen Hintern zu platzieren.

»Wie würde das aussehen, Vandi? Sei ehrlich. Amon würde sich totlachen.«

Das Katzenshirt dagegen schien seine Durchlaucht weiterhin nicht zu stören.

»Dann fliege doch, wir treffen uns am Stadttor«, bot die Norne an.

»Sicher nicht. Erstens lasse ich dich mit dem Grimoire und dem Schlüssel nicht alleine. Zweitens würde uns auch das sofort verraten.«

Mir reichte es. »Wisst ihr was, ich bin lange genug mit euch gereist. Ich verabschiede mich und mache mich auf die

Suche nach Daria. Meine eigenen Pläne dulden keinen Aufschub mehr.« *Erinnere dich an deine Ziele, Star:* Daria finden, Damontiz töten, die Rebellen finden und ihnen in den Arsch treten. Die Gefallenen zurück in die Hölle schicken. Allerdings, so wie sich die Situation jetzt darstellte, brauchte ich mich um Letzteres nicht länger zu kümmern. Also warum sollte ich mir dieses unsägliche Gezeter, die unerträglich charismatische und Furcht einflößende Ausstrahlung des Lichtträgers und seines Gehilfen länger antun?

»Ich bin nicht zu Scherzen aufgelegt, Halbengel. Du bleibst, wo du bist!«

»Besser, du hörst auf ihn«, mischte sich Izrail ein.

»Bin ich eure Gefangene?«, gab ich herausfordernd zurück. »Ihr braucht mich nicht für euer Vorhaben, also warum sollte ich bleiben?« *Beherrsche deine Wut. Du bist erwachsen und zur Diplomatie fähig.*

»Das fragst du noch? Sieh dich an. Wie schwer bist du? 110 Pfund? Oh ja, du besitzt einen Osmium-Dolch und kannst Karatesprünge vollführen. Was glaubst du, wie lange du hier draußen alleine überleben würdest? Einen Tag? Also sei lieb und bedanke dich dafür, dass die Norne offenbar einen Narren an dir gefressen hat.«

Diese gelangweilte, bodenlose Arroganz, mit der er sprach, ließ in mir etwas explodieren. »Wie wäre es, wenn ich dir deinen eingebildeten Hintern versohlen würde? Das hättest du dringend nötig!«, brüllte ich wutentbrannt. »Und übrigens: Ich treffe meine eigenen Entscheidungen!«

»Star!«, rief Vandi entsetzt. »Wir hatten das doch besprochen. Beruhige dich bitte.«

Luzifer drehte sich um. In seinen Augen lag ein seltsamer Ausdruck. Anerkennung? »Gut. Wir kämpfen. Besiegst du mich, kannst du gehen. Wenn nicht, bleibst du.«

»Gut. Ich kann es kaum erwarten.« Was zum Henker hatte ich getan?

»Iz, steck den Boden ab.«

»Das kannst du nicht zulassen, Izrail. Tu etwas!«, schrie Vandi.

»Sie hat ihre Wahl getroffen.«

Izrail steckte einen Kampfplatz ab, indem er vier Stöcke in den Boden rammte. »Ich bin so weit, sagt mir, wann es losgehen soll.«

»Noch eine Minute«, erklärte ich atemlos. Ich wärmte meine Muskeln auf, indem ich ein paar Mal im Kreis herumlief und zusätzlich Hampelmänner ausführte. Zu guter Letzt schlug ich ein Rad. In was hatte ich mich da hineinmanövriert? Luzifer den Hintern versohlen? Wenn Dummheit ein Gesicht hätte, wäre es meines. Eines Tages wird dich dein Mundwerk in Schwierigkeiten bringen. Antes würde nie erfahren, wie recht er damit hatte. *Wenn ihr mich hören könnt, Antes, Mom und Nona: Ein bisschen himmlische Unterstützung wäre nicht schlecht. Denn sonst werde ich mich bald zu euch gesellen.*

Ash saß neben Vandi auf einem Baumstumpf. Die beiden diskutierten leise, aber heftig. Vermutlich machte sie ihm wegen mir die Hölle heiß. Als würde ihn das interessieren. Abrupt stand er auf und lief zu mir.

»Können wir anfangen?«

»Natürlich.«

Die Sonne brannte gnadenlos und frittierte mein letztes bisschen Hirn. Ash zog einfach sein Shirt aus und warf es achtlos zur Seite. Dann standen wir uns gegenüber. Das machte er doch mit Absicht. Wie sollte ich da konzentriert kämpfen? Nervös schmiss ich meinen Dolch von einer Hand in die andere.

»Bei drei geht es los«, sagte Iz und begann zu zählen.

»Du hast keine Waffe«, unterbrach ich.

»Ich brauche keine.«

Natürlich nicht. Arroganter Pinsel. Er war der großartige Lichtträger. *Buh.*

»Eins, zwei, drei!«

Bei drei war ich in der Luft, vollführte eine ganze Drehung und fixierte Luzifers Brustkorb. Er bewegte sich nicht. Mein Fuß traf ins Leere und ich landete unsanft auf meinem Hosenboden. Verflucht! Gerade stand er noch still, und jetzt war er hinter mir.

»Ich warte, Halbengel. Oder machst du ein Picknick?«

»Ich bringe dich um!«

Mein Dolch flog blitzschnell in seine Richtung. Wenn ich eines gut konnte, dann war es Messer werfen.

Er fischte den Dolch aus der Luft mit einer fließenden Bewegung, die für das menschliche Auge kaum wahrnehmbar war, und schoss ihn zurück. Ja, schoss. Das Ding landete in einem Baum neben mir. So tief verankert, dass ich ihn kaum wieder herausbekam, ohne seine Durchlaucht zu bitten, mir behilflich zu sein.

Ash gähnte, während er den Dolch rauszog. Was mich zur Weißglut trieb. Mein Ellenbogen traf seine Rippen, im selben Atemzug trat ich nach seinen Beinen. Zumindest versuchte ich es. Er bekam meinen Fuß zu fassen und schmiss mich nach hinten. Erneut landete ich fluchend im Dreck. *Denk nach, Star.* Körperlich war er mir überlegen, also musste ich mir etwas einfallen lassen.

»Sieh es ein. Du bist kein Gegner für mich.«

Er drehte sich um, und ich sprang. Einen Arm legte ich um seine Kehle, mit dem anderen fixierte ich den Griff und drückte zu.

Ash röchelte. Ein Gefühl des Triumphs durchflutete mich. »Siehst du, Lackaffe. So einfach geht das.«

Seltsame Laute drangen aus seinem Mund. Er stürzte auf die Knie, und ich fiel zur Seite. Ich hatte gewonnen! Siegessicher stand ich auf und klopfte mir den Dreck von der Hose. Erst jetzt bemerkte ich, dass er lachte. Tränen liefen über sein Gesicht. Ash versuchte, etwas zu sagen, doch kein verständliches Wort drang aus seinem Mund. Er lachte so lange, bis er auf dem Rücken lag und keine Luft mehr bekam.

»Wer hat…? Meeresschnecken und Wolfsspinnen… Paarungsritual… Ich kann nicht…«, faselte er kichernd.

Meine Wangen brannten vor Scham. Iz und Vandi starrten uns ratlos an.

Es dauerte einige Minuten, bis er sich beruhigte. Währenddessen gingen mir Tausende Gedanken durch den Kopf: Sollte ich mich auf ihn werfen und ihn mit Fäusten traktieren? Ihn in sein bestes Stück treten? Mit heißem Wasser übergießen?

»Lässt du uns jetzt an deinem Amüsement teilhaben?«, fragte Izrail todernst.

»Gerne. Schön, dass du fragst.« Er kicherte schon wieder. »Ich habe mich gefragt, wer Star ausgebildet hat und ihr das Paarungsritual der Meeresschnecken und Wolfsspinnen als Kampftechnik gegen einen übernatürlichen Gegner verkauft hat. Die Schneckenweibchen und Spinnenweibchen traktieren ihren Partner und krallen sich an seinem Rücken fest, um ihn zur Paarung zu bewegen – oder besser gesagt, ihn dazu zu zwingen.«

»Interessant. Das habe ich auch noch nicht gewusst«, erwiderte Iz.

»Ich bin ganz hervorragend ausgebildet. Und nur zu deiner Information: Ich habe bereits gegen Dämonen, Daimos und Vampire gekämpft. Mit Erfolg! Du bist ein eingebildetes, arrogantes, aufgeblasenes, übergroßes Huhn. Mit dir würde ich mich nicht paaren wollen, selbst wenn du der letzte Mann auf Erden wärst.«

»Wer wird denn gleich beleidigt sein? Ich habe nicht gesagt, dass du zu gar nichts zu gebrauchen bist.« Ash zog einen Schmollmund. »Ganz im Ernst, Sternenkind. Du hast Mut, das muss man dir lassen. Du beleidigst mich ständig, hast mich herausgefordert, mich als Lügner bezeichnet und jetzt noch als Huhn. Niemand, wirklich niemand, dem sein Leben lieb ist, würde sich trauen, so mit mir zu reden. Also entweder bist du unglaublich dumm oder unglaublich mutig.«

»Du hast mich gestern in die Hölle geschickt und es abgestritten, also bist du ein Lügner.«

»Du warst nicht in der Hölle und ich habe nicht gelogen.« Ash grinste breit. Am liebsten hätte ich ihm sein dummes Grinsen aus dem Gesicht gewischt. Er hatte etwas mit mir gemacht. Und das wusste ich zu hundert Prozent.

»Kinder! Mir ist heiß, ich habe Hunger und will mich setzen. Sind wir hier fertig, oder wollt ihr euch noch ein bisschen gegenseitig ankeifen?« Iz fächelte sich Luft zu.

»Ich mache dir einen Vorschlag. Ich werde dich trainieren und dir ein paar Dinge beibringen. Wenn die Zeit reif ist. Einverstanden?« Ash ignorierte Izrails Nörgelei.

War das sein Ernst? »Oh, der große Höllenfürst lässt sich dazu herab, eine dumme Frau zu trainieren. Nein, danke!«

»Überlege es dir. Und eins noch: Zeige deinem Gegner niemals deine Schwächen und erst recht nicht deine wahre Stärke.«

»Können wir jetzt weiter? Ich möchte diese Reise schnellstmöglich hinter mich bringen«, gab ich sauer zurück.

Da mir niemand widersprach, setzten wir unseren Weg nach Gehenna fort.

Wir hatten die Straße kaum erreicht, als das Geschimpfe zwischen Vandi und Ash weiterging.

Die beiden liefen vor mir. Ich ließ mich ein Stück zurückfallen, um diesem ständigen Gekeife zu entgehen. Izrail gesellte sich zu mir. Er sah heiß aus, in seinen schwarzen Lederhosen und dem engen Shirt, das seine Muskeln umspielte. »Wie hältst du das aus?«, sagte ich.

»Was meinst du?« Er sah mich fragend an.

»Na, Ash und das ständige Gezeter der beiden.«

»Ash ist ganz okay. Die Norne ist die Giftspritze.«

»Ich denke, die tun sich beide nichts. Und den aufgeblasenen Prinzen der Hölle okay zu nennen, kann nur von einem unterjochten Vasallen kommen.«

Izrail starrte mich für eine Sekunde an, ehe er sich vor Lachen schüttelte.

»Was ist so lustig?«, entgegnete ich irritiert.

»Dein Mundwerk. Du traust dich wirklich was. Aber zu deiner Information, Ash, ist mein Bruder. Und entgegen der landläufigen Meinung ist er recht liebenswert, wenn er will.«

Ich dachte kurz nach, ehe ich antwortete. Luzifer hatte also einen Bruder?

»Und was ist deine Aufgabe in der Hölle? Ich habe viel in den alten Büchern gelesen, aber dein Name ist mir nicht geläufig.«

»Vielleicht weil Izrail hebräisch ist und in eurer Sprache Azrael bedeutet?«

Mir stand der Mund offen. Azrael, der Erzengel des Todes! Er befehligte die Heerscharen der Todesengel. Ich war in bester Gesellschaft. Der Höllenprinz und der Todesengel. Besser wurde es nicht. Und ich beschimpfte ihn als Vasallen.

»Keine Sorge, Star, ich werde deine Seele nicht vom Körper trennen. Der Tag ist zu schön dafür.«

Er hielt sein Gesicht der Sonne entgegen. »Sieh doch, die Landschaft, ist sie nicht zauberhaft?«

War das sein Ernst? Es war seltsam, den weit über zwei Meter großen, muskulösen Erzengel des Todes von einer »zauberhaften« Landschaft sprechen zu hören. Die Umgebung war nett: Wiesen und Felder, soweit das Auge reichte. Hier und da Wildblumen und einige Bienen, die sich den Nektar holten. Allerdings brannte die Sonne erbarmungslos auf uns nieder.

»Weißt du, ich habe die Hälfte meines Lebens in Barzasch verbracht. Das ist eine Ebene zwischen Diesseits und Jenseits. Ziemlich trübe und dunkel. Da freut mich diese Aussicht.«

Seine kristallklaren Augen blitzten begeistert. Ich konnte mir ein Schmunzeln nicht verkneifen.

»Bist du ein Katzenfan?« Das war die Frage, die mir auf der Seele brannte. Der Todesengel lachte.

»Du meinst wegen des Shirts? Ja, ich liebe Katzen. Sie sind intelligente, mystische, unabhängige Wesen. Katzen begleiten mich, so wie Ash von Drachen begleitet wird.«

Interessant, der Todesengel war ein Katzenfan und wurde von Hauskatzen begleitet. Er liebte sie so sehr, dass er sogar Fanartikel trug. Meine Weltanschauung bekam Risse.

Izrail summte. Eine düstere, traurige Melodie.

»Oh bitte, hör auf damit!«, brüllte Ash von vorne. »Das Lied ist furchtbar.«

»Mir gefällt es«, erwiderte ich lächelnd. »Singst du weiter, Izrail? Bitte.«

Ich zog meinen schönsten Schmollmund und klimperte herausfordernd mit den Wimpern.

»Info an den Halbengel: Es interessiert niemanden, was dir gefällt«, gab Ash unfreundlich zurück. Dieser blöde, aufgeblasene Pfau in seinem Katzenshirt!

Izrail ließ sich nicht beirren und sang weiter. Seine Stimme war so schön wie der Himmel selbst. Sanft und gefühlvoll. Ich verstand den Text nicht, trotzdem vibrierte etwas in mir. Tief in meiner Seele entstand ein Widerhall, und die Melodie nahm mein Herz ein. Tränen! Ich weinte. Der Song entfachte eine tiefe Sehnsucht in mir, die lange verschüttet war. Sehnsucht nach Liebe und Geborgenheit, nach Glück und Frieden.

Luzifer verdrehte die Augen, was mich ärgerte. »Natürlich verstehst du solche Umstände nicht. Ein Lied, so gefühlvoll, dass es eine Frau zu Tränen rührt«, wetterte ich streitlustig.

»Er versteht es, deswegen kann er es nicht ausstehen. Er hat es geschrieben«, gab Izrail leise zurück. Ich erstarrte.

»Er hat es geschrieben?«, wiederholte ich dümmlich.

»Ja, stell dir vor. Ich habe es geschrieben und ich hasse es.«

Ash kam auf mich zu. In seinem schönen Gesicht las ich Feindseligkeit. Seine Aura war so düster und machtvoll, dass ich kurz schlucken musste. Zielte er darauf ab, mich zu ängstigen? Es funktionierte. Ich fixierte das Katzenbild auf seinem Shirt, um nicht schreiend wegzulaufen. Dunkle Schatten krochen über seine Schultern, hinab bis auf den Boden, den sie wie Säure versengten. Seine Augen färbten sich schwarz wie die tiefste Nacht. Der Dämon zeigte sich – und mit ihm rasiermesserscharfe Fangzähne. Luzifer war ein Vampir!

Izrail stellte sich schützend vor mich. »Komm runter, Ash!«

Doch daran dachte er nicht im Geringsten. Seine Wut galt seinem Bruder, nicht mir. Erleichtert stellte ich fest, dass er Izrail mit sich zog. Die beiden stritten lauthals in einer Sprache, die ich nicht verstand. Vandi trat neben mich.

»Alles in Ordnung?« Sie legte ihre Hand auf meine Schulter.

»Bestens«, erwiderte ich leise. »Er ist ein Vampir. Wusstest du das?«

Die Norne schüttelte den Kopf. »Nein, das ist auch für mich neu. Es muss etwas Fürchterliches geschehen sein, dass er verwandelt wurde.«

»Aber die Sonne scheint ihm überhaupt nichts auszumachen«, sagte ich.

Vandi nickte. »Er ist ein Erzengel, ein Seraph. Ich denke, die Auswirkungen sind anders als bei niederrangigen Engeln.«

»Und was jetzt?«

»Wir bleiben weiterhin sehr vorsichtig. Und glaube mir, es ist besser, die beiden auf unserer Seite zu haben – zumindest im Moment – als gegen uns.«

»Aber was, wenn er Blut trinken will?« Der Gedanke, dass er mich nachts überfallen könnte, entsetzte mich. Auf der anderen Seite verspürte ich Mitgefühl mit ihm. Was war bloß geschehen?

»Wenn er Blut braucht, wird er sich schon jemand anderen suchen. Da bin ich sicher.«

Seltsamerweise passte mir das auch nicht. Die Vorstellung, dass er von einer anderen Frau trank, gefiel mir überhaupt nicht. Verrückt.

Antes hatte mir einmal erzählt, dass das Bluttrinken zwischen einer Frau und einem männlichen Vampir etwas sehr Intimes sei. Deshalb gab es in Lothaires Reich diese Blutfabriken – frisch abgepackte Blutbeutel, um das Beißen zu vermeiden. Manche taten es trotzdem, weil sie Spaß daran hatten. Aber was war mit den Menschen oder Engeln, die ausgesaugt wurden? Wurden sie maschinell bis auf den letzten Blutstropfen ausgepresst? Oder war es doch das Beißen?

Bei nächster Gelegenheit würde ich Vandi fragen. Ich hoffte inständig, dass Daria noch lebte und nicht Lothaire zum Opfer gefallen war.

»Können wir weiter?« Ash und Izrail liefen wortlos an mir vorbei, ihre Gesichter unergründlich.

»Ja, weiter geht's,« erwiderte Ash, als wäre nichts gewesen. »Ich will noch heute in Gehenna ankommen. Vor Anbruch der Dunkelheit. Also beeilt euch!«

Izrail zog einen Umhang aus der Satteltasche und reichte ihn mir. Er selbst, Ash und Vandandi verwandelten sich in mittelalte Männer mit nichtssagenden Gesichtern und Bierbäuchen. Faszinierend, wie mühelos das funktionierte.

»Amon hat überall Späher, also behalte den Umhang unbedingt an. Verhalte dich wie eine ganz normale Frau.«

Er meinte mich? »Was soll das heißen, eine normale Frau? Bin ich sonst unnormal?« Mein Mitgefühl schwand, und der altbekannte Ärger keimte wieder auf. Er war einfach unmöglich.

Ash lächelte, dieses wahnsinnig entwaffnende Lächeln.

»Du sollst weder fluchen, meckern, noch Widerworte geben – und kämpfen schon gar nicht. Am besten sagst du einfach nichts.«

Ernsthaft? »Du verspottest mich. Ist das deine Vorstellung von einer normalen Frau?«

Izrail grunzte. »Das wäre seine Traumfrau.« Der Engel lachte über seinen eigenen Witz. Es war doch ein Witz, oder?

»Wie auch immer, verhalte dich unauffällig!« Ash warf seinem Bruder einen missmutigen Blick zu, der immer noch lachte.

Der Umhang war unerträglich in der Hitze. Der Stoff klebte an meinen Armen, und der Schweiß lief mir in Strömen über den Rücken. Es fühlte sich an, als hätte die Sonne extra noch eine Schippe draufgelegt.

»Du kannst dich auf Gisl setzen«, sagte Vandi mit ungewohnt tiefer Stimme.

Genau das tat ich auch. Der Sleipnir war mein Rettungsanker in dieser flimmernden Hitze.

»Wenn wir in Gehenna ankommen, sind wir Kaufleute. Das ist am unauffälligsten. Und du,« Vandi grinste, »bist meine Ehefrau.«

Ash schnaubte. »Warum ist sie deine Ehefrau? Besser, sie ist meine. Für den Fall, dass wir getrennt werden, kann ich auf sie aufpassen.«

»Nein! Sie bleibt bei mir! Ich kann mich gut selbst verteidigen, wie du weißt.«

»Ja genau, du kannst dich verteidigen, aber nicht euch beide. Also ist sie bei mir sicherer.«

Vandi verschränkte die Arme. »Ich könnte Fenris rufen.«

Ash schüttelte den Kopf. »Und dann? Soll der Wolf tausend Dämonen fressen? Abgesehen davon würde deine Tarnung sofort auffliegen. Nein, sie bleibt bei mir! Und darüber gibt es keine weitere Diskussion.«

Seine Stimme klang endgültig, und obwohl ich in dieser Debatte nicht einmal gefragt wurde, wusste ich, dass ich in diesem Moment besser still blieb.

»Sie könnte auch meine Ehefrau sein,« warf Izrail belustigt ein. »Wenn zwei sich streiten, freut sich der Dritte. So heißt es doch?«

»Ich würde Izrail bevorzugen,« gab ich zurück. Ash warf mir einen vernichtenden Blick zu.

»Ich sagte, keine Diskussion! Du bist meine Frau. Punkt!«

Den Vampir weiter zu reizen, wäre keine gute Idee. Halt einfach deinen Mund, Star. Versuche es.

»Genau, Gisl, du hast recht. Warum sollte ich mich mit einem unfreundlichen, arroganten und überaus von sich selbst überzeugten, anmaßenden, aufgeblasenen, übergroßen Vogel streiten.« Meine Stimme war nur ein Flüstern nahe an Gisls Ohr, dennoch hörte er es und zeigte mir den Mittelfinger.

»Wie ich sehe, seid ihr beide schon jetzt die besten Freunde«, sagte Ashs Bruder leichthin.

»Diese Frau hat ein zu großes Mundwerk und weiß nicht, wann es besser ist, zu schweigen«, gab Luzifer zurück.

»Dasselbe gilt für dich, Ash,«, erwiderte ich zuckersüß.

Zu meinem Verdruss erntete ich lautstarkes Gelächter von beiden Männern. Vandi schüttelte den Kopf und sah mich bittend an. Bitte, Star, hör auf! Eines Tages wird er dich umbringen! Es stand ihr ins Gesicht geschrieben. Vielleicht hatte sie recht. Er brachte mich dermaßen auf die Palme, dass mein Mund schneller war als mein Gehirn.

Ich fragte mich, welches Spiel er spielte und warum er uns augenscheinlich zu unterstützen schien. Mit Sicherheit hatte er andere Interessen. Nun galt es herauszufinden, was er im Schilde führte. Und Izrail war eine hervorragende Anlaufstelle. Der Engel des Todes wirkte wesentlich zugänglicher als sein Bruder.

Gisl blieb abrupt stehen. Sie spitzte die Ohren und wieherte leise. Auch Snorri stoppte und weigerte sich, weiterzugehen. Die Luft veränderte sich, wurde kälter. Wind kam auf und zerrte an meinem Umhang. Die beiden Sleipnir tänzelten unruhig vor und zurück. Ich hatte Mühe, Gisl daran zu hindern, einfach loszupreschen. Ash und Izrail blieben stehen und sahen sich um.

Von außen betrachtet wirkten wir wie leichte Beute, einfache Kaufleute in Gesellschaft zweier Esel. Unscheinbar, leicht zu überwältigen und harmlos. Ein gefundenes Fressen für Angeli Mortui, Daimos oder sonstiges Gesindel. Ich hatte den Gedanken kaum zu Ende gedacht, als sich von rechts ein Rudel Angeli Mortui näherte.

Sie waren nicht im Geringsten so schnell wie jene, die den Transport angegriffen hatten. Sie wirkten verlangsamt und schwerfällig, fast wie Roboter. Der Zustand ihrer Verwesung war weit fortgeschritten. Überall hingen Hautfetzen von ihren Körpern. Muskeln lösten sich, ebenso wie Gliedmaßen. Manche hatten kein Gesicht mehr. Der Gestank, den sie verströmten, war unerträglich.

»Verschwindet!«, brüllte Ash.

Die Angeli reagierten nicht, sondern setzten ihren Weg schwerfällig fort. Es schien fast, als könnten sie nichts hören. Ihre Augen waren leer, ihre Bewegungen wie die von Schlafwandlern, die einen Fuß vor den anderen setzen, ohne Ziel, ohne Bewusstsein.

»Ich sagte, verschwindet!«

Ashs Stimme wurde lauter, während Izrail sich in Position brachte. In seiner Hand erschien ein rabenschwarzes Schwert, dessen Spitze blutrot glühte, als wäre es gerade frisch aus Feuer geschmiedet worden. Die Waffe schien aus dem Nichts zu kommen, genau wie zuvor Luzifers-Lichtbogen, als er die Norne verschwinden ließ.

»Luceat!«, murmelte der Todesengel, und plötzlich entflammte sein Schwert. Schwarze und rote Flammen loderten empor, erstreckten sich bis in den Himmel und glühten bis zu seinem Unterarm hinab. Izrails Arm war eine brennende Fackel, das Feuer so heiß, als käme es direkt aus der Hölle.

»Accende te!«, donnerte Ash, und sein Schwert erschien. Gleißend, hell und Blitze spuckend, versenkte es den Boden unter sich. Beide streiften ihre Hüllen ab, und jetzt konnte jeder erkennen, um wen es sich hier handelte.

»Zum letzten Mal! Verschwindet, oder ich schicke jeden Einzelnen von euch in den Abyss, ohne Hoffnung auf Erlösung!«

Die Kreaturen stoppten fauchend. Jetzt hatten wir ihre Aufmerksamkeit. Die trüben Augen auf Ash und Izrail gerichtet, ging ein Ruck durch ihre Reihen.

»Luzifer?«, fragte einer in deutlicher Sprache. Die anderen schlossen sich an. »Luzifer, Luzifer, Luzifer«, riefen sie mit einer Stimme. Sie fielen auf die Knie, streckten ihre Hände aus und verneigten sich. Ein Chor, direkt der Hölle entstiegen.

»Steht auf!«, sagte Ash mit finsterer Miene.

»Töte uns, Prinz des Himmels! Töte uns!«

Ashs Stimme war kalt und dunkel, als er sich den verrottenden Kreaturen näherte. »Wie lange seid ihr schon so?«, wiederholte er, während sein gleißendes Schwert eine Feuerschneise auf dem Boden hinterließ. Die Angeli Mortui verharrten in ihrer demütigen Haltung, ihre zersetzten

Körper erzitterten vor der geballten Macht, die vor ihnen stand.

Einer der Männer, dem die Augenlider fehlten, antwortete mit leiser Stimme: »Noch nicht lange. Ein paar Tage vielleicht, höchstens eine Woche. Wir weigern uns, Menschen zu fressen. Lieber sterben wir.«

Deshalb bewegten sie sich so langsam, sie waren völlig entkräftet. Ohne menschliche Herzen funktionierten sie nicht.

»Verschwindet, ich kann euch nicht helfen!«

»Ihr habt ihn gehört!« Izrail stellte sich neben Ash, das flammende Schwert in seiner Hand.

»Ash.« Einer der Verfluchten trat aus der hinteren Reihe. Ich erkannte ihn. Er war derselbe, der uns zusammen mit Izrail verfolgt hatte.

»Bitte töte mich. Das bist du mir schuldig.«

Izrail machte einen Schritt nach vorn.

»Er ist dir gar nichts schuldig, Raziel.«

Warum tötete er sie nicht einfach? Sie flehten darum.

»Ich sagte Nein!« Ashs Stimme wurde zu einem tiefen Grollen, das mir eine Gänsehaut bescherte. Er rammte sein Schwert in den Boden. Sofort flogen Steine und Erdklumpen in die Luft, der Boden vibrierte und bekam Risse, die sich wie ein Spinnennetz ausdehnten. Die Druckwelle fegte die Verdammten von den Füßen. Einer nach dem anderen fiel wie ein Baum.

»Bitte, Ash, unserer Freundschaft willen. Erlöse uns«, bettelte Raziel erneut, während er versuchte, auf die Füße zu kommen. »Wir leiden, haben Schmerzen und können nicht sterben.« Eine Flüssigkeit, die an Tränen erinnerte, floss aus seinen Augen. »Es wäre ein Akt des Mitgefühls gegenüber deinen treuesten Kriegern.Wir können und wollen so nicht leben. Ich bitte dich inständig, ja ich flehe dich an.« Raziel kroch auf allen vieren in Richtung des Lichtträgers.

Iz und Ash blickten sich an. Es wirkte, als kommunizierten sie telepathisch miteinander. Schließlich nickte Ash, und Izrail machte einen Schritt nach vorn.

»Steht auf!«, befahl der Todesengel. Er rammte sein Schwert in den Boden. Ein Wirbel aus goldenem und weißem Licht formte sich, der wie ein Trichter vom Boden bis zum Himmel reichte.

Luzifer hatte sich derweil direkt vor die Angeli gestellt. »Ihr wollt also sterben?«, fragte er. »Raziel, tritt vor.«

Im gleichen Moment, als der Verdammte hervortrat, schoss eine weiße Flamme aus Ashs Schwert. Sie war so heiß, dass ich die Hitze auf meiner Haut spürte. Raziels Körper verbrannte binnen Sekunden zu Asche. Izrail hob seine Arme und murmelte etwas: »Vade in lucem — gehe ins Licht.«

Ein zarter Nebelschleier, nicht mehr als ein Hauch, verschwand im weiß-goldenen Wirbel.

»Der Nächste«, forderte Ash. Sein Gesicht blieb ausdruckslos, doch seine Augen verrieten den Schmerz, den er zu kaschieren versuchte.

Die ganze Szene hatte etwas Erhabenes, Würdevolles, fast Heiliges und trieb selbst Vandi und mir die Tränen in die Augen.

Einer nach dem anderen wurde zu Asche, und dann zu einer winzigen Wolke, die im Wirbel verschwand. Es waren ihre Seelen, oder das, was von ihnen übrig war, die Iz irgendwohin schickte. Dafür bedurfte es keiner weiteren Erklärung.

Als die letzte Seele verschwand, sank Ash auf die Knie. Seine Schultern bebten, das Gesicht in den Händen verborgen, weinte er bittere Tränen. Er wirkte so fragil und verletzlich, dass ich das Bedürfnis hatte, ihn fest zu umarmen. Keine Spur mehr von der kalten, arroganten Fassade – nur ein Mann, der gezwungen war, etwas Furchtbares zu tun: seine Freunde zu töten.

Auch Izrails Augen glitzerten verräterisch in der Sonne. Stoisch und stolz stand er da und blickte in den abebbenden Wirbel, den er selbst geschaffen hatte.

Ich fasste mir ein Herz und setzte mich neben Ash. Zögernd strich ich ihm über den Kopf, meine Hand glitt sanft hinab bis zu seinem Rücken. Er sagte nichts und ließ mich gewähren. Also umarmte ich ihn.

»Sie haben das nicht verdient«, wisperte er. »Keiner von ihnen. Sie waren Krieger, loyal bis in den Tod. Raziel ist mit uns aufgewachsen; er war wie ein Bruder für uns.«

»Du hast ihm geholfen. Er hat jetzt keine Schmerzen mehr«, gab ich leise zurück und drückte ihn fest an mich. Ich sog seinen Duft ein, lehnte meinen Kopf gegen seinen und ließ ihn spüren, dass er in seiner Qual nicht allein war.

16.

»Das kannst du nicht durchgehen lassen«, sagte Izrail einige Zeit später, als wir unseren Weg fortsetzten. »Amon und Lothaire sind außer Kontrolle! Das ist barbarisch, selbst für ihre Verhältnisse.« Nervös strich sich Izrail die Haare aus der Stirn.

»Glaubst du, ich weiß das nicht? Ich war zu lange fort.«

»Sie haben Hilfe, da bin ich sicher.«

»Auch das ist mir bewusst«, entgegnete Ash nachdenklich.

Wo war er gewesen? Er musste lange Zeit fort gewesen sein. Es klang fast so, als hätte er von all dem nichts gewusst. Ich erinnerte mich an seine Aussage, als er noch Jackson war: »Es gab Gerüchte, die ich nicht glauben wollte«, hatte er gesagt und es auch so gemeint. Äußerst interessant. Und warum wollte er inkognito nach Gehenna reisen? Eine Frage, die mir schon mehrfach durch den Kopf gegangen war. Die beiden beendeten abrupt ihr Gespräch, als sie bemerkten, dass ich lauschte.

Ich streichelte Gisls Ohren und konzentrierte mich auf den Weg, der noch vor uns lag. Trotzdem schweiften meine Gedanken immer wieder zu den Verfluchten, zu Ashs Macht und seiner scheinbaren Unwissenheit. Was ging hier wirklich vor? Warum wusste er nichts? Warum unternahm er nichts? Welche Rolle spielte Izrail – abgesehen davon, dass sie Brüder waren?

Hatte ich vor ein paar Stunden noch überlegt, allein weiterzureisen oder bei der nächstbesten Gelegenheit abzuhauen, war ich jetzt überzeugt, bei ihnen bleiben zu müssen. Wenn mir jemand helfen konnte, Daria aufzuspüren und Damontiz zur Hölle zu schicken, dann waren es Ash und Iz. Doch konnte man ihnen wirklich trauen?

Ich musste meine Zunge besser im Zaum halten. Ash konnte mich innerhalb eines Wimpernschlags zu Brei verarbeiten. Dass er das noch nicht getan hatte, ließ mich vermuten, dass es etwas gab, das er wollte. Irgendeinen Zweck erfüllte ich für ihn, denn es konnte unmöglich bloße Zuneigung sein. Die Vorstellung, er könnte mich tatsächlich mögen, war absurd – vor allem angesichts dessen, wen ich da vor mir hatte.

Mein Blick wanderte zu Vandi. Die auffallend ruhig war. Ihr Gesicht glich einer versteinerten Maske. Aber sie kannte doch die Wahrheit? Oder etwa nicht?

Die Landschaft veränderte sich, je näher wir Gehenna kamen. Aus den Wiesen und Feldern wurden hügelige Graslandschaften und ausgedehnte Waldgebiete. Die Straße, auf der wir uns bewegten, wurde immer schlechter. Schlaglöcher und Geröll machten das Vorankommen beschwerlich. Die Sonne brannte unbarmherzig durch den Umhang, und ich spürte, wie dringend ich eine Pause brauchte.

Luzifer verdrehte die Augen, als ich schließlich sagte: »Können wir bitte eine Rast einlegen? Ich müsste mal.«

»Na schön. Eine halbe Stunde Pause«, erwiderte er widerwillig.

Wir verließen die Straße und schlugen einen Weg in Richtung eines Waldstücks ein. Nach einigen Metern erreichten wir einen kleinen Bach. Ich führte Gisl und Snorri zum Wasser, damit sie trinken konnten, und erledigte meine Notdurft. Die Sleipnir mussten fressen, und zum Glück hatte Vandi Möhren und Löwenzahn eingepackt. Mein Magen meldete sich ebenfalls knurrend zu Wort. Ich kramte in der Satteltasche nach etwas Essbarem und fand Brot und Salami, anschließend ließ ich mich auf einem Baumstumpf nieder und begann, mein Brot und die Salami zu essen.

Hoffentlich hatte Ash keinen Hunger auf etwas anderes. Auf ein Blutbad konnte ich definitiv verzichten, und abgesehen von mir gab es hier auch niemanden, der seinen Blutdurst stillen könnte.

Zu meiner Überraschung reichte Izrail ihm ebenfalls etwas Brot und Käse, bevor er sich selbst bediente. Beide setzten sich etwas abseits auf den Boden und unterhielten sich leise. Es war erleichternd, zu sehen, dass der Todesengel und der Höllenfürst sich mit gewöhnlichem Essen begnügten.

»Ash, kann ich dich kurz sprechen?«

Er zog eine Braue hoch und grinste spitzbübisch. »Was gibt es denn, Sternenkind?«

»Erkläre mir die Hölle.«

Vandi sah mich entsetzt an, sagte jedoch nichts. Was war so schlimm daran?

»Wo soll ich da anfangen?«

»Bei null.«

»Böse Zungen behaupten, die Erde sei die Hölle.« Ash biss in sein Brot und lehnte sich entspannt zurück. Seine Augen färbten sich in ein tiefes seegrün. Faszinierend.

»Gut möglich. Aber ich meine die Hölle, in der du lebst und herrschst.«

»Du meinst den Ort, der in euren Büchern beschrieben wird? Nun, der nennt sich Hades, Helheim, Scheol oder Gehenna. Der Tartarus ist noch eine besondere Ebene, die für meine liebsten Feinde, Götter und Dämonen bestimmt ist. Und dann gibt es Barzach und natürlich Abbadon. Barzach ist ein Zwischenreich, zwischen Diesseits und Jenseits. Dort warten die Seelen auf ihren weiteren Weg – zum göttlichen Gericht oder in die Friedensebene, wie Eden. Aber das ist Izrails Metier. Abbadon ist eine Welt der Buße. Konnte ich deine Neugier befriedigen, Halbengel?«

Ich nickte nachdenklich. »Teilweise. Aber was ist mit der Hölle, über die die Menschen immer reden? Die ewige Verdammnis und das Feuer, in dem Seelen für alle Ewigkeit schmoren? Ist das alles nur ein Mythos?«

»Ich hoffe, das musst du niemals herausfinden. Manche Geheimnisse bleiben besser unausgesprochen, weil es Geheimnisse sind.«

»Und in welchem Teil war ich gestern?«

»Fängst du schon wieder an? Du warst nicht in der Hölle.«

»Du hast mich irgendwo hingebracht, das weiß ich ganz genau.«

Ash lachte. Und ich liebte es. *Star!*, ermahnte ich mich selbst. Hör auf, ihn *anzuhimmeln.* Seit er seine verletzliche Seite gezeigt hatte, interessierte er mich umso mehr.

»Das wirst du wohl nie herausfinden.« Mit einem breiten Grinsen stand er auf und trollte sich zu Iz.

Vandi kümmerte sich derweil um die Tiere und hielt anschließend ihre Füße ins Wasser. Eine gute Idee, wie ich fand. Am liebsten wäre ich kopfüber in den Bach gesprungen und hätte mich abgekühlt und ordentlich gewaschen. Ich setzte mich zu ihr, und wir genossen gemeinsam die Stille.

Von mir aus hätten wir eine Weile hierbleiben können, vielleicht sogar über Nacht. Der Platz bot sich an. Es gab Wasser, und die Straße war nicht weit.

»Wie weit ist es noch?«, fragte ich Vandi.

»Zu weit. Wir sollten hier übernachten. Meine Füße schmerzen, und ich bin müde.«

Sie sprach mir aus dem Herzen.

»Der Dunkelfürst wird es nicht zulassen, schätze ich.«

»Ha, ha, ha, der Dunkelfürst. Ja, das passt. Der Fürst der Finsternis. Träger des Deos gladio und Lux dei!« Die Norne kicherte.

»Könntest du das in meiner Sprache sagen?«

»Oh, natürlich. Träger des göttlichen Schwertes und das Licht Gottes.«

»Ist das nicht seltsam? Ich meine, diese Mischung. Er trägt die mächtigste göttliche Waffe und ist gleichzeitig der Gegenspieler Gottes. Wie passt das zusammen?«

Vandi antwortete nicht sofort.

»Es ist kompliziert, komplizierter, als du denkst.«

In mir brannte die Neugier.

»Dann erkläre es mir.« Welches große Geheimnis lag dem zugrunde?

Ich zog meine Nase kraus und presste vor Anspannung die Lippen aufeinander.

»Das darf ich dir nicht sagen. Oder besser gesagt, manche göttlichen Geheimnisse darf ich nicht teilen. Es sei denn, Ash erzählt es dir selbst.«

Das war äußerst unbefriedigend. In dem Falle würde er niemals meine Neugier befriedigen.

»Weißt du alles, was im Universum passiert?« Vandi brauchte lange, um zu antworten.

»Nein, nicht alles. Und wie es scheint, weiß ich noch weniger, als ich dachte.« Ihre Stimme klang bedrückt.

»Die Welt hat sich verändert, und ich weiß nicht, ob wir wirklich alles in Ordnung bringen können. Auch die Götter verändern sich.«

Ich konnte ihre Traurigkeit spüren.

»Was meinst du damit?«

Sie schüttelte den Kopf und blickte mich an. »Ach, vergiss, was ich gesagt habe. Wir werden das Kind schon schaukeln.«

Sie rang sich ein Lächeln ab. »Lass uns lieber die Schönheit des Moments genießen. Luzifer und Izrail halten ausnahmsweise mal die Klappe, wir sitzen im Schatten und kühlen uns die Füße in der Wildnis. Was könnte es Besseres geben?«

»Weißt du was? Du hast recht. Ich werde jetzt ein Bad nehmen in diesem kühlen Nass und mich ausgiebig mit deiner schönen Rosenseife waschen.«

Rasch zog ich mich bis auf die Unterwäsche aus und sprang in den Bach. Herrlich, aber kalt. Vandi reichte mir die Seife, und ich schäumte mich genussvoll ein. Die Sonne schien durch die Dachkronen der Bäume und fing sich auf der Oberfläche des Gewässers. Wunderschön. Anschließend schwamm ich eine Runde, um meine Muskeln zu lockern.

»Komm rein!«

Die Norne schüttelte den Kopf.

»Mir zu kalt, aber mach nur.«

Izrail und Ash sahen zu uns rüber. Beide Männer hatten einen seltsam fragenden Gesichtsausdruck.

»Was gafft ihr so blöd, habt ihr noch nie eine Frau beim Baden gesehen?«, rief Vandi lauthals, und ich schluckte Wasser, weil ich über ihre Unverfrorenheit lachen musste.

»Das frag mal lieber die Blutegel, die hier haufenweise wohnen!«, antwortete Ash zuckersüß und grinste breit.

Izrail klopfte ihm lachend auf die Schulter. Beide setzten sich in Bewegung und kamen zu uns rüber. Ich verbot mir, nach unten zu sehen und meinen Körper nach Blutegeln abzusuchen, die ich, ehrlich gesagt, widerlich fand. Also blieb ich im Wasser und tat so, als würde es mir nichts ausmachen, von dicken Würmern befallen zu werden.

»Darauf falle ich nicht rein«, erwiderte ich lässig und schwamm eine weitere Runde. Oh Mist, wenn hier wirklich welche waren und sich an mir festsaugten, würde ich durchdrehen.

Mein Herz pochte, doch ich versuchte zu lächeln. Nach einer weiteren Runde beschloss ich, dass es genug war. Langsam und graziös stand ich auf und entstieg dem Wasser. Ich schüttelte mein langes Haar und wrang es seitlich aus, ein festgefrorenes Grinsen im Gesicht. *Nur nicht einschüchtern lassen.*

Meine Unterwäsche war fast durchsichtig, doch ich blieb cool. *Kein Grund durchzudrehen.* Horror erfasste mich erst, als ich etwas Kaltes und Schleimiges an meinem Bauch und den Beinen spürte. Als ich fünf dicke Würmer auf meinem Bauch sitzen sah und drei weitere Egel an meinem Oberschenkel fand, gab es kein Halten mehr. Ich schrie aus Leibeskräften.

»Macht die sofort weg!«

Vandi und Izrail lachten.

»Interessant, du kämpfst gegen mich, gegen Dämonen und Vampire und ein paar Blutegel bringen dich zum Beben. Was kriege ich denn dafür, Sternenkind?«, fragte Ash mit samtiger Stimme und schenkte mir einen Blick, der seinesgleichen suchte. Die Lider halb geschlossen, seine vollen Lippen leicht geöffnet, näherte er sich meinem zitternden Körper.

Ich bekam eine Gänsehaut, die vom Kopf bis zu meinen Füßen reichte, als er langsam und bedächtig einen der Blutegel entfernte.

Seine Hände berührten meine nackte Haut und schickten wohlige Schauer in jede Region meines Körpers.

»Also, was kriege ich dafür? Du weißt, Satan macht nichts umsonst.«

Er kam noch näher, und ich spürte seinen Atem an meinem Hals, während er sanft den nächsten Wurm abzupfte und achtlos in den See warf.

Wie beiläufig strichen seine Finger über meinen Bauchnabel.

Meine Gedanken fuhren Achterbahn in Gefilden, in denen sie nichts zu suchen hatten. Mein Körper stand in Flammen. Jeder noch so winzige Nerv pulsierte unter meiner Haut.

»Ash«, flüsterte ich atemlos.

»Ich bin hier, Starlight«, antwortete er mit dunkler Stimme. Sein Blick richtete sich auf meinen Mund. »Was ist mein Preis?«

Er entfernte den nächsten Egel, doch das interessierte mich nicht mehr. Mich interessierte auch nicht, dass Izrail und Vandi mit offenem Mund daneben standen und keinen Finger krümmten, um mich aus dieser Situation zu befreien, oder dass ich fast nackt vor ihnen stand. Alles, was ich wollte, waren seine Lippen auf meinen. Seine Hände überall auf meinem Körper.

Ich schloss meine Augen und erwartete seinen Mund.

»Wie wäre es mit einem Käsebrot für den Anfang?«, sagte die Norne aus heiterem Himmel, völlig unpassend zum Augenblick. »Ich finde, das ist ein guter Preis. Meinst du nicht auch, Izrail?«

Der Todesengel wischte sich über den Mund, ehe er perplex antwortete.

»Äh, ja, ich glaube, das ist der Situation angemessen.«

Ash knurrte leise. »Ein Käsebrot? Wollt ihr mich verspotten?«

Sichtlich angesäuert fixierte er Vandi, ehe er sich wieder mir zuwandte.

»Du bist mir einen Gefallen schuldig. Wann, wie und wo ich ihn einfordere, bleibt mir überlassen.« An seinen Lippen zupfte ein leichtes Lächeln.

Er nahm eine Strähne meines Haars und platzierte sie sanft hinter meinem Ohr, während er mich mit seinen sternenklaren Augen betrachtete. »Dazu Champagner zu zweit, an einem Ort meiner Wahl.«

Ich schluckte schwer. »Gut, mach nur diese Dinger ab.«

Der Bann war gebrochen, nicht vollständig, aber zumindest konnte ich wieder einigermaßen klar denken.

Izrail stellte sich neben mich und zupfte die Egel von meinen Beinen. Er brauchte dazu weniger als fünf Sekunden, während Ash sich weiterhin Zeit ließ und dabei diabolisch grinste. »So, fertig«, sagte er schließlich und entließ mich aus seinen Fängen.

Vandi reichte mir meinen Umhang, weil ich immer noch zitterte. Allerdings lag das nicht an der Kälte.

»Das war echt schräg«, sagte sie beiläufig.

»Er hat mich mit einem Bann belegt!«, antwortete ich erbost.

Ash schnaubte belustigt. »Nein, habe ich nicht. Du stehst auf mich. Gestehe dir die Wahrheit ein, Star.«

Er zog eine Augenbraue in die Höhe und grinste.

»Deine Arroganz ist weltweit ungeschlagen, Ash. Das ist die Wahrheit.«

Izrail verschränkte die Hände vor der Brust. In seinen Augen lag ein amüsiertes Funkeln. Auch Vandi lauschte aufmerksam. Die beiden schienen ein Drama zu erwarten, das ich ihnen nicht liefern würde. Sollte der aufgeblasene Gockel doch glauben, was er wollte. Innerlich bebte ich vor Scham und Wut, doch das würde ich um keinen Preis zeigen.

»Wie dem auch sei, Star, deine Schuld wirst du bezahlen.«

Er tat gerade so, als würde ihn das Thema langweilen. Dieser eingebildete Pinsel.

»Von mir aus. Glaub bloß nicht, dass mich das irgendwie tangiert. Ich habe schon Schlimmeres hinter mich gebracht.«

Ashs Grinsen wurde breiter. »Das werden wir dann sehen, Liebes.«

Liebes? Einfach unmöglich und geradezu unverschämt. *Lass dich nicht provozieren, Star. Bleib ganz cool.*

»Können wir jetzt noch etwas essen?«, versuchte Izrail die Situation zu entschärfen, obwohl er ein Lachen nicht verkneifen konnte.

»Ja, ich habe beschlossen, dass wir die Nacht hier verbringen. Es ist so gemütlich hier, mit all den Schlangen und dem Gewürm, das hier herumkriecht.«

Er blickte provozierend in meine Richtung. »In den frühen Morgenstunden verreist es sich sowieso besser. Findet ihr nicht?«

»Die erste gescheite Idee von dir«, antwortete Vandi. »Wir können alle eine Pause gebrauchen, außerdem ist es leichter, tagsüber in die Stadt zu kommen.«

Toll. Vorhin wäre ich noch froh darüber gewesen, aber jetzt erschien mir die Aussicht geradezu haarsträubend.

»Hier können wir die Decken ausbreiten und ein Feuer machen.«

Izrail zeigte auf einen moosigen Platz unter einem Baum mit ausladendem Blätterdach und Buschwerk drumherum. Wir holten unsere Decken und breiteten sie aus. Die beiden Engel kramten in ihren Taschen und brachten Wein, Brot, Weintrauben und Käse zum Vorschein, dazu eine Flasche einer blutroten Substanz. Meine Nackenhaare stellten sich auf, als Ash einen Schluck nahm.

Blut! Das musste Blut sein. Furchtbar. Welche arme Kreatur wohl dafür ihr Leben lassen musste.

»Willst du auch, Iz?« Ash hielt ihm die Flasche hin. Der ließ sich nicht zweimal bitten und nahm einen kräftigen Schluck.

»Sehr gute Qualität, war sicherlich etwas älter?« Izrail sah fragend zu Ash.

»Neunzig, knorrig und äußerst widerspenstig.«

Die beiden lachten.

Mir lief ein Schauer über den Rücken. Der Todesengel war also auch ein Vampir. Vandi hatte die Szene nicht mitbekommen, sie stand bei den Tieren.

Blut von älteren Menschen schien besonders bekömmlich. Widerlich! Ash wischte sich über den Mund.

»Wirklich lecker, der Aufwand hat sich gelohnt.«

»Sollte er, immerhin musstest du dafür gefällig werden.«

Gefällig? Waaassss..? Hatte er ... Nicht auszudenken! Meine Gedanken drifteten in eine Richtung, die mir nicht gefiel. Neunzig! Er stand auf Neunzigjährige. Schön. Soll er doch, interessiert mich nicht. Krankhaft.

Allerdings, in Anbetracht der Tatsache, dass er vermutlich selbst so alt war wie Methusalems Grab, war neunzig doch recht knackig. Wenn ich ihn so ansah, würde ich denken, er sei höchstens achtundzwanzig, genau wie Izrail.

Ich verscheuchte den Gedanken. Unvorstellbar. Er und eine Neunzigjährige, schweißnass auf einem Bett. *Bah.*

Ash sammelte einige Äste und türmte sie zu einem Haufen. Ein Fingerschnippen genügte, und das Holz brannte. Praktisch, wenn man solche Fähigkeiten besaß. Ich konnte nicht umhin, seinen wohlgeformten Hintern zu betrachten, genauso wie seine fein definierten Bauchmuskeln, die jedes Mal aufblitzten, wenn er sich in seinem Katzenshirt streckte. Die Jeans saß zu tief auf seinen schmalen Hüften, und das eng anliegende Shirt war ein wenig zu kurz. Aktuell bückte er sich, um noch ein paar Zweige nachzulegen. *Sabberst du, Star?*

»Frau! Wenn ich dir einen Hasen bringe, kannst du den zubereiten?«

Meinte er mich?

Ich drehte mich um, doch Vandi stand immer noch bei den Sleipnir und gab den beiden Möhren.

»Kannst du?« Diesmal sah er mich an.

»Natürlich. Wenn du mich nett bittest.«

»Frauen! Eine Plage, auf die ich ganz verzichten könnte.«

»Übertreibe nicht, Ash, es gibt auch einige Nützliche«, erwiderte Izrail.

Er setzte sich auf seine Decke und öffnete eine Flasche Wein. Sein rabenschwarzes Haar fiel ihm über die Schulter und bedeckte die Hälfte seines Gesichtes, sodass es für mich schwierig war, seine Worte zu deuten. Waren sie ernst gemeint oder sarkastisch? Ash traute ich alles zu, aber Izrail?

»Wir gönnen uns ein Fläschchen, wir müssen ja nicht mehr fliegen.« Iz lachte mal wieder über sich selbst. »Sláinte!«, sagte er in meine Richtung und setzte die Flasche an seinen Mund.

»Wäsche waschen und putzen kann ich auch selbst«, erwiderte Ash plötzlich.

»Und warum lässt du Danial für dich waschen und putzen? Du könntest ihm unter die Arme greifen, das tust du aber nicht. Deshalb streitet ihr auch ständig.«

Wer war jetzt Danial?

»Er ist ein Mann!«, gab Ash knurrend zurück.

»Aber er fühlt sich als Frau, das weißt du am besten. Du musst lernen, etwas sanfter mit ihm umzugehen, sonst läuft er dir eines Tages davon, und das Geheule ist groß.«

»Heulen? Als würde ich heulen. Ich habe ihn als Mann kennengelernt, nicht mein Problem, wenn er plötzlich Frauenkleider tragen will.«

Ich glaubte nicht, was ich da hörte. Abgesehen von dieser absolut mittelalterlichen und sexistischen Ansicht über Frauen – war Ash mit einem Mann zusammen?

»Tue doch nicht immer so cool. Natürlich wärst du am Boden zerstört. Wer sonst hält deine Launen aus, trägt dir den Hintern hinterher und hält dein Händchen, wenn du mal wieder in Depressionen verfällst? Ich bestimmt nicht.«

Die Augen des Todesengels funkelten verärgert. »Er ist halt zart besaitet und braucht deine Zuwendung. Es gibt Schlimmeres.«

Mein Herz brach ein Stück.

Ash war arrogant, gefährlich und unausstehlich. Trotzdem fühlte ich mich zu ihm hingezogen, ob es mir gefiel oder nicht.

Zu hören, dass er Männer bevorzugte, war ein Schlag, der mich tief traf. Es war so oder so aussichtslos, diese Schwärmerei. Gleichgültig, ob er Männer oder Frauen favorisierte. *Gestehe dir die Wahrheit ein, Star. Du bist mit Männern nicht kompatibel. Entweder sind sie nur deine Freunde oder sie sind Ash.*

Das traurige Gefühl in meiner Herzgegend verdrängte ich tief und fest in den hintersten Winkel meiner Seele. Ich konnte mir keine weitere Trauer leisten. Zu viel hing von unserer Mission und deren Erfolg ab.

»Können wir das Thema jetzt fallen lassen?«, erwiderte Ash und bedachte Izrail mit einem düsteren Blick.

Iz hob abwehrend die Hände.

»Ich sage ja nur. Von mir aus brauchen wir nie wieder darüber zu reden.« Er verschloss seinen Mund mit einem imaginären Schlüssel und warf ihn fort.

»Also, Star, kannst du einen Hasen zubereiten?«, fragte Izrail, um das Thema zu wechseln.

»Nein, kann ich nicht. Ich bin doch eine Frau, schon vergessen? Wir können nur putzen und waschen, sonst sind wir zu nichts zu gebrauchen.«

Ich drehte mich auf dem Absatz um und machte mich auf den Weg zu Vandi und den Sleipnir.

Ash lachte, und Iz rief mich.

Sie konnten mich mal, alle beide. Großer Gott. Der erste Mann in meinem Leben, den ich anziehend fand, war ein von sich eingenommener, snobistischer, frauenfeindlicher, präpotenter Gockel, der Männer favorisierte. Gratulation an mich selbst. Ach ja, und nicht zu vergessen, er war der Teufel höchstpersönlich. Was sagte das über mich aus?

»Antes, ich vermisse dich so sehr«, flüsterte ich und drängte meine Tränen zurück.

»Was ist los?« Vandandi musterte mich mit kritischem Blick.

»Ash und Iz sind Vollidioten.«

»Das ist nichts Neues, also was ist passiert?«

»Nichts, worüber es sich zu reden lohnt.« Ich setzte mich auf den Boden, neben Gisl und Snorri.

»Du kannst mit mir über alles sprechen, Star, ich hoffe, das weißt du?«

Konnte ich das? Sie hatte mich belogen. Seitdem war unser Verhältnis etwas problematisch. Die Billie aus Sanctum war meine Freundin, aber die Norne aus Thule war ein übernatürliches, fremdartiges Wesen, dem ich nicht wirklich vertraute.

»Du hast so viele Menschen verloren, dein Zuhause, deine Identität. Ich weiß, das ist nicht einfach. Und jetzt dieser Trip mit zwei irren Höllenengeln. Da würde jeder an seine Grenzen kommen. Auch ich.«

Sie setzte sich zu mir.

»Weißt du, es belastet mich, dass der Ausbruch der Gefallenen meine Schuld ist. Es sind so viele Menschen gestorben wegen meines Fehlers.«

In Vandis Augen glitzerten Tränen. Ich nahm ihre Hand und redete beruhigend auf sie ein.

»Wir werden in Elysion ankommen und sie aufhalten«, sagte ich so überzeugend, wie ich nur sein konnte. »Wir werden Daria finden und Damontiz töten.«

Würden wir das wirklich schaffen? Alles rückgängig machen und die Erde retten? Ich hoffte es mit der ganzen Kraft meines Herzens.

Eines konnten wir nicht zurückholen: die Verstorbenen. Die hunderttausend Töchter, Söhne, Väter und Mütter, die unter Damontiz‹ Hand gefoltert wurden und gestorben sind.

Die hunderttausend, die verhungert und erfroren sind. Genauso wenig wie Mom, meine Großmutter und Antes.

17.

Die letzten Sonnenstrahlen tauchten den Wald in ein unheimliches Zwielicht. Das wilde Flackern des Feuers sorgte zusätzlich für ein Gänsehautgefühl.

Ich ließ mir nichts anmerken, doch ich sah an jeder Ecke Schatten und imaginäre Wesen. Der moosige Geruch des Bodens vermischte sich mit dem des verbrannten Holzes, was meine Nerven ein wenig beruhigte.

Ash hatte wirklich einen Hasen gefangen und über dem Feuer gebraten. Izrail verspeiste gerade die letzten Reste.

Die beiden Engel tranken jeweils eine Flasche Wein und waren, vorsichtig ausgedrückt, deutlich angeheitert.

Auch Vandi trank Wein, ich dagegen blieb lieber nüchtern. Wer weiß, welches Monster sich in den Wäldern noch herumtrieb.

Daimos, Angeli? Oder noch andere Raubtiere, von denen ich noch nichts wusste.

Ash holte die Flasche mit der roten Substanz hervor und nahm einen Schluck.

»Willst du auch?«, fragte er Vandi.

»Beerenbrand?«, erwiderte sie.

Iz nickte.

»Ja, gerne.«

Also doch kein Blut.

»Darf ich auch?«

Ich wollte es probieren.

»Wenn du willst.« Ash grinste.

Der Beerenbrand roch nach Honig und Himbeeren, gemischt mit Minze und Alkohol. Ich nahm einen Schluck.

»Mmm, lecker.« Wirklich lecker. Nicht so stark, wie ich dachte, eher ein beeriges, leicht süßliches Bouquet.

Ich nahm einen weiteren Schluck, und Ash riss mir die Flasche aus den Händen.

»Bist du verrückt?«

Entgeistert sah ich ihn an.

»Was ist so schlimm daran? Die Flasche ist noch halb voll.«

Izrail grunzte. »Und du jetzt auch.«

Er rollte sich auf die Seite, um eine bessere Sicht auf mein Gesicht zu haben. »Merkst du schon was?«

Ich schüttelte den Kopf. Mir wurde lediglich ein wenig warm. »So stark kann das Zeug doch gar nicht sein.«

Zwei Minuten später entglitten meine Gesichtszüge. Mein Mund fühlte sich taub an, ich hatte das Gefühl, meine Augenlider und Wangen seien bleischwer. Meine Zunge wollte kein vernünftiges Wort formen.

Ich versuchte aufzustehen, doch meine Beine zitterten.

»Oh, jetzt weiß ich, was du meinst«, lallte ich. Seltsam war, dass meine geistigen Fähigkeiten zwar deutlich verlangsamt, aber zu einhundert Prozent vorhanden waren. Meine Schamgrenze schien jedoch sehr gelockert.

»Du bist high, high like the sky«, grölte Iz vergnügt. Seine silbrigen Augen funkelten wie zwei Sterne in der Dämmerung.

»Meine Lider sind so schwer«, nuschelte ich und versuchte auf allen vieren näher ans Feuer und somit zu den beiden Engeln zu kommen.

Ash beäugte mich amüsiert, so lange, bis ich nahe genug war und meinen Kopf in seinem Schoß bettete.

»Was soll das werden, Sternenkind?«

»Du riechst so gut. Gar nicht nach Schwefel. Sondern wie reiner, kalter Schnee, der direkt aus dem Himmel kommt, und mir ist heiß.«

»Star, du solltest dir vor Augen halten, mit wem du gerade auf Tuchfühlung gehst«, sagte die Norne warnend. »Du bist nicht Herr deiner Sinne.« Sie wirkte geradezu pikiert, wie man ihrer Miene deutlich ansah.

»Eifersüchtig, Vandi?«, konterte Ash.

»Das hättest du gerne, Lichtbringer. Aber danke, nein. Dein Ruf als Casanova und Herzensbrecher eilt dir voraus.«

Ich hörte ihre Worte, aber sie erreichten mich nicht. Ash fühlte sich viel zu gut an. Meine Augen schlossen sich, und ich kuschelte mich noch enger an ihn.

Er begann sanft, meine Kopfhaut zu massieren, was mir ein tiefes Schnurren entlockte. Sicher und geborgen waren die Worte, die durch meinen Kopf geisterten. Seltsam. Plötzlich saß ich an einem weißen Sandstrand. Überall standen Palmen. Das türkisfarbene Wasser schlug in sanften Wellen ans Ufer. Es war heiß, ein leichter Wind wehte und sorgte für etwas Abkühlung. Ash saß neben mir und sah mich an.

»Gefällt es dir hier?«, fragte er.

»Ja. Es ist wunderschön«, erwiderte ich begeistert und strahlte regelrecht.

»Das ist mein Zuhause. Ich vermisse es.« Am Himmel erschienen Drachen, die in Formation flogen und ein schrilles Pfeifen ausstießen, als sie uns entdeckten.

»Dein Zuhause? Ich dachte, du lebst irgendwo in der Hölle, in der Dunkelheit?« Seine Aussage überraschte mich.

Er antwortete nicht, doch auf seinen Lippen lag ein trauriges Lächeln. »Ich bin viel zu selten in meiner Heimat. Das Blutvergießen, die Grausamkeiten, die Intrigen, erschöpfen mich, machen mich müde. Kannst du das verstehen?«

»Und wie ich das verstehe.« Ich griff nach seiner Hand und verschränkte meine Finger in seinen.

»Nur kann ich es niemandem erzählen.«

»Warum nicht?«

»Weil ich sein muss, wer ich bin. Wir alle spielen eine Rolle, die uns zugeteilt wurde, ob sie uns gefällt oder nicht, Liebes.« Er sah mich an, sein Blick traf mich mitten ins Herz. Es lag so viel Verletzlichkeit, Einsamkeit und Sanftheit in ihm, dass mein Herz fast überquoll.

»Du bist etwas Besonderes, Star.«

Abrupt wurde ich aus dieser Welt katapultiert. Jemand hatte mich unter einen Baum gelegt und eine Decke über mir ausgebreitet. Mein Kopf lag auf Ashs Jacke. Das war kein Traum, ich hatte mit ihm geredet. Wo auch immer, oder wie auch immer er das anstellte. Es war dasselbe Gefühl, das ich in diesem »Kino« hatte. Es war real. Ich wusste es einfach.

Es dauerte ein paar Sekunden, bis sich meine Augen an die Dunkelheit gewöhnt hatten. Das Feuer war halb heruntergebrannt. Wo waren die anderen?

Gisl lag neben mir und schnarchte leise, Snorri lag daneben. Aber wo waren Vandi, Ash und Iz?

Nervös stand ich auf und ging ein paar Schritte in Richtung des Baches. Ein zarter Lichtschein erhellte den Weg. Jemand hatte Kerzen auf den Boden gestellt. Nein, nicht Kerzen. Kleine Äste, die im Erdreich steckten und brannten, ohne zu verbrennen. Auf ihren Spitzen tanzten weiße Flammen.

Ash, Iz und Vandi badeten gemeinsam im Bach. Das Wasser schimmerte unnatürlich blau. Fast, als hätte jemand eine Taschenlampe auf dem Boden verankert.

»Sieh mal, wer seinen Rausch ausgeschlafen hat. Unser Sternenkind«, rief Izrail gut gelaunt.

Ash wusch sich mit einer Seife die Haare und Vandi säuberte ihm den Rücken.

Träumte ich? »Was geht hier vor?«, fragte ich scharf und starrte die beiden an, als hätten sie ein Verbrechen begangen.

»Wir spielen: Wer stinkt mehr?«, erwiderte Ash sarkastisch.

»Oh, wie witzig. Während ich mutterseelenallein, ungeschützt in der Wildnis liege, veranstaltet ihr eine Orgie.«

»Du hast eine rege Fantasie«, gab Vandi angesäuert zur Antwort. »Wir haben gebadet, genau wie du vorhin.«

»In einem mit Egeln verseuchten Bach, wie angenehm.«

»Iz hat ein Kraftfeld aufgebaut, das die Egel nicht mögen, uns droht keine Gefahr.«

»Euch nicht, aber mir. Was, wenn mich ein Daimos oder Angeli angegriffen hätte, während ich bewusstlos war?« Meine Stimme klang biestig, und ehrlich gesagt wusste ich nicht, warum ich so reagierte. Fast, als sei ich eifersüchtig auf Vandi.

Ash verdrehte die Augen und tauchte unter, um sich die Seife aus den Haaren zu waschen.

»Die Sleipnir haben dich bewacht. Sie hätten sofort Alarm geschlagen. Also wirklich, Star, du führst dich auf wie ein Kind.«

Wütend stampfte ich zu meinem Schlafplatz zurück. Sie hatte ja recht. Ich kuschelte mich unter meine Decke und drehte mich auf die Seite. Warum war ich so verärgert? Über meine Gedanken sinnierend schlief ich wieder ein.

Als ich erneut erwachte, brannten meine Augen. Verwirrt sah ich mich um.

Es war stockdunkel, das Feuer war aus. Der Mond stand hoch am Himmel und spendete ein wenig fahles Licht, das sich durch das dichte Blätterdach der Bäume zwängte. Die Wärme in meinem Rücken ließ darauf schließen, dass jemand hinter mir lag. Ich griff vorsichtig hinter mich, um die Person zu ertasten.

»Hände weg«, murrte er. »Ich will schlafen.«

Ash! Er rückte näher an mich heran und legte seinen Arm über meine Taille.

Mein Hinterkopf berührte seine Brust, während mein Hintern gegen seinen Unterleib drückte. ER wollte schlafen! Kuschelte jedoch mit mir und löffelte mich!

»Könntest du dann wenigstens deinen Dolch aus meinem Rücken entfernen? Das drückt«, erwiderte ich flüsternd.

»Ich trage keinen Dolch.« Ash lachte leise, nahe an meinem Ohr, und verursachte mir eine Gänsehaut.

Röte schoss mir ins Gesicht. Heiß und wallend. Gott sei Dank war es dunkel.

Sein Geruch umhüllte mich wie eine warme Decke. Ich spürte die Hitze seines Körpers mit jeder Pore. *Atme! Denke an etwas anderes. Fische, Gurken. Nein, nicht Gurken. Tomaten, Knoblauch, Radieschen und Brokkoli, Sauerkraut und Katzen. Das halte ich nicht aus!*

»Was sagt denn dein Freund dazu, dass du mit einer Frau kuschelst?«, sagte ich lauter als beabsichtigt und drehte mich um. Auch keine gute Idee, denn jetzt sah ich direkt in sein Gesicht. Dieses überirdisch schöne Gesicht, das im fahlen Mondlicht fast wie ein Gemälde wirkte. Seine Haare fielen nach vorne über seine Schultern, einige Locken verdeckten seine Wange. Der Zwang, diese Haare einfach zur Seite zu streichen, wurde fast übermächtig.

»Mein Freund?«, flüsterte er. »Welchen meinst du denn?«

Er hatte also mehrere. »Danial, der, mit dem du lebst.«

Ash kicherte vergnügt. »Danial ist einer meiner Drachen.« Er stützte den Kopf auf seine Hand und sah mich an.

»Wie kann er ein Drache sein, wenn er putzt und wäscht und Frauenkleider trägt?«, erwiderte ich verunsichert.

»Genauso wie Fenris ein Wolf ist. Er ist ein Gestaltwandler. Eifersüchtig?«

Sein Grinsen wurde so breit, dass ich seine Zähne sogar in der Dunkelheit erkennen konnte.

»Warum sollte ich eifersüchtig sein?«, erwiderte ich mürrisch über meine eigene Dummheit.

»Sag du es mir, Sternenkind«, gab er ernster zurück.

»Nenn mich nicht so, Dunkelfürst.«

Ich würde keinesfalls auf seine Frage antworten.

»Vergiss das nie, Star!«

»Was meinst du?«

»Wer ich bin.« Seine Miene verdüsterte sich. »Falls dir dein Herz etwas bedeutet, verschwende es nicht an mich, denn das würdest du teuer bezahlen.«

»Ich weiß, dass du in meinen Träumen warst. Behaupte nicht, es stimme nicht, denn ich weiß es ganz genau. Du trägst eine Maske.«

Er sah mich lange an. »Pass auf dein Herz auf.«

Er drehte sich einfach um, ohne mich noch einmal anzusehen. Tolle Unterhaltung. Danke, Ash, dachte ich verdrossen. Als hätte irgendjemand Kontrolle über sein Herz. Der König der Hölle, bestimmt. Eine tolle Anmache. Ich war ganz begeistert über seine Worte. Aber er hatte recht.

Ich hatte vergessen, wer er war. Luzifer, der gefallene Engel. Der Verführer, Trickser und Lügner. Ein Mann ohne Moral, dem man nicht trauen konnte, dem man sein Herz und seine Seele nicht schenken durfte.

»Keine Sorge, Ash, du bedeutest mir rein gar nichts«, erwiderte ich und drehte mich deprimiert auf die andere Seite.

Der nächste Morgen verlief hektisch. Izrail hatte den Sklaventreiber ausgepackt und nervte uns mit seiner Eile.

»Seht zu, dass ihr fertig werdet! Iss nicht so langsam! Das Wetter kippt! Die Sleipnir grasen zu lange!«, waren nur einige der Meckereien, die aus seinem Mund kamen.

Er hatte äußerst schlechte Laune, und ich fragte mich, warum. Ich vermied jeden Blickkontakt zu Luzifer.

Es regnete, was zu meiner trüben Stimmung passte. Wenigstens schützte mich der Umhang ein wenig. Meine Begleiter hatten sich wieder in biedere Kaufleute verwandelt, als wir uns aufmachten, den restlichen Weg nach Gehenna zurückzulegen.

Es konnte nicht mehr weit sein, denn überall am Wegesrand trafen wir auf Pfähle, auf denen Engel- und menschliche Schädel steckten. Totenköpfe, Schrumpfköpfe, halb verweste Köpfe und frische Köpfe. Himmel noch mal, wie ekelhaft.

»Lieber Gott, Amon scheint ein ernsthaftes Problem zu haben«, sagte Vandi.

»Das war nicht Amon.« Izrail betrachtete die Schädel genauer. »Sieh mal, die Köpfe wurden abgetrennt, nicht abgerissen. Fein säuberlich abgeschnitten, mit einem Schwert oder Ähnlichem.«

Was wollte er damit sagen? Dass Amon Köpfe abriss?

»Und was meinst du, wer das war?«

Izrail schüttelte den Kopf.

»Keine Ahnung, vielleicht irgendwelche Gangs?«

Luzifer schnaubte. »Gangs? Welche Gangs? Ein Rudel Menschen, die Engel und Menschen abschlachten?«

»Aber warum sollten sie das tun? Und dann so nahe an Gehenna?«, gab ich zurück.

»Ich weiß es nicht. Vielleicht soll das eine Warnung sein. Noch haben wir die Grenze zu Gehenna nicht überquert. Also ist Amon hier nicht zuständig«, erwiderte Iz.

»Aber wer dann?«, fragte ich.

»Damontiz. Das ganze Gebiet gehört noch zu Sanctum. Allerdings kümmert er sich nicht darum, also ist es Niemandsland«, erklärte Ash.

Niemandsland? Im Niemandsland lebten die Rebellen. Eine grauenhafte Ahnung machte sich in mir breit. Waren wir auf ein Rebellenlager gestoßen? Vielleicht lebten sie hier in den Wäldern am äußersten Punkt von Sanctum. Das würde erklären, warum sie von Damontiz Soldaten weitestgehend unentdeckt geblieben waren. Aber aufgespießte Köpfe? Vielleicht war das meine erste Chance, Antes Mörder zu finden? Einen Teil hatten Ashs Drachen gefressen, aber sie haben nicht alle erwischt.

Aufregung erfasste mich. Daria finden, Damontiz töten, Rebellen finden. Die Reihenfolge musste ja nicht unbedingt eingehalten werden.

»Ich würde mich hier gerne ein wenig umsehen«, sagte ich beiläufig, darauf gefasst, auf Widerstand zu stoßen. Zu meiner großen Überraschung stimmten Ash und Izrail mir zu. Nur Vandi wirkte wenig begeistert von der Idee.

»Dann werde ich Fenris hinzurufen. Wer weiß, was oder wer hier in den Wäldern verborgen lebt.«

Izrail sah sie irritiert an. »Glaubst du, wir sind nicht in der Lage, was auch immer hier wohnt, alleine zu bekämpfen?«

»Darum geht es nicht. Er ist viel besser darin, eine Witterung aufzunehmen.«

Der Wolf manifestierte sich bereits, noch ehe die Norne zu Ende gesprochen hatte.

In seiner menschlichen Form wäre er mir fast lieber gewesen als in dieser riesigen Wolfsgestalt.

»Ah, der Königspudel ist da«, begrüßte Ash ihn sarkastisch.

Fenris knurrte und zeigte seine langen Fangzähne.

»Reißt euch zusammen. Wenigstens für die paar Minuten!«, forderte Vandi mit Nachdruck.

Innerlich seufzte ich. Das würde niemals gut gehen.

Luzifer führte uns auf einem schmalen Pfad in den Wald hinein. Ein süßlicher Geruch stieg uns in die Nase, vermischt mit dem harzigen Duft von Tannen und Kiefernholz. Der Boden war kaum auszumachen, verdeckt von Bodennebel, der sich endlos weit ausbreitete. Irgendwo rief eine Eule, und eine zweite antwortete prompt. Das war kein Wald, sondern ein Dschungel. Überall wuchsen Brombeerbüsche, Brennnesseln, riesige Farne und dichtes Buschwerk, soweit das Auge reichte.

Auch hier fanden wir aufgespießte Köpfe. Weit und breit keine Menschenseele, nur die Toten, die uns mit ihren maskenhaften Gesichtern anstarrten.

Fenris lief jetzt vor. Er führte uns nach rechts, nach links, immer tiefer in den undurchsichtigen Wald.

Wir liefen etwa eine halbe Stunde, als wir plötzlich vor einem massiven Holztor standen, das zwischen zwei Bäumen eingefasst war. Ich ging ein Stück weiter und stellte fest, dass hier ein ganzes Grundstück von hohen Holzzäunen umgeben war. Die Stille um uns herum wirkte unnatürlich.

Der Wolf verwandelte sich zurück. »Hier leben sie«, sagte er ohne weitere Begrüßung.

»Hier lebt wer?«, erwiderte Ash und zog fragend eine Braue hoch.

»Diejenigen, die Star sucht.« Fenris sah mich mit seinen gelben Augen an. »Sie sind alle hier«, fügte er hinzu und nickte mir zu.

Woher wusste er, dass ich die Rebellen suchte?

»Du suchst also jemanden? Wann wolltest du uns das denn mitteilen?« Ash wirkte erbost.

»Danke, Fenris«, erwiderte ich, ehe ich mich dem großen Dunkelfürsten zuwandte. »Muss ich dir alles erzählen? Wühl doch in meinem Kopf, das kannst du doch so gut.«

»Wie du willst!«

Er fackelte nicht lange und kam direkt auf mich zu, legte seine Hand auf meinen Kopf und sah mich mit einem hypnotisierenden Augenaufschlag an. Ich spürte ein leichtes Prickeln, eine sanfte Energie, die sich um meine

Gedanken legte. Wehren war zwecklos. Meine Beine gaben nach, und Ash fing mich auf.

»Du Schuft«, wisperte ich.

»Ich kann mir keine Geheimnisse und Komplikationen leisten, Liebes. Du hättest es mir sagen müssen, zu unser aller Sicherheit.«

»Es reicht!«, knurrte Fenris. »Lass sie los!«

»Halte dich daraus, Wölfchen«, mischte sich Izrail ein. Er baute sich vor Fenris auf, und die beiden Männer funkelten sich böse an.

»Ist schon gut«, sagte Vandi zu meiner Überraschung. »Luzifer hat recht. Jetzt ist keine Zeit für Eskapaden oder Alleingänge.«

Ash stellte mich zurück auf die Füße. Meine kurze Benommenheit verschwand so schnell, wie sie gekommen war.

»Es tut mir leid, Star. Ich mach das nicht gerne.«

»Und doch hast du es getan.« Ich drehte mich um und ging ein Stück in Richtung des Holztores. *Weine jetzt bloß nicht!* Ich fühlte mich gedemütigt und entblößt. Kannte er jetzt alle meine Geheimnisse, Gefühle und Gedanken?

»Es tut mir leid«, flüsterte er. Ash war hinter mich getreten. Er legte eine Hand auf meine Schulter. »Ich passe nur auf dich auf.«

»Ha! Ich brauche keinen Aufpasser, und schon gar keinen, der in meinem Hirn herummanipuliert und meine Gedanken liest!«

»Nur diese Gedanken. Sonst nichts.«

»Oh, danke, dass du mich geistig nicht völlig ausgezogen hast!«

»Du hättest mir sagen können, dass du Antes Mörder finden willst. Und geistig ausziehen? Ich bevorzuge die physische Variante, Liebes.«

Ich ließ ihn stehen, atmete dreimal tief durch und gesellte mich zu den anderen.

Izrail begutachtete derweil das Tor und entschloss sich, zu klopfen. Oder besser gesagt, er hämmerte mit seinen Fäusten gegen das Holz. Oberhalb des Tores erschien der Kopf einer Frau. Sie war jung, etwa in meinem Alter, und hatte ein ausgesprochen hübsches Gesicht. »Wer seid ihr, und was wollt ihr?«, fragte sie schroff.

»Wir sind Kaufleute auf der Durchreise und bitten darum, hier Rast machen zu dürfen«, erwiderte Iz.

»Ihr wollt hier rasten? Willst du mich auf den Arm nehmen, du Vogel? Hast du die Köpfe nicht gesehen, oder bist du blind?«

Ash biss sich auf die Lippen. »Ist das euer Werk?«, fragte er ruhig.

»Das geht dich nichts an! Verschwindet, ehe ihr es herausfinden werdet!«

Der Frauenkopf verschwand hinter dem Tor. Ash und Izrail zeigten sich wenig beeindruckt und hämmerten erneut gegen das Holz. Diesmal öffnete sich eine Tür, die in das Tor eingefasst war. Die junge Frau trat heraus. In ihrer rechten Hand hielt sie ein Schwert, in der linken einen Dolch.

»Ich sagte, verschwindet! Oder seid ihr lebensmüde?«

Ihre Stimme klang gepresst, während sie immer wieder über ihre Schulter schaute, als würde sie jemanden erwarten.

»Wir sind müde und wollen uns nur ausruhen. Vielleicht habt ihr ein sicheres Plätzchen für uns?«, mischte sich Vandi ein.

Die Frau wollte gerade antworten, als hinter ihr eine Stimme erklang.

»Wer ist da, Aria?«

Ein Mann mittleren Alters mit angegrauten Haaren, einem Schnauzbart und dunklen Augen erschien im Türrahmen. Er blickte misstrauisch in die Runde, doch wir wirkten harmlos. Vandi wiederholte unser Anliegen, und diesmal wurden wir hereingebeten.

»Ich werde mir hier draußen noch ein wenig die Beine vertreten und komme später dazu«, warf Fenris ein.

Der Mann räusperte sich. »Man sollte hier nicht alleine herumlaufen. Im Wald wimmelt es vor Daimos und Angeli.«

»Keine Sorge. Ich kann schon auf mich aufpassen.«

»Wie du willst. Gut möglich, dass wir später niemanden mehr hereinlassen.«

»Dann werde ich hier draußen übernachten. Mir macht das nichts aus. Also, bis später oder bis morgen.« Er bedachte die Norne mit einem wissenden Blick und trollte sich.

Ich staunte nicht schlecht, als ich sah, was sich hinter dem Zaun befand: ein kleines Dorf mit mehreren einfachen Holzhäusern, einer Schmiede, einem Bäcker und Metzger, einer Schenke und einem Dorfbrunnen.

»Ihr könnt euch in der Schenke etwas zu essen und zu trinken geben lassen, danach verschwindet ihr!«, sagte der Mann abweisend. »Wir mögen keine Fremden hier.« Er führte uns zum Wirtshaus.

»Was ist das für ein Dorf?«, fragte ich so arglos wie möglich.

»Ein Dorf eben«, erwiderte er wortkarg.

Einige Bewohner kamen aus ihren Häusern, um uns in Augenschein zu nehmen. Ihre Blicke waren feindselig und voller Argwohn. Mir fiel auf, dass jeder hier eine Waffe trug. Ihre Bekleidung ähnelte den Uniformen der Armeen in Sanctum. Es waren Rebellen. Dessen war ich mir sicher.

In der Schenke angekommen, war die Begrüßung frostig. Eine Frau bediente uns. Drei Männer saßen an einem der Nachbartische und spielten Karten. Das Wirtshaus war ein schlichtes Holzhaus mit einer gezimmerten Theke und drei Tischen mit einfachen Holzstühlen. Es duftete nach gekochten Hühnchen und Zwiebeln.

Wir setzten uns und bestellten Bier sowie Brot und Suppe. Die Männer beäugten uns, während sie sich scheinbar auf ihr Spiel konzentrierten.

»Dürfte ich mal euer Bad aufsuchen?«, rief ich der Wirtin zu.

»Da hinten links.« Sie zeigte auf eine schmale Tür neben dem Tresen.

»Ich begleite dich«, sagte Ash.

»Ich kann auch alleine zur Toilette gehen.«

Er schüttelte den Kopf. »Nein, kannst du nicht.«

Wir verschwanden durch die Tür, die in einen Hof mündete. Drei Meter weiter stand ein Toilettenhäuschen. Ash wartete brav, bis ich fertig war.

»Glaubst du, diese Leute haben die Köpfe aufgespießt?«, fragte ich ihn.

»Wer sonst? Mit diesen Leuten stimmt etwas nicht. Die Frage ist, was – abgesehen davon, dass sie zu den Rebellen gehören.«

»Ich bin mir dessen nicht sicher«, beeilte ich mich zu sagen. Wer weiß, was er mit diesen Leuten anstellen würde. Furchtbar, wenn sie unschuldig wären.

»Aber ich bin mir sicher. Und ich denke, da steckt noch viel mehr dahinter.«

»Warte ab, ehe du etwas unternimmst. Wir werden es herausfinden. Bitte.«

»Habe ich etwas getan? Nein. Also, beruhige dich.«

Als wir zurückkehrten, aßen Iz und Vandi bereits. Aus den Augenwinkeln beobachtete ich, wie mehrere Männer die Schenke betraten und sich an der Theke versammelten. Sie unterhielten sich leise und beäugten uns misstrauisch.

Zwei kamen auf uns zu und bauten sich vor uns auf. Vier Weitere folgten ihnen mit etwas Abstand.

»Ihr kommt mit uns!« Der Mann, der mit uns sprach, war groß und trug einen schwarzen Kampfanzug. An seiner Seite hingen ein Schwert und mehrere Kampfmesser. Seine blassgrünen Augen standen im Kontrast zu seinem roten Haarschopf.

»Warum sollten wir das tun?«, fragte Ash mit sanfter Stimme und schob ein weiteres Stück Brot in seinen Mund.

»Weil ich es euch sage!«

»Und wer bist du, dass du etwas zu sagen hast?«, gab Izrail unbeeindruckt zurück.

»Steht auf!«

»Also wenn er so nett fragt, sollten wir seiner Bitte nachkommen«, antwortet Ash und warf Izrail einen bedeutsamen Blick zu.

»Vorwärts!« Der Mann schubste Ash, der keine Miene verzog und weiterhin in der Rolle des biederen Kaufmanns blieb.

Sie brachten uns in ein Haus an der äußersten Ecke des Grundstücks, weit ab von der Schenke und der Wohnsiedlung.

»Sagst du uns, was wir verbrochen haben?«, wandte sich Iz an den offensichtlichen Anführer.

»Ihr seid hier aufgetaucht.«

Wir wurden in den Keller geführt, der eine Zelle beherbergte.

»Rein da!« Der Mann schloss die Tür, und wir blieben allein zurück.

»Das ist doch gut gelaufen«, sagte Ash zu Iz.

»Besser geht's nicht. Mal sehen, welches Geheimnis die Leute hier verbergen«, erwiderte er und rieb sich die Hände.

»War das euer Plan?«, fragte ich gereizt.

»Nein, aber jetzt kommen wir dem Ganzen auf die Spur.«

Vandi ließ sich zu Boden sinken.

»Schauen wir mal, wie lange wir hier sitzen müssen.«

Die Zeit kroch dahin. Hier unten gab es kaum Licht; nur ein kleines Fenster von der Größe einer Schuhschachtel sorgte für ein wenig Helligkeit.

»Was haben die mit uns vor?«, fragte ich nach einer gefühlten Ewigkeit.

»Ich denke, unsere Köpfe sollen der neue Baumschmuck werden«, erwiderte Iz und lachte.

»Witzig, Iz. Ganz witzig«, erwiderte Vandi und verdrehte die Augen.

»Kein Witz. Ich wette, das haben sie vor«, gab er zurück.

»Aber sie glauben, wir sind Menschen und nur Durchreisende. Warum sollten sie uns töten? Wir haben nichts getan«, warf ich in die Runde.

Wenn es Rebellen waren, hassten sie Engel, nicht Menschen. Andererseits waren auch Menschenköpfe unter dem Baumschmuck, wie Iz es nannte.

»Wart's ab«, gab Ash breit lächelnd zurück. Wusste er etwas, das ich nicht wusste? Langsam beschlich mich eine seltsame Unruhe.

»Ich will hier raus!«, sagte ich an Ash gewandt.

»Nur noch ein wenig Geduld, es dauert nicht mehr lange.«

Woher wusste er das? Teufelssinne? Etwa eine Viertelstunde später hörte ich Schritte über uns. Zwei Männer kamen die Treppe hinab und führten uns in einen Nachbarraum. Der Raum war bis zur Decke mit weißen Fliesen ausgelegt. Drei weitere Männer erwarteten uns. Sie trugen Schusswaffen.

»Also, was wollt ihr hier?«, fragte eine Stimme, die nicht zu den dreien gehörte, die vor uns standen.

Eine kleine Tür öffnete sich, und jemand betrat das Zimmer. Meine Beine gaben nach, und ich glaubte, ohnmächtig zu werden.

Vor mir stand Antes Leden! Ganz in schwarzes Leder gekleidet und bis an die Zähne bewaffnet.

»Star?« Seine Augen wurden groß, als er mich erkannte. »Star, das kann doch nicht sein.«

Ich ließ mich zu Boden sinken, denn meine Beine trugen mich nicht mehr. Antes fing mich auf.

»Sie haben gesagt, du seist tot«, flüsterte ich.

»Du kennst sie?«, fragte der Mann, der uns verhaftet hatte.

»Ja. Ich kenne sie.« Antes stützte mich, sodass ich sitzen konnte. »Kommt, wir gehen nach oben.«

Er trug mich die Treppe hinauf. Vandi, Ash, Izrail und einige der Männer folgten. Er legte mich auf eine Couch und befahl seinen Männern, uns Wasser zu bringen.

»Wieso lebst du?«

Ich konnte noch immer nicht glauben, was meine eigenen Augen sahen.

»Ich bin vor der zweiten Explosion hinausgelaufen.«

Antes blickte nach unten, und in seiner Miene las ich Bedauern.

»Aber warum bist du nicht zu mir gekommen? Ich glaubte, du seist gestorben. Wir alle glaubten das.« Meine anfängliche Überraschung verwandelte sich in Zorn. »Was geht hier vor, Antes?«

Ash mischte sich ein.

»Ja, sag es ihr! Sag ihr, dass du zu den Rebellen gehörst. Dass du einer ihrer Anführer bist. Sag ihr, dass du ihr Leben riskiert hast, für die Sache. Dass du sie all die Jahre belogen hast. Ach, und vergiss nicht, ihr zu sagen, dass ihr von Damontiz bezahlt werdet!«

»Halte den Mund!«, brüllte Antes, seine Gesichtszüge voller Hass.

»Ist das wahr?«, flüsterte ich.

Er presste die Lippen aufeinander und vermied es, mich anzusehen.

Das konnte nicht wahr sein. All das war nur ein böser Traum. Gleich würde ich aufwachen, in den Sternenhimmel starren, mit Vandi, Ash und Iz am Lagerfeuer sitzen und Hasenbraten essen. Wir würden scherzen und Beerenbrand trinken. Tränen verschleierten meine Sicht. »Das ist doch nicht wahr? Antes?«

Er sank in einen Sessel und vergrub das Gesicht in den Händen. Seine Männer schickte er mit einem einzigen Satz vor die Tür.

»Die Engel sind eine Pest, Ausgeburten der Hölle, und sie müssen bekämpft werden! Ja, es erfordert leider auch Menschenopfer, und ja, Damontiz bezahlt für einige Gefälligkeiten, aber wir sind bereit, die Verantwortung zu tragen und die Last zu schultern, um die Welt zu befreien. Auch Damontiz wird sterben, wenn die Zeit gekommen ist«, erklärte er sichtlich aufgewühlt.

Ich schluckte schwer. Mein geliebter Freund war ein Mörder, der zig Menschenleben für die Sache opferte, in einem Kampf, von dem er genau wusste, dass er aussichtslos war. Er ließ sich von dem Mann bezahlen, der meine Familie umgebracht hatte. Meine Hand traf Antes mitten ins Gesicht.

»Das habe ich wohl verdient.«

»Du hast noch etwas ganz anderes verdient«, schrie ich und schlug erneut zu. Meine Wut, mein Schmerz explodierten in mir. Ich erbrach mich schwallartig. Mein Gehirn konnte die Wahrheit nicht so schnell verarbeiten. Meine Nerven pulsierten unter der Haut, kribbelten bis in meine Zehenspitzen.

Antes wischte mein Erbrochenes weg und reichte mir ein frisches Glas mit Wasser.

»Ruhe dich erst einmal aus, Star. Wir können später reden.«

»Wofür bezahlt Damontiz dich?«. Ich ignorierte seinen Vorschlag. So leicht würde er aus dieser Nummer nicht rauskommen.

»Spionage und Attentate in den anderen Königreichen. Im Gegenzug konnten wir einiges an Informationen sammeln.«

»Er bezahlt also auch dafür, dass ihr in Sanctum Menschen und Engel tötet?«

Antes schüttelte den Kopf. »Er weiß nicht, dass wir dafür verantwortlich sind. Alles, was er weiß, ist, dass es mehrere Einheiten von Rebellen gibt. Er vermutet, dass die anderen Herrscher sie genauso benutzen wie er uns. Es ist fast schon lustig, wie dumm er ist.«

»Warum, Antes? Warum hast du mir nichts gesagt?«

»Was hätte ich dir sagen sollen, Star? Du hättest es nicht verstanden. Wie oft hast du über die Rebellen und ihre Methoden geschimpft? Du verachtest das, was wir tun. Du hättest auch mich verachtet.«

»Du hast mein Leben riskiert, einfach so. Das Leben aller, die dort waren. Menschen, die nur etwas Essen wollten und den Schreck des Tages hinter sich lassen wollten.«

»Hättest du dich nicht auf diese Pest von Engel gestürzt, wäre dir nichts passiert. Ich liebe dich, Star. Das habe ich immer. Ich wollte nicht, dass dir etwas geschieht.« Er lehnte sich vor. Seine Hände zitterten leicht.

Tränen rannen über meine Wangen. Er liebte mich? Und betrog mich seit Jahren. »Das ist keine Liebe«, wisperte ich. »Du hast dich nicht mal umgesehen. Bist einfach fortgegangen.«

»Ich glaubte, du seiest tot«, flüsterte er. »Einer meiner Leute sagte, dass es keine weiteren Überlebenden gab und dein Name nicht unter den Verletzten zu finden war. Glaubst du, ich hätte dich einfach so alleingelassen?«

Schmerz und Schuld verdunkelten seine Augen. Antes sagte die Wahrheit, das konnte ich spüren.

Er legte einen Arm um meine Schulter, doch ich entzog mich seiner Berührung. »Star, bitte, das musst du mir glauben. Du warst der einzige Grund, warum ich noch in Sanctum blieb.«

»Ich möchte gehen, sofort!« Ich hatte genug. Mein Herz konnte nicht mehr ertragen. Nichts von alledem war für mich greifbar. »Ich habe dich scheinbar nie gekannt. Der Mann, den ich glaubte zu kennen, wäre zu so etwas nicht fähig gewesen.«

»Nein! Bitte, bleibt wenigstens bis morgen«, seine Stimme klang flehentlich. »Lass uns später weiterreden, wenn du dich etwas beruhigt hast. Esst etwas und ruht euch aus. Es gibt noch vieles, das ich dir gerne sagen würde.«

»Glaubst du, ich will noch etwas hören?«

»Das willst du hören.« Antes stand auf, seine Augen schimmerten verräterisch. »Ich werde euch etwas zu essen und zu trinken bringen lassen. Ihr könnt hier übernachten.«

18.

Ash starrte aus dem Fenster und beobachtete das Treiben auf dem Hof. Antes hatte Wort gehalten und uns Speisen und Getränke gebracht. Ich war mir nicht sicher, was ich als Nächstes tun wollte. Eine Nacht bleiben und hören, was er noch zu sagen hatte, oder das Weite suchen und ihn einfach vergessen? Meine Gedanken drehten sich im Kreis. Es war so unwirklich. Ein Teil meines Verstandes konnte und wollte es nicht glauben, geschweige denn mein Herz.

Der Kummer fraß mich auf.

»Er wird uns nicht gehen lassen«, sagte Ash plötzlich.

»Wie kommst du darauf?«

»Er kann das Risiko nicht eingehen«, gab Izrail zur Antwort. Er saß auf der Couch und knabberte an einem Hühnerbein. Vandi schlief zusammengerollt wie eine Katze neben ihm.

»Er wird uns also töten?«, erwiderte ich tonlos. Zumindest würde er es versuchen. Er hatte keine Ahnung, wer Ash, Vandi und Izrail wirklich waren. Alles, was er sah, waren harmlose Kaufleute.

»Sie werden uns anbieten, hierzubleiben und mit ihnen zu kämpfen. Lehnen wir ab, hat er keine andere Wahl.« Ash sah mich an. In seinem Blick lag Bedauern.

»Verstehe. Was habt ihr vor?« Musste ich diese Frage wirklich stellen? Eigentlich wusste ich doch genau, worauf es hinauslaufen würde.

Ash sagte nichts. Das war mir Antwort genug.

»Du wirst ihm nichts tun, hörst du?«

»Wenn ich es vermeiden kann, lasse ich ihn am Leben. Heißt es er oder wir, werde ich keine Sekunde zögern.«

Das durfte alles nicht wahr sein. Antes hatte mich zutiefst verletzt und sein Verhalten schockierte mich, aber seinen Tod wollte ich nicht.

»Wir könnten heute Nacht abhauen«, erwiderte ich.

»Er lässt uns bewachen.«

»Dann fliegen wir«, sagte ich verzweifelt.

»Star, dein Freund hat wirklich böse Dinge getan. Er gehört genauso aufgehalten wie Damontiz und seine Bande«, antwortete Izrail leise. »Er ist ein Fanatiker, der über Leichen geht. Er würde uns töten, falls du das vergessen hast. Er hat viele Menschen auf dem Gewissen.«

Die beiden hatten recht. Aber trotzdem, konnte ich ihn nicht töten lassen.

»Ihr habt das schon entschieden, und egal, was ich sage, ihr werdet eure Meinung nicht mehr ändern. Als ob uns das besser machen würde als sie. Töten ist töten, egal aus welchem Grund.«

Ash und Iz sahen sich an. »Wir werden bis morgen warten und sehen, ob er seine Absichten ändert. Das kann ich dir versprechen«, antwortete Ash.

»Als ob er über Nacht seine Lebensauffassung ändert und plötzlich alles bereut. Kannst du ihn nicht irgendwo hinschicken? Sie alle einsperren?«

»Er liebt dich wirklich. Vielleicht überlegt er es sich.«

»Unsinn. Du bist so mächtig, es muss doch eine andere Möglichkeit geben?«

»Die gäbe es«, erwiderte er leise ... »In der Hölle. Willst du das? Soll ich das gesamte Dorf in den Tartaros oder nach Abbadon verbannen? Lebend?«

»Ja!«, sagte ich, ohne nachzudenken. Hauptsache, es gab keine weiteren Toten.

»Bist du dir ganz sicher?«, fragte Izrail eindringlich.

Nein, war ich nicht. Ich hatte keine Ahnung, wie die Hölle aussah, geschweige denn, was sie dort erleiden würden. »Da werden sie doch so oder so landen, nicht wahr?«

»Aber erst nach ihrem Tod, nachdem sie die Möglichkeit hatten, zu bereuen und vor das göttliche Gericht zu treten, nicht als lebende Wesen. Willst du diese Schuld auf dich laden?«

»Mach es!« Wollte ich das wirklich? Was wusste ich schon über Gottes Gesetze? »Ich will nicht, dass ihr sie alle tötet«, schluchzte ich.

»Es gibt Schlimmeres als den Tod. Das kannst du mir glauben, Liebes.« Ashs Miene wirkte düster.

»Schlafe eine Nacht darüber. Wir warten bis morgen, ergänzte Izrail und sah mich mitleidig an.«

Schweigend stand ich auf. Ash hatte recht, ich sollte erst einmal zur Ruhe kommen und nachdenken. »Ich werde mir ein wenig die Beine vertreten. Er hat uns ja nicht verboten, rauszugehen.«

»Ich komme mit. Keine Widerrede.«

Es war mir zu anstrengend, mit ihm zu streiten, also hielt ich meinen Mund.

»Hoffentlich ist mit Fenris und den Sleipnir alles in Ordnung.«

Vandi öffnete die Augen. »Mach dir keine Sorgen, sie sind okay. Sie werden draußen auf uns warten.«

Wie lange sie wohl schon zugehört hatte?

Wir verließen das Gebäude. Vor der Tür erwarteten uns vier Männer, die nicht gerade begeistert dreinblickten, als wir das Haus verließen. Sie trugen Schusswaffen, Schwerter und Äxte. Wir ignorierten sie und gingen geradewegs auf den Brunnen zu. Zeit, das Dorf ein wenig genauer in Augenschein zu nehmen. Bei näherer Betrachtung war ich ziemlich überrascht, wie gut hier alles organisiert war. Es gab sogar eine Waffenschmiede – oder so etwas Ähnliches.

Ein jüngerer Mann mit Vollbart saß draußen vor der Tür und schliff einige Schwerter. Im Haus saßen mehrere Menschen und arbeiteten an etwas. An der Wand hingen Gewehre und andere Schusswaffen, Schwerter und Dolche,

Äxte, Pfeile und Bögen. Es roch nach Schwefel und Pfeffer. Bauten sie an einer Bombe?

Ash zog mich weiter, und zum ersten Mal fiel mir auf, dass an der Umzäunung überall Wachen platziert waren. Wie viele Leute lebten hier? Es mussten eine Menge sein. Luzifer lief neben mir in seiner Kaufmannsmaskerade und sah ziemlich gelangweilt aus. Wahrscheinlich hatte er bereits das ganze Dorf mit seinen Teufelssinnen vermessen und genaustens analysiert.

»Wie viele Menschen leben hier?«, fragte ich leise.

»Etwa zweihundert.« Er blickte mich an. »Das Lager ist größer, als du denkst. Es gibt noch Bunker aus der alten Zeit.« Er zeigte auf einen Hügel am Ende des Platzes. »Dort leben Antes und seine engsten Waffenbrüder. Geschützt, tief unter der Erde.«

»Ich habe ihn scheinbar nie gekannt.«

»Du hast eine Seite gekannt. Jeder hat mehrere Facetten, gute und schlechte Seiten. Er ist von seiner Sache überzeugt. Was ich nur nicht verstehe, ist, warum ihm Menschenopfer egal sind. Da passt etwas nicht zusammen.«

Ash hatte recht, das passte so gar nicht zu Antes. »Du weißt doch immer alles, liest Gedanken, also was ist es?«

»Ich lese keine Gedanken, so wie du dir das vorstellst. Ich lese die Seelen und Energiefelder. Da gibt es einen riesigen Unterschied. Wenn ich einzelne Gedanken extrahiere, brauche ich körperlichen Kontakt zu der Person.«

Verwundert über seine Offenheit sah ich ihn an. Diese Kaufmannsgestalt passte so gar nicht zu dem wunderschönen Mann, der unter der Illusion steckte.

Mit einem Mal hatte ich das Bedürfnis, nach seiner Hand zu greifen, meine Finger in seinen zu verschränken, ihm einfach nahe zu sein. Er gab mir Sicherheit, so verrückt das auch klingen mochte. Je näher ich ihn kennenlernte, umso überraschter war ich, wie viele Facetten er besaß. Sarkasmus, Zynismus, Härte, Distanziertheit, und dann waren da Momente der Verletzlichkeit und Ernsthaftigkeit, die er scheinbar nur selten zeigte. Ein komplexes männliches Wesen. Unvermittelt grinste ich. Männer und komplex? Luzifer, der Teufel, verletzlich? *Wow. Star, ein weiterer Beweis, dass du eine schlechte Menschenkenntnis besitzt.* Aber dennoch, hinter seiner Fassade lag mehr, als man vermuten würde.

Wir schlenderten noch eine Weile durch das Dorf, bis wir schließlich zurück am Haupttor waren. In dem Moment erschien Antes mit einer Frau an seiner Seite. Er wirkte überrascht, als er uns beide erblickte.

»Star«, sagte er, und seine Augen verengten sich leicht, als er Ash in seiner Maskerade neben mir bemerkte. Die Frau an seiner Seite sah uns aufmerksam an. Sie war etwa in meinem Alter, mit schulterlangem, dunklem Haar, dunklen Mandelaugen und einem forschenden Blick, der mich regelrecht sezierte.

»Wer ist das?«, fragte ich, und Antes Gesichtsausdruck verhärtete sich kurz.

»Das ist Elena«, erklärte er schließlich. »Meine rechte Hand.«

Er klang angespannt, und Ash versteifte sich. Was ging hier vor? Hatte er eine Freundin? Oder sogar eine Ehefrau?

»Was macht ihr hier?«, fragte Antes, seine Stimme hatte einen misstrauischen Unterton.

»Nur ein Spaziergang«, erwiderte ich ruhig. »Ich wollte das Dorf etwas besser kennenlernen.«

»Ihr solltet euch ausruhen. Wir haben später noch einiges zu besprechen«, sagte er und deutete mit einem Kopfnicken in Richtung des Holzhauses, in dem wir untergebracht waren. Sein Blick ruhte auf Ash. Die Spannung zwischen den beiden schien greifbar, und fast hätte ich gelacht. Er war doch nicht etwa eifersüchtig auf einen Kaufmann mit Bierbauch?

Die Frau fixierte mich. Ich fühlte mich unwohl unter ihrer offensichtlichen Musterung.

Ash lächelte kühl. »Natürlich. Wir sind ja nur Gäste hier.« Seine Worte klangen höflich, überdeckten jedoch nicht den scharfen Unterton in seiner Stimme.

Antes nickte langsam, bevor er sich mit Elena abwandte und in Richtung des Hügels verschwand, wo die Bunker lagen, die Ash zuvor erwähnt hatte.

»Diese Frau«, murmelte Ash leise, als sie außer Hörweite waren. »Sie ist gefährlich, das spüre ich.«

»Elena? Was meinst du?«, fragte ich verwirrt. »Ich hatte eher das Gefühl, sie sei eifersüchtig.«

»Ich weiß es nicht genau, noch nicht.Aber ihre Energie … sie ist anders. Dunkel und instabil. Sie trägt ein Aura-

Schutzschild, das schwer zu durchbrechen ist, selbst für mich. Halte dich von ihr fern.«

Ash machte einige Schritte in Richtung Bunker. »Warte hier!«, zischte er.

»Auf gar keinen Fall. Was hast du vor?«

Er verdrehte die Augen. »Warte einfach.«

Nein, das würde ich nicht. »Ich gehe mit dir. Das ist nicht verhandelbar!«

»Verfluchtes Weib!«

Hatte er das gerade wirklich gesagt?

»Chauvinist.«

»Von mir aus. Wartest du dann?«

»Nein.«

»Also schön. Du wartest dort an der Ecke des Eingangs. Hast du verstanden?« Ashs Augen sprühten Funken. Wut war gar kein Ausdruck. Er nahm meine Hand und zog mich hinter sich her, als sei ich eine Puppe. »Hier wartest du und bewege dich nicht einen Zentimeter. Hörst du?«

Er rang mir ein müdes Lächeln ab, und schließlich nickte ich ergeben. Eine Sekunde später verschwand er vor meinen Augen. Er löste sich einfach auf. Nein, er machte sich so gut wie unsichtbar. Fassungslos starrte ich auf den flirrenden Umriss eines dicken Mannes, der sich lautlos wie eine Katze bewegte. Niemand, der nur kurz hinsah, würde die Schemen wahrnehmen. Er sprang in den Bunker und war nicht mehr gesehen. Leise robbte ich mich an der Wand entlang. Wenigstens konnte ich gedämpfte Stimmen hören.

»Du wirst sie umbringen, darüber gibt es keine Diskussion. Wir können uns keinen Fehler leisten, nicht so kurz vor unserem Ziel.« Es war Elena, die sprach.

»Das ist ein Befehl Antes. Du hast lange genug auf zwei Hochzeiten getanzt und es vor mir verheimlicht.«

Redete sie über uns?

»Elena, bitte, das ist doch gar nicht notwendig.«

»Was notwendig ist und was nicht entscheide ich. Ich war viel zu lange nachsichtig mit dir. Das ist vorbei! Du gehörst mir, vergiss das nicht.«

»Wie könnte ich das vergessen!«, erwiderte Antes verbittert. »Du erinnerst mich jeden Tag daran.«

» Valath'urn saelthar, thren vaal'kora duu'r, nalir saerthas eir'vas«, flüsterte Elena.

Ash schoss aus dem Bunker und riss mich mit sich. »Ich wusste es. Komm schnell, wir müssen Iz und Vandi warnen.«

Wir rannten und erreichten unsere Unterkunft in weniger als zwanzig Sekunden.

»Wir haben ein kleines Problem.« Ash verlor keine Zeit, während ich hechelnd an der Tür lehnte. Vandi und Iz hatten scheinbar ein kleines Nickerchen gehalten. Beide sahen ziemlich zerknittert aus.

»Was ist los?«, fragte Izrail verschlafen.

»Circe ist los. Sie ist hier.«

»Was?«, sagten Vandi und Iz im Chor.

»Wie konnte sie aus dem Tartaros entkommen?« Vandi schien außer sich.

»Keine Ahnung, das werde ich mit Astaroth beizeiten klären.«

»Herrgott noch mal, kann man nicht mal ein Schläfchen halten, ohne eine Hiobsbotschaft zu erhalten?« Izrail starrte in den Himmel, fast so, als spräche er wirklich mit Gott.

»Jetzt ist mir einiges klar«, sagte Ash.

»Was meinst du? Könnte mich mal jemand aufklären?«, erwiderte ich außer Atem.

»Circe ist eine Zauberin, eine Göttin der Verführung. Sie nutzt ihre Macht, um andere zu kontrollieren, sie zu verfluchen und mit ihnen zu spielen. Ich habe sie vor langer Zeit eingesperrt. Irgendwie scheint sie entkommen zu sein.«

»Und was hat das alles mit Antes und den Rebellen zu tun?«

»Sie kontrolliert ihn. Und damit hat sie Macht und bringt Leid über Menschen und Gefallene. Es ist für sie wie Nahrung, um stärker zu werden. Sie benutzt die Rebellen und ihre sinnlosen Anschläge, um zu wachsen.«

»Heißt das, Antes ist verflucht oder verzaubert?«

»Ja. Er hat keine Kontrolle über seinen Geist, zumindest nicht genug, um sich gegen sie zu wehren. Circe ist lange nicht mehr so stark, wie sie einst war. Die Jahre im Tartaros sind nicht spurlos an ihr vorbeigegangen. Wenn sie ihre Stärke zurückerlangt hat, braucht sie die Rebellen nicht mehr.«

»Und was passiert jetzt?«, fragte ich ängstlich. Dabei konnte nichts Gutes herauskommen.

»Ich sperre sie wieder ein.«

Ich plumpste auf das Sofa. »Wenn sie ihn gesteuert hat, dann ist er doch unschuldig, oder?« *Bitte lass ihn unschuldig sein.*

»Darüber mache ich mir später Gedanken. Zuerst muss ich sie fangen, ohne dass sie meine Fassade durchschaut, und ehe ...«

Ehe Ash weitersprechen konnte, ertönte eine Sirene. Ein lauter, durchdringender Ton, der mich bis ins Mark traf. Wir rannten zum Fenster. Die Dorfbewohner liefen hektisch auf und ab, verteilten Waffen und positionierten sich. Das hatte offenbar nichts mit uns zu tun.

»Was ist los?«, fragte Vandi.

»Daimos«, gab Izrail zurück. »Eine ganze Horde. Zeit zu kämpfen!«

»Sollten wir das wirklich tun? Wäre es nicht besser, einfach abzuwarten?«, konterte die Norne. »Unsere Tarnung würde auffliegen. Abgesehen davon wollen sie uns doch sowieso töten.«

»Das ist nicht dein Ernst, Vandi!«, erwiderte ich empört. Ich konnte nicht glauben, dass ausgerechnet sie so etwas sagte.

»Unsere Tarnung braucht nicht aufzufliegen, wir kämpfen ganz ohne Hokuspokus. So lange, bis ich Circe geschnappt habe. Danach ist es sowieso egal.«

Die Norne war überstimmt, und wir rannten nach draußen. Wir baten einige der Männer um Schwerter und andere Waffen. In diesem Chaos fiel ihnen nicht einmal auf, wer wir waren, zumindest so lange, bis Antes uns fand.

»Halt den Mund, Antes!«, zischte ich. Er sah mich fragend an.

»Ich habe doch gar nichts gesagt?«

»Umso besser. Wie viele sind es?«

»Eine Menge. Unser Späher hat es fast nicht zurückgeschafft. Die Angriffe häufen sich in den letzten Monaten. Es scheinen immer mehr zu werden.«

»Kein Wunder«, gab Vandi zur Antwort und starrte in Richtung Elena, die auf der gegenüberliegenden Seite stand.

Wir hatten keine Zeit, ein weiteres Gespräch zu führen. Die Daimos griffen an. Sie sprangen über den Zaun, als sei dieser winzig und nicht mindestens drei Meter hoch. Es waren so viele, dass der ganze Hof vor Maularmen wimmelte.

»Fuck, noch mal. Das darf doch nicht wahr sein«, brüllte Ash, während er mit seinem Schwert ein paar Mäuler abtrennte. Izrail war mit zwei ziemlich großen Daimos beschäftigt, während ich sichtlich Mühe hatte, einen unter Kontrolle zu bringen. Ich schwang mein Schwert so schnell und präzise, wie ich konnte, traf aber kaum. »Verflucht!« Sie waren so verdammt schnell. Vandi eilte mir zu Hilfe, und gemeinsam trennten wir ihm beide Arme ab. Die Mäuler schnappten weiter. Er verlor so viel Blut, dass seine Bewegungen langsam und träge wurden. Endlich traf ich seinen Schädel und spaltete ihn.

Der Nächste stand schon hinter mir und verfehlte mich um Haaresbreite. Ich drehte mich und schwang das Schwert in einem flüssigen Manöver. Sein Kopf flog auf den Boden und rollte ein Stück weiter. »Ha!«, brüllte ich. Der Körper des Daimos blieb einfach stehen. Ehe ich reagieren konnte, erwischte mich ein anderer und verbiss sich in meinem Oberschenkel. Das Gift flutete meine Blutbahn. Der Schmerz war unerträglich. Meine Haut warf Blasen, und mein Puls geriet aus dem Takt. »Scheiße.« Mit aller Kraft stach ich zu und traf sein Herz.

Verzweifelt riss ich mein Shirt in zwei Hälften und versuchte, die Wunde mehr schlecht als recht abzubinden. Mir blieb keine Zeit. Zwei Weitere rannten auf mich zu. Ich sprang und vollführte einen Spagat in der Luft. Den einen traf ich am Kopf, den anderen am Hals. Das verschaffte mir etwa eine Sekunde. Geistesgegenwärtig rannte ich auf Ash zu. Ich brüllte seinen Namen, in der Hoffnung, seine Teufelssinne würden mich erhören. Die beiden Daimos waren dicht hinter mir. Meine Kraft ließ nach. Das Gift … je mehr ich mich bewegte, umso schneller verteilte es sich in meinem Körper.

Innerhalb eines Bruchteils einer Sekunde flog eine dunkle Wolke über meinen Kopf hinweg. Luzifer hatte seine Tarnung aufgegeben. Mit einem Blinzeln riss er beiden Daimos die Köpfe ab. Im nächsten Moment lag ich in seinen Armen.

»Wurdest du gebissen?«, fragte er, während er mich aus der Gefahrenzone flog.

»Ja, am Oberschenkel. Und meine Kraft schwindet.«

»Mist, verdammter!« Er legte mich ab, zückte sein Flammenschwert und öffnete mit einem gezielten Schnitt die Wunde. Blut strömte heraus, tränkte den Boden unter mir. Das alles ging so schnell, dass ich nicht einmal schreien konnte. Ich starrte ihn mit großen Augen an, unfähig zu realisieren, was er getan hatte. Zwei Sekunden später erreichte der Schmerz mein Gehirn, und ich brüllte die Luft aus meinen Lungen, ehe alles um mich herum schwarz wurde.

Als ich zu mir kam, lag ich in einer Zinkwanne, randvoll mit heißem Wasser. Der Duft von Kräutern füllte den Raum. Ash saß neben mir auf einem Hocker und starrte mich an.

»Wie fühlst du dich?«, fragte er und lehnte sich ein Stück vor. Dass ich splitternackt war, schien ihn nicht zu stören.

Hitze schoss mir ins Gesicht, und im ersten Moment wusste ich nicht, was passiert war und warum ich in dieser Wanne lag.

»Gut«, flüsterte ich und versuchte, meine Blöße mit den Händen zu bedecken.

»Sehr schön.« Er stand auf, entkleidete sich und stieg zu mir in die Badewanne.

Das musste das Gift sein. Ich halluzinierte. Plötzlich fiel mir alles wieder ein. Das war ein Fiebertraum. Ash lehnte sich nach hinten und tauchte seinen Kopf unter Wasser. Anschließend nahm er etwas Seife und schäumte sich ein.

Wow. Sein Körper war ein einziges Kunstwerk. Vorsichtig strich ich über seine Oberarme. Es war ein Traum, richtig? Also, was sollte mir passieren? Er sah mich aus diesen Wahnsinnsaugen an, die vollen Lippen leicht geöffnet. *Wie sie sich wohl anfühlen?* Mit einem Finger zeichnete ich sanft den Schwung seines Mundes nach, hinunter zu seinem gemeißelten Kinn, über seinen Hals, bis zu seinen fein definierten Bauchmuskeln und weiter hinunter zu seinem

Bauchnabel … Mein Puls jagte nach oben, als Ash plötzlich meine Hand ergriff und sie festhielt.

»Wo willst du denn mit deinen bösen Fingern hin, Sternenkind?« Dieses Lächeln raubte mir den Atem und die letzten zwei funktionierenden Gehirnzellen.

»Eine irre Halluzination«, flüsterte ich. Lächelnd beugte ich mich nach vorne und hauchte ihm einen Kuss auf die Lippen. Ash neigte den Kopf und sah mich unter halb geöffneten Lidern an.

»Du glaubst, du halluzinierst?«

»Aber natürlich. In welcher Welt würdest du nackt mit mir in einer Wanne sitzen?«, kicherte ich und küsste ihn erneut. »Du schmeckst gut«, wisperte ich nahe an seinem Ohr.

Ash bekam eine Gänsehaut, die feinen Härchen an seinen Armen stellten sich auf. »Wahrscheinlich fummelst du wieder in meinem Hirn herum«, schob ich atemlos hinterher. Meine Hände vergrub ich in seinem nassen Haar. *Diese Mähne. Dieser Mann.*

»Mmmh. So sehr ich deine Erkundungstour genieße, bin ich doch Gentleman genug, deine Situation nicht auszunutzen.«

»Och, das passt jetzt aber nicht. In meinem Traum küsst du mich jetzt leidenschaftlich.«

Es klopfte an der Tür, und Vandi trat ein. Irritiert blickte sie erst zu Ash und dann zu mir. »Ich, äh … wollte nicht stören. Aber ich habe hier die Wundsalbe, die du wolltest.«

Blitzartig wurde mir klar, dass es kein Traum war. Dass ich wirklich mit ihm in der Wanne saß und ihn befummelt hatte. *Wenn es einen Gott gibt, lässt er mich jetzt augenblicklich verschwinden.* Aber Gott erhörte mein Flehen nicht.

Vandi verließ das Badezimmer, nachdem sie den Salbentopf auf den Schemel gestellt hatte. Mein Gesicht brannte, und ich schluckte schwer. Plötzlich war mein Mund ganz trocken. Schnell wie der Blitz tauchte ich unter und weigerte mich, wieder nach oben zu kommen. Eher starb ich, als mich Ash zu stellen.

Ich wurde gepackt und unter Protest an die Oberfläche gezogen.

»Auf einmal so schüchtern, Star?« Sein unverschämtes Grinsen gab mir den Rest. Das Ganze war so peinlich, wie es nur sein konnte.

»Es ist wohl besser, ich steige jetzt aus diesem Ding«, gab ich verschämt zurück. Das bisschen Würde, das mir noch blieb, ließ mich einigermaßen elegant aus der Wanne steigen. Zumindest bis mein verletztes Bein den Rand berührte.

»Scheiße tut das weh!«, keifte ich. Mein Fuß rutschte weg, und ich fiel direkt auf Ash.

»Du bist wirklich stürmisch, Liebes.«

»Lustig, Ash. Hilf mir lieber hier raus!«

»Natürlich, mein Engel«, erwiderte er unterwürfig. Abrupt standen wir inmitten des Raumes. Er ließ mich vorsichtig zu Boden. »Kannst du stehen?«

»Klar kann ich das.« *Und wenn die Schmerzen mich umbringen würden.* Um Halt bemüht, krallte ich mich am Waschtisch fest. Er reichte mir ein Handtuch, damit ich mich endlich bedecken konnte. Er selbst war noch immer nackt.

Wie er dastand, tropfnass und ekelerregend sexy. *Sieh nicht auf seinen Bauch und alles, was darunter ist, nein, Star, das tust du nicht! Sieh in sein Gesicht.*

Es war, als wäre mein Kopf darauf programmiert genau dort hinzustarren. Erleichtert stellte ich fest, dass er sich umdrehte und nach einem Handtuch griff. Das dumme Gackern, das aus seinem Mund kam, konnte ich jedoch nicht einfach ausblenden. Er schien sich köstlich über meine Situation zu amüsieren. Schlagartig fiel mir ein, warum ich in dieser Situation steckte. Ich fühlte mich, als hätte mir jemand einen Kübel Eiswasser über den Kopf gegossen.

»Was ist mit den Daimos? Elena und Antes?«

»Alles in Ordnung. Es gab einige Tote aufseiten der Dorfbewohner. Elena ist geflohen, sobald sie mich erblickt hat. Antes geht es gut.«

»Mist! Das mit Elena tut mir leid, das ist meine Schuld.« *Gott sei Dank ging es Antes gut. Nicht, dass ich ihm verziehen hätte …*

»Mach dir keine Sorgen. Ich werde sie wiederfinden.«

Das glaubte ich unbesehen. Taumelnd fischte ich nach meiner Kleidung, die zu meiner Überraschung sauber und trocken war. Nur an meiner Hose, in Höhe meines Oberschenkels, befand sich ein breiter Riss.

So schnell mich mein Bein trug, verließ ich das Bad. Ash zog sich an und folgte mir. Ich wollte mit Antes reden und herausfinden, was sich im Dorf zugetragen hatte. Im Wohnzimmer erwarteten mich Vandi, Iz und zu meinem Erstaunen Fenris in seiner menschlichen Gestalt. Der Wolf hob den Kopf und sog übertrieben die Luft ein, ganz so, als würde ich stinken. Dann grinste er dämlich, und mein Gesicht nahm erneut die Farbe einer überreifen Tomate an.

»Was ist so furchtbar lustig, Fenris?«

»Soll ich das wirklich vor allen Anwesenden aussprechen?«, stichelte er vergnügt. »Pheromone und …«

»Es reicht. Danke«, unterbrach ich ihn schnell. Gott, mein Kopf war so heiß, dass man ein Spiegelei darauf braten könnte. Zusammen mit der tomatenroten Farbe sicherlich ein netter Anblick.

Vandi musterte mich intensiv, sagte jedoch nichts.

»Wo ist Antes?«

»Im Keller«, bemerkte Izrail.

»Habt ihr ihn eingesperrt?«

»Zu seiner eigenen Sicherheit. Circes mentaler Schraubstock ist noch nicht gelöst. Das erledige ich gleich«, gab er beiläufig zur Antwort.

»Und wo sind all die anderen?«

»In Abbadon, so wie du es wolltest.«

Geschockt setzte ich mich. »Aber wieso? Sie konnten doch nichts dafür? Wenn sie alle verzaubert waren, ist es doch nicht ihre Schuld gewesen.«

»Das ist der Punkt. Sie waren nicht verzaubert. Nur Antes als ihr Anführer. Was wir mit ihm machen, weiß ich noch nicht so genau. Erst will ich ihn lesen, wenn er von der Magie befreit ist«, ergänzte Ash.

»Ich werde zu ihm gehen.« *Und zwar sofort.* Meine Verletzung war vergessen, doch als ich die Treppe hinunterging, hätte ich vor Schmerzen fast geschrien. Es brannte bis in meine Füße. Ich setzte mich auf eine Stufe und betrachtete meinen Oberschenkel zum ersten Mal. Die Naht war etwa 5 cm lang und breit. Die Wundränder schienen ausgebrannt. Ash hatte mich ausbluten lassen, gegrillt und anschließend genäht. *Verfluchte Daimos.*

Vorsichtig ging ich weiter. Antes saß in einer der Zellen auf dem Boden. Er sah nicht einmal auf, als ich mich näherte. »Was willst du hier?«, fragte er schroff.

»Sehen, wie es dir geht.« Meine Hände krallten sich um die Gitterstäbe. Das bisschen Licht, das durch das kleine Fenster hereinfiel, reichte nicht aus, um seine Gesichtszüge deutlich zu erkennen.

»Geh einfach. Ich werde nicht mit dir reden.«

»Was habe ich dir getan?«

Er sprang auf und schlug mit der flachen Hand gegen die Wand. »Das fragst du noch? Du und diese Engel?« Er spuckte aus. »Alles, Star, alles, aber das nicht.«

»Im Gegensatz zu dir haben mir diese Engel mehr als einmal das Leben gerettet, während du es gefährdet hast.«

»Ich wollte nicht, dass dir irgendetwas passiert! Wie oft soll ich das noch wiederholen?«, brüllte er.

»Nein, du wolltest uns nur umbringen, weil Elena es dir befohlen hat.«

Antes sagte nichts, sah mich nicht an. Er drehte sich einfach um.

»Ich hätte dir niemals etwas angetan. Und wenn du das

nicht glaubst, brauchst du nicht mehr wieder zu kommen.«

Tränen traten in meine Augen. »Du bist nicht du selbst. Elena hat dich verhext. Aber Izrail wird dir helfen«, flüsterte ich und ging.

19.

Es hatte keinen Sinn, mit ihm zu reden. Nicht in diesem Zustand. Vielleicht konnte Iz ihm wirklich helfen und diese düstere, giftige Energie aus ihm herausziehen. Dass er Engel hasste, verstand ich. Mir war es nicht anders ergangen. Hasste ich sie immer noch? Ja und nein. Seit Aris uns befreite, und ich Iz und Ash besser kennengelernt hatte, hatten sich der Hass und die Wut verringert. Ganz im Gegenteil, ich fühlte mich zu Ash mehr als nur körperlich hingezogen. *Hast du dir gerade eingestanden, dass du in den Teufel verliebt bist?* Das konnte nicht sein, oder doch? Ich drängte den Gedanken in die hinterste Ecke. Eine dumme Schwärmerei, mehr nicht. Antes zu helfen, war jetzt viel wichtiger. Schwerfällig zog ich mich die Treppe hoch. Mein verdammtes Bein brannte wie Feuer. Oben angekommen, humpelte ich ins Wohnzimmer. Außer der Norne war niemand mehr da. »Wo sind alle?«

»Die Engel sind draußen und sehen sich ein wenig um. Fenris ist zurück nach Helheim, und die Sleipnir stehen im Hof.«

Wieder dieser kritische Blick von Vandi, als würde sie etwas sagen wollen, es aber nicht tat.

»Izrail muss sich dringend um Antes kümmern. Hoffentlich kann er den Zauber lösen.«

»Hier, die Salbe. Die habe ich extra für dein Bein angefertigt.«

Ich nahm den Tiegel und rieb die Wunde ein. »Das tut richtig gut. Das Bein brennt ziemlich.«

»Du hattest Glück, mehr als Glück. Jeder andere hätte das nicht überlebt.«

Irritiert sah ich sie an. »Was meinst du damit?«

»Ash. Und dein scheinbar hervorragendes Immunsystem.«

»Ich schätze, ich hatte wirklich Glück.« Oder lag es vielleicht doch an meiner Herkunft?

Erst jetzt bemerkte ich, dass Vandi ein Buch in den Händen hielt. Es war alt und vergilbt, mit einem dicken Ledereinband. *Ars Goetia* stand in goldener Schrift auf dem Buchrücken. Die Buchstaben schienen zu glühen. Automatisch griffen meine Hände nach dem Wälzer. Die Norne sprang auf: »Nein, du darfst es nicht anfassen. Es würde dich verschlingen.«

Fasziniert betrachtete ich es aus der Ferne. Der Drang, es zu berühren, es zu besitzen, war groß. »Und damit können wir die Gefallenen vertreiben?«

»Wir nicht. Aber ein mächtiger Engel oder Gott könnte es. Doch es birgt Risiken. Es ist ein kraftvolles und gefährliches Instrument.«

Das Buch zog mich an, fast als würde es mit mir kommunizieren. Als wollte es mich überreden, es doch zu berühren. Nur kurz.

»Und das ist nur ein Teil?«

»Ja, der andere befindet sich in Elysion und bei Damontiz.«

»Warum kannst du es halten und ich nicht?«

»Weil du keine Magie beherrschst.«

Vandi stand auf und verschwand in einem der angrenzenden Zimmer. Vermutlich versteckte sie das Ding. Ash und Iz konnten sicherlich einiges damit anstellen. Ich stand auf und holte mir einen gebratenen Hühnerschenkel, etwas Brot und Saft – Reste, die noch vom Mittag übrig waren. Es musste Stunden her sein, seit ich etwas gegessen hatte. Vielleicht wollte Antes auch etwas? Die anderen hatten ihm sicherlich nichts angeboten. *Du willst nur noch einmal nach ihm sehen.* Mit einem Teller und einem Becher Saft bepackt, balancierte ich die Treppen hinab.

»Essen!« Ich starrte in die Zelle. Sie war leer. Dort, wo das winzige Fenster gewesen war, befand sich ein großes Loch in der Holzwand. Irgendjemand hatte Antes zur Flucht verholfen!

Fluchend stolperte ich die Treppe hoch, rannte durch die Haustür und kollidierte fast mit Gisl. *Wo waren die Engel?*

»Ash, Iz«, brüllte ich lauthals.

»Wir sind hier! In der Waffenschmiede«, brüllte Izrail zurück und trat vor die Tür. So schnell mein Bein mich trug, rannte ich auf die beiden zu.

»Antes ist geflohen. Er ist weg!«

»Wissen wir«, erwiderte Ash ruhig. Er lehnte lässig mit dem Rücken an der Wand, die Arme vor der Brust verschränkt.

»Was? Ihr wisst davon?«

»Wir haben ihn absichtlich gehen lassen. Circe hat Antes rausgeholt. Ich habe ihn vorher mit einem Seelenmarker versehen. Also wissen wir jederzeit, wo die beiden sind.«

»Aber warum hast du sie nicht gefangen?«

»Ich habe es mir überlegt. Irgendetwas geht hier vor sich, von dem ich wissen möchte, was es ist. Circe kann nicht so einfach aus dem Tartaros herausspazieren. Bedeutet, sie hatte Hilfe. Meine Leute waren es sicher nicht. Also wer hat die Macht, sie daraus zu holen, ohne dass ich davon Wind bekomme?«

»Und wenn sie ihn umbringt, weil er lästig wird? Hast du daran gedacht?« Wütend trat ich gegen einen Stein.

»Keine Sorge, deinem Lover wird schon nichts passieren.« Ash wandte sich ab und ging zum Haus zurück.

»Er ist nicht mein Lover!«, brüllte ich hinterher.

»Bist du sicher?« Er drehte sich um und sah mich mit diesem vor Sarkasmus triefenden Grinsen an, welches so typisch für ihn war.

Izrails amüsiertes Lächeln wirkte irgendwie unangebracht. Dennoch unternahm ich keinen Vorstoß, dieses näher zu ergründen. Stattdessen humpelte ich eine Runde über den jetzt gespenstisch leeren Marktplatz.

Ich musste Antes da irgendwie herausholen und Iz bitten, diesen Fluch zu lösen. Verdammt noch mal, nichts von dem, was ich mir ursprünglich vorgenommen hatte, funktionierte. Noch immer hatte ich keinen Schimmer, wo sich meine Schwester befand, und jetzt auch noch Antes Verschwinden. Die ganze Sache lief dermaßen aus dem Ruder.

Zurück im Haus beschloss ich, etwas zu schlafen. Ash teilte mir mit, dass wir heute Nacht hierbleiben würden und erst morgen weiterziehen. Das gefiel mir nicht. Dieses Dorf widerte mich geradezu an. Vielleicht sollte ich einfach gehen und Antes auf eigene Faust suchen? Unzufrieden kuschelte ich mich in die Decke. Ich hatte ein Zimmer direkt neben dem Wohnzimmer gewählt. Es war karg und nicht gerade gemütlich mit seinen vergilbten Wänden und ausgetretenen Holzdielen. Das Bett jedoch war sauber und die Matratze gut. Meine Augen wurden schwer und schließlich musste ich eingeschlafen sein.

Ich träumte von Nona und Mom. Sie waren nicht einen Tag gealtert und schienen glücklich zu sein.

»Uns geht es gut, mein Mädchen. Sieh nur!«, sagte Nona und tanzte auf einer grünen Wiese. Sie schmiss die Beine in die Höhe und sprang in die Luft, als sei sie ein junges Mädchen. Mom klatschte Beifall und drehte sich vergnügt um ihre eigene Achse.

»Mach dir keine Sorgen, mein Kind, du wirst es schaffen, und dann wird sich dein Leben ändern.«

Mom lächelte geheimnisvoll. »Und meinen Segen hast du.« Die Bilder verblassten, und ich schrie. »Bleibt hier, bei mir. Ich vermisse euch!« Tränen rannen über meine Wangen. Heiß und drängend.

Jemand rüttelte an meiner Schulter.

»Alles in Ordnung?«

Türkisfarbene Augen blickten mich an. Ash.

Er legte eine Hand auf meine Stirn, um zu prüfen, ob ich fiebrig sei. Besorgnis war das, was ich in seinem Blick zu lesen vermochte, und fast musste ich lachen.

»Hast du Angst um mich?«, erwiderte ich herausfordernd.

»Nein, natürlich nicht. Wie kommst du darauf?«, gab er mit einem warmen Lächeln zurück. »Bilde dir bloß nichts ein, Halbengel.«

»Wie könnte ich? Der große böse Wolf besitzt doch nicht etwas so Überflüssiges wie Mitgefühl?«

»Du verwechselst mich mit Fenris, Liebes.«

Stöhnend setzte ich mich auf. Mein Bein schmerzte höllisch. »Mist, verdammt, das brennt wie verrückt.« Ash stützte mich und brachte mich ins Wohnzimmer.

Iz hatte ein Feuer im Kamin entfacht, und auf dem Herd köchelte etwas in einem alten, brauen, verbeulten Topf.

Beide Sleipnir befanden sich mit im Raum und hatten es sich auf dem Boden gemütlich gemacht.

»Wie lange habe ich geschlafen?«

Iz schmunzelte. »Einen halben Tag und eine Nacht.«

Wie bitte? Wir haben den ganzen Tag verloren? »Du verschaukelst mich?«

Vandi schüttelte den Kopf.

»Er hat recht. Du warst völlig erschöpft.«

Ich traute meinen Augen nicht, als Ash ein Stück Fleisch würzte, und Zwiebeln in kleine Würfel schnitt. Der Prinz der Hölle konnte kochen? Izrail schnitt Möhren und gab ausgewählte Kräuter in den Topf. Es roch hervorragend.

»Ich dachte, dafür sind nur Frauen zuständig?«, sagte ich bissig.

»Na ja, wir machen mal eine Ausnahme«, gab Iz zurück und goss noch etwas Wein in den Mix. »So, jetzt muss es noch eine Weile köcheln, damit das Fleisch schön zart wird.«

»Was ist das für ein Fleisch?«, fragte ich vorsichtig.

Ash lachte. »Keine Angst, es ist Hühnerfleisch. Ich habe welche gefangen.«

Er hatte sich die Haare nach hinten zu einem Zopf gebunden, was mir gut gefiel. Hör auf, ihn anzuhimmeln, Star! Der Schein des Feuers ließ seine Gesichtszüge ganz weich erscheinen. Der sinnliche Mund, die hohen Wangenknochen und diese langen Wimpern, die ständig Schatten warfen, gaben mir den Rest. Seufzend ließ ich mich auf die Couch sinken. Ich hätte ihn stundenlang betrachten können. Die Art, wie er sich bewegte, das Spiel seiner Muskeln unter seinem Shirt. Er war genau richtig. Nicht zu muskulös wie ein Stier, sondern athletisch durchtrainiert, und jeder Muskel war fein definiert. Die breiten Schultern, langen Beine und schmalen Hüften, dieses wunderschöne

Haar … einfach atemberaubend, umwerfend, sinnlich. Wie er sich wohl anfühlte?

Ich musste laut geseufzt haben, denn alle drei starrten mich plötzlich fragend an. Erst jetzt bemerkte ich, dass mein Mund offen stand. Peinlich.

»Ich, äh, habe die Nase zu«, sagte ich schnell und konzentrierte mich auf Vandi, die sich hastig abwandte. Ash grunzte wissend, und Izrail konnte sich ein kleines Grinsen nicht verkneifen.

Die Aussicht auf ein leckeres Mahl hob meine Laune gewaltig. Selbst Iz und Ashs Provokationen während des Essens machten mir nichts aus. Die beiden unterhielten sich, sexistisch wie immer, darüber, wie viel weniger Kriege es auf der Welt geben würde und wie einfach das Leben eines Mannes wäre, wenn es keine Frauen gäbe. Vandandi verdrehte mehrfach die Augen, was die beiden nur noch mehr anzusporen schien.

Irgendwann sagte ich: »Warum unterhaltet ihr beide euch darüber? Ich wette, ihr seid beide noch Jungfrauen und hattet noch nie eine Beziehung.«

Der Norne fiel der Löffel aus der Hand, so sehr lachte sie. Iz blickte ein wenig beleidigt drein, und Ash ignorierte mich geflissentlich. Es war so einfach, in solchen Momenten zu vergessen, wer hier mit mir am Tisch saß und warum wir zusammen unterwegs waren. Auch das gestrige Blutbad rückte in den Hintergrund, während wir hier saßen und Eintopf aßen.

Ash nahm einen Schluck Beerenbrand, bot mir allerdings nichts mehr an.

»Hast du Angst, ich könnte über dich herfallen?«, sagte ich vollmundig.

»Guter Witz, Sternenkind.«

Iz grinste und nahm einen Schluck Wein. »Immerhin hat er das Katzenshirt ausgezogen«, gab Vandi frotzelnd zurück.

»Ja, weil es mit Blut bespritzt war«, erwiderte Ash grantig.

Das Thema gefiel ihm offensichtlich nicht.

Nach dem Essen erledigten die beiden Engel sogar den Abwasch.

Vandi nahm mich zur Seite: »Sei vorsichtig, was Ash betrifft. Verliebe dich nicht. Du wärst nicht die Erste und nicht die Letzte, die daran zugrunde ginge. Es ist … ach, vergiss es. Verliebe dich einfach nicht.«

Die Norne rückte nicht raus mit der Sprache. Ich fragte mich, wie man es anstellt, sich bewusst nicht zu verlieben.

Dass Ash einen ganzen Harem von Frauen hatte, die ihm zu Füßen lagen, dafür musste man nicht besonders gescheit sein. Aber es musste doch jemanden geben oder gegeben haben, den auch er wollte und liebte? Oder ging es ihm nur um Sex? Ausschließlich um Sex?

»Steht Ash auf Männer?«, brachte ich schließlich hervor.

Sie sah mich entgeistert an. »Nicht, dass ich wüsste, nein.«

Also, das war es scheinbar nicht.

»Ist er einfach nicht bindungsfähig?«

Vandi druckste herum.

»Star, vergiss nicht, wer er ist. Er ist nicht einfach der nette Junge von nebenan, obwohl ich eingestehen muss, dass sich alle beide äußerst fürsorglich und auffallend liebenswürdig zeigen. Das ist … sagen wir mal, nicht so selbstverständlich und lässt mich schon wieder misstrauisch werden. Außerdem ist es kompliziert … Mehr sage ich nicht.«

Kompliziert? Was meinte sie damit? Ash war die Komplikation in Person.

»Mehr sage ich nicht, Star. Also hör auf, einen Flunsch zu ziehen!«

»Ich werde jetzt ein Bad nehmen«, rief Izrail von hinten. »Möchte jemand mit?«

»Ich!«, brüllte Vandi und verschwand in Richtung Badezimmer. Somit war das Thema erledigt.

Ash saß derweil am Küchentisch. Er goss sich ein Glas Wein ein, nahm sich ein Stück Käse und legte seine Füße auf den Nachbarstuhl. Er wirkte plötzlich ernst und nachdenklich. Aus dem Bad hörte ich Vandi kichern und Iz singen. Was trieben die beiden da? Sollte mir da etwas entgangen sein?

Die beiden wären ein wirklich schönes Paar: Vandi mit ihrer exotischen Schönheit und der attraktive, wenn auch sexistische, Todesengel Izrail. Ich starrte zu Ash, der sich weiterhin in Schweigen hüllte, und seufzte laut.

»Würdest du mir auch einen Wein einschenken?« Ich wollte mich betrinken. Besinnungslos. Allerdings war das mit einem Glas Wein kaum möglich. Er nahm ein Glas aus dem Schrank, stellte es auf den Tisch und füllte es bis zur Hälfte.

»Hol's dir!«

»Wirklich lustig.« *Idiot.*

»Ich will deinen Wein nicht mit meiner Aura versauen«, grinste er dümmlich.

»Oh Gott. Entschuldige, du großer, böser, nach Tod stinkender Teufelsengel.«

Ash lachte lauthals. »Du warst offenbar noch nie in der Hölle, Liebes.«

»Natürlich nicht. Gibst du mir jetzt das Glas, oder muss ich auf den Knien rutschen und winseln? Mich in den Staub schmeißen und dich anbeten?«

Er lachte, ein gelöstes, offenes und ehrliches Lachen.

»Eines Tages wird dich dein Mundwerk wirklich umbringen.«

Das hatte ich schon öfter gehört.

»Du bist noch viel schöner, wenn du lachst.« Hatte ich das laut gesagt?

Ashs Miene verdunkelte sich schlagartig, als hätte ich ihn soeben erneut beleidigt. Der Engel stand auf, reichte mir das Glas und verschwand nach draußen. Gisl schnaubte empört. Da soll einer durchblicken.

»Was war jetzt so schlimm daran?«, sagte ich völlig perplex zu Gisl. Der Sleipnir knabberte an meinem Ohr.

»Ich verstehe es auch nicht.« Frustriert nahm ich einen großen Schluck Wein.

»Was verstehst du nicht?« Izrail kam mit Vandi im

Schlepptau aus dem Bad. Beide wirkten auffallend entspannt.

»Ashs Verhalten«, erwiderte ich gereizt.

»Was hat er denn getan, und wo ist er?«, fragte Iz.

Ich erzählte beiden, was sich zugetragen hatte. »Ich meine, was ist daran so schlimm, dass er einfach geht? Gerade haben wir noch gescherzt, und im nächsten Moment spielt er die beleidigte Leberwurst.«

Iz blickte mich an. »Es ist kompliziert. Nur so als Tipp: Vermeide einfach, über sein Aussehen zu sprechen.«

Wie bitte? »Aber ich habe ihn doch nicht beleidigt. Ganz im Gegenteil.«

Das konnte doch nicht sein Ernst sein?

»Wie ich schon sagte, es ist kompliziert.« Damit war das Thema für ihn erledigt.

Iz und Vandi unterhielten sich leise. Ash tauchte nicht mehr auf, und ich grübelte den halben Abend darüber – so lange, bis ich schließlich auf der Couch einschlief.

20.

Am Morgen erwachte ich als Erste. Es war noch düster, also konnte es nicht spät sein. Ich blinzelte ein paar Mal, um mich an die Dunkelheit zu gewöhnen. Vandi und Iz lagen in Decken eingepackt auf dem Boden. Keiner von uns hatte das Bett im Schlafzimmer benutzt.

Wo war Ash? Hatte er die ganze Nacht draußen verbracht?

Mein verletzter Oberschenkel brannte, als ich aufstand. Schmerz durchzuckte mich, und fast wäre ich auf Vandi gefallen, die friedlich leise schnarchte.

»Verflucht!«, flüsterte ich.

»Liebes, du brauchst nicht zu fluchen.«

Ashs Silhouette manifestierte sich in der Dunkelheit.

»Wo warst du?«, fragte ich vorwurfsvoll.

Ich hatte mir wirklich Sorgen gemacht, was natürlich lächerlich war, in Anbetracht der Tatsache, wer er war.

»Oh, sind wir schon so weit, dass ich dir Rechenschaft ablegen muss, wohin ich gehe?«

Er legte eine Hand um meine Taille und seine Lippen berührten sanft mein Ohr. Himmel, er roch so gut, doch ich verbot mir eine Bemerkung.

»Es tut mir leid«, sagte ich stattdessen.

»Was tut dir leid?«, wisperte er und berührte mit seinem Mund meine Wange.

Mein Herz raste bei so viel Nähe.

»Dass ich dich schön genannt habe.«

Ash lachte leise. »Lass mich raten: Iz hat geplappert?«

Ich musste meinen Kopf nur einen Zentimeter nach rechts bewegen, und unsere Münder würden sich treffen.

»Nein, er sagte nur, dass du nicht über dein Aussehen sprechen magst, was ich verstehen kann.«

Konnte ich nicht. Aber das musste er nicht wissen.

Seine Hand strich langsam über meine Wirbelsäule und brachte meine Gedanken völlig durcheinander. Ich drehte meinen Kopf und hauchte ihm einen Kuss auf die Lippen.

»Entschuldige«, sagte ich verwirrt.

»Schon wieder oder immer noch?«, fragte er, seine Stimme klang sanft.

»Du bringst mich durcheinander«, gab ich zu.

Ich musste dringend Abstand zwischen uns bringen, sonst konnte ich für nichts mehr garantieren.

Ash räusperte sich, als ich meine Hände auf seine Brust legte und ihn von mir schob.

»Zu nah«, sagte ich. Meine Hände wurden feucht.

»Warum lügst du, Sternenkind? Es ist nicht zu nah.«

Ich griff in sein Haar – diese wunderschöne, weiche Löwenmähne – und zog seinen Kopf zu mir herunter.

»Ich hasse Engel«, wisperte ich nahe an seinem Ohr.

»Du lügst schon wieder.«

Ash presste sanft seine Lippen auf meinen Hals und ließ mich seine Zähne spüren.

»Beißt du mich jetzt?«, flüsterte ich atemlos. Was seine Berührungen mit meinem Kopf und Körper anstellten, grenzte schon an Folter.

»Wenn du willst«, knurrte er.

»Tut es weh?«

Ash lachte leise. »Kommt darauf an, wie fest ich zubeißen soll.«

Ich spürte seine Hände knapp unter meinem Shirt. Lieber Herrgott! Was tat ich hier?

»Ich meine, wenn du von mir Blut trinkst.«

»Warum sollte ich dein Blut trinken? Hast du einen Vampirfetisch?«

»Du bist doch ein Vampir«, gab ich zurück, und Ash begann zu lachen.

»Ich bin vieles, aber ein Vampir bin ich nicht.«

»Aber ich habe doch deine Fangzähne gesehen. Mehr als einmal.« Er hatte Fangzähne.

Ash schien äußerst amüsiert, denn sein Lachen wurde lauter.

»Star, Star, Star. Das ist eine Maske, eine virtuelle Täuschung, um Feinde abzuschrecken. Genauso, als wenn ich mich in einen dicklichen Kaufmann verwandle. Hast du wirklich geglaubt, ich sei ein Vampir?«

Natürlich hatte ich das geglaubt. Und Vandi auch.

»Und wenn?«, erwiderte ich verdrossen.

Ein lautes Schnauben, das eindeutig von unten kam, zerstörte den letzten Rest dieses intimen Moments zwischen uns.

»Ein Vampir?«, grunzte Izrail empört.

»Wie lange lauschst du schon?«, erwiderte ich genervt.

»Lang genug, um mich zu fragen, ob ich ungewollt als Nebendarsteller in einer Soap-Opera gelandet bin.«

Ganz toll.

»Was ist eine Soap-Opera?«, fragte ich verwirrt.

Ash kicherte. »Das gab es früher im Fernsehen. Als die Menschen noch Fernsehen hatten. Iz war ein Fan dieser schmalzigen Liebesserien.«

Ich spürte, wie mir die Röte ins Gesicht schoss.

»Oh Gott, hilf mir, er ist so heiß. Was soll ich nur tun, Consuela?

Küss ihn einfach. Nein, das kann ich nicht! Er ist der König der Nacht, und ich bin nur eine Magd. Schluchz.

Aber er will dich.

Glaubst du? Ich weiß nicht, er verwirrt mich.

So in etwa«, äffte Iz uns mit piepsiger Stimme nach.

Während Ash laut kicherte und Vandi weckte, wäre ich am liebsten im Erdboden versunken. Iz ließ das Thema abrupt fallen. »Ich mache uns mal Frühstück«, sagte er gut gelaunt.

Notiz an mich selbst: Ash bringt dich um den Verstand. Renn.

Wir ließen die Sleipnir hinaus, damit sie sich entleeren und grasen konnten. Ich wäre froh, wenn wir weiterreisen könnten. Dieses Dorf behagte mir nicht – nicht nach all dem, was hier passiert war.

Es stank hier nach Gewalt und Tod – im übertragenen Sinne.

»Wie lange brauchen wir noch bis Gehenna?«, fragte ich in die Runde.

»Ich denke, einen halben Tag«, erwiderte Izrail.

Wenn es nur ein halber Tag war, worauf warteten wir dann noch?

»Dann lass uns gehen! Gleich!«

Iz kratzte sich am Kopf und strich sich über den nicht vorhandenen Bart.

»Gehenna wird anstrengend. Bist du sicher, dass du dafür schon bereit bist?«

Ich nickte. Natürlich war ich bereit.

»Außerdem müssen wir noch Antes Spur folgen.«

»Müssen wir nicht. Sie werden uns folgen«, warf Ash ein.

»Was macht dich da so sicher?«

»Vertraue mir einfach, Liebes.«

Er stopfte sich ein Stück Salami in den Mund, was jedes weitere Gespräch für den Moment erstickte.

»Also gut. Lass uns nach dem Frühstück abreisen«, sagte Izrail.

»Wir müssen vorsichtig sein«, sagte Iz zu Ash. »Ich weiß nicht, inwieweit sich unsere Anwesenheit bis zu Amon herumgesprochen hat.«

»Aber ihr seid doch inkognito«, erwiderte ich.

Ash lachte. »Glaubst du, Amon weiß das nicht? Deswegen müssen wir uns so unauffällig wie möglich verhalten und vorsichtig sein.«

Das war ein guter Zeitpunkt, den beiden auf den Zahn zu fühlen.

»Was wollt ihr beide eigentlich in Gehenna? Außer, dass ihr euch selbst zu unseren Begleitern auserkoren habt?«

Ash sah mich an, als hätte ich eine äußerst prekäre und unaussprechliche Frage gestellt – etwas, das man nicht fragen durfte. Dennoch ließ er sich dazu herab, mir zu antworten.

»Amon, Damontiz und Lothaire haben sich verbündet – gegen Elysion und den Hades. Das Abschlachten und Versklaven unserer Brüder und Schwestern wird nicht gern gesehen. Du wirst dich jetzt wundern: Auch das sinnlose Abschlachten der Menschen nicht.«

Ash hielt kurz inne, ehe er weitersprach. »Sie verstoßen seit Langem gegen unsere Gesetze und Regeln. Allerdings so geschickt, dass sie lange unentdeckt blieben.«

Damit hatte ich nicht gerechnet.

»Warst du deshalb auf dem Transport?«

Er nickte. »Unter anderem, ja.«

Wow. Ash und Iz waren offiziell auf geheimer Mission unterwegs.

»Und ich habe dich richtig verstanden? Du billigst das Abschlachten der Menschen nicht?«

Ich musste noch mal fragen, weil ich diese Tatsache ungeheuerlich fand.

»Es gibt Regeln, Star, auch für uns. Und um deine Frage zu beantworten: Nein, ich billige das nicht.«

»Ich auch nicht«, sagte Izrail. »Keiner von uns tut das.«

»Keiner von euch? Gibt es noch mehrere?«

»Natürlich gibt es die«, erwiderte Iz verwundert.

»Ich kenne mich da nicht so aus«, gab ich zurück. »Ich kenne nur Damontiz und die Engel aus Sanctum. Die Vampire und Dämonen.«

Ash und Iz tauschten einen kurzen Blick.

»Auch unter Engeln gibt es verschiedene Strukturen und Hierarchien – und Abstammungen, wenn du es so nennen willst. Genauso wie bei euch Menschen auch.«

Interessant. »Engel ist also nicht Engel?«, fragte ich dümmlich.

»Nein, Engel ist nicht gleich Engel. Es gibt Gregori, Seraphim, Cherubim, Throne, Anunnaki, Elohim, Dominationes, Virtutes, Potestates, Principes, Angeli und die Gefallenen, die aus verschiedenen Völkern bestehen und nur zu einem Bruchteil in Sanctum, Gehenna oder Terras leben. Alle sehen anders aus, haben verschiedene Abstammungen, leben woanders und besitzen unterschiedliche Fähigkeiten. Wie bei euch auch«, erwiderte Ash.

Ich schämte mich für meine Dummheit, aber ich musste mir eingestehen, dass ich mir darüber nie wirklich Gedanken gemacht hatte. Engel waren für mich Engel –

hassenswerte Wesen, die die Menschen versklavten und nach Belieben töteten. Dass es andere geben könnte, war mir nie in den Sinn gekommen.

»Scheint mir, dass ich doch ein wenig dumm bin.«

»Niemand sagt, dass du dumm bist«, erwiderte Iz und strich mir über die Wange. Jetzt kam ich mir noch dümmer vor. Allerdings erklärte es, warum einige Engel aussahen wie Durchschnittsmenschen und andere wie Gemälde.

»Wie ist es so in Elysion?«

Ashs Augen verdunkelten sich.

»Kommt darauf an, wie man es betrachtet. Jedenfalls sitzt dort keiner auf einer Wolke und spielt Harfe.«

»Es wäre schön, wenn du mal eine Frage normal beantworten würdest.«

Ich stellte den beiden keine weiteren Fragen. Lieber würde ich mich bei Vandi erkundigen, denn offen gesagt interessierte mich dieses Thema sehr.

Wir packten in Windeseile zusammen.

Froh, dieses Dorf verlassen zu können, setzte ich mich auf Gisl. Vandi, Snorri, Ash und Iz liefen vor uns.

Als wir die Straße nach Gehenna erreichten, war ich sichtlich erleichtert, die Schrumpfköpfe hinter mir lassen zu können – und mit ihnen die traurigen und schaurigen Erinnerungen.

21.

Ash, Iz und Vandi schlüpften in ihre Verkleidungen, änderten jedoch Größe und Gewicht, um allen Eventualitäten vorzubeugen.

Alle drei waren jetzt groß und schlank, bartlos und in feinen Zwirn gehüllt. Aus den beiden Sleipnir wurden zwei Pferde, um den Anschein von Reichtum zu untermauern. Ich trug weiterhin meinen verhassten Umhang und fragte laut, wessen Ehefrau ich jetzt war.

Die Antwort kam prompt. »Meine!«, sagte Ash mit einer Stimme, die keinen Widerspruch duldete.

Ich hatte keine Lust zu diskutieren, also akzeptierte ich wortlos. Nur noch ein paar Stunden, und wir würden die Grenze zu Amons Reich erreichen. Vandi und ich mussten weiter nach Elysion. Nicht mehr heute, aber dennoch bald. Unsere Wege würden sich trennen – zumindest glaubte ich das. Für mich war es unklar, ob die beiden Engel uns weiter begleiten würden oder in Gehenna blieben.

Andererseits hatte Ash bereits am Anfang klargemacht, dass er die Norne nicht allein mit dem Buch nach Elysion lassen würde.

Nach wie vor kannten wir ihre Pläne nicht, außer dass sie spionieren wollten. Der Gedanke, ohne die beiden weiterzureisen, störte mich – und das wiederum nervte mich.

»Dann sehen wir die beiden großen Vögel vielleicht nie wieder, Gisl«, flüsterte ich. Nicht, dass es Gisl interessiert hätte; sie konzentrierte sich auf etwas Unsichtbares.

Ihre Ohren schnellten nach vorne, und sie wieherte leise. Snorri stimmte mit ein.

»Was ist los?«, fragte ich sie.

Beide wurden unruhig und tänzelten seitlich.

»Sie spüren die Energie von Gehenna«, erklärte Vandi. »Es gefällt ihnen nicht.«

Ash und Iz, die vor uns liefen, sahen sich ständig um, als erwarteten sie einen Angriff aus dem Nichts.

Gisl und Snorri stoppten aus heiterem Himmel und bäumten sich auf. Ich krallte mich in Gisls Mähne, sonst wäre ich in hohem Bogen aus dem Sattel geflogen.

»Irgendetwas stimmt nicht«, flüsterte Vandi.

Der Himmel verdunkelte sich schlagartig.

»Geht in den Wald und sucht Schutz hinter den Bäumen!« Izrails Stimme klang angespannt.

Es donnerte, und ein Sturm zog auf. Blitze erhellten den Horizont in einer so schnellen Abfolge, dass es unnatürlich wirkte. Wir versteckten uns hinter einem Busch.

Der Himmel explodierte ein weiteres Mal und ließ sein Feuer auf die Erde krachen. Eine Säule aus Wind und Feuer, die vom Boden bis zur Spitze der Bäume reichte, drehte sich wie ein Tornado auf der Straße.

Ash und Iz sprangen zur Seite, hinter einen Baum – gerade noch rechtzeitig, ehe aus der Windsäule zwei Gestalten hervorsprangen.

Die beiden Engel schlichen zu uns.

»Na, sieh einer an«, flüsterte Ash. »Adrastäa und Uriel.«

Izrail grinste. »Ja, sie lieben große Auftritte.«

Die beiden Gestalten entpuppten sich als Mann und Frau. Die Frau hatte rabenschwarzes Haar, das ihr bis zu den Hüften fiel. Ihr Gesicht war von außergewöhnlicher Blässe, wodurch ihre fast schwarzen Augen noch stärker betont wurden. Diese Augen waren unheimlich – so kalt und leblos.

Sie trug einen blutroten Lippenstift, der ihre außergewöhnliche Blässe noch mehr unterstrich. Ihre Nase war etwas breiter und führte zu einem markanten, eckigen Kinn.

Das Kleid, hinten weit ausgeschnitten und nur knapp ihren Po bedeckend, bestand aus einem zarten, silbrigen Stoff.

Sie lachte ihren Begleiter an und entblößte dabei zwei hübsche Fangzähne.

Der Mann neben ihr war groß und bullig – ein richtiger Schrank. Sein silbriges Haar war kurz geschnitten und stand wie eine Bürste von seinem Kopf ab. Sein Gesicht würde ich als markant beschreiben: ein breites Kinn, schmale Lippen und große, dunkel schimmernde Augen.

Die Schwingen auf seinem Rücken glänzten in einem zarten Flieder, was irgendwie nicht zu seiner kräftigen Erscheinung passte. Er trug einen schwarzen Anzug, dazu dicke Boots. Die beiden sahen aus, als wären sie auf dem Weg zu einem Ball.

»Interessant!«, flüsterte Ash, »Was will dieses Miststück hier?«

»Da fallen mir zwei Dinge ein: Dich«, erwiderte Iz.

»Und was ist das Zweite?«, gab Ash zurück.

»Dich.«

Ash verdrehte die Augen. »Ohne Witz. Was könnte sie hier wollen?«

Iz zuckte mit den Schultern. »Ich weiß es nicht. Und vor allen Dingen: Was macht Uriel hier?«

Vandi war ganz blass geworden. »Adrastäa wäre die Letzte, mit der ich etwas zu tun haben wollte«, flüsterte sie.

»Uriel ist auch nicht gerade ein Traumtyp«, erwiderte ich. »Er wirkt so militärisch.«

Izrail schnaubte. »Uriel ist ein Bürokrat, der nicht einmal wüsste, was das Militär ist – selbst wenn ihm eine Kugel mitten in sein dämliches Gesicht fliegen würde.«

Die beiden Neuankömmlinge schauten sich lachend um. Je länger ich Adrastäa betrachtete, desto unheimlicher wurde sie mir. Es war, als trüge sie Dunkelheit und Unglück in sich. Sie wirkte kalt wie Eis und unnahbar.

War sie ein Engel?

Genauso schnell, wie der Sturm aufgezogen war, verschwand er wieder, und die Sonne brach durch die Wolken.

Uriel pfiff, und vom Himmel stürzte ein geflügeltes, schwarzes Pferd herab. Adrastäa schnippte mit den Fingern, und ein Biest erschien – ein übergroßer Löwe mit Flügeln. Die beiden setzten sich auf die Tiere und machten sich auf den Weg.

Ash lief unruhig auf und ab, die Hände auf dem Rücken verschränkt. »Wohin wollen die? Nach Gehenna? Das würde Sinn ergeben, wäre aber ungeheuerlich!«

Vandi blickte betroffen auf den Boden. Was hatte sie mit Adrastäa für ein Problem?

»Kann mich mal jemand aufklären, wer die beiden überhaupt sind?«

»Uriel ist ein Erzengel, genau wie wir, und Adrastäa ist eine Göttin. Eine boshafte Göttin«, erwiderte Izrail.

»Sie ist neben Lilith das größte Miststück in diesem Universum«, ergänzte Ash angewidert. »Durchtrieben und bösartig bis auf die Knochen.«

Vandi schluckte. »Adrastäa ist das, was die Menschen aus der alten Zeit als dämonisch beschrieben hätten. Sie ist die Göttin der Rache, des Zorns und der Gewalt. Das treibt sie an – das ist ihr Lebenselixier.«

Ich strich mein Haar nach hinten. »Und was bedeutet das nun?«, erwiderte ich.

»Nichts Gutes. Sie lebt in einem Teil Elysions, der als Verbranntes Land verschrien ist. Dort leben Götter, die Dunkelheit und Zerstörung bringen und von den Elysianern normalerweise gemieden werden. Dass sie nun hier ist, zusammen mit Uriel, der dem heiligen Rat angehört, kann nichts Gutes bedeuten«, gab Vandi bedrückt zurück. »Vor allem kommen Götter wie sie normalerweise nicht durch die Schranke, die die Erde von Elysion und den anderen Ebenen trennt.«

Ash lief auf und ab. »Mit Uriel zusammen kann sie das problemlos«, erwiderte er.

»Ash, hör auf, Rillen in den Boden zu laufen«, sagte Iz kopfschüttelnd.

»Ich hätte sie damals töten sollen«, gab Ash zurück und lief weiter.

»Du warst nicht Herr über deine Kräfte, also hör auf, dir Vorwürfe zu machen!«

»Dieses teuflische, frevelhafte Weibsstück!«

Es war seltsam, diese Worte aus Luzifers Mund zu hören. Ash war sichtlich mitgenommen. Was auch immer diese Frau getan hatte – es musste horrend gewesen sein, um den sonst so coolen Engel derart aus der Fassung zu bringen.

»Wir müssen uns auf etwas Düsteres einstellen, was immer das sein mag. Adrastäa auf der Erde bringt nur Leid«, sagte Vandi.

»Schhht. Seit still.« Ash zeigte auf einen Punkt links von uns.

Antes und Circe schlichen durch das Dickicht und folgten der Richtung, die Uriel und Adrastäa eingeschlagen hatten. Ash hatte recht gehabt – sie waren uns gefolgt. Bis jetzt.

»Schnapp sie dir«, wisperte ich.

Ash schüttelte den Kopf. »Sie sind genau da, wo ich sie haben will. Circe will zu Uriel und Adrastäa. Das Ganze wird immer undurchsichtiger.«

»Sie wird Antes töten, wenn sie hat, was sie will. Das lasse ich nicht zu!« Rasch trat ich nach vorne und wurde im selben Moment erbarmungslos zurückgerissen. Beinahe wäre ich im Dreck gelandet.

Ash baute sich drohend vor mir auf. »Es geht hier um viel mehr als nur um deinen Freund. Also halte dich zurück. Verstanden?« Seine Stimme klang kalt und distanziert, doch das dunkle Feuer in seinen Augen zeigte seine Wut.

»Für mich geht es um ein wertvolles Leben. Und wenn dir das nicht gefällt, dann lass mich gehen, verflucht!«

»Du wirst nirgendwo hingehen. Das Thema hatten wir bereits.«

»Also bin ich deine Gefangene?« Mein Herz klopfte bis zum Hals.

»Wenn du es so sehen willst, dann ja.«

»Wenn ich es so sehen will? Wie zur Hölle sollte ich es sonst sehen?«

»Dass ich dich schütze und sicherstelle, dass du dort ankommst, wo du hinwillst.«

Ash ließ mich einfach stehen. In mir rumorte es. Wenn er glaubte, er hätte gewonnen, irrte er sich gewaltig.

»Und übrigens: Versuch nicht abzuhauen. Ich würde dich sofort wiederfinden, also erspare uns beiden den unnötigen Stress.«

»Was willst du von mir?«, brüllte ich. Es war mir egal, dass uns jemand hören könnte. Meine Wut ließ sich nicht länger unterdrücken. Rasend vor Zorn stürzte ich mich auf ihn.

Eine Wurzel brachte mich zu Fall, doch ich erwischte Ashs Bein und riss ihn mit mir. »Damit hast du nicht gerechnet, eh?«, schrie ich triumphierend, während wir uns im Dreck wälzten.

Irgendwie schaffte ich es, mich auf seine Brust zu setzen und mein Messer zu zücken.

»Eine falsche Bewegung, und du bist tot.« Der Dolch lag kalt und still an seiner Kehle. Er grinste süffisant, was meine Wut nur noch mehr entfachte. In einer fließenden Bewegung, die ich nicht einmal kommen sah, hatte er mich entwaffnet und auf den Rücken gedreht.

»Tz,tz,tz, Liebes. Hast du nichts gelernt? Du bist kein Gegner für mich. Und für ein Paarungsritual ist es hier zu ungemütlich.«

Blitzschnell griff ich in seine Haare und zog seinen Kopf zu mir, während ich mein Knie in seinen Unterleib rammte. Ash stöhnte auf und kippte zur Seite. Diesmal lachte er nicht.

»Du Biest!«, keuchte er mit schmerzverzerrtem Gesicht.

»Das hast du verdient«, kicherte Izrail ungerührt. »Unser Sternenkind ist vermutlich die erste Frau, die dich je ausgenockt hat.«

»Ich lache mich gleich tot, Iz«, erwiderte Ash ungehalten zwischen zwei abgehakten Atemzügen.

Die Norne hüstelte und brach in schallendes Gelächter aus. »Nun, ich denke, Star hat bewiesen, zu was sie fähig ist.«

»Ich bin niemandes Gefangene. Und schon gar nicht deine, Ashariel!«

»Glaubst du wirklich, du hättest irgendetwas erreicht, Star?« Er rappelte sich mühevoll auf und fixierte mich mit einem undefinierbaren Blick. Die Farbe seiner Augen wirkte dunkler als sonst, fast giftgrün. Irgendetwas sagte mir, dass es kein Zeichen der Versöhnung war.

»Sind wir jetzt fertig?«, gab ich spitz zurück.

Mit stoischem Gesichtsausdruck schritt Ash an mir vorüber. Ich hätte fast gelacht, wären da nicht die Fesseln an meinen Händen gewesen.

»Wie zur Hölle hast du das gemacht?«, keifte ich.

Luzifer grinste dümmlich. »Keine Ahnung, was du meinst? Oh, du bist ja gefesselt – und an deinen Füßen baumeln sogar Ketten. Seltsam. Iz, setze sie auf den Sleipnir, wir wollen weiter.«

»Du … du wandelnder Neandertaler! Ich hasse dich!«

Mit einem Schnauben wurde ich auf Gisl gesetzt. »Ich schwöre dir, Ash, käme ich an meinen Dolch, würde ich dich jetzt wirklich töten!«

»Wenn wir Gehenna erreichen – was noch heute sein wird – benimm dich bitte. Um unser aller Frieden. Aber insbesondere, um dein eigenes Leben zu schützen. Du wirst mir nicht von der Seite weichen, ist das klar?«

Die Sonne schickte ihre letzten Strahlen auf die Erde, als wir uns einem gewaltigen Steinwall näherten. Die Mauer reichte bis zum Horizont und maß geschätzt fünfzehn

Meter. Oben auf dem Wall patrouillierten Soldaten in grauen Uniformen mit stählernen Visieren.

Ash hatte meine Fesseln gelöst. Ich trug meinen Umhang, die anderen drei sahen wie reiche Kaufleute aus.

Ein massives Tor unterbrach die Mauer, flankiert von zwei wachsam stehenden Soldaten. Die Stadt Gehenna glich einer uneinnehmbaren Festung. Amon musste etwas fürchten – warum sonst sollte jemand eine ganze Stadt einmauern?

Vor dem Tor hatte sich eine Menschenmenge versammelt, die augenscheinlich alle in die Stadt wollten. Wir reihten uns ein.

»Was ist euer Anliegen?«, fragte der Soldat, als wir an der Reihe waren. Ich stellte fest, dass er ein Mensch war. Amon hatte also auch Kanonenfutter – genau wie Damontiz.

»Wir sind Händler und suchen nach neuen Einkaufsquellen«, sagte Ash.

»Wart ihr schon einmal hier?« Der Soldat betrachtete uns prüfend.

»Nein. Wir sind das erste Mal hier«, erwiderte Izrail freundlich.

»Haltet euch an die Regeln, und wir werden miteinander auskommen! Wenn nicht, landet ihr im Kerker! Verstanden?«

Wir nickten ergeben.

»Lass sie passieren!«, sagte der Soldat zu seinem Kollegen, und das Tor öffnete sich.

Wir waren drin. Doch zu meiner Überraschung erwartete uns ein zweiter Checkpoint. Eine weitere Mauer – kleiner und nicht so hoch. Wieder standen dort Soldaten, die uns intensiv musterten.

»Was ist das für ein Sicherheitsaufgebot?«, flüsterte ich fassungslos.

Ash fasste nach meinem Arm. »Still!«

Wir ritten im Schritttempo, bis wir den zweiten Checkpoint hinter uns gelassen hatten und die Straße sich gabelte. Wir wählten den rechten Weg.

Nach einigen Minuten tauchten die ersten Häuser auf – Prachtbauten mit aufwendigen Verzierungen und Ornamenten, Stuckfassaden und teuer aussehenden Eingangstüren. Hier war alles so sauber, nahezu steril.

Ash bog in eine Seitenstraße ab. Die Häuser wurden kleiner, waren aber dennoch gut gepflegt. Die Luft roch frisch, ein winziger Hauch von Flieder kitzelte meine Nase. Überall gab es Straßenbeleuchtung, und auch in den Häusern waren Lichter zu sehen.

Schließlich erreichten wir einen kleinen Marktplatz. Es gab mehrere Geschäfte und sogar ein Hotel. Zwei Eisdielen und eine Backstube hatten geöffnet. Vor den Shops standen Tische und Stühle, die alle mit Engeln besetzt waren.

Mehrere Menschen liefen geschäftig hin und her. Sie bedienten die Gäste und trugen alle dieselbe Kleidung – grau in grau, fast wie Sträflinge.

Das stand in starkem Kontrast zu ihrer Kundschaft, die in prachtvollen Gewändern herumstolzierte. Aus den Augenwinkeln beobachtete ich, wie eine junge Frau ein Getränk und ein Eis zu einem der Tische brachte. Doch sie stolperte, und das Eis traf einen der Engel.

Ohne zu zögern, stürzte er sich auf die Frau und prügelte sie zu Boden.

Ash drückte meine Hand und signalisierte mir, ruhig zu bleiben. Ich bebte vor Wut. Die Frau schrie und krümmte sich vor Schmerzen, doch niemand half ihr.

»Das ist das Allerletzte!«, zischte ich.

»Ja, aber trotzdem musst du ruhig bleiben.«

Er führte uns weiter durch die Straßen, bis wir zu einer dritten Mauer kamen. Auch hier patrouillierten Soldaten, die jeden kontrollierten. Schon von Weitem konnte ich Kreuze erkennen.

Mächtige Holzkreuze, so hoch wie Straßenlaternen, standen aufgereiht – mindestens zwanzig auf jeder Seite, bestückt mit Menschen und Engeln. Ein kalter Schauer lief mir den Rücken hinunter. Es war eine Straße der Toten, zur Schau gestellt und für jeden sichtbar.

Entwürdigt und entmenschlicht hingen sie dort. Manche waren bereits verstorben, während andere blutüberströmt jammerten und wie Säcke an diesen Folterwerkzeugen angenagelt waren.

Ich zählte drei Priester in schwarze Soutanen gekleidet unter den Gequälten. Einem fehlten die Augen, einem anderen waren Pfeile in den Bauch gestoßen worden. Ich konnte meine Tränen nicht zurückhalten.

Eine Frau hing nackt und mit gespreizten Beinen am Kreuz, aus ihrem Unterleib ergoss sich Blut.

»Mein Gott«, flüsterte ich. »Das ist unmenschlich. Warum so viel Grausamkeit?«

Ich war zutiefst erschüttert und hatte Mühe, meine Fassade aufrechtzuerhalten. Ash drückte meine Hand.

Alles hier roch nach Verwesung und Tod. Zwei Engel waren an ihren Schwingen festgenagelt und flehten um einen Schluck Wasser. Ihre Haut zeigte tiefe Verbrennungen und löste sich langsam von der darunterliegenden Muskelschicht.

Vor jedem Gekreuzigten stand ein Soldat – es war unmöglich, den Menschen zu helfen.

»Reiß dich zusammen, Star«, wisperte Ash. Die Wachen beobachteten uns mit Argusaugen. Ich wandte den Blick zur Seite, um meine Tränen zu verstecken. Vandi und Izrail erging es nicht viel besser. Der Todesengel war entsetzt, was seiner Miene deutlich anzusehen war, und Vandi kämpfte gegen die Tränen. Hatten sie davon nichts gewusst? Ich betrachtete Ash, um mich abzulenken. Seine Miene blieb ausdruckslos, doch das Zucken seines rechten Auges verriet, dass es ihn nicht kalt ließ. Er war aufgebracht – seine Augenfarbe wechselte zwischen schwarz und grau, trotz seiner Verkleidung. Ash atmete schnell – zu schnell.

»Bleib du ruhig«, flüsterte ich.

Er räusperte sich ein paar Mal, fast so, als wäre es notwendig, um sich zu fangen.

»Was haben diese Menschen getan, um so etwas zu verdienen?«

»Vermutlich ein Stück Brot gestohlen«, erwiderte Izrail mit starrer Miene.

»Das ist abartig«, flüsterte Vandi entsetzt. »Die Tat eines wahren Psychopathen.«

»Da gebe ich dir recht«, stimmte Ash leise zu.

Gehenna schien aus vielen Ringen zu bestehen, die jeweils durch einen Wall unterteilt waren – ein wahres Gefängnis. Ich spürte, wie meine Angst mit jeder Minute wuchs.

Beruhige dich. Ash und Iz sind bei dir. Atme tief ein und aus.

Die Vorstellung, dass Vandi und ich alleine hier wären, lähmte mich. Überall lauerten Wachen, Menschen und Engel – zu Fuß, zu Pferd oder fliegend.

Wovor hatte Amon solche Angst? Dagegen war Sanctum ein Kinderspielplatz – ein friedliches Plätzchen Erde.

Die Straßen waren überfüllt, doch kaum jemand sprach. Die Stille war unheimlich. Zwischen den Wohnhäusern erhoben sich Türme, die mit Wachposten besetzt waren. Viele Fenster der Häuser waren zugenagelt, und an einigen Türen waren seltsame Symbole aufgesprüht, die mich an Runen erinnerten.

Ash bog nach links ab, und wir erreichten einen Park, der von Häusern umsäumt war. Hier gab es weniger Wachen, und alles wirkte geordnet und gepflegt.

In der Ferne sah ich zwei große Schornsteine, aus denen unaufhörlich Rauch aufstieg. Je tiefer wir in den Park vordrangen, desto besser konnte ich die Schornsteine erkennen. Sie gehörten zu einem riesigen Gebäudekomplex aus Glas und Stahl, der auf einer Anhöhe stand. Davor gab es eine weitere Mauer und jede Menge Soldaten.

»Das ist Amons Sitz«, wisperte Ash, bevor er nach rechts abbog.

Wir ritten durch einen Laubengang, der ziemlich versteckt lag. Am Ende des Gangs stand ein urwüchsiges, kleines Häuschen. Es war in Dunkelblau gestrichen und hatte eine weiße Eingangstür. Vor den Fenstern hingen Gardinen, und ein kleiner Vorgarten war mit Blumen und Kräutern bestückt

»Wir sind da«, sagte Ash und stieg vom Pferd. Er ging zielstrebig auf die Eingangstür zu und klopfte.

Das Haus lag vollständig im Schatten und war von riesigen Kiefern umgeben. Es war da, und doch wirkte es fast unsichtbar – ein perfektes Versteck!

Die Tür öffnete sich, und ein Engel mit dunkelgrauen Schwingen trat hervor, ganz in Schwarz gekleidet. Es war eindeutig eine Uniform, denn an seiner Brust baumelten verschiedene Abzeichen.

Ash verwandelte sich in seine wahre Form, und der Engel starrte ihn mit offenem Mund an. Doch nach einem Moment umarmten die beiden sich.

»Rein mit euch! Schnell!«, rief er.

Izrail packte die Tiere und führte sie auf eine Wiese hinter dem Haus, ehe er uns folgte.

»Schön, euch zu sehen«, sagte der Engel, dessen Name Ataniel war.

»Ja, allerdings ist der Grund, warum wir hier sind, weniger schön«, erwiderte Ash und ließ sich auf eine ausladende, graue Ledercouch fallen.

»Ich habe mich schon gefragt, wann ihr kommt«, entgegnete Ataniel und bot Vandi und mir einen Sessel an.

Der Raum war ganz in creme und grau gehalten. Sehr modern, mit Regalen aus Chrom und abstrakten Kunstwerken an den Wänden.

Ataniel wirkte, als wäre er höchstens zwanzig, was natürlich absolut unmöglich war. Sein blondes Haar war kurz geschnitten, doch einige lose Strähnen fielen in sein recht rundliches Gesicht. Seine Augen hatten die Farbe von geschmolzenem Karamell und waren leicht asiatisch geformt.

Er lächelte durchaus sympathisch.

»Habt ihr Hunger?«

Izrail nickte begeistert. »Und wie. Ich könnte ein ganzes Schwein verspeisen.«

»Ich besorge uns etwas zu essen. Macht es euch solange gemütlich. Ich nehme an, ihr werdet eine Weile bleiben?«

Ash nickte. »Ja, das werden wir.«

»Komm, ich zeige euch eure Zimmer«, sagte Ataniel und führte uns nach oben. Dort gab es zwei Gästezimmer.

Beide Zimmer waren hübsch eingerichtet, mit eigenem Bad und einem großen Doppelbett. Die Wände waren in einem dezenten Blau gestrichen.

Ataniel verabschiedete sich, um etwas Essbares zu besorgen.

Ich ließ mich aufs Bett fallen. Augenblicke später legte sich Ash mit einem breiten Grinsen neben mich.

»Wo ist Vandi?«, fragte ich bissig.

»Bei Izrail, nebenan«, erwiderte Ash.

Genervt stand ich auf. »Soll das heißen, wir teilen uns ein Zimmer?«

Ash lachte. »Genau das heißt es, Liebes.«

Mein Herz raste, doch ich setzte absichtlich eine gelangweilte Miene auf.

»Lass bloß deine Finger bei dir!«, fauchte ich. »Oder du spürst mein Knie noch mal. Glaub bloß nicht, dass ich dir vergeben habe.«

»Du musst mir vergeben? Dafür, dass ich dich vor dir selbst gerettet habe?«

»Vor mir selbst gerettet? Ich wollte meinen Freund retten, der dir in deinem Spiel scheißegal ist.«

»Du solltest anfangen, mir zu vertrauen, wenn dir dein Leben etwas wert ist, Liebes. Deinem Lover wird schon nichts passieren.«

»Huh? Dir vertrauen? Da müsste ich ja völlig beschränkt sein. Und er ist nicht mein Lover. Also noch mal: Lass deine Finger bei dir!«

»Mach dir keine Hoffnungen, Liebes«, erwiderte Ash kichernd.

Natürlich nicht. Wie sollte ich das überleben? Seine Nähe raubte mir den Verstand.

Ich ging ins Bad, um mir Wasser in die Wanne einzulassen. Das Wasser war angenehm heiß. Am Wannenrand standen Fläschchen mit verschiedenen Badeölen und

Shampoos, die herrlich dufteten. Ataniel schien eine hohe Position zu bekleiden, wenn er sich derartige Luxusartikel leisten konnte.

Ich verschloss die Tür hinter mir und hörte Ash schnauben. »Glaubst du, eine verschlossene Tür könnte mich abhalten, wenn ich zu dir ins Bad wollen würde?«

Wahrscheinlich nicht, aber ich erfreute mich an der Tatsache, dass es ihn offensichtlich ärgerte.

Oh Gott, was hatte ich nur getan, um all das zu verdienen? Der schönste Mann, der je auf Erden wandelte, lag in meinem Bett. Es gab nur ein Problem: Er war ein Bastard und ganz nebenbei der Teufel höchstpersönlich. Und trotzdem ließ er mein Herz schneller schlagen. Mist!

Das heiße Wasser war Balsam für meine geschundenen Muskeln. Meine Wunde sah auch schon besser aus, dank Vandis Salbe.

Als ich das Bad verließ, starrte Ash mich mit verkniffener Miene an.

»So böse, Ashi?«, frotzelte ich mit lieblicher Stimme.

Ich legte mich neben ihn und starrte ihn so lange an, bis er schließlich aufstand und ins Bad verschwand.

Nur mit einem winzigen Handtuch bekleidet kam er zurück. Das machte er doch mit Absicht. Sein langes Haar war klatschnass und klebte an seiner Haut.

»Du machst das ganze Bett nass!«, sagte ich gereizt, als er sich hinlegte.

»Solange es nur das Bett ist.«

»Du bist ein sexistischer Chauvinist«, keifte ich.

»Das ist ein und dasselbe, Liebes«, erwiderte Ash und drehte sich gekonnt auf die Seite, während er ein paar Mal mit seinen langen Wimpern klimperte.

»Idiot«, flüsterte ich direkt in sein Ohr.

»Liebes, es ist offensichtlich, dass du dich nach mir verzehrst. Steh dazu.«

»Ich hätte gute Lust, meinen Dolch in dein verdammtes Herz zu rammen, wenn du nur eins besitzen würdest.«

»Ich besitze ein Herz. Glaube mir. Dennoch brauchst du nicht von deiner Sehnsucht abzulenken.«

»Pah, du bist es, der sich nach mir verzehrt. Eitler Gockel.« Ich hämmerte mit meinen Fäusten gegen seine Brust, was ihn extrem amüsierte. »Dein Herz schlägt nicht für mich und niemanden.«

»Bist du dir da ganz sicher, Liebes?«

Er bedachte mich mit einem Blick, der mein Herz vollkommen aus dem Takt brachte. Dafür hasste ich ihn nur noch mehr.

Ash packte meine Hände, fixierte sie über meinem Kopf und legte sich halb auf mich.

»Huch! Und jetzt?«

»Jetzt sollt ihr zum Essen kommen«, verkündete Izrail kopfschüttelnd und lehnte im Türrahmen, Vandi stand dicht hinter ihm.

Wahrscheinlich blickten sie nicht jeden Tag auf den nackten Hintern des Lichtträgers, der sich gerade aus einem Handtuch schälte.

»Das klären wir noch«, flüsterte er.

»Du kannst mich mal«, giftete ich zurück und zeigte ihm meinen Mittelfinger.

»Wir kommen sofort«, sagte Ash zu Iz, während er sich geschmeidig aufrichtete.

»Sah fast so aus«, erwiderte Izrail trocken und drehte sich um. »Wir gehen schon mal.«

Ataniel hatte an nichts gespart: Frisches Brot, einen heißen Eintopf, Wildschwein und Gemüse – und zum Nachtisch Schokoladenkuchen. Dazu gab es köstlichen Wein und eine Kanne hausgemachte Zitronenlimonade.

Ich aß so viel, dass ich zu platzen drohte.

»Lasst uns hinübergehen. Ich schenke uns noch einen Whiskey ein«, sagte unser Gastgeber nach dem Essen und deutete auf die Ledercouch. Ein warmes Feuer prasselte im Kamin und verbreitete eine geradezu heimelige Atmosphäre.

Unter anderen Umständen hätte ich mich hier wohlgefühlt.

Ash half mir galant, auf die Couch zu gelangen, indem er einen Arm um meine Hüfte legte und mich beinahe trug. Ataniel schenkte uns ein. Nachdem wir den Geschmack des teuren Getränks ausreichend bewundert hatten, kamen Ash und Iz zum Grund unseres Besuchs.

»Also, ich bin froh, dass ihr hier seid«, begann Ataniel das Gespräch und schenkte sich erneut ein. »Allerdings habe ich weitaus früher mit euch gerechnet.«

»Ich war verhindert«, erwiderte Ash leise. »Glaub mir, sonst wäre ich eher zurückgekommen.«

»Ich dachte mir so etwas. Ich konnte mir nicht vorstellen, dass du billigen würdest, was hier vorgeht.«

»Was genau geht hier vor?«, fragte Ash. »Ich habe die Kreuze gesehen, die Daimos und Angeli Mortui. Ich weiß, was Damontiz plant und dass er mit Lothaire gemeinsame Sache macht. Aber was tut Amon?«

Ataniel blickte zur Seite. In seinem Gesicht lag Abscheu.

»Ich glaube, Amon ist verrückt. Er experimentiert mit unseresgleichen und ist völlig besessen von der Idee, eine starke Hybridenrasse aus Menschen und Engeln zu erschaffen, um eine riesige Armee auf die Beine zu stellen – eine, die in der Lage ist, gegen Elysion zu ziehen.«

Ash und Iz wurden blass.

»Das Ergebnis ist bis jetzt grauenvoll. Er hat ganze Dörfer ausgelöscht. Die Überlebenden vegetieren nur noch vor sich hin, beraubt ihrer Seele – nur noch leere Hüllen. Oder sie sind zu diesen Daimos mutiert.«

»Aber warum will er Engel mit Menschen kreuzen? Wir Menschen haben doch gar keine Kräfte, die euren gleichzusetzen sind.«

»Oh doch, das habt ihr«, entgegnete Ataniel. »Ihr seid immun gegen das Osmium. Er hofft, unsere Stärke mit eurer Immunität bündeln zu können.«

Ataniel machte eine kurze Pause und sah zu Iz und Ash. »Er experimentiert hauptsächlich mit Seraphim.«

»Er will unsere Stärke«, erwiderte Izrail.

»Amon ist geisteskrank, wenn du mich fragst. Sieh dir nur die Stadt an – eingemauert. Ein Überwachungsapparat, der seinesgleichen sucht. Und die Brutalität, die er an den Tag legt! Gegenüber Menschen und uns – es ist krankhaft.«

»Lothaire und Damontiz sind auch nicht besser«, fügte Ash hinzu. »Sie wollen Elysion genauso stürzen, nur versuchen sie es über das *Ars Goethia* und Eden – was noch viel schlimmer ist. Damontiz schickt Lothaire Engel, um sie auszusaugen. Er schickt ganze Transporte mit Menschen nach Terras – für seine Blutfabriken. Sie alle sind verrückt geworden. Verrückt nach Macht.«

Ash beugte sich vor, seine Stimme angespannt. »Und zu guter Letzt: Adrastäa und Uriel sind gestern kurz vor Gehenna gelandet. Circe ist aus dem Tartaros ausgebrochen. Offensichtlich hatte sie Hilfe. Sag, weißt du etwas darüber?«

Ataniel sah bedrückt aus, als er antwortete. »Ich weiß nichts Genaues. Doch es gibt immer wieder Gerüchte, dass sie Verbündete in Elysion haben.«

»Genau das habe ich vermutet«, erwiderte Ash. »Wir werden eine Weile bleiben und die Dinge genauer betrachten – inkognito. Ich hoffe, du hast nichts dagegen, wenn wir deine Gastfreundschaft nutzen?«

Ataniel nickte. »Bleibt, solange ihr wollt. Ich bin froh, dass ihr endlich da seid. Vielleicht werden die Dinge sich jetzt ändern.«

Iz grunzte zustimmend. »Am liebsten würde ich die ganze Bagage schon morgen in die Luft jagen. Aber erst müssen wir alles wissen.«

Vandi warf mir einen eindringlichen Blick zu – sie wollte mit mir reden.

»Ich bin so voll. Kann ich ein wenig an die Luft gehen? Oder ist das zu gefährlich?«, fragte ich Ataniel in gespielter Unschuld.

»Ich begleite dich!«, sagte Vandi hastig.

»Ihr könnt auf die Wiese hinter dem Haus gehen«, erwiderte Ataniel. »Dort ist es sicher.«

Ich ging langsam nach draußen, während Vandi mir folgte.

»Niemand darf erfahren, wer du bist. Auch Ataniel nicht. Wenn irgendjemand erfährt, dass du … dass du …! Oh mein Gott, das alles ist meine Schuld«, sagte sie und begann zu weinen.

»Ash weiß es, und Iz weiß es auch«, erinnerte ich sie sanft.

»Ich weiß. Aber wir können nicht anders, als ihnen zu vertrauen«, erwiderte Vandi verzweifelt. »Ohne sie schaffen wir es niemals bis zur Grenze Elysions!«

»Glaubst du wirklich, sie wären damit einverstanden, zurück nach Abbadon zu gehen?«, fragte ich sie.

»Den Teil dürfen sie nicht erfahren. Hörst du mich?«, erwiderte sie aufgebracht. »Sie dürfen nicht wissen, dass es meine Schuld war und ich alles rückgängig machen muss.«

»Ich werde ihnen nichts sagen.« Der Satz lag mir schwer im Magen. Es war nicht fair, Ash und Iz diesen Teil zu verheimlichen. Sie waren auf unserer Seite. Und ich mochte sie beide. Auch wenn Ash sich immer wieder wie ein Arsch aufführte. Aber das war ein ganz anderes Thema.

»Danke, Star.«

Ich hasste die Situation, und ich hasste es, Vandi so aufgelöst zu sehen.

»Dass Adrastäa und Uriel jetzt auch noch involviert sind, macht alles noch viel schlimmer! Verstehst du, Star? Wenn es Krieg gibt, ist alles verloren.«

»Jetzt beruhige dich, Vandi. Wir müssen einen kühlen Kopf bewahren.«

»Du hast recht. Wir müssen besonnen handeln.« Die Norne knetete nervös ihre Handflächen.

»Es ist furchtbar, was ich angerichtet habe. Und nur weil ich unaufmerksam war. Einmal. Oder auch ... zweimal«, fügte sie leiser hinzu.

»Wie ist das überhaupt passiert?«, fragte ich, denn das hatte sie mir nie erzählt.

Sie blickte verschämt zu Boden, ehe sie antwortete. »Ich hatte einen Liebhaber, der mich heimlich besuchte. Wenn Skuld oder Urd das mitgekriegt hätten, wäre die Hölle losgebrochen. Also kam er nachts, wenn ich arbeitete. Und dann ist es passiert.«

Wegen eines Liebhabers?

»Warum darfst du keinen Liebhaber haben?«

»Das darf ich schon, aber nicht diesen.« Sie traute sich nicht, mich anzusehen. »Es war Loki. Fenris und Hels Vater!«

Was sollte daran so schlimm sein? Loki sagte mir rein gar nichts.

»Was ist an Loki so schlimm?«

Vandi riss die Augen auf. »Du kennst ihn nicht?«

Ich schüttelte den Kopf und sah sie gespannt an.

»Er ist unberechenbar und hat einige von uns übelst betrogen. Man kann ihm nicht trauen. Mal spielt er für die gute, mal für die böse Seite. Aber er ist so verdammt sexy«, sagte sie mit einem träumerischen Gesichtsausdruck.

»Als Ash ihn erwähnte, hatte ich Angst, dass er Bescheid weiß. Wenn meine Schwestern das erfahren würden – oh mein Gott!« Sie schüttelte sich.

»Ich habe ihnen erzählt, ich sei eingeschlafen.«

Vandi hatte wirklich unsägliches Leid verursacht, aber sie riskierte alles, um ihren Fehler wieder gutzumachen.

»Ich bete jeden Abend für die Seelen, die meinetwegen gestorben sind oder gequält werden, und ich hoffe, dass sie mir eines Tages verzeihen werden.« Sie wischte sich die Tränen weg.

»Ich weiß, dass du mich verachtest, Star. Es ist meine Schuld, dass deine Familie nicht mehr lebt.«

»Ich verachte dich nicht«, erwiderte ich mit Nachdruck.

Ich umarmte sie, und Vandi beruhigte sich allmählich.

»Danke, dass du mir verzeihen kannst«, flüsterte sie.

Ob ich ihr jemals wirklich verzeihen konnte, wusste ich nicht, aber ich bemühte mich zu verstehen.

»Lass uns wieder reingehen, ehe sie misstrauisch werden«, sagte ich.

Drinnen saßen Ash, Iz und Ataniel immer noch auf der Couch und tranken Whiskey. Iz hatte sich einen weiteren

Teller mit Wildschwein, Brot und Gemüse zurechtgemacht, während Ash gerade ein Stück Schokoladenkuchen verdrückte. Er hatte Krümel am Mund, die ich zwanghaft wegwischen musste.

»Oh so mütterlich. So kenne ich dich gar nicht, Liebes. Kriege ich jetzt auch einen Kuss auf die Mundwinkel?«

Zu seiner Überraschung tat ich genau das. Iz grunzte belustigt, während Ataniel etwas konsterniert wirkte.

»Darf die Mama jetzt auch einen Whiskey trinken?«

Vandi grinste und holte bereits die Flasche, um uns beiden ein Glas einzuschenken.

Ash fiel keine passende Antwort ein, außer mich dümmlich anzustarren. Innerlich gab ich mir ein eins zu null.

Unser Gastgeber musterte mich interessiert aus den Augenwinkeln. Ich wusste nicht, was ich von Ataniel halten sollte. Konnte man ihm trauen?

Ash und Iz schienen es zu glauben. Wir mussten uns auf die Urteilsfähigkeit der beiden verlassen, denn ohne sie wären wir schlichtweg verloren.

»Wo arbeitest du, Ataniel?«, fragte ich schließlich.

Er sah mich an und seufzte. »Ich bin einer von Amons Generälen und ihm direkt unterstellt.«

»Du siehst ihn jeden Tag?«

Ataniel nickte und goss sich noch einen Whiskey ein.

»Ataniel ist einer von meinen Leuten und hier eingeschleust«, erklärte Ash.

»Das heißt, du bist kein Dämon?«

»Wir alle sind Dämonen – in den Augen Elysions. Aber nein, ich sauge niemandem die Lebensenergie aus. Die

Schwierigkeit besteht darin, so zu tun, als ob.«

»Also glaubt Amon, du seist wie sie?«

»Genau. Sonst würde er mir nicht vertrauen.«

»Aber du bist doch das Oberhaupt, oder nicht?«, wandte ich mich an Ash. »Ich verstehe eure Struktur nicht.«

»Ja, ich bin das Oberhaupt, wenn du es so nennen willst. Aber ich war lange Zeit nicht hier, und so haben Machtverschiebungen stattgefunden. Sie haben sich zu lange sicher und unbeobachtet gefühlt.«

»Und wo warst du?«

Ash senkte den Blick und schwieg einige Sekunden, ehe er antwortete: »In Gefangenschaft.«

22.

Die Anspannung, die in der Luft lag, war greifbar. Ein Blick in Iz Augen genügte, um mich zu warnen, nicht weiter zu fragen. Auch Vandi schüttelte stumm den Kopf.

»Oh!«, war alles, was ich sagte. »Dann ist es gut, dass du wieder da bist«, fügte ich schnell hinzu und griff nach seiner Hand.

Meine Gedanken wirbelten umher. Wer zur Hölle hatte die Macht, Ash gefangen zu nehmen? Der heilige Rat?

»Wo macht Amon seine Experimente?«, fragte Iz und wechselte das Thema.

»Er hat mehrere Stützpunkte, innerhalb und außerhalb der Stadt. Du erkennst sie am Aufgebot der Soldaten.«

»Wir müssen da rein!«, erwiderte Ash. »Das Einfachste ist, dass ich deine Gestalt annehme.«

»Kein Problem. Ich bin morgen den ganzen Tag in Amons Hauptsitz. Also könnt ihr die Gegend auskundschaften, und wir laufen nicht Gefahr, uns zu begegnen.«

»Gut. So machen wir es.«

»Ich denke, ich ziehe mich zurück. Bin ziemlich müde«, sagte ich. Ich wollte ein paar Minuten für mich haben, musste nachdenken über das, was ich gehört hatte.

Schnell leerte ich mein Glas und erhob mich. Ehe ich mich versah, sprang Ash auf und trug mich die Treppe hoch.

»Du kannst ein echter Gentleman sein, wenn du willst.« Er roch so gut – eines der Badeöle passte perfekt zu seiner Haut.

»Ich komme auch gleich«, erwiderte er, als er mich oben absetzte.

Ich wusch mich, zog ein Shirt für die Nacht an und legte mich ins Bett. Der Gedanke ließ mich nicht los: Wer hatte Ash gefangen genommen? Diese Frage geisterte durch meinen Kopf wie eine Endlosschleife. Konnte ich ihn danach fragen? Vermutlich nicht, sonst hätten Iz und Vandi nicht solche Signale gesendet. Die ganze Situation unter den Gefallenen war weitaus komplexer, als ich je für möglich gehalten hätte.

Zwei Minuten später wurde die Tür geöffnet, und Ash erschien.

»Du kannst es nicht erwarten, mit mir ein Bett zu teilen?«, frotzelte er.

Ich griff nach meinem Schuh und warf ihn in seine Richtung. Er duckte sich rechtzeitig, und der Schuh flog gegen die Wand.

»Das musst du noch üben, Liebes«, erwiderte er flapsig, während er sich auszog.

Schnell drehte ich mich auf die Seite, um ihn nicht ansehen zu müssen.

Ash löschte das Licht und legte sich hinter mich. Einen Arm legte er über meine Taille, den anderen unter meinen Kopf. Er war so nah, viel zu nah. Sein Duft umhüllte mich. Der Drang, ihn berühren und küssen zu wollen, war überwältigend.

»Wer kann es nicht abwarten?«, flüsterte ich.

Ich spürte ihn, das Spiel der Muskeln unter seiner Haut mit jeder Faser – denn er trug rein gar nichts!

»Es ist bequem so zu liegen. Außerdem muss ich dich beschützen.«

Kichernd drehte ich mich um. »Du meinst, du musst mich vor dir selbst schützen?«

Mein Kopf ruhte auf seiner Brust. Ash zog hörbar die Luft ein, als ich meine Hand auf seinen Bauch legte und mit einem Finger langsam den Umrissen seines Sixpacks folgte.

»Wer will hier wen?«, fragte ich herausfordernd.

»Träum weiter«, nuschelte er und streichelte sanft über meinen Rücken, hinunter zu meinem Po. Meine Nervenenden pulsierten unter seiner Berührung. Hitze schoss in meinen Unterleib und breitete sich aus. *Das halte ich nicht aus.*

Langsam hob ich meinen Kopf und ließ meine Hand ein paar Zentimeter weiter nach unten gleiten. Knapp unter seinem Bauchnabel stoppte ich.

»Du spielst ein gefährliches Spiel, Star«, wisperte er.

Ich sah ihn an, meine Augen suchten nach einer Reaktion, einem Zeichen, dass er es genauso wollte wie ich. Doch Ash blieb regungslos, bis auf das leichte Zucken seines Wangenmuskels.

»Und was, wenn ich genau das will?«, fragte ich leise und ließ meine Finger spielerisch über die Linie seines Bauchnabels gleiten.

Er schloss die Augen, »Star, du weißt nicht, mit wem du dich hier einlässt.«

»Vielleicht will ich es ja herausfinden«, erwiderte ich, meine Stimme jetzt nur noch ein Flüstern. »Ich weiß, dass du nicht so bist, wie du vorgibst zu sein.«

»Bist du dir da ganz sicher, Liebes?«

Bevor ich weitergehen konnte, schloss er seine Hand um mein Handgelenk und hielt mich fest. Nicht schmerzhaft, aber bestimmt. »Pass auf, was du dir wünschst«, murmelte er und zog mich näher an sich heran. Seine Lippen waren jetzt nur einen Hauch von meinen entfernt, seine Atmung schwer und unregelmäßig. Alles in mir schrie danach, ihn zu küssen, aber ich wartete. Der Moment, in dem er sich entscheiden musste, fühlte sich endlos an.

»Du bist unverbesserlich«, sagte er schließlich und ließ meine Hand los. »Das hier könnte dich zerstören, Star.«

»Oder dich«, entgegnete ich, ohne auch nur einen Millimeter zurückzuweichen.

Für einen Herzschlag herrschte absolute Stille, dann schloss er die letzten Zentimeter zwischen uns und küsste mich. Seine Lippen fühlten sich so gut an. Warm, weich und sanft. In diesem Moment war ich rettungslos verloren, in seinem Kuss, seiner Berührung. Ich wollte mehr. Wollte ihn ganz. Mein Körper stand lichterloh in Flammen.

Ash stöhnte leise. Das war alles, was ich brauchte, was ich wissen musste – ein deutliches Signal, dass er genauso von seinen Gefühlen mitgerissen wurde wie ich.

Seine Hände glitten über meine Taille, zogen mich näher. Meine Finger fuhren sanft durch sein Haar, über seine Haut, die sich warm und lebendig anfühlte.

»Star …«, murmelte er gegen meine Lippen, seine Stimme rau, voller Verlangen, aber auch zweifelnd. Doch ich wollte keine Zweifel. Nicht jetzt. Nicht von ihm.

»Sag nichts«, flüsterte ich.

Er tat, was ich wollte und schwieg, aber seine Hände sprachen lauter als jedes seiner Worte. Mit einem Mal war da eine Dringlichkeit in seinen Berührungen, als ob jede Sekunde zählte. Aber da war auch etwas anderes, ein Funken von Zurückhaltung, der mich aus meiner Trance riss. Ich hielt inne, löste mich gerade so weit, dass ich ihm in die Augen sehen konnte.

»Ash, was ist los?«, fragte ich leise, meine Stirn an seine gelehnt.

Seine Augen, die normalerweise in einem tiefen Türkis funkelten, waren jetzt dunkel, fast düster. »Ich kann dir nicht geben, was du suchst, Star. Nicht alles.«

Die Worte trafen mich, aber ich wich nicht zurück. »Vielleicht will ich nicht alles, Ash. Vielleicht will ich einfach nur dich, hier und jetzt.«

Für einen Moment schwieg er, doch dann schüttelte er kaum merklich den Kopf.»Du bist zu gut für einen One-Night-Stand, zu gut für mich.«

Ich lachte leise, aber ohne echte Freude. »Vielleicht bin ich genauso wie du. Vielleicht sind wir genau deswegen hier.« Ich belog mich selbst. Ash hatte längst Gefühle in mir geweckt, die weit über ein sexuelles Begehren hinausgingen.

Sein Griff an meiner Taille lockerte sich, doch er ließ mich nicht los. »Star, wenn wir das weitergehen lassen, wird es kein Zurück mehr geben.«

»Vielleicht will ich gar nicht zurück«, flüsterte ich, ehe ich ihn erneut küsste, sinnlich und ohne Zurückhaltung. Meine Hände erkundeten seinen Körper, spürten die Bewegungen seiner Muskeln und seiner Erregung, die immer größer wurde. Er gab nach. Ich hatte gewonnen. Aber zu welchem Preis?

Ich schlief in seinen Armen ein und erwachte spät am nächsten Morgen. Ash starrte mich an. In seinem Blick lag etwas seltsam Verletzliches.

»Guten Morgen«, sagte ich und küsste ihn auf die Brust.

»Guten Morgen. Gut geschlafen?«

Ich hatte Angst, dass es komisch zwischen uns sein würde, aber interessanterweise war es das nicht.

»Wenig. Ich habe wenig geschlafen«, gab ich zurück.

»Woran hat das gelegen?«, fragte er und zog eine Braue nach oben, begleitet von seinem altbekannten Grinsen.

»Ich weiß nicht. Ich hatte den Eindruck, ein großer Vogel konnte seine Finger nicht von mir lassen.«

Ash schnaubte. »Ich glaube eher, das Sternenkind konnte seine Finger nicht von einem gewissen Engel lassen, der genau diese Situation von Anfang an vorausgesagt hatte.«

Ich setzte mich auf, ehe ich antwortete: »Deine Einbildung ist grenzenlos. Genau wie dein Ego«, erwiderte ich zuckersüß und verschwand im Badezimmer. Ash murrte etwas Unverständliches, und ich grinste. Er hatte seine Finger nicht von mir lassen können – und das wusste er.

Gut gelaunt sprang ich unter die Dusche und seifte mich ein.

Diese Nacht war unbeschreiblich. Er war ein exzellenter Liebhaber – was ich ihm natürlich nicht auf die Nase binden würde.

War es nur ein rein körperliches Vergnügen gewesen? Er hatte es gesagt, aber es hatte sich anders angefühlt – die Art, wie er mich küsste, wie er mich streichelte ... Vielleicht verrannte ich mich völlig und interpretierte etwas hinein, das gar nicht existierte – nur weil ich mir wünschte, er würde mich genauso sehr mögen und wollen, wie ich ihn. Mein dummes kleines Herz hatte mich von Anfang an betrogen. In der ersten Sekunde als ich ihn auf dem Marktplatz sah. *Vielleicht bin ich eine Masochistin?* Mal hasste ich ihn und mal brachte er mein Herz zum Stolpern. Nur gleichgültig war er mir nie. Ich wollte nicht weiter darüber nachdenken und alles sezieren, sondern den Moment genießen.

Meine Gedanken wanderten zum gestrigen Tag: die Kreuze, die Soldaten überall. Gehenna schien wie ein Hochsicherheitsgefängnis. Die Frage war, warum? Lag es an den

Versuchen, die Amon durchführte? Oder hatte er schlichtweg Angst vor jemandem – oder etwas?

Die nächsten Tage würden hoffentlich Aufschluss bringen. Doch wie lange blieben wir? Vandi und ich mussten weiter. Jeder verlorene Tag kostete viele Leben und entfernte mich weiter von Antes und meiner Schwester.

Ich schlüpfte in meine Klamotten, bereit, nach unten zu gehen. Ash war schon fort.

»Guten Morgen«, sagte ich fröhlich in die Runde.

Vandi, Iz und Ash aßen bereits. Ataniel hatte ein vorzügliches Frühstück aufgetischt: Rührei mit Schinken, Müsli, Brot, Käse und Marmelade. Mein Magen meldete sich prompt.

»Guten Morgen«, erwiderte Vandi freundlich grinsend.

Iz grunzte etwas in seinen nicht vorhandenen Bart – seine Laune schien nicht die beste zu sein.

»Wo ist unser Gastgeber?«, fragte ich schließlich.

»Bereits im Dienst und hält für uns die Augen offen«, gab Ash zurück und zwinkerte mir zu.

»Traust du ihm?«, fragte ich, während ich mir Kaffee einschenkte.

»Nein. Ich traue niemandem – nicht mal meinem eigenen Bruder. Allerdings hat Ataniel mir nie einen Grund gegeben, an ihm zu zweifeln.«

Izrail zog seine Brauen zusammen und wirkte irgendwie mürrisch.

»Alles okay, Iz?«, fragte ich.

»Mmmh? Ja, alles okay. Mir fehlt nur etwas Schlaf!«

Ich blickte zu Vandi, die breit grinste.

»Was hast du mit ihm gemacht?«, lachte ich.

»Ich? Gar nichts! Es war die Lautstärke aus eurem Zimmer, die uns wachgehalten hat.«

Ich verschluckte mich an meinem Kaffee und wurde rot wie eine überreife Tomate.

»Oh Ash, ja, ja, ja! Aaaassshhh!«, witzelte Iz und lachte schallend. »Ich dachte, das Bett bricht jeden Moment durch die Wand.«

»Wer kann, der kann«, erwiderte Ash mit einem dümmlichen Lächeln. »Höre ich da einen gewissen Neid, Iz?«

»Pfffff, glaubst du, das schaffe ich nicht?«

»Sag du es mir!«

»Übrigens, was soll denn das – ich traue meinem Bruder nicht. Das war ein Witz, oder?«

»Nein! Glaubst du, ich habe vergessen, wie du mich als Kind bestohlen hast und dann behauptet hast, ich hätte dich bestohlen?«

Vandi kicherte.

»Das ist nicht lustig. Weißt du, wie traumatisch das für einen Sechsjährigen ist?«

»Ich war sieben, Ash. Sieben! Nur ein Jahr älter als du.«

»Siebeneinhalb, um genau zu sein.«

»Du spinnst doch. Wie kannst du mir das nach so vielen Jahren immer noch vorhalten?«

»Ich halte dir gar nichts vor. Ich habe nur eine Feststellung gemacht.«

»Ash war schon immer ein sehr sensibles, fantasiebegabtes Kind«, erwiderte Iz genervt.

»Siehst du, genau das meine ich. Du tust so, als hätte ich mir alles nur eingebildet. Genau wie die ständig fehlenden Schokonüsse. Die hast du mir gestohlen und mit Raz und Ischtar gefuttert.«

»Schokonüsse? Du hast einen riesigen Vogel, Ashariel. Der ist so groß, dass er nicht in dieses Haus passt. Ernsthaft! Ich habe eine Nussallergie, schon vergessen? Vielleicht hast du damit die Eichhörnchen gefüttert.«

»Dann hast du die Nüsse eben für Raz und Ischtar geklaut.«

»Könnten wir jetzt bitte das Thema wechseln? Oder müssen wir doch im städtischen Kindergarten nachfragen, ob sie noch Plätze frei haben?«, unterbrach ich das Gespräch.

Ash und Iz starrten mich überrascht an.

»Also, was liegt heute an? Die Versuchslabore?«, sagte ich, um das Thema vollends zu ersticken.

»Ja, wir werden uns ein wenig in der Stadt umsehen, Liebes.«

»Gut. Wird Zeit, dass wir den Dingen auf den Grund gehen!«

»Mit *wir* meinte ich Iz und meine Wenigkeit.«

»Wieso? Vandi und ich können doch mitgehen?«

Ash schob seine Haare aus dem Gesicht und legte eine ernste Miene auf.

»Hör mir zu, Star! Es ist gefährlich hier, wie du vielleicht schon bemerkt hast. Und für dich ist es noch gefährlicher. Also nein. Ihr beide bleibt hier!«

Ich hasste es, wenn er mir vorschreiben wollte, was ich zu tun und zu lassen hatte.

»Ich werde nicht den ganzen Tag hier im Haus sitzen und Däumchen drehen!«

»Ash hat recht. Es ist zu gefährlich, solange wir nicht wissen, was los ist«, gab Iz zurück.

»Ist ja klar, dass du deinem Bruder beipflichtest.«

»Ich muss den beiden recht geben. Lass uns einfach einen geruhsamen Tag verbringen«, sagte Vandi, sehr zu meinem Ärger.

»Also schön. Wir können ja putzen. Oder kochen. Das schaffen wir doch, oder?«, erwiderte ich bissig.

»Davon bin ich überzeugt. Das wirst du sehr gut machen«, gab Ash grinsend zurück.

Die beiden machten sich nach dem Frühstück auf den Weg. Meine Laune war nicht die beste, als ich aus dem Fenster schaute und die beiden Sleipnir friedlich grasend auf der Wiese beobachtete.

Hatte Ash nicht gesagt, dass Amons Sitz der große Gebäudekomplex gegenüber dem Park war? Gegen einen kleinen Spaziergang war doch nichts einzuwenden, oder?

»Bist du sicher, dass du weißt, was du tust?«, fragte Vandi plötzlich wie aus dem Nichts.

»Was meinst du?«

»Mit Ash.« Sie sah mich prüfend an.

»Keine Ahnung, was du meinst. Wir hatten Spaß, nicht mehr und nicht weniger.«

Eine Predigt von Vandi fehlte mir gerade noch.

»Star, du bist mir sehr ans Herz gewachsen, und Ash ist wirklich wunderschön und sehr sexy – aber sicher kein Mann fürs Leben. Verliere nicht dein Herz!«

»Warum sagst du das andauernd?«

»Weil ich nicht blind bin!«

»Was ist an Ash so verkehrt? Außer, dass er ist, wer er ist?«

Vandi blickte nach unten. »Du weißt nichts über ihn und sein Leben, über seine Geschichte«, erwiderte sie geheimnisvoll.

»Warum sagst du es mir nicht einfach, anstatt ständig in Rätseln zu sprechen?«

Ash selbst hatte mir genau das ein paar Mal zu verstehen gegeben.

»Das darf ich nicht. Ich darf nicht in Dinge eingreifen oder sie vorhersagen. Frag ihn doch einfach.«

»Was hat das mit Vorhersagen zu tun, wenn du mir aus Ashs Leben etwas erzählst? Was kann so schlimm sein? Dass er tötet? Das weiß ich bereits. Dass er von Tausenden Frauen angehimmelt wird? Auch das weiß ich. Dass ich nicht die bin, die ihn verzaubert? Auch das weiß ich.«

Als ich die Worte aussprach, spürte ich einen Schmerz tief in meinem Herzen. Wusste ich das wirklich? Oder machte ich mir etwas vor?

»Du bist eine wunderschöne, intelligente und warmherzige junge Frau, und all diese Dinge sind nicht das Problem.

Frag ihn nach seiner Vergangenheit. Vielleicht, nur vielleicht, sagt er dir etwas dazu.«

Ich hasste diese kryptischen Bemerkungen. Ash würde mir gar nichts erzählen – so gut kannte ich ihn bereits. Vielleicht würde Izrail mir etwas sagen.

»Er wird mir nichts sagen. Das weißt du genauso gut wie ich.«

»Dann zieh dich von ihm zurück! Solange dein Herz es noch zulässt.«

Den Zeitpunkt hatte ich verpasst.

»Ich gehe etwas im Garten spazieren. Ich brauche Luft.«

Ich wartete nicht darauf, was sie sagen würde. Ich ging einfach. Die Luft war herrlich klar, und die Sonne brach durch den Frühnebel.

Schnurstracks ging ich auf Gisl und Snorri zu. Die beiden hatten es sich unter einer alten Eiche gemütlich gemacht. Gisl schnaubte leise, als sie mich sah.

»Hallo, ihr beiden.«

Ich küsste beide auf die Nüstern.

»Mein Tag war bis jetzt auch nicht nett«, sagte ich leise.

Ich fühlte mich traurig. Die Unterhaltung mit Vandi war, gelinde ausgedrückt, sehr unschön gewesen.

Ich betrachtete die Umgebung, von der ich gestern Abend nicht viel gesehen hatte. Der Garten war groß und ringsherum von hohen Bäumen umgeben, meistens mächtigen Kiefern. Von hier aus hatte ich keinen Einblick in den Park.

Ataniel hatte seine Bleibe weise gewählt.

»Was meinst du, Gisl, was stimmt mit Ash nicht? Außer dem Offensichtlichen?«

Sie sah mich aus großen Augen an.

»Ich glaube, ich habe mich in ihn verliebt – trotzdem er so ein Idiot ist. Kannst du das verstehen? Er riskiert das Leben meines besten Freundes, hält mich sozusagen gefangen, lenkt mich davon ab, meine Schwester zu suchen, hat ein Ego so groß wie ganz Sanctum und trotzdem… Verstehst du das?«

Gisl stupste mich an.

»Danke. Wenigstens einer.«

Aber Vandi hatte recht. Ich sollte die Notbremse ziehen!

Ash hatte mir selbst klargemacht, dass es nur um Lust ging und nicht um Liebe. Und dennoch hatte es sich gestern Nacht anders angefühlt. Die Art und Weise, wie er mich berührte, küsste und ansah, sprach eine andere Sprache.

Warum musste alles so schwierig sein? Ich fühlte mich so sicher und geborgen in seinen Armen, so lebendig und einzigartig. In den Armen Luzifers! Was stimmte nicht mit mir? Ich lachte über mich selbst.

»Genug Trübsal geblasen! Hast du Lust auf einen kleinen Ausflug, Gisl?«

Vandi überraschte mich, indem sie mir zuvorkam. Gerade, als ich mit Gisl verschwinden wollte, schoss sie um die Ecke.

»Star, ich kenne dich mittlerweile. Glaub bloß nicht, dass du ohne mich gehst!«

Die Norne schlüpfte in ihre männliche Hülle, und ich zog meinen verhassten Umhang an.

»Wenn Ash uns erwischt, reißt er uns den Kopf ab!«

»Im wahrsten Sinne des Wortes«, erwiderte ich und schüttelte mich. Der Gedanke an die Köpfe verursachte mir Übelkeit.

»Wir gehen nur bis zur Grenze des Parks und keinen Schritt weiter«, erklärte Vandi. »Und komm nicht auf dumme Gedanken!«

Ich nickte ergeben.

»Die Tiere lassen wir hier. Das ist unauffälliger.«

Also gut, dann zu Fuß. Wir gingen durch den Laubengang zurück. Jetzt, bei Tageslicht, konnte ich erkennen, dass er aus zauberhaften Rosenranken bestand. Ataniel hatte wirklich Glück. Niemand würde auch nur ansatzweise vermuten, dass hier ein bezauberndes Häuschen versteckt war.

23.

Der ganze Park war sehr weitläufig angelegt. Verschiedene Wege führten zu Hecken, die lauschige Plätzchen boten.

Zwischen üppigen Blumenrabatten standen Bänke und vereinzelt Tische. Es gab einen großen Teich, der vollständig mit Seerosen bedeckt war.

»Es ist schön hier, so friedlich«, sagte ich. »Vermutlich der einzige friedliche Platz in Gehenna.«

Ich wunderte mich, warum hier kaum Soldaten zu sehen waren.

»Ganz einfach«, erwiderte Vandi. »Das ganze Gebiet um den Park herum gehört Amons höchstem Mitarbeiterstab – alles Generäle und hochrangige Offiziere. Da braucht er seine Fußsoldaten nicht, die hier überall herumspionieren.«

Vereinzelt kamen uns Engel entgegen, die ebenfalls einen Spaziergang machten.

Ich suchte nach Unterschieden zwischen den Engeln in Sanctum und Gehenna. Einzig und allein die Blässe ihrer Haut fiel mir ins Auge. Nicht ganz so schlimm wie bei den Vampiren, dennoch sahen die meisten aus, als würden sie nie die Sonne sehen. Auch besaßen nicht alle Schwingen – oder sie versteckten sie.

»Dürfen wir hier überhaupt sein? Als Menschen?«, flüsterte ich.

Vandi zuckte mit den Schultern. »Bis jetzt hat uns keiner komisch angesehen.«

Ich zog den Umhang enger um meine Schultern. »Sieh mal, da drüben.«

Auf einer Lichtung standen mehrere Bänke. Eine Gestalt, eindeutig ein Engel, beugte sich über eine Frau, die wie eine Puppe in seinen Armen hing.

»Was macht er da?«

Vandi zog mich hinter einen Baum. »Er isst gerade.«

Wir blieben stocksteif stehen und beobachteten die Situation. Die Frau bewegte sich nicht.

»Ist sie tot?«, wisperte ich.

»Das Gift ist lähmend. Vielleicht ist sie nur bewegungsunfähig.«

Ich bekam eine Gänsehaut.

»Was machen wir jetzt?«, fragte ich und starrte zu Vandi.

»Gar nichts! Bist du verrückt? Wir können nichts tun.«

Es dauerte eine Weile, bis der Mann aufstand und sich entfernte. Die Frau ließ er liegen – wie ein Stück Abfall am Wegesrand.

Wir wollten gerade zu ihr gehen, als zwei weitere Männer aus dem Nichts erschienen, sie auf eine Schubkarre luden und abtransportierten.

»Die Müllentsorgung«, sagte ich entsetzt.

»Sieht ganz so aus. Komm, wir gehen hinterher!«

Ehe ich etwas einwenden konnte, war Vandi bereits auf dem Weg.

Wir hangelten uns von Baum zu Baum, um unsichtbar zu bleiben. Die Männer blieben vor einem Container stehen, der versteckt hinter einer Hecke lag. Sie warfen die Frau wie einen Abfallsack hinein und drückten anschließend auf einen Knopf, der ein Mahlwerk in Gang setzte.

»Sie schreddern die Leichen«, flüsterte ich fassungslos.

Mir wurde ganz flau in der Magengegend. Ich lehnte mich gegen einen Baumstamm und atmete ein paar Mal tief ein und aus. »Gib mir noch eine Minute.«

»Klar, nimm dir Zeit.«

Menschen hatten hier keinerlei Bedeutung. Sie waren Produkte und Mahlzeiten, Sklaven und Abfall, der möglichst effizient entsorgt werden musste.

Wir blieben noch einige Minuten stehen, während die Männer mit ihrer Schubkarre abzogen, um weiteren Unrat einzusammeln.

»Ich möchte gar nicht wissen, wie viele Abfallschredder es hier gibt«, sagte Vandi und sah sich um.

»Lass uns weitergehen«, erwiderte ich.

Je näher wir dem Container kamen, desto fürchterlicher wurde der Geruch.

»Scheint voll zu sein«, meinte Vandi und hielt sich die Nase zu.

»So verhindern sie, dass noch mehr Daimos entstehen«, gab ich zurück.

»Nicht ganz.« Vandandi zeigte auf den Boden vor der Schreddermaschine. Hier lagen Leichenteile – fein aufeinandergestapelte Beine, Füße und Hände, die sich bewegten, als würden sie an unsichtbaren Fäden hängen.

»Das gibt's doch nicht!«

»Das ist das Gift. Es bleibt selbst nach dem Tod aktiv.«

Ich wollte nur noch hier weg. »Lass uns gehen. Ich habe für heute genug gesehen.« Mein Magen machte Purzelbäume, und ich hatte Mühe, nicht an Ort und Stelle zu erbrechen. »Es war eine Scheißidee, ohne Ash und Iz aus dem Haus zu gehen.«

»Ja, aber jetzt siehst du es selbst ein. Hätte ich etwas gesagt, wärst du trotzdem gegangen.«

Sie hatte recht. Ich war so dumm.

»Man hat hier keinerlei Schutz. Es braucht nur einen Engel, der hungrig ist, und schon landest du im Schredder.«

»Ich habe es kapiert. In Gehenna bin ich ein Schnitzel auf zwei Beinen.«

Immerhin hatte ich noch meinen Osmiumdolch, allerdings hatte ich noch nie gegen einen solchen Engel gekämpft. Vandi hatte einst gesagt, sie seien stärker als Vampire.

Ich war überglücklich, als wir den Laubengang erreichten und Ataniels Haus in Sichtweite kam.

Ash und Iz waren noch nicht zurück – Gott sei Dank!

Die Flasche Whiskey war noch halb voll, und ich gönnte mir einen Drink, um meinen Magen zu beruhigen.

Wir räumten den Tisch ab und spülten, um uns abzulenken. Doch die zuckenden Gliedmaßen gingen mir nicht aus dem Kopf. Hatten Menschen hier irgendwelche Rechte? Ich glaubte nicht. Der Abfallschredder sagte mir alles, was ich wissen musste: Die Dämonen nahmen sich die oder den Nächstbesten und stillten ihren Hunger. Egal wo, wann oder wer.

»Weißt du, ich wundere mich, dass es hier überhaupt noch Menschen gibt, bei dem Appetit und der Masse an Dämonen.«

Vandi seufzte. »Ich möchte gar nicht länger darüber nachdenken. Ataniel sagte ja, dass Amon bereits ganze Dörfer ausgelöscht hat.«

Die ganze Sache war vertrackt. Ash könnte etwas dagegen unternehmen, wollte jedoch erst alle Hintergründe kennen.

Ich erwartete mit Spannung ihre Rückkehr – hoffentlich war ihre Mission erfolgreich verlaufen. Die Zeit kroch dahin. Ash und Iz waren schon seit Stunden weg.

»Was ist, wenn ihnen etwas passiert ist?«, fragte ich zum zehnten Mal.

»Was soll ihnen passieren? Außer vielleicht, dass sie über eine Flasche Wein und ein paar Frauen stolpern.«

Ich bedachte Vandi mit einem vernichtenden Blick. Von Ataniel war auch nichts zu sehen, und so langsam machte ich mir Sorgen. Die Norne blieb seelenruhig, trank Tee und aß Kekse, die sie in Ataniels Schränken gefunden hatte, während ich Mühe hatte, nicht auszuflippen.

»Herrgott noch mal! Wo bleiben die so lange?«, platzte es aus mir heraus.

Im selben Moment wurde die Tür geöffnet, und Ash grinste mich an.

»Hast du mich vermisst, Liebes?«

Iz schleppte eine Tasche mit sich und stellte sie auf den Tisch.

»Nahrung«, sagte er.

»Sag mir lieber, wo ihr wart«, erwiderte ich schärfer, als ich es wollte.

Ash zog eine Braue nach oben und starrte mich an.

»Im Wald picknicken. Zusammen mit Ede dem Elfen und Tina dem Troll. Wo waren wir wohl? In der Stadt. Wo sonst?«

Izrail kicherte.

»Ganz witzig, ihr beiden«, gab ich entnervt zurück.

Ash kam auf mich zu und umarmte mich.

»Alles gut? Was ist los? Hast du dir Sorgen gemacht?«

Seine Reaktion überraschte mich.

»Ja, ich habe mir Sorgen gemacht. Ihr wart so lange weg«, gab ich leise zu.

»Und außerdem haben wir etwas Furchtbares gesehen.«

Das hätte ich besser nicht gesagt.

»Gesehen? Wie kannst du etwas Furchtbares sehen, wenn du hier im Haus bist?«

Vandi zog den Kopf ein.

»Wir waren nur ein wenig spazieren«, erwiderte sie kleinlaut.

»Was versteht ihr daran nicht, das Haus nicht zu verlassen?«

Ash war wütend. »Ich glaub's nicht! Hast du eigentlich auch nur die geringste Ahnung, was hier los ist? Meinst du, ich sage das, um dich zu ärgern?«

»Es tut mir leid«, erwiderte ich kleinlaut.

Ich fühlte mich wie eine dreizehnjährige, die eine Gardinenpredigt von ihrem Vater bekam.

»Und ja, ich weiß jetzt, was hier los ist.«

Ich erzählte ihm, was im Park geschehen war.

»Diese Container stehen an jeder Ecke. Menschen sind hier Freiwild. Amon hat so ziemlich alle Gesetze gebrochen, die es gibt. In diesen Abfallbehältern findet ihr nicht nur Menschen, sondern auch Engel.«

»Auch Soldaten oder niederrangige Offiziere, die ihm irgendwie in die Quere gekommen sind«, gab Iz zurück.

»Jeder, der sich seiner Meinung nicht anschließt, wird eliminiert. Die Gekreuzigten dienen nur dem Showeffekt. Arme Tölpel, die rein gar nichts verbrochen haben, außer zum falschen Zeitpunkt am falschen Ort gewesen zu sein.«

»Alle anderen werden ausgesaugt oder landen in den Laboren«, ergänzte Ash Izrails Ausführungen.

»Wart ihr in einem der Labore?«

»Nein. Wir haben ein paar Leute getroffen, die im Untergrund gegen Amon arbeiten und uns mit Informationen versorgt haben. Heute Abend gibt Amon eine große Party, auf die wir gehen werden. Wir vier.«

»Wir haben eine Einladung von einem der Generäle, der für uns arbeitet.«

»Wirklich?«, gab ich zurück. Wenn Ash so etwas sagte, konnte es nur einen Haken geben.

»Nein, nur ein Witz«, erwiderte Ash sarkastisch.

»Ja, wir gehen heute Abend gemeinsam dahin, und ich habe etwas an Garderobe besorgt.«

Iz stellte zwei weitere Taschen auf den Tisch.

»Ladys, Ballroben für euch.«

In der Tasche waren zwei wunderschöne Kleider – eines in Silber und eines in Mitternachtsblau.

Ich entschied mich für das Silberne. Es war aus Organza und Seide gefertigt, mit einer Corsage, die mit glitzernden Steinen bestickt war. Dazu gab es hochhackige Sandalen in Silber, die mit Strass besetzt waren.

»Das ist bezaubernd«, sagte ich begeistert.

Auch Vandis Kleid war ein Traum aus Seide und Samt. Es war hinten weit ausgeschnitten und fiel fließend über ihren Rücken. Es hatte lange Ärmel und wirkte unglaublich elegant. Dazu trug sie goldene Sandalen mit Riemchen, die sich bis zur Wade schlängelten.

»Toll. Wer hat die Kleider ausgesucht?«, fragte sie. »Sie sind ein Traum.«

Iz räusperte sich verlegen. »Ich war so frei.«

Vandi hauchte ihm einen Kuss auf die Wange.

»Du hast einen sehr guten Geschmack.«

Ich nickte. »Dem schließe ich mich an.«

Ash packte die andere Tüte aus.

»Essen!«

Käse, Brot, Salami, Schinken und Wein. Gut, ein Snack war jetzt genau richtig. »Wirst du dich heute Abend zu erkennen geben?«, fragte ich kauend.

»Nein, wir bleiben inkognito. Ich werde den General imitieren, von dem ich die Einladungen habe. Iz wird zu Ataniel, und Vandi wird seine Begleitung sein. Du wirst meine Dagin!«

Iz verschluckte sich.

»Hast du dir das gut überlegt?«, sagte er zu Ash und starrte in meine Richtung.

»Was ist eine Dagin?«, fragte ich irritiert.

»Eine Engelshure«, gab Vandi zurück.

»War ja klar, Ash! Etwas noch Beknackteres konnte dir nicht einfallen?«

»Das ist die einzige Rolle, die zulässt, dass du mitkommen kannst, ohne dass jemand Fragen stellt. Und ich bitte dich, dich auch so zu verhalten – nämlich unterwürfig!«

Ich kochte vor Wut. Ashs Augen funkelten herausfordernd.

»Star, ich bitte dich inständig, keinen Mist zu bauen! Sonst kann das schnell in einem Blutbad enden. Verstehst du, was ich sage?«

Er bat mich inständig?

»Natürlich verstehe ich, was du sagst. Ich bin ja nicht taub, und blöd bin ich auch nicht!«, gab ich verärgert zurück.

»Also wirst du mitziehen? Oder möchtest du lieber mit Ataniel den Abend verbringen?«

»Schön. Ich ziehe mit. Aber wehe, du provozierst mich oder machst dumme Bemerkungen!«

Ash hob abwehrend die Hände. »Würde ich nie tun.«

Izrail grunzte und sah Ash milde lächelnd an. »Nein, niemals würdest du auf solche Ideen kommen.«

»Fällst du mir schon wieder in den Rücken?«, erwiderte Ash und funkelte ihn an.

»Hast du schon nachgeschaut, ob deine Nüsse noch da sind?«

Ich konnte nicht anders, als laut zu lachen. Vandi stimmte mit ein, und die Stimmung löste sich. Lediglich Ash wirkte ein wenig angefressen, sagte aber nichts.

Nach dem Essen ging ich nach oben, um mir ein Bad einzulassen und mich für den Abend anzukleiden. Ich war nervös, das musste ich zugeben. Als einziger Mensch unter diesen Seelenfressern zu sein, war kein angenehmer Gedanke.

Ich kramte in meiner Tasche und war glücklich, dass ich etwas Make-up eingepackt hatte. Es wäre eine Schande, dieses Kleid nicht so perfekt wie möglich zu präsentieren.

»Was willst du?«, keifte ich, als Ash die Tür öffnete.

»Sei nicht so biestig, das steht dir nicht«, erwiderte er mit einem schiefen Grinsen.

»Was steht mir denn? Netzstrümpfe und billige Dessous? So etwas tragen Dagin doch, oder?«

Er nahm mein Gesicht in beide Hände und küsste mich.

»Nein, aber das hier.«

Ash zog eine Kette aus seiner Hosentasche und legte sie um meinen Hals. Es war das schönste Schmuckstück, das ich je gesehen hatte.

Um meinen Hals baumelte eine Silberkette, an deren Ende ein Diamant von der Größe einer Murmel hing. Der Stein war in eine filigrane Blüte aus Silber eingefasst. Wunderschön.

Ich schluckte schwer und kämpfte mit den aufsteigenden Tränen. »Wirklich schön«, sagte ich leise. Noch nie hatte mir jemand etwas so Kostbares geschenkt.

»Du bist schön, Starlight.« Ash küsste mich sanft auf den Hals und verschwand durch die Tür.

Ich blickte in den Spiegel und sah eine junge Frau mit geröteten Wangen und großen feucht schimmernden Augen. Ash hatte es tatsächlich geschafft, mich zu Tränen zu rühren.

24.

Ich schlüpfte in das Kleid und legte Make-up auf. Vandi half mir mit meinem Haar. Ich entschied, es hochzustecken und nur einige Strähnen locker herunterhängen zu lassen. Die Kette kam so gut zur Geltung.

»Woher hast du die?« Vandi strich vorsichtig über den Anhänger.

»Von Ash. Hat er mir vorhin gegeben.«

Ihre Augen wurden groß.

»Ein Geschenk?«

»Ich glaube schon.« Oder war sie nur geliehen? Ich hätte fragen sollen.

»Es ist bestimmt ein Geschenk an dich. Jedenfalls ist sie zauberhaft und passt hervorragend zu dir.«

Das Kleid passte wie angegossen und betonte meine leicht gebräunte Haut und meine grünen Augen. Die Sandalen waren ein Traum, aber leider furchtbar unbequem.

»Das wird eine Herausforderung, den ganzen Abend darauf zu laufen.«

»Du siehst wunderschön aus«, sagte Vandi lächelnd.

»Jetzt bist du dran. Geh dich umziehen.«

Die Norne verwandelte sich in einen hinreißenden Engel, mit langen blonden Haaren, einer kurvigen Figur und mitternachtsblauen Flügeln, passend zu ihrem Kleid. Ein wenig Make-up, und Vandi sah perfekt aus. Wir betrachteten uns im Spiegel.

»Also, wenn wir heute Abend nicht märchenhaft aussehen, dann weiß ich es auch nicht mehr«, sagte sie kichernd. »Lass uns nach unten gehen und Ash und Iz von den Stühlen hauen.«

Die Männer erwarteten uns im Wohnzimmer. Ataniel war auch eingetroffen und zwinkerte uns aufmunternd zu.

»Wow!«, sagte Ash, als wir den Raum betraten. Seine Wahnsinnsaugen sprühten Funken.

Iz pfiff leise. »Ihr seht beide umwerfend aus.«

Wir bedankten uns artig und nahmen einen Drink.

»Also werden wir abgeholt?«, fragte ich.

»Abgeholt? Nein. Wir fliegen«, gab Ash zurück.

Mir wurde schlagartig übel.

»Ich habe keine Flügel, schon vergessen?« Sollte ich vielleicht hinterherlaufen?

»Du fliegst mit mir.«

»Um Himmels willen. Wie soll das gehen? Klettere ich auf deinen Rücken?«

Ash sah mich an, als wäre ich verrückt.

»Natürlich nicht. Ich trage dich.«

Ganz toll. Meine Begeisterung stand mir ins Gesicht geschrieben, denn Iz grinste.

»Keine Sorge, Star, du kriegst einen Fallschirm auf den Rücken geschnallt.«

»Das beruhigt mich jetzt sehr«, erwiderte ich sarkastisch.

Der Flug war schlimmer, als ich dachte.

Ich lag in Ashs Armen, unter mir der Abgrund. Bei jedem winzigen Windhauch flog mein Kleid hoch, mitten in Ashs Gesicht. Fluchend wie ein Kesselflicker landete er schließlich wesentlich früher als geplant. Den Rest des Weges liefen wir.

Er sah gut aus in seiner Hülle: schwarzes, kurzes Haar, dunkle Augen und eine schlanke, drahtige Figur.

Ash nahm meine Hand und verschränkte seine Finger mit meinen, als wir uns dem Gebäudekomplex näherten.

»Also, Liebes, keine Widerworte, Ausbrüche, Flüche oder sonstige Dinge, die für dich typisch sind, okay?«

»Weißt du, Ashi, in dieser Verkleidung finde ich dich richtig sexy.«

Ash schnaubte.

»Lenk nicht vom Thema ab! Ich werde dir Gelial vorstellen, wenn er mehr nach deinem Geschmack ist.« Hörte ich da eine leichte Verstimmung?

»Ja, gerne. Ich finde, er sieht heiß aus.«

»Ha, ha, ha!«

»Was ist daran so lustig, Ashi?«

»Du lügst so schlecht. Im Hades würdest du keine fünf Minuten überleben.«

Ich hauchte ihm einen Kuss auf die Wange.

»Du irrst dich. Ich lüge nicht. Gelial ist sexy. Ist er vergeben?«

Ash blieb stehen.

»Reiz mich nicht, Star! Nicht jetzt!«

Reizte ihn das Thema? Ich grinste innerlich. »Also schön. Wir sprechen später darüber«, erwiderte ich.

»Wir werden gar nicht darüber sprechen! Weil das ausgemachter Blödsinn ist«, gab er angefressen zurück.

»Fast könnte man denken, du seist eifersüchtig«, sagte ich belustigt.

»Glaub, was du willst. Nur hör mit diesem Mist auf.« Ash kochte vor Wut.

»Halt dich einfach an den Plan! Verstanden? Es sei denn, du möchtest abgerissene Köpfe sehen!«

Oha. Zeit, meinen Mund zu halten.

Vandi und Iz erwarteten uns bereits vor dem hochbewachten Eingang.

»Da seid ihr ja endlich. Was habt ihr gemacht? Ein Picknick?«, fragte Iz.

»Der Flug war etwas holprig«, erwiderte ich. Plötzlich stieg meine Nervosität, und ich krallte mich regelrecht an Ashs Hand fest. Das Gebäude war hell erleuchtet. Überall standen Soldaten und Wachleute, dazwischen Dämonen in prachtvollen Roben. Die Wachleute salutierten, als wir an ihnen vorbei liefen.

»Gelial. Schön, dich zu sehen.«

Ein großer Engel, der Ash um einen halben Kopf überragte, gesellte sich zu uns. Sein Gesicht war von Narben gezeichnet. Bei genauerer Betrachtung erkannte ich, dass er zarte Tätowierungen an den Schläfen hatte, die sich bis zu seinen Wangenknochen zogen. Ranken und Zeichen, die ich noch nie gesehen hatte – ähnlich wie bei den Vampiren.

Er trug sein dunkles Haar lang und hatte es zu einem Zopf gebunden. Das Auffälligste waren seine Augen. Sie wirkten tiefschwarz, mit winzigen silbrigen Punkten, die sich wie ein Kranz um die Iris wanden.

»Lothaire? Mit dir habe ich heute nicht gerechnet!«

Izrail stellte sich breitbeinig neben Ash.

»Ataniel? Hallo!«

»Was tust du hier?«, erwiderte Iz, als Ataniel getarnt.

»Amon hat mich eingeladen, um mir seine Forschung näherzubringen. Interessant, was er da vorhat.«

Lothaire blickte mich mit seinen unheimlichen Augen an.

Ash versteifte sich.

»Eine wunderschöne Begleitung hast du da.« Lothaire wandte sich Ash in seiner Form, als Gelial zu. »Sie riecht grandios. Ein echter Leckerbissen!«

Er leckte sich über die Lippen und zeigte seine Eckzähne. »Hast du Lust, sie zu teilen?«

»Ich fürchte, nein, mein Freund. Ich habe sie zufällig gefunden und seitdem hüte ich sie wie meinen Augapfel!«

»Vielleicht überlegst du es dir noch?«

Er fixierte mich mit seinem Blick. Widerlich!

Ash drückte meine Hand und bedeutete mir, still zu bleiben.

»Nein, ich glaube nicht. Du hast doch genug Schönheiten an deinem Hof, oder nicht?«

Lothaire fletschte die Zähne. »Nun, sie riecht anders – wie reifer Wein. Vollmundig und verführerisch, mit einem Hauch Sternanis und Zimt. Es wäre eine Schande, sie nicht zu kosten!«

Iz lachte.

»Deine Nase ist ganz hervorragend, aber ich fürchte, Gelial ist geizig.«

»Das wird sich noch zeigen!«, erwiderte Lothaire knurrend.

Ashs Augen funkelten gefährlich, und ich hatte das dumme Gefühl, Lothaire könnte seinen Kopf verlieren.

»Lasst uns doch reingehen. Bei einem Glas Wein redet es sich besser«, sagte Iz, um der Situation die Schärfe zu nehmen.

»Geht schon mal vor. Ich erwarte noch jemanden«, erwiderte der Vampir.

Gott sei Dank. Eine Minute länger, und ich wäre vor Wut geplatzt. Oder Ash wäre ausgeflippt.

»Pass auf und bleib immer an meiner Seite. Lothaire wird alle Hebel in Bewegung setzen, um dich alleine zu erwischen. Wir wollen doch nicht, dass er seinen Kopf verliert, Liebes. Andererseits, warum eigentlich nicht? Sein dummes Gesicht nervt mich schon lange.«

»Du sagst mir immer, ich soll still sein und ruhig bleiben, und du rastest für jede Kleinigkeit aus.«

»Kleinigkeit? Dein Leben ist also eine Kleinigkeit? Oder vielleicht findest du ihn heiß?«

»Haltet die Klappe.Alle beide«, flüsterte Iz und zeigte auf die Engel, die unseren Weg kreuzten.

»Da drüben ist Damontiz. Amon scheint alle hierher zitiert zu haben. Interessant. Das wird ein aufschlussreicher Abend.«

»Ich finde Damontiz heiß«, hauchte ich in Ashs Ohr. »Ob er ein guter Liebhaber ist?«

Er ignorierte meine kleine Spitze.

Wir näherten uns der Haupttür, die ins Gebäude führte. Damontiz stand mit drei anderen Engeln zusammen und unterhielt sich angeregt. Ash ließ ihn links liegen und zog mich direkt ins Gebäude. Iz und Vandi folgten uns.

Amon hatte einen erlesenen Geschmack. Das ganze Haus war mit grauen Marmorböden und teuren Teppichen ausgelegt. Die Wände waren in Silber und Dunkelblau gehalten. An den Decken hingen schwere Kristalllüster, die wie Diamanten funkelten. Cremefarbene Couchen und Sessel sowie massive Holzmöbel rundeten das Gesamtbild ab. Ash führte uns in einen Ballsaal mit einer riesigen Glasfront und einer angrenzenden Terrasse. Der ganze Saal erstrahlte in einem Saphirgrün, ergänzt durch goldene Akzente und schwarze Loungemöbel.

Ich war gespannt auf Amon. Sein Name fiel so oft, dass ich neugierig darauf war, welches Gesicht sich dahinter verbarg.

Ich musste nicht lange warten. Der König von Gehenna erschien in einem schwarzen Anzug, an seinem Arm eine junge, hübsche Frau.

Meine Schwester Daria!

25.

Der leiseste Trug, er tötet den Spross,
Den zarten, der Neigung hienieden;
Und wirft selbst des Geister-Reichs Blüten
In Grabes Schoß.

Georg Friedrich von Gerstenbergk

Der Raum drehte sich, und ich hatte Mühe, nicht umzufallen. Mein Herz schlug so schnell, dass ich glaubte, es springe aus meiner Brust. Kalter Schweiß sammelte sich auf meiner Oberlippe, meine Beine gaben nach, und hätte Ash mich nicht aufgefangen, wäre ich ins Bodenlose gestürzt. Ein leiser Schrei löste sich von meinen Lippen.

»Was ist los?«, flüsterte Ash besorgt.

»Das ist meine Schwester, Daria«, wisperte ich ungläubig.

Ich wollte zu ihr, doch mein Instinkt hielt mich zurück. Vielleicht war es die Tatsache, dass sie so sehr strahlte und glücklich an Amons Seite wirkte, vielleicht war es auch nur der Schock, der mich an Ort und Stelle verharren ließ. Ich starrte sie einfach an, während mein Geist versuchte, zu verarbeiten, was meine Augen sahen.

Daria war erwachsen geworden. Eine hübsche junge Frau mit goldenen Haaren, einem herzförmigen Gesicht und tiefblauen ausdrucksvollen Augen, in denen ein schelmisches Funkeln lag. Das eng anliegende fliederfarbene Abendkleid betonte ihren wohlgeformten Körper an den richtigen Stellen. Eine Prinzessin hätte nicht eleganter wirken können.

Amon war nicht unattraktiv mit seinem dunkelroten Haarschopf und den braunen Augen, doch seine Aura wirkte kalt und dunkel. Was war hier los?

»Das ist deine Schwester? Die verloren Geglaubte?«, fragten Ash, Iz und Vandi wie aus einem Mund.

Mir schossen Tränen in die Augen, und ich hatte Mühe, sie zurückzuhalten.

»Ja, die verloren Geglaubte.« Was hatte das alles zu bedeuten?

»Bleib hinter mir, Liebes, solange wir nicht wissen, was hier los ist.«

Ash legte seinen Arm um meine Hüfte und zog mich zu sich. Er murmelte ein paar fremdartige Worte. »Ich tarne dich. Nur für deine Schwester. Sie wird dich nicht erkennen. Für alle anderen siehst du normal aus.«

Daria lachte und scherzte mit den Gästen. Sie küsste Amon, und ihre Augen hingen regelrecht an seinen Lippen.

Eine Gefangene war sie sicher nicht! Die meisten der Anwesenden schien sie zu kennen. Auch die Frauen unterhielten sich mit ihr.

Amon und Daria näherten sich und begrüßten Ash und Iz.

»Gelial, heute mit Begleitung«, sagte Amon und betrachtete mich, als wäre ich ein interessantes Insekt.

»Du hättest dein Essen jedoch nicht mitbringen müssen.«

»Oh, ich weiß. Aber es bot sich an, und sie ist ein exquisiter Happen.«

Daria lachte. »Ich mag es, wenn ihr zu Scherzen aufgelegt seid«, sagte sie und zwinkerte mir verschwörerisch zu.

»Meine Frau glaubt immer noch, ich mache Witze«, gab Amon galant zurück. »Nach all den Jahren nimmt sie mich immer noch nicht ernst.«

»Glaubt ihm kein Wort«, erwiderte meine Schwester kichernd.

»Komm jetzt, die Gäste warten auf Uriel und Adrastäa«, sagte sie und zog Amon fort.

Ich fühlte mich, als hätte sie mir soeben das Herz herausgerissen.

»Bring mich hier raus«, wisperte ich.

Ash nahm meine Hand und zog mich mit sich. Sein Ziel war die Terrasse.

Tief atmen, Star! Ein und aus. Ein und aus. Beruhige dich.

Vielleicht gab es eine einfache Erklärung für all das. Eine Erklärung, die deine furchtbaren Gedanken in Luft auflösen könnte. Wenn Daria Amons Frau war, wurde sie dann jemals entführt? Oder war das alles ein geplanter Schachzug, um sich einen reichen Mann zu angeln? Den König von Gehenna? Hatte sie den Tod von Mom und Nona in Kauf genommen? Hätte sie meinen Tod in Kauf genommen, wenn ich an diesem Tag da gewesen wäre?

Meine Beine zitterten. Der Gedanke war ungeheuerlich! Das konnte nicht sein! Es musste eine andere Erklärung geben!

»Da drüben sind Circe und Antes.« Ash zeigte nach rechts in Richtung Tür. Amon und Daria begrüßten beide überschwänglich. Antes wirkte unsicher und verloren, zwischen all den Blutsaugern und Dämonen. Ich musste meine Gedanken ordnen, überlegen welchen Schritt ich als Nächstes unternahm. Doch zuerst brauchte ich Sauerstoff und einen Schnaps. Ash lief über die Terrasse hinaus auf eine Wiese, ehe er stehen blieb. Wortlos zog er mich in seine Arme und tröstete mich, als wüsste er genau, was ich dachte. Vielleicht war es so offensichtlich, dass es gar keine anderen Möglichkeiten zuließ.

»Hast du das gewusst?«, fragte ich unter Tränen.

»Nein. Sonst hätte ich dich nicht hierher gebracht.«

Er streichelte über meine Wangen und wischte meine Tränen weg.

»Ich weiß nicht, was ich denken soll«, wisperte ich.

»Doch, das weißt du, Star. Und ich denke es auch.«

Er hatte recht.

»Aber warum? Unsere Mutter und Großmutter wurden deshalb umgebracht?«

Ich konnte keinen klaren Gedanken fassen.

»Deine Schwester ist nicht wie du. Sie ist nicht rein, sondern dunkel. Ihre Seele ist verschmutzt. Bei euch Menschen bedeutet das Bosheit und Grausamkeit. Frag Izrail, er wird dir das bestätigen.«

Ich lehnte mich an seine Brust und sog seinen Duft ein. Es hatte etwas Beruhigendes. »Also ist sie eine Psychopathin? Willst du das damit sagen?«

Ash nickte. »So in etwa, ja.«

»Aber Amon hasst Menschen.«

»Du hasst Engel, aber mich und Iz nicht. Vielleicht sieht er in Daria etwas, das mit seiner Seele korrespondiert. Liebe geht manchmal seltsame Wege.«

Er hatte recht, doch glauben konnte ich es nicht. Ich hätte doch merken müssen, wenn sie bösartig gewesen wäre, oder? Es gab nur eine Antwort auf diese Frage: Ich musste es herausfinden. Mit ihr sprechen, irgendwie.

»Kann ich einen Schnaps haben? Oder auch zwei?«

»Sicher. Ich hole dir etwas. Bewege dich nicht hier weg, hörst du?«

Meine Gedanken fuhren Achterbahn.

Mom, Nona? Wenn ihr mich hören könnt, helft mir und führt mich zur Wahrheit. Bitte.

Als Ash zurückkehrte, hatte er Antes im Schlepptau. Er schubste ihn unsanft in meine Richtung.

»Antes? Gott sei Dank. Geht es dir gut?«

»Ob es mir gut geht? Soll das ein Witz sein? Dein Geliebter hat mir fast den Arm gebrochen!«

Ashariel schnaubte missbilligend. »Wenn ich dir sage, folge mir, dann heißt das, folge mir. Verstanden?«

»Ja, doch, großer Engel!« Er spuckte Ash vor die Füße.

»Hör auf damit, Antes! Wir wollen dir nur helfen.«

»Mir helfen? Ihr habt mich eingesperrt, meine Leute entführt und euch in mein Lager geschlichen. Wenn das eure Hilfe ist, verzichte ich liebend gerne.«

Mit einem Mal war ich furchtbar müde. Die ganze Situation raubte mir die letzte Energie. Alles, wirklich alles, entwickelte sich in eine furchtbare Richtung.

Aus der Ferne hörte ich das Lachen der Gäste, Musik und aufgekratzte Stimmen. Ich kniff mir in den Nasenrücken und kippte den zweiten Schnaps hinunter, um die aufsteigenden Kopfschmerzen zu bremsen.

»Du stehst unter Circes Bann«, erwiderte ich kraftlos. »Und wir können dir helfen, diesen zu lösen. Dann bist du frei.«

Antes lachte bitter. »Frei? Wo bin ich denn frei? So lange diese Pest auf unserem Planeten wandelt. Wo soll ich denn hin? Zurück nach Sanctum?«

»Ich weiß es nicht. Du könntest mit uns kommen.«

Jetzt lachte er lauthals. »Mit euch? Das ist wäre das Schlimmste für mich. Zuzusehen wie er dich eingewickelt hat. Wie du sein Schoßhündchen bist, seine Hure. Wir waren mal Freunde, doch jetzt sind wir Feinde, Star!« Seine dunklen Augen funkelten hasserfüllt. In ihnen lag ein Ausdruck von Endgültigkeit.

Der Tag war zu stressig, zu traurig, zu überwältigend – einfach zu viel. Die Worte trafen mich bis ins Mark, als hätte ich Antes gerade zum zweiten Mal verloren. Mein Herz verkrampfte sich, doch ich hatte keine Wahl.

»Ash, schick ihn nach Abbadon, zu seinen Freunden. Vielleicht hilft es ihm, wieder normal zu werden.«

Ich drehte mich auf dem Absatz um und lief zurück zum Haus. Mir war klar, dass keine Sekunde vergehen würde, bis Antes vom Antlitz der Erde verschwinden würde – vorerst.

Dort konnte er wenigstens keinen weiteren Schaden anrichten, und Circe würde ihn nicht umbringen können.

Zumindest redete ich mir ein, dass meine Entscheidung die beste sei – in Anbetracht der derzeitigen Situation.

Vor der Terrasse machte ich Halt und wartete, bis Ash zurück war.

»Wow, das war stark, Liebes. Eine starke Entscheidung.«

»Könntest du Abbadon etwas netter gestalten?«

»Soll ich ihnen ein Freiluftkino bauen, ein Schwimmbad mit Rutschbahn und einen Eisstand? Es ist eine Welt der Buße, Star, kein Kinderspielplatz.«

»Ich will nur, dass er überlebt, genug zu essen und zu trinken hat und nicht ganz so viel leiden muss. Immerhin ist er nicht er selbst.«

»Oh, er ist er selbst. Circe ist zurück im Tartaros, und der Bann ist längst gelöst. Ich wollte nur sichergehen, dass sie wirklich zu Uriel und Adrastäa wollte.«

»Du hast den Bann gelöst?«

»Ja, schon lange. Er ist freiwillig mitgegangen.«

Der dritte Schnaps half mir, meine Nerven zu beruhigen. Ash hatte mich belogen und Antes war verloren. Zumindest für den Moment. Und Daria? Das würde ich herausfinden.

26.

Wir kehrten zurück, gerade rechtzeitig, um das Ende von Amons Rede zu hören.

»Und so darf ich euch heute ankündigen, dass wir Besuch von unseren Freunden aus Elysion haben.« Amon klatschte, und der Saal stimmte ein. Daria stand etwas abseits, ihr Gesicht war vor Aufregung gerötet.

Sie verströmte Glück, wenn sie Amon ansah. Ich konnte den Gedanken nicht verarbeiten. Wäre sie wirklich dazu fähig unsere Familie ermorden zu lassen? Oder war es doch anders, als wir glaubten? War Damontiz nur der Handlanger, der den Plan ausgeführt hatte?

Izrail stellte sich neben mich und drückte meine Hand. Damontiz und Lothaire standen beide in Darias Nähe, und sie schien kein Problem mit ihnen zu haben. Ich könnte Damontiz hier und jetzt töten. Mein Dolch steckte in einem Strumpfband, das ich unter meinem Kleid trug. Der Gedanke war verlockend. *Und dann, Star? Willst du auch sterben? Gleich hier?* Denn das würde zwangsläufig passieren. Ashs Tarnung würde auffliegen, und die Gefallenen würden triumphieren. Also war das keine Option. *Konzentriere dich auf Daria.*

Lothaire sah mich an und grinste – vielmehr fletschte er die Zähne, was mir einen Schauer über den Rücken trieb. In diesem Moment erschienen Uriel und Adrastäa. Beide ließen sich vom frenetisch klatschenden Publikum feiern. Uriel hob die Hände und bedeutete den Gästen, ruhig zu sein.

»Ich freue mich, hier zu sein. Genau wie meine Begleiterin.« Adrastäa verbeugte sich. »Die Zeit ist reif, unsere Pläne in die Tat umzusetzen, und Amon, Damontiz und Lothaire leisten wertvolle Arbeit, damit dies auch geschehen kann. Die Forschungen schreiten voran, und der Schlüssel zum Erfolg ist zum Greifen nahe. Elysion wird schon viel zu lange von Heuchlern regiert, die sich dem Wandel und Fortschritt verweigern. Seht euch an! Verbannt und verflucht – seit Jahrhunderten. Ohne Aussicht auf Gnade oder Rehabilitation. Ihr müsst euch den Planeten mit minderwertigen Geschöpfen teilen, weil ihr sie als Nahrungsquelle benötigt.«

Ash schnaubte angewidert, und ich drückte seine Hand. Sein Blick ruhte auf Uriel, der auf mich wie ein schmieriger Verkäufer wirkte, der auf dem Markt seine Waren überteuert anbot.

»Wir werden Elysion und die Welten reformieren und euch an euren angestammten Platz zurückbringen.« Die Menge jubelte begeistert. »Lasst uns heute feiern, und morgen kämpfen wir!« Uriel und Adrastäa erhoben ihre Gläser. »Auf uns!«

Daria klatschte genauso begeistert wie alle anderen. Sie war ein Mensch – und gerade als minderwertige Nahrungsquelle beschrieben worden.

»Was meint er, mit morgen kämpfen wir‹?«, flüsterte Vandi.

»Das ist hoffentlich nur ein Spruch«, erwiderte Iz.

Musik setzte ein, und die Menge löste sich auf, um zu feiern.

»Lass uns zum Büffet gehen, Liebes.«

Ash steuerte direkt auf Uriel zu, der sich kleine Häppchen auf einen Teller legte. »Tolle Rede«, begann Ash das Gespräch und schob sich ein Gebäckstück in den Mund.

Das Büffet sah köstlich aus.

»So energetisch und charismatisch«, fügte Ash hinzu.

»Danke. Motivation ist alles«, erwiderte Uriel.

»Ich frage mich, wie du den heiligen Rat überlisten willst und vor allen Dingen an Michael, Gabriel und Raphael vorbeikommen willst?«

Uriel lachte.

»Alles zu seiner Zeit. Wir haben einige Verbündete in Elysion. Da steht eine von ihnen.« Uriel zeigte auf Adrastäa, die sich gerade angeregt mit Amon unterhielt.

Aus der Nähe betrachtet wirkte sie noch unheimlicher. Ihre Augen waren so leer und seelenlos wie die schwärzeste Nacht.

»Nun, die Göttin der Rache als Verbündete zu bezeichnen, halte ich für ein gewagtes Spiel. Wie wir alle wissen, ist sie unberechenbar.«

Uriels Gesichtszüge verhärteten sich. »Wie war doch gleich dein Name?«, erwiderte er gereizt.

»Gelial. Ich bin einer von Amons höchsten Generälen und sehr an seiner und unserer Sicherheit interessiert.« Ash genoss das Spiel.

»Gut, Gelial. Ich denke, es liegt außerhalb deiner Sicherheitsfreigabe, dich mit Details zu unserem Plan zu betrauen. Wenn Amon es für richtig hält, wird er dich einweihen. Schönen Abend noch.«

Uriel drehte sich um und widmete sich wieder dem Büffet.

»Arroganter Idiot!«, flüsterte Izrail, der mit Vandi hinter uns stand.

»In der Tat. Das kommt auf meine Liste«, gab Ash zurück.

»Welche Liste?«, fragte ich leise.

»Meine To-Do-Liste, Liebes. Du weißt schon: wem der Kopf abgerissen wird, wer in den Abyss kommt, und so weiter.«

Okay. Der Teufel führt Listen. Nun ja war ja auch schwierig, sich alles zu merken.

Wir blieben am Büffet und aßen ein paar Snacks. Die Gäste tanzten, unterhielten sich fröhlich, und ich nutzte meine Chance, mich an Daria heranzuschleichen. Mit zwei Gläsern Champagner bewaffnet, stellte ich mich neben sie.

»Hier, möchtest du?«

»Danke, gerne«, erwiderte sie freundlich und musterte mich von Kopf bis Fuß. »Du bist mit Gelial hier? Bist du seine Dargin?«

»So etwas in der Art, ja.«

»Das dachte ich mir schon. Sonst wärst du vermutlich längst tot.« Ihr Blick wurde kalt, während sie an ihrem Champagner nippte.

»Aber du bist auch ein Mensch, oder? Und mit Amon sogar verheiratet.«

Daria lächelte. »Ich war ein Mensch. Jetzt bin ich eine Königin, die in einem falschen Körper steckt. Ich hatte für Menschen nie viel übrig, sie sind so zerbrechlich wie ein Kinderspielzeug. Eines Tages wird die Forschung meines Mannes auch mir helfen, diesen Körper zu verbessern. Daran glaube ich ganz fest.«

Ich fühlte mich, als hätte mir jemand die Luft aus den Lungen gesogen. Wie distanziert, eiskalt und überheblich sie sprach. *Bleibe ruhig Star.*

»Und deine Familie? Wie sieht die das?«

»Ich habe keine Familie, außer meinem Mann. Ich hatte nie eine. Ich wurde adoptiert und in dem Glauben erzogen, ich hätte eine Mutter, Großmutter und Schwester. Eine Lüge, wie sich später herausstellte. Sie haben ihre wohlverdiente Strafe bekommen.« Sie prostete mir zu und zwinkerte. »Auf die Gerechtigkeit.«

Meine Hände ballten sich zu Fäusten. Ich hatte genug gehört. Schwärze waberte vor meinen Augen und drohte, mich mitzureißen. Unbändige Wut und der Drang, sie auf der Stelle zu töten, waren alles, was ich spürte.

Jetzt! Ich sprang, doch wurde zurückgerissen. Ash hielt mich fest.

»Da bist du ja. Ich habe dich schon gesucht. Und du weißt, ich mag es nicht, wenn ich dich suchen muss!« Er umklammerte meinen Arm wie ein Schraubstock.

Daria lachte ein glockenhelles Lachen.

»So böse, Gelial? Wir haben uns nur ein wenig unterhalten. Lass deiner Bediensteten doch ein wenig Spaß.«

»Genug des Spaßes, dafür ist sie nicht hier!« Er riss mich fort, als sei ich ein Ding und kein Lebewesen. Mein Arm schmerzte höllisch, als wir in einer ruhigen Ecke zum Stehen kamen.

»Bist du verrückt geworden?«, zischte er. »Du wolltest sie hier und jetzt verprügeln?«

»Nein, ich wollte sie töten!«, erwiderte ich schluchzend. Tränen rannen in Sturzbächen über mein Gesicht und hinterließen schwarze Schlieren auf meinen Wangen. Meine ganze Welt fiel in sich zusammen. Erst Antes, jetzt Daria.

Ash hob mein Kinn und blickte mich an. »Es tut mir so leid, Star.« In seinen Augen lag ehrliches Mitgefühl, was mich nur noch mehr zum Weinen brachte.

Iz und Vandi eilten herbei, einen weiteren Schnaps in der Hand.

»Nimm das«, sagte Izrail betroffen und umarmte mich.

Der vierte Schnaps brannte in meiner Kehle, legte jedoch einen wunderbaren, warmen Mantel über meine angeschlagenen Nerven. Ich beruhigte mich auf der Stelle. Vandi wischte meine Tränen und die Mascara-Schlieren fort, bis ich wieder halbwegs anständig aussah.

»Was hast du mir da gegeben?«

»Absinth«, erwiderte Iz mit einem Grinsen im Gesicht. »Schön stark. Genau das, was du jetzt brauchtest.«

»Es ist alles wahr. Sie wusste davon und hat es befürwortet.«

»Ich weiß, Liebes. Ich habe alles mitangehört.«

Erneut stiegen mir Tränen in die Augen. »Warum nur? All das wegen Amon? Sie hätte einfach weglaufen können.«

»Sie wollte Rache, weil sie belogen wurde. Daria ist nicht wie du, das sagte ich dir bereits.«

Stumm nickend wischte ich die Nässe fort und straffte mich.

»Irgendwann wird sie dafür büßen. Nicht heute und nicht morgen. Aber eines Tages werde ich sie zur Rede stellen und dann entscheiden, was ich mit ihr machen werde.«

»Natürlich wirst du das. Und ich werde dir dabei helfen, versprochen. Sollen wir gehen? Oder schaffst du das, Liebes?« Ash wirkte besorgt.

»Ich schaffe das.« Er bot mir seinen Arm an, den ich dankbar annahm.

Ich werde den Abend überstehen, er war zu wichtig. Eines Tages werde ich Daria wiedersehen. Es ist nur eine Frage der Zeit!

Wir gingen zum Buffet zurück. Je weiter der Abend voranschritt, desto lockerer wurde die Stimmung. Die Gäste tranken und wurden immer übermütiger.

Ich bemerkte erneut, dass Lothaire mich anstarrte. Gruselig.

»Gelial! Ataniel!« Amon rief und bedeutete den beiden, zu ihm zu kommen. Vandi und ich folgten ihnen. Auch Damontiz, Lothaire, Uriel, Adrastäa und einige der anderen Gäste beorderte er zu sich.

»Wir machen eine kleine Laborführung für unsere Gäste«, sagte er stolz. »Kommt, schließt euch uns an!« Das klang mehr nach einem Befehl als nach einer freundlichen Einladung. Aber es spielte uns in die Karten. So mussten Ash und Iz nicht weiter suchen.

Ash nahm meine Hand und drückte sie. Daria gesellte sich zu uns. Ich betrachtete ihr Gesicht, suchte nach Spuren von Mitgefühl, Angst oder Leid – doch fand ich nur eine glatte Maske der Fröhlichkeit und Aufregung. Sie war ein Monster, an den Gedanken musste ich mich gewöhnen.

Vandi und Iz liefen hinter uns, Amon und der Rest der Bagage vor uns. Wir verließen den Ballsaal durch eine Seitentür. Durch verschachtelte Gänge gelangten wir schließlich zu einer breiten Treppe, die ins Untergeschoss führte. Amon führte den Trupp pfeifend an.

Unten gab es weitere Gänge, fast wie ein Labyrinth. Hier war alles mit weißen Fliesenböden ausgelegt, und auch die Wände waren gefliest – ganz steril, wie in einem Krankenhaus.

Wir stoppten vor einer massiven Eisentür. Amon gab einen Code ein, und die Tür schwang weit auf. Ich schluckte. Der Geruch erinnerte mich an eine Mischung aus Desinfektionsmittel und Verwesung – schauderhaft.

Einige Menschen in weißen Kitteln kamen uns entgegen. Sie schoben Wagen und Tabletts hin und her, während andere, behangen mit Stethoskopen, wie Ärzte wirkten.

Die Flure waren breit, und rechts und links reihten sich Zimmer mit Stahltüren und kleinen Fenstern. Dahinter befand sich jeweils ein Bett, ausgestattet mit Ledergurten, um renitente Patienten zu fixieren.

Wir stoppten vor einem riesigen Raum mit einer Glasfront. Dahinter lagen drei Menschen und zwei Engel auf Pritschen, festgeschnallt. Diverse Schläuche führten in ihre Körper und wieder hinaus. Futuristisch anmutende Apparate piepsten um die Wette. Aus ihren Mündern sickerte Blut. Sie hatten die Augen geschlossen und atmeten flach. Allen steckte ein metallischer Konus im Nacken.

»So, das ist der Versuchsraum. Wie ihr seht, haben wir ein paar Probanden gefunden, die sich für die gute Sache opfern.«

Lügner! Niemand von denen war freiwillig hier.

»Schön, man sollte ihnen einen Verdienstorden geben«, sagte Adrastäa begeistert.

Es war das erste Mal, dass ich ihre Stimme hörte. Sie klang wie ein rostiges Reibeisen.

»Und was genau sehen wir da?«, fragte Uriel interessiert.

»Nun, wir tauschen das Blut und alle Körpersäfte komplett aus, reichern es mit einem Serum an, das von unseren kompetenten Ärzten entwickelt wurde, und versuchen, die Reaktion auf Osmium zu unterdrücken, ohne unsere Kräfte zu verlieren. Im Gegenteil, wir versuchen, die Kräfte der Seraphim zu isolieren und zu verstärken.«

Uriels Miene blieb ausdruckslos, während die Rachegöttin begeistert wirkte.

»Lasst uns weitergehen, in den Nebentrakt. Hier haben wir eine ganz besondere Versuchsreihe begonnen.«

Amon führte uns ein Stück weiter. Der Geruch wurde intensiver, und ich hielt mir die Nase zu.

Hinter einer weiteren Glasfront lagen jeweils fünf menschliche Frauen und fünf weibliche Engel. Auch sie waren mit Ledergurten festgezurrt. Ihre Bäuche waren aufgetrieben, während der Rest ihrer Körper bis auf die Knochen ausgezehrt waren. Ihre Schädel wirkten fast mumifiziert. Ich fragte mich, ob sie noch lebten.

»In den Bäuchen befinden sich unsere gezüchteten hybriden Embryos. Im Moment haben wir noch Schwierigkeiten, die Probandinnen am Leben zu erhalten, da die kleinen Racker ihre Mütter völlig aufzehren. Die Kinder sind bis jetzt noch nicht lebensfähig, wenn sie geboren werden, aber wir machen Fortschritte!«

Amon lächelte begeistert.

Ich starrte zu Vandi, die mit den Tränen kämpfte. Ashs und Iz Mienen blieben ausdruckslos.

»Es wäre viel einfacher, wenn wir den einzigen lebenden Hybriden finden würden.«

Uriel sah entgeistert zu Amon.

»Ein lebender Hybrid?«

Damontiz mischte sich ein.

»Ja, ein Hybrid. Ich habe es zufällig herausgefunden, weil einer meiner Leute, der vor einiger Zeit aus Elysion verbannt wurde, geplaudert hat.«

Mir wurde schwindelig. Ash legte seinen Arm um meine Taille, um mich zu stützen.

»Warum weiß ich davon nichts?«, erwiderte Uriel erbost.

»Niemand wusste es. Nur die Hebamme, die das Kind geholt hat, und ihr Sohn wussten davon«, gab Damontiz zurück. »Man hat sie auf die Erde geschickt, und ich suche seither nach ihr.«

Adrastäa bleckte die Zähne. »Was für ein Hybrid?«

»Aus Elohim und Lumina!«, erwiderte Damontiz.

Durch die Besucher ging ein Ruck. Einige schauten verschreckt, andere interessiert. Uriel verlor seine Maske, und ich sah Angst in seinen Augen.

»Weißt du, was du da sagst, Damontiz?«, donnerte er.

»Ja, das weiß ich.« Damontiz hielt Uriels Blick stand.

»Findet dieses Ding! Es ist eine Gefahr für uns alle, ist euch das klar? Weißt du, wie machtvoll dieses Wesen ist?« Uriel war außer sich.

»Sie trägt die Macht des Lichts. Elohim und Lumina. Einen zweiten Lichtträger können wir sicher nicht gebrauchen! Wie zur Hölle konnte das unbemerkt bleiben, und wie zur Hölle konnte das überhaupt passieren?«

Adrastäas Mund verzog sich zu einem grausamen Lächeln.

»Es wäre interessant, ein solches Wesen zu studieren.«

Meine Beine begannen zu zittern, und ich lehnte mich an Ashs Schulter. Ich besaß keine Macht. Ich war ein Wesen ohne Kräfte oder Besonderheiten. Doch das würde diese Monster nicht interessieren.

Uriel sammelte sich. »Findet es! Sonst muss ich Elysion davon unterrichten. Dieses Subjekt muss eliminiert werden, ehe es seine Kräfte findet. Nicht auszudenken, was sonst passieren würde.«

»Wir bemühen uns. Doch es gibt kaum Spuren. Ich weiß, dass sie weiblich ist und etwa zweiundzwanzig Jahre alt«, erklärte Damontiz.

»Vielleicht lebt sie nicht einmal mehr«, schob er hinterher.

»Findet sie!« Uriel drehte sich um und ging mit langen Schritten zum Ausgang.

»Nun denn, lasst uns nach oben gehen und etwas trinken«, sagte Amon, um die Situation zu retten.

Ich blickte ein letztes Mal auf die armen Kreaturen, die nur noch entfernt an lebendige Wesen erinnerten. Sie alle waren Monster.

Seltsam. Ich war mit Tod und Teufel unterwegs. Doch im Gegensatz zu diesen Ungeheuern waren sie die Liebenswürdigkeit in Person.

Wir gingen zurück, und ich wäre am liebsten sofort geflohen. Was würde passieren, wenn sie mich fanden?

Noch ehe wir den Treppenabsatz erreichten, öffnete sich eine Tür, die vorher kaum zu sehen war. Ein Blick reichte, und ich erkannte die zuckenden Gliedmaßen und gestapelten Körperteile, die auf ihre Weiterverarbeitung warteten. Daher stammte der Geruch.

Ich wollte nur noch weg! Von oben drangen Gelächter und Musik an unsere Ohren, und nur ein paar Meter weiter lauerte der Tod.

Meine Schwester schien das alles nicht zu tangieren. Sie lachte fröhlich und führte die Gäste zurück in den Ballsaal, als sei es das Normalste auf der Welt.

In der Zwischenzeit hatten sich hier einige Menschen eingefunden. Amons Engel labten sich an ihnen, indem sie ihnen in den Nacken bissen. Es war das erste Mal, dass ich es so nah vor mir sah.

Einige Dämonen standen, während andere lasziv auf den Couchen lagen. Ich blickte in die Gesichter ihrer Opfer und sah die Angst und Abscheu in ihren Augen. Manche würden überleben, andere im Schredder oder als Daimos enden. Niemand störte sich daran. Es wurde Zeit, dass wir gingen – viel länger hielt ich es hier nicht mehr aus. Der ganze Abend war ein Albtraum und ich würde einige Zeit brauchen all das zu verarbeiten.

»Ich müsste mal ins Bad«, sagte ich. Ash unterhielt sich gerade mit einem hübschen weiblichen Engel.

»Ich gehe mit dir«, erklärte Vandi.

Es dauerte eine Weile, bis wir ein Badezimmer gefunden hatten – zwischen nackten Engeln und Menschen in eindeutiger Position, Leichen und Sterbenden, die sich in den Fluren stapelten, hasteten wir durch die Gänge.

Erleichtert zog ich die schwarze Tür auf, die sich in einer Ecke versteckte. Der Raum war leer. Die folgende Stille war Balsam für meine Nerven.

»Ich warte vor der Tür, Star.«

Gar nicht so einfach, sich aus diesem Kleid zu schälen. Die Bilder gingen mir nicht mehr aus dem Kopf, und auch, dass sie mich suchten, machte die Sache nicht besser. Der heutige Abend war ein Wendepunkt für mich, für mein Leben. Erst jetzt begriff ich das ganze Ausmaß, dessen, was sich da unten abgespielt hatte. Sie würden mich jagen, ich war nirgendwo mehr sicher.

Tränen liefen über mein Gesicht, und ich wischte sie genervt weg. *Nicht weinen, Star! Nicht jetzt!*

Ich betrachtete, das Zimmer um mich abzulenken. Auch hier hatte Amon – oder war es Daria? – an nichts gespart. Ein so riesiges und luxuriöses Bad hatte ich noch nie gesehen. Goldene Wasserhähne, bodentiefe Spiegel und teure Gemälde hellten den ansonsten ganz in Schwarz gehaltenen Raum auf.

Die Wanne war so groß, dass locker fünf Leute darin Platz hatten. Mein Spiegelbild lachte mir aus allen Ecken entgegen. Ideal, um mein verheultes Gesicht zu richten.

Es klopfte, und ich schloss die Tür auf.

»Musst du auch?«, fragte ich und wusch meine Hände.

»Nein, muss ich nicht.«

Ich erstarrte. Lothaire!

»Vandi!«, brüllte ich aus Leibeskräften.

Der Vampir schlug die Tür zu.

»Vandi ist nicht da und Gelial auch nicht! Wir sind also ganz ungestört.«

»Bitte, tue das nicht!«, flüsterte ich.

Panik erfasste mich und drohte, mich zu überwältigen. Gegen ihn hatte ich keine Chance. Verstört griff ich nach meinem Dolch, der sich immer noch unter dem Kleid befand, doch Lothaire fackelte nicht lange und presste mich an die Wand. »Endlich. Die ganze Nacht habe ich auf diesen Moment gewartet. Mmhh, du riechst köstlich. Ich habe so etwas vorher noch nie gerochen.«

Er drängte mich in eine Ecke. »Bitte, lass mich gehen!«

Sein Gesicht näherte sich meinem Hals. »Lass uns spielen, kleines Mädchen!« Seine große Hand packte mich und quetschte meine Kehle. Er schnürte mir die Luft ab. Tränen liefen über meine Wangen. »So ist gut. Je höher dein Puls, umso besser wirst du schmecken.«

In die Enge getrieben, trat ich zu.

Ich zog mein Knie hoch und rammte es in sein Gemächt. Lothaires Augen färbten sich blutrot, und Wut tanzte über sein Gesicht. Er ließ meinen Hals los und stützte sich an der Wand ab, um nicht zu Boden zu gehen.

»Du Miststück!«

Panisch versuchte ich, unter seinem Arm hindurch zu schlüpfen, doch er packte mich erneut und rammte meinen Kopf gegen die Fliesen.

Lothaire versenkte seine Zähne in meinem Hals. Der Schmerz war kurz und heftig, doch dann spürte ich, wie sich eine unglaubliche Ruhe über meine Sinne legte. Ich hörte ihn schmatzen, dieses abartige Geräusch, wenn er schluckte.

»Dein Blut ist unglaublich. Mit nichts zu vergleichen, was ich je gekostet habe.«

Die Welt verschwamm vor meinen Augen, und ich glaubte zu sterben. Plötzlich ließ der Druck nach, und ich war frei.

»Na sieh mal einer an!« Ash stand hinter ihm – noch immer inkognito.

Lothaire drehte sich genervt um.

»Sagte ich dir nicht, dass ich sie nicht teile?«, fragte Ash mit ärgerlicher Stimme, sein Gesicht vollkommen ausdruckslos.

»Gelial, nichts für ungut, aber es interessiert mich nicht, was du sagst. Verstanden? Ich bin ein König und du ein Speichellecker. Also verschwinde!«

Ashs rechter Mundwinkel zuckte.

»Weißt du, Lothaire, ich habe lange überlegt, was ich mit dir machen werde, solltest du die Regeln brechen und dich an meiner Frau vergreifen. Kopf abreißen? Nah, die Sauerei wäre zu groß. Flügel abschneiden? Gute Idee, aber für mich nicht effektiv genug. Augen ausstechen? Nicht schlecht! Allerdings kam mir dann eine durchschlagende Idee: Ich lasse dich ausbluten. Genau wie du die armen Schweine in deinen Blutfabriken ausbluten lässt!«

Ash verschränkte die Arme vor der Brust und stellte sich breitbeinig vor den Vampir.

Lothaires Augen wurden groß, doch dann lachte er – ein bösartiges, grausames Lachen. »Du bist witzig, Gelial. Was hältst du davon, wenn ich dir hier und jetzt dein Herz herausreiße, während ich dein Blut trinke?«

Er machte einen Schritt nach vorne und packte Ashs Kehle. Er presste ihn gegen die Wand und hob ihn hoch.

»Wo ist jetzt dein großes Maul?«

»Wenn du meine Kehle nicht zudrücken würdest, könnte ich dir besser antworten«, krächzte er.

Lothaires Kopf schoss schlangengleich nach vorne, seine imposanten Fangzähne ausgefahren, kurz vor Ashs Hals.

Der Lichtträger verwandelte sich. Binnen einer Sekunde stand Luzifer in voller Größe und ganzer Pracht vor dem überraschten König der Nacht.

Ashs Augen funkelten nachtschwarz, seine eigenen Fänge zeigten sich. Der Boden vibrierte leicht, gerade ausreichend für eine kleine Machtdemonstration.

Lothaire sank zu Boden. Die Angst in seinen Augen war ein Genuss für mich.

»Ash!«, keuchte er aufgelöst. »Es tut mir leid, ich wusste nicht, dass sie deine Frau ist. Dass du hier bist.«

»Weißt du, Lothaire, dein Gesicht nervt mich schon lange. Es ist irgendwie unsympathisch, fast abstoßend. Also nicht, dass ich deine Gefühle verletzen möchte, aber doch – ich muss es sagen: Es ist dümmlich, genau wie deine Handlungen! Und das an diesem Tag, an dem ich genug widerliches, unnatürliches Zeug von Amon sehen musste.«

»Es tut mir wirklich leid, Ash.«

»Nenn mich Luzifer, mein Guter.«

»Luzifer, es tut mir leid!«

Lothaire kroch wie ein Insekt, und Ash zerquetschte ihn unter seinem Absatz.

»Wie geht es dir, Liebes?«

Ash kam zu mir, während der Vampir weiterhin kniete.

»Es geht«, flüsterte ich. »Mein Hals schmerzt ziemlich.«

»Das gibt einen fiesen blauen Fleck an deiner wunderschönen Kehle. Gefällt mir gar nicht!«

Er drehte sich um. »Und was mache ich jetzt mit dir, Vampirkönig?«

»Luzifer, bitte, ich entschuldige mich in allerhöchster Form bei dir und deiner Gefährtin.«

»Lothaire, ich habe ein Problem. Ich würde dich gerne ausbluten lassen! Aber wie schaffe ich dich ungesehen hier raus? Weißt du, ich möchte noch ein bisschen inkognito bleiben. Ein echtes Dilemma.«

»Bitte, ich flehe dich an. Ich werde dich nie wieder enttäuschen.« Lothaire war den Tränen nahe.

»Lass mich leben. Ich habe dir immer gedient.«

»Nein, hast du nicht!« Ashs Stimme war kalt und schneidend.

»Glaubst du, ich würde diese Sauerei, die ihr da veranstaltet, tolerieren? Glaubst du das?«

»Es dient unserer Rückkehr.«

»Vielleicht seid ihr es nicht wert, zurückzukehren! Ihr seid schlimmer als die niedrigsten Tiere. Unrat! Reif für den Abyss, auf immer und ewig!«

Lothaires Augen wurden groß.

»Ach, scheiß darauf!«, murmelte Ash und riss Lothaires Kopf ab.

»Ich wollte diese Sauerei eigentlich vermeiden.«

Ashs Hemd, Jacke und Schuhe waren mit Blut bespritzt.

»Guck dir die Schweinerei an«, spie er wütend aus. »Verdammt noch mal!«

»Wo ist Vandi?«, fragte ich und starrte auf den Kopf des Blutsaugers.

»In Sicherheit. Sie wurde kurz abgelenkt. Gott sei Dank bin ich euch gefolgt.« Ash nahm meine Hand und zog mich zu sich. »Lass uns verschwinden, ehe jemand diesen Fauxpas bemerkt.«

Fauxpas? Hatte er das Abreißen des Königskopfes gerade Fauxpas genannt?

Er verwandelte sich zurück in Gelial, als wir ungesehen das Bad verließen. Iz und Vandi warteten bereits am Ausgang auf uns. Wir gingen betont langsam. Iz und Ash scherzten und lachten. Ich hielt den Kopf gesenkt, in der Hoffnung, dass niemand meine Wunde sah.

27.

Wir ließen die Wachposten ohne Zwischenfälle hinter uns und verließen das Gelände ohne weitere Vorkommnisse.

»Es tut mir so leid«, sagte Vandi. »Ich bin nur kurz an die Luft gegangen, weil mir plötzlich übel wurde. Der ganze Abend war einfach zu viel für mich. Die Tür hatte ich im Auge, und trotzdem habe ich ihn nicht gesehen.«

»Vampire sind schnell. Sie können sich wie Schatten bewegen«, erwiderte Izrail. »Lass uns sehen, dass wir so schnell wie möglich Abstand gewinnen, ehe Lothaire gefunden wird.«

»Hast du es gewusst?«, wandte ich mich an Vandi. »Hast du gewusst, dass Daria hier sein würde?«

»Ja und nein. Ich wusste, dass sie noch lebt und sich hier in Gehenna aufhält, aber nicht, dass sie mit Amon verheiratet ist. Es tut mir wirklich leid, Star.«

Sie durfte mir nichts sagen, das wusste ich – und trotzdem fühlte ich mich betrogen. Der ganze Abend war an Horror kaum zu überbieten. Ich fühlte mich emotional, psychisch und physisch ausgelaugt wie noch nie in meinem Leben.

Mir wurde schwarz vor Augen, Ash fing mich auf und erhob sich in die Lüfte. »Wird Zeit, dass du nach Hause kommst, Liebes.«

Nach Hause? Ich hatte kein Zuhause, ich hatte niemanden mehr.

Ash legte mich auf die Couch, sobald wir Ataniels Haus erreichten, und brachte mir etwas Wasser und ein paar Kekse.

»Was ist passiert?« Unser Gastgeber wirkte aufgeregt.

Izrail erzählte ihm kurz, was sich zugetragen hatte. »Gelial und du, ihr müsst beide verschwinden. Wir wissen nicht, ob uns jemand gesehen hat. Sobald sie Lothaire finden, bricht die Hölle los. Geht nach Assindia, wir treffen euch dort.«

Ataniel nickte. »Ich werde Gelial informieren.« Er verlor keine Zeit und machte sich sofort an die Arbeit.

Assindia? Den Namen hatte ich noch nie gehört. »Wo ist Assindia?«

Ash lächelte. »Weit weg. Es ist unser Zuhause.«

Vandi starrte ihn an. »Ich dachte, du lebst im Hades?«

»Wie kommst du darauf? Es scheint mir, du bist nicht so gut informiert, wie du glaubst, Vandandi.«

Die Norne wirkte verstört. »Aber du wurdest verbannt!«

»Huch?« Ash lachte. »Es gibt eine Menge Legenden und Geschichten um meine Person, aber ich dachte, du kennst die Wahrheit.«

»Das dachte ich auch. Scheinbar weiß ich so vieles nicht.«

»Ich bin manchmal im Hades, wenn es Wichtiges zu regeln gibt. Ansonsten vermeide ich es, dort zu sein. Astaroth und Azazel haben alles gut im Griff.«

Vandi schien völlig aufgelöst.

»Was ist so schlimm daran?«, fragte ich.

Ich wusste weder, wer Astaroth oder Azazel waren, noch, wo Assindia lag. Allerdings schien es irgendwie sehr bedeutungsvoll, denn sonst wäre Vandi nicht so fassungslos.

»Ihr habt die Geschichte bewusst verschleiert«, sagte sie entgeistert. »Die ganzen Chroniken stimmen nicht!«

»Ich bin der Blender, schon vergessen?«, erwiderte Ash.

»Könnte mich jetzt mal jemand aufklären, wovon ihr redet?«, gab ich gereizt zurück.

»Das ist unverfroren!«, schnauzte die Norne, ohne auf mich einzugehen.

»Alles ist dadurch verfälscht! Was habt ihr euch dabei gedacht? Wie konntet ihr Skuld, Urd, mich und die ganze Welt täuschen?«

»Rege dich ab! Es ist nicht unsere Idee gewesen«, erwiderte Izrail und strich sanft über Vandis Rücken.

»Sagt mir jetzt jemand, was los ist?«, keifte ich.

Doch ehe ich eine Antwort bekam, ertönten Sirenen.

»Sie haben Lothaire gefunden«, sagte Ash und starrte aus dem Fenster.

»Was machen wir jetzt?«, fragte Iz.

»Wir verschwinden, solange wir noch aus der Stadt herauskommen. Geht packen!«

Wir packten das Nötigste: Proviant, ein paar Decken, dicke Pullover.

Die Sleipnir warteten bereits auf uns, als hätten sie gespürt, dass es losging.

Ash führte uns zurück in den Park.

Ich trug meinen Umhang, während die anderen sich zurück in Kaufleute verwandelten. Die Sleipnir wurden wieder zu Eseln.

»Wir müssen ärmlicher wirken als zuvor, dann sind wir unauffälliger«, sagte Iz.

Wir nahmen einen anderen Weg, um aus der Stadt zu gelangen.

»Wir gehen durch die Höhlen«, erwiderte Ash. »Gehenna wird völlig abgesperrt sein.«

»Bist du sicher, dass du da durch willst?«, fragte Izrail, der nicht gerade begeistert wirkte.

»Absolut sicher. Sieh mal nach oben!«

Über uns kreiste eine ganze Brigade Engel.

»Sie lassen niemanden mehr raus. Ich hoffe, Ataniel und Gelial sind in Sicherheit.«

Ash führte uns zu einem großen Gebäude, das wie eine alte, ruinöse Kathedrale wirkte.

Die Türme waren eingefallen, und auch der Rest schien baufällig. Es wirkte lebensgefährlich, dieses Gebäude zu betreten.

Die Tür war verschlossen. Ash klopfte dreimal und pfiff. Ein alter Mann mit gekrümmtem Rücken und wettergegerbtem Gesicht öffnete. »Ja, bitte?«, fragte er und sah uns misstrauisch an.

»Andante!«, sagte Ash. »Wir müssen verschwinden.«

Der alte Mann nickte. *Andante* schien ein Schlüsselwort zu sein.

»Folgt mir!«

Wir traten ein. Das Gebäude war wirklich baufällig. Der Boden war aufgerissen, Deckenbalken lagen überall verstreut. Die einst kostbaren Buntglasfenster waren gesplittert, die Sleipnir hatten Mühe zwischen all dem Unrat zu laufen.

Der alte Mann führte uns in einen Nebenraum. Auf dem Boden lag eine riesige Steinplatte mit einem eingravierten Ornament.

»Helft mir«, bat der Mann.

»Die Platte muss verschoben werden.«

Ash und Iz schoben die Platte beiseite, als sei sie nichts weiter als Pappe.

Plötzlich öffnete sich die Wand vor uns, und ein schmaler Gang zeigte sich – gerade groß genug, dass wir mit den Tieren hindurchgehen konnten.

»Seid vorsichtig, hier unten lauern Dämonen in Massen«, warnte der Alte. »Und verlauft euch nicht.«

Wir bedankten uns, und er schloss die Wand hinter uns.

Ash zog eine Taschenlampe aus der Tasche. »Mal sehen, es ist schon eine Weile her, dass ich hier unten war.«

In dem Tunnel herrschte absolute Dunkelheit, nur der Schein der Taschenlampe spendete etwas Licht. Die Wände bestanden aus rohem Fels und führten tief hinab in ein unterirdisches Höhlensystem.

Vandi zog einen Wickel aus ihrem Beutel und legte ihn um meinen Hals. In der ganzen Aufregung hatten wir meine Verletzung völlig vergessen. Der Schmerz war kaum noch spürbar. Die Tatsache, dass wir uns auf der Flucht befanden, gab mir den nötigen Adrenalinstoß.

»Falls ihr zwei Waffen habt, wäre jetzt der Zeitpunkt, sie bereitzuhalten!«, sagte Iz. Er zückte sein Schwert, ebenso wie Ash.

Die Stille, war ohrenbetäubend. Nur das Knarzen unserer Schuhe auf dem Steinboden durchbrach die Lautlosigkeit.

Ich hielt meinen Dolch fest in meiner Hand, bereit, in Sekunden zuzuschlagen. Je weiter wir vordrangen, desto verwirrender wurden die Gänge. Links und rechts Abzweigungen, Nischen und Blindgänge – wer legte so etwas an? Ich hoffte, Ash wusste, was er tat. Der alte Mann hatte uns vor Dämonen gewarnt. Daimos? Hausten sie hier unten?

»Wie lange werden wir hier unten sein?«, flüsterte ich.

Meine Angst wurde größer, und ich litt zunehmend unter Beklemmungen.

»Ein paar Stunden. Wir gehen so weit wie möglich unterirdisch«, gab Ash leise zurück.

Eng an Gisl gepresst, schritt ich voran. Der Sleipnir gab mir Sicherheit.

Wir wanderten seit Stunden – zumindest fühlte es sich so an. Zeit verlor hier jede Bedeutung.

Unerwartet öffnete sich der Gang zu einer riesigen Höhle. Fahles Mondlicht schien durch winzige Risse im Steinwerk. Wasser rauschte – ein unterirdischer Fluss?

Ash beleuchtete die Decke. Ein Schauer raste über meinen Rücken. Dort hingen schlafende Daimos, wie Fledermäuse aneinandergereiht. Sie klebten mit ihren Maularmen an den Steinen. Es mussten Hunderte sein. Ash bedeutete uns, still zu sein und so leise wie möglich weiterzugehen.

Meine Nackenhaare sträubten sich. Auf dem Boden lagen Leichenteile und zahlreiche menschliche Knochen – Reste ihres Abendbrotes.

Die Sleipnir wurden unruhig, und ich redete leise auf Gisl ein. Meine Hände wurden feucht, und ich betete, dass die Dämonen nicht wach wurden. Es waren zu viele, selbst für Ash und Izrail.

Schweiß lief mir in die Augen, und ich atmete flach, um keine Geräusche zu machen. *Noch ein paar Schritte, Star – ein paar Schritte, und wir haben die Höhle hinter uns gelassen.*

Noch ehe ich den Gedanken zu Ende denken konnte, brach die Hölle los.

Die Daimos ließen sich von der Decke fallen, kurz bevor wir den Ausgang erreichten.

Ashs und Iz Schwerter entflammten. Die beiden standen Rücken an Rücken und köpften jeden Dämon, den sie erwischen konnten.

»Rennt!«, schrie Ash. »Raus aus der Höhle! Sofort!«

»Hinter dir!«, brüllte Vandi.

Ich drehte mich blitzschnell um – gerade rechtzeitig, ehe eines dieser Viecher mich beißen konnte. Mein Dolch traf sein Herz, und es sackte zusammen.

Vandi zog mich mit sich.

»Nein! Ich kämpfe!«

»Wir müssen hier raus, Star!«

Die beiden Sleipnir sprangen nach vorne und trafen zwei Daimos mit ihren Hufen.

»Komm jetzt!« Sie griff nach meinem Arm.

Ich versuchte, ihre Hand zu lösen, doch sie hielt mich fest. Ash brüllte etwas, doch ich konnte ihn nicht verstehen.

»Nein! Wir müssen ihnen helfen!«

Vandi ließ nicht locker. »Die beiden kommen klar! Los jetzt!«

Die Sleipnir erreichten als Ersten den Ausgang. Das Schnauben und Trampeln ihrer Hufe hallte durch den Gang.

»Die Daimos folgen uns! Wir müssen kämpfen!«, brüllte ich.

Vandandi drehte sich um, ihre Fingerspitzen verwandelten sich in Flammenwerfer.

Die Dämonen brüllten, als das Feuer ihre Gesichter traf. Wie lebende Fackeln tanzten sie im Höhleneingang, unfähig, die Flammen zu löschen.

Ich riss mich los und rannte zurück – vorbei an den brennenden Monstern. Blind vor Wut stieß ich zu. Eins, zwei, drei, vier. Vandi war kurz hinter mir. Sie feuerte mehrere Salven in einen Pulk, der sich auf Ash und Iz stürzte.

»Ash!«, keuchte ich. Der Rauch nahm mir die Sicht.

»Ich sagte doch, du sollst gehen, Liebes!«, schnaufte er.

Vandandi kämpfte sich durch. »Geht alle! Ich brenne sie nieder!«

»Nein! Dann kriegen wir alle keine Luft mehr. Der Rauch zieht durch in die Gänge«, schrie Iz und köpfte einen weiteren Dämon.

»Wir können unsere Kräfte nicht einsetzen, sonst bricht die Höhle zusammen und begräbt uns alle«, erwiderte Ash.

»Wir haben keine Wahl, dann müssen wir sie vorsichtig einsetzen«, keuchte Iz.

Ash konzentrierte sich. Das Vibrieren des Bodens und der aufkommende Wind ließen mich wissen, dass es losging.

»Ventum et terram voco te«, wisperte Ash.

Die Dämonen wurden durch die Luft gewirbelt wie Strohpuppen.

»Ego conteram te« Ash hob eine Hand in die Luft und ballte sie zur Faust.

Ich hörte das Brechen Hunderter Knochen. Die Monster schrien, ihre Maularme wirbelten unkontrolliert durch die Luft. Beim ersten platzte der Schädel, beim zweiten der Bauch. Izrail stimmte in den Singsang ein.

Ash öffnete die Faust, und alle Dämonen fielen wie Säcke zu Boden – unfähig, sich zu bewegen.

Von den Wänden ertönte ein durchdringendes Grollen. Der Boden brach auf und zeigte spinnennetzartige Risse.

»Lauft!«, schrie Iz.

Ash packte mich und mit ungeheurer Schnelligkeit wurde ich in den Höhlengang gezogen. Izrail schnappte sich Vandi.

Das Grollen wurde lauter, ehe es in ein tosendes Gebrüll überging. Die Höhle stürzte ein und mit ihr ein Teil des Ganges. Staub und Geröll schossen wie eine Fontäne über uns hinweg. Ich bekam keine Luft.

»Hinlegen!«, schrie Iz.

Eine weitere Wolke aus Staub und Geröll fegte über uns hinweg, ehe es still wurde. Ich hustete und rang nach Sauerstoff.

»Seid ihr alle in Ordnung?«, krächzte Ash.

»Ja«, erwiderten Vandi und Iz mit einer Stimme.

»Sehen wir zu, dass wir hier herauskommen.« Ash hob mich hoch. »Alles okay?«

»Ich kriege kaum Luft«, röchelte ich.

»Vielleicht können wir über die Einsturzstelle raus. Ich sehe nach.«

Ash rannte zurück. »Iz, hilf mir mal.«

Hufgetrappel und lautes Wiehern. Die Sleipnir!

»Die Sleipnir haben einen Ausgang!«, brüllte Vandi und winkte die beiden zurück.

Ash trug mich und rannte. Vandi und Iz folgten dicht hinter uns.

»Da! Wir sind gleich draußen, Liebes.«

Ich spürte den Wind, der sanft in mein Gesicht blies. Die Sterne über mir waren so kristallklar, wie ich sie noch nie zuvor gesehen hatte. Der Vollmond hing tief und spendete uns Licht. Ash legte mich vorsichtig auf dem Boden ab. Hustend und nach Luft schnappend, setzte ich mich auf. Gisl stupste mich sanft an. »Alles gut, mein Mädchen«, krächzte ich. »Wir haben es geschafft.«

Iz und Vandi waren vollkommen mit Staub bedeckt, während Ash aussah, als hätte er in Blut gebadet.

Ich sah mich um. Wir befanden uns irgendwo auf einem Bergplateau. Eine dicke Schneeschicht bedeckte die Felsen und es war eiskalt. Meine Zähne schlugen unkontrolliert aufeinander. Ash bemerkte, dass ich fror und zog mich fest in seine Arme.

»Danke«, wisperte ich und hauchte ihm einen Kuss auf die Lippen.

Er grinste breit. »Nicht, dass du mich doch noch gern hast.«

Mir war so kalt, dass ich seine Provokation geflissentlich überhörte. Er massierte meine Arme und Beine, nahm meine Hände in seine, so lange, bis die Wärme zurück in meine Glieder kroch.

»Wir müssen irgendwo etwas finden, wo wir geschützt sind und ein Feuer entfachen können, sonst erfrieren wir«, sagte Izrail.

»Wo sind wir?«, fragte ich.

»Vermutlich in den Arc Mountains«, erwiderte Ash. »Kannst du laufen, oder möchtest du weiter in meinen Armen liegen?«, flachste er.

Ich stand auf. Die Landschaft wirkte im fahlen Mondlicht bizarr, aber zugleich zauberhaft: gigantische Bergspitzen, vereiste Flächen und überall Schnee.

»Wir könnten fliegen«, sagte Iz.

»Ja, ich denke, das wäre die beste Idee«, stimmte Vandi zu.

Die Aussicht auf einen erneuten Flug behagte mir gar nicht. Allerdings, wie sollten wir sonst über diese Berge kommen? Ohne warme Kleidung und Ausrüstung war es unmöglich.

»Ash? Was meinst du?«, fragte Iz.

Er antwortete nicht. Ich drehte mich um und sah, wie er zu Boden sank.

»Ash?« Wir rannten zu ihm. Er zitterte.

»Was ist los?«, rief Iz ängstlich.

»Gift«, flüsterte er.

»Scheiße, Mann, warum hast du nichts gesagt?« Izrail wirkte beinahe hysterisch.

Er drehte Ash zur Seite und zog sein Shirt hoch. Die Bisse der Daimos schillerten im Mondlicht violett. Getrocknetes Blut zog sich über seinen Bauch, Rücken und Rippen. Mein Gott, er hatte zig Bisse!

»Danial«, wisperte Ash und stieß einen leisen Pfiff aus, ehe er ohnmächtig wurde.

»Wir müssen ihn wärmen. Los!«, brüllte Vandi.

Izrail wirkte völlig starr in seinen Bewegungen. Er legte sich neben seinen Bruder und umarmte ihn.

Ich legte mich auf Ashs Bauch, er war so kalt. Verzweifelt massierte ich jede Stelle seines Körpers, die ich mit meinen Händen erreichen konnte. »Wage es nicht, hier zu sterben, Ashariel!« Die krankhafte Blässe seines Gesichts sagte mir alles, was ich wissen musste. Wir brauchten dringend Hilfe, sonst würde er nicht überleben.

Izrail weinte, was mich noch panischer werden ließ. Unterdessen balancierte Vandi einen Feuerball zwischen ihren Händen, der Hitze verströmte.

»Er hat Danial gerufen«, sagte Iz unter Tränen. »Er wird kommen.«

Ashs Atmung wurde flacher.

»Du schaffst das, hörst du«, flüsterte ich nahe an seinem Ohr. »Ich ertrage es nicht, noch jemanden zu verlieren. Dich zu verlieren.« Ich streichelte sanft über sein Gesicht. Mein Herz fühlte sich an, als hätte es mir jemand aus der Brust gerissen. Der Schmerz war so intensiv, dass ich kaum Luft bekam. Alles brach aus mir heraus. Ich konnte Ash nicht verlieren. »Ich dachte, den Engeln kann das Gift nichts anhaben?«, schluchzte ich.

»Leider doch«, antwortete Vandi.

Minuten verstrichen. Es fühlte sich an wie Stunden.

Ashs Körper wurde von Krämpfen geschüttelt. Er bäumte sich auf, und wir hatten Mühe, ihn festzuhalten.

Endlich hörten wir ein hohes Kreischen.

»Danial!«, brüllte Iz.

Drei gigantische Drachen kreisten am Horizont und stürzten im Sturzflug auf uns nieder.

Der Boden riss auf, als die Tiere landeten und ihre massiven Krallen in den Grund drückten.

Izrail packte Ash und rannte los. »Kommt!«

Die Drachen waren beängstigend, ich fasste all meinen Mut und rannte Iz hinterher.

Er legte Ashariel auf den Rücken des größten Tieres, welches sich als Danial entpuppte, und setzte sich hinter ihn. Izrail fixierte seinen Bruder mit beiden Händen und gab das Zeichen zum Start.

»Ihr beide klettert auf Riva«, brüllte er, während Danial sich in die Lüfte erhob. Er zeigt auf den Drachen links von ihm. »Wir fliegen nach Assindia.«

Das Tier sah uns mit seinen Feueraugen an. Weiße Wölkchen quollen aus seinen Nüstern.

Es dauerte einige Sekunden, bis ich oben war – gar nicht so einfach, das Biest zu besteigen. Ich krallte mich an seinem Harnisch fest. Vandi saß hinter mir.

Ein Schrei löste sich von meinen Lippen, als sich Riva steil in die Lüfte erhob.

»Halt dich gut fest, Star«,sagte Iz. »Der Flug wird schnell und rumpelig.«

Die Norne nahm es locker und verzog keine Miene, während ich vor Angst fast starb. Ich schluckte meine Panik hinunter. Alles, was jetzt zählte, war Ash.

Vandi hatte die Sleipnir angewiesen, nach Thule zurückzukehren. »Die finden ihren Weg alleine«, sagte sie.

Die Drachen flogen so schnell, dass ich glaubte, mein Kopf würde wegfliegen. Halb auf dem Rücken des Tieres liegend, presste ich mich fest an seinen Körper. Die Kälte fraß sich durch meine Kleidung. Wir stiegen immer höher, bis ich kaum noch Luft bekam. Es war ein Höllenritt.

Ich schloss die Augen und murmelte Gebete – für Ash und für uns.

Danial war noch einen Zacken schneller als Riva. Der dritte Drache bildete die Nachhut. Aus den Augenwinkeln nahm ich wahr, wie Izrail etwas in Ashs Mund träufelte. Er hantierte an Danials Flanke und wiederholte den Vorgang mindestens fünfmal. Was auch immer er tat, ich hoffte, es war von Erfolg gekrönt.

Knall auf Fall durchbrachen wir die Wolkendecke. Dahinter zeigte sich die Sonne! Ich traute meinen Augen kaum. Wir hatten die Nacht binnen eines Wimpernschlages hinter uns gelassen. Unter uns erstreckte sich ein glitzernder Ozean. Die Drachen flogen tiefer.

Das türkisblaue Wasser war so ruhig wie ein träger Fluss und doch war es ein gigantisches Meer. Danial stieß einen Laut aus – fast wie ein Singsang, hoch und wellenartig. In der Ferne zeigte sich Land.

Aus dem Nichts erschienen fünf weitere Drachen, die Danial links und rechts flankierten. Sie flogen in perfekter Formation.

»Sieh mal, dort drüben!«, brüllte Vandi und zeigte auf ein begrüntes Bergmassiv, das majestätisch aus dem Wasser ragte. Eine imposante Burg thronte auf einem der Felsen, hoch über dem Meer.

Wir näherten uns rasch. Puderweiße Strände und Palmen wechselten sich mit üppigem Buschwerk und riesigen Bäumen ab – ein Urwald!

»Ist das Assindia?«

Vandi nickte.

Der Himmel über uns nahm eine zarte, rosa Färbung an. Assindia war wunderschön! Bunte Häuschen in den schillerndsten Farben lugten zwischen Strand und Wald hervor. Ich konnte ganze Dörfer ausmachen.

Die Drachen flogen direkt auf die Burg zu. Ich zählte zehn Türme, einen großen Platz inmitten der Burgmauern und mindestens neun Trakte sowie Nebenhäuser. Unter anderen Umständen wäre ich begeistert gewesen, dieses schöne Fleckchen Erde zu erkunden. Doch im Augenblick zählte nur eines, dass Ash überlebte. Ich wollte so schnell wie möglich zu ihm.

Wir wurden bereits erwartet, auf dem Burgplatz tummelten sich Engel, die wild mit den Händen gestikulierten.

Als Danial landete, stoben sie schnell auseinander, um nicht von den Flügeln des Drachen getroffen zu werden.

Riva und der dritte Drache landeten auf einem der Türme, der von einer hohen Mauer umsäumt war und über ein weiteres Plateau verfügte.

»Danke«, sagte ich zu dem Tier und erntete ein Schnauben, als ich mit steifen Gliedern von seinem Rücken stieg.

»Wie kommen wir jetzt nach unten?«, fragte ich Vandi.

»Dort drüben ist eine Tür.« Sie zeigte auf eine Holztür, die in den Turm eingelassen war.

Ein Blick über die Mauer verriet mir, dass Ash von mehreren Engeln weggetragen wurde. Ich rannte zum Ausgang. Dahinter befand sich eine gemauerte Wendeltreppe, die bis nach unten führte. So schnell mich meine Füße trugen, eilte ich die Stufen hinab. Vandi folgte mir. Wir erreichten den riesigen Platz, der inzwischen fast menschenleer war.

»Entschuldigung, wo hat man Ash hingebracht?«, fragte Vandi einen weiblichen Engel, der uns entgegenkam.

Sie musterte uns mit ihren silbrig schimmernden Augen.

»Seid ihr die beiden, die mit den Drachen gekommen sind?«

Ich nickte.

»Dann folgt mir.«

Sie führte uns direkt zum Haupteingang, der durch ein schweres, schmiedeeisernes Tor gekennzeichnet war. Im Inneren fanden sich alte Steinböden mit Ornamentstrukturen. Hohe Decken in Form von Kreuzrippengewölben, die von Buntglasfenstern unterbrochen wurden. Es wirkte fast wie eine Kathedrale.

Wir gingen nach rechts und dann links in einen Burggarten, der wie ein Sternengang angelegt war. Von hier aus erreichte man den nächsten Trakt.

Die Burg war riesig. Ich sog die Einzelheiten auf wie ein Schwamm, versuchte mir vergebens den Weg einzuprägen. Der angrenzende Gebäudeteil war wunderschön. Die Decken und Steinwände waren mit kunstvollen Malereien versehen: Sterne, Engel, Schlangen und geflügelte Pferde wurden meisterhaft dargestellt.

Dienstboten kamen uns entgegen, rannten eilig hin und her. Sie alle trugen dieselbe Uniform. Wir hielten vor einer massiven Holztür. Der Engel klopfte, und Izrail öffnete. Er umarmte uns. Seine Augen waren gerötet, er wirkte ausgelaugt.

»Da seid ihr ja«, begrüßte er uns. »Danke, Livia, dass du sie hergebracht hast.«

Livia verbeugte sich.

»Keine Ursache, Sire.«

Sire? Izrail bekam eine majestätische Anrede. Interessant. »Wie geht es Ash?«

Iz Miene verdunkelte sich.

»Wir müssen mit dem Schlimmsten rechnen. Unsere Ärzte und Heiler sind bei ihm, aber es sieht nicht gut aus«, sagte er, seine Stimme brach. Er wischte sich verstohlen ein paar Tränen weg.

»Er hat so viel Gift in sich, es hat zu lange gedauert, bis das Gegengift verabreicht werden konnte.«

Die Antwort war nicht überraschend für mich, dennoch traf sie mich tief.

»Ashariel ist stark. Er kämpft«, sagte Vandi.

»Kann ich ihn sehen?«

»Nein. Im Moment noch nicht. Die Ärzte sind noch bei ihm.«

Ich kämpfte erneut gegen Tränen. Ash zu verlieren, würde das bisschen Stärke, dass noch in mir war, vollends zerstören.

»Setzt euch, ich hole euch etwas zu trinken und zu essen.«

Iz zeigte auf eine ausladende Wohnlandschaft, die ganz in Weiß gehalten war. Das gesamte Zimmer war geschmackvoll eingerichtet, in zarten, warmen Farben wie Sand, Mistelgrün und Hellgrau, passend zum sandfarbenen Steinboden. Ein großer, offener Kamin, in dem ein Feuer prasselte, strahlte eine wohltuende Wärme aus. Blickfang jedoch war der weiße Flügel, der zentral inmitten des Raums platziert war.

Ich traute mich kaum, mich hinzusetzen, so dreckig wie ich war – voller Staub, Blut und anderen Dingen. Ob das Ashs privates Reich war? Still sah ich mich um. Die Wohnung schien groß zu sein. Ich zählte sechs weitere Türen, die vom Wohnzimmer abgingen. Zwei deckenhohe Regale waren mit Büchern gefüllt. Er schien viel zu lesen und sich offenbar mit Musik zu befassen.

Iz kam zurück, begleitet von drei Frauen, die jeweils einen Wagen schoben.

Der erste war mit Getränken bestückt, der zweite mit Speisen, und der dritte war voller Kuchen und anderer Leckereien.

»Das sieht toll aus«, sagte Vandi und bedankte sich.

Ich hatte keinen Appetit.

»Du musst etwas essen, Star.« Izrail befüllte einen Teller und stellte ihn vor mich auf den Glastisch. »Nach dem Essen zeige ich euch eure Räumlichkeiten.«

Eine Tür öffnete sich, und eine elfenhaft wirkende, junge Frau trat heraus. Ihr weißblondes, hüftlanges Haar und die azurblauen Augen standen in starkem Kontrast zu dem tiefroten, durchscheinenden Chiffonkleid, das ihre grazile Figur betonte. Ein fast ätherisch wirkendes Wesen.

»Eila! Wie geht es ihm?«, rief Iz und sprang auf.

Die junge Frau seufzte. »Wir tun alles, was wir können. Im Moment ist er stabil.« Sie ließ sich auf die Couch sinken und stahl sich drei Fleischbällchen von seinem Teller.

»Ist er wach?«, fragte ich leise.

Ihre blauen Augen fixierten mich für einen kurzen Moment. Dann hob sie die Nase in die Luft und schnüffelte. »Riva hat recht. Du riechst gut. Irgendwie wie eine Mischung aus Erdbeerkuchen und Sahnetrüffelbonbons.« Eila lächelte.

»Ich wette, wenn du gebadet bist, riechst du noch viel besser.«

Ich blickte sie überrascht an.

»Um deine Frage zu beantworten: Ash ist nicht richtig wach, aber er schläft auch nicht. Er ist in so einem Zwischenstadium und hat hohes Fieber. Die Quacksalber haben ihn in die Wanne gelegt und mit so einem stinkenden Zeug übergossen. Ekelhaft«, fügte sie hinzu. »Ich habe ihm etwas von meinem Blut gegeben, das hat er wieder ausgespuckt. Also musste ich ihn zwingen«, fuhr sie fort.

Iz sah mich an, und mein fragendes Gesicht bewog ihn dazu, eine Erklärung hinzuzufügen. »Eila ist ein Drache – ein ganz besonderer Drache, mit besonderem Blut. Drachenblut besitzt generell Heilkräfte.«

Ein Drache? Wow. »Ist es das, was du ihm auf dem Flug gegeben hast?«, fragte ich.

»Ja, ich habe Danial geschnitten und Ash das Blut eingeflößt.«

»Mal gut so, sonst wäre er schon hinüber. Kompost«, erwiderte Eila ungeniert.

»Ich möchte zu ihm!«, sagte ich bestimmt.

»Kannst du vergessen. Da drinnen sind fünf Ärzte, Danial, Esme und Kyla. Glaub mir, da willst du jetzt nicht rein«, erwiderte sie. »Danial macht alle verrückt, Esme heult die ganze Zeit, und Kyla ist völlig hysterisch und schreit jeden an.« Eila stand auf und verdrehte gekonnt die Augen.

»Ich muss wieder rein. Ash noch mehr Blut einflößen und den Quacksalbern auf die Finger schauen.«

Sie drehte sich um und verschwand wieder im Nachbarraum.

»Wer sind Kayla und Esme?«, fragte ich.

»Esme hat uns großgezogen. Sie ist wie eine Mutter für uns, obwohl sie unsere Tante ist. Und Kayla ist mit uns aufgewachsen. Ihr Vater war der Burggärtner, und als er verstarb, blieb sie bei uns. Sie ist in Ash verliebt, was manchmal ein großes Problem ist.« Den letzten Satz verschluckte er fast.

»Sie liebt ihn? Ist sie seine Freundin oder Verlobte?«, fragte ich, mir wurde eiskalt.

Izrail druckste ein wenig herum. »Nein, aber sie hofft, dass es eines Tages so sein wird.«

»Und sieht Ash das genauso?«, meine Stimme zitterte plötzlich.

»Ich glaube nicht, dass er überhaupt etwas sieht«, erwiderte er – was auch immer der Satz bedeuten sollte.

Verliebe dich nicht. Wie oft hatte ich diesen Satz gehört? Auch aus Ashs eigenem Mund! Aber wie soll das gehen? Wie kann man seine Gefühle kontrollieren? Ich konnte es nicht.

Iz betrachtete mich aus den Augenwinkeln, griff nach meiner Hand und drückte sie. Ein leises Lächeln umspielte seine Lippen.

»Blindheit ist nicht immer etwas Schlechtes!« Iz sprach in Rätseln.

»Komm, ich zeige euch eure Zimmer. Dann könnt ihr euch frisch machen.«

Zu meiner Überraschung bekamen wir zwei Zimmer, die direkt neben Ashs Wohnräumen lagen. Wobei das Wort *Zimmer* die Untertreibung des Jahres war.

Die Räume enthielten ein Wohnzimmer mit ausladender Couch, zwei Sesseln, einem Kamin sowie einem Tisch und Stühlen. Dazu kamen ein Schlafzimmer, ein Badezimmer und ein Balkon mit Liegestühlen und Sonnenschutz.

Eine Verbindungstür führte zu Vandis Räumen. Das luxuriöse Bad mit großer Wanne, separater Dusche und vielen kleinen Duftölen, die auf einem Regal platziert waren, begeisterte mich besonders. Ich konnte es kaum erwarten, mich ins Wasser zu stürzen und das Blut und den Dreck abzuwaschen.

»Wunderschöne Zimmer«, sagte Vandi.

»Warst du schon mal hier?«

»Nein. Assindia ist für uns so etwas wie für euch die Insel Avalon aus der Artus-Sage – nicht greifbar, ein geheimnisvoller Kontinent, zwischen Elysion und der Erde.«

Ich zog eine Braue in die Höhe. Wovon redete sie?

»Assindia ist eine eigene Welt, die ausschließlich von Ashs Familie regiert wird.«

»Ashs Familie gehört das alles?«

Vandi nickte.

»Wo sind seine Eltern?«

»Schon lange tot. Es war ein furchtbares Unglück, das beide mit dem Leben bezahlten.«

»Also gehört das alles Ash und Izrail?«

»Ja. Ashs und Iz Onkel und Tante regieren in ihrer Abwesenheit und kümmern sich um alles. Die beiden Brüder haben mit Politik wenig am Hut.«

Das konnte ich mir gut vorstellen. Diplomatie war so gar nicht Ashs Stärke.

»Von hier aus gibt es auch einen direkten Zugang in den Hades«, sagte Vandi. »Allerdings ist der hoch bewacht, damit niemand Unerwünschtes herauskommen kann.«

»Interessant. Erzähle mir mehr.« So konnte ich mich ein wenig ablenken.

»Komm mit!«

Sie zog mich auf den Balkon. »Siehst du das?« Sie zeigte auf einen winzigen Punkt am Horizont. »Das ist Elysion.«

Vandi lehnte sich ein Stück über die Brüstung. »Und das ist der Zugang.«

Ich traute meinen Augen nicht, als eine schimmernde Brücke über dem Meer erschien, die sich in endloser Weite verlor.

»Man nennt sie auch Bifröst- oder Himmelstraße.«

»Also können wir einfach darüber laufen und sind in Elysion?«

»Nein. Niemand, der nicht aus Elysion stammt, reinen Engelsgeschlechts ist oder eingeladen wird, kann nach Elysion. Die Brücke würde dich nicht tragen, und selbst wenn, könnte derjenige Elysion nicht betreten. Es ist von einem magischen Netz umsponnen.«

»Aber wie sollen wir dann dorthin kommen?«

Vandi räusperte sich. »Mit dir. Ich hoffe, du bist der Schlüssel.«

28.

Mit mir? In meinem Kopf drehte sich alles. Das war der Grund, warum sie bei mir war? Damit ich sie nach Elysion bringen konnte? Hatte Ash das gemeint und nicht das Buch, als er von einem Schlüssel sprach? Natürlich ... Gott war ich naiv. Ohne mich konnten weder er noch Vandi noch Izrail das Reich der Engel betreten. »Du hast mich benutzt!«, erwiderte ich wütend. »Ihr habt mich benutzt!«

»Ja, das habe ich«, gab sie leise zurück. »Aber es ändert nichts an der Tatsache, dass ich dich sehr in mein Herz geschlossen habe.«

»Du hättest mit mir reden können. Es mir sagen können!«, warf ich ungehalten ein.

»Hätte ich müssen«, gab sie zu. »Aber ich habe den Zeitpunkt verpasst.«

Vandi hatte mich also wieder belogen. Oder besser gesagt, mir etwas verheimlicht.

»Ich bin kein reinrassiger Engel, schon vergessen?«

»Aber du bist in Elysion geboren.«

»Was verheimlichst du mir noch alles?«, fragte ich außer mir vor Wut.

Vandi senkte den Blick. »Es tut mir leid, Star.«

Mit schuldbewusster Miene stand sie auf und verließ mein Zimmer.

Ich ließ mir Badewasser ein, das hoffentlich meine Nerven beruhigen würde. Das alles war einfach unglaublich! Es war keine 24 Stunden her, dass mich mein tot geglaubter Freund zum Feind erklärt hatte. Meine Schwester sich als Familienmörderin und Monster entpuppt hatte, ich fast getötet worden wäre, und jetzt als Sahnehaube, erklärte Vandi mir, dass ich nur ein Mittel zum Zweck war.

Von Ash mal ganz abgesehen ... Ich wollte etwas zerstören, das Zimmer demolieren oder mich gleich vom Balkon stürzen. Meine Wut wuchs ins Grenzenlose. *Ihr benutzt mich? Gut, dann werde ich euch auch benutzen! Schluss mit Gefühlen, Mitgefühl, Vergebung oder Ehrlichkeit!*

In mir fiel ein Vorhang. Eine Wand, die sich über mein Herz stülpte, es zerquetschte und den Schmerz zum Stillstand brachte. Noch nie hatte ich etwas Vergleichbares gefühlt: kalt, distanziert und emotionslos. Das würde mein neues ich sein. Ich brauchte, Vandi, Iz und Ash, ihren Schutz, zumindest so, lange bis ich in Elysion war und meinen Vater gefunden hatte, denn das war mein neuer Plan, meine einzige Hoffnung, sonst hatte ich alles verloren. Ich war vollkommen allein.

Tränen der Enttäuschung, der Verzweiflung und Wut, nahmen mir die Sicht, als ich ins heiße Wasser stieg. Ein Spielball, der hin und her geschossen wurde – ohne Rücksicht auf Verluste, mehr war ich nicht.

Es klopfte. Die Tür wurde geöffnet und wieder geschlossen. Wer war das? Ich schrubbte den Dreck von meiner Haut, wusch mein Haar und sprang aus der Badewanne.

»Hallo? Ist hier jemand?«, rief ich, als ich die Badezimmertür öffnete. Mein Schlafraum war leer. Auf dem Bett türmte sich ein Bündel Kleidung.

Jemand hatte mir Klamotten hingelegt, inklusive eines Bikinis? Eine weiche Lederhose mit einem Top, Unterwäsche, ein leichtes Leinenkleid, eine Jeans und zwei T-Shirts. Dazu Sandalen und Stiefeletten.

Meine verdreckten Sachen hingegen waren verschwunden. Ich schlüpfte in die schwarze Lederhose, die wie angegossen passte. Auch das smaragdgrüne Top und die schwarzen Sandalen saßen perfekt. Hatte jemand gezaubert?

Ein Blick in den Spiegel bestätigte mir, dass die Sachen passten. Das Top betonte meine Augen, und die Hose schmeichelte meiner Figur.

Auf der Kommode vor dem Spiegel lagen einige Schminkutensilien. Mir reichte etwas Mascara und Lipgloss. Mein nasses Haar ließ ich einfach an der Luft trocknen. Für wen sollte ich mich aufhübschen?, dachte ich voller Bitterkeit.

Ich klopfte an Ashs Wohnzimmertür.

Die Tür öffnete sich, und ich starrte in zwei gelbgrüne Augen mit länglich geschlitzten Pupillen. Die Augen wurden mit blauem Lidschatten betont, die Wangen und der Mund mit einem grellpinken Lippenstift geschminkt. Ein starker Moschusduft wehte mir entgegen, der direkt in meine Nase zog und mich niesen ließ. Der über zwei Meter große Hüne trug ein weißes Kleid und Stilettos, die mindestens die Größe 48 haben mussten.

Das lange, blaue Haar trug er offen. Die muskulösen Arme und Beine waren mit Drachentätowierungen verziert. Das musste Danial sein.

Er schnupperte an meinem Haar. »Komm rein, Star«, sagte er mit dunkler Stimme.

Ich konnte meinen Blick nicht von ihm abwenden.

Der Drache hockte sich auf die Couch neben Iz, der eingeschlafen war.

»Ash ist stabil, aber noch nicht über den Berg. Der Bastard ist zäh – jeder andere hätte schon den Löffel abgegeben«, begann er das Gespräch.

Mir fiel ein Stein vom Herzen. So viel zu meinem Vorsatz, eiskalt zu sein.

»Darf ich zu ihm?«

Danial nickte. »Geh nur rein.«

Mit pochendem Herzen öffnete ich die Tür.

Eine ältere Frau mit einem wunderschönen Gesicht und türkisfarbenen Augen saß am Bett neben ihm. Ihr honigfarbenes Haar floss in Wellen über ihre Schultern. Sie wirkte gütig und freundlich und ähnelte Ash immens.

»Esme?«, fragte ich leise.

Sie lächelte. »Komm her, Star. Ash hat schon nach dir gefragt.«

Sie nahm seine Hand.

»Lüg nicht«, wisperte er.

Esme grinste. »Hör nicht auf ihn. Er hat nach dir gefragt. Ich lasse euch beide Mal allein.«

Meine Wangen röteten sich, als ich an sein Bett trat.

Esme entfernte sich mit einem Zwinkern, dennoch erkannte ich die Besorgnis in ihren Augen.

Ich erschrak, als ich ihn ansah. Er war so blass wie das weiß getünchte Laken, auf dem er lag. Tiefe, dunkle Schatten zeichneten sich unter seinen Augen ab, und seine Wangen wirkten eingefallen.

»Hallo«, flüsterte ich und strich sanft über sein Gesicht. Sein Körper war ganz heiß, und winzige Schweißperlen standen auf seiner Stirn.

Ein Lächeln zupfte an seinem rechten Mundwinkel, als er mich begrüßte. »Hallo, Liebes. Bin kein schöner Anblick.«

Seine Stimme war so schwach. Ich setzte mich auf sein Bett.

»Schönheit wird überbewertet«, erwiderte ich und hauchte einen Kuss auf seine Lippen. *Vergiss nicht, dass er dich benutzt, rief ich mich selbst zur Ordnung.* Doch ein Blick auf dieses Häufchen Elend ließ mich diese Tatsache vergessen. Warum auch nicht? Es änderte nichts an meinen dummen Gefühlen.

»Danke.«

»Wofür?«

Seine Augenlider waren halb geöffnet, als er mich ansah. »Für die Sache mit der Schönheit.«

Was auch immer er damit sagen wollte.

Ich war so glücklich, ihn zu sehen, dass ich schon wieder weinte. *Verdammte Gefühle!* Mein Kopf ruhte in der Kuhle seiner Schulter, während meine Hand auf seinem Bauch lag.

»Nicht weinen. Sonst könnte ich noch denken, du magst mich wirklich.«

»Blödmann.«

»Schon besser.«

»Du musst gesund werden, hörst du?«

»Ich bemühe mich, aber es ist anstrengend, sage ich dir.«

Ich griff nach einem Becher, der auf seinem Nachtschrank stand, und flößte ihm etwas Flüssigkeit ein.

Ash verzog angewidert das Gesicht.

»Noch einen Schluck!«

Er nahm ihn widerwillig.

Neben dem Glas lag eine Schüssel mit kaltem Wasser und Wickeln – gut, um seine Stirn zu kühlen.

»Hast du schon etwas essen können?«, fragte ich, während ich seine Stirn abtupfte.

»Kayla hat mir etwas Suppe gegeben. Aber ich kann kaum etwas drin behalten.«

Bei dem Namen zuckte ich kurz zusammen, und Ash bemerkte es.

»Was, Liebes?«

»Nichts. Es ist nichts«, log ich.

Er sagte nichts weiter. Die Erschöpfung war ihm deutlich anzumerken.

»Ich lasse dich jetzt schlafen.«

Er ergriff meine Hand. »Bleib noch ein bisschen. Wer weiß, ob wir uns wiedersehen.«

»Rede nicht so einen Unsinn, Ashariel!«

»Kein Unsinn, nur die Wahrheit. Ich merke, wie schwach ich bin und wie das Gift meinen Körper aufzehrt.«

»Ich will so etwas nicht hören«, wisperte ich unter Tränen.

»Komm her zu mir.«

Ich legte mich neben ihn, den Kopf auf seiner Brust gebettet.

Ash strich sanft über meinen Rücken. »Wenn es etwas geben würde, das mich vielleicht retten könnte, würdest du es für mich tun?«

»Natürlich!«

»Würdest du mir dein Blut geben?«

»Wenn es hilft?«

»Es wäre möglich. Ruf Danial!«

Ich rannte und holte den Drachen.

»Zapf ihr etwas Blut ab und vermische es mit Eilas«, wies er den Hünen an.

Danial schnitt mir in den Unterarm. Er mischte mein Blut mit einer goldenen Flüssigkeit, die Eilas Blut sein musste.

Die Reaktion kam prompt. Das Blut begann, zu leuchten, als wären Hunderte Glühwürmchen in das Glas gesprungen.

»Gib es mir!«

»Bist du absolut sicher?«

»Ich habe keine Wahl. Also, ja.«

Der Drache starrte entsetzt auf das fluoreszierende Blutgemisch.

Ash trank, und Danial schien auf eine Explosion zu warten. Seine Miene wirkte angespannt. Ash bäumte sich auf und hustete entsetzlich.

»Verdammte Scheiße!«, brüllte Danial.

Er drückte Ash aufs Bett, doch dieser sackte zurück in sein Kissen.

»Alles gut«, hustete er. »Gib mir eine Minute. Entweder hilft es, oder die Würmer freuen sich.«

»Das ist nicht witzig«, erwiderte Danial säuerlich. Der Drache lief nervös auf und ab, während er Ash unentwegt anstarrte.

Ungläubig betrachtete ich Ashs Gesicht, das langsam rosig und gesund wirkte. Die dunklen Schatten lösten sich auf. Seine Wangen wurden voller.

»Gib mir etwas Wasser«, bat er.

Danial reichte ihm ein Glas.

»Das gibts doch gar nicht«, stotterte ich, als Ash zusehends kräftiger wurde.

»Doch. Ich habe es vermutet. Das Gift der Daimos ist schwarz-magisch, und dein Blut ist reines Licht. Es hat die

Fähigkeit, Magie aufzuheben. Zusammen mit Eilas Blut – eine unschlagbare Waffe.«

Für eine Sekunde stand meine Welt still. Die Worte sickerten nur langsam in mein Bewusstsein. Was hatte er da eben gesagt? Er hatte es vermutet? Mein Blut war eine Waffe? Mein Bauch verkrampfte sich, als hätte mir jemand einen Faustschlag in die Magengrube versetzt.

»Heißt das, dein einziges Interesse an meiner Person bezieht sich auf mein Blut? Und die Macht, die in ihm wohnt? Und die Tatsache, dass ich euch nach Elysion bringen kann? Hast du uns deshalb begleitet? Bist du deshalb bei uns aufgetaucht? Es ging immer nur darum, mein Blut zu bekommen, natürlich! Was auch sonst? Und dann? Wolltest du mich abschlachten?«

Ash sah mich mit bedrückter Miene an.

»Star … ich wollte …«

»Halt den Mund! Ich will deine oder Vandis Lügen nicht mehr hören. Ihr beide solltet euch schämen, Menschen so zu manipulieren und zu benutzen! Ich hasse dich!«, schrie ich außer mir. Zornig schmiss ich ein Glas an die Wand.

Mir wurde schlecht. Erst Vandi, jetzt Ash! Ich drehte mich um und rannte.

Plötzlich war alles glasklar. Er wollte nicht, dass ich Uriel und den anderen in die Hände fiel, weil mein Blut eine Waffe darstellte. Warum war ich so dumm? So naiv?

»Star, verdammt, bleib hier!«, brüllte Ash.

Scheiß drauf! Blindlings rannte ich durch die Gänge, auf der Suche nach dem Ausgang.

29.

Nur weg von hier! Sofort!

Ein Dienstbote kreuzte meinen Weg und zeigte mir, wohin ich gehen musste, um den Ausgang zu erreichen. Ich rannte wie nie zuvor in meinem Leben. Den Berg hinunter, bis zum Strand, hinein in den Urwald. Mir blieb die Luft weg, doch das war mir egal.

Eine Wurzel brachte mich zu Fall. Schwer atmend landete ich auf dem Boden und starrte hinauf in das dichte Blätterdach. Es musste ein Heidenspaß für ihn gewesen sein, mich einzuwickeln und … Ich durfte nicht weiter darüber nachdenken, denn sonst würde der letzte Rest meines Herzens in tausend Stücke zerspringen.

Keuchend stand ich auf und sah mich um. Nur Grün! Buschwerk, riesenhafte Bäume, Schlingpflanzen und moosiges Erdreich. Wo war ich?

Ich bog nach rechts, weiter in den Wald hinein. Vielleicht fand ich eine geschützte Stelle, an der ich mich ein wenig ausruhen konnte.

Eine Weile später erreichte ich einen kleinen Bach, umsäumt von Mammutbäumen, deren mächtige Stämme zum Teil ausgehöhlt waren.

Vielleicht könnte ich mich in einen hineinquetschen? Meine Beine schmerzten, und ich war unendlich müde. Ich stolperte erneut und schlug der Länge nach hin. Vielleicht war das mein Glück, denn sonst hätte ich die kleine, mit Sträuchern bedeckte Höhle nicht gefunden.

»Hallo! Ist da jemand?«, rief ich in den Eingang. Falls dort ein Tier hauste, lief es hoffentlich weg. Schnell krabbelte ich hinein und stellte mit Erleichterung fest, dass sie leer war. Die Höhle war nicht groß, doch bot sie mir ausreichend Schutz. Einige Büschel Moos und ein paar Äste würden den Boden etwas bequemer machen. Gott sei Dank war es warm, sodass ich mir übers Erfrieren keine Gedanken machen musste. Und jetzt, Star? Wie kommst du hier weg? Du musst nach Elysion. Es gab keinen anderen Weg. Die Erde war für mich keine Option mehr.

Die Gefallenen wussten, dass es einen Hybriden gab. Wie lange wohl, bis sie mich fanden? Ich hatte niemanden mehr, konnte nirgendwo hin. Allein war ich hilflos gegen diese Übermacht an Dämonen. Mein Vater war der einzige, der mir noch helfen konnte. Er war ein Elohim, hatte einen Sitz im heiligen Rat, und sein Name war Jael – so viel wusste ich. Wenn Vandi recht hatte, könnte ich über die Himmelsbrücke gehen. Vielleicht würde er mir helfen. Irgendwie.

Die Verzweiflung und der Schmerz in meinem Herzen wollten nicht verschwinden. Hatte ich vor zwei Stunden noch geglaubt, dass ich jetzt alles im Griff hätte und nichts mehr fühlte, wurde ich fünf Minuten später eines Besseren belehrt. *Ich bin einfach nur dämlich, weichherzig und verboten naiv. Ein richtiger Clown, der sich selbst belügt. Menschenkenntnis? Instinkt? Was ist das? Warum sonst konnten mich so ziemlich alle Menschen in meinem Leben, die ich liebte, belügen?*

Ich versuchte, mich abzulenken, indem ich in schönen Erinnerungen schwelgte, doch es half nichts. Mein Leben war vollkommen zerstört.

Also weinte ich, bis ich keine Tränen mehr hatte. Ein Gefühl der Leere, und Sinnlosigkeit stellte sich ein. Alles, was mich angetrieben hatte, hatte sich in Luft aufgelöst. Daria, Antes … Aber eines war mir geblieben, die Möglichkeit, die Erde von diesen Monstern zu bereinigen. Vielleicht konnte ich dann eines Tages zurück nach Hause, zu Jackson, zu meinem Häuschen. Ich musste es versuchen. Die Engel mussten verschwinden. Das war ich mir selbst, Nona, Mom und all den anderen Menschen, die unter ihrer Herrschaft litten, schuldig. Ich schloss die Augen.

Morgen früh würde ich aufbrechen. Ich würde nach Elysion gehen und meinen Vater suchen. Weder Ash noch Iz noch Vandi konnten mir folgen – sie konnten Elysion nicht passieren. Ich musste mich nur ungesehen zur Brücke durchschlagen. Und wenn ich Elysion erreichte, würde ich weitersehen. Einen Schritt nach dem anderen.

Vandis Worte kamen mir in den Sinn: »Niemand darf wissen, wer du bist.«

Das würde ich beherzigen. Ein anderer Name wäre hilfreich. Stella Davis? Oder vielleicht etwas, das mehr nach Engel klang? Stalia Donates?

Dummm nur, dass ich überhaupt keine Ahnung hatte, welche Städte oder Dörfer es dort gab – außer natürlich der Stadt Elysion. Würde mich jemand fragen, wo ich herkam, könnte ich nur diese Stadt benennen. *Du kriegst das hin!* Ich sprach mir selbst Mut zu, denn sonst würde ich wie ein heulender Lappen enden.

Was war aus mir geworden? Die Star, die selten weinte, hatte sich in Luft aufgelöst. Doch ich durfte nicht zulassen, dass diese Star vollends verschwand.

Morgen war der Tag der Tage. Der letzte Abschnitt meiner Reise – wie immer der auch enden mochte.

Ich war bereit.

30.

Mist! Verdammter Mist! Ich wurde mitten in der Nacht durch Ameisen geweckt, die sich durch meine Anwesenheit in der Höhle bemüßigt fühlten, mich als Straße zu benutzen. Genervt und müde rappelte ich mich hoch. Ich starrte in den Höhleneingang und sah – gar nichts! So dunkel war es draußen. Kein Mondlicht. Nichts. Nein, etwas stimmte nicht. Dunkle Schatten, die sich gegen die Schwärze der Nacht abhoben. Oder spielten meine Sinne mir einen Streich? Ich lauschte angespannt auf jedes Geräusch.

Seit ich weggelaufen bin, sind einige Stunden vergangen. Die brutale Wahrheit holte mich wieder ein: Ash und Vandi beide hatten mich benutzt und belogen. Aus diesem Grund saß ich jetzt in diesem verfluchten Loch und wartete auf den Morgen. Mein Ziel: Elysion und mein Vater Jael.

Da! Ein schleifendes Geräusch, als würde etwas Schweres über den Boden gezogen. Äste knackten, und ich bekam eine Gänsehaut. *Du bist in der Höhle sicher*, sagte ich zu mir selbst. Ich presste mich gegen die Wand, in der Hoffnung, unsichtbar zu sein. Keuchte da jemand?

Plötzlich blickten zwei grellweiße Augen in den Höhleneingang. Ich presste meine Hand auf den Mund, um nicht hysterisch loszuschreien – bis ich erkannte, dass es sich um eine Taschenlampe handelte. Stimmen! »Wo ist sie?« Das war Ash. Es raschelte, und jemand zerrte das Buschwerk auseinander. »Komm raus, Star!«, sagte er.

Den Teufel würde ich tun.

»Sie muss hier irgendwo sein«,erwiderte Izrail.

Ich blieb stumm.

»Wenn du nicht bis drei da rauskommst, verspreche ich dir, dass ich dir dermaßen den Hintern versohle, dass du dir wünschst, keinen Hintern zu haben!«, rief Ash erbost. »Du benimmst dich wie ein Kleinkind«, fügte er hinzu. »Vergiss nicht, Star, ich kann dich riechen.«

Verdammt. Daran hatte ich nicht gedacht.

»Wenn du mich zwingst, in die Höhle zu kriechen, schwöre ich dir, dass ich dich drei Tage einkerkern und bei Brot und Wasser halten werde.«

Ash starrte in den Höhleneingang.

»Leck mich doch!«, gab ich wütend zurück.

»Hier? Du hast seltsame Wünsche, Liebes. Komm raus!«

»Damit du mich abschlachten kannst, um an mein Blut zu gelangen? Nein, danke!«

»Da sagst du, ich hätte eine ausgeprägte Fantasie.« Ash wandte sich an Iz.

»Komm raus, Star. Wir sind in friedlicher Absicht hier«, antwortete Izrail.

»Ich glaube euch nichts mehr. Rein gar nichts!«

»Gut, dann warten wir so lange, bis du aus der Höhle kriechst. Und wenn du dann rauskommst, sperre ich dich in den Kerker, weil du uns zwingst, hier draußen zu bleiben«, gab Ash zurück.

»Nicht hilfreich, Ash«, erwiderte Iz.

»Ist doch wahr. Ich bin doch nicht im Kindergarten. Komm jetzt raus, verdammt. Oder ich hole dich!«

»Star, niemand will dir etwas anhaben. Glaubst du nicht, dazu hätten wir schon so viele Gelegenheiten gehabt?«, fragte Izrail leise.

»Keine Ahnung, was ihr wann vorgehabt habt«, schoss ich zurück.

»Ich sage doch, eine Welt ohne Frauen wäre das Paradies«, erwiderte Ash.

Er kniete sich vor den Eingang und hielt die Taschenlampe direkt in mein Gesicht. »So, wie lange wollen wir jetzt so sitzen bleiben, meine Kleine?«

»Du blendest mich!«, giftete ich.

»Wirklich?« Er grinste blöd und setzte sich im Schneidersitz vor den Höhleneingang. »Also, was soll das ganze Theater, Liebes?«

»Theater? Mir reicht's. Ich will nichts mehr mit euch zu tun haben. Du hast mich nur benutzt! Und ja, komm mir nicht mit dem Satz: Ich habe es dir ja gesagt.«

»Habe ich das gesagt? Ich kann mich nicht erinnern, so eine Aussage gemacht zu haben.«

»Komm bitte da raus, Star. Esme und Vandi warten auf uns. Beide sind krank vor Sorge«, sagte Izrail mit ernster Miene. »Wir wollen dich nicht abschlachten. Wie kommst du überhaupt auf so eine Idee?«

»Mein magisches Blut? Eine wertvolle Waffe?«, konterte ich.

»Ja, und was hätten wir davon, dich zu töten? Erklär mir das, Liebes?«

»Dir erkläre ich gar nichts. Verschwinde und lass mich zufrieden, du Blender.« Noch eine Minute länger und ich würde explodieren. Nichts funktionierte, nicht mal abzuhauen, gelang mir. Ash krabbelte zu mir. Ich drückte mich in die äußerste Ecke, was ihn herzlich wenig interessierte. Er setzte sich neben mich und ergriff meine Hand, die ich sofort wegzog.

»Also gut. Wie du willst. Dennoch gehen wir jetzt. Entweder freiwillig, oder ich ziehe dich hier raus. Das kannst du dir aussuchen.«

»Das Wort Nein kommt in deinem Wortschatz nicht vor, oder?«

»Nicht in diesem Zusammenhang, nein!«

Ich überlegte krampfhaft, was zu tun war. Er würde keine Ruhe geben, so viel war sicher. Mit ihm mitzugehen, Kooperation vorzutäuschen und dann irgendwann abzuhauen, schien mir die beste Option.

»Also gut, dann lass uns gehen«, erwiderte ich.

»Deine plötzliche Nachgiebigkeit erscheint mir seltsam«, gab Ash misstrauisch zurück.

»Der Klügere gibt nach.« Ich krabbelte aus der Höhle und stampfte mit langen Schritten den Pfad entlang. Iz folgte mir auf dem Fuße, während Ash noch fluchend aufstand.

»Du rennst in die falsche Richtung, Star!«, rief Ash.

»Wir müssen hier lang. Lass mich vorgehen«, sagte Iz.

Die Burg war hell erleuchtet, als wir sie erreichten. Was war hier los? Es musste mitten in der Nacht sein.

Wir gingen durch das Tor und wurden bereits von einer ganzen Meute erwartet. Darunter Vandi, Esme, Danial und Eila.

Eine junge, hübsche Frau mit dunklen Haaren und braunen Augen bedachte mich mit einem abschätzenden Blick.

Sie sah umwerfend aus in ihrem hautengen schwarzen Lederanzug, den dazu passenden Stiefeln und ihren petrolfarbenen Schwingen. Daneben stand ein junger Mann mit raspelkurzen, blonden Haaren und hellgrünen, funkelnden Augen, der ein spitzbübisches Grinsen im Gesicht trug.

»Kayla, kannst du Star ein Bad einlassen? Ich glaube nicht, dass sie den Look des dreckigen Waldschrats perfektionieren will. Oder, Liebes?«

Kayla, die hübsche Braunhaarige, die mich gerade mit ihren Blicken erdolchte, schnaubte. »Kann sie das nicht selbst? Ich habe noch zu tun!«, gab sie gereizt zurück.

»Klar kann ich das. Mach dir keine Umstände«, erwiderte ich kühl.

»Du hast uns bereits Umstände gemacht«, gab sie unfreundlich zurück. Ohne ein weiteres Wort drehte sie sich um und verschwand in einem der dunklen Gänge. Mein Gesicht brannte vor Scham – ein untrügliches Zeichen, dass ich errötete.

»Gott sei Dank bist du wieder da«, sagten Vandi und Esme wie aus einem Mund.

»Ich hatte schon Angst, dass du den Nunchas in die Hände fällst«, fuhr Esme fort. »Das wäre furchtbar gewesen. Ich habe Ash gesagt, er kann dich nicht einfach alleine draußen rumlaufen lassen.«

Ich starrte sie entgeistert an. Glaubte sie ernsthaft, ich sei bei einem Spaziergang verloren gegangen? Und wer oder was sind Nunchas?

Danial, Eila und der junge Mann tauschten amüsierte Blicke und grinsten.

»Ash sollte besser auf dich aufpassen«, schob Esme hinterher und warf ihm einen rügenden Blick zu.

»Es tut mir leid, wirklich«, erwiderte ich widerwillig. Esme schien nett zu sein.

»Es ist nicht deine Schuld«, gab sie zurück. »Mach dich frisch und dann essen wir zu Abend.« Sanft strich sie mir das Haar aus der Stirn und schenkte mir ein beruhigendes Lächeln.

Ash schnaubte und öffnete den Mund, doch seine Tante kam ihm zuvor.

»Du bist ruhig, Ashariel! Herrgott noch mal, dein Dickkopf wird mich noch ins Grab bringen.«

Ich konnte mir ein leichtes Grinsen nicht verkneifen. Esme hatte definitiv ihre eigene Methode, mit ihm umzugehen.

»Wie spät ist es denn?«, fragte ich.

»Etwa zwanzig Uhr«, erwiderte der junge Blonde.

Oh, dann war ich wohl doch nicht so lange in der Höhle, wie ich gedacht hatte.

»Komm jetzt! Es sei denn, du willst die Wurzeln in deinem Haar zu einem Baum kultivieren.« Ash griff nach meinem Arm und zog mich fort. Wenn ich mit Ash sprechen würde, hätte ich ihn gefragt, was Nunchas sind und wer der junge blonde Mann war, allerdings beschloss ich, in seiner Gegenwart zu schweigen. Wir hielten vor seinen Räumen.

»Mein Zimmer ist hier«, sagte ich und zeigte auf die Nachbartür.

»Träum weiter. Du glaubst doch nicht ernsthaft, dass ich dich noch mal alleine lasse. Ich habe ein Gästezimmer. Dort bleibst du, bis wir nach Elysion aufbrechen.«

Mist! Genau das hatte mir gerade noch gefehlt.

Laut sagte ich: »Wenn das dein Wunsch ist, Sire, werde ich dem natürlich nachkommen.«

Mein erster Weg führte ins Bad. Ein Blick in den Spiegel reichte mir. Mein Gesicht war dreckig und in meinem Haar fanden sich mehrere Wurzelstücke und kleine Ästchen. Auch mein Top, die Hose und Sandalen musste ich wechseln.

»Ich brauche ein Shirt, eine Jeans und Schuhe aus meinem Zimmer«, rief ich durch die geschlossene Tür.

Ein Packen Klamotten wurde mir hastig in die Hand gedrückt, bevor sie mit einem dröhnenden Knall ins Schloss fiel. *Auch gut. Idiot! Soll er sich ärgern. Ganz zu meinem Vergnügen.*

Ich ließ mir warmes Wasser ein, gab ein nach Flieder duftendes Öl hinein und ließ mich in die luxuriöse Badewanne gleiten, während meine müden Muskeln endlich zur Ruhe kamen. *Lass dir etwas einfallen. Du musst hier weg. Das werde ich später lösen. Vielleicht heute Nacht? Nein, Ash würde mich bewachen lassen.*

Für den Moment schien es keine andere Möglichkeit zu geben, als hier noch eine Weile auszuharren. Ich würde auf der Hut sein. Bei der nächstbesten Gelegenheit würde ich verschwinden. Doch jetzt genoss ich mein Bad.

Ashs Bad war ein Traum. Schwarze Schieferböden, die im Licht schimmerten, und weißgoldene Fliesen verliehen dem Raum eine edle Atmosphäre. Die frei stehende Badewanne mit goldenen Löwenfüßen war so geräumig, dass man locker zu zweit reinpasste. Eine breite Dusche mit drei Duschköpfen, ein Vorrat flauschiger Handtücher und Phiolen voller wohlduftender Shampoos und Bade-Öle standen sauber aufgereiht auf einem Regal neben mir.

Ich wusch mich gründlich und fischte die letzten Reste von Ästen und Blättern aus meinem Haar. Anschließend schlüpfte ich in eine schwarze Jeans und eine graue Bluse mit Fledermausärmeln, die locker über meine Hüften fiel. Jemand hatte mir schwarze Stiefeletten mit flachen Absätzen hingestellt – sie passten überraschend gut.

Ein Blick in den Spiegel genügte, um sicherzugehen, dass ich endlich wieder halbwegs menschlich aussah.

Ich erwartete Ash im Wohnzimmer, stattdessen saß dort Kayla mit einem Buch bewaffnet auf der Couch.

»Wo ist Ash?«, fragte ich. Meine Zeit mit Kayla zu verbringen, stand nicht auf meiner Liste.

»Er hat zu tun!«, erwiderte sie knapp mit einem gelangweiltem Gesichtsausdruck.

»Und was tust du hier?«

Sie legte das Buch zur Seite und verzog ihren Mund zu einem abschätzigen Grinsen. »Ich soll das Goldene Kalb hüten. Nicht meine Worte.«

Das traf mich mitten ins Herz. Ich ließ mir nichts anmerken, doch es verletzte mich. Ein goldenes Kalb? Ein Objekt, das ihm zum Ziel verhalf? Das war ich für Ash? Nicht nur Blut, ein Objekt?

»Ich habe schon Schlimmeres gehört«, gab ich freundlich zurück. *Lass dich nicht provozieren.*

»Oh ja, er hat auch schon Schlimmeres gesagt, aber das wiederhole ich jetzt besser nicht.«

»Ich brauche keinen Babysitter.« Sie sollte gehen, ehe ich ihr den Hals umdrehte. Offensichtlich genoss sie es, mich zu verletzen.

»Ash hat mich angewiesen, und er ist der Boss. Er hat keine Lust, dich noch mal zu suchen, was er beim ersten Mal eigentlich auch nicht wollte. Hätte Esme ihn nicht gezwungen, wärst du vielleicht schon dort, wo auch immer du hin wolltest.«

Ihr dämliches Grinsen brachte mich in Rage.

Bleib ruhig, Star!

»Was Ash will oder nicht will, interessiert mich nicht. Ich bin nicht seine Gefangene, und er ist schon gar nicht mein Boss«, gab ich zuckersüß zurück. »Ich werde jetzt zum Abendessen gehen.« Ich drehte mich um und stapfte zur Tür.

»Und ich begleite dich. Übrigens, was Ash will, wird gemacht. Ob du das willst oder nicht, interessiert niemanden.«

Das würden wir noch sehen. Kayla lief vor mir her. Am liebsten hätte ich ihr ein Bein gestellt. *Miststück!*

Sie brachte mich in einen großen Saal, der mit einem teuren, flauschigen Teppich in Blaugrau ausgelegt war. An den Decken hingen überall üppige Kristalllüster, und die Wände waren mit einer blaugoldenen Mustertapete verziert. In der Mitte stand eine Tafel, an der geschätzt zwanzig Leute Platz fanden. Ash, Iz, Esme, Vandi, Danial, Eila und der blonde junge Mann hatten sich bereits eingefunden.

Gegenüber dem Tisch war ein weiterer Tisch mit Speisen aufgebaut. Es duftete herrlich. Es gab gebratenen Fisch, Gemüse, Fleisch, Kartoffeln, Suppe, Brot und Pudding.

Ich setzte mich neben Vandi, da der Platz noch frei war. Kayla steuerte auf Ash und Iz zu, die mir schräg gegenüber saßen.

»Was hast du dir nur dabei gedacht. Einfach abzuhauen«, flüsterte sie.

»Ist meine Sache«, gab ich leise zurück.

Ich würde mich nicht rechtfertigen. Vandi war von Anfang an nicht ehrlich zu mir. Sie verheimlichte immer irgendetwas oder hatte mich zu Beginn sogar über ihre wahre Herkunft und Verwicklungen belogen.

Ash starrte mich an. Goldenes Kalb! Ich fühlte mich unwohl unter seinem Blick, denn trotz allem bedeutete er mir einfach zu viel. Ich konnte meine Gefühle nicht einfach abstellen oder vortäuschen, so wie er.

Ich sah zu Izrail, der sich gerade mit Danial unterhielt. Der Umstand, dass Iz mit Ash unter einer Decke steckte und genauso abfällig über mich dachte, verletzte mich fast noch mehr. Iz wirkte so ehrlich und gerecht. Ash machte keinen Hehl daraus, dass er ein Mistkerl war. Aber Izrail?

»Riva, gibst du mir bitte den Wein«, sagte Ash zu dem jungen blonden Mann. Das war also der Drache, auf dem ich geflogen war? Ich konnte noch immer nicht begreifen, dass sie wirklich Drachen waren. Gestaltwandler, genau wie Fenris.

Danial trug ein schwarzes Kleid und Pumps. Seine Haare hatte er hochgesteckt, und an seinen Ohren baumelten funkelnde Diamantohrringe. Wäre er nicht so groß, breit, muskulös und männlich, würde er nur halb so seltsam wirken – mit seinen grellrot geschminkten Lippen. Vielleicht sollte ich ihm bei Gelegenheit ein paar Make-up-Tipps geben? Da seine Pupillen geschlitzt waren und die der anderen nicht, fragte ich mich, ob er etwas Besonderes war, so wie Eila besonderes Blut besaß? Während ich noch grübelte, standen plötzlich alle auf und machten sich über das Büffet her. Die Drachen schienen über einen gesegneten Appetit zu verfügen, auch in ihrer menschlichen Gestalt.

Ich goss mir ein Glas Wein ein und wartete, bis alle versorgt waren. Erst dann holte ich mir auch etwas zu essen: Fisch und Gemüse, Kartoffeln und Schokopudding. Vandi nahm Fleisch und Brot. Kayla machte es sich zur Aufgabe, Ashs Teller zu füllen, was mich belustigte. Sie versuchte krampfhaft, ihr Revier zu markieren. Lächerlich!

Esme prostete mir zu. »Geht es dir gut, Star?«

Ich nickte und lächelte bemüht. *Nein mir geht es nicht gut. Ganz im Gegenteil.* Ganz allein im Feindesland zu sein – denn so fühlte ich mich – war nicht gerade prickelnd. Mir ging es nicht gut, unter Engeln und Drachen zu sein, die meine Anwesenheit nur tolerierten, weil ich etwas besaß, das sie wollten. Mir ging es nicht gut, weil ich mich trotz aller Warnungen in Ash verliebt hatte und jetzt wusste, wie wenig ich ihm bedeutete. Es war nicht schön, von Kayla beleidigt zu werden oder mit anzusehen, wie sehr sie Ash umgarnte. Nein. Mir ging es absolut nicht gut. Aber ich lächelte. Ich hielt meinen Kopf gesenkt und aß ein paar Bissen. Es schmeckte hervorragend, aber mein Magen war wie zugeschnürt. In Augenblicken wie diesen vermisste ich meine Mom und Nona so sehr. Wenn ich wenigstens in meinem Häuschen wäre und mit Jackson eine Tasse Tee trinken könnte, mit jemandem, der mich aufrichtig mochte und respektierte. *Hör auf, dich selbst zu bemitleiden, Star! Du wirst eines Tages nach Hause können.* Daran hielt ich fest. Denn sonst hätte ich gar nichts mehr.

Vandi sah mich an und drückte kurz meine Hand, als könne sie fühlen, was mich beschäftigte. Trotz allem ,was sie getan oder vor mir verheimlicht hatte, stand sie mir noch am nächsten in diesem Chaos.

Ich zählte die Minuten, bis das Abendessen vorüber war und ich mich endlich zurückziehen konnte. Bis jetzt hatte ich nicht einmal die Zeit gefunden, die Gegebenheiten um Daria und Antes zu verarbeiten. Wie auch? Eine Bombe jagte die nächste. Für den Moment hatte ich mich selbst verloren.

»Bist du müde?«, fragte Vandi.

»Ja, ich möchte in mein Zimmer, aber ich fürchte, Ash wird das nicht zulassen.«

»Das werden wir ja sehen.« Sie stand auf und bedankte sich für das leckere Essen.

»Star, begleitest du mich? Ich bin müde.«

Ich sprang auf. »Natürlich, ich möchte mich auch hinlegen.«

Ash starrte uns an. »Ich komme auch gleich. Star wird in meiner Wohnung nächtigen«, sagte er bestimmt.

»Danial, begleitest du die beiden?« Der Drache nickte.

»Ich habe es dir gesagt«, flüsterte ich.

»Wenigstens können wir uns zurückziehen«, gab sie leise zurück.

Danial verbeugte sich galant vor uns und schnappte sich zwei Flaschen Wein, ehe er uns zu unseren Räumen führte.

»Wir reden morgen«, sagte Vandi und verabschiedete sich für die Nacht.

»Trinkst du noch ein Glas Wein mit mir?«, fragte Danial überraschend.

Ich setzte mich auf die Couch, während er zwei Gläser holte. Er goss uns Wein ein und prostete mir zu.

»Auf dich! Ich hatte noch keine Gelegenheit, mich bei dir zu bedanken, dass du Ash gerettet hast.« Er spielte mit seinen Diamantohrringen.

»Ist doch selbstverständlich«, erwiderte ich perplex.

»Ich glaube, du schätzt Ashs Beweggründe falsch ein. Er ist manchmal schwierig, aber er ist gerecht. Im Gegensatz zu seinem Ruf ist er kein Lügner.«

Ich schnaubte. »Dinge zu verheimlichen und Menschen zu benutzen, ist für mich auch eine Lüge.«

Danial grinste. »Dass er dir Dinge verheimlicht, darfst du nicht persönlich nehmen, das ist sein Naturell. Aber ich bezweifle, dass er dich benutzt.«

»So? Wie würdest du das denn nennen? Ein Mann verheimlicht einer Frau, mit der er geschlafen hat, dass er ihr Blut will und sie der Schlüssel zu dem einen Ort ist, den er nicht betreten kann. Wie klingt das?« Das Feuer im Kamin knisterte leise, und ich rutschte ein wenig näher an den Wärmespender, um die aufsteigende Kälte zu bekämpfen. Danial ignorierte meinen Vorwurf. »Klar, dass du für ihn sprichst«, schob ich hinterher.

»Ich spreche für ihn, weil ich ihn seit seiner Kindheit kenne und genau weiß, wovon ich rede. Und einfach wegzulaufen war eine wirklich dumme Idee.«

»Scheint ihn wenig interessiert zu haben.«

Die Augen des Drachen verengten sich. »Wie kommst du darauf?«

»Nun, wenn er mich nicht suchen wollte, war es ihm wohl gleichgültig!« Ich nahm einen großen Schluck und beobachtete seine Reaktion.

Danial wirkte ehrlich überrascht. »Ash hat dich sofort gesucht und auch gefunden. Er wusste, in welchem Bereich des Urwalds du warst. Er hat uns angewiesen, dich in Ruhe zu lassen, aber in deiner Nähe zu bleiben.«

»Natürlich hat er das. Er braucht mein Blut!«, sagte ich bestimmt, dachte aber etwas völlig anderes. *Kayla hatte also gelogen!*

Warum wundert mich das? Vielleicht weil du immer noch erschreckend naiv bist?

»Glaubst du das wirklich?«

Ehe ich antworten konnte, wurde die Tür aufgerissen, und Ash wehte herein.

»Was ist das? Ein Kaffeekränzchen?«, fragte er gereizt.

Er zog sich sein Shirt über den Kopf, ließ im Laufen die Hose herunter und verschwand im Bad. Das Rauschen des Wassers verriet mir, dass er vorhatte, zu baden.

Danial verdrehte die Augen.

»So eine miese Laune hatte er schon lange nicht mehr. Ich gehe jetzt in mein Zimmer. Das solltest du auch tun, bis er sich abgeregt hat, das dauert so zwei bis drei Tage.« Der Drache kicherte und stand auf. »Tu mir nur einen Gefallen: Verschwinde nicht wieder. Du hast hier nichts zu befürchten. Drachenehrenwort.«

Das würde sich zeigen. Ich war zu müde, um über mein weiteres Vorgehen nachzudenken. Morgen war ein neuer Tag.

»Ach übrigens«, sagte Danial, »ich gebe dir einen Tipp: Ash kann bei persönlichen Fragen nicht lügen.«

»Was meinst du damit?«

»Er ist unfähig, bei emotionalen, persönlichen Fragen zu lügen. Er kann es einfach nicht. Aber bitte verrate mich nicht.« Danial zwinkerte mir zu, ehe er in sein Zimmer verschwand, das genau neben Ashs Schlafzimmer lag.

Interessant. Er war unfähig zu lügen? Dann würde ich ihm bei Gelegenheit ein paar unbequeme Fragen stellen.

31.

Ich nahm mein Weinglas und ging in mein Zimmer. Auf meinem Bett fand ich einen weiteren Stapel mit Klamotten und ein paar schwarze Sneaker. Woher stammten diese Sachen? Hoffentlich nicht von Kayla. Jemand hatte auf meinem Nachtschrank einen Teller mit Süßigkeiten drapiert: Schokoladenkugeln, Bonbons, Gebäck. Daneben stand eine Flasche Wein und eine Schale mit Obst. Auf der anderen Seite fand ich einige Bücher. Ich freute mich über die Geste und stopfte mir die erste Schokokugel in den Mund.

Es gab sogar einen kleinen Balkon, auf dem zwei Stühle und ein Tisch standen. Die Luft war herrlich mild, und ich beschloss, noch ein wenig draußen zu sitzen. Der Duft nach Sommer, Meer und Orangen, beruhigte mich. Es war schön hier. Ich schenkte mir noch ein Glas Wein ein und genoss die nächtliche Stille, die über der Burg lag. Der Vollmond hing wie eine riesige Laterne am Himmel. Aus der Ferne hörte ich das leise Rauschen des Meeres. Traumhaft. Zeit, meine Gedanken zu ordnen. Meine Schwester ging mir nicht aus dem Kopf. Was war aus dem kleinen Mädchen geworden, das ich kannte? Wie konnte sie zu dem Entschluss gelangen, unsere Mutter und Großmutter töten zu lassen? Mich töten zu lassen?

Ein Kloß steckte in meinem Hals, wenn ich nur darüber nachdachte, was sie getan oder gebilligt hatte. Unmenschlich, grausam und schwer zu begreifen. Und woher kannte sie Amon? Daria war nie auffällig gewesen, ganz im Gegenteil: Sie war angepasst, angepasster, als ich es jemals war. Während ich mit Messern um mich warf, spielte sie mit Puppen. Ein typisches Mädchen eben. Wenn das alles vorbei war, würde ich nach Antworten suchen. Bis dahin sollte ich mich auf meinen Fluchtplan konzentrieren. *Kommt Zeit, kommt Rat.*

Seufzend glitt mein Blick zum Himmel. Die Sterne funkelten, so nah und doch waren sie unendlich weit weg. Genau wie Sanctum. Ob es Jackson gut ging? Ich hoffte es sehr. Und Antes? Ein weiteres Problem, das ich nur aufgeschoben hatte. Ich musste über meine Grübeleien eingeschlafen sein, denn plötzlich ertönte ein Schrei. Bestürzt fuhr ich hoch und verschüttete den Wein auf meine Bluse. Hastig öffnete ich meine Tür und sah, wie Danial, in ein rosa Nachthemd gekleidet, gehetzt in Ashs Zimmer stürmte.

»Alles in Ordnung, du bist zu Hause«, hörte ich Danials sanfte Stimme.

Auf Zehenspitzen schlich ich zur nur angelehnten Tür von Ashs Zimmer und lugte vorsichtig hinein. Ash wirkte verwirrt und war in Schweiß gebadet. Sein langes Haar klebte an seinem Körper. Danial umarmte ihn und redete beruhigend auf ihn ein.

»Du bist zu Hause und in Sicherheit«, wiederholte er.

»Der Mond«, gab Ash leise zurück.

»Ja, ich weiß. Soll ich dich festgurten?«, erwiderte Danial besorgt.

Ash nickte und vergrub sein Gesicht in seinen Händen. »Ja, das ist besser«, wisperte er.

»Trink erst einmal etwas. Ich hole die Gurte.« Danial goss etwas Wasser in ein Glas und reichte es Ash.

Ich verschwand so leise, wie ich gekommen war, und schloss meine Tür. Was passierte da gerade? Getrieben von Neugier ging ich zurück auf den Balkon, in der Hoffnung, einen Blick in Ashs Zimmer werfen zu können. Zu meinem Erstaunen sah ich, wie Danial armdicke Ledergurte an Ashs Bett anbrachte und ihn damit fixierte. Warum tat er das? Ich überlegte kurz, den Drachen zu fragen, verwarf den Gedanken jedoch wieder. Ich würde Ash selbst danach fragen – direkt morgen früh.

Plötzlich klopfte es an meiner Tür.

»Darf ich reinkommen?«

Danial! »Ja, komm rein!«

Der Hüne trat durch die Tür und setzte sich auf mein Bett.

»Ich wollte dir nur sagen, dass du keine Angst zu haben brauchst. Das Festgurten dient seinem eigenen Schutz.«

Ich hatte keine Angst. Aber woher wusste er, dass ich alles gesehen hatte? »Was ist los mit ihm?«, fragte ich.

Danial senkte den Blick. »Frage ihn selbst danach. Ich möchte ihm nicht vorgreifen. Es ist keine schöne Sache.«

Er zupfte an seinem rosa Nachthemd. »Ash hat noch immer unter den Folgen bestimmter Umstände zu leiden.«

»Oh. Ich werde ihn fragen. Danke, dass du es mir gesagt hast.«

»Schlaf gut, Star.«

Ich grübelte die halbe Nacht, hin- und hergerissen zwischen dem Wunsch, nach ihm zu sehen, und dem Entschluss, ihn schlafen zu lassen. Ob ich wollte oder nicht – ich machte mir Sorgen um Ash. Was könnte jemanden dazu veranlassen, sich festgurten zu lassen? Morgen würde ich ihn zur Rede stellen. Zeit, ein ernsthaftes Gespräch zu führen.

Warme Sonnenstrahlen kitzelten mein Gesicht, als ich erwachte. Der Duft von frisch gebackenen Waffeln und Kaffee zog durch den Raum und kurz glaubte ich, zu träumen. Wann hatte ich das letzte Mal den Duft frischer Waffeln gerochen? Das musste kurz vor Nonas Tod gewesen sein. Ich sprang aus dem Bett und schnappte mir ein paar Klamotten. Als ich die Tür öffnete, wurde der Duft intensiver. Im Wohnzimmer, auf dem Tisch, war ein leckeres Frühstück angerichtet, inklusive der noch warmen Waffeln. Ash saß frisch geduscht im Sessel, las ein Buch und trank Kaffee.

»Guten Morgen!«, sagte ich freundlich und setzte mich auf die Couch.

»Morgen«, erwiderte er einsilbig, ohne aufzusehen.

»Können wir reden?«, fragte ich vorsichtig.

In Anbetracht seiner mürrischen Miene entschied ich mich, freundlich zu bleiben. Er ließ das Buch sinken und funkelte mich an.

»Die gnädige Frau möchte reden? Bitte schön. Sprich!«

»Sei nicht so ätzend!«

»Ach, jetzt bin ich ätzend? Gestern war ich noch ein blutrünstiger Mörder, der dich abschlachten will!« Er knallte die Tasse auf den Tisch.

»Es tut mir leid. Im Moment ist alles ein bisschen viel für mich«, gab ich entschuldigend zurück. Ich wollte ein normales Gespräch.

»Ich will nur eines von dir wissen, Ash. Hast du mich benutzt? Ging es dir nur um mein Blut? Oder liegt dir etwas an mir?« *Er kann nicht lügen.* Danials Worte klangen wie Gold in meinen Ohren.

Ash schnaubte und stand auf. »Ich werde ein solches Gespräch nicht mit dir führen.«

»Warum nicht?«, erwiderte ich ruhig.

»Weil es Schwachsinn ist. Wenn ich nur dein Blut gewollt hätte, wärst du tot.«

»Also willst du mehr als mein Blut? Die Möglichkeit, nach Elysion zu gelangen?« Ein Stich durchfuhr mein Herz.

»Dein Blut könnte helfen, mein Volk zu retten.« Ash setzte sich wieder und verschränkte die Arme vor der Brust. »Ich hätte dich gefragt.«

»Ob du mich töten darfst?«

»Verdammt noch mal! Warum sollte ich dich töten wollen? Was bringst du mir tot? Außer, dass du mich nicht mehr nerven kannst?«

»Also hatte ich recht. Dir liegt nichts an mir. Deine Nettigkeit und der Sex dienten nur dazu, mich einzuwickeln!« Ich nahm die Kette ab, die er mir geschenkt hatte, und warf sie auf den Tisch.

Ashs Wangenmuskeln zuckten.

»Ich habe dir gesagt, es gibt keine Gefühle, nur Sex, und du hast eingewilligt.«

»Ja, aber da wusste ich nicht, dass ich für dich nur eine Blutbank bin.« Ich unterdrückte die aufsteigenden Tränen. Ich würde nicht vor ihm weinen, ihm nicht zeigen, wie sehr er mich damit verletzte. Er hatte recht – er hatte mich gewarnt, wie alle anderen auch. »Gut, dann hätten wir ja alles geklärt. Ich bin dir scheißegal. Dein goldenes Kalb. Gut zu wissen, Ash.«

»Ich habe nie gesagt, dass du mir scheißegal bist oder mein goldenes Kalb. Was immer dieser Ausspruch auch bedeuten soll!«, schrie er. Die Luft knisterte. Die leise Vibration des Bodens ließ mich zusammenfahren. Gläser fielen aus den Regalen und zerschellten auf dem Boden. Zeit, die Situation zu verlassen. »Frag deine Freundin, die wird dir das sicher gerne erklären«, sagte ich, während ich aufstand. Mein Appetit war verschwunden.

»Vergiss deine Kette nicht!«

»Nein, danke. Ich brauche keinen Trostpreis oder eine Bezahlung für meine Dienste, wie eine Dargin!«

Ash sprang auf und packte meine Oberarme.

»Hör auf!«, erwiderte er gefährlich leise. Seine Augen verfärbten sich in ein dunkles Blau.

»Bedeute ich dir etwas?«, flüsterte ich.

Er presste die Lippen aufeinander, als verböte er sich selbst, zu antworten.

»Was? Sag es doch! Ich will es aus deinem Mund hören. Sag mir, dass du mich nur benutzt.«

Er ging und ließ mich allein zurück. Dieses Gespräch konnte ich getrost als gescheitert abhaken.

Was auch immer die Wut über die Frage nach seinen Gefühlen auslöste, blieb ein Rätsel für mich. Gut, ich wollte ihn zu einer Antwort zwingen – auch nicht unbedingt ein netter Schachzug. Aber dennoch: Er blieb ein einziges Fragezeichen.

32.

»Einen wunderschönen guten Morgen wünsche ich.« Danial betrat das Wohnzimmer, in dem ich mich immer noch aufhielt und Frustwaffeln aß. Izrail folgte ihm, ebenso wie Vandi.

»Wir haben beschlossen, heute einen Tag am Strand zu verbringen. Was sagst du dazu?«, flötete Vandi gut gelaunt. »Meine Haut kann etwas Sonne vertragen.«

»Ich kenne ein lauschiges Plätzchen, wo wir ganz für uns sind und nackt baden können«, sagte Danial mit ernster Miene.

»Ich könnte mir nichts Schöneres vorstellen, als mit euch nackt baden zu gehen«, erwiderte ich sarkastisch. Sollte ich wirklich mit diesen Verrätern mitgehen? Oder besser Abstand wahren?

Andererseits ... vielleicht ergab sich eine Gelegenheit, etwas zu erfahren oder einen geeigneten Fluchtweg zur Brücke zu finden.

»Schön, dann lass uns los. Ash hat mir frei gegeben, das müssen wir ausnutzen. Außerdem habe ich einen neuen Sonnenhut.« Der Drache schien kein Gespür für Sarkasmus zu besitzen.

Iz grinste und sah zu Vandi. Einen Tag am Meer zu verbringen war in der Tat eine gute Idee, allerdings zog ich es vor, meine Badesachen zu tragen. »Ich ziehe mich eben um.«

Ich schlüpfte in das knappe Ding, das sich Bikini schimpfte, und zog ein leichtes Kleid darüber.

Danial führte uns, während wir den Pfad zum Strand hinabgingen. Assindia war wirklich wunderschön. Pudrig weiße Strände und Palmen, soweit das Auge reichte. Einige Einheimische tummelten sich in den Wellen, die sanft ans Ufer schlugen. Plötzlich erinnerte ich mich an den Tag, an dem Ash mir sein Zuhause gezeigt hatte. Er hatte mir die Insel gezeigt!

Nach der Hälfte des Weges bog Danial in den Wald ein. Wir stampften durch Büsche, Dornen und allerlei Getier, bis wir einen schmalen Pfad erreichten, der zu einem Felsen führte. Dahinter lag ein Traumstrand: weißer Sand, türkisfarbenes Meer und Palmen, umsäumt von Felsen. Keine Menschenseele. Nur wir. Herrlich. Ich würde niemals zugeben, dass ich noch nie am Meer gewesen war, geschweige denn darin geschwommen bin.

Iz breitete Decken unter einer Palme aus und öffnete einen Korb, der mit Leckereien gefüllt war.

»Greift zu, wenn ihr wollt.«

Danial zog sich aus, und auch Izrail entschied, sich nackt ins Wasser zu begeben. Ich warf Vandi einen fragenden Blick zu. Sie grinste und schüttelte den Kopf, als sie ihr Kleid über den Kopf zog. Sie trug einen Bikini – genau wie ich.

Während die beiden Männer ins Wasser sprangen, griffen die Norne und ich beherzt in den Korb: Käse, Weintrauben und – oh – noch mehr Schokoladenkugeln.

»Ich wollte schon gestern mit dir reden. Es tut mir leid, dass ich dich benutzt habe. Aber ich mag dich wirklich, Star. Du bist mir sehr ans Herz gewachsen. Ich möchte nur, dass du das weißt.«

»Okay.« Mehr sagte ich nicht dazu. Ich war vielleicht naiv, aber so naiv nun auch wieder nicht. Vandi hatte mich von Anfang an belogen, sich als menschliche Ärztin und Heilerin ausgegeben und mir nicht gesagt, warum sie mich brauchte. Nein, ich würde ihr nicht mehr blind vertrauen, nur weil sie eine Entschuldigung rausbrachte.

»Ich weiß, dass es nicht richtig war, dir nicht alles zu sagen, aber ich darf es nicht. Du musst deine eigenen Entscheidungen treffen – erst dann ist es mir erlaubt, etwas hinzuzufügen«, bohrte sie weiter.

»Aber als du mir meine Herkunft verraten hast, da durftest du ein Geheimnis lüften? Ohne triftigen Grund?« Ich sah sie an. »Ich fühle mich wie ein Spielball.«

Ihre Miene verzog sich für eine Sekunde, ehe sie sich wieder fing. »Du bist mir sehr wichtig, Star und nicht, weil du etwas Besonderes bist oder ein Schlüssel, sondern weil du ein toller Mensch bist, das musst du mir glauben.«

»Gut, dann beweise es. Was ist mit Ash passiert?« Ich erzählte ihr kurz, was sich letzte Nacht zugetragen hatte.

»Ich kann es dir nicht sagen. Er muss es dir sagen – oder Danial, Izrail oder Esme. Ich darf es nicht. Und ich weiß auch nicht alles.« Ihr Blick glitt in die Ferne. »Was es auch war, es muss furchtbar gewesen und hat ihn vollkommen verändert.«

»Okay, das muss ich respektieren.« Musste ich, was sollte ich sonst tun?

»Du musst deine eigenen Entscheidungen treffen, anhand der Dinge, die dir begegnen. Höre immer auf dich selbst und dein Bauchgefühl. Mehr sage ich nicht!«

Aber was sagte mir mein Bauch? Schwierig, wenn das Objekt der Begierde einem sowohl den Bauch als auch den Kopf verdreht.

Danials und Izrails Rückkehr unterbrach das Gespräch und ich war froh darüber. Diese Unterhaltung hatte nichts an meinem Entschluss geändert.

»Das Wasser ist herrlich, solltest du auch mal versuchen«, sagte Iz und schüttelte sein langes Haar.

Mir fiel es schwer, mich auf Iz Gesicht zu konzentrieren und nicht ständig auf einen gewissen Punkt unterhalb seines Bauchnabels zu starren. Gleiches galt für Danial. Nicht, dass ich prüde wäre, ich war es einfach nicht gewohnt, zwischen zwei nackten Männern zu sitzen.

»Danial hat mir erzählt, dass du eine unruhige Nacht hattest? Und das, nachdem du geglaubt hast, Ash wollte dich töten?«, kicherte er. »Muss ja sehr beruhigend gewesen sein, Ash gefesselt zu wissen.«

»Ich finde das nicht lustig, Izrail«, erwiderte ich gereizt. »Ash war in keinem guten Zustand.«

»Weiß ich. Ich habe auch nicht darüber gelacht, sondern über deine Mordfantasien. Allerdings interessant, dass du ihn wie eine Löwin verteidigst – obwohl er dich doch meucheln wollte.«

»Meine Fantasie beinhaltete auch deine Wenigkeit!«

»Okay!« Sein Lächeln gefror. »Du hast das wirklich geglaubt, oder?«

Mein gerötetes Gesicht sagte ihm alles, was er wissen musste.

»Wir beschützen dich, seit wir dich getroffen haben. Ash hat sein Leben für dich riskiert, genau wie ich und du hast geglaubt, wir wollten dich umbringen? Mit welchem Sinn?«

»Es tut mir leid. Ich war durcheinander und erzähl mir jetzt nicht, es ginge nicht um mein Blut.«

Es war schwierig, eine ernsthafte Unterhaltung zu führen, wenn ein nackter Engel im Schneidersitz vor einem saß und Herzchen in den Sand malte.

»Wir waren uns nicht sicher, ob dein Blut den Angeli helfen könnte. Es war nur eine vage Hoffnung.«

»Den Angeli? Wie soll ich den Angeli helfen können?«

»Genau, wie du Ash geholfen hast. Dein Blut, zusammen mit Eilas Blut, besitzt enorme Heilkräfte. Wie du selbst gesehen hast. Wir müssten nur einen Weg finden, es zu vervielfachen. Ähnlich wie bei einem Impfserum.«

»Dann glaubst du, es würde sie zurückverwandeln?«

»Vielleicht. Einen Versuch ist es allemal wert.«

»Und die Daimos?«

»Besitzen keine Magie, weil sie Menschen sind. Ich vermute, du könntest den Fluch aufheben, aber dann würden sie sterben.«

Vandi hörte aufmerksam zu.

»Das könnte sogar funktionieren, zumindest bei den Angeli«, gab sie ihren Senf dazu.

»Ich weiß, dass du unsere Spezies verachtest, und ich verstehe, warum. Aber wir sind nicht alle so. Viele von uns haben sich immer für die Sicherheit der Menschen eingesetzt – allen voran Ash, was ihm nur Ärger in Elysion eingebracht hat. Denn ursprünglich war es unser göttlicher Auftrag, euch zu schützen.«

Ich hatte darüber in den alten Schriften gelesen – auch über Schutzengel. Dieses Kapitel fand ich immer besonders grotesk, in Anbetracht der Situation, in der sich die Erde befand.

»Die Angeli sind unser Volk. Sie alle stammen aus Assindia und gehören zu Ashs Armee. Sie werden gezielt ausgelöscht, um Ash zu schwächen. Also frage ich dich: Kannst du uns wirklich übel nehmen, nach einer Möglichkeit zu suchen, unser Volk zu retten?«

»Ash könnte Amon, Damontiz und alle, die ihnen beistehen, in Sekunden vernichten. Was hält ihn davon ab?« Lothaire hatte ja bereits seinen Kopf verloren.

»Die Politik. In Elysion sitzen genügend Verräter, die nur darauf warten, den Rat zu stürzen. Du hast Uriel gesehen. Ash kann nicht machen, was er will, auch wenn du das zu glauben scheinst. Zuerst müssen wir wissen, wer an alldem beteiligt ist.«

»Ihr hättet mir all das einfach sagen können, anstatt in Geheimniskrämerei zu schwelgen.«

Izrail schwieg zunächst. »Ja, vielleicht.« Iz senkte den Kopf.

»Aber wir kannten dich nicht«, sagte er schließlich und sah Vandi an.

Warum beschlich mich das Gefühl, dass er Vandi nicht traute? Und dass der eigentliche Grund für diese Geheimhaltung genau das war? Ash hatte ja bereits am Anfang klargemacht, dass er der Norne nicht über den Weg traute. War das noch immer so? Aber wie sollte Vandi diese Information gegen ihn verwenden? Und warum?

Schwachsinn. Ich traute ihr auch nicht mehr, aber aus nachvollziehbaren Gründen. Außerdem sah und wusste sie doch sowieso so gut wie alles. Oder etwa nicht?

»Sagst du mir jetzt, was mit Ash los ist? Was war das gestern Nacht?«

Izrail brauchte einige Sekunden, bis er antwortete. Er lehnte sich zurück und fuhr sich über seinen nicht vorhandenen Bart.

»Komm! Wir gehen ein Stück.«

»Erst ziehst du deine Hose an.«

Danial kicherte. »So schüchtern, Star?«

Ich verdrehte die Augen. »Das lenkt nur ab.«

»Wirklich?«, gab Iz zurück und zog eine Augenbraue in die Höhe.

»Ziehe die Hose einfach an und lass uns gehen.«

Er führte mich zu einem Felsen, etwas abseits der Bucht.

»Nur so viel: Ash verletzt dich nicht absichtlich. Was du gestern Nacht gesehen hast, sind die Folgen eines Traumas, über das er nicht sprechen will. Vor einiger Zeit verschwand er plötzlich. Niemand wusste, wo er war. Esme war in heller Aufregung – genau wie ich. Ash verschwinden zu lassen ist nicht einfach, wie du dir vorstellen kannst. Die Mächte, die da am Werk waren, mussten gigantisch sein.«

Dem konnte ich nur zustimmen.

»Nach einigen Jahren kehrte er völlig verändert zurück. Übersät mit Wunden und emotional gebrochen.«

Iz schluckte.

»Ich erkannte meinen Bruder nicht wieder. Er hat uns nie erzählt, was er durchgemacht hat, aber ich habe so meine Vermutungen.«

»Wer war dafür verantwortlich?« Wie schrecklich. Die Geschichte wühlte mich auf. Was konnte ihm zugestoßen sein, dass er so gebrochen war? Und wer war dazu in der Lage?

»Vermutlich Lilith mit Hilfe durch Adrastäa. Die Dämonengöttin ist verrückt nach ihm. Wollte ihn heiraten. Ash hat sie ausgelacht, das mochte Lilith nicht. Alles, was sie an ihm liebt, ist seine Schönheit«, Izrails Stimme wurde leise. »Wie die meisten Frauen erlag sie seinem Aussehen, seinem Sex-Appeal.«

Darum wollte er nicht schön genannt werden. Ash fühlte sich wie ein Objekt! Und scheinbar war er das auch oft genug – für diverse Frauen. Gehörte ich nicht auch dazu? Anfangs ... Ich war genauso fasziniert von seinem Äußeren gewesen, wie alle anderen auch.

»Sie haben nicht allein gehandelt, so viel weiß ich«, fuhr Iz fort. »Ich weiß weder, wo er war, noch was sie getan haben, noch wer außerdem involviert war. Er redet nicht darüber. Seitdem leidet er unter Albträumen, insbesondere bei Vollmond. Es war so schlimm, dass er fast über die Brüstung gestürzt ist – völlig verwirrt und schlafwandelnd. Und das mehrfach.

Seither schnallen wir ihn manchmal an. Er hat sich nie wieder davon erholt. Auch nicht, was Frauen und Beziehungen betrifft.«

Iz betrachtete mich eindringlich.

»Also deshalb will er nicht schön genannt werden«, erwiderte ich betroffen.

»Genau. Und deshalb lässt er auch niemanden emotional an sich heran.«

Izrails Worte schockierten mich. Das hatte er also gemeint, als er einmal zu mir sagte: Ash sei blind, was Liebe und Beziehungen betrifft. Plötzlich ergab sein Verhalten einen Sinn und ich schämte mich.

»Ash mag dich, Star, auch wenn er das nicht auf herkömmliche Weise zeigt.«

»Woher weißt du das?«

»Er ist mein Bruder. Ich kenne ihn.«

»Danke, dass du mir vertraust und mir alles erzählt hast.«

Ich umarmte ihn und drückte ihn fest an mich.

»Wo ist er überhaupt?«, fragte ich.

»Keine Ahnung, vielleicht in Salus, in seinem Haus. Er zieht sich manchmal dahin zurück, wenn ihm alles zu viel wird.«

»Ich muss mit ihm reden. Mich entschuldigen.«

»Gib ihm etwas Zeit. Ash muss sich erst beruhigen und nachdenken. Das ist seine Natur.«

Wir gingen zurück, und ich genoss den Tag am Strand, schwamm im Meer und bräunte mich in der Sonne. Doch meine Gedanken waren trotz der Ablenkung bei Ash, und ich hoffte, ihn heute Abend zu sehen.

Diese Hoffnung löste sich in Luft auf, als er nicht zum Abendessen erschien. Ich fragte bei Esme nach.

»Er ist in Salus. Mach dir keine Sorgen«, antwortete sie.

Aber ich machte mir Sorgen. Vor allem, weil Kayla ebenfalls nicht anwesend war.

Nach dem Dinner suchte ich seine Räume auf. Die Kette lag noch immer auf dem Tisch. Ich nahm sie zurück und legte sie um meinen Hals. Nervös lief ich auf und ab. Was sollte ich jetzt tun? Iz oder Danial fragen, ob sie mich nach Salus bringen könnten?

Ich ging auf den Balkon und starrte in den Himmel. Der Mond war immer noch voll. Was passiert, wenn Ash heute Nacht wieder Probleme bekommt und er alleine ist? Die Zeit verstrich, und ich wurde immer unruhiger.

Als Danial endlich kam, fragte ich ihn:

»Kannst du mich nach Salus bringen?«

Der Drache grinste.

»Kann ich. Willst du Ash sehen?«

Natürlich wollte ich das!

»Ja. Ich muss mit ihm reden.«

»Dann komm.«

Wir gingen nach draußen, wo Danial sich binnen Sekunden in einen Drachen verwandelte. Ich stieg auf seinen Rücken, und wir flogen. Dieses Mal war es anders. Es gefiel mir sogar. Wir flogen über Städte und Dörfer, und mir wurde klar, wie groß Assindia sein musste. Danial stoppte in der Luft und setzte über einer Bucht zur Landung an.

Ashs Haus lag direkt am Strand. »Haus« war eine Untertreibung. Es war ein weißes Herrenhaus mit gedrehten Säulen vor dem Eingang, einer ausladenden Steintreppe und mindestens drei Anbauten. Das Haus war hell erleuchtet, also musste jemand anwesend sein.

»Kommst du nicht mit?«, fragte ich Danial, weil er in seiner Drachenform blieb.

Der Drache schnaubte, was wohl ein Nein bedeuten sollte.

»Und wenn er mich rausschmeißt?«, fragte ich unsicher.

Ein weiteres Schnauben.

»Was jetzt? Ja oder nein?«

Danial verwandelte sich zurück.

»Er wird dich nicht rausschmeißen.«

»Was macht dich so sicher?«

»Es ist Ash! Aber wenn du so eine Angst hast, komme ich mit dir.« Der Hüne rannte zur Treppe. »Jetzt komm. Er wird dich nicht fressen.«

Er öffnete die Tür und hätte dabei fast einen Diener umgerannt – einen älteren Herrn in einem schwarzen Anzug.

»Jasper! Das war knapp«, sagte Danial lachend. »Wo ist der Hausherr?«

»In seinen Räumen«, erwiderte Jasper steif.

»Dann gehen wir mal zu ihm.«

Der Diener blieb kurz unschlüssig stehen.

»Er ist nicht alleine«, sagte er schließlich und blickte fragend in meine Richtung.

»Wer ist bei ihm?«, fragte Danial.

»Miss Kayla.«

Ich spürte, wie sich mein Magen zusammenzog. Kayla war hier. Genau wie ich es mir gedacht hatte.

»Nun, das ist kein Problem«, erwiderte der Drache.

Jasper nickte und zog sich zurück.

Ashs Haus war ultramodern eingerichtet: viel Glas und Stahl, moderne Kunstwerke, Betonböden mit flippigen Teppichen und abstrakte Lampen. Die breite, geschwungene Wendeltreppe mit alten Holzverzierungen und die ebenso alten, schweren Holztüren standen jedoch im krassen Gegensatz zum Rest der Eingangshalle. Trotzdem wirkte alles harmonisch, bis ins letzte Detail. Alt und neu gemischt. Ashs Räume lagen im ersten Obergeschoss, am Ende eines langen Flurs. Danial klopfte, bekam jedoch keine Antwort. Er öffnete die Tür einen Spaltbreit, gerade weit genug, um einen Blick hineinwerfen zu können.

Das Schlafzimmer war nur schwach beleuchtet, doch was ich sah, reichte, um mein Herz gefrieren zu lassen.

Ash lag unbekleidet im Bett, und Kayla saß nackt, rittlings auf seinem Schoß. Sie stöhnte leise, während sich ihre Hüften rhythmisch bewegten.

Die Welt schien für einen Moment still zu stehen. Dieser Anblick traf mich, als hätte mir jemand einen Kübel mit Eiswasser über den Kopf gekippt.

Danial schloss die Tür.

»Ich, ich äh… weiß nicht, was ich dazu sagen soll!«, stotterte er sichtlich überrascht.

»Bring mich zur Burg«, wisperte ich. Meine Beine zitterten, und ich hatte kurz das Gefühl, ohnmächtig zu werden. Mein Herz war schwer wie Blei. Ich hatte keinen Anspruch auf Ash. Er hatte immer klargemacht, dass es nicht um Gefühle ging. Trotzdem fühlte ich mich, als hätte man mir soeben das Herz herausgerissen.

»Das habe ich nicht gewusst, Star!«

Das glaubte ich ihm. Er schien genauso überrascht zu sein wie ich.

»Ist schon gut, Danial. Er ist mir keine Rechenschaft schuldig.«

Ich schluckte, konnte meine Tränen jedoch nicht verbergen. Der Drache legte mir einen Arm um die Schulter.

»Es ist nur Sex«, sagte er leise.

Ja, nur Sex – wie bei mir.

»Alles in Ordnung, wirklich!«, betonte ich. Darüber zu reden, war das Letzte, was ich jetzt wollte.

»Geht ihr schon wieder?«, fragte Jasper, der uns entgegenkam.

»Ja, wir wollen Ash nicht stören.«, gab Danial zurück.

»Er war sehr müde, als er nach oben ging«, erwiderte der Diener.

Sehr müde? Nicht zu müde, um sich mit Kayla zu vergnügen.

»Ich werde ihm ausrichten, dass ihr da wart.«

»Nein, bitte nicht«, erwiderte ich hastig. Jasper sah mich fragend an.

»Ich wollte ihn überraschen. Vielleicht komme ich morgen wieder«, sagte ich schnell.

»Gut, dann sage ich nichts.«

Wir flogen zurück, und ich war heilfroh, dass ich nicht allein ins Haus gegangen war. Vandi wartete auf mich, als wir zurückkamen, und diesmal war ich erleichtert, sie zu sehen.

»Können wir sprechen?«, fragte sie.

»Von mir aus.«

Wir gingen in Vandis Zimmer.

»Ich werde gehen«, begann ich ohne Umschweife.

»Was ist passiert?«

»Nichts. Es ist nur, dass ich hier Zeit verplempere, die ich nicht habe.«

»Dann komme ich mit dir.«

»Wie du willst.« Es war mir egal. Sollte sie mitkommen. Im Augenblick war mir alles gleichgültig. »Pack deine Sachen. Sobald alle schlafen gehen, verschwinden wir nach Elysion. Ich werde eine Nachricht schreiben und unsere Abreise erklären.« Die Norne verengte ihre Augen. Sie wusste, dass irgendetwas vorgefallen war, sagte jedoch nichts weiter.

Ich wartete noch eine Weile – so lange, bis Danial in seinen Räumen verschwand. Dann packte ich meine wenigen Habseligkeiten und schrieb einen Zettel.

Liebe Esme,

ich bedanke mich für deine Gastfreundschaft.

Wir müssen weiter – die Zeit rennt, und wir müssen Elysion erreichen. Grüße bitte auch Izrail und Danial sowie alle anderen, die uns geholfen haben.

Liebe Grüße, Star.

P.S.: Sage Ash, er ist ein Widerling ...

Den letzten Satz schrieb ich nur in meinen Gedanken. Der Zettel landete auf dem Wohnzimmertisch. Danial würde ihn spätestens morgen früh finden.

Wir schlichen zum Ausgang der Burg und rannten in Richtung Brücke. Niemand bemerkte oder folgte uns.

»Sagst du mir jetzt, was los ist?«, keuchte Vandi, der die Luft ausging.

»Ich sagte doch schon, wir müssen nach Elysion. Also, wie geht das jetzt mit der Brücke?«

Über dem Meer schimmerte der Bifröst nach Elysion wie Perlmutt im Mondlicht. Es war keine richtige Brücke, eher ein Lichtstrahl. Transparent und wunderschön.

»Wir gehen einfach hinüber. Erst dann werden wir sehen, ob sie uns Einlass gewährt – oder wieder ausspuckt.«

Wieder ausspuckt? Was meinte sie damit?

»Heißt das, wir werden vielleicht ins Meer katapultiert?«

»Nein. Direkt in den Hades.«

Das waren ja tolle Aussichten. Die Hölle konnte ich nun wirklich nicht gebrauchen. In meinem Hals bildete sich ein Kloß, und plötzlich war ich nicht mehr so mutig.

»Sie wird uns hinüberlassen. Du bist in Elysion geboren«, versicherte Vandi, doch ihr Gesicht zeigte Anspannung.

Wir betraten den Steg, der die Brücke mit dem Land verband. Unter unseren Füßen ertönte ein Summen. Eine starke Vibration, als wäre die Brücke lebendig. Ich hörte ein Flüstern. Lockende Stimmen, die mir zuflüsterten, weiterzugehen, nach Hause zu kommen.

»Hört auf!«, schrie ich.

»Was ist? Was hörst oder siehst du, Star?«

»Sie wollen, dass ich nach Hause komme.«

»Wer?«, fragte Vandi sichtlich erschüttert.

»Woher soll ich das wissen?«, gab ich ärgerlich zurück.

Die Stimmen wurden so laut, dass ich mir die Ohren zuhielt. »Schweigt!«, brüllte ich und erstarrte im selben Moment. Meine Hände begannen zu leuchten, und etwas Uraltes regte sich in meinem Inneren. Eine Macht, die an meiner Seele zupfte und um Einlass bettelte.

»Hab keine Angst, komm heim. Es wird Zeit!«

Die Stimme war alt, uralt. Vor meinem inneren Auge zeigte sich eine Frau in einer blauen Tunika. Ihr schlohweißes Haar fiel bis zu ihren Hüften. Ihr Gesicht war jung, und doch wusste ich, dass es eine Täuschung war. Sie war nicht jung, sondern so alt, dass ich es kaum in Worte fassen konnte. Sie war da, seit Anbeginn der Zeit.

Sie lächelte. Ihre kupferfarbenen Augen schimmerten.

»Komm!«

Ich machte einen Schritt auf den Bifröst – und wurde regelrecht verschluckt. Das Meer verschwand. Ich spürte einen Sog, der mich bis vor eine goldene Tür katapultierte.

Die Tür sprang im selben Moment auf, in dem ich Vandi in meinem Rücken spürte. Wir landeten unsanft auf dem Boden, auf der anderen Seite des Tores, das sich hinter uns schloss.

»Willkommen in Elysion!«, sagte die Norne und stand auf. Ich traute meinen Augen nicht. Atemlos betrachtete ich den goldenen Himmel, der mehr wie eine riesige Kuppel wirkte. Zarte rosa Wolken unterbrachen den Schein.

Zwei Monde und zwei Sonnen zierten das Firmament. Alles hier war in strahlendes Licht getaucht. Die Landschaft war rau und wild. Zerklüftete Felsen und tosende Wasserfälle, die sich bis auf die Erde ergossen.

Ein Meer aus fremdartigen Bäumen und Blumen erstreckte sich vor uns. Alle in den sattesten Farben leuchtend: Lila, Blau, Blutrot, Pink und Silber, um nur einige zu nennen. Die Äste trugen üppige Früchte, die mich an Pfirsiche erinnerten – jedoch mit weißen Stacheln versehen.

»Wow!«, war alles, was ich herausbrachte. Wir waren in einem atemberaubenden Dschungel gelandet.

»Lass dich nicht von der Schönheit blenden. Elysion ist ein Schlangennest. Vergiss nicht, dass du deine Identität niemals preisgeben darfst!«

Wie auf Kommando erschien ein Schwarm Schmetterlinge, die die Größe eines Vogels hatten.

»Vorsichtig, Star. Das sind Reaper. Komm ihnen nicht zu nahe – sie fressen Fleisch!«

Vandi reichte mir meinen verhassten Umhang.

»Wo genau sind wir hier?«, fragte ich.

»Leider in den Elysianischen Feldern. Weit weg von der Hauptstadt. Wir haben einen langen Weg vor uns.«

Ich war von der Landschaft regelrecht verzaubert. So stellte ich mir eine Märchenwelt vor – nur dass die Insekten fünfmal so groß waren wie auf der Erde und alles andere als freundlich.

»Könntest du uns nicht ein Pferd herbeizaubern?«, fragte ich nach einer Stunde Fußmarsch. Meine Arme waren trotz des Umhangs mit Beulen übersät – Stiche von irgendwelchen Riesenmücken. Es juckte und brannte höllisch.

»Kann ich leider nicht, es sei denn, du willst, dass unsere Ankunft bekannt wird und wir direkt im Gefängnis landen.«

»Wieso das?«

»Weil jede Form von Magie sofort registriert wird – und meine gehört nicht nach Elysion. Genauso wenig wie die Pferde, die ich manifestieren würde.«

»Niemand, das gilt auch für Tiere, darf hier ohne Erlaubnis rein oder raus.«

Okay, also mussten wir weiterlaufen. »Ist ganz Elysion so ein Dschungel?«

Vandi schüttelte den Kopf und grinste.

»Elysion ist riesig – genauso groß wie die Erde oder die Hölle. Wie oben, so unten.«

Das war unglaublich! Elysion war so groß wie ein ganzer Planet? Und die Hölle auch? »Hoffentlich müssen wir nicht den ganzen Planeten umrunden, um in die Hauptstadt zu kommen?«

»Nein. Keine Angst. Trotzdem ist es noch ein langer Fußmarsch.«

Wir liefen stumm weiter. Ich sog die Landschaft in mich auf und betrachtete jedes fremdartige Insekt, das mir unter die Augen kam, sowie jede seltsame Blume, Pflanze oder jeden Baum, der unseren Weg kreuzte. Einzigartig, skurril, wunderschön, traf es am besten. Elysions Landschaft war unglaublich bunt und facettenreich. Fast wie in einem der Märchenbücher, die ich von Nona bekommen hatte.

Nach einer gefühlten Ewigkeit erreichten wir einen rosa schimmernden Fluss, der träge dahinfloss und nicht von einem Wasserfall gespeist wurde.

Wir beschlossen, eine Pause einzulegen. Ich legte mich unter einen Baum mit ausladenden Ästen und einem dichten, lilafarbenen Blätterdach. Der Boden war weich und mit einer dicken Schicht Moos bedeckt. Herrlich bequem. Fast wäre ich eingeschlafen, wenn Vandi nicht die Stille durch eine Frage gestört hätte.

»Sagst du mir jetzt, was passiert ist?«

Ich hatte die Gedanken an Ash und Kayla so weit wie möglich in die hinterste Ecke meines Bewusstseins gedrängt. Ich würde ihn nie wiedersehen – und das war besser so. Nur war mein Herz noch nicht davon überzeugt. Noch nicht.

»Nichts weiter.«

»Star, ich weiß, dass du lügst!«

»Ich möchte nicht darüber reden. Sag mir lieber, warum wir keiner Menschenseele begegnet sind?«

Vandi seufzte. »Niemand, der bei Verstand ist, würde hierher kommen.«

»Warum das?« Mich beschlich ein seltsames Gefühl.

»In den Elysianischen Feldern leben die Seelen derer, die sich geweigert haben, weiterzugehen. Hier leben Geister. Und keine guten! Schwarzmagier, Dämonen, Hexen und gefallene Götter – um nur einige der Monster zu benennen, die hier umherstreifen.«

»Und das sagst du mir erst jetzt?« Alarmiert setzte ich mich auf und sah mich in alle Richtungen um.

»Was hätte es geändert? Die Brücke hat uns hier ausgespuckt, warum auch immer« Vandi zog die Nase kraus. »Ich verstehe unseren überstürzten Aufbruch nicht.«

»Ich habe Hunger«, wechselte ich das Thema. Ich wollte nicht über Ash reden. Gott sei Dank hatte ich ein paar Äpfel und etwas Brot und Käse eingepackt.

»Bis zum Einbruch der Dunkelheit müssen wir uns ein sicheres Versteck suchen. Wir gehen am Fluss entlang, vielleicht finden wir eine Höhle.«

»Was passiert in der Dunkelheit?«

»Das wirst du dann sehen.«

Die Stimme gehörte nicht zu Vandi. Erschrocken drehte ich mich um. Aus dem Nichts erschien eine Frau. Sie war groß, viel größer als ich, und ganz in Schwarz gekleidet. Ihre Hände waren mit dunklem Fell bedeckt, ebenso wie ihre Schläfen. Am ungewöhnlichsten waren jedoch ihre Augen – tiefrot, wie zwei glühende Tomaten. Ein besserer Vergleich fiel mir auf die Schnelle nicht ein. Pfeil und Bogen hingen von ihrer Schulter.

»Mein Name ist Bazkara, und ihr seid?«, sagte sie freundlich.

»Äh ... Star und Vandi«, antwortete ich noch immer überrascht.

»Ihr solltet euch beeilen. Die Sonne steht schon hoch, und es dauert nicht lange bis zum Einbruch der Dunkelheit.« Sie tippte sich an die Schläfe und zog weiter.

»Wer war das?«

»Ein Nermad. Sie wandern durch die Felder auf der Suche nach Kunden für ihren Tauschhandel. Harmlose Geschöpfe. Aber sie hat recht, wir sollten uns beeilen.«

Uns blieb nicht viel Zeit, also steckte ich mir ein Stück Käse in den Mund und lief weiter.

Die goldene Kuppel färbte sich bereits in ein atemberaubendes Bronze, und die zwei Monde stiegen höher.

»Was hast du gehört und gesehen, als die Brücke dich verschluckt hat?«

»Eine Frau mit weißem Haar und einem jungen Gesicht. Aber die Energie war uralt«, gab ich zurück. »Sie forderte mich auf, nach Hause zu kommen.«

»Inanna! Die Herrin des Himmels. Beeindruckend«, erwiderte Vandi. »Sie zeigt sich nur selten.«

»Sie zeigt sich nur selten.«

Vandi schnaubte.

»Wir sind in Elysion, dem Sitz der Engel und niederen Götter. Der Allmächtige und die Herrin des Himmels sowie einige andere hohe Gottheiten leben hier nicht.«

»Ich finde das Ganze sehr verwirrend. Genauso wie die ganzen Abschnitte der Hölle«, lamentierte ich.

»Die neun Kreise der Hölle, das Totenreich, der Tartaros – das sind alles verschiedene Ebenen für verschiedene Sünden und Verbrechen.«

»Wie auch immer ... Was ist das da?«

Mein Blick fiel auf eine gräulich schimmernde Substanz, die Teile des Weges überzog. Die üppige Pflanzenpracht brach abrupt ab und verwandelte sich in eine tote, abgestorbene Zone. Baumskelette ragten trostlos in den Himmel, die Blumen waren braun und versteinert. Der Fluss färbte sich blutrot, und tote Fische und Vögel lagen am Wegesrand.

Meine Nackenhaare stellten sich auf, und ein seltsames Gefühl beschlich mich.

»Das sind die Dark Fields«, wisperte Vandi. »Vor vielen Jahrhunderten gab es hier einen Krieg zwischen gefallenen Göttern und den Engeln. Die Magie, die hier entfesselt wurde, hat den Boden für immer gebrandmarkt. Dunkle Seelen fühlen sich von diesem Ort angezogen.«

In der Ferne erhob sich ein gewaltiges Schloss. Schwarze Mauern und zerborstene Fenster zeugten von der entfesselten Macht. Das Gebäude war eine Ruine.

Abgestorbene Schlingpflanzen zogen sich wie Tentakel an den Mauern empor.

»Wir werden hier übernachten«, sagte Vandi aus heiterem Himmel.

»Wir können nicht draußen übernachten, und ich fürchte, das ist die einzige Möglichkeit, die sich uns bietet.«

»Ist das dein Ernst? Das Schloss sieht so einladend aus wie Amons Labor.« Tolle Aussichten, dachte ich beklommen.

»Wohin sollen wir sonst gehen? Wir können nicht draußen übernachten, das wäre unser sicherer Tod.«

Vor dem Gemäuer ragten riesige Gargoyle-Statuen aus der Erde. In ihren Händen hielten sie Schwerter aus Obsidian. Die schwarzen Steine glommen in der untergehenden Sonne und warfen lange Schatten in Richtung des Haupttors. Bei näherer Betrachtung stellte ich fest, dass ganze Teile des Mauerwerks fehlten. Löcher, groß wie Einfamilienhäuser, gaben einen ersten Einblick in das Innere.

Die Haare an meinen Armen stellten sich auf.

»Wir sollten nicht hier sein«, flüsterte ich.

»Nein, sollten wir nicht. Aber draußen können wir auch nicht bleiben.«

Die Sonne sank schnell und tauchte die ganze Szenerie in ein unheimliches Licht. Der Wind spielte leise mit meinen Haaren, und ich glaubte, ein Wispern zu hören.

»Komm!« Vandi ergriff meine Hand und zog mich mit sich.

Wir betraten die Ruine durch das Haupttor. Menschenähnliche Gerippe bedeckten Teile des Bodens – Schädel, Hüftknochen und verknöcherte Engelsschwingen lagen nebeneinander aufgereiht. Manche Schädel hatten seltsame Formen: spitze Hinterköpfe, abnormal breite Wangenknochen oder Kiefer mit Zähnen, so scharf, dass sie mich an Haie erinnerten. An den Wänden hingen ganze Skelette, festgenagelt an Händen und Füßen.

Ich schluckte schwer. Das ganze Schloss war eine überdimensionale Grabkammer.

Vandi schubste mich durch eine verwitterte Holztür. Dahinter lag ein Saal, so groß wie ein halbes Fußballfeld. Der riesige Raum war angefüllt mit Kristallen, die noch immer in den Farben des Regenbogens pulsierten.

»Hier sind wir sicher.«

Schnaubend drehte ich mich um.

»Machst du Witze?«

»Die Kristalle halten das Böse fern.«

Zweifelnd betrachtete ich den Raum. Hier waren zumindest keine Knochenteile oder angenagelten Skelette zu sehen. Der weiße Marmorboden war erstaunlich sauber, genauso wie die verbliebenen schweren, roten Samtmöbel und die Kristalllüster, die an der Decke hingen.

Die Buntglasfenster waren intakt und zeigten wunderschöne Zeichnungen. In der Mitte des Saales ragte ein Baum aus dem Boden, der ein dichtes, grünes Blätterdach trug.

Vandi folgte meinem Blick.

»Das ist die Magie der Kristalle.«

»Warst du schon einmal hier?«

Die Norne zögerte.

»Vor dem Krieg«, erwiderte sie leise und senkte den Blick.

In ihren Augen lag Trauer.

»Der Palast war einst wunderschön. Es gab rauschende Feste, das Lachen der Kinder hallte durch die Gänge, Musik gehörte zum täglichen Leben. Die Familie, die hier lebte, war gütig und gerecht. Alle starben in diesem sinnlosen Krieg.«

»Wer hat sie getötet?«

»Alia. Sie war eine Halbgöttin, eine begabte Hexe und Magierin, ehe sie von Achlys Dunkelheit verschluckt wurde.«

»Achlys? Wer ist das?«

»Eine Göttin der Ersten, die jemals geboren wurden. Sie herrscht über die Trauer und Dunkelheit. Alia wurde von ihr durch schwarze Magie vergiftet. Oder vielleicht hat sie sich ihr auch freiwillig zugewandt.

Die gefallenen Götter waren der Meinung, Elysion sollte allein durch sie beherrscht werden, nicht durch mächtige Engel oder sogar Dämonen. Und so begannen sie einen Krieg, den sie nicht gewinnen konnten.«

Vandi strich mit ihren Händen über das rote Samtsofa, das unter einem Fenster platziert war. Sie wirkte verloren in dem großen Raum.

»Nicht alles wird gesponnen, weißt du«, sagte sie plötzlich und starrte mich an. »Das Schicksal hängt auch von Entscheidungen ab.«

»Gut zu wissen, dass es einen freien Willen gibt.«

Vandi hörte mich nicht. Gedankenversunken starrte sie aus dem Fenster. »Alia stellte sich gegen die Engel und auf die Seite der Götter«, sagte sie schließlich leise. »Ihr Körper starb in dem Krieg, den sie mit entfesselt hatte. Ihr Geist jedoch weigerte sich, weiterzugehen und wandelt immer noch in dieser Ebene. Genau wie viele ihrer Gefährten. Alles hier ist von Dunkelheit und schwarzer Magie durchzogen, wie ein Schwamm, der vollgesogen ist. Das Land ist regelrecht verseucht.«

Eine leichte Gänsehaut kroch über meinen Rücken. Genau so eine gemütliche Unterkunft hatte ich mir schon immer gewünscht. Ganz durchdrungen von schwarzer Magie und Geistern. »Ich sehe mich mal um. Vielleicht finde ich ein paar Kerzen.«

»Bleib besser hier, Star.«

»Es ist noch hell. Bin gleich wieder zurück.«

Es war einfacher für mich, ein wenig herumzulaufen, als hier auf den Henker zu warten. Vielleicht fand ich noch eine Waffe oder irgendetwas, das uns Schutz bot.

Sobald ich die Tür schloss, überkam mich erneut dieses ungute Gefühl, als würde ich von Tausenden Augen beobachtet. Ich stieg über Skelette, Unrat und zerborstene Holzmöbel, die irgendwann einmal prachtvoll gewesen sein mussten. Die kunstvollen Verzierungen erzählten von einer anderen Zeit. Es war unnatürlich still. Mein eigener Atem klang so laut in meinen Ohren, dass ich vor mir selbst erschrak. *Reiß dich zusammen.* Das Schloss war alles andere als einladend und nicht zum ersten Mal stellte ich mir die Frage, welche Gräueltaten hier begannen worden waren.

33.

Der lange Flur war dunkel, was an den schwarzen, verbrannten Wänden liegen konnte. Als hätte hier ein Feuer mit extrem heißen Temperaturen gewütet und die Steine selbst zum Schmelzen gebracht. Links und rechts gingen Türen ab, die in ebenfalls verwüstete Räume führten.

Vor einer Stahltür blieb ich stehen und starrte überrascht in das pompöse, nahezu unversehrte Zimmer. Es beherbergte ein Bett mit goldenem Baldachin, mehrere Kommoden aus dunklem Kirschholz sowie einen Tisch und Stühle, die aus demselben Holz gefertigt waren. Durch das intakte Panoramafenster fielen die letzten Sonnenstrahlen. Kleine Staubkörnchen wirbelten durch die Luft, und ein schwerer Duft nach Lavendel wehte mir entgegen. Woher kam der Geruch?

Ich durchwühlte die Kommoden und fand zwei Kerzen, eine alte filigrane Brosche, einen Brieföffner, den ich ebenfalls an mich nahm und überall Lavendelsäckchen. Kein Wunder, dass der Duft so überwältigend war.

Vielleicht sollten wir hier übernachten?

Neben dem Bett, auf einem Nachtschrank, stand ein Bild. Es zeigte eine wunderschöne junge Frau mit langen blonden Haaren, die sich wie ein Wasserfall über ihre Schultern ergossen. Ihre Augen waren von einem tiefen Braun, fast schwarz, und ihre Haut so weiß wie Schnee. Zarte, fast elfenhafte Gesichtszüge machten das Bild perfekt.

Trotz ihrer Schönheit wirkte sie auf mich abstoßend. Irgendetwas störte mich, doch ich konnte es nicht benennen. Zeit zurückzugehen. Die Kerzen würden uns Licht spenden und der Brieföffner konnte als zusätzliche Waffe dienen.

Der Flur war beinahe stockdunkel, so schnell verabschiedeten sich die letzten Sonnenstrahlen. Vandi begrüßte mich erleichtert, als ich den Saal betrat. Ich erzählte ihr von dem Zimmer und dem Bild. In ihrem Gesicht stand blanke Angst.

»Wer ist diese Frau? Kennst du sie?«

»Lilith«, flüsterte Vandi entsetzt. Die Norne taumelte und wäre fast gestürzt, hätte ich sie nicht festgehalten.

»Die Dämonengöttin?«

»Ja. Wir sollten besser sofort verschwinden!«, erwiderte sie panisch.

»Wo sollen wir denn hin? Es ist bereits dunkel.«

Vandi sah sich nervös um. Dann packte sie meinen Arm und zog mich in die äußerste Ecke des Raumes, direkt neben einen Schrank. Sie presste sich dicht an die Wand und bedeutete mir, mich neben sie zu setzen.

»Eigentlich dachte ich, wir könnten in dem Zimmer übernachten?«

»Niemals! Das scheint Liliths Raum zu sein. Was auch immer sie hier zu suchen hat, sie darf uns keinesfalls bemerken. Hoffentlich kommt sie heute Nacht nicht zurück.«

Noch nie hatte ich Vandi so aufgelöst erlebt. Sie zitterte, und ihre Augen waren vor Angst weit aufgerissen. Ihre Nervosität war ansteckend. Kurzerhand stand ich auf und starrte aus dem Fenster. Dunkelheit legte sich wie eine Decke über das Land. Eine regelrechte Schwärze, die über den Boden kroch.

»Komm hierher!«

»Gleich. Ich will sehen was passiert.« Ich zündete die Kerzen an, im selben Augenblick begannen die Kristalle zu pulsieren. Sie vibrierten und summten in einem gleichmäßigen Ton.

»Was geht hier vor?«

»Die Dunklen erwachen jede Nacht und wiederholen ihren letzten Tag. Dibbuks - das sind Dämonen, suchen nach Lebenden, die sie in Besitz nehmen können. Finden sie jemanden, besetzen sie ihn, bis sie die Seele vollständig assimiliert haben und sich ganz in dem Körper eingenistet haben. Die Kristalle schützen uns.«

Vor den Fenstern tanzten Lichter, die immer größer wurden. Außerhalb der Mauern erwachte die verbrannte Erde. Bäume schossen aus dem Boden, gefolgt von Blumen und exotischen Pflanzen.

Das Schloss verwandelte sich in einen glühenden Organismus. Stöhnend und ächzend erzählte es seine Geschichte.

Blut floss aus den Wänden, tropfte plätschernd auf den Boden. Schattengestalten erhoben sich und wanderten draußen zwischen den Bäumen umher.

Gesichtslose Wesen mit weiß glühenden Augen und Krallenhänden strichen langsam über das Glas. Sie kratzten und wisperten, als wüssten sie, dass wir hier waren. Ein herzzerreißendes Wimmern und grauenvolle Schreie ertönten direkt vor der Saaltür. Mit zitternden Händen griff ich nach meinem Dolch. Die Tür explodierte, und eine Gestalt näherte sich mit langsamen Schritten. Sie trug einen Umhang mit Kapuze, die die Hälfte ihres Gesichts verdeckte.

Die Tür explodierte, und eine Gestalt näherte sich mit langsamen Schritten. Sie trug einen Umhang mit Kapuze, die die Hälfte ihres Gesichts verdeckte.

Die Kristalle verstummten und tauchten den Saal in völlige Dunkelheit.

»Hast du geglaubt, meine Kristalle schützen euch?«

Die Stimme war tief, kalt, und dennoch die einer Frau.

Plötzlich wurde der Raum in ein Dämmerlicht gehüllt. Sie lüftete ihre Kapuze, und ich starrte in die schwärzesten Augen, die ich je gesehen hatte. Eisblonde Haare, die ihr bis zur Hüfte reichten, umrahmten ihr Gesicht.

Sie war unglaublich schön, doch ihre düstere, erdrückende Aura, nahm den ganzen Raum ein. Ein übertriebener Geruch nach Lavendel flutete meine Nase. Fast hätte ich niesen müssen. Hinter ihr erschienen zwei riesige skelettierte Geier, deren scharfe Schnäbel noch intakt waren.

»Lilith«, flüsterte Vandi. »Was tust du hier?«

»Die Frage ist: Was tut ihr hier?«

Ihr kruder Blick traf mich und bohrte sich bis in meine Seele. Eine eisige Kälte erfasste mich. Es fühlte sich an, als würde ich direkt in zwei Höllenschlünde starren. Der Ausdruck in ihren Augen erinnerte mich an ein tollwütiges Biest, das sich nur mit Mühe unter Kontrolle halten konnte.

»Wer ist das?«, fragte sie Vandandi.

»Meine Begleitung, ein harmloser Mensch.«

»Ein Mensch?« Lilith rümpfte ihre Nase, als wollte sie mich erschnüffeln, wie ein Hund. »Sie riecht seltsam, wie ein Zimtstern. Widerlich.« Sie hob ihre Hand, und ein dunkles, graues Licht schoss auf mich zu und schleuderte mich gegen die Wand. Mein Hals wurde wie von unsichtbaren Händen zugedrückt, und ich rang verzweifelt nach Luft.

»Vandi! Tu was!«, krächzte ich. Jeder Atemzug schmerzte. Der Luftstrom war abgeschnitten und ich fiel wie ein Sack zur Seite. Unsichtbare Krallen griffen nach meiner Seele, sezierten mich. Ich fühlte sie in meinem Kopf, meinem Herzen, das unnatürlich raste. Sie würde mich umbringen! Mein Sichtfeld vibrierte, dunkle Schlieren flimmerten vor meinen Augen und raubten mir die Sicht.

»Ein Mensch, sagtest du? Sie ist kein Mensch. Ich weiß nicht, was sie ist, aber ein harmloser Mensch ist sie ganz sicher nicht. Du hast mich belogen, Göttin des Schicksals.«

»Sie ist ein Mensch. Lass sie los, du bringst sie um!«

»Und wenn schon? Wen interessiert das? Seit wann hast du ein Faible für Menschen? Sie sind so verdammt zerbrechlich, findest du nicht?«

Plötzlich explodierte etwas, ein gleißendes Licht durchzuckte den Raum, gefolgt von einem Tornado, der Lilith von den Füßen riss. Die Scheiben zerbarsten, und ein ohrenbetäubendes Heulen erfüllte die Luft. Endlich konnte ich wieder atmen. Die Hexe wurde durch den Saal gewirbelt, die Augen ungläubig aufgerissen.

Vandi starrte mich ängstlich an. Meine Hände glühten, genauso wie der Rest meines Körpers. Ein Schrei löste sich aus meiner Kehle und brachte Teile der Decke zum Einsturz.

»Star, hör auf!«, brüllte die Norne über den Lärm hinweg.

Doch ich konnte nicht. Mein Körper schrie nach Entladung, war angefüllt von unbeschreiblicher Kraft, die jede Zelle durchtränkte.

Blitzschnell rannte ich nach draußen. Regen peitschte vom Himmel herab und verwandelte sich in Eisklumpen, als ich meine Hände hochstreckte. Pfeilförmige Blitze rasten in den Boden und hinterließen dampfende Krater in der verbrannten Erde. Eine klebrige Dunkelheit griff nach mir. Ich drehte mich um. Lilith hatte sich aufgerappelt und stürzte mit übermenschlicher Geschwindigkeit auf mich zu. Aus meinen Fingern schossen Blitze, direkt in die Brust der Dämonengöttin.

Ihre wütenden Schreie hallten durch die Nacht, als sie gegen die Schlossmauern geschleudert wurde. Aschgraue Ranken schossen aus dem Boden, umschlangen meine Beine und brachten mich zu Fall.

Gesichtslose Wesen näherten sich aus jeder Ecke, umkreisten mich, wisperten, zischten. Ein Schrei löste sich aus meiner Kehle, so laut und unnatürlich, dass ich vor mir selbst erschrak. Im nächsten Moment brach die Erde auf, glühende Lava schoss fontänenartig aus der Tiefe, als wäre ich auf ein Ölfeld gestoßen.

Die Ranken verschmorten in der Hitze, und ich war frei. Ich hatte keine Zeit, darüber nachzudenken, was mit mir passierte. Die Schatten griffen erneut an. Ein Fingerschnippen genügte, und die Wesen verbrannten im Licht.

Ein schauerliches Heulen ertönte, und erst jetzt begriff ich, dass es aus meinem Mund kam. Tränen flossen über mein Gesicht. »Vandi!«, brüllte ich hilflos, während meine Füße vom Boden abhoben. Mein Rücken schmerzte und bog sich. Ich wurde nach hinten gerissen, und zwei mächtige goldene Schwingen erhoben sich hinter meinen Schultern.

Ich hatte Flügel!

Vandi rannte herbei und zog mich zurück auf den Boden. Ihre Lippen bluteten, und auf ihrer Stirn klaffte eine Wunde.

»Atme! Ganz ruhig!«, wiederholte sie. Sie umarmte mich und hielt mich fest.

»Was passiert mit mir?« Mein Körper wurde von Krämpfen geschüttelt, die einige Minuten andauerten. Nach einer gefühlten Ewigkeit beruhigte ich mich. Das Glühen erlosch, die Krämpfe hörten auf, und ich konnte wieder allein stehen. Die Schwingen waren noch immer da und erstreckten sich hinter meinen Schultern bis zu meinen Fußknöcheln. Sie waren riesig.

»Wunderschön«, flüsterte Vandi andächtig. »Sieh nur, sie sind golden, aber auch mit einem rosa Schimmer und Glitzer! Und deine Augen! Sie funkeln wie zwei Silbermünzen!«

»Aber ich habe grüne Augen«, erwiderte ich wie versteinert.

»Jetzt nicht mehr. Und auch dein Haar … es schimmert wie gesponnenes Gold.«

Ehe ich weiter darüber nachdenken konnte, erklang ein durchdringendes Knurren. Ich war nicht scharf darauf, herauszufinden, von wem es stammte. Lilith lag noch immer vor der Mauer und rührte sich nicht.

»Komm! Wir müssen hier weg!« Vandi nahm meine Hand, und wir rannten. Ich hatte keine Zeit, nachzudenken oder zu begreifen, was mit mir passierte. Überleben war das Ziel! Die Schwingen machten mir Probleme. Ich hatte Schwierigkeiten, die Balance zu halten, und strauchelte. Immer wieder hoben meine Füße vom Boden ab. Hätte ich gewusst, wie es funktioniert, wären wir geflogen.

»Die Flügel müssen weg«, sagte ich gehetzt.

»Befehle es«, erklärte Vandi.

»Verschwindet!«, flüsterte ich. Die Schwingen verschwanden wie von Geisterhand.

»Renn!«, brüllte die Norne.

Ein kurzer Blick über meine Schulter reichte, und mein Blut gefror. Wir wurden von drei monströsen, fledermausartigen Wesen gejagt. Sie hatten breite Lederschwingen, flogen jedoch nicht. Zwei lange Beine mündeten in einen kurzen Rumpf, auf dem ein massiver, dreieckiger

Schädel saß. Geifer floss aus ihren Mäulern, die mit rasiermesserscharfen Fangzähnen ausgestattet waren.

Ihre Augen leuchteten rot, wie zwei brennende Kohlestücke. Vandi drehte sich um und schleuderte zwei Feuersalven, die aus ihren Fingern schossen. Eine traf, und das Biest flog krachend gegen einen Baum. Die beiden anderen blieben jedoch unbeeindruckt. Ganz im Gegenteil: Mit jedem Meter verringerten sie den Abstand.

Meine Lungen brannten wie Feuer. Wir rannten im Zickzack, um unsere Verfolger abzuhängen. Vandi feuerte erneut und traf. Beide Monster explodierten in tausend Stücke. Sie ließ mir keine Zeit, Luft zu holen. Wir mussten hier weg! In der Ferne hörten wir galoppierende Pferde und männliche Stimmen. Die dunklen Schatten lösten sich auf, fast so, als hätten sie Angst vor denen, die da kamen.

»Verfluchter Mist. Leg dich hinter den Baum«, flüsterte Vandi und zog mich zu Boden.

»Das sind elysianische Garden! Die Magie, die du entfacht hast, war wie ein Leuchtfeuer«, erklärte sie atemlos.

Wir kauerten hinter einem der abgestorbenen Bäume. Die Stimmen näherten sich, und ich erkannte fünf Männer auf gigantischen Streitrössern. Die Pferde waren über zwei Meter groß und in Rüstungen gehüllt. Ihre Augen leuchteten wie blaue Laser in der Dunkelheit.

Alle Männer trugen schwarze, eng anliegende Uniformen und hielten ihre Schwerter bereit. Sie waren nur noch wenige Meter entfernt, als der erste Reiter das Zeichen zum Stopp gab.

Die beiden Monde strahlten vom Himmel, sodass wir eine gute Sicht auf die Engel hatten. Ein junger, muskulöser Mann mit weißen Haaren, die ihm bis zu den Schultern reichten, und einem attraktiven, kantigen Gesicht stieg als Erster ab. Seine Augen schimmerten wie flüssiger Bernstein unter den schwarzen, dichten Wimpern.

»Es riecht nach schwarzer Magie, aber auch nach etwas anderem«, sagte er.

Vandi bedeutete mir, ganz still zu sein. Ein zweiter Reiter gesellte sich zu ihm. Er war genauso groß und gut gebaut, mit schwarzen Haaren, die er zu einem losen Zopf gebunden hatte, und azurblauen Augen. Eine kleine Narbe zog sich über seine rechte Wange bis hinauf zu seiner Braue, was seiner Attraktivität jedoch keinen Abbruch tat.

»Livian, sieh mal.« Der Helle kniete sich hin und hob etwas vom Boden auf.

»Chirops, oder besser gesagt Reste. Scheußliche Biester!«, erwiderte der Dunkelhaarige, der offensichtlich Livian hieß.

»Liliths Begleiter. Die Hexe tummelt sich also immer noch in den Ruinen«, gab der Weißhaarige zurück.

»Das ist bekannt. Die Frage ist: Wer hat diese Biester zerfleischt? Diese Magie habe ich noch nie gespürt.«

Livian starrte erneut in unsere Richtung, und mich beschlich das ungute Gefühl, dass er genau wusste, wo wir waren.

»Etwas hat die Vorderfront des Schlosses zum Einsturz gebracht«, sagte er. Seine Augen verengten sich, und er zog die Luft ein, als versuche er, etwas mit seiner Nase zu lokalisieren.

»Michael! Hier sind noch mehr zerfetzte Viecher!«, schrie jemand im Hintergrund.

Der Weißhaarige, offensichtlich Michael, stand auf und machte einige Schritte in die Richtung des Schreihalses, während Livian in unsere Richtung stampfte. Mein Herz raste. Vandi erstarrte neben mir. Der Dunkelhaarige war jetzt auf Augenhöhe und sah mich direkt an. Seine Lippen verzogen sich zu einem selbstgefälligen Grinsen, während er mir ins Gesicht starrte.

»Livian, hast du etwas gefunden?«

Er stand still und sah mich aus seinen azurblauen Augen an. Sekunden verstrichen, und ich hätte am liebsten vor Wut geschrien.

»Nein, hier ist nichts!«, antwortete er schließlich und ging zurück.

Vandi seufzte leise, als die Männer in die entgegengesetzte Richtung davonritten. »Jesus, Maria und Josef! Hast du eine Ahnung, wie viel Glück wir eben hatten? Weißt du, wer das war? Michael und seine rechte Hand, General Livian!«

»Er hat uns gesehen. Warum hat er uns nicht verraten?«, sagte ich nachdenklich. Etwas stimmte nicht. Nicht nur an der Situation, auch mit mir. Vor meinen Augen blitzte es. Ich hatte Mühe, mich zu konzentrieren, einen klaren Gedanken zu fassen.

»Hörst du mir zu? Das war Erzengel Michael! Warum auch immer er geschickt wurde, es bedeutet nichts Gutes!«

»Hörst du mir zu? Livian hat uns gesehen und nichts gesagt!«

Vandi keuchte. »Ich habe keine Ahnung, warum er uns verschont hat.«

Seltsam. Sehr seltsam. Mit einmal wurde ich von starken Kopfschmerzen geplagt, mein Sichtfeld färbte sich schwarz. Kurz glaubte ich, ohnmächtig zu werden. Der Anfall verschwand genauso schnell, wie er gekommen war. »Das war also der berühmte Michael, die rechte Hand Gottes und Luzifers ärgster Feind«, stellte ich unbeeindruckt fest, während wir uns aufrappelten und weitergingen.

»Nun ja, er ist einer der besten Kämpfer und Anführer der Elite-Armeen Elysions.«

»Er ist ganz hübsch anzusehen, genau wie Livian.«

»Hübsch anzusehen«, schnaubte meine Begleiterin. »Wenn du in seine Fänge gerätst und auf der falschen Seite stehst, sagst du das nicht mehr.«

34.

Wir gingen eine Weile schweigend nebeneinander her. Meine Gedanken drifteten zu meiner plötzlichen Verwandlung. Was zur Hölle war mit mir passiert? Erst jetzt realisierte ich das ganze Ausmaß, und meine Beine begannen zu zittern. Ich brauchte einen Spiegel und eine halbwegs rationale Erklärung. Meine Haare waren noch immer goldblond, wie ich anhand der Strähnen erkennen konnte, die über meine Schultern fielen. Mein Inneres war seltsam angefüllt, voller pulsierender Energie, die in jeder Zelle meines Körpers spürbar war. Ein Teil von mir schien zu strahlen, während der andere Teil in Dunkelheit gehüllt war.

Es war schwer zu beschreiben. Ich spürte eine Düsternis, die an meiner Seele zerrte, einen Hauch uralter Wut und eiskaltem Hass. Mein Gehirn schien auf Hochtouren zu laufen, und meine Sinne waren geschärft. Hören, sehen, schmecken, riechen, alles war intensiver. Die Farben waren voller. Ich konnte ein Blatt fallen hören.

Die Fingernägel schienen wie Krallen zu wachsen, doch wenn ich hinsah, waren meine Hände ganz normal.

Vandis Herzschlag dröhnte in meinen Ohren, ich konnte das Blut durch ihre Adern rauschen hören. Ein merkwürdiges Gefühl regte sich in mir, fast so, als wäre ich hungrig.

Mein Kiefer schmerzte. Meine Zunge wanderte durch meinen Mund und ertastete jeden Zahn, als würde ich plötzlich Reißzähne erwarten. Wieder diese Kopfschmerzen und ein wallender Hass, der aus der Tiefe meines ureigenen Seins hervorbrach. Liebend gern hätte ich etwas zerstört. Genau jetzt.

»Was ist mit mir geschehen?«

Vandi sah mich an. »Ich habe eine Vermutung. Liliths Magie hat deine Maske abgerissen. Ich glaube, irgendjemand – vermutlich deine Eltern – haben deine Fähigkeiten und dein wahres Aussehen mit einem Zauber unterdrückt, um dich zu schützen.«

Spitze. Genau das, was ich mir gewünscht habe. Willkommen Hybrid, in deiner reinsten Form. Die Wut verschlang mich beinahe.

»Aber ja, das könnte sein.« Grübelnd lief ich weiter. Vermutlich hatte sie recht. Ich wäre aufgefallen wie ein bunter Hund, oder alle hätten mich für einen Engel gehalten, und meine Familie hätte sich erklären müssen.

»Ich habe Angst!«

»Das verstehe ich, aber es wird alles gut. Du musst dich erst daran gewöhnen. Magie ist eine starke, seltsame Sache.«

»Du musst mir helfen, mich trainieren.«

»Da kenne ich zwei, die dafür wesentlich besser geeignet wären. Ash und Iz.«

»Auf keinen Fall! Wir können nicht zurück. Nie mehr«, erwiderte ich lauter als beabsichtigt. Ash konnte Elysion nicht betreten, und zurückgehen würde ich nicht. »Wir müssen das Ars Goetia abliefern, und zwar so schnell wie möglich«, fügte ich leiser hinzu. Das Buch rief mich, flüsterte mir zu. Laut und deutlich. Es wollte mich, bettelte fast darum, dass ich es an mich nahm.

Vandi zog ihre Nase kraus, sagte jedoch nichts, was mich noch nervöser werden ließ. »Ich werde das Ars Goetia abliefern. Du wirst nicht in die Nähe des Rates kommen. Das ist zu gefährlich!«, erwiderte sie schließlich.

Nein, das würde ich nicht zulassen. Ich musste meinen Vater finden. Ich würde Vandi in dem Glauben lassen, vorerst.

»Glaube mir Star, der Rat würde dich umbringen. Du darfst nicht in Erscheinung treten«, begann sie erneut.

»Das sehe ich genauso!«

Die Stimme ließ mich zusammenfahren, und ich schnappte entsetzt nach Luft. Über mir saß Livian auf einem Ast. Wo war er so schnell hergekommen?

Der Engel sprang geschmeidig auf die Erde und baute sich vor uns auf. Instinktiv griff ich nach meinem Dolch.

Binnen eines Wimpernschlages – so schnell, dass ich gar nicht reagieren konnte – fixierte er meine Arme auf meinem Rücken. Vandi machte einen Schritt nach vorne, hielt jedoch inne, als sie Livians Schwert an meinem Hals sah.

»Vorsichtig, Norne. Du bist hier auf unbekanntem Terrain und nicht willkommen. Gleiches gilt für dich, Vokyra.«

»Mein Name ist Star!«, knurrte ich. Das Geräusch, das meinen Mund verließ, klang wie das eines Tieres. Es hatte nichts Menschliches an sich. Mein Blick trübte sich, und dunkle Schlieren tanzten vor meinen Augen. Wut war alles, was ich fühlte.

»Wow, Kleines, zeig mal deine Beißerchen«, erwiderte Livian breit lächelnd.

Vandi blickte entsetzt drein, als sie die Fangzähne sah, die aus meinem Oberkiefer schossen. Ich spürte die Metallfesseln, die sich um meine Handgelenke legten, und schrie.

»Ruhig, beruhige dich. Du willst doch nicht die Monster wecken, die hier umherstreifen«, sagte der Engel gelassen.

»Was ist mit ihr los?«, fragte Vandi leise.

Livian antwortete nicht. Stattdessen grinste er und sagte: »Ich bringe euch jetzt zum Boss. Er kann es gar nicht abwarten, euch zu sehen.«

»Michael wird uns töten!«, gab Vandi zurück.

Livian kicherte. Er schnippte zweimal mit den Fingern, und sein riesiges Streitross erschien.

»Rauf da! Devlin kann uns alle drei tragen.«

Vandi sprang auf den Rücken des Pferdes. Ich wurde nach vorne an den Knauf des Sattels gesetzt, und Livian nahm hinter mir Platz.

»Übrigens: Die Fesseln binden deine Magie, also schön lieb sein«, flüsterte er nahe an meinem Ohr.

Das Pferd war pfeilschnell. Innerhalb einer halben Stunde hatten wir die Dark Fields hinter uns gelassen, und die Landschaft wurde wieder üppig und grün.

Livian legte einen Arm um meine Taille. Ich spürte die Wärme seines muskulösen Körpers in meinem Rücken.

»Also, Vokyra, wo hast du dich all die Jahre versteckt?«

»Nenn mich nicht so!«, gab ich zischend zur Antwort.

»Aber es ist das, was du bist. Hat dir das niemand gesagt?«

»Und was bitte soll das sein?« Meine Stimme klang immer noch seltsam animalisch.

Livian lachte lauthals. »Ist das dein Ernst?« Er drehte den Kopf in Vandis Richtung. »Die Norne hat dir nichts über deine Herkunft verraten?«

Ich wusste genau, was es bedeutete. Obwohl ich die Sprache nicht kannte und das Wort vorher noch nie gehört hatte. *Der Dämon aus Licht gemacht.*

»Natürlich!«, erwiderte ich. Vandi schwieg.

Livian hörte nicht auf zu lachen. »Das bezweifle ich.«

»Halte den Mund!«, sagte ich. »Oder ich reiße dir den Kopf ab!«

Alleine die Vorstellung befriedigte mich. Dieser arrogante Bastard, kopflos auf dem Boden. Ich brauchte nur eine Chance. Nicht, dass ich meine Gedanken und mein Verhalten seltsam fand. Ich beobachtete mich selbst, wie durch einen Spiegel. Alles, was ich fühlte, war Wut. Insbesondere in Bezug auf Männer. Niedere, primitive, schwanzgesteuerte Wesen ohne Intelligenz, meiner nicht würdig. Auch dieses Subjekt schien wenig Intelligenz zu besitzen.

Allein dieses selbstgefällige Grinsen fachte meine Wut noch weiter an. Vielleicht schmeckte er gut? Meine Zähne schmerzten, und ich hatte Hunger ... auf warmes Blut, frisch aus der Ader.

Sobald ich diese Fesseln los war, würde ich ihn töten. Eine leise innere Stimme flüsterte, dass meine Gedanken nicht normal waren, doch ich unterdrückte sie.

»Dein Boss hat besser etwas zu essen«, knurrte ich.

Livian schnaubte. »Du wirst nicht essen. Zumindest nicht das, was du dir wünschst.«

Mein Kopf fuhr nach vorne, und ich heulte – ähnlich wie ein Wolf, der mit seinem Rudel kommuniziert.

»Heul ruhig, das wird dir nichts nützen, Vokyra!«

»Fick dich!«, grollte ich. »Ich werde dich töten und in alle Einzelteile zerlegen, aber vorher werde ich dein Blut trinken und zusehen, wie das Leben in deinen Augen erlischt. Widerlicher, dummer Mann!«

Livian unterdrückte ein Kichern. »Na, das wird aber lustig, Kleines.«

»Star! Um Himmels willen, was ist nur los mit dir?«, fragte Vandi entsetzt.

»Sag mir nicht, du weißt es nicht, Norne?«, gab Livian zurück. »Sag mir nicht, du hast keine Ahnung von der tickenden Zeitbombe, die du da mitgeschleppt hast?«

»Sie ist keine Zeitbombe, nur eine verwirrte junge Frau, die gerade ihre Fähigkeiten gefunden hat.«

»Deine seherischen Fähigkeiten haben in den letzten Jahrhunderten nachgelassen, habe ich recht?«

»Das geht dich nichts an!«

»Dachte ich mir. Du siehst nichts mehr ... euer Schicksalsnetz ist schon lange brüchig, weil die anderen Götter euch ausschließen, nicht wahr?«

»Wenn du alles weißt, warum fragst du dann?«, erwiderte Vandi schnippisch.

Meine Gedanken drifteten zu Livian und dem schnellen Schlag seines Herzens. Ob er auf einem Spieß gut aussehen würde? So wie in dem Dorf meines Freundes Antes, dem Verräter! Oder an die Wand genagelt? So wie in Liliths Schloss?

Das Flackern vor meinen Augen wurde schlimmer – schwarze Flecken, die mir die Sicht nahmen. Ich musste mich konzentrieren, um nicht völlig von Hass übermannt zu werden.

Warum hasste ich plötzlich Männer so sehr? Widerwärtige, dumme Neandertaler! Nur dazu geboren, uns zu dienen! Sie gehören in Zellen oder Ställe, nicht in eine Rüstung! Die Antwort kam aus meinem Inneren.

»Ich glaube, du hast Potenzprobleme«, platzte ich heraus. »Oder warum machst du auf cool?«

Zu meinem Missfallen lachte der Engel schon wieder.

»Meinem Penis geht es gut, Kleines. Die Frage ist, warum du darüber nachdenkst?«

»Vielleicht, weil ich dir das unnütze, ekelhafte Ding abschneiden möchte.«

»Unnütz und ekelhaft? Deine Macke ist noch größer, als ich befürchtet habe.«

Er fummelte in seinen Satteltaschen und kramte einen Stofffetzen hervor, der kurz darauf als Knebel in meinem Mund landete.

»So ist es besser. Findest du nicht auch, Norne?«

Vandi erwiderte nichts, aber ihr Gesichtsausdruck sagte mir alles, was ich wissen musste. Sie hatte Angst.

»Livian, bitte ... Michael wird uns vor den Rat zerren und töten. Ich verspreche dir, wir verschwinden sofort aus Elysion, wenn du uns gehen lässt.«

»Nein, das kann ich leider nicht machen, Vandi. Du hast einen großen Fehler begangen, indem du sie hierher gebracht hast. Sie gehört in die richtigen Hände, ehe sie noch weiteren Schaden anrichten kann.«

»Sie hat doch nichts Schlimmes getan. Im Gegenteil, sie hat Lilith in die Schranken gewiesen und dieses Horrorschloss zerstört.«

»Und was wird sie als Nächstes zerstören? Halb Elysion? Nein, nein, das ist keine Option.«

»Arbeitest du auch für Uriel?«

»Warum fragst du? Magst du ihn etwa nicht?«, gab er sarkastisch zurück. »Lass dich überraschen, wir sind gleich da.«

»Er ist ein Verräter!«

»Vorsichtig mit deinen Aussagen, wenn du nicht direkt am Kreuz enden möchtest.«

Wir ritten durch ein Sumpfgebiet mit hohem Gras, kleinen Seen und massiven Bäumen, an denen Schlingpflanzen hingen. Plötzlich tauchte vor uns ein hoher Berg auf, flankiert von roten Felsen. Die Monde warfen ihr Licht auf die felsigen Wände. Sie leuchteten wie Blut.

Livian drosselte das Tempo und steuerte auf eine Brücke zu, die über einem tosenden Wasserfall hing. Die Landschaft hatte sich innerhalb weniger Sekunden drastisch verändert. Mein Herz raste, als wir mitten auf der Brücke anhielten und ich nach unten blickte. Die Wassermassen rissen alles mit sich, was nicht aus massivem Stein bestand. Die Gischt peitschte so hoch, dass wir nass wurden. Auf der anderen Seite der Brücke ragte ein sandrotes Felsmassiv in den Himmel. Links und rechts vor den Felsen waren Quader aus Quarzkristallen aufgereiht, die im Licht der Monde glitzerten. Bei genauerer Betrachtung konnte man Türme, Türen und Fenster erkennen, die in den Felsen eingelassen oder herausgearbeitet waren. Teerfackeln, die im Boden und an den Mauern befestigt waren, erhellten den Weg.

Eine Burg. In Stein gehauen. Als wir das Tor erreichten, stürmten uns zwei Männer entgegen.

Die beiden Wachen starrten mich neugierig an, und am liebsten hätte ich ihnen die Augen aus dem Kopf gerissen.

35.

Ich hatte einfache Steinmauern und grobe Möbel erwartet, doch der Luxus, der uns entgegenschlug, suchte seinesgleichen. Die groben Steinwände waren kunstvoll bemalt und zeigten Engel und Götter, Drachen und Wölfe, die in epischen Kämpfen miteinander rangen. Der Boden schimmerte golden, ebenso wie die schweren Lüster, die überall an der gewölbten Decke hingen. Kunstvoll verzierte schwarze Holzmöbel und einladende Couchen schmückten den Eingangsbereich. Eine geschwungene Steintreppe führte sowohl nach oben als auch nach unten. Links und rechts vom Eingangsbereich zweigten mehrere Gänge ab, die in andere Trakte führten.

Wir gingen geradeaus, vorbei an einer ultramodernen, riesigen Küche sowie mehreren Türen, die jedoch verschlossen waren. Fünf Stufen führten uns hinab auf eine tiefere Ebene. Vor einer doppelflügeligen Stahltür, die lediglich ein kleines Fenster hatte, blieben wir stehen. Livian tippte einen Code ein, und die Tür öffnete sich mit einem leisen Klicken.

»Meine Damen, nach Ihnen«, sagte er mit einer ausladenden Handbewegung.

Hinter der Tür lag, überraschenderweise, ein großes Wohnzimmer, ganz in Weiß und Blau gehalten. Auch hier hingen schwere Kristalllüster von der Decke, und die teuren Möbel zeugten von Luxus. Zwei weitere Türen führten in ein Bad mit einer bodentiefen Wanne sowie in zwei angrenzende Schlafzimmer. Es gab keine weiteren Fenster, jedoch sehr helle Lichtquellen in Form mehrerer Wandfluter.

»Macht es euch bequem.« Livian nahm mir den Knebel aus dem Mund.

»Übrigens ist der Raum magie- und feuerfest. Also spar dir deine Kraft. Ich nehme dir jetzt die Fesseln ab.«

Ich wartete eine Sekunde, nachdem er die Fesseln entfernt hatte, ehe ich mich blitzschnell drehte und ihm eine Kopfnuss verpasste. Livian taumelte kurz, und Blut schoss aus seiner Nase. Ich nutzte die Gelegenheit und sprang. Mein Mund streifte seinen Hals, und meine Zähne fuhren aus.

»Du bist vollkommen irre!«, brüllte er.

»Ich habe dir gesagt, ich reiße deinen Kopf ab!«, zischte ich. Der Engel packte mich an den Haaren und zog meinen Kopf zurück. Ich landete hart auf dem Boden. Blitzschnell war ich unter ihm gefangen. Seine Azuraugen bohrten sich in meine.

»Hör zu, du durchgeknalltes Biest. Ich will dir nicht wehtun, aber ich werde es tun, wenn ich muss! Verstehst du mich?«

»Du kannst mich mal!«

»Ich werde jetzt aufstehen, und du bleibst liegen, bis ich den Raum verlassen habe. Danach kannst du von mir aus die Wände hochkrabbeln, Feuer spucken oder dir zwei Köpfe wachsen lassen! Hast du mich verstanden?«

Sein Gewicht raubte mir den Atem, und ich nickte nur.

Livian entfernte sich mit unmenschlicher Geschwindigkeit. Die Tür fiel ins Schloss, und wir waren gefangen.

»Danke für deine Hilfe. Wir hätten hier rauskommen können!«, brüllte ich.

»Star, was passiert mit dir? Deine Stimme, dein Verhalten, das bist nicht mehr du!«

»Sag du es mir. Du bist doch diejenige, die alles weiß. Oder vielleicht nicht? Hat Livian recht? Bin ich überhaupt Jaels Tochter?« Das Grimoire rief mich, flüsterte. »Und stell das Buch ab! Es macht mich wahnsinnig.«

»Es redet mit dir?« Vandi seufzte und ließ sich auf die Couch sinken. »Ich habe dir die Wahrheit gesagt. Aber ja, er hat recht. Ich sehe schon lange nicht mehr alles. Die alten Götter verschwinden, sie legen sich schlafen, und wir Nornen haben auch nicht mehr viel Berechtigung. Die Welt verändert sich. Neue Götter wurden geboren, oder einige haben ungehindert ihre Macht ausgebaut, was nicht unbedingt zum Gleichgewicht beiträgt.«

Ich rannte auf und ab, unfähig, mich zu beruhigen. Ich hatte Hunger! Unbändigen Hunger, als hätte ich seit Jahrhunderten nichts mehr gegessen, kein Blut mehr getrunken.

Vandis Puls dröhnte in meinen Ohren. Frisches, warmes Blut! Der Gedanke, eine Frau zu beißen, ekelte mich an – aber es war immer noch besser, als diesen schmerzenden, allumfassenden Hunger zu ertragen.

»Ich brauche Blut!«

Die Augen der Norne wurden riesig, als sie mich ansah.

»Du willst mein Blut nicht«, erwiderte sie leise.

»Nein, ich will es nicht, aber ich brauche es!«

»Guck in den Spiegel, Star. Sieh dich an.«

Ich drehte mich um. An der Wand hing ein bodentiefer, goldener Spiegel. Das Wesen, das mir entgegensah, hatte nichts mehr mit mir gemeinsam.

Ihre Augen schimmerten wie flüssiges Silber. Haare, fast golden, fielen wie eine Kaskade über ihre Schultern und reichten bis zur Mitte ihres Rückens. Ihre Haut war leicht gebräunt und schimmerte, als hätte jemand Glitzerpuder aufgetragen. Volle, rote Lippen, aus denen zwei Fangzähne hervorlugten, ließen mich schließlich entsetzt zurückweichen. Ich trug ein Paar Jeans, einen schwarzen Pullover und schwarze Sneaker. Ein Anblick, der im Zusammenhang mit der Person im Spiegel grotesk wirkte.

»Du bist wunderschön«, flüsterte Vandi.

»Meine Zähne. Ich bin ein Scheiß-Vampir!«, gab ich entsetzt zurück.

»Die meisten Bewohner von Atlantis waren Vampire. Die ersten bekannten. Gottähnliche Wesen mit immensem

Wissen, Macht und Magie. Genau wie deine Mutter und Großmutter. Nur, im Gegensatz zu den gemachten Vampiren, waren sie Lichtwesen – Lumina. Aber zu viel Macht führt immer dazu, dass es Leute gibt, die diese missbrauchen. Die Atlanter waren da keine Ausnahme. Sie begannen einen Krieg an allen Fronten. Sie verloren und verschwanden, genau wie der Kontinent. Die Geschichte deiner Mutter habe ich dir schon erzählt.«

»Nur dass du vergessen hast, mir zu sagen, dass ich ein Blutsauger bin.«

»Das bist du nicht! Du kannst ganz normale Dinge essen. Du brauchst nur wenig Blut, um zu überleben. Die Lumina haben ihr Blut nur mit ihren Gefährten geteilt – oder mit Freiwilligen … bis auf wenige perverse Ausnahmen.

Du bist zur Hälfte Elohim. Vielleicht brauchst du gar kein Blut.«

»Warum habe ich dann einen solchen Hunger auf Blut?«, brüllte ich.

Vandi wich einen Schritt zurück. »Ich weiß es nicht. Etwas stimmt nicht mit dir.«

»Ich hasse Männer abgrundtief, und doch will ich ihr Blut. Ich bin zerfressen von Wut. Also sag mir, was mit mir nicht stimmt!«

»Das werden wir herausfinden, Liebes!«

Ash! Ich drehte mich um und sah rot. Mein Sichtfeld pulsierte, und ein Schrei, gleich der einer Banshee, entfuhr mir, als ich mich auf ihn stürzte.

Livian, Iz und Danial standen neben ihm. Sie sprangen zur Seite, während Ash mich packte und zu Boden warf.

»Ich freue mich auch, dich zu sehen!«

Er fixierte meine Hände über meinem Kopf, aber meine Beine waren frei. Ich zog meine Knie nach oben – und traf.

Ash stöhnte.

»Das ist nicht nett, Star!«, sagte Danial grinsend, während Ash sich krümmte, meine Hände jedoch nicht losließ.

Ich schlang meine Beine um seine Hüften und drückte ihn an mich, in der Hoffnung, mich aus seinem Griff zu befreien. Meine Zähne berührten seinen Hals, und ich biss zu.

Er knurrte, während Blut aus der Wunde sickerte. Gierig saugte ich jeden Tropfen auf. Meine Sinne explodierten. Zitrone, Schokolade und ein Hauch von Kirsche. Ash schmeckte wie der Himmel. Schnurrend wie eine Katze, drückte ich mich noch enger an ihn.

»Ich will mehr«, flüsterte ich, mein Rücken bog sich, und ich rieb mich an seinem Unterleib.

»Tollwut!«, sagte Iz und sah mich an.

»Eindeutig!«, gab Livian zurück.

Danial hingegen beobachtete uns mit zunehmender Neugier.

Ash keuchte, und zu meiner Überraschung hielt er mir seinen Hals entgegen. Meine Lippen schlossen sich um die noch frische Wunde, und ich saugte gierig.

Vor meinen Augen tanzten Sterne. Eine ganze Lichtgalaxie. Mein Körper entspannte sich, doch ein tiefes Verlangen brannte in meinem Unterleib. Ich wollte ihn, hier und jetzt!

Er ließ meine Hände los, und ich küsste ihn, leidenschaftlich, fordernd und besitzergreifend. Ich hatte meine Beute.

Ungeduldig nestelte ich an seiner Jeans.

»Geht raus! Alle!«

»Sie wird dich anschließend fressen, wie eine Schwarze Witwe!«, warnte Iz.

»Verschwindet!«, erwiderte Ash bestimmt.

Meine Hände fanden ihren Weg unter sein Shirt, in seine Jeans. Er fühlte sich so gut an, so vertraut und doch so neu.

Meine geschärften Sinne reagierten auf jedes winzige Zittern seiner Muskeln, die Wärme seiner Haut, die winzigen Härchen, die sich auf seinen Armen aufstellten. Ich genoss jede Sekunde.

Ash küsste mich und ich fiel ins Bodenlose.

Wir verschmolzen miteinander, wurden zu einem Organismus. Hitze, so heiß wie die Sonne, verbrannte meine Haut an jeder Stelle meines Körpers, die er berührte. Er sah mich an. Seine wunderschönen Augen waren dunkler und voller Verlangen. Ein perfides Grinsen erschien auf seinen Lippen.

»Sag mir, was du willst.«

»Zieh dich aus!«, befahl ich heiser.

Fasziniert betrachtete ich jeden Millimeter seines makellosen Körpers, als er nackt vor mir stand. Dieser Mann war pure Sünde. Unwiderstehlich und wunderschön.

Ich spürte seine Hände überall auf meiner Haut, als er mich an sich zog, meine Sinne mit jeder Berührung und jedem Atemzug überflutete. Er neckte mich, reizte mich, bis ich vollends die Kontrolle verlor.

Für einen kurzen Moment verlor ich das Bewusstsein, Zeit und Raum verschwanden. Alles, was ich fühlte, war die Wärme seines Körpers, tief in meinem Inneren. Licht umschloss uns, so hell, dass es in den Augen brannte. Der Höhepunkt peitschte uns beide über den Abgrund.

Ash sah mich unter halbgeöffneten Lidern an, als wir beide in die Wirklichkeit zurückfanden.

»Das war Wahnsinn«, flüsterte er.

»Ich hasse dich!«, erwiderte ich und schubste ihn von mir. Das Biest in mir hatte bekommen, was es wollte. Jetzt hatte ich ihn über.

An meinem Männerhass hatte sich nichts geändert. Vor allem Ash erregte meine tiefe Abscheu, und ich fragte mich, warum ich ausgerechnet mit ihm Sex gehabt hatte. Seine Eskapade mit Kayla hatte ich keineswegs vergessen. Ich hätte Livian nehmen sollen.

»Oh, wir sind also wieder da angelangt!«

»Halte den Mund und geh! Ehe ich dir die Kehle rausreiße!«

Ash grinste über beide Ohren. »Seit wann hast du ein Tattoo auf der Stirn, Darling?«

Nackt wie ich war, rannte ich zum Spiegel. Auf meiner Stirn prangten zwei ineinander verschlungene goldene Flammen, eingebettet in eine kreisrunde Sonne. Das Tattoo leuchtete. Was zur Hölle!

»Was ist das?«, fragte ich hysterisch.

»Keine Ahnung, aber es ist sexy.«

»Sag mir sofort, was das ist!« Ich starrte ihn an, während er sich lässig in seine Jeans zwängte und sich sein Shirt über den Kopf zog.

»Ich weiß es nicht, Liebes.« Er drückte mir einen Kuss auf die Wange.

»Fass mich nicht an! Geh zu Kayla!«

Ich holte aus, doch er war schneller und fixierte meine Hand.

»Hör auf, Star!«, warnte er und bleckte die Zähne.

»Du hast mit ihr geschlafen. Nachdem du mich verlassen hast!«, zischte ich.

»Ich wusste gar nicht, dass wir ein Paar waren?«, gab er grinsend zurück.

Etwas in mir schmerzte bei dem Gedanken, was er getan hatte. Ich wusste nicht, warum, aber es tat weh.

»Du bist ein Mistkerl. Ein Schwein, so wie alle Männer!«

»Vorsichtig, Liebes. Du redest über Dinge, die du weder verstehst noch beurteilen kannst, in deinem jetzigen Zustand.«

»Ich weiß, was ich gesehen habe.«

Ashs Miene wirkte mit einem Mal verschlossen. »Ich bin dir keine Rechenschaft schuldig. Über gar nichts! Wir sind oder waren niemals ein Paar.«

»Ich hasse dich!«

»Sagtest du schon.«

»Verschwinde! Und schick mir jemanden, der das hier erklären kann!« Ich zeigte auf das Mal auf meiner Stirn. »Und übrigens, ich finde dich abscheulich, und der Sex war unterdurchschnittlich«, schob ich hinterher.

Ash zeigte mir den Mittelfinger und verschwand.

Ich blieb allein zurück, und zum ersten Mal seit meiner Wandlung fühlte ich so etwas wie Verzweiflung. Wer war ich, und was passierte mit mir? Ich legte mich auf die Couch und grübelte. Mein Hunger war fürs Erste gestillt, die Wut in eine Ecke gedrängt, und zurück blieb nur der Schmerz und die Verwirrung über Ashs Worte, seine Taten und meine eigene Existenz. Ich wollte kein männerhassendes, blutrünstiges Monster sein.

Unruhig stand ich auf und betrachtete erneut mein Spiegelbild. Das Tattoo auf meiner Stirn schien mich auszulachen. *Genau das tut es!* Es war meine innere, hasszerfressene Stimme, die mir antwortete. Meine Augen flackerten blutrot, bevor sie sich in schwarze Kohlen verwandelten. Ich zog scharf die Luft ein. Erschrocken über diese neue Entdeckung, flüsterte ich: »Wer bist du?«

»Princeps Lucis, Trägerin der Sonne und des Ur-Lichts. Trägerin der Dunkelheit und des Feuers. Tochter des Uranus und Schwester des Mondes. Kind des Wassers und des Windes. Herrscherin über alle Elemente.«

Die Worte hallten durch den Raum. Die Stimme gehörte nicht zu mir. Ich erstarrte.

»Ich bin hier, Prinzessin.«

Ich blinzelte ein paar Mal und drehte mich um. Vor mir stand eine alte Frau mit wettergegerbtem, faltigem Gesicht. Ihre grünen Augen wirkten erstaunlich jung und intelligent, voller Weisheit und Güte.

Ihr langes, graues Haar hatte sie zu einem Zopf gebunden, und ihr Lächeln wirkte aufrichtig, als sie mir die Hand reichte.

»Mein Name ist Lusha. Ashariel schickt mich.«

Sie trug einen blauen Kaftan, und ihre Füße steckten in goldenen Pantoffeln. Hinter ihr erschien ein junges Mädchen, das einen Wagen hereinschob, beladen mit Köstlichkeiten: Obst, Wein, Brot, gegrillter Hähnchenbrust und frisch mit Schokolade überzogenen Erdbeeren.

Mein Magen schlug Purzelbäume bei dem Anblick.

»Greif zu!«, sagte sie freundlich, als sie meinen hungrigen Blick bemerkte.

Wir setzten uns gemeinsam an einen Tisch, und Lusha betrachtete mich aufmerksam.

»Wo ist Vandi?«, brachte ich zwischen zwei Erdbeeren hervor. Sie waren so fruchtig und süß, dass mir etwas Saft am Kinn hinunterlief.

»Bei Ash und Iz. Es ist besser, wenn du im Moment alleine untergebracht wirst, zumindest so lange, bis ich dir helfen kann.«

»Ich hasse ihn.« Ashs Name verursachte mir Übelkeit.

Lusha klang amüsiert, als sie antwortete: »Nun, das kann ich dir nicht verdenken. Er kann furchtbar nervtötend sein.«

»Nein, ich meine, ich hasse ihn wirklich. Abgrundtief. Ich hasse alle Männer. Sie sind abscheuliche Geschöpfe – dumm, grob, sie stinken fürchterlich und können nicht bis drei zählen.«

Lusha brach in schallendes Gelächter aus und wandte ihren Blick zur Tür. Ash, Iz, Danial und Livian standen im Eingang und lauschten gebannt unserem Gespräch. Danial schaute pikiert zu Ash, der keine Miene verzog. Die Heilerin nahm sich ein Stück Hähnchenbrust und biss genüsslich hinein. Für den Bruchteil einer Sekunde blitzten ihre Fangzähne auf. »Du bist wie ich!«, rief ich überrascht.

»Nein, du bist einzigartig. Aber du hast recht, ich bin eine Lumina – eine der wenigen Überlebenden, die dein Vater retten konnte.« Sie schmunzelte.

»Ich dachte, meine Mutter und Großmutter wären die letzten?«

»Die Letzten, die er gefunden hat. Meine Familie und ein paar wenige andere hat er schon vorher hierhergebracht. Ashariel war so nett, uns zu schützen. Er hat uns hier untergebracht, weit weg von der Hauptstadt.«

Abfällig schnaubend nahm ich mir ein Stück Brot und biss hinein.

»Ash ist ein Mistkerl! Er tut nichts aus reiner Herzensgüte. Denn er besitzt gar kein Herz.«

»Autsch, das war gemein«, gab Iz zurück.

Ich ignorierte ihn. »Kannst du mir sagen, was dieses lächerliche Tattoo auf meiner Stirn bedeutet?«

»Darum kümmern wir uns später. Erst einmal müssen wir herausfinden, warum du so zornig bist und wie wir dir helfen können.«

»Mir geht es gut«, schnappte ich.

»Dir geht es nicht gut«, mischte sich Ash ein.

»Nur weil ich dich hasse und du das Gehirn einer Mikrobe besitzt, bedeutet das nicht, dass es mir nicht gut geht. Dein Schwanz ist zu gebrauchen, mehr aber auch nicht.«

»Stell sie ab, Lusha! Irgendwie«, motzte Livian. »Das Weib ist so verrückt wie ein tollwütiger Waschbär!«

»Wer redet denn mit dir, Kümmerling?«, erwiderte ich grinsend. »Was macht deine Nase? Hat Mama dir die Nase gepudert?«

»Es reicht, Star!«, knurrte Ash, ballte die Hände zu Fäusten und stampfte mit dem Fuß auf.

»Was jetzt? Kriegst du einen Tobsuchtsanfall? Rollst dich auf dem Boden und schreist? Sei froh, dass meine Magie hier gebannt ist, sonst wärst du längst tot.«

Ash lachte grimmig. »Ich bin stärker als du, kleines Mädchen.«

»Ach ja? Das sah vorhin aber ganz anders aus.«

»Komm, wir gehen raus. Dann kannst du deine Wut rauslassen. Wir kämpfen.« Er drehte sich um und stampfte davon.

»Ist das sein Ernst?«, fragte Iz an Livian gewandt.

Danial zuckte mit den Schultern. »Scheint so.«

»Komm schon!«, brüllte er aus der Ferne.

Ich rannte los, ehe jemand reagieren konnte. Ash hatte eine Tür neben meiner aufgerissen und erwartete mich in einer paradiesischen Grotte, die nach oben geöffnet war. Türkises, glasklares Wasser, auf dem sich die Monde spiegelten, raubte mir den Atem. Ein Steinweg führte um die Grotte herum, gesäumt von mehreren kleinen Brücken und künstlich angelegten Wasserfällen. Die Felsen waren mit

Edelsteinen durchsetzt, die funkelten wie Tausende von Sternen. Ich sog die Schönheit dieses magischen Ortes in mich auf und vergaß für einen Moment, warum wir hier waren.

Jäh gefror mein Atem. Meine Beine wurden steif, und meine Arme hingen schlaff an meinem Körper herab. Paralysiert von dem Licht, das über meinem Kopf erschien, war ich an Ort und Stelle gefangen. Doch seltsamerweise störte mich das nicht. Bilder aus längst vergangenen Epochen formten sich vor meinem inneren Auge. Kriege, Wesen und Welten, die mir völlig unbekannt waren.

Ash, Iz, Danial, Lusha, Livian und Vandi traten neben mich. Lusha strich sanft über meine Stirn und murmelte einige Worte in einer altertümlichen Sprache.

»Sag mir, wer du bist, Star.«

»Im Schatten des blutroten Mondes erhebe dich, dunkler Geist, und bringe Unheil über die Lebenden.« Meine Lippen formten diesen Satz, ohne mein zutun. Eine schwarze, ölige Flüssigkeit, quoll aus meinen Händen und Füßen.

»Es ist lange her, seit ich dieses Gebet zuletzt gehört habe«, erwiderte Lusha.

»Ist es das? Das Bewusstsein geht nicht verloren«, gab ich zurück und wunderte mich über meine eigenen Worte.

»Tausend Jahre sind eine sehr lange Zeit, sie ist überwältigt von der Menge an Macht und Magie, aber vor allem die Dunkelheit macht ihr zu schaffen.«

»Sie wird lernen, damit umzugehen, das mussten wir alle.«

»Und wir haben gesehen, wohin es uns gebracht hat.«
»Dann wiederholt den Fehler nicht.«

Das Licht erlosch, und ich konnte mich wieder bewegen. Noch bevor ich einen Satz sagen konnte, spürte ich die Fesseln an meinen Handgelenken. Alle Augen waren auf mich gerichtet, als wären mir zwei Hörner gewachsen. Nur Lusha wirkte zufrieden mit dem Ergebnis.

»Könntest du das jetzt für uns übersetzen?«, sagten Ash und Iz wie aus einem Mund, während ich zurück in mein Gefängnis gebracht wurde.

Lusha nickte. »Es ist so, wie ich dachte. Star besitzt das gesamte Wissen und Bewusstsein des alten Kontinents.

Atlantis wurde von machtvollen Wesen regiert, die immer mehr der Dunkelheit zum Opfer fielen. Machtmissbrauch führte zu Bösartigkeit und schließlich zum Untergang. Das Gebet war die Einleitung zum letzten Krieg – schwarzmagisch und frevelhaft.«

»Und?«, fragte Ash ungeduldig.

»Durch die Fülle an Macht und Magie sind ihre Synapsen überlastet. Ihr Körper und ihr Geist müssen sich erst daran gewöhnen. Das Licht kämpft mit der Dunkelheit, sozusagen.«

»Und wenn die Dunkelheit gewinnt? Was dann?«, mischte sich Vandi ein.

»Dann Gnade uns Gott.« Lusha sah mich an und lächelte sanft. »Aber sie ist die Prinzessin des Lichts. Sie wird stark genug sein, die Dunkelheit zu transformieren und aus dem

Bewusstsein von Atlantis zu löschen. Das wiederum wird allen Welten helfen, friedvoller zu werden.«

Ich verstand das Problem nicht. Ich fühlte mich gut. Sogar ganz hervorragend. Das Licht hatte meine Energie aufgeladen und mich von meiner Wut befreit. »Mir geht es gut. Ich will niemanden auffressen.«

Lusha sah mich mit ernster Miene an. »Das hält nur eine kleine Weile.«

36.

Zurück in meinem Zimmer, blieb Lusha bei mir. Gemeinsam aßen wir etwas und tranken Wein. Sie erzählte mir ihre Geschichte und sprach davon, wie dankbar sie Ash und meinem Vater war.

»Ich verstehe nicht, warum Ash hier sein kann. Er wurde doch in die Hölle verbannt?«

Lusha nahm einen Schluck Wein, bevor sie antwortete.

»Nein, er befehligt die Hölle. Ash gehört zu den mächtigsten Engeln, die je geboren wurden – niemand kann ihn verbannen. Er ist ein Prinz und der Lichtträger. Außerdem gehört er zum heiligen Rat von Elysion. Auch wenn er sich immer wieder dort Feinde macht und sich nicht an die Regeln hält – so wie in unserem Fall. Er wurde strafversetzt und dazu verdonnert, die Höllenfürsten im Zaum zu halten. Keine leichte Aufgabe.«

»Aber in unseren Büchern steht etwas anderes«, murmelte ich überrascht. Sollte alles, was ich gelesen hatte, eine Lüge gewesen sein?

»Natürlich. Die alten Schriften sind nur Überlieferungen. Und da sie von vielen verschiedenen Menschen geschrieben wurden, haben sich auch viele verschiedene Fehler und Interpretationen eingeschlichen.«

Das ergab durchaus Sinn. Sonst hätte es vermutlich nicht so viele verschiedene Religionen gegeben.

»Ich dachte, er gehört zu den Gefallenen.«

Lusha zog eine Braue nach oben. »Das ist lächerlich. Einige der Engel haben sich seiner Armee angeschlossen und Elysion verlassen, weil sie die Zwänge nicht mehr ertragen konnten. Sie arbeiteten in der Hölle und auf der Erde. Aber sie kamen nicht zurecht. Sie waren nicht immun gegen die dämonischen Energien und auch nicht gegen die Laster der Menschheit. Sie wurden blutrünstig und unkontrollierbar. Ash erhielt den Befehl, sie zu exekutieren, doch er weigerte sich. Stattdessen schickte er sie zum Schutz aller Beteiligten nach Abbadon und versiegelte die Tore. Er besuchte sie dort und kümmerte sich um sie.

Sie glaubten, er sei gefallen. Genau wie sie. Doch das entspricht nicht der Wahrheit. Was Ash getan hat, diesen Spagat zu vollführen, kostete ihn immense Kraft und brachte ihm ständig Ärger ein. Aber er wollte seine Leute nicht töten. Leider sind sie ausgebrochen und haben die Erde eingenommen, was den Elysianischen Rat jedoch nicht mehr zu interessieren scheint. Den Auftrag, die Menschen zu schützen, haben sie schon lange eingestampft. Stattdessen gibt es nur noch Machtkämpfe, Intrigen und Blutvergießen untereinander.«

Ich lauschte wissbegierig ihren Ausführungen. »Was genau ist Abbadon?«

»Ein furchtbar karges Land, nur Wüste, Hitze und Vulkane. Einige wenige Bäume und Wasserquellen, Lehmhütten und einfachste sanitäre Anlagen. Giftige Riesenschlangen und Riesenechsen durchstreifen das Gebiet. Es gab nur Engel dort – keine anderen Rassen und kaum willige Frauen, nur eine Handvoll Kriegerinnen.

Viele sind vollkommen verrückt geworden und haben angefangen, sich gegenseitig abzuschlachten. Sie haben Sandplätze abgesteckt und sie Arenen genannt. Damontiz, Lothaire, Amon und einige andere haben sich das Land aufgeteilt und waren die Oberhäupter und sind es bis heute.«

Nun, Lothaire hatte seinen Kopf bereits verloren. Lusha schien davon unbehelligt zu sein. Und ich hatte Antes dorthin geschickt! Mein schlechtes Gewissen meldete sich mit voller Wucht. Aber was wäre die Alternative gewesen? In Ashs Kerkern zu leben? Oder gar der Tod? Ich musste mit Ash reden.

»Kannst du mich nach Abbadon bringen?« Fragen konnte ich ja.

»Meinst du wegen deines Freundes? Dem geht es gut. Ash hat es ihm so nett wie möglich gemacht. Jetzt hat er Zeit, über seine Taten nachzudenken.«

Er hatte es ihm nett gemacht? Was auch immer Lusha darunter verstand.

»Was, äh, bedeutet nett gemacht?«

»Alle haben genug zu essen, Wasser, Betten, Waffen und Möglichkeiten zur Ablenkung. Das Dorf wurde mit hohen

Zäunen versehen. So sind sie relativ sicher vor den Schlangen und Echsen.«

»Oh, okay. Das hört sich ja toll an«, stammelte ich. War ich jetzt von Ash beeindruckt – oder nicht?

»Wie ist mein Vater so?«, wechselte ich das Thema.

Lusha strahlte. »Er ist ein echter Gentleman und hat nicht einen unaufrichtigen Knochen in seinem Körper. Aber er ist streng und lebt nach den Elysianischen Regeln. Nun, bis auf wenige Ausnahmen ,wie man an dir und mir sieht. Er hat sich immer gewünscht, dich eines Tages wiederzusehen. Als er vom Tod deiner Mutter hörte, hat er Ash sofort unterrichtet und um deinen Schutz gebeten.«

»Wie bitte?« Ich verschluckte mich beinahe an einer Erdbeere.

»Hast du das nicht gewusst?«

»Nein!« Plötzlich war ich wieder furchtbar wütend.

Nicht nur, dass er mein Blut wollte, er wusste alles. Kannte mich. Hatte sogar den Auftrag, mich zu schützen! Darum hat er uns begleitet. Und natürlich wegen dem Ars Goetia, welches er dringend brauchte, um seine Leute wieder ohne Schaden einzufangen.

Mir stockte der Atem, als mir das ganze Ausmaß bewusst wurde. Er hatte mein Leben nicht gerettet, weil ich es wert war, sondern weil er es musste. Weil mein Vater ihn darum gebeten hatte. Ich war so dumm, so dumm. Ich hatte es nicht anders verdient. Wahrscheinlich gewinne ich den Pokal der Dummheit, den größten, den es im gesamten Universum gibt!

Männer sind instinktgesteuerte, emotionslose Wesen. Ihre einzige Existenzberechtigung liegt darin, uns zu dienen – in jeder möglichen Form! Ansonsten gehören sie in den Stall oder aufgespießt.

»Wusstet ihr, dass meine Schwester Amons Frau ist?«, brachte ich mühsam beherrscht hervor.

Lusha schüttelte den Kopf. »Das ist ja furchtbar. Wie konnte das passieren?«

»Ich weiß es nicht.« Schwarze ölige Schlieren flimmerten vor meinen Augen, ich war kurz davor zu explodieren. »Mir geht es nicht gut. Ich möchte mich hinlegen«, knurrte ich.

Sie sah mich an und verstand sofort. »Ich lasse dich besser allein.«

Meine Wut wuchs ins Unermessliche. Schreiend riss ich die Zierkissen des Sofas entzwei, holte den Inhalt heraus und verteilte ihn im ganzen Zimmer.

Anschließend fegte ich die Bilder von den Wänden, zerstörte die Lampen, warf die Möbel um und trampelte darauf herum. Zu guter Letzt schleuderte ich die Weinflaschen gegen die Wand. »Das ist für Dich Daria, du falsche Schlange, Antes, du Verräter, Ash, du Lügner!«, brüllte ich.

Die Erdbeeren folgten und auch die Hühnerbrust musste dran glauben. Der blutrote Schimmer des Weines, der sich auf der Tapete ergoss, bescherte mir eine gewisse Form der Befriedigung. Langsam kehrte ich zurück in den Zustand der Gelassenheit. Mein Puls beruhigte sich, meine Atmung wurde langsamer, bis ich diese eiskalte Wut schließlich ganz besiegte.

Ich sah mich um, und konnte das Ausmaß an Zerstörung, das ich angerichtet hatte, kaum fassen. Verschämt sammelte ich die Essensreste vom Boden, hob die Kissen und Scherben auf und versuchte einigermaßen Ordnung zu schaffen, was mir kaum gelang. Schließlich gab ich auf und ließ mich auf die Reste der Couch fallen. Just in diesem Moment betrat Danial meine Räume und brachte mir Bücher. Mit großen Augen sah der Drache mich an.

»Was, was ist hier passiert?«

»Nichts, ich habe nur ein wenig neu dekoriert.«

37.

Seit drei Tagen war ich von der Außenwelt abgeschottet. Niemand außer Lusha durfte mein Zimmer betreten.

Vandi hatte sich vor zwei Tagen auf den Weg nach Elysion-Stadt gemacht, ohne mich. Sie wollte den Rat aufsuchen und das Buch übergeben. Ich erwartete ihre Rückkehr mit Spannung. Ash wollte ihr Soldaten zur Seite stellen, doch das hatte sie verweigert, so erzählte Lusha mir. Hoffentlich ging alles gut. Warum wollte sie keinen Schutz? Das Buch zu übergeben, war gefährlich.

Wenn Lusha nicht da war, grübelte ich, auch über Daria und Antes, doch zu einem Ergebnis kam ich nicht. Für mich war es weiterhin unfassbar, dass sie unsere Mutter und Großmutter hatte töten lassen. Aber ich hatte es aus ihrem eigenen Mund gehört, hatte sie mit meinen eigenen Augen gesehen.

Das Licht, in der Grotte, so erklärte mir Lusha, habe dafür gesorgt, dass ich kurzzeitig wieder mehr Zugang zu meinem Selbst hatte, doch das stimmte so nicht. Die Dunkelheit bestimmte immer öfter meine Gedanken, aber das ließ ich sie nicht wissen. Von außen betrachtet wirkte ich ruhig, höflich, nett und freundlich. Doch in meinem Inneren brodelte ein Vulkan.

Lusha war eine Heilerin und Hexe, so viel hatte ich herausgefunden. Wie ausgeprägt ihre Fähigkeiten waren, wusste ich nicht. *Niemand ist uns gewachsen! Niemand – außer Ash, und der wird uns nicht wehtun! Woher weißt du das?* Ich redete mit mir selbst und fühlte mich, als wären zwei verschiedene Personen in mir: die gute und die böse Star. Wahrscheinlich wurde ich verrückt. *Wir müssen hier raus!*

Wie sollen wir das anstellen?

Lusha ist der Schlüssel. Wir müssen sie überwältigen! Sobald wir hier raus sind und Zugang zu unserer Magie haben, kann uns niemand mehr aufhalten!

Und dann? Wo gehen wir hin?

In die Wastelands! Alles andere wirst du dann sehen!

Diese Unterhaltungen wären fast lustig gewesen – hätten sie sich nicht in einer Dauerschleife in meinem Kopf abgespielt. Die böse Star war gefährlich – sie würde töten. Jeden, der sich ihr in den Weg stellte. Auch Ash und Iz.

Gerade Ash … Er hatte uns immer und immer wieder belogen und verletzt.

Die gute Star wehrte sich dagegen. Sie wollte seinen Tod nicht. Und Iz? Ihn wollte ich schon gar nicht verletzen. *Du bist noch nicht so weit! Iz ist auch nur ein erbärmlicher Mann!*

Meine Augen flimmerten, und ein stechender Schmerz fegte durch meinen Kopf. Die Dunkelheit griff nach mir.

Manchmal sah ich Bilder in schneller Abfolge. Fremdartige Wesen, deren Hass zu meinem wurde. Frauen, die von ihren Männern misshandelt und geschändet wurden. Ihre Schmerzen, ihre Wut und ihre Trauer übertrugen sich auf mich, bis ich manchmal nicht mehr unterscheiden konnte, welche Gefühle meine eigenen waren. Alles verschwamm und vermischte sich zu einem einzigen Chaos.

»Meinst du, wir dürften ein wenig spazieren gehen? Ich werde noch verrückt in diesem Zimmer«, fragte ich Lusha, als sie die Tür öffnete.

»Eine gute Idee. Ich denke, wenn du die Handfesseln trägst, wird Ash es erlauben«, erwiderte sie lächelnd.

Das war nicht die Antwort, die, die böse Star hören wollte. Die Fesseln machten sie rasend.

»Ich bin gleich zurück«, sagte die Heilerin, während ein Teil von mir kurz überlegte, sie anzugreifen. Mein Dunkeles ich verwarf den Gedanken, um auf eine bessere Chance zu warten. *Was hast du vor?*

Das wirst du schon sehen! Gut Ding braucht Zeit – und Möglichkeiten.

Lusha kehrte mit Danial und Livian zurück, die mir Fesseln anlegten. Beide hielten so viel Abstand, dass sie gerade noch meine Hände erreichten. Gegen meinen Willen musste ich lachen.

»Angst?«, fragte ich kichernd.

Livian schnaubte, und Danial grinste. »Reine Vorsichtsmaßnahme!«, gab der Drache zurück. »Wir werden euch begleiten.«

Das dachte ich mir schon.

»Gegen meinen Willen, wohlgemerkt«, warf Livian ein. »Ich habe keine Lust, den Babysitter für ein durchgeknalltes, schizophrenes Weib zu spielen, das es nicht abwarten kann, mir den Schwanz abzuschneiden.«

Danial schnalzte mit der Zunge. »Vielleicht ist sie doch tollwütig oder hat die Drachenpocken?«

»Sie hat Ash gebissen, also brauchen wir nur abzuwarten«, gab Livian zurück.

»Ihm hat es gefallen«, erwiderte Danial grinsend.

»Meine Herren! Jetzt reicht es aber!«, ermahnte Lusha die beiden mit scharfer Stimme.

»Lass nur, Lusha. Die beiden besitzen nicht das nötige Hirn, um deine Worte zu verstehen.« An Livian gewandt fragte ich: »Musst du nicht zu Onkel Michael und Hündchen spielen, großer Krieger?«

Er erwiderte nichts, sein Gesicht sprach jedoch Bände.

Es war das erste Mal seit unserer Ankunft in der Nacht, dass ich die Burg und die Umgebung bei Tageslicht sah. Sie war riesig. Der Eingang, durch den ich gebracht worden war, gehörte zu Ashs privaten Gemächern – genau wie die Grotte und mein Gefängnis, wie ich jetzt wusste und war nur ein winziger Teil dieses Monuments.

Es gab unterirdische Gänge, einen großen Innenhof mit exotischen Pflanzen, einem Swimmingpool mit Wasserfall und einer kleinen Grotte. Das gesamte obere Gebäude war in den Felsen gehauen: Türme, Türen und Fenster. Ein gigantischer Trakt, aus Stein freigelegt.

Das war eine Festung, eingebettet in eine atemberaubende Umgebung. Die Brücke über den Wasserfall war der einzige vordere Zugang. Und wie ich jetzt sah, gab es einen Wassergraben, der den Felsen vollständig umschloss.

Mehrere bewachte Stege führten auf die andere Seite. Quarzsteine, fein säuberlich auf dem Boden angeordnet, bildeten fremdartige Symbole und Runen.

»Schutzmagie«, erklärte Lusha, als sie meine neugierigen Blicke bemerkte.

»Wie groß ist das hier?«, fragte ich erstaunt.

»So groß wie der Berg. Es gibt mehrere Ebenen. Was du siehst, ist nur ein kleiner Teil«, erwiderte sie lächelnd.

»Aber wer lebt hier? Ich meine, hier passt eine ganze Armee nebst Pferden und allem, was man sonst so braucht, rein.«

»Bingo, crazy Girl!«, gab Livian zurück.

Ich starrte ihn an und knurrte. Livian machte einen Schritt zurück, und ich grinste.

»Da drüben sind die Drachenhöhlen«, ergänzte Danial und zeigte auf einen weiteren Felsen, der etwas abseits lag und von einem Wasserfall gespeist wurde, der in einen glitzernden See mündete. Es gab einen großen höhlenartigen Eingang, daneben und darüber weitere, kleinere Höhlen. Wabenartig über den ganzen Felsen verteilt.

»Hier lebt ihr?«

Danial nickte. »Ja, viele von uns ziehen es vor, in unserer wahren Form zu bleiben.«

Beeindruckend, dachte ich. Meine hasserfüllte Seite dagegen langweilte sich und begann, sich darauf zu konzentrieren, einen Fluchtweg auszumachen.

»Wie heißt diese Insel? Oder Burg?«

»Tir nan Draig- Land der Drachen«, antwortete Danial. »Kurz Tirnan.«

»Gefällt mir. Es hat etwas Mystisches.«

»Dort drüben befindet sich der Eingang zum Hades.« Danial zeigte auf eine schwarze Steinformation, direkt neben den Höhlen. Von Weitem wirkte sie eher unauffällig und nichtssagend, doch meine Sinne waren geschärft. Bei genauerer Betrachtung offenbarte sich ein gigantisches Stahltor, das wie eine Fata Morgana in der Sonne flirrte. Mehrere Soldaten bewachten den Eingang. Ihre Rüstungen glänzten in einem unnatürlichen Schwarz, und ihre Gesichter waren unter tief heruntergezogenen Helmen verborgen – als hätten sie ihre Menschlichkeit am Eingang abgelegt.

»Das will ich sehen!«, sagte ich voller Begeisterung. Ein Flüstern drang durch meine Gedanken, süß und verlockend. Meine dunkle Seite war hellwach, aufgeregt wie ein Kind vor einem Fest.

»Natürlich willst du das«, gab Livian sarkastisch zurück. »Die Dunkelheit zieht dich an, nicht wahr?«

»Buh. Angst, schwächlicher Mann?« Livian lachte gekünstelt. Er hatte Angst, ich konnte sie förmlich riechen.

Sie alle haben Angst vor uns. Wir sind etwas, das sie weder kennen noch kontrollieren können.

»Also können wir uns den Hades ansehen?«

»Nicht ohne Ash fürchte ich«, antwortete Danial.

»Ein andermal«, ergänzte Lusha freundlich. »Lass uns etwas Essen und trinken gehen, was hältst du davon?«

Ich wurde durch einen Seiteneingang zurück in die Burg geführt. Dahinter lag eine Halle, so groß wie ein Bahnhof. Überall standen Bänke und Tische, flankiert von einer langen Theke und einem reich gedeckten Büffet. Die Halle war bis zum Bersten gefüllt mit Kriegern, die eng beieinander saßen, laut lachten, angeregt redeten und aßen. Musik durchdrang die Luft, eine Kakofonie aus Melodien und Stimmen. Zwischen den Reihen bewegten sich Frauen mit geübten Griffen, schoben Wagen voller leerer Teller und klirrend schwerer Bierkrüge. Sie lachten und scherzten mit den Männern.

Izrail stand plötzlich hinter mir. »Geh nur rein.«

Wir gingen durch die Reihen, und einige Krieger sprangen auf, um vor Izrail, Danial und Livian zu salutieren. Neugierige Blicke folgten mir wie Schatten, begleitet von leisen, kaum unterdrückten Tuscheleien.

»Ist sie das? Sieht gar nicht so giftig aus.« hörte ich eine Stimme zischen.

»Ashs neuestes Betthäschen«, sagte eine Frau spöttisch zu meiner Linken. Ich blieb stehen und fixierte sie mit einem mörderischen Blick. Sie wurde kalkweiß und verstummte schlagartig.

Wir steuerten auf eine leere Bank zu.

»Setz dich. Wir essen und trinken etwas«, sagte Iz mit einem Anflug von Müdigkeit in der Stimme. Er ließ sich neben mir nieder und warf einen Blick in die Richtung des Buffets. »Was möchtest du? Es gibt Suppe, Hackbraten, Gemüse und Schokoladenpudding. Du kannst auch Obst oder Brot haben.«

»Ich nehme den Hackbraten und den Schokoladenpudding«, antwortete ich, ohne zu zögern.

Iz nickte knapp, ein kurzes Lächeln umspielte seine Lippen, bevor er sich erhob. Ohne ein weiteres Wort ging er los, gefolgt von Livian und Lusha, die sich leise miteinander unterhielten. Danial blieb bei mir und löste vorsichtig die Fesseln an meinen Handgelenken. Seine Finger waren unerwartet sanft, ein seltsamer Kontrast zu seiner wilden Aura. »Hast du keinen Appetit?«, fragte ich und versuchte, die Beklommenheit aus meiner Stimme zu verbannen.

Meine böse Seite überlegte kurz, ob sie die Gelegenheit nutzen sollte. Doch der Anblick der unzähligen Krieger in der Halle hielt sie davon ab. Die Übermacht war erdrückend. Es wäre Wahnsinn gewesen.

Danial lachte leise, ein tiefes, kehliges Geräusch. »Ich hatte schon eine halbe Kuh.«

Ich schluckte. Wenn ich Danial so ansah, vergaß ich ständig, was er wirklich war und dass er sich auch nicht scheute, Menschen zu fressen, wie er in Sanctum bewiesen hatte.

»Übrigens brauchst du nicht so zu tun, als ginge es dir besser. Wir alle können deine Dunkelheit spüren. Und schwarze Energie hat eine spezifische Schwingung.«

Ich blickte nach unten.

»Deshalb rede ich jetzt mit dir, Star«, fuhr Danial fort.

Die böse Star regte sich, doch diesmal unterdrückte ich ihre Stimme.

»Die Dunkelheit in dir ist mächtig und daran interessiert, deinen Körper und Geist zu übernehmen. Dabei wird deine eigene lichte Persönlichkeit sterben. Du bist mächtig, kannst deine Magie aber noch nicht kontrollieren, was sich diese Energie oder dieses Bewusstsein zunutze macht. Es will nicht sterben oder in Licht transformiert werden. Du musst kämpfen, wenn du nicht sterben willst! Wir helfen dir, aber du musst uns vertrauen.«

Klar, dass er dir so etwas einredet. Sie haben Angst, ich kann ihre Schwäche und Panik riechen, die aus jeder Pore tropft. Meine Augen flackerten wieder, und ich kämpfte um jeden klaren Gedanken. Ich benötigte all meine Kraft, um die Schwärze zurückzudrängen. Die Stimme wurde immer hysterischer. Mein Schädel schien beinahe zu platzen. Es fühlte sich an, als würde sie mein Gehirn zerquetschen.

»Ra-Duras.« Danial flüsterte die Worte und berührte meine Stirn. Der Schmerz verschwand augenblicklich.

Ich massierte meine Schläfen. »Danke.«

Der Drache sah mich eindringlich an. »Wehr dich, sonst wird sie immer stärker.«

»Ich werde es versuchen.«

»Du schaffst das. Wir suchen fieberhaft nach einer Lösung, um dir den Prozess zu erleichtern.« Er nahm meine Hand und drückte sie.

38.

Der Hackbraten schmeckte köstlich, und was auch immer Danial getan hatte – es hatte geholfen. Die andere Energie verhielt sich ruhig, und ich konnte mein Essen und die Gesellschaft, in der ich mich befand, genießen.

Es tat gut, andere Gesichter zu sehen und draußen zu sein. Ich lauschte den Gesprächen und der Fröhlichkeit, die in dieser Halle herrschte, und fragte mich, warum die Krieger so gut gelaunt waren.

»Schichtwechsel. Die meisten haben ein paar Tage frei und können zu ihren Familien«, sagte Lusha, als hätte sie meine Gedanken gelesen.

»Leben die Familien nicht hier?«

»Manche ja, manche nein. Es gibt ein Dorf, ein Stück weiter im Tal. Dort leben die meisten Frauen und Kinder.«

»Können wir es mal besuchen?« Es interessierte mich, wie die Engel hier lebten und was sie taten, wenn sie nicht kämpften. Besonders neugierig war ich auf ihre Kinder.

Lusha schien sich über mein Interesse zu freuen. »Ja, warum nicht.«

Auf der Erde gab es nur wenige Kinder, zumindest in Sanctum.

Iz und Livian unterhielten sich leise, und ich strengte mich an, etwas von ihrem Gespräch aufzuschnappen.

»Der Rat muss informiert werden. Wir wissen nicht, wie lange die Barrieren noch halten! Wenn sie einen anderen Weg finden, sind wir im Arsch!«, sagte Livian und starrte Iz an.

»Das kann nicht in ihrem Interesse liegen – es würde alles zerstören. Also, was hätten sie davon?«, gab Iz zurück.

»Keine Ahnung, was in den Gedanken von Psychopathen so vor sich geht. Ich frage mich, welche Ratsmitglieder darüber Bescheid wissen oder es sogar begrüßen?«

Redeten sie von Damontiz und Co? Neugierig lehnte ich mich ein Stück vor.

Iz lachte verbittert. »Immer dasselbe. Sie werden nicht schlau. Nach dem letzten Krieg lag die Hälfte Elysions in Schutt und Asche, und es dauerte Jahre, bis sich der Boden erholt hat. Diesmal wäre es doppelt so schlimm!«

Ashs Ankunft unterbrach das Gespräch. In dem Moment, als er die Halle betrat, verstummten alle. Die Soldaten standen auf und salutierten.

Er machte eine Handbewegung, und sie setzten sich wieder. Ash sah umwerfend aus in seiner schwarzen, engen Jeans und dem schwarzen Shirt, das jeden Muskel betonte. Sein Haar war streng nach hinten gekämmt und zu einem Zopf geflochten, der lose über seinem Rücken baumelte – ein Look, der seine faszinierenden Augen und die hohen Wangenknochen noch mehr zur Geltung brachte.

Ich zwang mich, zur Seite zu schauen. Mein Herz vollführte einen Salto, und meine Wangen brannten bei dem Gedanken an sein exquisites Blut – und das, was anschließend passiert war. Das hasserfüllte Flüstern in meinem Inneren versuchte ich, so gut es ging, zu ignorieren. Doch so sehr ich es auch versuchte, seine Ankunft löste einen Sturm der Wut in mir aus.

Ich war nicht die Einzige, die ihn mehr oder minder fasziniert beobachtete. Die Augen jeder einzelnen Frau klebten an ihm, während er sich lässig unserem Tisch näherte.

Er rief eine Kellnerin und bat um ein Bier. Ein breites Lächeln erschien auf ihrem Gesicht, als sie nickte. Er wusste, wie man die Frauen begeistert.

»Hallo, Sonnenschein!«, frotzelte er zur Begrüßung.

Im ersten Moment dachte ich, es sei ein Seitenhieb wegen meiner Launen, doch im nächsten fiel mir mein Tattoo wieder ein. Ich legte ein übertriebenes Lächeln auf. »Guten Tag, mein präpotenter Prinz!«

Iz spuckte sein Bier aus und schlug sich lachend auf die Schenkel. Selbst Livian rang sich ein Grinsen ab.

»Oh, du bist heute wieder zuckersüß, Liebes!«

Ash wirkte ein klein wenig angefressen, und ich würde lügen, wenn ich behaupten würde, ich hätte keinen Spaß daran, ihn zu beleidigen. Ganz im Gegenteil, die Wut rumorte und gewann. Seine türkisfarbenen Augen funkelten unter dichten, schwarzen Wimpern, auf die wohl jede Frau eifersüchtig wäre.

»Nun, ich sage nur die Wahrheit«, gab ich süffisant zurück.

»Deine? Oder die deiner schizophrenen Hälfte?«

Meine Lippen kräuselten sich pikiert. Blut rauschte in meinen Ohren, meine Hände begannen zu zittern, mein Blick wurde schwarz. Dunkle Funken tanzten vor meinen Augen wie Hunderte kleine Ameisen, die in heller Aufregung hin und her liefen. Hass, Wut – blind und unkontrolliert – bahnten sich ihren Weg.

Zu spät bemerkte Danial, dass er mir die Fesseln nicht wieder angelegt hatte. Explosionsartig schossen Blitze aus meinen Fingern, Kugeln, die wie Donnerschläge in die Hauswände und den Boden einschlugen und alles zerstörten, was sich im Umkreis befand. Kreischend fand ich mich einen Meter unter der Decke wieder. Die Schwingen weit ausgefahren, bereit zum tödlichen Angriff, wie der Racheengel der ich war. Mein Körper vibrierte, glühte wie eine Leuchtfackel. Wind kam auf und wirbelte Tische und Bänke durch die Luft. Gläser flogen gegen die Wand. Ein Minitornado bildete sich in der Mitte des Raums und verschlang alles, was sich in seiner Reichweite befand.

Hunderte Augenpaare fixierten mich. Einige waren von Angst erfüllt, andere neugierig, wieder andere verließen fluchtartig die Halle.

Iz, Livian und Danial waren aufgesprungen und fuchtelten wild mit den Händen herum.

Nur Ash blieb sitzen. Mit einer unglaublichen Arroganz sprach er mich an: »Liebes könntest du wieder herunterkommen? Es schickt sich nicht, die anderen beim Essen zu stören. Außerdem bringt der Wind mein Haar durch-einander.«

Gelächter – aus allen Ecken. Rot. Alles färbte sich rot. Blitzschnell schoss ich auf ihn zu. Ein Sekundenbruchteil später standen wir uns in der Luft gegenüber. Draußen, auf dem Vorplatz der Kantine. Ash hatte die Arme vor der Brust verschränkt und sah mir gelassen entgegen.

Er war so schnell, viel schneller als ich. Ich hatte nicht einmal gemerkt, dass er mich herausgeschleudert hatte. Alles, was ich wollte, war, ihn in der Luft zu zerfetzen. Wir umkreisten uns, lauernd, abwartend. Er grinste, zeigte mir, wie sehr es ihn amüsierte, dass ich keine Chance hatte.

Ash war kurz abgelenkt, als ein Vogel kreischend über ihm hinweg flog. Meine Fingerspitzen kribbelten und ich schoss. Eine Kugel aus Eis, von der Größe einer Melone traf seine Stirn. Er fiel vom Himmel, wie ein Sack Kartoffeln und blieb liegen. Iz, Lusha und Danial eilten ihm zur Hilfe. Er atmete flach, Blut lief über sein Gesicht.

Meine Wut verwandelte sich in Überraschung. Eis? Woher zur Hölle? Wieso Eis? Plötzlich tauchte Vandi auf. Sie schien schon aus Elysion zurück zu sein. So schnell?

Geschockt sah sie nach oben und erkannte, wer da am Himmel kreiste.

»Star? Um Himmels willen! Komm sofort darunter! Was hast du getan?«, brüllte sie.

Ein kräftiger Flügelschlag trug mich weiter nach oben, nur für eine Sekunde, dann spürte ich die Fesseln an meinen Fußgelenken. Starke Hände fingen mich auf, denn sonst wäre ich ebenfalls abgestürzt. »Was hast du dir dabei gedacht?«, schrie Iz fuchsteufelswild.

Nur langsam realisierte ich, was ich getan hatte. Mein Herz raste. »Oh mein Gott! Er ist nicht tot oder?«, flüsterte ich entsetzt.

»Nein! Das hast du noch nicht geschafft!«

Noch nie hatte ich Iz so aggressiv und abweisend erlebt.

»Das habe ich nicht gewollt!«

Schlagartig wich die Schwärze einem gnadenlosen Entsetzen. Mein Herz geriet aus dem Takt. Izrail setzte mich ab. Die Meute um Ash wich ängstlich, angewidert und aufgebracht vor mir zurück.

»Miststück, Furie, Teufelin«, waren einige der Worte, die sie flüsterten.

Meine Augen füllten sich mit Tränen, als ich mich über Ash beugte. Sein Gesicht war kalkweiß und blutüberströmt. Er war bewusstlos. *Ich bin ein Monster!* Lusha hatte ihm einen Kopfverband angelegt.

»Es tut mir so leid«, wisperte ich und griff nach seiner Hand. »Gib ihm mein Blut«, wandte ich mich an Danial.

Der Drache schüttelte den Kopf. »Nicht hier«, erwiderte er leise.

Hinter mir bauten sich zwei Engel mit einer Trage auf. Vorsichtig wuchteten sie Ash auf die Liege und brachten ihn fort. Lusha, Danial und Iz, folgten ihnen.

Livian und Vandi blieben bei mir. Ich drehte mich um und erkannte, dass es mehrere Leichtverletzte gab. Meine Blitze waren nicht ohne Folgen geblieben. »Ich weiß nicht, was ich sagen soll«, wandte ich mich aufgelöst an die Krieger. »Ich wollte niemanden verletzen. Bitte verzeiht mir.«

Danial kam zurück und brachte mich in Ashs Schlafzimmer.

»Gib ihm dein Blut.«

Er reichte mir ein kleines Messer und ich schnitt mir in den Handballen. Das Blut ließ ich auf seine Lippen tropfen, während Izrail seinen Mund öffnete. Innerhalb einer halben Minute schlug er die Augen auf.

»Was ist passiert?«

»Star hat dich vom Himmel geholt. Willkommen zurück, Bruder«, erwiderte Iz erleichtert.

Ash setzte sich auf, seine Augen auf mich gerichtet. »Ich erinnere mich.«

»Es tut mir so leid«, wiederholte ich. Noch immer liefen Tränen über meine Wangen.

»Komm näher zu mir.«

»Besser nicht!«, warnte Danial.

Ash ignorierte ihn. »Komm her.«

Zögernd machte ich einen Schritt und landete in seinen Armen.

»Glaub bloß nicht, du hättest gewonnen. Ich war nur kurz abgelenkt.«

»Ich wollte dich töten«, wisperte ich, entsetzt über mein Handeln.

Er hielt mich fest an sich gedrückt, während ich hemmungslos schluchzte. »Das warst nicht du.«

»Dann hole es aus mir heraus! Ich will nicht so sein. Ich habe mehrere Leute verletzt.«

»Ich bringe dich zu Sanguina. Wir haben keine Zeit, um darauf zu warten das Lusha etwas einfällt.«

»Das kannst du nicht machen!«, erwiderten alle drei im Chor.

»Ich kann und ich werde!«

»Sie ist ein reinrassiger Dämon. Star könnte sterben«, gab Lusha entsetzt zurück.

»Das Risiko müssen wir eingehen. Vorher lasse ich ihr Blut abnehmen. Für alle Fälle. Es ist wichtig das wir etwas in Reserve haben.«

39.

Blut? Es ging also wieder nur um mein Blut? Verstört entfernte ich mich einige Schritte.

»Was hast du, Liebes?«

»Nenn mich nicht Liebes! Nie mehr. Ich bin dir scheißegal. Alles, was du willst, ist mein Blut!«

»Wenn du meinst.« Ashs Miene verschloss sich.

»Ich weiß alles, Ash! Auch dass mein Vater dich beauftragt hat!«, flüsterte ich.

»So, du weißt alles? Du weißt alles, was ich dir zugestehe, was du wissen darfst«, erwiderte er leise.

»Du bist widerlich, und ich hasse dich!«

»Sagtest du schon. Mehrfach. Sonst noch etwas?«, gab er kalt zurück. Seine Wangenmuskeln zuckten – ein untrügliches Zeichen dafür, dass er ärgerlich war.

»Ja, ich bereue es, jemals mit dir geschlafen zu haben oder dir jemals vertraut zu haben!«

»Du bewertest Sex viel zu hoch. Es ist, was es ist – ein körperliches Vergnügen, nicht mehr und nicht weniger! Ich habe dir niemals etwas versprochen.«

Seine Worte trafen mich – sehr sogar. Doch ich legte eine gleichgültige Maske auf.

»Wo ist Vandi?« *Ich brauchte sie! Sie war die Einzige, die auf meiner Seite stand.*

»Ich denke in ihrem Zimmer.«

»Dann hol sie! Ich will sie an meiner Seite haben.«

»Wie du wünschst, Prinzessin«, gab er knurrend zurück.

»Ich gehe«, bot Iz an und stand auf.

Ich warf ihm einen dankbaren Blick zu.

Plötzlich stand Ash ruckartig auf und zog mich mit sich. »Schick Vandi auf die Krankenstation!«, wandte er sich an Izrail.

Lusha blickte uns hinterher, in ihren Augen las ich Traurigkeit.

Die Krankenstation lag in einem der hinteren Trakte. Einige Frauen liefen eilig hin und her, legten Verbände an oder trugen andere Dinge von einem Ort zum anderen. Ash führte mich in einen weißgekachelten Raum und setzte mich auf einen Stuhl, an dem Ledergurte befestigt waren – ähnlich denen, die er für sich selbst nutzte.

Ein junger Arzt begrüßte uns. »Das ist sie also.«

Ash nickte beiläufig.

»Gut, dann legen wir mal los.«

»Was hast du vor?«, fragte ich angespannt.

»Oh, wir nehmen dir nur ein wenig Blut ab – nur so viel, wie du vertragen kannst«, erwiderte der Mann freundlich.

Mein Herz klopfte wild in meiner Brust. »Du hast Angst, dass ich das, was auch immer du mit mir vorhast, nicht überlebe! Du willst um jeden Preis mein kostbares Blut sichern, nicht wahr?«

Der junge Mann runzelte die Stirn, während Ash schwieg. Sein Gesicht blieb ausdruckslos.

Ich blinzelte die Tränen weg. Wenn ich noch mehr Beweise für seine Intentionen brauchte, dann war ich wirklich eine arme Irre! Der Arzt stach eine Nadel in meinen Arm. »Ich nehme nur 250 ml! Das wird sie kaum merken.« Ash nickte dem Mann aufmunternd zu.

»Es kann sein, dass dir gleich ein bisschen schwindelig wird. Aber wenn du das hier trinkst, sollte alles wieder gut sein!«

Er überreichte mir ein Glas mit braunem Inhalt. Ich starrte auf meine Fesseln, und mir wurde wieder bewusst, dass ich nichts weiter als eine Gefangene war – ohne Rechte. »Was ist, wenn ich das nicht will?«, fragte ich mit zitternder Stimme.

Der Mann sah mich an und dann zu Ash. Der schwieg weiter.

»Dachte ich mir«, erwiderte ich.

Meine Hände zitterten, als ich die braune Flüssigkeit zu mir nahm. Sie schmeckte nach Rost und etwas anderem – Zitrone, Schokolade und Kirsche. Ashs Blut! Es war nicht dasselbe, wie wenn ich es frisch aus der Ader trinken würde, doch es gab mir einen Energieschub.

Wir verließen schweigend die Krankenstation. Schließlich fragte ich ihn: »Warum hast du dein Blut unter die Flüssigkeit gemischt?«

»Weil es dich stärkt und du Blut brauchst«, gab er knapp zurück. »Ich denke, unsere kleine Eskapade werden wir nicht wiederholen«, schob er hinterher.

Das war klar und deutlich. »Natürlich nicht!« Wenn er mich emotional zerquetschen wollte, hatte er es geschafft. Wo war die Wut, wenn ich sie brauchte? »Ich würde sowieso Livian bevorzugen«, erwiderte ich so gleichgültig wie möglich.

Ash lachte. »Nur zu, aber ich denke, er wird dankend ablehnen.«

»Das werden wir dann sehen.«

Wie kalt er war. Aalglatt, ohne auch nur eine winzige Emotion. Mistkerl!

»Ich bringe dich jetzt zu deinem Zimmer. In einer halben Stunde hole ich dich ab. Vandi kann von mir aus mitkommen.«

Damit war unser Gespräch beendet.

Er schob mich durch die Gänge, bis wir mein Gefängnis erreichten. Vandi wartete bereits auf mich.

»Gut, dass du da bist«, begrüßte ich sie. »Konntest du das Ars Goetia abgeben?«

»Natürlich. Alles ist wunderbar verlaufen. Gott sei Dank!«

»Heißt das, wir sind die Gefallenen bald los?«

»Sie kümmern sich um alles.« Vandi sah mich von der Seite an. Irgendwie wirkte sie distanzierter als sonst.

»Und wie geht es dir? Hat sich deine Wut gelegt?«, fragte sie und lenkte vom Thema ab.

»Nein, du hast es doch gesehen.«

Ich erzählte ihr, was mich gleich erwarten würde. Was Ash vorhatte.

»Sanguina? Eine Dämonin der ersten Klasse. Ein gefährliches Unterfangen. Wie soll sie dir helfen?«

»Keine Ahnung, aber irgendetwas muss passieren. Ich will nicht so sein.« Unvermittelt begann ich zu weinen, und Vandi schloss mich in die Arme.

»Shh, Star. Alles wird gut. Ich werde dir helfen. Dir wird es bald wieder besser gehen. Du wirst bei deiner Mom und Nona sein.«

Noch ehe ich ihre Worte begreifen konnte, spürte ich einen schmerzhaften Stich in Höhe meiner Rippen. Warme Flüssigkeit lief an meiner Haut hinab.

Erstaunt sah ich sie an. »Du hast mich verletzt!« Das Blut tropfte auf den Boden und bildete eine Lache zu meinen Füßen.

»Es tut mir leid. Aber du bist eine Gefahr für uns alle!« In ihrer Hand befand sich ein Dolch, an dem mein Blut klebte.

»Uriel hatte recht – deine Macht ist nicht kontrollierbar. Verzeih mir«, erwiderte sie unter Tränen. Vandis Lippen zitterten, während ich meine Lider schloss. Meine Beine und Arme wurden taub, ich sackte zu Boden. Ich spürte keinen Schmerz, nur eine unendliche Leere in meinem Kopf.

»Schlaf, für immer, meine Kleine.«

Ein weißes Licht öffnete sich über meinem Kopf, und ich flog darauf zu. Doch ehe ich es erreichte, schlug eine Tür zu. Ich sah mich selbst auf dem Boden liegen. Überall Blut. Mein Gesicht war weiß, die Augen geschlossen, mein Körper bebte, wie damals bei Ash als er vergiftet wurde. War ich tot? Meine Gedanken überschlugen sich. Wenn ich tot war, warum sah ich dann alles? Ich versuchte, zu meinem Körper zu gelangen, doch ein unsichtbares Band hielt mich fern. Ash stürmte ins Zimmer und beugte sich über meine Leiche? Jäh wurde ich in ein dunkles Loch gezogen. Vielleicht träumte ich? Alles wirkte so luzid und irreal.

»Du musst deinen Geistkörper mit deinen Gedanken lenken!« Die Stimme war leise.

»Wo bist du?«

»Gleich hier.«

Ein Lichtball schwebte vor meinen Augen und nahm die Gestalt einer Frau an. Sie hatte Ähnlichkeit mit mir. Dasselbe goldene Haar, dieselben silbrigen Augen, doch sie wirkte etwas älter als ich.

»Du siehst aus wie ich.«

Die Gestalt lachte leise. Ihr Lachen klang glockenhell.

»Nun, du bist mein Blut.«

Sie verwandelte sich, und ich erkannte sie. Kupferfarbene Augen und schlohweißes, langes Haar.

»Ich habe dich auf dem Bifröst gesehen. Du bist Inanna, Herrin des Himmels.«

Ihre Zähne blitzten auf, und ich konnte ihre Fänge sehen.

»Du hast recht. Und du bist meine Urenkelin.«

»Du bist Nonas Mutter?«, fragte ich erstaunt.

»Ja, mein Kind. Und ich freue mich, dass du hier bist. Es gibt etwas, das ich dir zeigen möchte.«

Sie nahm meine Hand, und im nächsten Moment standen wir auf einem Berg. Unter uns klaffte ein Abgrund. Am Horizont waren nur Flammen und Rauch zu sehen. Die Luft war angefüllt mit dem Geruch verbrannten Fleisches.

Ich starrte nach unten und sah die Ruinen, die im Meer versanken.

»Was ist das?«

Inanna drehte sich zu mir. »Deine Heimat Atlantis – nach dem Krieg.«

»Das ist grauenhaft! Warum zeigst du mir das?«

»Weil es wieder passiert – in diesem Moment. Nur diesmal werden alle Welten betroffen sein. Die Gefallenen rüsten sich für den Krieg, sie sind fast so weit. Du kannst es aufhalten, zusammen mit Ashariel. Das ist dein Schicksal. Alles, was passiert ist, hatte einen Grund. Es hat dich hierher gebracht. Zu ihm, damit ihr eure Aufgabe gemeinsam erfüllen könnt.«

»Aber wie soll ich es aufhalten? Ich bin tot.«

Inanna lachte. »Nein, das hat Vandandi nicht geschafft. Sie wird für ihre Verbrechen in der Hölle schmoren! Du bist nicht tot, du hast einen Körperaustritt. Hör mir zu, Kind. Viele haben Angst vor dir, vor deiner Macht – setze sie weise ein. Ash ist nicht dein Feind. Er ist emotional zerstört, aber er ist noch da. Hilf ihm. Seine Intentionen sind gut.«

»Er ist ein Mistkerl!«

»Deine Mom mag ihn sehr. Und ich auch.«

»Mom? Du hast sie gesehen?«

»Aber ja. Deiner Mutter und auch Nona geht es gut. Sie sind beide stolz auf dich. Genauso wie ich.«

Hätte ich einen Körper gehabt, hätte ich jetzt geweint.

»Sag ihnen, dass ich sie liebe und furchtbar vermisse. Machst du das?«

»Das mache ich. Aber es ist unnötig. Beide sind oft bei dir, sie wissen, wie sehr du sie liebst. Und sie lieben dich. Wir alle lieben dich, auch wenn du oft an der Liebe zweifelst.«

Inanna griff in meinen Energiekörper und zog etwas Schwarzes, Öliges aus mir heraus. In ihren Händen zerfiel die Masse und formte sich neu, in Tausende kleine Lichter, die zurück in meine Aura flossen. Es wurde so hell, als wäre die Sonne aufgegangen. Meine Urgroßmutter strich über meine Wange, ein leises Lächeln auf den Lippen, ehe sie sich vor meinen Augen auflöste.

Ruckartig war ich zurück in meinem Zimmer, doch jetzt konnte ich mich fortbewegen. Meine Füße setzten auf dem Boden auf, und ich konnte laufen. Wo war mein Körper? Jemand musste ihn weggeschafft haben.

Eine dünne Silberschnur leuchtete in der Dunkelheit, zog an mir. Die Tür war unverschlossen. Ich folgte ihr.

Emotional aufgewühlt lief ich über den Flur. Warum hatte ich nicht mehr Fragen gestellt? Wo waren Mom und Nona? Wo lebten sie? Was dachten sie über Daria? Oh ja, Daria. Es verging kein Tag, an dem ich nicht über ihren Verrat nachdachte. Eines Tages Schwester, wirst du dich verantworten müssen.

40.

Der Raum war mit brennenden Kerzen angefüllt. Zwei Frauen saßen auf dem Boden und beteten in einer Sprache, die ich nicht verstand. Ash stand in einer Ecke, den Kopf an die Wand gelehnt. Seine Schultern vibrierten, er ballte die Hände zu Fäusten und schlug gegen die Mauer. So lange, bis seine Knöchel bluteten. Ich sah die Tränen in seinen Augen, den Schmerz, der sich wie ein Schatten auf seine schönen Gesichtszüge gelegt hatte.

Gegenüber entdeckte ich den jungen Mann, der mir Blut abgenommen hatte. Zusammen mit Lusha lehnte er sich über meinen Körper. Ihre Gesichter waren ernst.

»Sie hat zu viel Blut verloren. Ihre Leber ist getroffen«, sagte er leise.

»Sie wird es schaffen«, erwiderte sie mit fester Stimme.

Ihr Blick fiel auf Ash, der zu Boden sank. »Sie muss es schaffen.«

Ich ging zu ihm und streichelte sein Gesicht, in der Hoffnung, dass er mich spüren konnte, doch er reagierte nicht.

»Es ist meine Schuld«, wisperte er.

»Es ist nicht deine Schuld. Vandi wollte euch vor mir beschützen«, erwiderte ich.

»Ash?«

Izrail stand plötzlich vor ihm, und ich sprang erschrocken zur Seite.

»Was sollen wir mit Vandandi machen?«, fragte er.

»Ich werde ihr den Kopf abschneiden!«

Iz schüttelte den Kopf. »Du kannst sie nicht umbringen. Sie ist eine der Schicksalsgöttinnen.«

»Eine der Schicksalsgöttinnen, die schon lange nutzlos sind. Ich habe es gewusst! Ich wusste, dass sie ein falsches Spiel spielte, und habe nichts dagegen unternommen. Es ist meine Schuld. Der einzige Grund, warum sie Star wollte, war, ihre Macht aufzubauen. Vandis Götter schlafen, das Schicksalsnetz ist brüchig, und niemand schert sich um die Nornen. Sie haben keinen Einfluss mehr. Sie hat Abbadons Tore geöffnet, um ihre Götter zu erwecken. Als das nicht funktionierte, suchte sie nach Star und fand sie – in der Hoffnung, nach Elysion zu gelangen, um den zweiten Teil des Ars Goetia zu zerstören. Damit das Chaos seinen Lauf nimmt. Dann würden ihre Götter handeln müssen! Aber sie wusste nicht, welche Macht in Star steckt. Sie konnte nicht ihre gesamte Geschichte und Herkunft sehen. Die Nornen sind blind. Ich habe sie beobachtet, auf einen Fehltritt gewartet, anstatt sie direkt aus dem Verkehr zu ziehen.«

»Was sagst du da?!«, schrie ich aufgebracht. Das konnte doch nicht stimmen.

Izrail blickte erschrocken in meine Richtung. Ein Lächeln erschien auf seinen Lippen.

»Star?«

»Kannst du mich sehen?«

Iz nickte.

Ash sprang auf. Seine Augen wanderten zwischen Izrail und der Stelle, an der er mich vermutete, hin und her.

»Nein«, flüsterte er. »Nein, Nein, Neeiiinnn!«

Er schlug gegen die Wand, wischte mit einem Wimpernschlag die Kerzen vom Tisch, zerstörte die Fenster und Türen, ehe er in rasender Geschwindigkeit das Zimmer verließ.

»Was hat er?«, fragte ich erschüttert.

Iz lächelte traurig. »Ich kann dich nur sehen, weil du nicht mehr lebst. Du bist gestorben, Star.«

»Ich bin nicht tot! Ich lebe. Geh und sag ihm das!«

»Das kann ich nicht, weil es nicht die Wahrheit ist. Viele wissen nicht, dass sie gestorben sind, und brauchen ein wenig Zeit, um sich mit dem Gedanken abzufinden – genau wie du jetzt.«

»Ich lebe, Iz. Ich atme. Sieh dir meinen Körper an!«

Izrail zögerte, entschloss sich jedoch, einen Blick auf meinen vermeintlichen Leichnam zu werfen.

»Sie atmet?«, wandte er sich an Lusha.

»Ja, noch«, gab der junge Mann zurück.

Ich stellte mich neben Iz. »Ich brauche Ashs Blut.« Keine Ahnung, woher ich das wusste.

»Wird sofort erledigt«, erwiderte Iz und rannte aus dem Zimmer.

Es dauerte etwa eine halbe Minute, bis beide zurückkehrten. Ash schnitt sich in den Handballen, und Blut floss auf meine Lippen.

»Gib es ihr in den Mund!«, sagte Izrail ungeduldig.

Er öffnete meine Lippen und presste die Wunde auf meinen Mund.

»Komm schon, amica mea. Trink!«, wisperte Ash.

Meine Lider flatterten. Gerade eben stand ich noch neben ihm, und plötzlich sah ich ihn durch meine weit geöffneten Augen an. Hustend setzte ich mich auf.

»Vorsichtig, sonst reißt die Naht wieder auf«, mahnte der junge Arzt, dessen Namen ich nicht kannte.

Der Verband war mit Blut durchtränkt, doch ich spürte keinen Schmerz. Ich riss ihn ab. Darunter war keine Naht, sondern nur blutverschmierte, unversehrte Haut.

»Du bist geheilt«, sagte er ungläubig.

»Scheint so«, erwiderte ich und lachte. »Und die Dunkelheit ist auch verschwunden.«

In meinem Kopf drehte sich alles. Es war seltsam, wieder einen Körper zu haben. Ich lachte so lange, bis mir die Tränen kamen – und dann fing ich an zu weinen. Meine Nerven lagen blank, und meine Gedanken kreisten um Vandis' Verrat. Ash und Iz starrten mich an, als hätte ich den Verstand verloren.

»Ist das normal?« Ash wandte sich an den jungen Arzt.

Der zuckte mit den Schultern. Lusha umarmte mich, während die Männer ratlos zusahen. Schluchzend stammelte ich einige Worte, doch selbst in meinen Ohren klang es wie sinnloses Gebrabbel. Ich wurde von Gefühlen überwältigt. Schock, Trauer, Überraschung. Alles strömte gleichzeitig auf mich ein. Erst nach einigen Minuten hatte ich mich so weit beruhigt, dass ich wieder sprechen konnte.

»Ich dachte schon, du hättest einen Hirnschaden durch den Sauerstoffmangel.« Ash sah mich mit ernster Miene an.

Iz nickte. »Ja, die Befürchtung hatte ich auch.«

»Vielen Dank. Diese liebevollen Worte werden meiner Genesung sicher sehr helfen«, gab ich sarkastisch zurück.

»Es hätte sein können!«, verteidigte er sich.

»Leider nicht, Ash. Ich erinnere mich an alles – inklusive deiner Taten.«

Ehe ich weiter sprechen konnte, erschienen Livian und Danial – eine Frau im Schlepptau. Oder besser gesagt: ein Wesen, das nur annähernd einer Frau ähnelte. Beide Männer blickten sich verwirrt um. Das Zimmer war zerstört, die Tür aus den Angeln gerissen, und ich trug blutüberströmte Kleidung. Scheinbar hatten sie keine Ahnung, was sich hier zugetragen hatte.

»Was willst du hier?« Ash blaffte das Wesen an.

Ihre roten Augen verengten sich. »Du hast mich herbestellt, Lichtträger!«

Ash strich sich übers Gesicht – er wirkte müde und abgespannt. »Du hast recht. Entschuldige.«

Die Frau starrte mich überrascht an, dann grinste sie. Ihr grünes, abstehendes Haar wirkte wild, und auf ihrem Kopf saßen zwei Hörner. Anstelle einer Nase hatte sie zwei schwarze Löcher. Darunter lagen volle, blutrote Lippen, hinter denen scharfe, spitze Zähne aufblitzten. Ihr Gesicht war kantig, beinahe männlich. Doch ihr Oberkörper hatte weibliche Formen, inklusive eines gigantischen Busens.

Am meisten jedoch faszinierte mich ihr Unterkörper. Sie besaß zwei Beine, doch diese waren mit schwarzen, schillernden Schuppen übersät, ähnlich denen einer Schlange. Ihre Füße wirkten viel zu klein für ihren Körper, und doch bewegte sie sich anmutig.

»Was kann ich für dich tun, Luzifer?«

»Hat sich bereits erledigt. Aber danke, dass du gekommen bist.«

»Vielleicht kann sie doch helfen?«, mischte Lusha sich ein.

»Nein, kann sie nicht. Bringt sie zurück!« An Sanguina gewandt sagte er: »Hier fürs Kommen.«

Er kramte in seiner Hosentasche und überreichte ihr drei einfache Kieselsteine. Die Frau schrie vergnügt auf, als hätte er ihr soeben Juwelen ausgehändigt. »Die sind wunderschön und von hervorragender Qualität!«

Ich starrte auf die Steine. Doch egal, aus welchem Winkel ich sie betrachtete – es blieben Kieselsteine.

»Du hast ein sehr interessantes Tattoo.« Ihr Blick richtete sich auf mich. »Darf ich es mal näher betrachten?«

»Fass sie nicht an, Hexe!«, knurrte Ash.

»Keine Angst, ich will es nur ansehen. Ich werde deiner Frau keinen Schaden zufügen.«

»Meiner Frau?!« Er schnaubte verächtlich.

Ich ignorierte ihn und fragte: »Weißt du, was es bedeutet?«

Die Hexe grinste. »Aber ja!«

»Sagst du es mir?«

»Gegen eine angemessene Bezahlung.«

Mein Blick wanderte zu Ash, der ärgerlich das Gesicht verzog. Schließlich holte er drei weitere Kieselsteine aus seiner Tasche.

Die Hexe betrachtete mich mit funkelnden Augen. »Du trägst das Zeichen der Zwillingsflamme, Princeps Lucis – Prinzessin des Lichts.«

»Und was bedeutet das?«

»Du bist sein Zwilling.« Sie zeigte auf Ash.

»Schwachsinn! Ich habe keine Schwester und schon gar keinen Zwilling! Erzähl keine Märchen, Sanguina!«

Sanguina lachte blechern. »Sag mir, Lichtträger, kennst du deine eigene Prophezeiung nicht?«

Danial, Livian und Iz hörten gebannt zu. Nur Lusha machte einen Schritt nach vorne. »Sie sagt die Wahrheit, Ash.«

»Willst du mir sagen, dass Star meine Schwester ist?« Sein Gesicht verlor an Farbe, seine Mundwinkel zuckten. Nacktes Entsetzen verdunkelte seine Züge.

Ich sog scharf die Luft ein. Das wäre eine Katastrophe.

Wir haben miteinander geschlafen. Zwei Mal!

Mal abgesehen von meinen Gefühlen für ihn – die waren alles andere als schwesterlich.

»Sie ist deine Frau. Der weibliche Lichtträger, deine Zwillingsseele. Und wie ich sehe, habt ihr die Ehe bereits vollzogen«, erwiderte Sanguina belustigt.

Ash lachte lauthals und schlug sich auf die Schenkel. »Fast hätte ich dir geglaubt!«

»Es ist die Wahrheit, Ash«, wiederholte Lusha leise.

Izrail schluckte. Livian und Danial hielten sich die Hand vor den Mund, um nicht laut loszuprusten.

»Das ... das ... kann nicht dein Ernst sein! Warum weißt du das?« Wütend wandte er sich an Lusha.

»Ich wusste es nicht sofort.Erst, als ich das Tattoo genauer betrachtet und in den alten atlantischen Schriften gelesen habe.«

»Und was bitte steht da für ein Unsinn drin?«

»Ein Mädchen wird geboren, das zwei Welten vereint–
Göttin und Engel, so mächtig es scheint.
Es trägt die Flamme des ewigen Lichts,
genau wie Luzifer – sie ist sein Zwilling, sein Gegengewicht.
Die Macht der Liebe wird sie vereinen,
seht den Beweis!
Zwei Flammen verschlungen,
im Kreis der Sonne, als eins.
Die Ehe wird vollzogen, wenn die Fleischeslust erwacht.
Nichts kann sie mehr trennen, nicht mal Gevatter Tod.
Ihre Seelen sind versponnen für immer,
leuchten zusammen bis in alle Ewigkeit.«
Zitierte Lusha mit fester Stimme.

»Lächerlich! Ich habe kein Tattoo!« Ash rannte im Kreis und starrte mich an. Seine Augen sprühten Funken.

»Bist du sicher, Lichtträger?« Sanguina hob eine Braue. »Schau mal in deinen Nacken!«

Izrail sprang sofort zu seinem Bruder, um nachzusehen. »Du hast dasselbe Tattoo«, flüsterte er.

Mein Magen zog sich zusammen. »Heißt das, ich bin mit ihm verheiratet?« In meiner Stimme lag ein hysterischer Unterton.

Lusha nahm sanft meine Hand. »Ja, ihr beide seid Mann und Frau.«

Das war zu viel! Der ganze beschissene Tag war der reinste Irrsinn! Schluchzend warf ich mich in Lushas Arme.

»Na, so schlimm ist es auch nicht«, flüsterte Danial und strich sanft über mein Haar.

»Sie ist überwältigt« Lusha seufzte.

»Nein, ich bin stinkwütend!«, brüllte ich. »Wie kann ich mit einem Neandertaler zwangsverheiratet werden, der nur mein Blut will? Wie? Womit habe ich das verdient?! Er ist unmöglich, kalt und egozentrisch. Er liebt mich nicht, ganz im Gegenteil, das hat er mehrfach deutlich gemacht.«

Wütend zeigte ich mit dem Finger auf Ash.

»Ach ja? Waren es nicht deine Worte? Ich zitiere: Ich hasse dich, du bist widerlich. Nur dein Schwanz ist zu gebrauchen, der Sex war unterdurchschnittlich. Soll ich weitermachen?« Ash brüllte zurück, seine Augen funkelten vor Zorn. »Und darf ich dich daran erinnern, dass du es bist, die mein Blut braucht?«

»Fick dich!«, schrie ich. »Ich will einen Mann, den ich mir selbst aussuche. Einen, der mich liebt.«

Meine Stimme hallte durch die Gänge, und einige Krieger, die durch den Flur liefen, warfen mir irritierte Blicke zu.

»Ich will die Scheidung«, rief ich aufgebracht. »Sofort!«

Die Krieger tuschelten und warfen sich amüsierte Blicke zu. Sanguina klatschte begeistert in die Hände. »Das wird DER Brüller in der Unterwelt. Der große Luzifer ist zwangsverheiratet und seine Braut hasst ihn. Ich kann den Klatsch und Tratsch schon hören. Das wird wundervoll.«

Livian und Danial packten die Hexe und schoben sie durch die demolierte Tür, gerade noch rechtzeitig, ehe Ash sie umbrachte.

»Ich muss hier raus!«, knurrte er und verschwand mit eiligen Schritten. Zurück blieben Lusha und Izrail.

»Komm, du brauchst ein Bad, einen Schnaps und etwas Ruhe«, sagte Lusha.

»Was ich brauche, ist ein Scheidungsanwalt!«

Iz hüstelte, um sein Kichern zu kaschieren.

»Was ist so lustig, Izrail?!«, fragte ich streitlustig. »Die Tatsache, dass dein Bruder ein Psychopath ist, der sich nun mein Ehemann schimpft?«

»Entschuldige, Star, war nicht so gemeint«, gab er gackernd zurück. Dann räusperte er sich. »Sorry, ich beruhige mich gleich. Aber ihr beide seid einfach zu komisch.« Izrail verschluckte sich vor Lachen, so unkontrolliert, dass ihm die Tränen in die Augen schossen.

Lusha schüttelte den Kopf und zog mich mit sich. »Komm, ich stecke dich in die Wanne. Du musst aus diesen Klamotten raus.«

»Kennst du einen Anwalt?«, fragte ich hoffnungsvoll.

Lusha seufzte. »Ist das eine ernst gemeinte Frage? Denn wenn ja, muss ich dich leider enttäuschen. Eure Ehe kann nicht gelöst werden. Sie wurde von den Göttern bestimmt.«

41.

Ich starrte aus dem Fenster und beobachtete das Treiben der Krieger und Mägde. Fünf Tage waren vergangen, seit ich Ash zuletzt gesehen hatte. Seit jenem Tag, an dem unsere Ehe enthüllt worden war, ging er mir aus dem Weg.

Die Nachricht, dass wir ein Ehepaar waren, hatte sich wie ein Lauffeuer verbreitet. So berichtete Lusha mir.

Vandi wurde in den Tartaros gebracht, wo sie den Rest ihres Lebens verbringen würde. Skuld und Urd halfen ihr nicht und wuschen ihre Hände in Unschuld. Der Schmerz über den Verrat saß noch tief, und ich vermied es, weiter darüber nachzudenken.

Ich bezog neue Räumlichkeiten, die wie ich zugeben musste, sehr geschmackvoll eingerichtet waren: helle Holzmöbel, ein türkiser, flauschiger Teppichboden und ein traumhaftes Bad, ganz in schwarzem Granit gehalten. Die Tür war immer offen; ich hatte Fenster und sogar einen kleinen Balkon, auf dem ich mich gerne aufhielt. Seltsam war nur, dass jeder, der dort vorbeiging, mich ansah und salutierte.

»Du bist die neue Herrin der Burg, daran musst du dich gewöhnen, Prinzessin«, erklärte mir Lusha.

Ash sorgte dafür, dass ich eine eigene Zofe bekam, die mir beim Ankleiden half, mir Gesellschaft leistete oder mit mir spazieren ging. Ich mochte sie. Ihr Name war Zara. Sie war in meinem Alter, besaß bernsteinfarbene Augen, einen Herzmund und ein umwerfendes Lächeln. Sie trug ihr langes rotes Haar meist zu einem Zopf geflochten, damit es sie nicht nervte. Es hatte einen ganzen Tag gedauert, bis ich ihr das »Prinzessin« ausgetrieben hatte und sie mich beim Vornamen nannte.

»Was möchtest du heute tragen, Star?«, fragte Zara wie jeden Tag.

Ich besaß plötzlich einen achttürigen Kleiderschrank voller exquisiter Kleidungsstücke und ein Schuhregal, das bis zur Decke reichte.

»Ich ziehe mich selbst an«, erwiderte ich lächelnd. »Jeans und ein Shirt.«

»Du hast so tolle Klamotten, die darauf warten, gezeigt zu werden«, gab sie zurück.

»Vielleicht irgendwann einmal«, erwiderte ich desinteressiert. Wo sollte ich die Sachen tragen? In der Krieger-Kantine? Mich beschäftigten ganz andere Dinge. Ich hatte Lusha um die atlantischen Schriften gebeten, in der Hoffnung, eine Lösung für meine Ehemisere zu finden. Aber nichts. Keine Lösung, kein Ausweg. Nicht einmal der Tod würde uns trennen. Der einzige Vorteil für mich bestand darin, dass der Rat mich nicht länger exekutieren konnte.

Als Ehefrau des Lichtträgers war ich unantastbar – wie Izrail mir erklärte. Abgesehen davon machte ich mir Sorgen um den drohenden Krieg. Niemand sagte mir etwas, doch alle tuschelten. Es schien, als braute sich etwas zusammen.

Die Neuigkeit unserer Eheschließung war noch nicht zu ihnen durchgedrungen, und auch meine Herkunft blieb weiterhin im Dunkeln. Oberflächlich betrachtet sah ich aus wie ein Engel. Nur meine silbernen Augen und die Reißzähne ließen etwas anderes vermuten. Man sagte mir, ich besäße die Fähigkeiten einer mächtigen Göttin und eines mächtigen Engels; jedenfalls glaubten das alle, denn seit meiner unfreiwilligen Machtdemonstration in Liliths Schloss und meinem Ausbruch in der Kantine, hatte ich nicht noch einmal versucht, meine Magie zu beschwören. Zu groß war meine Angst, alles in Schutt und Asche zu legen.

»Du grübelst schon wieder«, unterbrach Zara meine Gedanken. »Der Tag ist viel zu schön, um ihn hier drinnen zu verbringen. Lass uns ins Dorf gehen und anschließend im See bei den Drachenhöhlen baden.«

Der Tag war wirklich schön – heiß und trocken, ideal zum Schwimmen. »Warum eigentlich nicht!«, erwiderte ich. »Ich brauche nur einen Bikini.«

Zara zog eine sorgfältig gezupfte Braue in die Höhe.

»Bikini? Wir baden hier nicht mit Anziehsachen, das ist unhygienisch.«

Ihr empörtes Gesicht entlockte mir ein Lächeln.

»Okay, baden wir also nackt?«

»Natürlich! Du hast viel zu lange unter Menschen gelebt«, erwiderte sie mit ernster Miene.

»Nun, ich bin ... nein, ich war ein Mensch.«

An die Tatsache, dass ich jetzt etwas anderes war, gewöhnte ich mich nur langsam. Aber es gab auch etwas Positives. Die Dunkelheit war fort. Der Männerhass hatte sich in Luft aufgelöst. Wenn ich daran zurückdachte, schämte ich mich für meine Aussagen.

Meine Sinne waren geschärft, ich besaß deutlich mehr Ausdauer und Kraft, konnte mich blitzschnell bewegen – und selbst mein Gehirn arbeitete schneller. Insgesamt also nicht so schlecht. Nur an manche Gepflogenheiten, wie beispielsweise nackt zu baden, musste ich mich erst gewöhnen. »Weißt du was? Ich ziehe ein Kleid an! Etwas Einfaches, Luftiges. Wenn wir erst ins Dorf gehen, schwitze ich nicht so.«

Zara eilte zum Schrank und zog ein hellblaues, kurzes Etwas hervor. Es war schön, aus Seide, mit Spaghettiträgern und winzigen Goldapplikationen.

»Tatatata!«, sagte sie fröhlich. »Und dazu goldene Sandalen.«

Das Kleid bedeckte gerade meine Oberschenkel, aber es war bequem und sah trotzdem schick aus. Mein Haar fiel duftig über meine Schultern. Alles in allem war ich zufrieden mit meinem Spiegelbild. Zara packte eine Tasche und stopfte Decken, Getränke sowie etwas zu Knabbern hinein.

»Wir können los. Nimm etwas Geld mit, falls du etwas kaufen möchtest.«

»Ich habe kein Geld!«, stellte ich zu meinem Entsetzen fest. Zara ging zu meiner Kommode und zog ein Bündel Scheine aus einem Kästchen.

»Natürlich hast du Geld, Prinzessin. Das ganze Kästchen ist voll davon.«

Ash hatte an alles gedacht. So lief er nicht Gefahr, dass ich ihn belästigen musste. Wir verließen meine Räume, und Zara lief vor. Nach wie vor war es schwierig für mich, die Wege zu finden. Die gesamte Anlage war einfach zu groß. Bislang hatte ich nur einen winzigen Teil gesehen und befürchtete, mich zu verlaufen.

Auf dem Weg nach draußen kamen uns einige Krieger entgegen. Sie blieben stehen und salutierten. »Du musst ihnen sagen, dass sie weitergehen können«, flüsterte Zara.

Ich kopierte Ashs Handbewegung, und die Männer trollten sich. Zara grinste breit: »Die wären sonst für den Rest ihres Lebens da stehen geblieben.«

Wir gingen eine geschwungene Steintreppe hinunter, vorbei an einer riesigen Küche, aus der es appetitlich duftete.

»Ich hole uns noch ein paar frische Schokoballen.«

Zara verschwand zwischen Köchen, Dienern und Küchenhilfen, die emsig auf und ab liefen, Töpfe schleppten oder Gemüse putzten. Niemand beachtete mich, was ich als sehr angenehm empfand. Neben mir wurde Teig ausgerollt und in eine Brotform gebracht. Der Duft frisch gebackener Plätzchen kitzelte meine Nase, und als Zara zurückkehrte, hatte sie eine Dose mit Plätzchen, Cremballen und Schokoballen in der Hand. »Jetzt kann es losgehen.«

Das Gebäck sah so verführerisch aus, das ich mir direkt ein Plätzchen in den Mund stopfte. »Köstlich!«, gab ich mit vollem Mund zurück.

»Nicht wahr? Meine Großmutter ist für die Gebäckküche zuständig.«

»Sie arbeitet hier?«

Zara nickte stolz. »Schon viele Jahrhunderte.«

»Wohnt ihr unten im Dorf?«

»Nein, wir haben hier eine Wohnung. Im Westflügel.«

»Deshalb kennst du dich hier so gut aus.«

»Na, ja. Ich bin hier aufgewachsen.«

Wir erreichten den Ausgang. Heiße Luft schlug uns entgegen. Die Sonne knallte unbarmherzig vom Himmel, und ich war froh, mich für das Kleid entschieden zu haben.

Zara führte mich zu einem schmalen Pfad, der sich zwischen den Felsen entlang schlängelte. Es ging stetig bergab, bis wir ein kleines Tal erreichten, in dem reges Treiben herrschte. Ein Holzhaus reihte sich an das andere. In der Mitte befand sich ein Marktplatz mit Bänken, die unter Bäumen platziert waren. Dort gab es Kinderschaukeln und Sandkästen sowie mehrere Marktstände und Geschäfte. Ein großer Springbrunnen sorgte für Abkühlung.

Einige Bewohner saßen am Rand und tauchten ihre Füße in das Brunnenbecken. Ein kleiner Junge starrte uns mit unverhohlener Neugier an. Er hielt ein Eis in der Hand, das bereits zu schmelzen begann und an seiner Hand hinunter zu Boden tropfte. Er besaß die grünsten Augen, die ich je gesehen hatte – sie erinnerten mich an sattes Moos. Seine Haare waren dunkelrot und lockig.

»Das wird einmal ein Herzensbrecher«, flüsterte ich Zara zu.

»Davon gibt es hier und in der Burg so einige«, gab sie lachend zurück.

»Hast du einen Freund?«, fragte ich neugierig.

»Nein, leider nicht«, erwiderte sie mit ernster Miene.

Ein Schatten huschte über ihr hübsches Gesicht, und ich stellte keine weiteren Fragen.

Staunend betrachtete ich die Marktstände, sowie das exotische Obst und Gemüse, das dort angeboten wurde – vieles hatte ich noch nie gesehen. Einige Frauen und Männer begrüßten mich, während andere mich aus der Ferne beobachteten.

»Dort drüben ist ein Bekleidungsgeschäft, falls du mal reinschauen willst«, sagte Zara.

»Meinst du, ich besitze nicht schon genug Klamotten?«, erwiderte ich grinsend.

Ich kaufte etwas Obst, das mich an Weintrauben erinnerte – allerdings waren die Beeren rosa und verströmten einen leichten Apfelduft.

»Piri-Beeren – sollen gut für die Potenz sein, sagt man.«

Die Verkäuferin lächelte freundlich, als sie mir die Beeren überreichte.

»Kannst du Ash geben«, feixte Zara.

»Meinst du, das hat er nötig?«, erwiderte ich fragend.

»Ich weiß nicht. Sag du es mir!«

»Woher soll ich das wissen? Meine Erfahrung beschränkt sich auf zwei Ausrutscher, da ging es ohne«, lachte ich.

»Seltsam, dass er dich gar nicht besucht, immerhin seid ihr gerade frisch verheiratet. Wann gibt es denn eure offizielle Hochzeit und Feier?«

»Gar nicht.«

Allein der Gedanke daran verursachte mir Übelkeit. Nicht weil ich plötzlich keine Gefühle mehr für ihn hegte, das war mir leider nicht vergönnt. Aber die Vorstellung, mit ihm vor den Altar zu treten, vor Publikum aufzutreten und so zu tun, als wären wir das glücklichste Paar der Welt, überstieg meine emotionalen Möglichkeiten.

»Aber ihr müsst es offiziell machen. Das verlangen unsere Gesetze: Ihr müsst euer Gelöbnis vor dem Allmächtigen sprechen.«

»Heißt das, unsere Ehe ist sonst nicht gültig?«, erwiderte ich hoffnungsvoll.

»Da bin ich überfragt. Ich habe noch nie ein Paar erlebt, das keine Hochzeitsfeier wollte.«

Dieser Frage würde ich nachgehen. Allerdings war es in unserem Fall sowieso anders als bei normalen Paaren.

Wir betraten das Bekleidungsgeschäft, weil Zara mich überredete. Sie hatte recht! Zwar besaß ich einen riesigen Schrank voller Sachen, doch nichts davon hatte ich mir selbst ausgesucht. Sie hatte recht! Ich besaß zwar einen riesigen Schrank voller Kleidung, aber nichts davon hatte ich mir selbst ausgesucht. Die Mode hier ähnelte der auf der Erde und doch war sie anders. Es gab Jeans, Shirts und

Pullover wie bei den Menschen, aber auch typische Kleider, wie ich sie bei einigen Frauen bereits gesehen hatte.

Die Kleider waren schmal geschnitten und knöchellang, mit Corsagen und Trompetenärmeln, gefertigt aus Seide oder einem ähnlich glänzenden Material. Sie waren mit Steinen geschmückt oder mit aufwendigen Stickereien verziert. Manche waren hochgeschlossen, andere hatten gewagte Rücken oder vordere Ausschnitte.

»Das sind traditionelle handgearbeitete Kleider«, erklärte Zara mir, als sie bemerkte, wie interessiert ich die Sachen betrachtete.

»Sie sind schön.«

Meine Begleitung nickte. »Ich wollte schon immer eins haben. Vor allem zum Mondfest im Winter oder zum Sonnenfest im Sommer. Aber diese Kleider sind unglaublich teuer.«

»Such dir eins aus«, erwiderte ich. Ashs Geld konnte ich genauso gut für ein paar sinnvolle Dinge einsetzen, wie beispielsweise, um jemandem eine Freude zu machen.

Ihre Augen wurden groß. »Das kann ich nicht annehmen!«

»Doch, das kannst du!«, gab ich zurück und rief die Verkäuferin. »Meine Freundin möchte gerne eines der Kleider anprobieren«, wandte ich mich an die Verkäuferin.

»Sehr gerne, welches denn?«

Zara wirkte überfordert, und ich griff nach einem olivfarbenen Kleid mit aufwendigen, goldenen Stickereien und Steinen. Es hatte einen tiefen Rückenausschnitt und würde hervorragend zu ihrer Haarfarbe passen.

»Probier das mal«, sagte ich.

»Eine sehr gute Wahl. Eines unserer besten Kleider«, erwiderte die Verkäuferin.

Das Kleid schien wie für sie gemacht. Sie sah umwerfend aus. Staunend betrachtete sie sich im Spiegel.

»Ich sehe gut aus«, sagte sie überrascht.

»Du siehst toll aus, wunderschön«, erwiderte ich.

Ich ließ das Kleid einpacken und bezahlte vor Ort. Das Geld reichte, und ich war glücklich, dass Zara sich freute.

»Sie können auch jederzeit anschreiben lassen, Prinzessin, ich schicke die Rechnung dann zur Burg.«

Na, wenn das so ist. »Gut, dann nehmen wir noch ein Kleid für meine Freundin, oder was auch immer sie möchte, und ich schaue mal dahinten weiter.«

Zara war außer sich.

»Das kannst du nicht machen, das ist zu viel für mich!«

»Bitte mach mir die Freude, such dir aus, was du möchtest.«

Mein Weg führte mich zu einem Regal mit ärmellosen Shirts. Bei der Hitze genau das Richtige. Daneben entdeckte ich kurze, praktische Hosen, ein bequemes, kurzes Baumwollkleid in Schwarz und zwei schlichte Shirts in Dunkelblau. Mehr brauchte ich nicht. Die Verkäuferin wirkte überrascht über meine Auswahl. Zara hatte sich in der Zwischenzeit eine Jeans gegönnt und eine Tunika ausgesucht, während ich für sie noch schwarze Stiefeletten einpackte – ganz weich, aus feinstem Leder. Ihr sehnsuchtsvoller Blick war mir nicht entgangen. »Können Sie das alles zur Burg schicken?«

Die Verkäuferin nickte. »Natürlich, gerne.«

Ich bedankte mich bei ihr und gab noch ein Trinkgeld.

»Das hättest du nicht tun müssen«, sagte Zara und bedankte sich noch einmal.

»Ich weiß, aber ich wollte es.«

Wir schlenderten noch ein wenig durch die Straßen, gönnten uns ein Eis, ehe wir langsam zurückgingen.

Das Dorf gefiel mir. Die Leute schienen freundlich zu sein. Und obendrein gab es eine gute Auswahl an Dingen für den täglichen Bedarf. Dennoch freute ich mich auf das Wasser, denn die Hitze wurde immer unerträglicher.

Der See glitzerte einladend in der Sonne, und ich betrachtete fasziniert die Drachenhöhlen, die sich wie Waben in den Felsen einfügten. Der Wasserfall war noch größer, als ich gedacht hatte. Ich konnte es kaum erwarten, darunter einzutauchen. Als wir an einem Trainingsplatz vorbeikamen, entdeckte ich zu meinem Verdruss Ash, Iz, Danial und Livian. Völlig in einen Kampf vertieft. Die Männer trugen nur Sweatpants und Turnschuhe. Oberkörperfrei traktierten sie sich gegenseitig mit Schwertern.

Ash und Iz umkreisten sich, ihre Bewegungen waren so schnell, dass ich kaum folgen konnte. Livian und Danial wälzten sich wie Ringer über den Sandboden, keuchend vor Anstrengung, während sie erneut nach ihren Schwertern griffen. Ashs Anblick entfachte in mir einen nie gekannten Hunger. Blut! Es war fast eine Woche her, seit ich welches bekommen hatte. *Reiß dich zusammen, Star! Du wirst nicht mehr von ihm trinken.* Verflucht noch mal, warum mussten sie ausgerechnet jetzt hier trainieren?!

Der Anblick seines durchtrainierten Körpers, die fast katzenhaften Bewegungen, die Art, wie sich seine Muskeln unter der Haut spannten. All das ließ mich nicht nur an Blut denken. Hitze schoss durch meinen Unterleib, und ein leises Knurren entwich meiner Kehle.

»Star? Alles in Ordnung?« Zara musterte mich irritiert.

Meine Fänge begannen zu schmerzen. »Alles gut«, log ich. Erst jetzt fiel mir die Gruppe von Frauen auf, die sich um die Männer scharrten. Jedes Mal klatschten sie begeistert, wenn einer einen besonders beeindruckenden Schachzug vollführte oder einen Angriff parierte.

»Wer sind die?«, fragte ich missmutig.

»Ashs und Izs Fanklub. Töchter der Generäle oder adeliger Familien, die hier auf der Burg leben. Immer in der Hoffnung, Ash oder Iz für sich zu begeistern.«

»Sie wissen doch, dass er jetzt verheiratet ist«, entgegnete ich erbost und wunderte mich über die Eifersucht, die sich in mir breitmachte.

»Nun ja. Alle wissen, dass er dich weder freiwillig noch offiziell geheiratet hat. Und dass er dich nie besucht.«

Sie sprach nur die Wahrheit aus, und doch gaben mir ihre Worte einen Stich.

»Von mir aus sollen sie ihn anhimmeln.«

Zara grinste. »Das tun sie schon seit einer Ewigkeit, aber Ash interessiert sich nicht für sie. Genauso wenig wie Iz.«

Wir gingen weiter, als plötzlich Izrail rief. Er brüllte etwas, doch wir konnten ihn nicht verstehen. Unbeeindruckt stapften wir zum Ufer des Sees und breiteten unsere Decken aus. Zara schlüpfte als Erste aus ihren Klamotten und sprang jauchzend ins Wasser. Ich zögerte nur eine Sekunde, dann sprang ich hinterher. Das Wasser war herrlich kühl und erfrischend. So klar, dass ich bis auf den Grund sehen konnte. »Ich will zum Wasserfall!«, sagte ich und schwamm darauf los. Zara folgte mir.

Über uns zogen einige Drachen ihre Bahnen. Fasziniert beobachtete ich, wie sie ihre Höhlen ansteuerten, in der Luft innehielten, ehe sie in den Waben verschwanden.

Zara überholte mich und tauchte als Erste durch die Kaskade. Auf der anderen Seite befand sich ein Felsplateau, auf dem wir uns einige Minuten ausruhten, ehe wir zurückschwammen. Zu meiner Überraschung wurden wir bereits erwartet. Iz und Livian paddelten am Ufer entlang.

Zara prustete laut los, als sie Livians verzweifelte Schwimmversuche sah. Er mochte ein guter Kämpfer sein, aber Schwimmen war definitiv nicht seine Stärke. Er ruderte unbeholfen mit den Armen, wie eine bleierne Ente, und für einen Moment dachte ich, er müsse gerettet werden. Iz stieg schließlich aus dem Wasser und ließ sich entspannt auf unsere Decken fallen. Ich bemerkte, wie Zara eine leichte Röte ins Gesicht schoss, als ihr Blick über Izrails nackten Körper glitt. Livian kämpfte noch mit den Untiefen, ehe er sich ans Ufer rettete. Ich kicherte. Der Krieger drehte den Kopf in meine Richtung und schnaubte beleidigt.

Ich musste zugeben, dass er durchaus ansehnlich war. Seine azurblauen Augen funkelten, während sein nasses Haar an seinem muskulösen Rücken klebte. Mit sichtlicher

Mühe versuchte er, so grazil wie möglich aus dem Wasser zu steigen.

»Ash will dich sprechen!«, sagte Iz, als ich mich der Decke näherte.

»Oh, welche Ehre. Ich eile sofort!«, gab ich sarkastisch zurück und griff nach einem Handtuch, um der offensichtlichen Musterung der beiden Männer zu entgehen.

»Es ist wichtig«, mischte sich Livian ein.

»Hat er einen willigen Scheidungsanwalt gefunden? Nein? Dann kann es nicht so wichtig sein«, erwiderte ich schneidend.

Livian verdrehte die Augen und ließ sich genervt auf die Seite fallen. »Rede du mit ihr. Ich habe keine Lust, mich von ihr angiften zu lassen«, wandte er sich an Iz.

»Dein Po ist zum Anbeißen«, gab ich Livian zur Antwort.

Der Krieger drehte sich entsetzt um und bedeckte hastig seinen Unterleib mit einem Shirt. »Wie bitte?!«

»Du hast mich schon verstanden«, grinste ich.

»Du flirtest doch nicht etwa mit mir?«, erwiderte er entgeistert.

Es machte Spaß, ihn aufzuziehen. »Warum nicht?«

»Weil du mich hasst«, stotterte er ungläubig.

»Aber ich hasse dich doch nicht, du bist einfach zum Anbeißen.« Das Wortspiel brachte mich zum Lachen.

Livian räusperte sich und warf Izrail einen Hilfe suchenden Blick zu.

»Komm schon, Star, geh zu Ash. Es ist etwas passiert«, sagte der Todesengel mit ernster Miene.

Meine Alarmglocken schrillten. »Was ist passiert?«

»Das wird er dir selbst erzählen. Er ist in seinem Flügel.«

»Ich bringe dich hin«, bot Zara an.

In Windeseile zog ich mein Kleid und die Sandalen über, dann rannte ich in Richtung Burg.

42.

Zara begleitete mich bis zu Ashs Tür. Ich stand in seinem Wohnzimmer, doch er war nicht da. Aufgeregt riss ich eine Tür nach der anderen auf, bis ich ihn schließlich unter der Dusche fand. Er drehte sich kurz zu mir um.

»Ich komme gleich! Setz dich ins Wohnzimmer und nimm dir etwas zu trinken.«

Ich entdeckte eine Flasche Whiskey und goss mir ein Glas ein. Es war das erste Mal, dass ich mich in seinen persönlichen Räumen befand.

Das Wohnzimmer glich eher einem Loft, mit einem imposanten Rippengewölbe an der Decke, ähnlich einer Kirche.

Die Wände und die Decke waren in Weiß und Grau gehalten, der Boden bestand aus schwarzem, schimmerndem Granit. Mehrere schwarze und graue Ledersessel sowie passende Ledercouchen, ausgestattet mit dicken Kissen, gruppierten sich um einen edlen Glastisch mit silbernen Löwenfüßen. Auf der gegenüberliegenden Seite, unter einem breiten Fenster, stand ein großes Bett mit einem Silberrahmen. Die Tagesdecke war zerknautscht, ebenso die Kissen, die darauf lagen. Neben dem Kamin befand sich eine Bar aus Spiegelglas. Strahler, die in Boden und Decke eingelassen waren, tauchten den großen Raum in ein angenehmes Licht. Ich ließ mich auf die Couch sinken und nahm einen großen Schluck von meinem Whiskey.

Das würde meine Nerven beruhigen. Die waren bis zum Zerreißen gespannt. Was konnte Ash so Dringendes von mir wollen?

Mein Blick fiel auf ein Gemälde, das eine atemberaubende Frau und einen ebenso attraktiven Mann zeigte. Die beiden saßen auf einem goldenen Thron. Die Frau hatte türkise Augen und Haare, so golden wie reifer, dunkler Honig.

Der Mann war das genaue Gegenteil. Mit rabenschwarzem Haar und Augen, die leuchteten wie Bergkristalle. Wie Izrails. Ob das ihre Eltern waren? Die Ähnlichkeit war unverkennbar.

»Ja, das sind meine Eltern.«

Ich war so in das Bild versunken, dass ich ihn gar nicht bemerkte. Ash trug eine enge Bluejeans und ein dunkelblaues Hemd, das bis zur Mitte seiner Brust aufgeknöpft war. Das tiefe Blau betonte seine Augen. Sein Haar war noch feucht, und an seinem Kinn zeichnete sich ein leichter Bartschatten ab. Meine Zähne schmerzten noch mehr, bei diesem Anblick. Wortlos nahm er die Flasche Whiskey und drehte sich zum Fenster.

»Was gibt es so Dringendes, dass du mich hierher zitierst? Hast du endlich jemanden gefunden, der unsere vermeintliche Ehe annulliert?«, fragte ich spitz, als er nichts sagte, aber bereits den zweiten Schluck aus der Flasche nahm.

»Wir müssen in die Hauptstadt. Elysion wurde angegriffen!« Er ignorierte meine Frage einfach.

»Damontiz hat einen Weg gefunden, die Barrieren zu umgehen. Unsere Armeen konnten ihn zwar aufhalten, aber die Soldaten berichten von Menschen, die sich ihm angeschlossen haben. Menschen, die über außergewöhnliche Fähigkeiten verfügen: immense Schnelligkeit und übermenschliche Kraft. Und Engel, die gegen Osmium immun sind!« Ash nahm einen weiteren Schluck.

»Die Experimente!« Mir stockte der Atem. »Sie haben es geschafft?«

»Scheint so.« Er wirkte angespannt. »Die Männer berichteten außerdem von Waffen, die Schallwellen übertragen und jeden Engel im Umkreis lahmlegen können.«

Mein Herz raste. »Und Eden?«

»Wir haben die Armee verdoppelt. Bis jetzt ist alles ruhig. Aber wenn sie es geschafft haben, nach Elysion zu gelangen und uns lahmzulegen, brauchen sie Eden nicht einmal anzugreifen. Damontiz ist kein Dummkopf. Er weiß genau, welche Gefahr von der göttlichen Flamme ausgeht. Und außerdem hat er Hilfe. Uriel und Adrastäa kennen wir. Aber wer sonst noch beteiligt ist, wissen wir noch nicht.«

»Du musst das Ars Goetia benutzen.«

»Dafür ist es zu spät.« Ashs Stimme klang bitter. »Vandi hat den zweiten Teil zerstört, ehe sie dich angegriffen hat. Das Buch hätte sowieso nicht alle unter Kontrolle gebracht. Es bindet Dämonen, aber keine Engel oder Menschen. Und wenn sie hier bereits Verbündete haben, dann steht eine Armee von Engeln und Hunderttausende mutierter Menschen auf ihrer Seite. Ich könnte Damontiz und Amon töten, doch das nützt nichts mehr. Sie wollen Elysion besetzen und den Rat ein für alle Mal stürzen.«

»Dann wäre mein Volk frei«, sagte ich vorsichtig.

Ashs Augen verengten sich zu schmalen Schlitzen. »Dein Volk ist hier! Du bist meine Frau« ,erwiderte er gefährlich leise.

»Die Menschen sind mein Volk. Ich bin ... ich war ein Mensch.«

»Du warst noch nie ein Mensch. Und bilde dir ja nicht ein, dass die Menschen dann sicher wären. Niemand wäre mehr sicher!« Seine Augen funkelten vor Zorn. »Diese Mutanten sind nichts weiter als Kanonenfutter. Das ganze Gleichgewicht würde kippen, und alles zerstören.«

Ich spürte die Wut in seiner Stimme. »Ich fühle mich der Erde verbunden, und ich will, dass die Menschen frei und in Sicherheit sind.«

»Nun, dann darf Elysion nicht fallen!«

»Was habt ihr vor?«, fragte ich vorsichtig. Ein ungutes Gefühl breitete sich in meinem Magen aus. Eine stumme Warnung vor dem, was er gleich sagen würde.

»Wir werden die Menschheit auslöschen. Bis auf einige wenige, die nicht manipuliert wurden und mit ihnen alle Gefallenen, Daimos und Angeli Mortui.«

Mir blieb die Luft weg. »Das kannst du nicht tun! Es muss eine andere Möglichkeit geben.«

»Das ist nicht meine Entscheidung, sondern die des Rates und der Götter.« Ash wirkte plötzlich unglaublich müde.

»Du sitzt im Rat. Tu etwas. Lass dir etwas einfallen!«

»Dein Vater steht dem Rat vor. Du wirst mit mir kommen und dir überlegen, wie du ihn überzeugen kannst – und er den Rest des Rates. Der Rat hat dreißig Mitglieder. Du wirst mich offiziell heiraten, sonst kannst du nicht mit in die Hauptstadt und bist in ständiger Gefahr. Selbst als meine Frau wird man versuchen, dich hinterrücks zu töten! Sie haben Angst vor mir. Und wenn bekannt wird, was du bist – und wer du bist, wird sich jeder Speichellecker auf den Weg machen, um dich aus dem Weg zu räumen. Zwei Lichtträger mit der Macht, die Welt zu zerstören, werden sie in Panik versetzen. Wir werden deine Herkunft geheim halten. Doch Uriel weiß, dass es einen Lumina-Elohim gibt.

Dein Vater wird sich vermutlich nicht als dein Vater zu erkennen geben. Aber er wird genau wissen, wer du bist.«

Meine Hände zitterten, und ich nahm noch einen großen Schluck Whiskey. »Und dann? Was tust du dann?«

Ash seufzte und fuhr sich mit der Hand übers Gesicht.

»Ich werde die Gefallenen vor die Wahl stellen. Entweder sie kehren freiwillig nach Abbadon zurück – mitsamt den Mutanten – oder ich werde sie alle töten.«

»Du wolltest sie alle retten«, erwiderte ich leise.

»Ja … doch das ist nicht mehr möglich.« Seine Stimme klang resigniert. »Ich weiß nicht, ob der Rat mir erlaubt, sie nach Abbadon zu schicken oder ob er den Befehl gibt, sie alle hinzurichten. Aber zumindest können wir die Menschen retten, die nicht mutiert sind.«

»Und Elysion?«

»Der Rat muss sich um die Verräter in den eigenen Reihen kümmern und sie unschädlich machen. Aber zuerst müssen wir sie alle finden.« Ash setzte sich. »Wir heiraten noch heute Abend. Und morgen reisen wir ab!«

»Das ist ... schnell!«, erwiderte ich mit zittriger Stimme.

»Die Dienerschaft weiß Bescheid. Sie werden die große Halle herrichten und ein Buffet vorbereiten. Dein Kleid kommt heute Nachmittag.« Er klang mehr als entschlossen. »Überlege dir ein Gelübde, das du laut aussprechen kannst.«

»Wow. Es gibt wohl keinen anderen Weg, nicht wahr?«

»Nein. Gibt es nicht.«

Ash biss die Zähne zusammen. Ein Schatten huschte über sein Gesicht, und ich wusste genau, wie sehr er die Vorstellung hasste, mich zu heiraten.

Herzlichen Glückwunsch, Star! Zu deiner wundervollen Hochzeit, deinem dich liebenden Ehemann und deinen fantastischen Zukunftsaussichten. Aber all das war egal, in Anbetracht der Bedrohung die auf uns zu kam. Die Menschen und Elysion zu retten hatte Vorrang.

»Zara wird dir beim Packen helfen. Izrail wird dich heute Abend abholen und dich zur Zeremonie führen. Und Star ... es muss echt wirken.«

Ash erhob sich und verließ das Zimmer.

Ich war aus dem Gespräch entlassen. Mit weichen Knien versuchte ich, mein Zimmer zu finden. Auf halbem Weg traf ich auf Danial.

»Alles in Ordnung?«, fragte er und legte seine Hände auf meine Schultern.

»Geht schon«, erwiderte ich leise. »Kannst du mir sagen, wo mein Zimmer ist?«

Danial zeigte nach rechts. »Direkt da drüben.«

Ich nickte. »Danke.«

»Wir sehen uns heute Abend«, gab er zurück und verschwand.

Mein Leben geriet restlos aus den Fugen. Es fühlte sich an, als hätte ich jede Kontrolle und Entscheidungsfreiheit über mich selbst und mein Schicksal verloren. Ash besaß mein Herz .Doch was war ich für ihn?

43.

Mein Spiegelbild glich dem einer Braut, doch in meinem Inneren fühlte ich mich, als würde ich zum Schafott geführt.

Zara hatte ganze Arbeit geleistet. Ich trug einen Traum aus weißer und goldener Spitze. Der Rock war bauschig und ausgestellt, mit einer langen Schleppe. Das Oberteil, eine enge Corsage, die vollständig mit Steinen bestickt war, funkelte wie das Himmelszelt. Mein Haar trug ich offen, und auf meinem Kopf saß ein Diadem aus Diamanten. Darüber trug ich einen Schleier, der bis zu meinem unteren Rücken reichte. Die Halskette bestand aus einem einzigen, tropfenförmigen, tiefroten Rubin, von der Größe eines Wachteleis. Der einzige Farbtupfer, den ich trug. Die Kette musste ein Vermögen wert sein. Mein Make-up war gekonnt aufgetragen und betonte meine silbrigen Augen.

»Du bist so schön«, flüsterte Lusha, als sie einen letzten kritischen Blick auf mein Erscheinungsbild warf.

»Wenn Ash heute nicht vor dir auf die Knie geht, dann weiß ich auch nicht mehr«, ergänzte Zara.

Mein Herz klopfte wild und drohte, aus meiner Brust zu springen. Ich hatte das Gefühl, meine Beine bestünden aus Gummi.

»Hast du dein Gelübde?«, fragte Lusha.

Nickend zog ich ein Stück Papier aus meinem Seidentäschchen. Ich hatte es schon tausendmal gelesen, umgeschrieben und wieder verworfen. Was sollte ich ihm sagen? Zu guter Letzt entschied ich mich für die Wahrheit – zumindest fast.

»Heute stehe ich vor dir, meinem Mann und Gefährten.

Ich weiß nicht, wohin diese Reise führt, die vom Schicksal geschmiedet wurde, aber ich weiß, dass ich dich respektieren und ehren werde. Ich werde da sein – im Dunkeln und im Licht, im Sturm und im Sonnenschein.

Ich verspreche dir, die Wahrheit zu sagen, auch wenn du sie nicht hören willst. Ich werde dein Anker sein, wenn du fällst, und ein Freund, wenn du ihn brauchst. Ich will deine Stärken fördern und bei deinen Schwächen geduldig sein. Ich glaube an dich, an den Mann, der du sein wirst – und an uns, als Einheit.«

Lusha wischte sich ein paar Tränen weg. »Das hast du gut geschrieben, aber du solltest ihm sagen, dass du ihn liebst.«

Ich schluckte. »Das kann ich nicht. Er wird das nicht hören wollen«, erwiderte ich leise. War es so offensichtlich, dass ich Gefühle für ihn hegte?

»Vielleicht ist es genau das, was er hören muss«, gab sie zurück und sah mich an. »Sei ehrlich mit dir selbst und mit ihm.«

Sie verlangte etwas Unmögliches. Ich schüttelte den Kopf. »Nein«, sagte ich leise. »Das geht nicht.«

Lusha beließ es dabei. Unsere Ehe war eine Zwangsehe, nicht aus Liebe geschlossen. Ash liebte mich nicht, und ich würde mir nicht die Blöße geben, ihm meine Gefühle zu gestehen.

Zara reichte mir einen Strauß roter Rosen und zwei goldene Seidenbänder. »Die brauchst du für die Zeremonie. Ihr legt eure Hände übereinander und bindet sie zusammen.«

Ich bedankte mich für den Hinweis. Lusha klappte meinen Schleier nach vorn, sodass er mein Gesicht verhüllte. Es klopfte, und Izrail trat ein. Für eine Sekunde starrte er mich an – dann grinste er. »Halleluja! Du wirst Ash umhauen.«

Daran zweifelte ich, bedankte mich jedoch trotzdem.

Iz reichte mir seinen Arm und führte mich galant aus der Tür hinaus in den Flur. Soldaten standen Spalier, so weit das Auge reichte. Schmetterlinge tanzten in meinem Magen, hoffentlich würde ich mich nicht übergeben müssen. Iz führte mich in den Innenhof, der mit Menschen gefüllt war, die ich noch nie zuvor gesehen hatte.

Der Todesengel trug einen schwarzen Anzug, darunter ein blaues Hemd. Sein Haar war zu einem Zopf gebunden, um seinen Hals baumelte eine schwarze Krawatte. Er sah gut aus, das musste man ihm lassen. Kerzen und Fackeln erleuchteten den gesamten Hof. Der Nachthimmel war klar, und die Sterne leuchteten hell zwischen den beiden Monden. Ich wurde in die Mitte des Hofes geführt, wo mich ein goldener Altar erwartete, geschmückt mit roten und weißen Rosen. Ash stand rechts neben Danial und Livian, während Lusha und Zara sich links positionierten.

Die Luft war warm und duftete nach Mandelblüten und köstlichem Gebäck, Pflanzen waren mit Lichterketten und bunten Bändern geschmückt. Mein Herz setzte für eine Sekunde aus, als ich Ash ansah. Er trug einen dunkelblauen Designeranzug mit einem glänzend eingewebten Mikromuster, darunter die passende Weste mit Silberbeschlägen und ein weißes Hemd mit passender Krawatte. Das Haar trug er offen. Er sah umwerfend aus. Seine Augen ruhten auf mir, doch der Ausdruck in seinem Gesicht war schwer zu deuten.

»Ich übergebe dich jetzt deinem Gefährten«, sagte Izrail leise. Er nahm meine Hand und legte sie in Ashs. Wir drehten uns zum Altar, und erst jetzt sah ich die Frau, die dahinter stand. Sie trug eine weiße Seidentunika, die mit einer goldenen Schärpe geschmückt war. Ihr Haar erinnerte mich an Herbstlaub, so viele verschiedene Rottöne. Es reichte ihr bis zur Hüfte. Ihre Augen hatten die Farbe von flüssigem Gold, eingebettet in ein fast ätherisch anmutendes Gesicht.

Ein leiser Wind kam auf und spielte mit meinem Schleier. Millionen Glühwürmchen tanzten um uns herum, einige setzten sich auf meine Schulter.

Die Priesterin lächelte. »Mir scheint, die Götter senden ihren Segen.«

Das Publikum klatschte und lachte.

»Wir stehen heute hier um euch beide vor dem Angesicht des Schöpfers zu trauen. Ashariel-Immanuel Averginos, Prinz der Morgenröte und Träger des heiligen Lichts,«

ertönte ihre glasklare Stimme, »hast du deine Gefährtin gewählt?«

Ash nickte.

»Starlight Delardia, Prinzessin des Lichts, hast du deinen Gefährten gewählt?«

Ich nickte.

»Das Band wird entscheiden, ob eure Ehe auf Liebe und Wahrheit beruht, oder auf Lüge und Zwang. Verbrennt es, so ist eure Ehe geschlossen und vom Schöpfer gesegnet. Bleibt es stabil, wird der Bund abgelehnt. So sei es, von heute an bis über die Ewigkeit hinaus.«

Sie trat hinter den Altar hervor und wickelte ein Goldband um unsere Hände. »Als Zeichen eures ewigen Bundes sprecht nun eure Gelübde vor dem Allmächtigen.«

Sie lüftete meinen Schleier, sodass Ash mich ansehen konnte. »Du zuerst, Ashariel«, sagte sie.

Ash kniete vor mir, und mein Puls raste. Was würde er sagen? Was wenn das Band nicht verbrannte? Sollte ich darauf hoffen, oder Angst haben? Gedanken rasten in Bruchteilen von Sekunden durch meinen Kopf. Meine Kehle wurde eng, kurz verspürte ich den Drang, wegzulaufen.

Aschs Stimme Klang fest und sicher, als er zu sprechen begann. Er sah mich an.

»Die Zeit ist ein Gegner für die, die sich fürchten. Für die Liebenden bedeutet sie Glückseligkeit und Ewigkeit. Ich fürchte mich nicht. Ich werde an deiner Seite sein, in der Dunkelheit und im Licht. In deiner schwärzesten Stunde werde ich dich auffangen. Ich werde dein Freund und Partner sein. Meine Treue gehört dir. Ich werde dich respektieren und annehmen, so wie du bist.

Ich werde dich schützen, mit meinem Leben und dir mein Reich zu Füßen legen. Alles, was mir gehört, gehört auch dir.«

Ich brauchte einige Sekunden, um meine Tränen wegzublinzeln. Hatte er das wirklich gesagt? *Erinnere dich daran, dass es nur eine Scharade ist.*

»Jetzt du, Starlight« ,sagte die Priesterin.

Mein Hals war rau, und fast befürchtete ich, dass meine Stimme versagen würde. Mutig schaute ich in seine Augen und sprach meine Worte. Doch nicht die, die ich aufgeschrieben hatte. Stattdessen sagte ich: »Du besitzt mein Herz. Heute gebe ich dir mein Leben.«

Ash blinzelte bei diesen Worten, doch ich ließ mich nicht verunsichern.

»Ich glaube an den Mann, der du sein wirst, und an uns als Einheit. Ich werde dich ehren und respektieren, meine Loyalität gehört dir. Ich werde bei dir sein, wo immer du auch hingehst. In der Dunkelheit und im Licht, im Sturm und im Sonnenschein. Ich werde dich stützen, wenn du mich lässt, dir vertrauen, auch wenn alles gegen dich spricht. Ich werde dir die Wahrheit sagen, auch wenn du sie nicht hören willst. Ich werde da sein, wann immer du mich brauchst. Meine Treue gehört dir.«

»Vor dem Allmächtigen wurde dieser Bund geschlossen. Die Gelübde sind gesprochen. Die Ehe ist rechtsgültig, wenn das Band verbrennt«, sagte die Priesterin und zeigte auf das Band, das unsere Hände verband. Das goldene Band begann zu glühen und löste sich auf. Winzige Ascheflocken stiegen in den Himmel und verpufften. Unsere Ehe war rechtsgültig. Mein Blick wanderte zu Iz und Danial, als die Menge zu klatschen begann. Danial schluchzte. Ganze Sturzbäche flossen aus seinen Augen, während er begeistert applaudierte. Er legte seinen Kopf auf Izrails Schulter und rang um Fassung. Auch Iz und Livian blinzelten die Tränen fort, genau wie Lusha und Zara. Wir hatten es überstanden!

Ash nahm mein Gesicht in seine Hände und küsste mich – langsam und zärtlich.

»Der Mann, der ich sein werde? Ernsthaft, Star?«, flüsterte er lächelnd.

»Ich habe noch Hoffnung«, gab ich ebenso leise zurück.

Er verschloss meine Lippen mit einem weiteren Kuss, ehe er mich hochhob und in Richtung Saal trug.

Die Dienerschaft hatte ganze Arbeit geleistet.

Aus der Bahnhofshalle war ein Ballsaal geworden. Helle Teppiche wurden ausgerollt, die Tische mit roten Blumenbouquets und Kerzen geschmückt, und selbst die Bänke waren mit cremefarbenen Hussen überzogen und in eine U-Form gestellt. Eine Band spielte leise Musik. Das Buffet war so groß, dass es den halben Saal einnahm. Auf einem gesonderten Tisch stand eine gigantische Hochzeitstorte, mit Blattgold überzogen.

Ash setzte mich ab und führte mich zu einem Tisch, der an der Stirnseite des Saals stand. Neben uns saßen Lusha, Danial und Izrail sowie Livian und Zara. Alle anderen waren mir fremd. Die Gäste hatten sich herausgeputzt. Die Frauen trugen Ballroben, und die Männer erschienen in eleganten Anzügen. Sie stellten sich in einer Reihe auf und gratulierten uns nacheinander. Mein Gesicht schmerzte bereits, weil ich die ganze Zeit lächelte. Wenn Mom und Nona mich jetzt sehen könnten ...,Aber vielleicht waren sie gerade hier?

Auf einem Tisch hinter uns stapelten sich Geschenke, die uns von den Gästen überreicht wurden. Schließlich eröffnete Ash das Büffet, und ich war erleichtert, endlich ein paar Minuten für mich zu haben, um alle Eindrücke zu verarbeiten. Lusha ergriff meine Hand und drückte sie. »Eure Gelübde waren aufrichtig und schön.«

»Sehr schön«, ergänzte Danial und wischte sich die letzten Tränen weg. »Dass ich das noch erlebe, dass Ash sich bindet, hätte ich nicht gedacht.«

Der Drache war so gerührt, dass er die Wahrheit verdrängte. Izrail reichte mir ein Glas Champagner. »Auf euch und eure Erben.«

Ich verschluckte mich fast an dem Gesöff. Unsere Erben? Erwartete man, dass wir Kinder bekamen? So weit hatte ich gar nicht gedacht. War das überhaupt möglich? Immerhin waren unsere Gene wohl kaum kompatibel?

»Auf euch!« prostete Livian, und ich schenkte ihm ein breites Lächeln.

»Du siehst wieder zum Anbeißen aus.«

Lusha lachte. »Das stimmt, du siehst gut aus.«

Livian wirkte irgendwie verstört, als er sich Izrail zuwandte.

»Immer wenn ich mit ihm flirten will, benimmt er sich seltsam«, sagte ich zu Lusha und grinste.

Danial klopfte Ash auf die Schulter. »Du weißt, was du mir versprochen hast?«

»Ja, und ich werde mich daran halten«, gab Ash zurück.

»Wenn nicht, werde ich dich höchstpersönlich fressen!«

Ash verdrehte die Augen. »Ja, doch! Ich werde mich bemühen.«

»Es ist deine Pflicht! Du trägst jetzt Verantwortung – nicht nur für dich«, schob Danial hinterher.

»Ich sagte doch, ich werde mich daran halten!«

»Gut, ich werde dich täglich daran erinnern, wenn es sein muss.«

Lusha grinste, als wüsste sie genau, worum es ging.

»Wir müssen die Torte anschneiden«, sagte Ash an mich gewandt. »Komm!«

»Was wollte Danial von dir?«

»Nichts weiter. Er ist um dein Wohlergehen besorgt, und ich musste ihm versprechen, dich von jetzt an mit Glashandschuhen anzufassen.« Ash grinste dümmlich.

»Was ist daran so lustig?«

»Du bist es, die ständig Streit sucht und mich beleidigt.«

»Das ist nicht wahr! Du hast mich belogen und ausgebeutet.«

»Habe ich nicht! Ich habe nicht mit Kayla geschlafen!« zischte er. »Und die Sache, wegen deines Blutes, habe ich dir erklärt.«

»Ich weiß, was ich gesehen habe! Und was du mit Sanguina vorhattest«, knurrte ich. »Ich hätte sterben können!«

»Du weißt gar nichts!«

Izrail lief neben uns und seufzte. »Könnt ihr wenigstens für einen Abend – nein, wenigstens für ein paar Stunden – so tun, als würdet ihr euch verstehen? Die Leute gucken schon.«

Ich schluckte meine Antwort hinunter und machte gute Miene zum bösen Spiel, doch innerlich kochte ich.

Unter großem Jubel schnitten wir gemeinsam die Torte an.

Sie bestand aus mehreren Schichten und schmeckte himmlisch: Rum mit Kirschsahne, Marzipan mit Champagnercreme, geröstete Nüsse mit Schokolade und einem Hauch Pistazie. Die letzte Schicht bestand aus einer Erdbeercreme mit weißer Schokolade. Ich würde platzen, wenn ich alles aufaß. Der nächste Gang führte uns zum Buffet. Die Köche hatten sich übertroffen, und ich fragte mich, wie sie das innerhalb der kurzen Zeit geschafft hatten.

Hummer, Garnelen, Wildschwein, Hirsch und Ente. Dazu zig verschiedene Beilagen, Soßen und Salate. Ein ganzer Tisch voller Vor- und Nachspeisen sowie Suppen und Brot.

»Wer soll das alles essen?«, wisperte ich.

»Wir haben eine Armee zu versorgen. Davon wird kein Krümel übrig bleiben«, gab Iz zurück.

Ash zog mich zur Seite. »Nach dem Essen verabschieden wir uns. Das ist Tradition. In Vorbereitung auf die bevorstehende Liebesnacht. Außerdem möchte ich dir noch etwas zeigen.«

Ich starrte ihn an. Liebesnacht? Wie meinte er das? Welche Tradition?

Ash grinste amüsiert, als hätte er meine Gedanken gelesen.

»Wir haben Sex vor dem engsten Kreis, das ist Tradition.«

»Das meinst du nicht ernst!«, erwiderte ich mit einem hysterischen Unterton.

»Nein, ich ziehe dich nur auf.«

Mir fiel ein Stein vom Herzen.

»Dennoch wirst du bei mir schlafen.«

»Natürlich werde ich das«, erwiderte ich lässig. »Was sollen die Leute denken?«

Er erwiderte nichts, und doch wusste ich, dass das der einzige Grund war, warum er darauf bestand.

Wir aßen, und Ash machte noch etwas Small Talk mit den Gästen. Dann verabschiedeten wir uns unter lautem Gejohle. Er führte mich aus der Burg zu einem Nebengebäude, und ich fragte mich, was er vorhatte. Er öffnete ein großes, rundes Holztor. Dahinter lagen Pferdeställe. Vor einer Box mit einem wunderschönen schwarzen Hengst mit schwarz-weißer Mähne und schwarz-weißem Schweif blieben wir stehen.

»Mein Hochzeitsgeschenk an dich.«

Ich starrte ihn an. »Für mich?«

Ash nickte und öffnete die Box. »Sein Name ist Moon, und er hat ein ordentliches Temperament. Andererseits ist er eher sanft. Du brauchst ein eigenes Pferd, und Moon passt zu dir.«

Das Pferd knabberte an meiner Schulter, und ich streichelte über seine weichen Nüstern. Auf seiner Stirn leuchtete ein weißer Stern. Moon wieherte leise, als ich seinen

Hals streichelte. »Er ist wundervoll«, flüsterte ich mit erstickter Stimme. Ich drehte mich um und gab Ash spontan einen Kuss, den er zärtlich erwiderte. »Danke!«, hauchte ich.

»Komm, lass uns ins Bett gehen. Der Tag war anstrengend, und die Nacht wird kurz. Wir fliegen morgen früh.«

Er ergriff meine Hand und verschränkte seine Finger mit meinen. Es fühlte sich gut an. Fast real.

44.

Im Badezimmer erwartete mich ein Meer aus Kerzen, ein bis zum Rand gefülltes Badebecken mit wunderbar heißem Wasser und ein flauschig duftender Bademantel. Meine Tasche war bereits in Ashs Räumen. Vermutlich hatte Zara sie hierher gebracht. »Kannst du mir aus dem Kleid helfen?«, fragte ich meinen Ehemann. Es war seltsam, ihn so zu nennen.

»Natürlich.« Mit geschickten Fingern öffnete er die Corsage und dann die Röcke, die einfach zu Boden glitten. Darunter trug ich nichts, und Ash schluckte kurz.

Ich legte das Kleid sorgfältig zusammen und ließ mich in die riesige, bodentiefe Wanne sinken, die eher einem römischen Badetempel glich. Es duftete nach Rosen- und Fliederöl, und ich genoss die Wärme und die Stille. Ash brachte mir ein Glas Wein und setzte sich auf den Wannenrand.

»Soll ich dir helfen?«

Er hatte den Anzug ausgezogen und trug nur schwarze Boxershorts und ein Shirt.

»Du kannst auch in die Wanne kommen, wenn du möchtest. Hier passen locker zehn Leute rein.«

»Wie du wünschst, Frau.«

Ich musste über den Ausspruch lachen. »Du hörst dich fast wie ein Vasall an.«

»Bin ich das nicht? Zumindest heute werde ich dein Diener sein.« Ash grinste, während er sich auszog und ins warme Wasser stieg.

In Momenten wie diesen, wenn er feixte und wie ein kleiner Junge wirkte, liebte ich ihn so sehr, dass mein Herz überquoll. *Du spinnst, Star! Du bist eine Masochistin! Denk mal an all die fiesen Dinge, die er getan und gesagt hat.*

»Soll ich dir beim Waschen helfen, Frau?«

»Wirst du das jetzt noch öfter sagen, Mann?«

»Nun, du bist jetzt meine Frau, und ich taste mich langsam ran.«

Ash griff nach einem Schwamm und begann, meinen Rücken zu waschen, ehe er meine Haare nassmachte und mit einem nach Mandeln duftenden Shampoo einseifte.

»Daran könnte ich mich glatt gewöhnen.«

Er küsste meinen Hals und sandte wohlige Schauer durch meinen Körper.

Reiß dich zusammen, Star!

Sanft massierte er meine Kopfhaut bis hinunter zu meiner verspannten Nackenmuskulatur. Mein Kopf ruhte an seiner Brust.

»Das ist schön.«

»Wenn das alles ist, was es braucht, um dich zufriedenzustellen, werde ich das gerne jeden Abend machen.«

Er spülte das Shampoo aus meinen Haaren, und ich drehte mich um, um ihn zu waschen. Heimlich betrachtete ich jeden Muskel und jeden Winkel seines Körpers. Sein Haar fühlte sich an wie Seide. Ich ließ es langsam durch meine Hände gleiten und begann, sanft seine Kopfhaut zu massieren.

Ash schnurrte wie ein Kater.

»Magst du das?«, sagte ich lachend.

»Mmh, es ist schön und entspannend. Und lange her, seit ich so verwöhnt wurde.«

Seltsam, dass wir plötzlich so intim miteinander umgingen. Und ich meinte nicht sexuell, sondern wirklich Nähe zuließen. Meine Hände fanden ihren Weg zu seinem Rücken, den ich langsam und genüsslich einseifte und anschließend kräftig durchmassierte.

Ash half mir beim Abtrocknen und cremte mir den Rücken ein, ehe er mir in den Bademantel half. Ich nahm mein Weinglas und setzte mich auf einen Sessel. Mein Mann folgte mir.

»Brauchst du Blut?« Seine Augen wurden dunkel. Verlangen und noch etwas anderes, Tiefergehendes lag in seinem Blick. Allein der Gedanke daran löste ein ziehendes Gefühl in meinem Magen und meinen Zähnen aus. Ich nickte.

»Komm her!«

Er bedeutete mir, mich auf seinen Schoß zu setzen. »Beiß mich«, flüsterte er und legte eine Hand in meinen Nacken.

Sein Puls hämmerte in meinen Ohren, und ich biss zu, ohne weiter nachzudenken. Ash umarmte mich und zog mich noch enger zu sich. Mein Kopf ruhte in der Mulde seines Schlüsselbeins. Ich trank gierig. Meine Sinne explodierten. Blitze schossen in meinen Unterleib.

Ash stöhnte leise.

»Ich will dich in mir. Jetzt sofort!«,sagte ich heiser. Alles, was ich fühlte, war eine all umfassende Lust, die jede Faser meines Körpers einnahm.

Ash lächelte lasziv.»Nimm dir, was du willst. Ich bin dein Diener. Schon Vergessen?« Im selben Atemzug öffnete er meinen Bademantel und sah mich an. »Du bist wunderschön«, wisperte er und ließ seine Finger langsam über meine Brustwarzen, hinunter zu meinem Bauchnabel gleiten. Mein Körper stand in Flammen, jeder winzige Nerv pulsierte unter meiner Haut. Sein Mund liebkoste mich. Seine Hände umfassten meinen Hintern. Ash hob mich hoch, und ich griff nach seiner harten Männlichkeit.

Es dauerte nur eine Sekunde, bis ich hatte, was ich wollte, bis er tief in mir war. Er füllte mich aus, und ich bewegte mich schnell und rhythmisch auf seinem Schoß. »Ich brauche dich«, flüsterte ich nahe an seinem Ohr.

Unsere Lippen fanden sich. Mal leidenschaftlich, mal sanft, mal fordernd. Der erste Orgasmus ließ nicht lange auf sich warten und katapultierte mich in eine andere Sphäre. Meine Bewegungen wurden langsamer und entspannter.

Ash trug mich zum Bett und neckte mich. »Der Sex ist unterdurchschnittlich.«

Ich grinste und strich ihm das Haar aus der Stirn.

»Vielleicht durchschnittlich,« gab ich lachend zurück.

Wir liebten uns die halbe Nacht, ehe ich erschöpft und mehr als befriedigt in seinen Armen einschlief. Sein Duft hüllte mich ein und zum ersten Mal seit langer Zeit, fühlte ich so etwas wie Glück und Geborgenheit.

»Hast du alles?«, fragte Zara mich am nächsten Morgen und umarmte mich.

»Ich habe alles, mach dir keine Sorgen.«

»Ich werde dich vermissen. Pass gut auf dich auf, ja?«

»Werde ich, versprochen.«

Lusha umarmte mich ebenfalls.

»Ash wird auf dich achtgeben. Und hör auf ihn, versprichst du mir das?«

»In allen Bereichen?«, erwiderte ich lachend.

»Du weißt, was ich meine. Mach keine Alleingänge oder irgendwelche dummen Sachen. Elysion ist kein einfacher Ort.«

»Versprochen«, erwiderte ich und drückte sie.

Iz nahm meine Tasche, und ich folgte ihm nach draußen.

Meine Augen wurden groß, als ich ins Freie trat. Vor dem Burgtor hatten sich zwölf gigantische Drachen aufgereiht, auf denen jeweils zwei Krieger saßen. Ash stand neben Danial, der in seiner Drachenform mehr als imposant wirkte.

»Geh zu Ash, ich nehme Gris.« Iz zeigte auf den Drachen neben Danial. Ash hob mich in den Sattel und befestigte meine Tasche.

Er trug eine schwarze, eng anliegende Kampfmontur und Boots, die bis zu seinen Knien reichten. Alle Männer trugen ihre Uniformen. Sein Haar hatte er zu einem Zopf gebunden, die Hände waren in schwarze Lederhandschuhe gehüllt. Er reichte mir eine Wolldecke. »Kuschel dich ein, es wird kalt da oben«, sagte er knapp.

Noch heute Morgen war ich in seinen Armen erwacht. Er hatte mich zärtlich geküsst und mir Kaffee ans Bett gebracht, ehe er verschwand. Jetzt wirkte er angespannt und distanziert. Innerlich seufzend, setzte ich mich so bequem wie möglich hin. Ich hatte wirklich geglaubt, wir hätten Fortschritte gemacht.

»Guten Morgen, Star!« Livian hob eine Hand und grüßte mich.

»Guten Morgen!«, erwiderte ich lächelnd.

Zumindest mit Livian schien ich einen Schritt nach vorne gemacht zu haben.

»Auf gehts!«, brüllte Ash.

Er umfasste meine Taille und hielt mich fest, als Danial sich steil in die Lüfte erhob. Die anderen Drachen flogen in Formation neben und hinter uns.

Wir preschten über eine schneebedeckte Bergkette. Sobald wir diese überquert hatten, wechselte das Wetter schlagartig. Eisregen prasselte auf uns nieder, gefolgt von einem regelrechten Wintersturm. Die Welt unter uns schien in Eis und Schnee erstarrt zu sein. Die Sicht war eingeschränkt, und Danial stieß einen schrillen Pfiff aus.

»Halt dich fest!«, brüllte Ash über den tosenden Sturm hinweg.

Die Drachen stiegen höher, bis wir die Wolkendecke durchbrachen.

Es war bitterkalt und ich bekam kaum Luft. Ich zog die Decke enger um meinen Körper, um nicht zu erfrieren. Ash wärmte mich, so gut es eben möglich war.

Über den Wolken zeigten sich beide Sonnen und es wurde wärmer.

»Ist Danial nicht kalt?«, fragte ich besorgt.

»Nein, er hat einen guten Stoffwechsel und eine dicke Haut.«

Nach etwa einer Stunde sanken wir auf eine normale Flughöhe. Wir hatten den Sturm hinter uns gelassen und die Sonne erwärmte die Luft. Unter uns befand sich ein tiefblauer Ozean – weit und breit kein Land in Sicht. Trotzdem war es wunderschön anzusehen: die vielen verschiedenen Schattierungen, von Türkis bis Dunkelblau. Zum Teil glaubte ich, Fische unter der Oberfläche zu sehen.

»Wie weit ist es noch?«, fragte ich neugierig.

»Etwa eine Stunde, bis wir landen.«

Ich lehnte mich gegen Ashs Brust und genoss den Flug.

Irgendwann zeigten sich kleine Inseln mit puderweißen Stränden, die wie grüne Punkte im Ozean schwammen. Ob sie bewohnt waren? Wir näherten uns Elysion und es begann erneut, zu schneien.

45.

Die Hauptstadt tauchte aus dem Nichts auf. Umgeben von Nebel lag sie mitten im Wasser und war über mehrere Brücken mit dem Festland verbunden. Gigantische Bauten aus schwarzem Obsidian, grobporigem Vulkanstein, Stahl und Glas ragten in den Himmel empor. Dazwischen blitzten Bäume hervor, deren Laubwerk aus roten und lila Blättern bestand, überzogen mit einer Schicht aus Eiskristallen.

Dazwischen blitzten Bäume hervor, deren Laubwerk aus roten und lila Blättern bestand, überzogen mit einer Schicht aus Eiskristallen.

Kleinere, verschneite Steinhäuser standen etwas weiter außen, ringartig um den Stadtkern angelegt. Ein atemberaubender Anblick. Die Stadt war imposant und zog sich bis zum Festland, wo sich weitere Wohnsiedlungen unterhalb eines Bergmassivs befanden. Riesige Steinstatuen, die Engel und Götter darstellten, standen vor einem weiß getünchten Palast mit goldenen Dächern und Türmen.

»Das ist der Sitz des Rates und das Haus deines Vaters«, erklärte Ash mir.

Gütiger Himmel! Ein Monument für die Ewigkeit. Kurz meldeten sich meine Nerven bei dem Gedanken an unser erstes Zusammentreffen.

Wir flogen eine Rechtskurve, und unter uns erstreckte sich ein Wald aus roten und lila Laubdächern. Traumhaft schön.

Auf einer Lichtung befand sich ein Herrenhaus mit hohen, gedrechselten Säulen, einer Veranda aus Stein, mehreren Nebengebäuden und einem großzügigen Pool, der von Eis bedeckt war. Die Drachen landeten, und einige Bäume verloren einen ganzen Teil ihrer bunten Blätter, als die gigantischen Tiere zu Boden stürzten.

»Wow, ist das schön hier« ,sagte ich begeistert.

Der Wald schien einem Märchen entsprungen.

Raureif bedeckte den gefrorenen Boden, der sonst mit weichem Moos überzogen war. Die Bäume waren tatsächlich rot und lila, bis hin zu den Stämmen und ihren knorrigen, ausladenden Wurzeln, die aus dem Boden ragten.

Ash half mir, abzusteigen.

Danial schnaubte, und winzige Flammen schossen aus seinen Nüstern, die er in Richtung des gefrorenen Bodens lenkte, um diesen aufzutauen. Anschließend stieß er seine Nase in den Boden, und in seinem Maul landeten pilzartige Früchte, die er genüsslich verschlang.

»Ernsthaft, Danial? Jetzt schon?«, sagte Ash Kopf schüttelnd.

Danial knurrte leise und nickte mit seinem wuchtigen Schädel.

»Was sind das für Pilze?«, fragte ich.

»Halluzinogene«, sagte Izrail, der plötzlich neben mir stand. »Der einzige Grund, warum die Drachen gerne in die Hauptstadt fliegen. Um sich zu berauschen.«

Ash lachte. »Am besten meidest du sie heute. Es sei denn, du willst den ganzen Tag nackte Männer und Frauen sehen, die sich vollsabbern, streiten, heulen und anschließend vögeln.«

»Okay«, erwiderte ich grinsend.

»Ihr bleibt heute draußen. Ihr könnt in der Scheune schlafen«, sagte Ash zu Danial.

Der Drache schnaubte und verwandelte sich. »Von mir aus. Wir werden Spaß haben«, erwiderte er in seiner menschlichen Form.

»Das ist es ja! Ich kann auf euren Spaß verzichten. Das letzte Mal habt ihr das halbe Haus demoliert.«

»Das halbe Haus und den halben Wald«, gab Iz seinen Senf dazu.

Ich drehte mich um, und jeder Drache verwandelte sich in seine menschliche Form. Es waren tatsächlich drei Frauen dabei.

»Dann wünsche ich euch viel Vergnügen«, sagte ich zu Danial und hauchte ihm einen Kuss auf die Wange.

»Glaub mir, Star, zwölf Drachen auf LSD sind nur halb so lustig, wie es sich anhört«, erwiderte Ash knurrig.

Danial hörte ihn nicht mehr. Er war in Richtung Scheune unterwegs, und die anderen Drachen folgten ihm.

»Onkel Ash! Onkel Iz!« brüllte jemand.

Und ehe ich mich versah, waren Ash und Iz von drei Kindern umringt. Die drei waren zuckersüß – mit dunklen Locken und großen, hellblauen Augen. Zwei Jungen und ein Mädchen

»Hilfe, seid ihr groß geworden«, sagte Ash, als er die beiden Jungen gleichzeitig hochhob. Das Mädchen kuschelte sich an Izrails Bein. Ich schätzte sie auf etwa fünf.

Genauer betrachtet sahen sie aus wie Drillinge.

Ein groß gewachsener Mann mit dunklen, lockigen Haaren, die ihm bis zur Mitte seines Rückens reichten, großen, hellblauen Augen, umrahmt von schwarzen, dichten Wimpern und einem markanten Kinn, trat aus der Tür und begrüßte uns. Hinter ihm stand eine junge Frau. Sie sah umwerfend aus, mit ihren langen, blonden Haaren, den braunen Augen und wirklich engelhaften Gesichtszügen. Ihr Körper besaß Kurven an den richtigen Stellen, wie man in dem engen Lederanzug, den sie trug, gut erkennen konnte.

Ash und Iz umarmten sie lachend.

»Marissa, Gabe, darf ich euch meine Frau vorstellen: Starlight-Delardia-Averginos.«

Marissa grinste breit. »Ich habe schon von der Schönheit gehört, die den wilden Lichtträger gezähmt und eingefangen hat. Sehr zum Missfallen der weiblichen Gesellschaft Elysions.«

»Komm her, lass dich umarmen.«

Marissa und Gabe waren mir sofort sympathisch.

»Sag mir, wie hast du das gemacht? Wie hast du ihn vor den Altar gekriegt, diesen Irrsinnigen?«, fragte Gabe und drückte mich.

»Ich habe ihn k. o. geschlagen und vor die Priesterin gezerrt. Da konnte er nur Ja sagen«, gab ich lachend zurück.

Ash legte seinen Arm um meine Taille und gab mir einen Kuss auf die Wange.

»Kommt rein, es ist kalt, und ihr seid bestimmt hungrig«, sagte Marissa.

Die Kinder folgten uns, mit Iz im Schlepptau.

Die Krieger trotteten hinterher.

Das Haus war gemütlich und trotzdem elegant eingerichtet. Viel Weiß und Creme, gemischt mit zarten Pastelltönen. Große Kamine, in denen ein warmes Feuer prasselte. Dunkle Holzmöbel und ausladende Couchen. Marissa zeigte uns unsere Zimmer. Die Krieger wurden in einem Trakt neben uns untergebracht.

»Ihr wollt euch bestimmt kurz frisch machen. Anschließend könnt ihr nach unten kommen, es gibt Ente.«

Ich stellte meine Tasche in die Ecke und trat vor den großen Kamin, um mich aufzuwärmen.

»Willst du ein heißes Bad nehmen?«, fragte Ash.

Ich schüttelte den Kopf. »Das dauert zu lange. Ich ziehe mir nur schnell etwas Warmes, Trockenes an.«

In der Tasche fand ich eine frische Jeans und einen dicken, schwarzen Rollkragenpullover. Perfekt für diese Witterung.

»Gabe und Marissa scheinen nett zu sein.«

»Das sind sie. Gabriel ist mein Cousin«, erwiderte Ash, während er sich aus seiner Kampfmontur schälte.

»Erzengel Gabriel? Das Sprachrohr Gottes?«

Mein Ehemann grinste. »So steht es in euren Schriften?«

Ich nickte.

»Gabriel kann den Allmächtigen hören und mit ihm kommunizieren, das entspricht der Wahrheit. Aber eigentlich ist er eher ein Diplomat zwischen den verschiedenen Kulturen und ein begabter Magier. Es gibt kein magisches Buch, das er nicht gelesen hat.«

Interessant, dachte ich. »Ich mag ihn. Und die Kinder sind zuckersüß.«

»Amara, Thorn und Kieran. Drillinge. Marissa hatte eine schwierige Schwangerschaft. Die Geburt war schwer, die drei Biester hatten Übergewicht.«

Ob ich jemals Kinder haben konnte? Ich hatte nie viel darüber nachgedacht, bis Izrail auf unsere Erben anstieß. Abgesehen davon würde Ash wahrscheinlich keine Kinder mit mir wollen. Die Tatsache, dass wir eine schöne Nacht und einen Tag, der bis jetzt ohne Streit verlaufen war, verbracht hatten, übertünchte die Wahrheit unserer Zwangsehe. *Erinnere dich immer daran, denn sonst wird es doppelt so schmerzhaft.* Wir beide spielten eine Rolle, auch wenn einer von uns wirklich in den anderen verliebt war.

Ich schlüpfte in dicke, warme Lederstiefel, legte ein wenig Make-up auf und war bereit, nach unten zu gehen.

»Ich bin so weit«, sagte ich nach einem letzten Blick in den Spiegel.

Ash hatte sich in eine dunkle Jeans gequetscht, die an den Knien zerrissen war. Die Hose war so eng, dass sie nicht viel Fantasie über seine gute Ausstattung übrig ließ. Innerlich grinste ich. Darüber trug er einen ebenfalls einen schwarzen Rollkragenpullover und schwere, schwarze Boots.

Wir holten Iz und Livian ab, gaben den Kriegern Bescheid und gingen alle gemeinsam zum Esszimmer. Gut, dass der Hausherr über genug Platz verfügte, um uns alle unterzubringen. Zum Aufwärmen wurden Tee und Kaffee sowie Gebäck gereicht. Die drei Kinder klebten an Ash und Iz, die Spaß daran hatten, sie aufzuziehen und mit ihnen zu toben.

Iz wurde mit Kissen „verprügelt“, während Amara Ash kämmte. Dabei flocht sie ihm zwei Zöpfe und verzierte diese mit großen, rosa Schleifen.

»Du siehst toll aus, Onkel Ash. Die stehen dir viel besser als mir«, sagte die Kleine mit ernster Miene. Sie überreichte Ash einen pinken Lutscher, auf dem ein Einhorn eingestanzt war. Sie selbst nahm sich auch einen.

»Mmmhh, ist der lecker«, sagte Ash lachend und stopfte ihn in seinen Mund.

Izrail hatte Mühe, die beiden Jungen in den Griff zu kriegen, und wurde fast mit einem Plüschkissen »ermordet«.

Ich nutzte die Zeit, um mich mit einigen der Soldaten zu unterhalten. Sie stellten sich alle vor, doch ich konnte mir nicht alle Namen merken.

»Eure Hochzeit war schön und das Essen fantastisch«, sagte ein älterer Soldat, dessen Haare bereits silbrig durchzogen waren.

»Und erst der Wein!«, fügte ein anderer lachend hinzu. »Heute Morgen so früh aufzustehen, war schwer.«

Ich lachte mit ihnen.

»Hauptsache, euch hat es geschmeckt.«

Zwei Hausmädchen brachten das Essen, und es wurde schlagartig still. Die Ente war zart und gut gewürzt; dazu gab es Gemüse und Reis.

»Die Drachen sind versorgt?«, fragte Marissa.

»Natürlich, die werden den ganzen Tag Pilze fressen«, erwiderte Izrail lachend.

»Das dachte ich mir schon«, gab Gabe zurück. »Hoffentlich verschonen sie wenigstens den Wald!«

»Also, wie schlimm war der Angriff?«, wollte Ash wissen, während die Soldaten aufmerksam zuhörten.

Gabe seufzte. »Schlimm. Wir haben fünftausend Soldaten verloren.«

Ash zog ungläubig eine Augenbraue hoch. »Wie, verdammt?«

Izrail schluckte und starrte Gabe an.

»Sie kamen ungesehen über die Wastelands; dort hatten sie, wie wir vermuten, Hilfe. Jemand hat die Barriere außer Kraft gesetzt. Das geht nur mit enormer Kraft und Magie.«

Mir fiel Adrastäa ein, doch Ash unterbrach: »Lilith! Wer sonst verfügt über so viel Macht?«

Gabe nickte. »Glaubten wir auch, aber unsere Untersuchung hat nichts ergeben. Wir konnten ihr nichts nachweisen.«

»Natürlich nicht, dafür wird Uriel schon sorgen«, sagte Iz kauend.

»Sie hat Verbündete unter den alten Göttern«, erwiderte Ash.

Gabe schien überrascht. »Woher weist du das?«

»Ich weiß es eben.«

Ash wirkte plötzlich unnahbar. Sein Gesicht blieb ausdruckslos, doch in seinen Augen lag Schmerz.

»Weißt du auch, wen?«

Ash schwieg lange, doch dann erwiderte er leise: »Ker.«

Die anschließende Stille war nervtötend. Ash hatte scheinbar eine Bombe platzen lassen.

»Bist du sicher?«, fragte Gabriel schließlich.

»So sicher, dass ich es schwören würde.«

»Aber ich dachte, sie sei in den ewigen Schlaf gelegt worden?«, fragte Marissa.

»Ja, aber Lilith hat ihren Aufenthaltsort gefunden und sie geweckt«, gab Ash zur Antwort.

»Allmächtiger stehe uns bei!«, erwiderte Gabriel. »Wenn das stimmt, haben wir ein Problem. Was ist mit Eris?«

Ash zuckte mit den Schultern. »Darüber weiß ich nichts.«

Ich starrte von einem zum anderen. Weder der Name Ker noch Eris war mir geläufig. Ich kramte in meinen Gedanken. Stand etwas in den alten Schriften über sie?

»Lilith, die Mutter der Dämonen. Die Ash als Gemahl begehrte, sagte mir etwas. Aber was ist mit den anderen beiden?«

»Verfluchter Mist!«, sagte Izrail plötzlich.

Marissa schüttelte den Kopf. »Nicht fluchen vor den Kindern.« Sie nickte einem der Hausmädchen zu. »Susa, kannst du bitte mit den drei Kleinen spielen gehen?«

Susa eilte sofort herbei und schnappte sich die drei Kinder, die wild protestierten: »Wir wollen noch Nachtisch.«

Susa grinste. »Ihr bekommt, welchen in der Küche. Kommt!«

Izrail war aufgestanden und lief auf und ab. »Das ist eine Katastrophe!«, sagte er. »Warum hast du mir nichts gesagt?«, wandte er sich an seinen Bruder.

»Ich wusste es nicht mehr. Ich dachte nur, Adrastäa war bei Lilith, bis ich in der letzten Nacht aufgewacht bin. Es war in meinem Inneren verschüttet.«

Izrail wirkte schockiert, wusste jedoch sofort, worum es ging.

»Du meinst, sie war an deinem Verschwinden beteiligt?«

Ash nickte.

Marissa streichelte seinen Arm.

»Willst du einen Whiskey?«, fragte sie mitfühlend.

»Gerne.«

Izrail setzte sich. »Ich denke, wir können jetzt alle einen gebrauchen.«

Die Männer nickten einstimmig, und ich schloss mich an.

Ich griff nach Ashs Hand, doch er entzog sie mir.

Sein Gesichtsausdruck wirkte distanziert, fast feindselig. Ich schluckte.

Was auch immer damals geschehen war, ließ ihn nicht los und verhinderte, dass sich eine tiefe emotionale Bindung entwickeln konnte. Mein Herz wurde schwer. Ich würde ihm so gerne helfen, aber wie? Dafür musste er entweder mit mir reden wollen.

»Morgen treffen wir uns zur Ratssitzung. Was wollen wir ihnen sagen?«, fragte Gabriel.

»Die Wahrheit: Wir müssen Elysion vorbereiten. Ein Kampf mit den Gefallenen, den Menschen und wer weiß, wie vielen Göttern, steht bevor«, gab Ash zurück. »Ich werde den größten Teil meiner Armee hierher verlegen, einschließlich der Drachen. Wir werden alle brauchen.«

»Du bist unsere größte Waffe«, erwiderte Gabe.

»Das stimmt nicht so ganz. Meine Frau wird an meiner Seite stehen und sie ist nicht zu unterschätzen.«

Alle Augen richteten sich auf mich. Am liebsten wäre ich vom Erdboden verschluckt worden. Was hatte er vor? Niemand sollte von meiner Herkunft wissen.

»Interessant«, sagte Gabriel. »Aber wie kommst du zu dieser Aussage?«

»Du wirst mir einfach vertrauen müssen«, gab Ash zurück, während Izrail zustimmend nickte. »Ich kann seine Aussage bestätigen.«

»Star braucht noch etwas Übung und wer wäre als Lehrer besser geeignet als du?«, sagte Ash zu Gabriel. »Du bist geduldig, kennst jede Form der Magie besser als sonst jemand und hast außerdem eine direkte Leitung nach oben, falls der Allmächtige uns helfen möchte.«

Gabe grinste. »Aha, daher weht der Wind! Ich werde die Herausforderung gerne annehmen.«

Er wandte sich zu mir und lächelte aufmunternd. »In Anbetracht der Dringlichkeit fangen wir nach dem Essen an.«

Ein durchdringender Schrei unterbrach unser Gespräch. Wir sprangen auf und rannten ins Freie. Izrail lachte, und alle anderen stimmten mit. Danial sprang vollkommen nackt durch die Wälder, während ein weiblicher Drache, ebenfalls splitternackt, ihn jagte. Es machte den Eindruck, als wolle sie sich paaren, und Danial war auf der Flucht.

»Hey Lady, er steht auf Männer«, brüllte Livian. »Mach dir keine Hoffnung!«

Die Frau ignorierte ihn und jagte hinter Danial her. Sie sprang auf seinen Rücken und drückte ihn zu Boden. Er versuchte, ihrem Griff zu entkommen und schrie.

»Das wird den ganzen Tag und die ganze Nacht so gehen«, erwiderte Ash genervt.

»Lasst uns wieder rein gehen. Es ist kalt«, sagte Marissa und legte Gabe ihren Arm um die Taille.

Ich ging hinter Ash und Izrail her und fühlte mich ausgeschlossen. Ash hätte mit mir über das Training und darüber, was er vorhatte, sprechen sollen. Allein der Gedanke, meine Magie einzusetzen, schickte mir einen Schauer über den Rücken. Was, wenn ich aus Versehen alles und jeden in die Luft jage? Falls Gabriel Fragen stellt – würde Ash ihm dann die Wahrheit sagen? Konnte man ihm vertrauen? Konnte ich Ash vertrauen? Er hatte mir nicht gesagt, dass ich mit ihm in einen möglichen Krieg ziehen sollte.

Er hatte mich weder vorbereitet noch mit mir trainiert.

Ein schmerzhafter Gedanke schoss durch meinen Kopf: Wollte er mich loswerden? *Warum hätte er dich dann erst heiraten sollen, wenn er es darauf anlegte, Witwer zu werden? Du bist schon vollkommen paranoid!* Ich holte tief Luft und entschuldigte mich. »Marissa, sei mir nicht böse, aber ich schaffe das Dessert nicht. Ich würde gerne ein wenig spazieren gehen, ehe wir mit dem Training anfangen. Wäre das in Ordnung?«

»Aber natürlich. Pass nur auf die Drachen auf«, lachte sie.

Ash sah mich an, sagte jedoch nichts. Ich ging nach draußen und lehnte mich gegen einen Baum. *Beruhige dich! Geh ein paar Schritte und atme tief ein und aus.* Morgen würde ich meinen Vater treffen und vor den Rat treten. Was würde Ash sagen? Wie würde mein Vater reagieren? *Stopp! Hör auf mit diesen Gedanken.* Inanna hatte mir gesagt, dass Ash nicht mein Feind sei, dass ich persönliche Dinge außen vor lassen sollte. Aber konnte ich mein Misstrauen wirklich ablegen, nach allem, was geschehen war? Meine Schwester, Antes, Vandi und auch Ashs Verhalten. Seufzend ging ich weiter.

Ich betrachtete die Bäume und lauschte den Vögeln, die ich nicht sehen, sondern nur hören konnte. In der Ferne kreischten und lachten die Drachen. Ein Grinsen breitete sich auf meinen Lippen aus, sobald ich an Danials Flucht dachte.

46.

Elysion verzauberte mich auf seltsame Weise – genau wie Assindia. Ich fühlte mich dort mehr zu Hause als jemals zuvor in Sanctum. Iz, Danial, Livian, Zara und Lusha waren mir in kürzester Zeit ans Herz gewachsen. Die Drachen und die verschiedenen Wesen faszinierten mich ebenso wie die Magie, die ihnen zur Verfügung stand und nun auch mir.

Ich freute mich darauf, meinen Vater kennenzulernen, hatte aber zugleich furchtbare Angst davor.

»Star? Können wir anfangen?«, rief Gabriel mir zu.

»Ich komme!« *Du schaffst das.* Gabe hatte Livian mitgebracht, wahrscheinlich zur Verstärkung oder als Übungsobjekt.

»Gut. Ash hat mir gesagt, wir müssen bei null anfangen, richtig?«, fragte Gabriel.

»Richtig. Ich habe keine Ahnung, was ich tun muss.«

Livian stellte sich neben mich und sagte:»Als Erstes, schließe deine Augen und konzentriere dich auf die Erde unter deinen Füßen. Entspanne dich, lass alles los und fühle die Energie«, während er meine Arme seitlich anhob.

Ich konzentrierte mich auf meine Füße und spürte eine leichte Vibration. Ein Summen, das immer lauter wurde, als ob es mich rufen würde, drang in meine Ohren. Ich griff danach. Vor meinen Augen explodierte ein Lichtball. Entsetzen überkam mich, als meine Füße den Boden verließen. Um die eigene Achse kreiselnd, riss ich entgeistert die Augen auf.

»Befiehl deinem Körper, zu landen!«, rief Gabriel.

Ich versuchte mein Bestes. Doch statt nach unten zu sinken, flog ich wie ein Heißluftballon immer weiter nach oben. Panisch wedelte ich mit den Armen. Aus meinen Fingern schossen kleine Lichtblitze, die den Baum unter mir trafen. Ich versuchte, nach einem Ast zu greifen, verfehlte ihn jedoch, stattdessen feuerte ich eine Salve in Richtung Livian ab. Der Blitz verfehlte ihn, prallte auf den Boden und schlug in den nächsten Baumstamm ein. Ich hörte das Brechen der Äste und schrie: »Bringt euch in Sicherheit!«

Mein Aufschrei hallte durch den Wald. Plötzlich prasselten tennisballgroße Hagelkörner auf uns nieder.

Der Baum fiel, als wäre er aus Pappmaché. Wind kam auf, und dicke Schneeflocken fielen vom Himmel. Gabriel breitete seine Schwingen aus und schoss hinter mir her.

Er umfasste meine Mitte und brachte mich zurück auf den Boden. Livian starrte mich an, als hätte er einen Geist gesehen. »Willst du uns alle umbringen?«, stammelte er.

»Ich habe doch gesagt, ich weiß nicht, was ich tue«, erwiderte ich mit zittriger Stimme.

»Zumindest wissen wir jetzt, dass du den Wind, die Elektrizität und das Wasser beeinflussen kannst«, erwiderte Gabe trocken und grinste.

»Machen wir weiter. Fang noch einmal an und konzentriere dich auf die Erde.«

Ich wiederholte den Vorgang und befahl meinen Füßen, auf der Erde zu bleiben. Die Magie zerrte an mir, rief nach mir, bis ich erneut nach ihr griff. Es donnerte, dann folgte ein tiefes Rumpeln. Eine Energiewelle erfasste mich, die mich gegen den nächsten Baum schleuderte. Luft entwich meinen Lungen und ich klatschte ungebremst zu Boden. Mein Kopf dröhnte. Ich versuchte, mich aufzusetzen, und öffnete die Augen. Ein Krater von dem Ausmaß eines kleinen Hauses befand sich dort, wo ich zuvor gestanden hatte. Einige Äste brannten lichterloh. Reflexartig hob ich die Hand und schickte Regen vom Himmel. Gabriel und Livian wurden klatschnass, genauso wie ich selbst. Meine Rippen schmerzten, und ich hatte Mühe zu atmen. Aus dem hinteren Wald hörte ich die Drachen, die sich lautstark über den plötzlichen Regen beschwerten.

»Alles okay?«, fragte Livian. »Könntest du den Regen abstellen?

Wir übten seit Stunden, und ich war am Ende meiner Kräfte. Zumindest konnte ich jetzt meine Schwingen befehligen und Feuersalven dirigieren, ohne Gefahr zu laufen, jemanden umzubringen. Alles andere war jedoch weiterhin schwierig. Ich ließ es regnen und schneien, hatte Blitze, Donner und Stürme heraufbeschworen, die Erde gespalten und Livian sowie Gabriel zweimal durch die Luft geschossen, unabsichtlich, natürlich. Drei Bäume und mehrere Dachziegel gingen auf mein Konto. Ebenso wie ein Drache, der von einer Feuersalve getroffen wurde. Gott sei Dank war er feuerfest.

»Ich kann nicht mehr«, jammerte ich.

»Okay, wir machen Schluss für heute, es wird sowieso bald dunkel«, sagte Gabe.

Ich betrachtete dankbar sein rußverschmiertes Gesicht. Seine Jacke war versengt, ebenso wie seine Hose. Livian sah aus wie ein begossener Pudel. Über seine rechte Wange zog sich eine Schramme, seine Knöchel waren blutig und seine Kleidung war von Dreck beschmiert.

»Es tut mir so leid«, sagte ich zu beiden.

»Ach, schon gut. Ash hätte uns sagen sollen, wie viel Kraft du hast«, erwiderte Livian. »Du hast das Schloss zerstört, richtig?«

Ich nickte beschämt.

»Dachte ich mir. Warum hat Ash nicht mit dir geübt?«

»Woher soll ich das wissen? Vielleicht hatte er Angst, dass ich ihn umbringe?«

Die beiden Männer lachten.

»Könnte stimmen!«

Wo war er überhaupt? Er hatte nicht einmal nachgesehen, ob ich Fortschritte machte oder wie es überhaupt lief.

Die Wärme des Hauses war wie der Himmel. Ich spürte meine Füße und Hände nicht mehr.

»Du liebes Bisschen, wie seht ihr aus?«, fragte Marissa entsetzt.

»Ich lass euch ein heißes Bad ein.«

»Danke«, sagten wir gleichzeitig.

Marissa wies die Hausmädchen an, packte Gabriel und schleppte ihn nach oben. Ich spähte ins Wohnzimmer, wo die anderen Männer saßen und in ein Gespräch vertieft schienen. Ash hatte eine Karte vor sich und studierte sie genau. Ich verzichtete auf eine Begrüßung und ging direkt nach oben. Meine Sachen waren nass. Selbst meine Stiefel schwammen. Froh, endlich aus den nassen Klamotten herauszukommen, ging ich direkt ins Bad. Marissa hatte kleine Badekugeln auf den Wannenrand gelegt, die nach Maiglöckchen dufteten. Begeistert warf ich sie ins Wasser und streckte alle Glieder von mir. Entspannt schloss ich die Augen. Ich träumte von Moon und davon, wann ich ihn das erste Mal reiten würde. Mein Geist beruhigte sich, und ich spürte meinen Körper, die Magie in meinem Inneren.

Zu meiner Überraschung nahm ich goldene Fäden wahr. Manche waren ganz fein, andere fast so dick wie eine dünne Kordel. Meine innere Stimme führte mich und ganz vorsichtig ertastete ich die Fäden. Plötzlich hörte und fühlte ich das Rauschen des Meeres, das Knistern von Feuer, das Heulen des Windes, den moosigen Geruch der Erde und die Kälte des Eises. Jeder Faden führte mich zu einem anderen Element. Es gab Metall, Stein und Glas. Kristalle, die meine Energie zu verstärken schienen. Und mit einem Mal verstand ich: Ich war mit allem verbunden. Meine Magie wartete auf mich! Ich musste sie nur rufen.

Ich stellte mir einen Schrank vor, der mit verschiedensten Einmachgläsern gefüllt und beschriftet war. Beispielsweise mit Wasser, Feuer, Wind und Eis. Gedanklich öffnete ich die Gläser und die Magie strömte durch meinen Körper. Aus meinen Fußsohlen schossen Wurzeln, die sich mit dem Boden verbanden. So also hatte ich Zugriff auf das Erdreich!

Angespornt von meiner Entdeckung wagte ich ein kleines Experiment: Ich befahl meiner Magie, das Badewasser zu erwärmen. Und es funktionierte! Morgen würde ich weiter üben. Diesmal würde es besser laufen.

Glücklich und zufrieden stieg ich aus der Wanne.

Es war schön, zu wissen, dass ich kein völliger Versager war. Ich zog mir ein Sweatshirt und einen Slip an. Dann legte ich mich ins Bett. Marissa klopfte an die Tür und brachte mir eine heiße Suppe sowie frisches Brot. »Vielen Dank. Aber ich hätte auch runterkommen können«, sagte ich lächelnd.

»Du bist bestimmt völlig fertig. Und ich dachte, vielleicht willst du dich einfach ausruhen.«

Ihre dunklen Augen musterten mich freundlich.

»Die Männer sind sowieso beschäftigt. Sie trinken Whiskey und besprechen schon den ganzen Nachmittag Kriegsstrategien. Du verpasst also nichts.«

»Klärst du mich auf, wer Ker und Eris sind?«, fragte ich zwischen einem Bissen Brot und Suppe.

»Das bedarf nur zweier Worte«, erwiderte sie. »Tod und Zerstörung. Ker ist der Inbegriff von Zerstörung und Vernichtung. Das gestaltgewordene Böse. Und Eris ist ihre Schwester, die Göttin des Chaos und der Zwietracht. Beide gehören zu den alten und mächtigen Gottheiten, die nicht mit denen zu vergleichen sind, die hier in Elysion leben.«

»Ehrlich gesagt, kenne ich mich damit nicht so richtig aus. Es gibt zu viele Götter und Namen.«

Marissa lachte. »Im Grunde gibt es nur zwei Sorten: Die Alten, die nicht umsonst in den Schlaf gelegt wurden und deren Sprösslinge, in der fünften Generation, die hier unter uns leben und deren Macht verwässert ist. Die Namen der Alten sind vielfältig, durch verschiedene Kulturen entstanden zahlreiche Bezeichnungen, die letztlich aber immer auf dieselben Gottheiten hinweisen. So heißt Eris beispielsweise auch Discordia, und Ker ist mit Kali zu vergleichen. Thanatos, Kers Bruder, wird zudem auch Letum genannt usw. Wie viele Götter es genau gibt, weiß ich selbst nicht, aber nicht so viele, wie es den Anschein hat.

»Interessant! Und Inanna?«

»Die mächtige Inanna. Herrin des Himmels und der Erde, Herrin der Unterwelt, Kriegsgöttin und Göttin der Liebe. Selbst die mächtigsten Götter hatten Angst vor ihrem Zorn. Wenn du so willst, ist sie fast so mächtig wie der Allmächtige selbst. Der weibliche Gegenpart.«

Wow, das haute mich um. »Und wo wohnt sie?«

»Vermutlich in Eavaluna, der Insel des ewigen Frühlings. Die Nordischen nennen sie auch Asgard oder Olymp. Die

Ruhestätte der alten Götter. Kaum jemand weiß, wie man dorthin gelangt oder wo genau die Ruhestätten liegen.«

Meine Urgroßmutter schlief nicht. Das wusste ich nur zu gut. Vielleicht lebte sie dort? »Lilith scheint es herausgefunden zu haben«, gab ich zurück.

»Die Chaos- oder Todesgötter, die nur Unheil angerichtet haben, sind nicht in Eavaluna. Sie wurden einzeln an einen geheimen Ort hier in Elysion gebracht. Und ja, Lilith scheint zumindest Ker gefunden zu haben. Bei Eris sind wir uns nicht sicher.«

»Danke für die Erklärung und die leckere Suppe.«

»Gerne. Kommst du zum Abendessen runter?«

»Falls ich nicht einschlafe. Ich bin so müde.«

»Kein Problem. Ruhe dich aus.«

Ich kuschelte mich unter die Decke und schloss die Augen. Der Tag war anstrengend, demütigend, aber auch irgendwie cool gewesen. Lachend drehte ich mich auf die Seite. Armer Gabriel und Livian. Beide hatten viel einstecken müssen und waren trotzdem geduldig geblieben.

Eine Weile dachte ich noch über die Götter nach: Warum hatte man sie in den Schlaf gelegt? Ich hätte fragen sollen.

„Die Vorsehung hat tausend Mittel, die Gefallenen zu erheben und die Niedergebeugten aufzurichten.“

– Johann Wolfgang von Goethe. Keine Ahnung, warum mir das einfiel. Ich hatte es irgendwann einmal gelesen.

Ich muss eingeschlafen sein, denn in der Nacht weckte mich Ash, der polternd durch das Zimmer lief und laut fluchte. Es war dunkel; nur der Schein des Feuers spendete ein wenig Licht. Auf einem Bein tanzend, versuchte er sich die Hose auszuziehen. Irgendwie klappte das nicht. War er betrunken? Schließlich gab die Matratze nach, und ich spürte seinen warmen Körper hinter mir. Er legte einen Arm unter meinen Kopf und den anderen über meine Hüfte und zog mich zu sich. Eindeutig betrunken. Ash roch, als hätte er ein ganzes Fass Whiskey allein geleert. Er schob meine Haare zur Seite und küsste meinen Nacken.

»Schlaf schön!«, nuschelte er.

Einige Minuten später lauschte ich seinen regelmäßigen Atemzügen.

47.

»Seid ihr so weit? Wir müssen los!«, drängelte Ash und stürzte dabei eine Tasse Kaffee hinunter. Ich war nervös. Gleich würde ich meinem Vater zum ersten Mal in meinem Leben gegenübertreten. Mein Outfit hatte ich sorgsam ausgewählt. Einen schwarzen, eleganten Hosenanzug, dazu flache Sandalen, etwas Make-up und hochgesteckte Haare.

Ein schwarzer Wollmantel rundete mein Outfit ab. Ein letzter Blick in den Spiegel und es konnte losgehen. Ash, Iz, Livian und Gabriel trugen ihre Kampfanzüge. »Reiten wir?«, fragte ich, da die Drachen noch unpässlich waren.

»Nein, wir fliegen mit unseren Flügeln«, erwiderte Iz.

Shit! Ich hatte zwar gestern geübt, aber ob ich eine längere Strecke unbeschadet überstehen würde, war fraglich. Ash ignorierte mich wieder und so langsam wurde ich wütend. *Später, Star. Nicht jetzt!* Später würde ich ihn ansprechen und eine Erklärung für seine ständigen Launen verlangen. Mir reichte es! Mal war er zärtlich, dann wieder völlig distanziert. Ich war nicht sein Spielball!

»Fertig?«, fragte Gabriel. »Denk daran, dich auf deine Flügel zu konzentrieren.«

»Es wird schon klappen.« Ich spannte meine Schwingen und flog in die Höhe. Die Männer flogen vor. Meine Anspannung stieg mit jedem Flügelschlag. Ich ließ mich zurückfallen und blieb näher am Boden. Solange ich die anderen sehen konnte, war alles okay. Würde ich jetzt abstürzen, war ich so gut wie tot! Nicht darüber nachdenken. Die Hauptstadt kam schneller in Sichtweite, als ich dachte. Ich konnte die Obsidianbauten schon sehen.

Das Haus meines Vaters musste also noch näher sein. Izrail kam zu mir. »Wir sind gleich da.«

Er fasste meine Hand und flog eine Linkskurve. Dahinter erstreckte sich der Palast.

Die goldenen Dächer waren schneebedeckt, und vor dem Haus herrschte reges Treiben. Wir landeten vor dem Eingangstor, und meine Aufregung steigerte sich ins Unendliche.

»Verhalte dich ruhig und rede erst, wenn ich dich dazu auffordere!«, sagte Ash zu mir.

»Wie du wünschst!«

»Gut. Wir dürfen uns keine Fehler erlauben.«

»Natürlich nicht.«

Er fasste nach meinem Arm, doch ich entzog mich ihm. Es reichte, wenn ich neben ihm lief. Auf eine Demonstration für die anwesenden Ratsmitglieder konnte ich verzichten. Ash schüttelte den Kopf, ließ mich aber meinen Weg fortsetzen. Gabriel, Livian und Iz gingen hinter uns die massive Steintreppe hinauf.

Es wimmelte von Soldaten in Uniform sowie von Frauen und Männern, die mir unbekannt waren. Nicht alle waren fremd: Uriel und Michael standen in der großen Eingangshalle und unterhielten sich angeregt mit zwei weiblichen Engeln. Michael trug eine Uniform – ebenso wie Ash, Livian, Iz und Gabriel. Uriel hingegen trug eine Tunika, die ihm bis zu den Knöcheln reichte.

Die beiden Frauen waren sehr gepflegt und in exquisite Etui-Kleider gehüllt; dazu trugen sie Pumps. Beide hatten hübsche Gesichter, wirkten jedoch im Vergleich zu Marissa recht farblos.

»Ashariel, schön dich zu sehen«, sagte die eine und unterbrach damit ihr Gespräch.

Michael und Uriel nickten kurz in unsere Richtung.

»Gabriel, ich muss mit dir sprechen«, sagte Michael kurz angebunden.

»Nach der Sitzung«, erwiderte Gabe und grinste.

Izrail schob mich in den Sitzungssaal, der einem Amphitheater glich. In der Mitte war ein Rednerpult aufgebaut. Neben dem Eingang standen Tische mit Getränken und Gebäck. Die Sitzreihen waren kreisrund und erstreckten sich über drei Etagen. Wir setzten uns in die erste Reihe. Meine Hände wurden feucht, und mein Herz begann zu flattern. War mein Vater schon hier? Ich blickte mich um, konnte jedoch niemanden entdecken. Der Saal füllte sich und nahezu jeder Platz war besetzt.

Michael saß uns gegenüber und musterte mich. Seine Lippen verzogen sich zu einem amüsierten Lächeln, und ich fragte mich, was er so lustig fand. Livian hatte sich neben ihn gesetzt, und die beiden tuschelten leise. Meine Wangen röteten sich, denn es war offensichtlich, dass ich der Mittelpunkt ihres Gesprächs war.

Zwei Plätze neben Livian saß ein weiterer Engel, der meine Aufmerksamkeit auf sich zog. Er hatte ein markantes, energisches Kinn und zugleich sanft geschwungene Lippen. Seine breiten Wangenknochen und seine schmale Nase bildeten einen interessanten Kontrast. Doch am faszinierendsten waren seine Augen. Diese schimmerten in einem satten smaragdgrün, was besonders auffiel im Kontrast zu seinen schwarzen, kinnlangen Haaren, die er sich ständig aus der Stirn schob. Seine Haut hatte einen goldenen Ton. Sehr attraktiv. Er bemerkte, dass ich ihn musterte, und lächelte entwaffnend.

»Wer ist das?«, fragte ich Izrail leise. Er folgte meinem Blick.

»Raphael«, gab er gelangweilt zurück.

Erzengel Raphael - der Heiler. Cool.

»Er scheint beim Friseur gewesen zu sein«, fügte Iz hinzu.

»Huh?«

Izrail grinste. »Eigentlich trägt er sein Haar lang, aber er folgt auch gern den neuesten Trends. Vorsicht, er ist ein Frauenversteher.«

Ich grinste. »Da könnte dein Bruder sich eine Scheibe abschneiden.«

»Im Leben nicht, Star«, kicherte er.

Plötzlich wurde es still. Ich drehte mich zum Rednerpult. Dort stand ein groß gewachsener, schlanker Mann mit Haaren, die wie flüssiges Gold glänzten und grauen, durchdringenden Augen. Sein Gesicht trug aristokratische Züge. Fein gezeichnete Wangenknochen, eine gerade Nase und volle Lippen. Er strahlte so viel Autorität aus, dass seine reine Anwesenheit für Aufmerksamkeit sorgte.

»Dein Vater«, wisperte Ash.

Auch ohne seinen Hinweis hätte ich es gewusst: Er hatte dasselbe Haar wie ich, seine Augen waren grau. Während meine silbrig waren. Wir teilten dieselben vollen Lippen. Tausende Schmetterlinge tanzten in meinem Bauch. Er war mir fremd und doch irgendwie vertraut. Ich schluckte meine Nervosität hinunter und konzentrierte mich auf seine dunkle, melodiöse Stimme.

»Liebe Ratsmitglieder und Bewohner Elysions, unsere heutige Versammlung hat einen sehr ernsten Grund. Wie ihr alle bereits wisst, wurden wir angegriffen. Es hat hohe Verluste gegeben, aber wir konnten die Angreifer zurückdrängen. Die Gefahr jedoch ist nicht gebannt. Ganz im Gegenteil. Wir hören von der Erde nichts Gutes. Damontiz und Amon ist es gelungen, Menschen so zu verändern, dass sie uns an Schnelligkeit und Kraft in nichts nachstehen. Ihnen ist es gelungen, die Gefallenen so zu manipulieren, dass sie gegen Osmium immun sind.«

Ein Raunen ging durch die Reihen, und einige redeten wild durcheinander. Ash stand auf und stellte sich neben meinen Vater. Schlagartig verstummten alle.

»Sie haben nicht nur Menschen hochgezüchtet, sondern auch Dämonen aus ihnen gemacht. Aus ihren Brüdern haben sie lebende Tote erschaffen, durch abartige Experimente«, fuhr mein Vater fort. »Sie haben nicht allein gehandelt, sondern haben Hilfe erhalten, so viel wissen wir.«

»Hilfe durch wen?«, fragte jemand aus der zweiten Reihe.

»Hilfe durch Göttinnen«, erwiderte Ash.

»Lilith!«, schrie ein anderer.

Michael stand auf. »Wir haben Lilith überprüft und konnten nichts feststellen.«

»Natürlich nicht«, erwiderte Ash. »Sie haben Hilfe aus dem Rat. Unter uns befinden sich Verräter!«

Die Ratsmitglieder sprangen empört auf. Auch Uriel war darunter.

»Wie kannst du so etwas behaupten?«, brüllte einer.

Ein anderer fügte hinzu: »Ich habe es gewusst!«

Raphael blieb ruhig und beobachtete das Geschehen.

»Schweigt still!«, brüllte Ash, und seine Stimme hallte wie ein Echo durch die Ränge. Die Leute setzten sich und starrten ihn an. »Ein Name ist mir bekannt. Ob es Weitere gibt, weiß ich nicht. Aber ich werde es herausfinden. Ich gebe demjenigen die Chance, sich freiwillig zu stellen, oder ich werde ihn ohne Prozess exekutieren! Er hat bis Mitternacht Zeit«, fuhr er fort.

»Was macht dich so sicher?«, fragte Michael ruhig.

»Zeugen und meine eigenen Augen.«

»Es gibt eine Möglichkeit, das Hier und jetzt zu klären!«, rief Michael, während er sein Schwert zog. »Gladis veritatis – das Schwert der Wahrheit. Gibt es Freiwillige?«, forderte er und sah sich um.

Uriel verzog keine Miene. Gabriel, Raphael und Izrail traten vor.

»Prüfe mich, Bruder«, sagte Gabe und griff nach der Schwertspitze.

Das Schwert begann zu glühen, und Michael stellte eine Frage: »Hast du den Gefallenen geholfen?«

Gabriel schüttelte den Kopf. »Nein.«

Als Nächstes traten Iz, dann Raphael und schließlich Ash vor. Michael schien mit dem Ergebnis zufrieden, und ich fragte mich, was passieren würde, wenn jemand log.

»Noch jemand?«, fragte er.

Mein Vater ging nach vorne, gefolgt von Livian und einem weiteren Engel, den ich nicht kannte.

»Vielleicht bist du es selbst, Michael?«, sagte eine Frau.

Michael übergab Ash das Schwert. »Prüfe mich.«

»Mit Vergnügen. Bist du ein Verräter gegen Elysion? Hast du den Gefallenen geholfen?«

Michael verneinte. »Zufrieden, Cäcilia?«, sagte Michael. »Was ist mit dir?«, fügte er lächelnd hinzu, doch in seinen Augen flackerte nackte Wut.

»Das Ganze ist doch lächerlich«, erwiderte sie pikiert. »Warum sollte jemand aus unseren Reihen Interesse daran haben, Elysion anzugreifen?«

»Um den Rat zu stürzen, die Macht an sich zu reißen und Elysion neu aufzuteilen, so einfach ist das. Viele sind die alten Gesetze und Regeln leid. Sie sind uns leid«, erwiderte Ash bissig.

»Du doch als allererster, Lichtträger«, entgegnete sie barsch.

»Hüte deine Zunge, Cäcilia! Nur weil dein Mann dem Rat vorsitzt, schützt dich das nicht vor meinem Schwert.«

Cäcilia schwieg und sah meinen Vater an. War das also meine Stiefmutter?

»Beruhige dich, Ashariel!«, erwiderte mein Vater scharf.

»Sag das deiner Frau, Jael!«

»Noch jemand?«, unterbrach Michael den Wortwechsel. »Nein?«, erwiderte er, während er sich umblickte. »Angst?«

Zwei weitere Ratsmitglieder traten vor.

»Ich finde es erniedrigend, dass ihr überhaupt den Verdacht hegt«, sagte einer der beiden.

»Nun, Ash hat einen Namen und Zeugen. Und wir haben die Möglichkeit, diese Vorwürfe aus dem Weg zu räumen. Oder etwa nicht, Zadkiel?«

Er murmelte etwas Unverständliches, unterzog sich jedoch der Befragung.

Die Atmosphäre wurde immer angespannter. Ich beobachtete jedes einzelne Mitglied. Uriel blieb seiner desinteressierten Fassade treu. Alle anderen wirkten aufgeregt, alle, bis auf meine Stiefmutter, die deutlich verärgert war.

»Es reicht jetzt! Wir werden uns zivilisiert benehmen und damit aufhören!«, sagte Jael plötzlich mit einer Stimme, die keinen Widerspruch duldete.

Warum enttarnte Ash-Uriel nicht einfach?

»Ashariel, ich möchte dich unter vier Augen sprechen!«

»Mein Angebot bleibt, bis Mitternacht und keine Minute später«, sagte Ash in die Runde.

Er nickte mir zu und bedeutete mir, mitzukommen. Mein Vater war bereits in einem Raum neben dem Sitzungssaal verschwunden.

»Ich sagte unter vier Augen!«, blaffte Jael, als wir eintraten.

»Darf ich dir meine Frau vorstellen, Starlight Delardia.«

Für einen kurzen Moment entglitten die Gesichtszüge meines Vaters. Dann straffte er sich, nahm einen tiefen Atemzug, verschränkte seine Arme hinter dem Rücken und trat einen Schritt vor. Seine grauen Augen ruhten auf mir.

»Das ist kaum der passende Zeitpunkt«, sagte er schließlich, an Ash gewandt.

»Jeder Zeitpunkt ist schlecht. Also warum nicht jetzt? Zumal Star dir alles bestätigen kann, was ich gesagt habe.«

Jael rang um Fassung. »Ich sagte, du sollst sie in Sicherheit bringen, nicht heiraten.«

»Höre ich da väterliche Eifersucht? Glaub mir, es war eine Notwendigkeit und keine freiwillige Handlung.«

»Ich brauche einen Drink!«, erwiderte mein Vater. Er lockerte seine schwarze Krawatte und goss sich einen Wodka ein.

»Auch einen?«, fragte er, während er mich ansah.

»Gerne«, erwiderte ich leise. Eine Notwendigkeit. Klar, dass Ash das betonen musste.

Jael reichte uns ein Glas.

»Ich weiß gar nicht, was ich sagen soll. Als ich dich das letzte Mal sah, warst du ein Baby.«

Die Augen meines Vaters glitzerten verdächtig, und plötzlich schossen mir Tränen in die Augen. Ich ging auf ihn zu und umarmte ihn. Er drückte mich fest an sich.

»Mein kleines Mädchen«, flüsterte er. Seine Wangen wurden feucht, und ich schluchzte laut. »Es tut mir so leid, dass ich nicht für euch da sein konnte. Für dich und deine Mom.«

Ich räusperte mich. »Ist schon gut, ich kenne die Gründe.«

»Du bist wunderschön, genau wie sie.« Jael streichelte sanft meine Wange. »Ich wünschte, die Umstände wären anders«, flüsterte er.

»Ja, das wünschte ich auch.«

Wir blieben eine Weile so stehen und betrachteten einander.

»Du hast mein Haar und fast meine Augen.«

Ich nickte und unterdrückte einen neuen Schwall Tränen.

»Ich habe euch beide immer geliebt und furchtbar vermisst. Als ich von Nonas und Elenas Tod hörte, habe ich Ash gebeten, dich zu schützen. Allerdings war von Hochzeit keine Rede und auch nicht davon, dass er dich nach Elysion bringt.«

»Das ist eine lange Geschichte«, erwiderte ich. »Ash passt gut auf mich auf.«

»Unsere Gesetze würden deinen Tod verlangen, weil du ein Wunder bist.«

Ich nickte. »Ich weiß. Aber ich bin stark und passe auf.«

»Okay«, sagte er, während er Ash ansah. »Solltest du ihr auch nur ein Haar krümmen, bringe ich dich persönlich um!«

Ash grunzte. »Mach ihr lieber begreiflich, dass sie mich am Leben lässt.«

Mein Vater lachte. »Gut so, Mädchen. Er braucht hin und wieder einen Tritt in den Hintern. Aber warum musstet ihr heiraten?«

Ich erzählte ihm die ganze Geschichte. Als er hörte, dass ich Ashs Zwilling sei, verschluckte er sich.

»Das macht die ganze Sache noch schlimmer. Wenn du genauso stark bist wie er, werden sie in Panik geraten.«

»Ja, aber solange sie meine Frau ist, besitzt sie Immunität, zumindest offiziell. Wir werden es nicht an die große Glocke hängen. Allerdings brauche ich Star an meiner Seite, wenn es zum Krieg kommt.«

»Wir lassen es nicht zu, dass es zu einem Krieg kommt. Wir werden angreifen und die Menschheit, inklusive der Gefallenen, auslöschen, ehe sie kapieren, was passiert ist.«

»Nein, Vater! Das könnt ihr nicht tun. Die Menschen sind unschuldig. Sie haben dieses Schicksal nicht gewählt, genauso wenig wie die Angeli Mortui. Sie sind auch Opfer, und vielleicht können wir sie retten.«

Jael zog eine Braue hoch. »Star, die Gefallenen wurden schon lange zum Tode verurteilt. Dein Ehemann hat die Befehle nicht ausgeführt, sondern sie stattdessen nach

Abbadon geschickt – wo sie nun ausgebrochen sind. Ist dir das klar?«

»Vandandi hat die Türen von Abbadon geöffnet und die Gefallenen freigelassen. Nicht Ash!«

»Aber er hat den Befehl ignoriert, was normalerweise zu seiner Exekution geführt hätte. Nur weil Ash der Lichtträger ist, kann er sich solche Eskapaden erlauben.«

Ich ignorierte seinen Vorwurf. »Nicht alle Gefallenen sind schlecht. Und die Menschen haben genug unter ihnen gelitten. Ihr könnt doch nicht alle über einen Kamm scheren.«

»Es sind keine Menschen mehr«, erwiderte er leise. »Wir werden einige wenige retten, die nicht befallen oder verändert wurden, damit sie die Erde neu aufbauen können.«

»Ihr wisst doch gar nicht, wie viele befallen sind.«

Mein Vater schwieg.

»Von den letzten paar Millionen Menschen, die den schwarzen Nebel überlebt haben, konnten doch nicht fast alle von Amon manipuliert worden sein. So viel Zeit hatte er gar nicht. Du warst nicht auf der Erde, aber ich war es. Ebenso wie Ash und Izrail. Wir haben gesehen, was Amon, Damontiz und Lothaire getan haben und wie alle in Angst gelebt haben. Wie Damontiz Ashs Leute zu Experimenten geschickt hat und wie Uriel dies unterstützt hat«, platze ich heraus. »Während ihr hier in Saus und Braus gelebt habt und euch nicht darum gekümmert habt!«

»Uriel?«, sagte er tonlos und blickte zu Ash.

»Uriel und Adrastäa. Beide arbeiten zusammen«, erwiderte Ash.

Jael wirkte plötzlich um Jahre gealtert. »Wer noch?«, fragte er leise.

»Lilith und Ker. Wer aus dem Rat sonst noch beteiligt ist, weiß ich nicht .Noch nicht.«

»Ker? Bist du sicher?«, gab er zurück. In seinen Augen las ich Angst.

»Absolut sicher.«

Mein Vater zog seine Jacke aus, nahm die Krawatte ab und goss uns noch ein Glas Wodka ein. Niedergeschlagen setzte er sich in einen braunen Ledersessel, der hinter einem Schreibtisch stand.

»Wenn Ker beteiligt ist, ist Eris nicht weit. Und auch Achlys nicht. Und vielleicht bekommen wir es sogar mit Ares zu tun. Wenn Lilith so wahnsinnig war, sie zu erwecken, dann wird es zu einem Krieg kommen. So oder so.«

»Da stimme ich dir zu. Die Menschen, die Gefallenen und selbst Uriel, Amon und Damontiz sind nur Spielzeug in Liliths perfidem Plan. Eine ganze Armee als Kanonenfutter. So erklärt sich auch, dass die Experimente plötzlich erfolgreich waren. Die Götter haben gezaubert und als Sahnehäubchen noch mythische Waffen obendrauf gelegt.«

»Das ist eine Katastrophe!«, rief Jael, rieb sich über die Stirn und schlug die Hände vors Gesicht.

»Ich habe Anweisung gegeben, den größten Teil meiner Arme, inklusive der Drachen, hierher zu verlegen. Du sollst zur Mobilmachung aufrufen. Michael, Nathaniel und Ivariel sollen ihre Truppen zusammenziehen. Raphael soll die Krankenlager vorbereiten. Wir müssen Eden um jeden Preis schützen.«

Mein Vater drückte einen Knopf und bat um die Anwesenheit von Michael, der postwendend erschien.

Ash informierte Michael über die Entwicklungen.

»Wir müssen auch die Grenzen schützen. Ich werde alles veranlassen. Was glaubst du, wie viel Zeit wir noch haben?«

»Vielleicht eine Woche – vielleicht aber auch weniger. Ich werde zur Erde zurückkehren und mir die ganze Sache ansehen.«

»Das kannst du nicht machen, Ash!«, rief ich entsetzt, während panische Angst in mein Herz schoss.

»Ich muss.«

»Was machen wir mit Uriel?«, fragte Michael.

»Ich habe ihm bis Mitternacht Zeit gegeben – wenn er nicht von alleine kommt ...«

»Er wird fliehen.«

»Darauf hoffe ich, denn ich werde ihm folgen.«

Michael verabschiedete sich.

»Tu das nicht, Ash. Wenn sie dich kriegen, wenn Lilith und Ker dich kriegen!«

Er kam zu mir und streichelte sanft über mein Gesicht. »Ich muss das tun, Star. Für mich und auch für dich. Für die Erde und Elysion.«

»Nein, musst du nicht! Wir können sie hier bekämpfen.«

Ash umfasste meine Schultern und sah mich eindringlich an. »Wir müssen wissen, womit wir es zu tun haben. Ker ist eine wahnsinnige Sadistin, die sich an Blut und

Grausamkeit ergötzt und über unglaubliche Kräfte verfügt. Ares ist ein Kriegsgott, so grausam und brutal, dass selbst seine Brüder ihn nicht ausstehen können und Angst vor ihm haben. Achlys ist die Dunkelheit selbst. Sie verfügt über die Kraft des giftigen Nebels und über schwarze Magie.

Eris ist die Göttin des Chaos und der Zwietracht. Alle Götter sind stark, sowohl in ihrer Magie als auch in ihren Fähigkeiten. Du hast die verbrannte, zerstörte Erde gesehen. Und das waren nur die niederen Götter mit ihrer verwässerten Magie.«

»Ash hat recht, Kind. Es ist besser, wenn wir wissen, was auf uns zukommt.«

»Dann gehe ich mit dir.«

»Nein!«, riefen beide Männer gleichzeitig. Ash ergänzte: »Du gehst zur Burg zurück und wirst dort mit Gabriel trainieren. Wir werden seine Familie zu uns holen. Izrail und Danial werden mit mir gehen.«

Wütend drehte ich mich um. Eigentlich war ich nicht wütend, sondern verängstigt. Ich hatte Angst, Ash nie wieder zu sehen. Wilde Panik erfasste mich, und ich begann, zu zittern. Aus meinen Fingerspitzen schossen kleine Flammen, die sich rasch über meinen gesamten Arm ausbreiteten.

»Beruhige dich, Star.« Ash umarmte mich und löschte die Flammen.

Mein Vater starrte neugierig.»Beeindruckend«, sagte er.

»Sie braucht noch ein wenig Übung«, gab Ash zurück.

»Gut, ich denke, für den Moment haben wir alles besprochen. Ich werde alles in die Wege leiten«, antwortete Jael. »Die Zeit ist unser größter Feind.«

»Ja. Ich bringe Star zu Gabriel und werde mit Iz, Uriel beschatten.«

Mein Vater umarmte mich. »Ich werde versuchen, dich auf der Burg zu besuchen.« An Ash gewandt sagte er: »Pass auf mein kleines Mädchen auf.«

Wir verließen das Büro und verschwanden durch einen Seiteneingang. Die Ratsmitglieder waren noch im Saal, und mein Vater kehrte zu ihnen zurück. Er beauftragte einen Soldaten, Iz, Livian und Gabriel unauffällig hinauszuschicken.

Ash informierte alle und bat Gabriel, zusammen mit den Kindern und Marissa auf die Burg zu ziehen.

»Dort ist es sicherer für euch, und du kannst Star weiter unterrichten. Die Zeit drängt.«

»Okay.« Gabriel schien damit einverstanden.

»Ich muss zu Michael«, verabschiedete sich Livian.

Ich umarmte ihn. Was er augenscheinlich seltsam fand.

»Pass auf dich auf«, sagte ich.

Dann ging ich zu Izrail. Ich drückte ihn so fest, wie ich konnte. »Komm bloß wieder in einem Stück. Und bitte pass auf, dass Ash keinen Unsinn macht«, sagte ich unter Tränen.

»Mach dir keine Sorgen. Wir wissen, was wir tun, und wir passen auf, versprochen.«

Iz bekam einen Kuss auf die Wange, dann wandte ich mich Ash zu. Ich versuchte, mich zu beruhigen und meine Tränen zurückzuhalten, doch es gelang mir nicht. Weinend warf ich mich in seine Arme.

»Vorsichtig, Liebes, sonst könnte ich noch denken, du liebst mich«, flüsterte er. »Und dass dir unsere Ehe wirklich etwas bedeutet.«

Ein weiterer Kuss versiegelte meine Lippen und ich klammerte mich an ihm fest. »Bitte gehe nicht.«

»Ich komme wieder, ich verspreche es dir.«

Er nahm mein Gesicht in beide Hände und küsste mich noch einmal. »Ärgere Gabriel nicht und bring ihn nicht um.«

Ich lachte unter Tränen. »Ich werde mich bemühen.«

Ash und Iz sahen sich noch einmal um, ehe sie hinter einer Tür verschwanden. Meine Lippen zitterten, und ich schluckte schwer.

»Komm, wir fliegen und holen Marissa und die Kinder. Dann bringen uns die Drachen zur Burg, und Danial fliegt zu Ash und passt auf ihn auf.«

Gabriel nahm meine Hand, und wir hoben ab.

Zwei Tage waren vergangen, seit Ash und Iz uns verlassen hatten. Zwei Tage, in denen ich viertelstündlich von einer Panikattacke überrollt wurde. Lusha hatte mir etwas zur Beruhigung gegeben, das ich stündlich einnehmen sollte. Gabriel, Marissa und die Kinder versuchten, mich abzulenken. Wir trainierten so viel wie möglich, und ich machte gute Fortschritte. Zara schlief nachts bei mir, da ich von Albträumen heimgesucht wurde.

Ashs Weggang hatte etwas in mir ausgelöst, das ich lange unterdrückt hatte: Verlustängste, die nun gnadenlos an die Oberfläche drangen. Meine Träume handelten von Mom und Nona, von Daria und von Antes und immer wieder von Ash, der irgendwo schwer verletzt und sterbend zurückgelassen wurde. Gerne hätte ich Abbadon aufgesucht, um mit Antes noch mal zu reden. Um zu sehen, ob es ihm wirklich gut ginge. Vielleicht könnte ich mich eines Tages mit ihm versöhnen. Ohne Ash war ein Gang nach Abbadon jedoch unmöglich. Auch Vandi geisterte durch meine Gedanken. Es war, als hätte ich all diese Dinge verdrängt und wurde jetzt heimgesucht.

Wir hatten weder von Iz noch von Ash oder Danial ein Lebenszeichen. Die meisten Krieger waren ausgerückt, genau wie die Drachen, und befanden sich an den Grenzen oder in der Hauptstadt. Ashs Generäle koordinierten die Truppen, und Gabriel gab Befehle. Hier in der Burg waren noch gerade so viele anwesend, um die Anlage im Notfall verteidigen zu können. Bis jetzt war alles ruhig. Es hatte keine weiteren Angriffe auf Elysion gegeben, und Uriel war, wie vorausgesagt, geflohen. Man musste kein Genie sein, um zu erkennen, dass es die Ruhe vor dem Sturm war. Der Angriff würde kommen. Die Frage war nur, wann.

48.

Ash

Meine Augen brannten vom ständigen Zwielicht, das in meiner Zelle herrschte. Nichts hatte sich verändert, seit ich vor vielen Jahren von diesem schauderhaften Ort entflohen war. Nicht einmal die Ketten waren neu. Sie blockierten meine Magie und Kraft.

Der Boden bestand aus brüchigem Zement, und die Zelle war so niedrig, dass ich kaum aufrecht stehen konnte. Ich starrte durch zwei Schlitze, die ins Mauerwerk eingelassen waren, nach draußen, auf einen eingeschneiten Platz. Soldaten rannten hin und her und machten sich kampfbereit. Es war kalt. Lilith hatte mein Hemd und meine Hosen an sich genommen. Nur die Boxershorts und Boots hatte sie mir gelassen. Ich lehnte meinen Kopf gegen die Wand und wartete. Mein Gesicht schmerzte, und ich schmeckte Blut auf meinen Lippen. Blut, das von Liliths und Kers Schlägen stammte. Leise lachend dachte ich über ihre

Dummheit und Arroganz nach. Sie würden sterben. Bald. Durch meine Hand. Ich hatte mich auf diesen Moment vorbereitet. Immer und immer wieder. Hatte Vorkehrungen getroffen, falls dieser Tag eintreffen sollte. Und dass er eintreffen würde, war nur eine Frage der Zeit. Denn ich wollte Rache. Gut, wenn man dabei zwei Fliegen mit einer Klappe schlagen konnte. Aber zuerst musste ich herausfinden, ob noch andere Götter erweckt wurden. Izrail und Danial wussten, wo ich war und was ich vorhatte. Lusha wurde informiert, um den lang geplanten Zauber zu starten. Stars Blut würde helfen, meine Magie zu verstärken. Dafür hatte ich ihr Blut gebraucht. Ich hatte Star belogen, versprach ihr, dass ich wiederkommen würde – wohlwissend, dass mein Vorhaben in meinem Tod enden könnte. Die Wahrheit hätte sie nicht verkraftet. Aber ich musste so handeln – für mich, für sie und für die Sicherheit aller. Lilith und Ker hatten es geschafft, mich in ein seelisches Wrack zu verwandeln. Sie hatten mich zerstört, gebrochen, verändert und als emotionaler Krüppel wieder ausgespuckt. Die Dinge, zu denen sie mich einst zwangen, verfolgten mich noch immer jede Nacht. Mein Selbstrespekt und die Fähigkeit, zu vertrauen, Liebe zuzulassen und zu geben, gingen in meinen Albträumen verloren. Bis ich Star traf. Sie hatte meine Mauern eingerissen wie eine Abrissbirne. Ob ich wollte oder nicht. Ihr Lächeln, das Strahlen ihrer Augen, der Mut, den sie an den Tag legte. Sie hatte keine Angst vor mir. Nicht einmal in Sanctum, als ich sie zum ersten Mal traf.

Ich konnte mich nicht gegen sie wehren, verlor die Kontrolle über meine Gefühle, und das machte mich wütend. Das hatte sie nicht verdient. Sie hatte so viel verloren. Sie verdiente einen Mann, der ihr Kraft gab, sie stärkte, seine Liebe zeigte und sie mit Respekt und Zuneigung behandelte. Falls ich das hier überlebte, hoffte ich, dieser Mann zu sein. Ich hoffte, mit meiner Vergangenheit abschließen zu können. Star war die Frau, die ich liebte, aber ich musste es ihr auch beweisen. Solange diese Dämonen der Vergangenheit in mir lebten, war das unmöglich.

Draußen wurde es unruhig. Die Krieger schleppten Taschen und verstauten sie auf einem Karren. Vermutlich Proviant für die Schlacht oder Waffen. Es schneite und war eiskalt, mein Atem formte Frostwolken. Die Soldaten trugen ihre Kampfuniform, darüber ein Tierfell, um gegen die Kälte anzukämpfen. Unterkühlung ließ die Muskeln einfrieren, man wurde langsam und war leichter zu töten. Alles, was ich tun konnte, war zu warten, meine Augen offen zu halten, um so viel wie möglich aus Ker und Lilith herauszubekommen. Allein der Gedanke an Kers Mund oder Liliths Hände verursachte mir Übelkeit. Ich verbrachte Jahre in ihren Händen. Lag in meiner Kotze oder in meinen eigenen Exkrementen. Sie peitschten mich aus, hängten mich auf, schnitten mich bei lebendigem Leib auf, vergewaltigten und missbrauchten mich. Bekam ich keine Erektion, hängten sie mich an ein Mühlrad und tauchten mich so lange unter Wasser, bis ich bewusstlos wurde.

Sie hungerten mich aus, ließen mich zusehen, wie sie Kinder quälten und anschließend fraßen, schoben mir Menschenfleisch in den Mund und zwangen mich, es zu schlucken. Die unermessliche Fülle ihrer abartigen Ideen schien unendlich. Die Erinnerungen überrollten mich, und ein Schwall Magensäure füllte meinen Mund. *Kotz jetzt nicht, Ash. Beruhige dich. Atme!* Der Hass in meinem Inneren war grenzenlos, er fraß mich auf. Aber viel schlimmer war die Todesangst, der ich immer und immer wieder durch das vermeintliche Ertrinken ausgesetzt war.

Ich bettelte darum, sterben zu dürfen, rutschte auf Knien über den Boden, weinte wie ein kleines Kind und winselte um Gnade. »Bitte lasst mich sterben.«

Ker lächelte nur, und Lilith sagte: »Aber ich liebe dich, Ash. Du bist mein Gefährte. So schön und unglaublich sexy. Also, warum sollte ich dich töten? Eines Tages wirst du einsehen, wie dumm dein Widerstand war. Dir wird klar werden, dass du mich genauso sehr willst, wie ich dich.«

»Das man Männer immer zu ihrem Glück zwingen muss«, erwiderte Ker und leckte sich über ihre vollen Lippen.

Lilith verdrehte die Augen. »Und diese Theatralik: Lass mich sterben«, äffte sie. »Als sei meine Anwesenheit so schlimm. Sämtliche Höllenfürsten würden mich mit Kusshand heiraten.«

»Fick dich, Lilith. Ich werde dich nie wollen, eher fresse ich meine eigene Scheiße, du bemitleidenswertes Geschöpf.«

Irgendwann stumpfte ich ab. Nichts von dem, was sie mir antaten, erreichte mich noch. Dann drohten sie, meinen Bruder zu entführen und dasselbe mit ihm zu tun.

Eines Nachts kam eine junge Frau zu mir. Sie öffnete meine Ketten und ließ die Tür auf. Verdreckt, nach Scheiße und Urin stinkend robbte ich aus dem Verschlag. Ich versteckte mich im Unterholz und wartete auf den Tod. Zu schwach, um zu laufen, fast erblindet durch dieses permanente Zwielicht und halb verrückt, fand mich ein Jäger. Er brachte mich in seine Hütte, versorgte mich mit Essen und Kleidung und wusch mich. Drei Monate blieb ich bei ihm. Drei Monate dauerte es, bis ich so weit hergestellt war, um meinen Heimweg anzutreten. Jared, so sein Name, arbeitet heute für mich. Ich fand irgendwie nach Hause zurück. Aber ein Teil von mir starb in dieser Zelle.

Ker war wahnsinnig. Eine sadistische Psychopathin durch und durch. Und ich fragte mich nicht zum ersten Mal, welchen Trumpf Lilith in der Hand hatte, der es ihr ermöglichte, Ker zu steuern. Würde Ker unkontrolliert auf die Welt losgelassen – oder gar Eris oder Ares – würden die Erde und Elysion im Blut ertrinken. Für diese Götter gab es keine Gnade. Nur Wahnsinn, Krieg, Zerstörung und Tod. Sie waren nicht grundlos geköpft und versteckt worden.

Lilith ließ auf sich warten, und langsam wurde ich unruhig.

Mein Plan, mich gefangen nehmen zu lassen, barg genug Gefahren. Vor Langeweile zu sterben kam darin jedoch nicht vor. Ich musste Antworten erhalten und dann so schnell wie möglich von ihr verschwinden. Nachdem ich Lilith und Ker den Kopf abgerissen und auf einem Ast aufgespießt hatte. Elysion brauchte mich, meine Armee brauchte mich. Denn wenn ich die Zeichen richtig deutete, würden sie innerhalb der nächsten zwei Tage angreifen.

Konzentriert ging ich den Zauber noch mal durch. Die Handschellen schnappten auf und ich war frei. Hervorragend. Stars Blut hatte meine Magie verstärkt, die Fesseln konnten mir nichts anhaben. Lusha hatte ganze Arbeit geleistet. Schnell ließ ich die Handschellen wieder zuschnappen, ehe jemand auftauchte. Plötzlich hörte ich laute Stimmen. Eine weibliche und eine männliche.

Ich starrte durch die Schlitze, in der Hoffnung, etwas oder jemanden zu erkennen. Uriel und Cäcilia! Die Frau des Ratsvorsitzenden und Stars Stiefmutter. Damit hatte ich nicht gerechnet. Die beiden küssten sich und hielten einander an den Händen. Mein Magen verkrampfte sich. Jael musste gewarnt werden. Seine eigene Frau war eine Verräterin! Sie kannte die Einsatzpläne, wusste alles über Truppenbewegungen, kannte sich perfekt in Elysion aus und hatte Zugang zu allen Dokumenten und Einrichtungen. Einen besseren Spion hätten sie sich nicht aussuchen können. Jetzt wurde mir so einiges klar. Auch Circes Ausbruch aus dem Tartaros musste auf ihr Konto gegangen sein. Wer sonst hätte die Mittel und die Macht dazu gehabt? Wie lange planten sie das schon? Kurz überlegte ich, meinen Plan aufzugeben und sofort nach Elysion zurückzukehren. Genau in diesem Moment wurde die Tür geöffnet. Ich hatte sie nicht kommen hören. Ker!

Mit ihren langen tizianroten Haaren, ihrem kurvigen Körper, ihren strahlend blauen Augen und ihren blutroten Lippen war sie eine Schönheit. Sie trug ein fast durchsichtiges weißes Kleid aus Organza, das nichts verdeckte.

»Ash, mein liebstes Spielzeug«, schnurrte sie mit ihrer rauchigen Stimme. »Du glaubst nicht, wie sehr ich mich freue, dass du wieder da bist. Ich habe deinen sündigen Mund und natürlich den hier vermisst.«

Sie legte ihre Hand auf meine Männlichkeit. »Du kannst dir gar nicht vorstellen, wie böse Lilith auf dich ist, weil du diesen kleinen Engel geheiratet hast!« Ihre Hände strichen über die Wunde an meiner Stirn. »Wenn sie wiederkommt, wird nicht nur dein schönes Gesicht leiden müssen.«

Ich unterdrückte den aufkeimenden Ekel, als sie sich auf meinen Unterleib setzte und sich an meinem Penis rieb.

Sie drückte ihre Brüste in mein Gesicht, riss meinen Kopf nach hinten und steckte ihre Zunge in meinen Mund. »Du bist der schönste Mann, den ich je gesehen habe, warum musst du nur so widerspenstig sein?« Sie leckte über meine Wunden.

»Wo ist Lilith?«, gab ich leise zurück. Es kostete mich enorme Kraft, ihr nicht hier und jetzt den Kopf abzureißen.

»Vermisst du sie etwa? Ich dachte, wir beide könnten ein wenig spielen, bis sie zurück ist.«

Ihre Hand fuhr in meine Shorts. Ich biss die Zähne aufeinander und ballte meine Fäuste.

»Na, Ash, ich weiß, dass du mich erregend findest, also tu nicht so, als ob dir das nicht gefallen würde.«

»So sehr wie ein Rudel Maden, das über meinen Körper krabbelt.«

Ihre Faust traf meine Nase. Blut floss über mein Kinn, das sie gierig ableckte.

»Ups. Ich muss aufpassen. Wir wollen nicht deine Schönheit ruinieren.«

Sie massierte brutal meinen Schwanz, in der Hoffnung, dass ich eine Erektion bekäme. Sie würde sich einfach auf mich setzen, so wie sie es in der Vergangenheit schon Hunderte Male getan hatte. Bilder schossen durch meinen Kopf, wie sie mich quälte und auslachte.

»Wo ist Lilith?«, knurrte ich.

Mein Hass brach unkontrolliert an die Oberfläche, und lange konnte ich mich nicht mehr zurückhalten.

»Oh, sollte ich eifersüchtig sein? Ziehst du sie mir ernsthaft vor?«

Ker verzog seinen Mund zu einem Schmollmund. »Ich bin viel schöner als sie.«

Sie rutschte nach hinten und bearbeitete mich erfolglos mit ihrem Mund.

»Du spielst nicht mit Ash, und das mag ich nicht!«

Ihre Hände legten sich wie zwei Schraubzwingen um meinen Hals und drückten zu.

»Wo ist Lilith?«, fragte ich zum dritten Mal mit heiserer Stimme. Dieses Miststück hatte Kraft.

»Du verärgerst mich. Wachen! Unser Gast benötigt eine Spezialbehandlung.«

Zwei bullige Männer stürzten herein. Menschen. Oder das, was von ihnen übrig geblieben war. Ihre Muskeln waren überproportional groß, als hätte ihnen jemand Luftsäcke an den Körper geklebt. Die Gesichter wirkten aufgedunsen, bläulich verfärbt und irgendwie maskenhaft.

»Legt ihn auf die Trage. Aber passt auf, dass sich die magischen Fesseln nicht lösen.«

Die beiden packten mich und wuchteten mich auf eine Holztrage, die sie aus dem Flur hereinschoben. Sie fixierten meine Hände und Beine. Ker nahm einen Dolch in die Hand. Ich wusste, was sie vorhatte, und bereitete mich mental darauf vor.

»Ich liebe deinen Körper, Ash. So viele Muskeln und doch nicht übertrieben. Sexy, wohldefinierte Bauch- und Brustmuskeln. Das V, das in deiner Hose verschwindet, und dein superschöner Schwanz. Schade nur, dass du dich weigerst, ihn für meine Zwecke einzusetzen.«

Ker setzte den Dolch in Höhe meines Bauchnabels an. Dann stach sie zu. Nicht zu tief, nur so, dass es schmerzte und Blut floss. Ich biss die Zähne zusammen und dachte an Star, um mich abzulenken. Den nächsten Schnitt führte sie quer über meinen Oberschenkel aus. Gierig leckte sie das Blut ab.

»Ich mag dein Blut, die Hitze deiner samtigen Haut.«

Sie schnalzte mit der Zunge. »Das Schöne ist ja, dass du solche Selbstheilungskräfte besitzt, sodass keine Narben bleiben.«

»Kannst du aufhören zu reden? Deine Stimme schmerzt in meinen Ohren«, erwiderte ich so cool wie möglich.

Wütend stach sie den Dolch zwischen meinen Rippen. Ich keuchte. Der Schmerz war unerträglich.

»Wo ist Lilith?« Ich musste hier raus, ehe ich zu viel Blut verlor. Leise öffnete ich die Handschellen, ohne dass sie es bemerkte.

»Also gut, wenn es deiner Erektion hilft, sage ich es dir.«

Ihr Lächeln erinnerte mich an einen Piranha.

»Sie ist bei meinem Bruder Ares. Sie hat ihn erweckt und genau in diesem Moment trinkt er Blut, um an Kraft zu gewinnen.«

Ich musste wissen, wo genau Ares sich aufhielt. Wo seine Ruhestätte war.

»Und Eris? Ist sie auch wach?«

»Du langweilst mich mit deinen Fragen. Aber ja, sie ist auch wach und stärkt sich. Bald werden wir wieder über die Welt herrschen und in Blut und Chaos baden. Ich kann es gar nicht abwarten. Und als Erstes werde ich Lilith beseitigen.«

»Aber ich dachte, ihr wärt Freundinnen?«

Ker lachte irrsinnig.

»Machst du Witze? Dieses bösartige Weib hat mich erpresst, mir gedroht, die Köpfe meiner Brüder und Schwestern zu zerstören, wenn ich nicht mitspiele. Sie ist die Einzige, die ihren Aufenthaltsort kennt! Aber jetzt, da Ares und Eris wach sind, gibt es keinen Grund mehr, sie am Leben zu lassen.«

»Wo sind sie denn?«

»In der Schlossruine in den Wastelands.«

Das reichte mir. Blitzschnell sprang ich auf. Ich schlug die Köpfe der beiden Männer zusammen, die wie Bäume zu Boden fielen, und legte meine Ketten um Kers Hals. Kraft strömte durch meinen Körper. Ihre Augen wurden groß, als sie begriff, was passiert war.

Lachend stand ich auf. »Ich habe gewartet. Ich habe mich jahrelang auf genau diesen Moment vorbereitet. Weißt du, von welchem Moment ich spreche?«

»Ash, das kannst du nicht tun!«

Ihre Panik war sichtbar, und ich genoss jede Sekunde.

»Kann ich und werde ich! Du hast keinen Nutzen mehr für mich.«

Ich zog an den Ketten, die sich immer enger um ihren Hals schlossen. »Magst du das nicht? Erregt dich das nicht?«, fragte ich kalt. »Nein? Seltsam.«

Ker schrie, doch ich hielt ihr den Mund zu.

Ich nahm ihren Kopf zwischen meine Hände und riss ihn mit einem Ruck von ihrem Rumpf ab. Der Tod war viel zu gnädig. Angesichts der Dinge, die sie mir angetan hatte, blieb mir keine Zeit, mich länger mit ihr zu befassen. Ich musste zu Iz und Danial. Wir mussten Jael warnen und Ares und Eris ausschalten! Kers Kopf nahm ich an mich. Götter konnten in andere Körper einfahren, jedoch nur, wenn sie mit ihrem Schädel begraben worden waren. Auch um sie zu erwecken, benötigte man ihre Schädel. Das würde ich verhindern. Mein Blick glitt über ihren Torso, über die Wände und den Boden der Zelle, die seit Jahren mein Leben bestimmt hatte. Auf dem Boden kniend starrte ich auf die Einkerbungen an der Wand. Einkerbungen, die ich aus Verzweiflung mit meinen bloßen Fingern in die Wand geritzt hatte, so lange, bis das Blut über meine Knöchel lief.

»Sterben!« Nur dieses eine Wort, immer und immer wieder. Alles, was ich wollte, war zu sterben, um diesem Horror zu entkommen, ohne zu ahnen, wie viele Jahre dieses Gefängnis mein Leben noch verzehren würde. Vielleicht würde ich niemals vollständig heilen, aber ich würde es versuchen. Niemand wusste, was ich hier erlebt hatte, nicht einmal mein Bruder. Ich schämte mich zu sehr. Die Zeiten waren vorbei! Wenn heilen bedeutete, zu sprechen, dann würde ich es tun. Für meine Frau und für mich selbst.

Auf dem Weg nach draußen traf ich auf einen Trupp Soldaten. Keine Menschen – Engel.

»Luzifer? Um Himmelswillen, was tust du hier?«, fragte ihr Anführer.

Sie starrten mich an. Mein blutiges Gesicht, das Blut, das an meinem Körper klebte, und die Tatsache, dass ich nur Shorts und Boots trug.

»Was ich hier tue? Ich hielt Kers Kopf in die Höhe. Das!«

Angst fraß sich in ihre Eingeweide. Sie wurden unruhig, ihre Blicke panisch.

»Wo ist Uriel?«

»Dort drüben, im Haus.«

»Gib mir deine Uniform!«

Ohne zu zögern, entblößte sich der Mann und übergab mir Jacke und Hose.

»Rennt, wenn euch euer Leben lieb ist. Jetzt!«, brüllte ich.

Ein Blitz schoss aus meiner Hand. Die Krieger schmissen ihre Schwerter weg und rannten, als wäre der Teufel persönlich hinter ihnen her. Irgendwie stimmte das ja.

Ich stieß einen Pfiff aus, der für meinen Drachen bestimmt war. Danials massiger Körper erschien am Horizont. Er drehte eine Runde über der Armee, die sich dort zusammenrottete. Die Soldaten schrien und stoben wie wild auseinander. Er holte Luft und stieß eine Feuerfontäne aus seinem Rachen. Die Karren brannten, und einige Männer fielen zu Boden. Gegrillt, inerhalb einer Sekunde bis auf die Knochen verbrannt.

»Jeder, der freiwillig nach Abbadon zurückkehrt, wird verschont. Alle anderen werden zu Drachenfutter!« Meine Stimme hallte über das Feld und ließ die Erde beben. Ein kleiner Vorgeschmack auf das, was sie in Elysion erwarten würde. »Sagt das Amon und Damontiz!«

Adrenalin rauschte durch meine Adern, während Danial zur Landung ansetzte. Izrail saß auf seinem Rücken, seine Schwingen weit gespannt. Ganz der Todesengel, der er war. Er zog sein Schwert und köpfte jeden Einzelnen, der sich ihm und Danial näherte. »Komm schon!«, brüllte er in meine Richtung. »Oder soll ich dir noch einen Kuchen backen? Mann hat das gedauert.«

»Einen Moment noch.« Ich rannte auf das Haus zu, stieß die Tür auf und erwischte Uriel, Cäcilia und einige ihrer Generäle bei einer Lagebesprechung. Auf dem Tisch lag eine große Landkarte, die sie offenbar studiert hatten. Ihre Augen wurden groß, als sie mich erkannten. Izrail befand sich direkt hinter mir. »Guten Tag, meine Herren und

Cäcilia. Ich habe dir etwas versprochen, Uriel, und ich halte meine Versprechen. Immer!«

Die Männer sprangen auf und griffen nach ihren Schwertern.

»Wirklich? Ihr wollt gegen uns kämpfen?«, fragte Izrail lachend in die Runde. »Dann lasst uns tanzen!«

In einem Schlag zerteilte er den Tisch, schickte eine Feuersalve in Richtung der Soldaten, während ich Cäcilia und Uriel unter Kontrolle brachte. Die Krieger wurden durch das Feuer in eine Ecke gedrängt und von den Flammen eingeschlossen.

»Gewöhnt euch schon mal an die Hitze«, sagte ich an die Soldaten gewandt, ehe ich sie im Erdboden verschwinden ließ und sie direkt in die Hölle schickte. »Ihr beide, kommt mit uns!«, sagte ich zur Uriel und Cäcilia. »Jael und Michael werden sich freuen, euch zu sehen.«

Izrail legte ihnen Fesseln an und schubste sie in Richtung Tür. Draußen begrüßte uns eine ganze Armee. Hintereinander aufgereiht, mit gezogenen Schilden und Schwertern. Mutierte Menschen und Engel. Sie hatten sich zusammengerottet und glaubten wirklich, uns besiegen zu können.

»Tötet sie!«, brüllte Uriel.

»Ich habe wirklich keine Zeit für euren Mist. Feuer!«, rief ich Daniel zu.

Er erhob sich und zog eine Feuerspur, die sich vom Gefängnis bis zum Haus erstreckte. Die Männer hatten keine Sekunde, um zu schreien – so schnell verbrannten sie unter dem höllisch heißen Drachenfeuer. Wir brannten das ganze Lager bis auf die Mauern nieder. Ein Stützpunkt weniger.

»Auf gehts, wir müssen nach Elysion und Lilith, Eris und Ares ausschalten, ehe sie weiter an Kraft gewinnen. Aber vorher müssen wir nach Sanctum, ich habe da noch etwas zu erledigen.« Ich überreichte Iz Kers Kopf, den er grinsend entgegennahm und in den Satteltaschen verstaute.

Uriel und Cäcilia wurden auf Danials Schwanz festgeschnallt. Kein schöner Platz, um auf einem Drachen zu reisen.

»Ihr werdet den Krieg nicht gewinnen, Luzifer.« Cäcilia lachte. »Dafür haben wir gesorgt!«

»Meinst du eure kleine Ultraschallwaffe? Oder die Mutanten, die ich gerade verbrennen ließ? Lass sie alle kommen Cäcilia, wir sind bereit.«

49.

Star

Gegen Abend wurde ich von Zara geweckt. Ich war wirklich eingeschlafen! Ash war seit drei Tagen verschwunden und Lusha hatte sich in ihren Räumen verschanzt. Langsam wurde ich unruhig.

»Gibt es eine Nachricht von Ash?«

»Nein, leider nicht. Aber dein Vater hat sich angekündigt.«

»Oh.«

Voller Vorfreude sprang ich aus dem Bett, hüpfte in die Dusche und schlüpfte in das zartgrüne Kleid, das Zara rausgelegt hatte. Es war eng geschnitten und betonte meine Figur.

»Hast du Lusha gesehen?«, fragte ich.

»Ja, sie ist draußen und sammelt Kräuter aus dem Garten ein.«

Gut. Anscheinend hatte sie erledigt, was auch immer sie zu erledigen hatte. Zara brachte mich in ein kleineres Esszimmer. Der Tisch war für drei Personen eingedeckt, also ging ich davon aus, dass mein Vater zum Essen erscheinen würde. Gabriel, Marissa und die Kinder aßen in ihrer eigens für sie hergerichteten Wohnung.

»Hast du was von Livian gehört?«, fragte Zara ganz belanglos.

Ich zog eine Braue hoch und grinste. »Nein, er ist bei Michael und ich denke, sie bereiten die Armee vor. Warum fragst du?«

Zaras Wangen röteten sich. »Nur so, reine Neugier.«

»Du magst ihn«, bohrte ich weiter.

»Er ist ganz nett.«

»Glaubst du, sie werden angreifen?«, wechselte sie geschickt das Thema.

»Ja, das werden sie. Und ich denke, es dauert nicht mehr lange.«

Ich fühlte den herannahenden Sturm bis in meine Zehenspitzen. Die Atmosphäre war mit Energie aufgeladen. Dunkler, klebriger Energie. Angst und Hass brodelten unter der Oberfläche.

»Ich würde lügen, wenn ich behauptete, ich hätte keine Angst«, sagte Zara leise.

»Das verstehe ich, und es geht mir genauso. Aber wir müssen positiv denken.«

Eine Dienerin brachte einen Servierwagen mit unserem Essen herein. Die Teller waren mit silbernen Hauben abgedeckt. Sie stellte eine Platte mit Gemüse und Brot auf den Tisch und reichte eine Terrine mit Suppe.

»Ist Jael schon angekommen?«, fragte ich das Mädchen.

»Ja, er ist gerade bei Gabriel und kommt gleich.«

»Sollen wir noch mit dem Essen warten?«, fragte Zara.

»Nein, lass uns anfangen. Es wird sonst kalt. Er wird sicher gleich kommen.«

Schwungvoll hob die Haube von meinem Teller und sprang entsetzt auf. Zwei blutige, türkise Augäpfel blickten mir entgegen. Zara hielt eine Hand vor ihren Mund, als müsste sie sich zwingen, nicht laut zu schreien.

»Sind das Ashs Augen?«, brüllte ich hysterisch.

Alarmiert von meinem Schrei stürmten zwei Wachen herein. Die Männer blickten genauso schockiert, wie ich mich fühlte. Ihre Gesichter waren blank vor entsetzen. Einer der beiden sah sich die Sache genauer an.

»Es sind nicht Ashs Augen«, sagte er schließlich, »es sind die Augen eines Waldschweins.«

Zitternd setzte ich mich wieder an den Tisch.

»Wer tut so etwas?«

»Das ist eine Warnung«, sagte Gabriel, der gerade mit meinem Vater durch die Tür kam.

Jael umarmte mich und hielt mich fest.

»Aber von wem? Wer hatte Zutritt zur Burg? Oder gibt es Verräter innerhalb unserer Reihen?«, gab ich zurück.

Der Gedanke versetzte mich in Panik und löste gleichzeitig Wut aus. Meine Angst um Ash wuchs. Lange würde ich nicht mehr warten. Wenn ich heute nichts hörte, würde ich zur Erde aufbrechen und wenn ich alleine gehen musste.

»Es könnte jeder sein. Hier gehen so viele Leute ein und aus, dass es schwer zu überschauen ist«, erwiderte Gabriel.

Mein Vater betrachtete die Augen und nahm schließlich eines in die Hand. Er konzentrierte sich.

»Es war ein Bote von der Erde. Er hat die Burg bereits verlassen.«

»Kannst du das sehen?«

»Ich sehe die Energie und Aura der Person und kann fühlen, ob sie noch in der Nähe ist.«

»Wenn heute keine Nachricht von Ash oder Iz eintrifft, breche ich zur Erde auf«, sagte ich bestimmt.

Gabriel blickte meinen Vater an. »Das hilft niemandem, Star, und es ist viel zu gefährlich!«, gab Jael zurück.

Keine fünf Minuten später erschien ein Komet am Himmel, zumindest dachte ich das, bis die Sirene heulte und uns mitteilte, dass Elysion genau in dieser Minute angegriffen wurde.

»Ich muss zurück in die Hauptstadt. Sofort!«, sagte mein Vater aufgebracht.

»Das ist nicht möglich, Jael. Der Plan sieht vor, dass die Leute aus dem Dorf geholt werden und die Burg abgeschottet wird. Niemand kann dich zurückbringen. Die beiden letzten Drachen sichern den Luftraum über uns«, gab Gabe zurück.

»Aber ich bin der Ratsvorsitzende. Elysion braucht mich. Und meine Frau und mein Sohn sind in Gefahr!«

»Es tut mir leid. Cäcilia kann selbst auf sich aufpassen und Inian gehört doch sowieso zur Armee.«

Mein Halbbruder gehörte also zur Armee. Ich konnte die Angst meines Vaters verstehen, und als Oberhaupt gehörte er an die Seite seiner Ratsgenossen.

»Wir müssen ruhig bleiben und abwarten, bis wir eine Nachricht aus der Hauptstadt haben«, sagte Gabe.

Wir gingen nach draußen, um die Evakuierung des Dorfes zu beaufsichtigen. Die restlichen Krieger hatten alle Hände voll zu tun, die Frauen und Kinder unterzubringen und die Burg zu sichern. Wir packten mit an, sorgten dafür, dass jeder ein Zimmer bekam und eine warme Mahlzeit erhielt.

Als die Sonne endgültig hinter den Bergen verschwand, war die Arbeit getan.Ich entschuldigte mich, verabschiedete mich und ging auf mein Zimmer. Mein Vater und Gabe zogen sich zurück und gingen gemeinsam die Pläne durch, für den Fall, dass wir angegriffen würden.

Meine Nerven lagen blank. Ich schnappte mir ein Glas und goss mir einen großen Whiskey ein. In der Ferne waren Blitze am Horizont zu sehen. Sie wirkten klein und harmlos, wie Irrlichter am Himmel, nur dass es magische Explosionen waren. Es war unmöglich auszumachen, in welchem Teil Elysions sie einschlugen. War es die Hauptstadt oder ein Dorf? Hier zu sitzen und abzuwarten, war die reinste Qual. Ich trank ein weiteres Glas Whiskey und schnappte mir ein Buch über die Magie der Elemente, das ich von Gabe bekommen hatte. Es lenkte mich ab.

Schließlich fielen mir die Augen zu. Nur ein paar Minuten ausruhen. Schwerfällig schleppte ich mich zum Bett. Wo waren Ash und Izrail?

50.

Ash

Wir erreichten die Wastelands noch, ehe die Sonnen am Horizont versanken. Danial nahm seine menschliche Gestalt an, um unauffällig ans Schloss heranzukommen. Uriel und Cäcilia wurden geknebelt und an einen Baum gefesselt.

»Wir müssen uns beeilen, ehe es dunkel ist«, sagte Danial.

Izrail nickte. »Rein und raus, so schnell es geht.«

Das Schloss, oder besser, das, was davon übrig war, hatte schon bessere Tage gesehen. Star hatte einen großen Teil zum Einsturz gebracht. Wir bahnten uns einen Weg ins Innere, stiegen über Schutt, Skelette und Müll hinweg, bis wir den noch erhaltenen Teil des ehemaligen Westflügels erreichten. Leises Stimmengemurmel drang an meine Ohren, und ich bedeutete Izrail und Danial ganz still, zu sein. Auf Zehenspitzen tasteten wir uns langsam voran. Ich spürte den Atem meines Bruders in meinem Nacken.

Vor einer massiven Holztür blieben wir stehen. Die Stimmen wurden lauter. Ich zählte bis drei, dann gab ich das Zeichen zum Sturm. Wir mussten schnell und effektiv vorgehen. Izrail trat die Tür ein. Was wir erblickten, überraschte uns. Lilith, Eris und Aris nackt, wie Gott sie schuf, im Bett liegend. Ein armer Tölpel, der offensichtlich blutleer war, lag zwischen ihnen. Eris und Ares waren nicht annähernd bei Kräften. Noch nicht. Ihre Haut war dunkel und schrumpelig. Sie brauchten mehr Blut. Zum Glück für uns.

»Hallo Lilith«, grüßte ich betont freundlich.

Sie sprang aus dem Bett und feuerte eine Salve in meine Richtung, die mich gegen die nächste Wand katapultierte.

»Das wird dir auch nicht helfen, Hexe.«

Noch während ich aufstand, schickte ich eine Stoßwelle, die sie von den Füßen riss. Ein Deckenbalken löste sich und traf ihren Schädel. In der nächsten Sekunde saß ich auf ihrem Rücken und köpfte sie mit meinem Schwert. »Das war fast zu einfach. Irgendwie unbefriedigend«, stellte ich fest, während ich Liliths Kopf hochhielt. All die Jahre, in denen ich mir ihren und Kers Tod auf tausend qualvolle arten vorgestellt hatte, zogen in Sekunden an meinem inneren Auge vorbei. Die schlaflosen Nächte, die Panik, die Ledergurte, die mich vor mir selbst schützten. Und immer wieder der einzige Gedanke, der mich am Leben hielt: Ich werde euch töten! Vorbei erledigt. Viel zu schnell und gnädig.

Izrail und Danial kümmerten sich derweil um Eris und Aris, die ihnen nichts entgegenzusetzen hatten, außer wimmernd um Gnade zu flehen. Ihre verrotteten Körper waren wirklich unansehnlich und stanken fast genauso wie die Angeli.

»Entfernt ihre Schädel und dann nichts wie weg hier!«

Danial verwandelte sich zurück. Wir sammelten Uriel und Cäcilia ein, verstauten die Köpfe und machten uns auf den Weg nach Sanctum.

51.

Ich träumte von Ash. Seine Arme umfingen mich, sein unverwechselbarer Duft kitzelte meine Nase. Sanfte Lippen, die mich liebkosten.

»Star, ich bin hier. Wach auf, Liebes.«

Es dauerte einige Sekunden, bis ich realisierte, dass er wirklich da war. »Ash?«, murmelte ich schlaftrunken.

Als ich meine Augen öffnete, fuhr ich erschrocken zurück.

»Was ist passiert?«, fragte ich entsetzt.

Sein Gesicht war geschwollen und blutig.

»Erkläre ich dir später. Wir müssen los! Ich springe schnell unter die Dusche, ziehe mir etwas an, und dann brechen wir auf.«

Er reichte mir einen schwarzen Kampfanzug.

»Zieh den an. Und, Darling, draußen wartet jemand auf dich.«

Ash küsste mich und verschwand im Bad. Verwirrt stand ich auf, ich quetschte mich in den Anzug, zog mir Boots an und trat vor die Tür. Ich traute meinen Augen nicht, als mein Nachbar Jackson Simmons vor mir stand. Seine stahlblauen Augen schwammen in Tränen, als er mich umarmte. Neben ihm lehnte Aris an der Wand.»Ash hat uns geholt«, sagte Aris.

»Hat er?«, erwiderte ich, zu Tränen gerührt.

Trotz der widrigen Umstände hatte er an den Menschen gedacht, der wie ein Großvater für mich war und an den Engel, der mir einst das Leben rettete.

»Wie hat er euch nach Elysion reingebracht?«, fragte ich.

»Für Ash gelten andere Regeln«, grinste Aris.

Jackson musterte mich. Ich sah anders aus als das Mädchen, das Sanctum verlassen hatte.

»Ich bin es wirklich.«

»Ich weiß, Kind, dein Gefährte hat mir schon einiges erzählt. Ich bin so froh, dich wohlauf zu sehen, und ich bin dankbar, hier zu sein. Die Erde ist verloren, es ist schlimm.«

Jackson schluchzte. Ich weinte mit ihm.

»Es gibt nur noch wenige, die am Leben sind. Viele sind geflohen oder bei dem Versuch ums Leben gekommen. Alle anderen wurden verwandelt. Uns Alte haben sie in Ruhe gelassen. Wir taugen zu nichts mehr, nicht mal für ihre Experimente.«

Jackson überreichte mir eine Tasche. Fotos von Mom und Nona, meine Kuscheldecke und eine Tomatenpflanze aus meinem Garten. »Die haben wir noch retten können.«

Gerührt betrachtete ich die Bilder. Sie waren alles, was mir von meiner Familie übrig geblieben war.

»Vielen Dank. Ich danke dir von Herzen«, brachte ich schluchzend hervor und umarmte ihn erneut.

Ash trat hinter mich.

»Wir müssen zur Besprechung, Star, und dann schnellstens in die Hauptstadt.«

Ich drehte mich zu ihm um. »Danke«, flüsterte ich und hauchte einen Kuss auf seine Lippen.

Seine Haare waren noch nass, er war nicht rasiert, hatte jedoch die Wunden notdürftig gesäubert.

»Was ist mit den anderen Verletzungen? Lusha sollte sich das ansehen.«

»Später«, wiederholte er.

»Nein. Jetzt!«, erwiderte ich bestimmt.

»Jackson und Aris brauchen ein Zimmer und etwas zu essen. Ich kümmere mich darum. In der Zwischenzeit gehst du zu Lusha.«

Ash widersprach nicht. Sehr zu meiner Verwunderung.

»Die Zimmerfrage ist bereits gelöst, und Essen gibt es in der Kantine«, sagte er.

»Gut, dann kommt, ich bringe euch hin.«

»Zara wird sie bringen. Wir müssen los. Lusha ist im Besprechungsraum. Sie kann sich nebenbei meine Wunden ansehen.«

Ich verabschiedete mich von den beiden und gab Jackson meine Tomatenpflanze. Er sollte darauf aufpassen, bis ich zurückkehrte.

Der Besprechungsraum war voll. Danial, Izrail, Gabriel, Marissa, mein Vater, einige Krieger, Lusha, Riva und Eila warteten auf uns. Danial und Iz begrüßten mich überschwänglich, genauso wie Riva und Eila. Ich hatte keine Ahnung, dass Ash sie aus Assindia nach Elysion beordert hatte.

»Lusha, könntest du dir Ashs Wunden ansehen?«, fragte ich sofort, ehe Ash sich anderweitig aus der Affäre ziehen konnte.

»Natürlich, gerne«, antwortete sie.

Ash verdrehte die Augen, und Iz grinste. Die Heilerin wirkte erschrocken, als sie seinen Bauch sah.

»Warum hast du nichts gesagt?«, erwiderte sie verärgert.

»In den Nebenraum. Sofort! Das muss gesäubert und verbunden werden.«

Gabriel lehnte zusammen mit Danial und Riva über einer Karte, die auf dem Tisch ausgebreitet lag.

»Hier und hier sind sie durchgebrochen«, sagte Danial, während er auf zwei Punkte in der Nähe der Hauptstadt zeigte.

»Das heißt, hier sind die Barrieren außer Kraft gesetzt«, fügte er hinzu.

Der Drache nickte.

»Betroffen sind Landis und Emark, zwei kleine Städte an der Grenze zu den Wastelands«, antwortete mein Vater.

»Wir haben die Truppen dort bereits vor Tagen verstärkt«, rief Izrail ein.

»Das war auch gut so, sonst wären sie ganz durchgebrochen. Livians Truppen halten die Grenze sauber. Aber wie lange noch, ist fraglich. Diese Ultraschallwaffen legen einen nach dem anderen lahm.«

»Wir werden sie dort unterstützen«, sagte Ash von hinten. Lusha schien mit ihrer Arbeit fertig zu sein.

»Die anderen Truppen sind bislang nicht in Kampfhandlungen verstrickt worden«, erwiderte Gabe.

»Eine Ablenkung. Wenn alle bereit sind, werden sie die Grenztruppen zermalmen. Das müssen wir um jeden Preis verhindern!«, gab Ash zur Antwort. »Ker, Lilith und Aris sind außer Gefecht, das verschafft uns einen immensen Vorteil. Aber wir wissen noch immer nicht, welche Götter, außer Adrastäa, noch beteiligt sind. Achlys vielleicht, und wer sonst noch? Wir wissen es einfach nicht.«

»Wir könnten einen magischen Wall aufbauen. Gabe und ich könnten Quarzsteine nutzen, um euch von hier aus zu unterstützen«, sagte Lusha.

»Wenn wir unsere Magie bündeln und in die Steine einfließen lassen, erschaffen wir eine magische Batterie.«

Gabe war beeindruckt und nickte begeistert. »Großartige Idee!«

Lusha lächelte schüchtern zurück.

»Jael? Kann ich dich kurz sprechen?«, wandte sich Ash an meinen Vater.

Die beiden stellten sich etwas abseits in eine Ecke. Ich beobachtete sie. Mein Vater gestikulierte wild mit seinen Händen und schien außer sich zu sein. Was hatte Ash jetzt wieder angestellt? Jael stürmte aus dem Raum. Ich wollte hinterher, doch Izrail hielt mich fest.

»Lass ihn kurz verdauen, was er gerade gehört hat.«

»Und das wäre?«

»Seine Frau macht mit Uriel gemeinsame Sache.«

Das war eine Bombe! Mein Vater musste am Boden zerstört sein. Vielleicht sollte ich doch nach ihm sehen?

»Ich gehe zu ihm.«

Jael stand direkt vor der Tür, mit dem Rücken zu mir. Ich legte eine Hand auf seine Schulter. »Es tut mir leid, Dad«, sagte ich leise.

Er wischte sich verstohlen die Tränen weg. »Das habe ich nicht kommen sehen.«

»Natürlich nicht. Das hätte wohl niemand.«

»Was sage ich Inian? Er kämpft für Elysion und riskiert sein Leben, während seine Mutter mit dem Feind kooperiert.« Jael lief aufgelöst auf und ab. »Ich kann das nicht glauben. Warum habe ich nichts gemerkt?«

Der Schock und die Trauer setzten ihm zu.

»Mach dir keine Vorwürfe. Wie hättest du es merken sollen? Du hast ihr vertraut. Sie ist deine Frau.«

Ich wusste genau, wie es sich anfühlte, von den Menschen verraten und betrogen zu werden, die man am meisten liebt und denen man vertraut. Es war, als hätte ein Schwert mitten ins Herz getroffen.

»Ich muss in die Hauptstadt! Wer weiß, wer daran noch beteiligt ist.«

Wir umarmten uns.

»Inian muss informiert werden. Ich muss ihn schützen. Cäcilia weiß, wo seine Truppe stationiert ist.«

Ich nickte. »Ich spreche mit Ash.«

Am liebsten hätte ich meinen Vater hierbehalten. Ich hatte ihn gerade erst gefunden und wollte ihn nicht wieder verlieren. Aber mein Halbbruder war in Gefahr; natürlich musste er gehen. Die Lagebesprechung war noch in vollem Gange, doch ich hörte nicht mehr zu. Meine Gedanken waren bei Jael und Inian. Ash willigte ein, ihn in die Hauptstadt zu bringen; anschließend würden wir zum vereinbarten Treffpunkt kommen. Iz würde zusammen mit meinem Vater auf Riva sitzen, während Ash und ich wie immer bei Danial waren. Eila blieb zurück, um als dritter Drache die Burg zu sichern.

»Wir verabschieden uns jetzt. Gabe, du hast die Befehlsgewalt. Lusha, du unterstützt ihn. Ich verlasse mich auf euch. Marissa, pass auf deinen Mann auf.«

»Und auf Jackson und Aris«, sagte ich.

»Aris wird mit uns kommen. Er kann uns ein paar wichtige Angaben machen«, gab Ash zurück.

Aris erschien wie auf Knopfdruck. Er hatte sich in die typische schwarze Kampfmontur gequetscht und grinste über das ganze Gesicht. »Ihr könnt euch gar nicht vorstellen, wie sehr mich der Gedanke befriedigt, gegen Damontiz und Co. in den Krieg zu ziehen.«

Seine Augen leuchteten geradezu. Iz klopfte ihm auf die Schulter: »Du fliegst als Dritter mit mir.«

»Wahnsinn! Ich bin noch nie auf einem Drachen geflogen.«

Ash zog fragend eine Braue in die Höhe, weil Aris sich wie ein kleines Kind freute.

»Los geht's! Vergesst eure Mäntel und Waffen nicht.«

Der Flug war genauso anstrengend wie beim ersten Mal.

Die Berge schienen eine Wetterbarriere darzustellen, denn als wir sie hinter uns ließen, schneite es wieder und Eisregen klatschte auf uns nieder. Ash hielt mich fest umschlungen, und ich kuschelte mich an ihn. Wir hatten noch keine Zeit, über seine Erlebnisse auf der Erde zu sprechen oder herauszufinden, woher zum Teufel seine Verletzungen stammten.

»Wenn das hier alles vorbei ist, müssen wir uns ernsthaft unterhalten«, wandte ich mich an ihn.

»Worüber möchtest du sprechen, Liebes?«

Der Klang seiner samtigen Stimme lullte mich jedes Mal ein.

»Über alles. Wir müssen ein paar Regeln festlegen.«

»Regeln? Welche Regeln?«

»Zum Beispiel, wie sich unsere Ehe gestalten soll. Was geht und was nicht.«

»Was meinst du damit?«

Ashs Stimme kippte eine Nuance nach unten. Ihm gefiel dieses Thema überhaupt nicht.

»Entscheidungen, die getroffen werden müssen, andere Frauen, Geheimnisse. Solche Dinge«, erwiderte ich.

»Andere Frauen? Geheimnisse? Ich weiß nicht, was ich jetzt schon wieder verbrochen habe«, gab er bissig zurück.

»Das besprechen wir in Ruhe. Und was die Sache mit Kayla betrifft ...«

»Ich habe nicht mit ihr geschlafen. Zur Hölle noch mal!«, brüllte Ash.

Und Iz, Aris und mein Vater spitzen ihre Ohren.

»Ich habe es mit eigenen Augen gesehen, genau wie Danial. Stimmt doch, oder?«, wandte ich mich an den Drachen. Er schnaufte kurz. Keine Ahnung, ob das ein Ja oder Nein sein sollte.

»Glaubst du wirklich, ich würde mit der Frau, die wie eine Schwester für mich ist, schlafen?«

»Was habt ihr denn dann gemacht? Cowboy und Indiana gespielt? Rodeo-Reiten geübt?«, erwiderte ich spitz.

»An dem Abend bin ich früh zu Bett gegangen. Ich war sauer auf dich und hatte Kopfschmerzen. Da Vollmond war und ich mich nicht anbinden wollte, habe ich Jasper gebeten, mir Schlafmohn zu geben. Den ich auch getrunken habe. Ich war in einem solchen Tiefschlaf, dass selbst ein Erdbeben mich nicht aufgeweckt hätte, geschweige denn, dass ich eine Erektion hätte haben können.«

»Was willst du damit sagen?«, gab ich geschockt zurück.

»Dass ich nichts davon wusste, bis Danial es mir erzählt hat!«

Ich wusste nicht, was ich darauf sagen sollte. Das bedeutete, dass Kayla ...

»Es tut mir leid«, flüsterte ich. »Das ist furchtbar.«

»Ich habe sie der Burg verwiesen. Zufrieden?«

»Ash, es tut mir wirklich leid ... Ich ... es sah so echt aus«, stammelte ich.

Ash erwiderte nichts und starrte auf einen Punkt am Horizont.

»Ihr passt gut zusammen«, mischte Iz sich ein. »Nur ihr beide könnt so übergeschnappt sein, auf dem Weg in einen Krieg Beziehungsprobleme zu wälzen.«

Aris nickte zustimmend, während mein Vater sich raushielt. Er hatte seine eigenen Sorgen.

»Könntet ihr kurz still sein«, sagte Ash kurz angebunden.

Er fixierte weiterhin einen Punkt am Horizont.

Sosehr ich mich auch bemühte, ich hörte nichts und sah nichts, außer die zwei schimmernden Monde und die Sterne.

»Geht runter!«, wies er die Drachen an.

Aus dem Nichts erschien über uns ein Meter langes Lichtgitter.

»Was ist das?«

»Magische Netze, die uns gegrillt hätten. Ich muss sagen, sie haben an alles gedacht«, gab Ash zurück.

Er öffnete seine Hand, in der ein weißer Lichtball erschien, und warf ihn in die Dunkelheit. Der Himmel flammte auf, als hätte jemand den Lichtschalter betätigt. Überall erglühten Netze.

»Wir gehen noch tiefer!«

Die Drachen gingen in den Steilflug. Ich klammerte mich an Ash, aus Angst, herunterzufallen. Auch Aris grinste nicht mehr, als er sich schreiend an Rivas Hals festkrallte. Wir befanden uns noch über dem Ozean und flogen knapp über der Meeresoberfläche. Die See zeigte sich aufgewühlt. Weiße Gischt tanzte auf den Wellen. Fast, als brodelte es auf dem Meeresgrund.

»Das gefällt mir nicht«, rief Izrail, während die Luft nach Schwefel und Salz stank.

»Schwarze Magie«, erwiderte Ash.

Die beiden Brüder wechselten einen Blick, in dem ich Besorgnis las. Wenn sie magische Netze ausgeworfen hatten, erwarteten sie die Drachen. Gott sei Dank waren die meisten bereits vor Ort. In mir kribbelte es, und ich konnte es kaum erwarten, die Hauptstadt zu erreichen. Ein Gefühl der Dringlichkeit überfiel mich. »Wie weit ist es noch?«, fragte ich Ash.

»Wir sind gleich da. Da drüben kannst du schon die Schutzbarrieren sehen.«

Wenige Minuten später erkannte ich eine silbrig schimmernde Energiekuppel, die sich über die Hauptstadt spannte. Die Stadt war hell erleuchtet. Suchscheinwerfer strahlten bis in den Himmel. Ash dirigierte die Tiere in eine bestimmte Richtung, und wir flogen direkt auf die Barriere zu. Jael murmelte ein paar Worte, und ein Durchgang erschien. Wir landeten direkt vor dem Haus meines Vaters. Die Straßen waren erfüllt von hektischer Betriebsamkeit. Krieger rannten hin und her, sorgten für Sicherheit und verteilten Waffen sowie Proviant an die Einwohner. Krieger rannten hin und her, sorgten für Sicherheit und verteilten Waffen sowie Proviant an die Einwohner.

Raphael trat gerade aus dem Sitzungssaal. Der Heiler mit den smaragdgrünen Augen sah uns überrascht an. »Das wurde auch Zeit! Wo warst du?«, wandte er sich an meinen Vater.

»Ich saß bei Ashariel fest. Wie sieht es aus? Wie viele Verletzte haben wir?«

Jael sprang sofort in den Führungsmodus.

»Einige Hundert und es kommen immer mehr. Wir müssen uns etwas einfallen lassen, um die Barrieren zu reparieren, sonst bekommt Izrail eine Menge zu tun.«

»Haben wir schon. Wir machen uns sofort auf den Weg nach Emark«, gab Ash zur Antwort. »Über dem Ozean stinkt es nach Schwefel und es gibt überall Gitternetze. Also Vorsicht«, warnte er, ehe wir weiterflogen.

Die Zeit drängte. Irgendetwas stimmte nicht. Ich konnte es fühlen.

Emark lag direkt am Meer. Die Stadt funkelte in der Nacht. Niemand schien zu schlafen. Elysions Soldaten hatten Zeltstädte um die Stadt herum aufgebaut, bis hinunter zum flachen Sandstrand. Über uns patrouillierten Drachen, die mit einem schrillen Pfeifton die Ankunft von Riva und Danial begrüßten. Der Riss in der Barriere war bereits von Weitem zu erkennen. Er schimmerte in den Farben des Regenbogens und war viele Meter lang. Hunderte Krieger flogen entlang des Sperrgürtels, bereit zuzuschlagen, falls irgendjemand versuchte, durchzukommen. Wir landeten am Strand, direkt hinter der Krankenstation und der Kommandozentrale. Livian erwartete uns bereits. Er wirkte mitgenommen. Zwei blutige Kratzer zierten seine Stirn und eine Bandage war um seine Hand gewickelt. Hinter uns wurden die Verletzten abtransportiert oder direkt vor Ort behandelt.

»Gut, das ihr hier seid«, begrüßte uns Livian müde.

Ash klopfte ihm auf die Schulter und nickte wissend.

Wir wurden in die Kommandozentrale geführt, wo einige Krieger über Karten brüteten und Strategien besprachen. Als wir eintraten, sprangen alle auf und salutierten.

»Setzt euch wieder«, sagte Ash. »Bringt uns auf den neuesten Stand!«

Livian reichte uns ein Glas Wein. Wir setzten uns an den Tisch und lauschten den Ausführungen der Krieger.

»Wir haben sie für den Moment zurückgeschlagen, aber es war schwierig. Diese Menschen sind stark, und die Gefallenen sind gegen Osmium immun. Das heißt, wir kämpfen mit Magie, Enthauptung oder einem Stich ins Herz, also im Zweikampf, was viele Verletzte fordert«, erklärte ein Soldat namens Hego, der neben Livian saß.

»Sie versuchen, uns von der Barriere wegzuhalten, damit so viele wie möglich durchschlüpfen können. Dann folgen die Waffenträger mit diesen abartigen Ultraschallkanonen, die uns vom Himmel holen und auf den Boden zwingen. Die Drachen sind immun dagegen, was eine große Überraschung für die Gegenseite war. Damit haben sie wohl nicht gerechnet.«

»Das kann ich mir vorstellen«, sagte Iz. Er kaute auf seiner Unterlippe und sah wenig begeistert aus.

»Die Vampire sind am zähesten und am stärksten«, fuhr Hego fort. »Sie tragen eine Art Rüstung, die mit einer Platte über dem Herzen verstärkt wurde.«

»Die Drachen können nur agieren, wenn unsere Leute nicht dazwischen stehen«, murmelte Ash leise vor sich hin. »Wir müssen sie angreifen! Die Drachen durch die Barriere schicken und unsere Truppen hinterher«, sagte er lauter.

»Iz und ich werden die andere Seite in Augenschein nehmen.«

»Hältst du das für eine gute Idee?«, erwiderte Livian. »Auch du bist nicht vor den Schallwellen gefeit.«

»Wir fliegen mit Danial. Im Notfall bringt er uns zurück.«

»Kann ich dich kurz sprechen, Ash?«, gab ich aufgebracht, aber leise zurück.

Er sah mich an und nickte. Wir stellten uns etwas abseits in eine Ecke. Mein Herz raste vor Angst. Eine regelrechte Panik überkam mich bei dem Gedanken, Ash schon wieder allein auf ein Selbstmordkommando zu lassen.

»Ich werde mitgehen!«, sagte ich mit fester Stimme.

»Nein, Star. Du bleibst hier bei den Männern. Es ist zu gefährlich.«

»Jetzt hör mir mal zu, Ashariel-Emmanuel-Averginios. Ich bin deine Frau und lasse dich nirgendwo alleine hingehen. Weder auf die andere Seite noch sonst wohin!« Meine Stimme überschlug sich, und ich registrierte nicht, dass ich ziemlich laut wurde und alle Soldaten uns anstarrten. »Ich werde dich nicht verlieren. Hörst du?« Ich fasste ihn bei den Schultern und schüttelte ihn.

»Star, ich...«

»Halte den Mund, Ash!«, brüllte ich. Ich hyperventilierte und drohte, völlig auszurasten. »Du hast mir geschworen, bei mir zu bleiben, für mich da zu sein. Es war nie die Rede davon, dass du mich zur Witwe machst.«

»Beruhige dich, Liebes.«

»Sag mir nicht, ich soll mich beruhigen, wenn du in den Tod gehst«, kreischte ich vollkommen hysterisch.

»Ich kann dich nicht verlieren. Hörst du?!«

Tränen rannen über mein Gesicht, und ich konnte sie nicht stoppen.

»Ich liebe dich, Ash. Ich überlebe es nicht, wenn du stirbst. Auch wenn du das nicht hören willst.«

»Star, bitte! Ich will genauso zu dir nach Hause kommen, wie du willst, dass ich nach Hause komme. Ich liebe dich …«

»Sei ruhig! Ich weiß, dass du nichts von Gefühlen wissen willst. Aber das ist mir egal. Ich schwöre dir: Wenn dir etwas passiert, komme ich dir hinterher, verprügele dich und töte dich noch einmal«, schluchzte ich.

Ich hörte ihm nicht zu, denn ich hatte nicht verstanden, was er gerade zu sagen versuchte. Die Angst hatte mich fest im Griff. Ich bekam keine Luft mehr. Ash trug mich nach draußen und hielt mich fest.

»Ich liebe dich, Star, von der ersten Sekunde an, als ich dich in Sanctum gesehen habe. Ich wollte in Ruhe mit dir sprechen, dir alles erklären …« Er zog mich in seine Arme und wischte meine Tränen weg. »Seit wann hast du diese Panikattacken?«, wechselte er das Thema.

»Du liebst mich?«, wisperte ich ungläubig.

Ash küsste mich. »Ja. Ich liebe dich, so sehr, dass du mich völlig verrückt machst. Ich habe dich geheiratet.«

»Weil du musstest.«

»Unsinn. Niemand hätte mich zwingen können. Ich wollte dich heiraten, weil ich weiß, dass ich niemals wieder ohne dich sein kann. Du bist mein Feuer, mein Herz, meine Liebe, mein Leben.«

»Ist das wahr?«, schniefte ich.

»Es ist wahr«, erwiderte Izrail, der plötzlich neben uns stand. »Könntet ihr jetzt wieder reinkommen? Die Männer machen sich Sorgen, dass Star dich umgebracht hat.«

Er gab uns beiden einen Kuss auf die Wange.

»Wir kommen gleich«, gab Ash leise zurück.

»Warum warst du dann so gemein zu mir?«, fragte ich misstrauisch.

»Ich hatte Angst. Angst vor meinen Gefühlen und den daraus folgenden Konsequenzen. Ich werde dir alles erklären, wenn das hier vorbei ist. Ich verspreche es. Also, seit wann hast du Angstzustände?«

»Seit du weg warst. Plötzlich ist alles hochgekommen – Moms und Nonas Tod, Daria, Antes und Vandi. Ich habe alles verdrängt.«

Meine Stimme zitterte, und ich fühlte mich erbärmlich. Alle hatten meinen Ausraster mitbekommen.

»Es tut mir leid, ich wollte nicht vor allen durchdrehen und dich in Verlegenheit bringen.«

»Hast du nicht. Und selbst wenn, wäre es mir egal«, erwiderte er leise.

»Ich liebe dich, Star, aber ich bin auch für all diese Männer und Elysion verantwortlich. Ich bin Soldat und muss mein Volk und dich schützen.« Ashs Augen funkelten dunkelblau.

Seine Wimpern streiften meine Wangen, als er mir erneut seine Lippen aufdrückte. Ein leiser Schauer rieselte über meine Haut. »Ich weiß. Aber warum kann ich nicht mitkommen?«, hauchte ich und drückte mich an ihn. Ich wollte ihn nicht loslassen.

»Weil ich mir dann noch mehr Sorgen um dich mache und unkonzentriert bin. Es ist schlimm genug, dass du mit mir hier bist und ich deine Hilfe brauche.«

»Ich bin eine Waffe, genau wie du.«

»Aber eine untrainierte. Vertraue mir, Babe.«

»Babe?« Eigentlich ein chauvinistisches Wort, aber Ash sagte es so liebevoll, dass es regelrecht zärtlich wirkte.

»Mein Babygirl. Meine Frau und Gefährtin. Mein Liebes, mein Engel.« Er zog eine Augenbraue in die Höhe und grinste. »Übrigens, das war sehr sexy, wie du mich rumkommandiert und angeschrien hast. Ich stehe darauf.«

»Du Spinner«, flüsterte ich und küsste ihn.

»Komm, lass uns reingehen.«

Er legte einen Arm um meine Taille und führte mich zurück in den Besprechungsraum. Die Männer redeten unbeirrt weiter, als wären sie nicht gerade Zeugen einer peinlichen Szene geworden. Dankbar atmete ich aus. Jemand reichte mir einen Schnaps, der nach Zimt roch. Ich stürzte ihn in einem Rutsch hinunter. Izrail drückte mitfühlend meine Hand.

»Ich bringe ihn dir wieder zurück«, flüsterte er.

»Bitte lebend.«

Er hauchte mir einen Kuss auf die Wange. »Natürlich.«

Eine Sekunde später ertönte ein Signalhorn. Die Männer sprangen auf.

»Wir werden angegriffen!«

Ash zog mich mit sich, während alle hinausstürmten und nach den Waffen griffen. »Du bleibst bei mir!«

Zu dritt sprangen wir auf Danials Rücken und erhoben uns in die Lüfte. Iz saß hinter mir, und Ash vor mir. Die beiden zogen ihre Schwerter, die sofort entflammten. Der Riss in der Barriere leuchtete in tiefem Rot, als Hunderte Gefallene versuchten, durchzubrechen.

Ash nahm meine Hand. »Sprich mir nach«, forderte er, während er ein paar Worte murmelte, die ich wiederholte.

Plötzlich begann meine Hand, weiß zu leuchten, und Flammen züngelten über meinen Unterarm, bis sie mich völlig einhüllten.

»Luanda«, wisperte Ash.

Die Flamme vermischte sich mit denen von Ashs und Izrails Schwertern und schoss wie ein Flammenwerfer in den Riss der Barriere. Ein Sturm kam auf und fegte uns fast von Danials Rücken. Ich hörte das Heulen und Kreischen Tausender Seelen, die sich auf der anderen Seite der Barriere befanden.

»Los, Danial!«, schrie Ash, und der Drache jagte durch das Loch.

Zwei weitere Drachen folgten uns. Unter uns brannte alles, als wäre eine Wasserstoffbombe explodiert. Selbst der Boden stand in Flammen. Gefallene wurden zu Asche zerstoben, ehe sie begriffen, was gerade passiert war. Einige schafften den Sprung und landeten auf der anderen Seite. Wir flogen über ein Meer aus Zelten und Soldaten, die panisch Schutz suchten als Danial und die beiden anderen Drachen Feuer spuckten und die Zelte niederbrannten.

»Das ist Luzifer!«, brüllte jemand, und plötzlich sah ich mehrere schwarze Lederschwingen am Horizont, die mit hoher Geschwindigkeit auf uns zurasten.

»Was ist das?«, fragte ich alarmiert.

Der Himmel färbte sich in ein verwaschenes silbergrau.

»Nebeldrachen«, flüsterte Izrail.

Die Tiere waren gigantisch. Größer als Danial. Ich zählte vierzehn. Sie bestanden aus schwarzem Rauch; darunter schimmerten ihre schneeweißen Knochen. Auf ihrem langen Hals saßen skelettierte Schädel mit riesenhaften Mäulern und rasiermesserscharfen Zähnen. In ihren Augenhöhlen tanzten weiße Flammen.

»Verflucht! Dreh um, Danial!«, brüllte Ash.

Auf den Tieren saßen schemenhafte Gestalten. Die Nebeldrachen holten auf. Danial ging schlagartig in den Sturzflug, als eine Salve blauer Flammen seine Flanke traf.

Er brüllte gequält. Ich krallte mich an Ash fest, um nicht abzustürzen.

»Halte durch, Kumpel«, flüsterte Ash.

Er drehte sich um und feuerte eine Salve aus Energiebällen in Richtung der Angreifer. Izrail schwang sein Schwert, aus dem Blitze stoben, und traf eines der Ungetüme direkt in den Schädel. Der Nebeldrache strauchelte kurz, fing sich jedoch wieder. Die Gestalt auf seinem Rücken war nun deutlicher zu erkennen. Es war ein Mann. Auf seinem Kopf saß ein silberner Helm mit heruntergezogenem Visier. Sein muskulöser Oberkörper war nackt. In der rechten Hand hielt er eine Lanze.

»Ich brauche deine Hilfe, Star. Gib mir deine Hand.«

Ash packte mich. »Konzentriere dich auf die Luft. Ich will einen Tornado hinter uns, verstanden?«

»Klar.«

Ich suchte meine Fäden und öffnete das Glas für das Element Luft. Energie durchströmte mich, und ich fühlte eine tödliche Entschlossenheit. Wir mussten sie aufhalten!

Meine Hände öffneten sich, und als ich meine Magie entfesselte, wurde ich mit voller Wucht gegen Ash gedrückt.

Beim nächsten Faden mixte ich Eis dazu. Luft wirbelte auf, Eisbrocken flogen aus dem Nichts auf die Nebeldrachen zu. Der Wind drehte auf und ich formte einen Trichter, der bis zum Boden reichte. Ash verstärkte den Sturm, als er seine Magie hinzufügte. Die Temperatur fiel, und Schneeflocken tanzten vor meinen Augen. Ich sammelte all meine Kraft und formte einen Tornado aus Eis und Schnee, der mit voller Wucht auf die Drachen traf. Die Tiere wurden durch die Luft gewirbelt, als seien sie aus Pappe.

»Mach weiter!«, brüllte Ash. Er streckte sich gen Himmel und ließ Blitze regnen, die Izrail verstärkte.

Grellweißes Licht blendete mich. Die Nebeldrachen und ihre Reiter wehrten sich und schickten Blitze sowie Flammen zurück. Ich verdichtete den Sturm und ließ Hagel – so groß wie Tennisbälle – vom Himmel regnen. Ein Reiter fiel wie ein Stück Holz vom Rücken seines Drachen. In mir explodierte etwas. Aus meinen Händen floss Eis, das aus dem Nichts eine undurchdringliche Wand formte. Zu schnell für unsere Gegner. Die Tiere krachten ungebremst dagegen und stürzten nacheinander in die Tiefe. Danial raste mit letzter Kraft durch den Riss. Wir schafften es in letzter Sekunde über die Kämpfenden. Landeten kurz vor der Kommandozentrale. Die beiden anderen Drachen blieben in der Luft und sicherten die Barriere, aus der immer noch Menschen und Gefallene stürmten. Danials Verletzung war schwerwiegender als gedacht. Blut quoll aus seinem Mund.

»Ich brauche einen Heiler!«, brüllte Iz.

»Warum verwandelt er sich nicht?«, fragte ich Ash, der an Danials Kopf saß und beruhigend auf ihn einredete.

»Weil er dann sterben würde«, gab Ash leise zurück.

Wir konnten nicht auf einen Heiler warten.

Danial atmete immer flacher, und um uns herum herrschte Chaos. Ohne nachzudenken presste ich meine Hände in die Wunde. Der Drache brüllte und schnappte nach meinem Arm.

»Ganz ruhig, ich versuche, dir zu helfen.«

Aus meinen Fingern floss eine smaragdgrüne Energie.

Danials Haut leuchtete und wurde kochend heiß. Schweiß lief in meine Augen.

»Was zur Hölle tust du da?«, sagte Ash aufgebracht.

»Ich weiß es nicht«, erwiderte ich ausgelaugt.

Meine Kräfte verließen mich. Ich gab alles, was ich noch an Reserve hatte, in Danials Verletzung. Vor unseren Augen formte sich neues Gewebe. Muskeln, Sehnen und Fasern. Die Blutung stoppte, und die Gefäße verschlossen sich. Es roch nach verbranntem Fleisch und Muskat.

»Warum riecht es nach Muskat?«, fragte Izrail ungläubig.

»Vielleicht schmecke ich so, in der Pfanne gebraten«, erwiderte Danial, der sich verwandelt hatte.

Die Wunde war vollkommen geheilt. Lediglich eine leichte Rötung der Haut erinnerte an das klaffende Loch.

In meinem Kopf drehte sich alles, und ich kippte kraftlos zur Seite.

Ash fing mich auf. »Du bist aufgezehrt und brauchst etwas zu essen und viel Wasser!«

Er trug mich fort. Weg von den Kämpfenden.

»Was du heute getan hast, war Wahnsinn! Du hast nicht nur mir, Iz und Danial den Hintern gerettet«, sagte er stolz. »Wenn die Nebeldrachen durchgebrochen wären, würde die Hälfte der Krieger nicht mehr leben.«

Wärme machte sich in meinem Magen breit, und ich lächelte. »Ich dachte, du wärst der Einzige, der Drachen befehligen kann.«

»Das sind keine lebenden Drachen, sondern Tote. Durch schwarze Magie erweckt. Die Einzige, die dazu fähig wäre, ist Achlys. Also ist sie auch hier.«

»Heißt das, ich habe die Tiere nicht getötet?«

»Du hast sie nur für eine Weile außer Gefecht gesetzt.«

Ash brachte mir Brot und Wasser, das er aus einem Zelt holte. »Wir haben ihnen einen ordentlichen Stich versetzt, als wir durch die Barriere geflogen sind, damit haben sie nicht gerechnet«, fuhr er fort. »Das bringt uns etwas Zeit und hat ihre Armee dezimiert.«

Der Himmel über uns glühte in einem grellen Orange, fast, als brannte er. Ascheflocken rieselten vom Firmament und färbten den Boden weiß. Es roch nach verbrannter Haut und Tod.

»Ich muss gehen, Star. Bleib du hier, und wenn irgendetwas passiert oder sich jemand nähert, benutzt du diesen Dolch«, sagte er, während er mir die Waffe in die Hand drückte.

»Ich lasse dich nicht allein. Keine Diskussion!«

»Du bist geschwächt«, erwiderte Ash halbherzig, wohl wissend, dass er diese Runde verlieren würde.

»Mir geht es schon besser«, gab ich zurück und sprang entschlossen auf. Mir war schwindelig, aber das ließ ich mir nicht anmerken. Sollten sie kommen. Ich war bereit.

52.

Der Nebel kam schnell. Schwarz und tödlich legte er sich über uns, wie eine stinkende, verfaulte Decke aus Boshaftigkeit und abgrundtiefer Niedertracht.

Krieger auf beiden Seiten fielen wie Dominosteine, als Achlys sich erhob und ihren giftigen Atem versprühte. So viel Heimtücke und Feigheit, eine solche Waffe einzusetzen, egal zu welchem Preis. Die Göttin sah schauderhaft aus, mit spindeldürren Beinen und Armen, einem massigen Körper und einem lang gezogenen Gesicht. Sie musste über drei Meter groß sein. Kein Wunder, dass sie es vorzog, im Dunkeln zu bleiben. Wir mussten handeln, und zwar sofort!

»Gegen die Dunkelheit hilft nur das Licht«, sagte Ash zu mir. Er schwang sein Schwert und stach es tief ins Erdreich.

Izrail tat es ihm gleich. Die Erde explodierte, und tiefe Risse zogen sich durch den Boden. Die Krieger stürzten wie Schachfiguren. Einige fielen in Erdspalten und hatten Mühe, wieder auf die Beine zu kommen. Achlys kam ebenfalls zu Fall. Ash zögerte keine Sekunde und sprang. Noch ehe ich ihn aufhalten konnte, befand er sich in der

Luft. Seine mächtigen Schwingen trugen ihn blitzschnell zu der Stelle, an der die Göttin im Schatten agierte. Riva und Izrail folgten ihm, während Nebeldrachen aus der Schwärze stoben. Doch Riva war darauf vorbereitet. Sein Feuer kam schnell und unerbittlich. Die Tiere brüllten, als ihre ledrigen Schwingen Feuer fingen. Die Erde bebte und verschluckte jeden, der versuchte, durch die Barriere zu kommen. Links und rechts erschienen zwei weitere Drachen, zu Rivas Unterstützung. Gemeinsam stürzten sie sich auf die Nebeldrachen. Ein tödlicher Tanz entbrannte. Feuer traf auf Feuer und Klauen auf Klauen. Rivas massiven Krallen schnitten durch die gegnerischen Schwingen, als wären sie aus Papier gemacht. Die Höllentiere fielen schreiend in die Tiefe.

Ash entfachte ein Leuchtfeuer aus göttlichem Licht. Sein Körper brannte so hell wie die Sonne, als flöge ein Komet am Himmel, der in rasender Geschwindigkeit seinen Zielort suchte. Der Aufprall glich einer kosmischen Explosion. Ein Feuerpilz raste über den Boden und entflammte den Horizont. Die Wucht ließ mich zurücktaumeln. Ich bedeckte meine Augen, um nicht zu erblinden. Wind kam auf und wirbelte Sand durch die Luft, der sich in Windhosen erhob. Die Zelte flogen weg. Ich griff nach einer Stange, um nicht mitgerissen zu werden. Die Druckwelle war unglaublich; in meinen Ohren dröhnte es, und kurz hatte ich das Gefühl, mein Gehirn explodiere.

»Star!« Livian packte mich und zog mich hinter einen Felsen. Es dauerte einige Minuten, bis der Wind abnahm. Dann begann es, Feuer und Asche zu regnen. Livian legte sich schützend über mich und bedeckte seinen Kopf mit einem Stück Zeltplane das ihm entgegenwehte. Wir warteten eine ganze Weile, nachdem der Feuerregen stoppte, ehe wir uns aus der Deckung krochen. Die Hälfte des Strandes war verschwunden. Von der Zeltstadt war nichts mehr übrig geblieben. Erdspalten, so breit wie eine Straße, zogen sich bis zur Barriere. Soldaten krochen auf dem Boden und versuchten, ihre Kameraden aus den Spalten zu ziehen. Dort, wo der Riss war, thronte eine Steilwand aus Obsidian, die sich bis zu den Sternen erstreckte. Hier würde niemand mehr durchbrechen.

»Was hat er getan?«, flüsterte ich schockiert.

»Uns das Leben gerettet.« Livian sah mich an. Er war von Kopf bis Fuß mit Asche bedeckt. Seine Stirn blutete, doch sonst schien es ihm gut zu gehen.

»Aber er hat alles kaputtgemacht!«, gab ich fassungslos zurück.

»Ja, aber wir leben noch«, erwiderte er überglücklich.

Ich suchte Ash und Izrail. Vorsichtig stolperte ich in Richtung der Barriere, als ich beide entdeckte. Sie halfen dabei, die Krieger zu versorgen und aus den Erdspalten zu ziehen. Tränen der Erleichterung sammelten sich in meinen Augen.

»Ash!«, rief ich so laut, ich konnte. Ich kämpfte mich zu ihm durch, gerade in dem Moment, als ein Mensch aus der Felsspalte kroch. In seiner Wange klaffte ein Loch, so groß, dass meine Faust hineinpasste. Zähne, Sehnen und

Muskelgewebe quollen aus der Öffnung. Die aufgeblasenen Muskeln hingen wie Säcke an seinem Körper.

»Hilf mir«, stöhnte er.

Der Dolch in meiner Hand kam gerade recht: Ich schnitt mir in den Handballen und gab ihm mein Blut. Vorsichtig trank er. Es gab keinen besseren Zeitpunkt, um herauszufinden, ob mein Blut Magie aufhob und auch bei Menschen wirksam war.

Ash erblickte mich genau in diesem Moment. Mit einem Riesensprung eilte er über einen Krater. In seiner rechten Hand hielt er einen abgetrennten Kopf. Achlys Kopf. Er hauchte mir schnell einen Kuss auf die Wange. Angewidert betrachtete ich seine blutige Hand, an deren Ende der Schädel baumelte.

»Was wird das, Liebes?«, fragte er.

Er sah mitgenommen aus. Die Macht, die er entfesselt hatte, musste ihm alles abverlangt haben.

»Ich teste deine Theorie und gucke, ob es auch bei Menschen wirkt.«

Der Mann lehnte sich mit geschlossenen Augen zurück.

»Wie heißt du?«, fragte ich.

»Connor«, flüsterte er.

Ich betrachtete sein Gesicht und das zarte Licht, das sich unter seiner Haut zeigte. Instinktiv legte ich meine Hand auf seinen Arm. Aus meinen Fingern flossen Reste der smaragdgrünen Energie, mit der ich Danial geheilt hatte.

Connor bäumte sich auf, und die Wunde an seiner Wange schloss sich.

»Was passiert mit mir?«, fragte er, während seine Haut sich heiß anfühlte.

»Du heilst. Das hoffe ich zumindest.«

»Sie haben uns gezwungen. Jeden Tag mussten wir ein Serum zu uns nehmen, um Muskeln zu bekommen. Es tat so weh, dieses unnatürliche Wachstum.«

»Ich weiß, dass ihr es nicht freiwillig genommen habt«, gab ich sanft zurück. Seine Hand haltend setzte ich mich neben ihn.

»Sie haben seltsame Formeln gemurmelt, um das Wachstum anzutreiben.«

»Magie. Sie haben euch mit einem Zauber belegt«, erwiderte Ash, der fasziniert auf die voranschreitenden Veränderungen starrte, die der Mann durchlebte. Die Muskeln bildeten sich langsam zurück und nahmen ihre natürliche Form an. Als würde meine Magie genau die richtige Dosis freisetzen, um seinen Körper nicht zu überfordern, oder gar zu töten.

»Wir müssen ihn hier wegschaffen, die Verwandlung wird noch dauern.«

Ash ließ Connor zur Burg bringen. Er wurde auf Rivas Rücken geschnallt, und Aris begleitete ihn. Ich gab ihnen Instruktionen für Lusha mit, die Connor überwachen würde.

Wir kümmerten uns um die Verletzten und räumten Schutt sowie Leichen weg. Die meisten unserer Soldaten hatten Ashs Ausbruch und Achlys Gift überlebt. Er hatte die Erde geöffnet, um den Kriegern Schutzmöglichkeiten zu bieten.

Die Gegenseite hatte einen herben Schlag erlitten und zog sich zurück, wie uns einige Boten aus Landis berichteten.

Auch Michael war es gelungen, die Armee in Schach zu halten. Die Ruhe würde jedoch nicht von Dauer sein. Man erlaubte uns nur eine Verschnaufpause, während sie sich neu formierten.

Emarks Einwohner halfen, wo sie konnten. Sie verteilten warme Suppe, Decken und unterstützten den Aufbau neuer Zelte. Am schlimmsten traf es die Giftopfer. Diejenigen, die nicht sofort starben, quälten sich. Eitrige Blasen überzogen ihre Haut, sie erbrachen blutig und litten unter Luftnot. Die Heiler taten, was sie konnten. Ich schloss mich ihnen an, doch meine Kraft war aufgebraucht. Magie zehrte extrem an den Energiereserven. Es gab Möglichkeiten, Magie direkt aus der Quelle zu beziehen, so wie Ash es konnte. Das musste ich erst lernen, denn nicht jeder war dazu in der Lage. Ich verteilte mein Blut, soweit es mir möglich war, in der Hoffnung, den einen oder anderen zu heilen. Doch auch mein Blut war nicht unerschöpflich.

»Du hörst jetzt auf! Du bist völlig entkräftet und brauchst Ruhe«, sagte Izrail, der neben mir arbeitete. »Es nützt niemandem, wenn du umfällst.«

Meine neu entdeckten Heilerfähigkeiten waren unter den Soldaten das Tagesgespräch. Vor allem die Heilkraft meines Blutes überraschte alle. Einige betrachteten mich misstrauisch und tuschelten, während es anderen völlig gleichgültig war. Sie waren einfach dankbar, dass ich half.

Als Ehefrau ihres Anführers war das keine Selbstverständlichkeit, wie ich bald erfuhr.

Ash, Livian und Izrail kümmerten sich unermüdlich um ihre Soldaten: Sie legten Verbände an, gaben ihnen zu essen, zu trinken und sorgten dafür, dass die Schwerverletzten nach Elysion gebracht wurden.

»Ich bringe dich zu deinem Vater«, sagte Ash plötzlich. »Du brauchst dringend Ruhe.«

»Du auch. Genau wie Iz, Aris und Livian, aber ihr bleibt hier. Warum soll ich gehen?« Ich wette, Izrail hatte gepetzt.

»Star, sieh dich an. Du bist weiß wie frisch gefallener Schnee. Du musst dich regenerieren.« Ash duldete keine weitere Diskussion. »Ich begleite dich und bleibe ein oder zwei Stunden. Ich bade mit dir, esse etwas, und dann gehe ich zurück. Du bleibst da.«

Wir flogen mit Danial, dem es ausgesprochen gut ging.

»Wir müssen vorsichtiger sein, was dein Blut betrifft. Die Männer reden.«

»Ich weiß. Aber ich wollte helfen.«

»Das sollst du auch, aber wir müssen es subtiler machen. Wir lassen dir Blut abnehmen und dann trägst du immer ein Fläschchen bei dir.«

»Am besten wäre eine Mischung mit Eilas Blut.«

»Das machen wir, sobald wir zu Hause sind.«

Zu Hause. Wie selbstverständlich Ash das sagte. Ja, er war mein Zuhause. Genau wie Burg Tirnan, Assindia, Danial, Iz, Zara, Lusha, Aris, Livian, Jackson und natürlich mein Vater.

Wie seltsam, dass alles klang. Noch vor wenigen Monaten hasste ich Engel, lebte in Sanctum als menschlicher Soldat.

Nun war ich ein Hybrid, mit dem Teufel verheiratet und der Todesengel war mein Schwager. Eine Geschichte, die aufgeschrieben werden sollte, doch zuerst muss die Geschichte zu einem guten Ende gebracht werden. Adrastäa, Damontiz, Amon und Daria waren noch da draußen. Sie waren geschwächt, aber nicht besiegt. Irgendwann würde ich meiner Schwester gegenüberstehen.

Ein paar Jahrzehnte in Abbadon, zusammen mit Antes und den Rebellen, würden ihr gut stehen.

Vandi verrottete im Tartaros. Eines Tages würde ich sie besuchen und zur Rede stellen. Uriel und Cäcilia würden wegen Hochverrats zum Tode verurteilt werden. Mein Vater würde heilen, und ich würde meinen Bruder kennenlernen.

Wir werden es schaffen. Wir werden die Erde befreien und mit den überlebenden Menschen neu besiedeln.

Unsere Zukunft war noch nicht geschrieben, doch wir werden bis zum Tode kämpfen.

Printed in Poland
by Amazon Fulfillment
Poland Sp. z o.o., Wrocław

54767983R00379